W0367674

*James Clavell*

# Rattenkönig

*Roman*

*Droemer Knaur*

Ins Deutsche übertragen von Walter K. Baumann

1. bis 25. Tausend

© Droemersche Verlagsanstalt Th. Knaur Nachf. München/Zürich 1977
Titel der amerikanischen Originalausgabe: »King Rat«
Copyright © 1962 by James Clavell
Schutzumschlag: Atelier Blaumeiser
Gesamtherstellung: Druck- und Buchbinderei-Werkstätten
May & Co Nachf., Darmstadt
Printed in Germany
ISBN 3-426-08811-8

Für jene, die dort waren
und nicht mehr leben,
für jene, die dort waren
und noch leben,
für einen, aber vor allem
für eine

Es gab den Krieg. Es gab sie tatsächlich, die Gefängnisse von Changi und an der Utramstraße in Singapur – vielleicht gibt es sie noch heute. Der Rest der Geschichte ist selbstverständlich Dichtung; eine Ähnlichkeit mit Lebenden oder Toten besteht nicht oder war nicht beabsichtigt.

Unter dem Gewölbe eines tropischen Himmels lag Changi, in allen Regenbogenfarben schillernd wie eine Perle. Auf der Ostspitze der Insel Singapur krönte es eine kleine Anhöhe. Das Grün, in dem es eingebettet lag, wich in der Ferne dem jadefarbenen Meer und das Meer der Unendlichkeit des Horizonts.

Aus der Nähe betrachtet verlor Changi seine Schönheit und wurde das, was es war – ein widerliches, abstoßendes Gefängnis: Zellenblöcke, umgeben von Höfen in sengender Sonne, umgeben von hohen Mauern.

Innerhalb der Mauern, innerhalb der Zellenblöcke, Stockwerk auf Stockwerk, reichten die Zellen bei voller Belegung für zweitausend Gefangene. Jetzt lebten in den Zellen, auf den Gängen und in jeder Nische und Ritze an die achttausend Mann. Engländer und Australier in der Hauptsache – einige Neuseeländer und Kanadier –, die Überreste der Streitkräfte des Fernostfeldzuges.

Auch diese Männer waren Verbrecher. Groß war ihr Verbrechen. Einen Krieg hatten sie verloren. Und sie waren am Leben geblieben.

Die Zellentüren standen offen, und die Türen zu den Zellenblöcken standen offen, und das riesige Tor, das die Mauer zerschnitt, stand offen, und die Männer konnten ein- und ausgehen – beinah uneingeschränkt. Dennoch herrschte Abgeschiedenheit, ein Geruch beängstigender Beengung.

Vor dem Tor führte eine Straße vorbei. Hundert Meter weiter westlich wurde diese Straße durch ein Gewirr von Stacheldrahttoren versperrt, und außerhalb dieser Tore stand ein Wachhaus, das vom bewaffneten Abschaum der Erobererhor-

den bevölkert war. Jenseits der Sperre lief die Straße fröhlich weiter, und mit der Zeit verlor sie sich in der wildwuchernden Stadt Singapur. Aber für die Männer endete die nach Westen führende Straße hundert Meter hinter dem Haupttor.
Nach Osten hin folgte die Straße der Mauer. Sie bog dann nach Süden ab und folgte erneut der Mauer. Zu beiden Seiten der Straße standen lange Reihen von »Bruchschuppen«, wie die grob gezimmerten Baracken genannt wurden. Sie waren alle gleich – sechzig Schritte lang, die Wände aus geflochtenen Wedeln der Kokospalme, die grob an Pfähle genagelt worden waren, und die Dächer ebenfalls aus Wedeln der Kokospalme. Lage auf verschimmelter Lage. Jedes Jahr wurde eine neue Schicht hinzugefügt oder hätte zumindest hinzugefügt werden sollen. Denn die Sonne und der Regen sowie die Insekten setzten dem Palmwedeldach hart zu und richteten es zugrunde. Einfache Öffnungen dienten als Fenster und Türen. Die Baracken hatten weit vorspringende Palmwedeldächer, um Sonne und Regen abzuhalten, und waren auf Betonstelzen gesetzt, um gegen Überschwemmungen geschützt zu sein und gegen Schlangen und Frösche, rote Wegschnecken und Weinbergschnecken, die Skorpione, Tausendfüßler, Käfer, Wanzen – alle möglichen Arten von Kriechgetier.
Offiziere wohnten in diesen Baracken.
Südlich und östlich der Straße lagen vier Reihen Betonbungalows, jeweils zwanzig in einer Reihe, Rücken an Rücken. Ranghöhere Offiziere – Majore, Oberstleutnants und Obersten – wohnten darin.
Die Straße bog nach Westen, folgte erneut der Mauer und stieß wieder auf eine Reihe von *Atap*baracken. Hier war alles untergebracht, was aus dem übervollen Gefängnis quoll.
Und in einer dieser Baracken, die kleiner war als die meisten, wohnte das amerikanische Kontingent von fünfundzwanzig Soldaten.
Wo die Straße erneut nach Norden umbog und sich eng an die Mauer schmiegte, lag ein Teil der Gemüsegärten. Die übrigen – die den größten Teil der Lagerverpflegung lieferten – lagen

weiter nach Norden hin auf der anderen Straßenseite, gegenüber dem Gefängnistor. Die Straße führte durch die Gärten hindurch noch zweihundert Meter weiter und endete am Wachhaus.

Um das ganze vielleicht einen Kilometer breite und einen Kilometer lange Hungergebiet herum führte ein Stacheldrahtzaun. Leicht zu durchschneiden. Leicht zu durchbrechen. Kaum bewacht. Keine Suchscheinwerfer. Keine Maschinengewehrtürme. Aber wenn man erst draußen war, was dann? Die Heimat lag über See, jenseits des Horizonts, jenseits endlosen Wassers oder feindlichen Dschungels. Draußen lag Verderben für die, welche gingen, und für die, welche blieben.

Inzwischen war es 1945 geworden, und die Japaner hatten gelernt, die Lageraufsicht den Gefangenen zu überlassen. Die Japaner erteilten Befehle, und die Offiziere waren für die Ausführung verantwortlich. Wenn das Lager keine Scherereien machte, bekam es keine. Lebensmittel zu verlangen, war eine Schererei. Medikamente zu verlangen, war eine Schererei. Irgend etwas zu verlangen, war eine Schererei. Schon daß alle lebten, war eine Schererei.

Für die Männer war Changi mehr als nur Gefängnis. Changi war Genesis, war Ort neuen Beginnens.

# I

»Diesen verfluchten Bastard lege ich noch aufs Kreuz, und wenn ich dabei verrecke.« Leutnant Grey war froh, daß endlich laut ausgesprochen war, was ihm schon lange in den Gedärmen gewühlt hatte. Der Haß in Greys Stimme riß Unteroffizier Masters aus seiner Träumerei. Gerade hatte er an eine Flasche eisgekühltes australisches Bier, ein Steak mit Spiegelei darauf, an sein Zuhause in Sydney, seine Frau, deren Brüste und deren Duft gedacht. Er bemühte sich erst gar nicht, dem Blick des Leutnants zum Fenster hinaus zu folgen. Auch so wußte er, wer unter den halbnackten Männern gemeint sein mußte, die draußen auf dem Lehmweg den Stacheldrahtzaun entlangspazierten. Aber er war über Greys Ausbruch überrascht. Für gewöhnlich war der Sicherheitsoffizier von Changi verschlossen und unnahbar wie alle Engländer.

»Schonen Sie Ihre Kräfte, Leutnant«, sagte Masters müde. »Die Japsen werden ihn noch früh genug fertigmachen.«

»Zum Teufel mit den verfluchten Japsen«, fauchte Grey. »*Ich* will ihn hochnehmen. Hier in diesem Käfig will ich ihn haben. Und wenn ich ihn durch die Mangel gedreht habe – dann ab mit ihm ins Gefängnis an der Utramstraße.«

Masters blickte entsetzt auf. »Utramstraße?«

»Jawohl!«

»Weiß Gott, ich kann begreifen, daß Sie ihn am Kanthaken nehmen wollen«, murmelte Masters, »aber, hm, *das* würde ich niemandem wünschen.«

»Da gehört er hin. Und dahin werde ich ihn auch schaffen, denn er ist ein Gauner, Lügner, Betrüger und Blutsauger. Ein verfluchter Vampyr, der sich auf unsere Kosten ernährt.«

Grey stand auf und trat näher ans Fenster der stickig heißen MP-Baracke. Mit einer Handbewegung fegte er die Fliegen beiseite, die von den Fußbodenbrettern aufschwärmten. Gegen das gebrochene grelle Licht der hoch am Himmel stehenden Mittagssonne, die auf die hartgetretene Erde herabsengte, kniff er die Augen zusammen. »Bei Gott«, stieß er hervor, »ich werde uns alle rächen.«
Viel Glück dabei, Kumpel, dachte Masters. Du kannst den King in die Pfanne hauen, wenn das überhaupt jemand kann. Du hast das richtige Quantum Haß in dir. Masters mochte keine Offiziere und erst recht keine Militärpolizei. Grey verachtete er ganz besonders, denn Grey war vom Mannschaftsstand zum Offizier befördert worden und versuchte dies vor den übrigen zu verbergen.
Aber Grey war nicht allein in seinem Haß. Ganz Changi haßte den King. Alle haßten ihn wegen seines muskulösen Körpers und des klaren Glanzes seiner Augen. In dieser zwielichtigen Welt Halblebender gab es nicht dicke oder wohlgestaltete, keine runden oder schlanken noch schön gebaute oder untersetzte Männer. Es gab nur von Augen beherrschte Gesichter auf Körpern, die aus Haut über Sehnen über Knochen bestanden. Es gab keinen anderen Unterschied zwischen ihnen als Alter und Gesicht und Größe. Und in dieser Welt aß nur der König wie ein Mann, rauchte wie ein Mann, schlief wie ein Mann, träumte wie ein Mann und sah aus wie ein Mann.
»He! Sie«, bellte Grey. »Korporal! Kommen Sie mal her!«
Der King hatte Grey schon wahrgenommen, als er um die Gefängnisecke gebogen war, nicht nur weil er ins Schwarz der MP-Baracke hineinsehen konnte, sondern auch, weil er Grey als Gewohnheitsmenschen kannte. Wenn man einen Feind hat, ist es schließlich klug, seine Gewohnheiten und Lebensweise zu kennen. Der King wußte so viel über Grey, wie ein Mensch überhaupt über einen anderen wissen kann.
Er trat vom Weg herunter und ging auf die alleinstehende Baracke zu, die wie ein Pickel unter Schwären zwischen den anderen Baracken stand. »Sie haben gerufen, Sir?« Der King salu-

tierte. Sein Lächeln war höflich. Die Sonnenbrille verbarg die Verachtung in seinen Augen.
Von seinem Fenster aus starrte Grey auf den King hinunter. Seine straffen Gesichtszüge verbargen den Haß, der ein Teil seiner selbst war. »Wo gehen Sie hin?«
»Zu meiner Baracke, Sir«, antwortete der King geduldig, und dabei lief sein Hirn auf Hochtouren – war ein Fehler unterlaufen, hatte jemand gepfiffen, was war mit Grey?
»Wo haben Sie das Hemd her?«
Der King hatte das Hemd am Tag zuvor von einem Major gekauft, der es zwei Jahre lang für den Tag saubergehalten hatte, an dem er es versilbern mußte, um für den Erlös Nahrungsmittel kaufen zu können. Der King liebte es, sauber und gut gekleidet zu sein, wo alle andern es nicht waren, und er freute sich, daß heute sein Hemd frisch und neu, die lange Hose gebügelt, die Socken sauber, die Schuhe frisch poliert und der Hut fleckenlos waren. Es belustigte ihn, daß Grey abgesehen von kümmerlich geflickten kurzen Hosen und Holzpantinen und einer in langen Tropenjahren speckig gewordenen grünen Feldmütze des Panzerkorps nackt war.
»Ich habe es gekauft«, erklärte der King. »Schon vor langer Zeit. Es gibt kein Gesetz, das den Kauf von irgend etwas verbietet – weder hier noch anderswo, Sir.«
Grey spürte die in dem Wort »Sir« liegende Unverschämtheit. »Schon gut, Korporal, rein!«
»Warum?«
»Ich habe gerade Lust auf einen kleinen Schwatz«, sagte Grey sarkastisch.
Der King unterdrückte seine Wut, ging die Treppe hinauf und durch die Tür und stellte sich neben den Tisch. »Nun, Sir?«
»Kehren Sie Ihre Taschen nach außen.«
»Warum?«
»Tun Sie, was ich gesagt habe. Sie wissen, daß ich das Recht habe, Sie jederzeit zu durchsuchen.« Grey ließ etwas von seiner Verachtung durchblicken. »Selbst Ihr Kommandierender Offizier hat sich dazu bereit erklärt.«

»Nur weil Sie darauf bestanden haben.«
»Aus gutem Grund. Kehren Sie die Taschen um!«
Lässig gehorchte der King. Schließlich hatte er nichts zu verbergen. Taschentuch, Kamm, Brieftasche, eine Packung aktive Zigaretten, seine Tabakdose voll rohen Javatabaks, Reiszigarettenpapier, Streichhölzer. Grey vergewisserte sich, daß auch alle Taschen leer waren, und klappte dann die Brieftasche auf. Sie enthielt fünfzehn amerikanische Dollar und beinahe vierhundert japanische Singapurdollar.
»Woher haben Sie dieses Geld?« fuhr Grey ihn an, und der immer gegenwärtige Schweiß tropfte von ihm.
»Glücksspiel, Sir.«
Grey lachte freudlos. »Sie haben eine Glückssträhne. Schon seit beinah drei Jahren. Oder nicht?«
»Sind Sie jetzt mit mir fertig, Sir?«
»Nein. Lassen Sie mal Ihre Armbanduhr sehen.«
»Sie steht auf der Liste . . .«
»Ich habe gesagt, Sie sollen mich Ihre Armbanduhr sehen lassen.«
Grimmig zog der King das dehnbare Armband aus nichtrostendem Stahl vom Handgelenk und reichte es Grey.
Trotz seines Hasses auf den King empfand Grey einen Stich des Neides. Die Uhr war wasserdicht und stoßsicher und hatte automatischen Aufzug. Es war eine Oyster Royal. Der wertvollste Besitz Changis – außer Gold. Er drehte die Uhr um und besah sich die in den Stahlboden eingravierten Zahlen, ging dann zur *Atap*wand hinüber, holte die Liste mit dem Eigentum des King, fegte automatisch die Ameisen davon herunter und verglich peinlich genau die Nummer auf der Uhr mit der Nummer der Oyster-Royal-Armbanduhr auf der Liste.
»Sie stimmt«, versicherte der King. »Machen Sie sich keine Sorgen, Sir.«
»Ich mache mir keine Sorgen«, erwiderte Grey. »*Sie* sollten sich Sorgen machen.« Er reichte die Uhr zurück, die Uhr, die Lebensmittel für fast sechs Monate bringen konnte.
Der King schob die Uhr wieder auf das Handgelenk zurück

und begann seine Brieftasche und die übrigen Gegenstände an sich zu nehmen.
»Ach ja. Ihr Ring!« sagte Grey. »Den wollen wir doch auch mal nachprüfen.«
Aber auch der Ring stimmte mit der Liste überein. Er war unter der Positionsnummer A als *Goldring, mit Siegel der Sippe Gordon* aufgeführt. Neben der Beschreibung befand sich ein Abdruck des Siegels.
»Wie kommt es, daß ein Amerikaner einen Gordonring besitzt?« Grey hatte die gleiche Frage schon viele Male gestellt.
»Ich habe ihn gewonnen. Beim Pokern«, antwortete der King.
»Sie haben ein beachtliches Gedächtnis, Korporal«, sagte Grey und reichte ihn zurück. Die ganze Zeit hatte er gewußt, daß der Ring und die Uhr stimmen würden. Die Durchsuchung hatte er nur als Vorwand benutzt. In sich fühlte er den beinahe selbstquälerischen Drang, seinem Opfer wenigstens eine Weile nahe zu sein. Er wußte auch, daß der King nicht so leicht aus der Fassung zu bringen war. Viele hatten ihn zu fangen versucht und versagt, denn er war gerissen und vorsichtig und sehr schlau.
»Wie kommt es«, fragte Grey heftig und kochte plötzlich über vor Neid auf die Uhr und den Ring und die Zigaretten und die Streichhölzer und das Geld, »daß Sie so viel besitzen und wir übrigen gar nichts?«
»Keine Ahnung, Sir. Vermutlich habe ich einfach Glück.«
»Woher haben Sie dieses Geld?«
»Glücksspiel, Sir.« Der King war immer höflich. Er sagte immer »Sir« zu Offizieren, und er salutierte, ob es nun englische oder Aussie-Offiziere waren. Aber er wußte, daß ihnen die Unermeßlichkeit seiner Verachtung für »Sir« und Salutieren nicht entging. Es war nicht amerikanische Art. Mann ist Mann, welchen Werdegang, welche Familie, welchen Dienstgrad er auch haben mag. Respektiert man ihn, redet man ihn mit »Sir« an. Wenn nicht, eben nicht, und nur einem dämlichen Hampelmann paßt das nicht. Zum Teufel mit ihm!
Der King steckte den Ring an den Finger zurück, knöpfte die

Taschen zu und schnippte ein Staubfleckchen vom Hemd. »Wär's das, Sir?« Er sah die Wut in Greys Augen aufblitzen.
Dann blickte Grey zu Masters hinüber, der nervös zugesehen hatte. »Unteroffizier, würden Sie mir bitte etwas Wasser holen?«
Müde ging Masters zur Wasserflasche hinüber, die an der Wand hing. »Hier, Sir.«
»Das ist noch von gestern«, sagte Grey, wußte aber genau, daß es nicht stimmte. »Füllen Sie sie mit frischem Wasser.«
»Ich hätte schwören können, daß ich sie als erstes heute gefüllt habe«, murmelte Masters. Dann ging er kopfschüttelnd hinaus.
Grey ließ das Schweigen lasten, und der King stand gemächlich abwartend in der Baracke. Eine Windbö raschelte in den Kokospalmen, die dicht vor dem Zaun hoch über den Dschungel hinausragten, und trug das Versprechen auf Regen mit sich. Schon säumten dunkle Wolken im Osten den Himmel, bald den Himmel zu verhüllen. Bald würden sie Staub in Schlamm verwandeln und feuchte Luft atembar machen.
»Möchten Sie eine Zigarette, Sir?« Der King hielt ihm die Packung hin.
Das letzte Mal, daß Grey eine aktive Zigarette gehabt hatte, lag zwei Jahre zurück und war an seinem Geburtstag gewesen. An seinem zweiundzwanzigsten Geburtstag. Er starrte auf die Packung und wollte eine, wollte sie alle. »Nein«, knirschte er grimmig. »Ich will keine von Ihren Zigaretten.«
»Es macht Ihnen doch nichts aus, wenn ich rauche, Sir?«
»Doch, es macht mir etwas aus!«
Der King sah Grey fest in die Augen und zog ruhig eine Zigarette heraus. Er zündete sie an und machte einen tiefen Lungenzug.
»Nehmen Sie das Ding aus dem Mund!« befahl Grey.
»Gewiß, Sir.« Der King nahm einen langen, langsamen Zug, bevor er gehorchte. Dann wurde er hart. »Ich stehe nicht unter Ihrer Befehlsgewalt, und es gibt kein Gesetz, in dem steht, daß ich nicht rauchen darf, wenn ich will. Ich bin Amerikaner und

stehe nicht unter irgendeinem verfluchten Flatterlappen von Union Jack! Das ist auch Ihnen klargemacht worden. Bleiben Sie mir vom Hals, Sir.«

»Sie entgehen mir nicht, Korporal«, brach es aus Grey hervor. »Einmal werden Sie einen Fehler machen, und dann werde ich bereits warten, und Sie landen da!« Sein Finger zitterte, als er auf den groben Bambuskäfig zeigte, der als Haftzelle diente. »Dahin gehören Sie.«

»Ich verstoße gegen kein Gesetz ...«

»Wo haben Sie dann Ihr Geld her?«

»Glücksspiel.« Der King ging näher an Grey heran. Seine Wut war beherrscht, aber er war gefährlicher als sonst. »Mir schenkt niemand was. Was ich besitze, gehört mir, und ich habe es erworben. Wie ich es erworben habe, ist meine Sache!«

»Nicht, solange ich Sicherheitsoffizier bin.« Grey ballte die Fäuste. »Im Laufe der letzten Monate ist eine Menge Medikamente gestohlen worden. Vielleicht wissen Sie etwas darüber?«

»Jetzt reicht's, Sie – Hören Sie«, schnaubte der King zornig, »ich habe in meinem ganzen Leben noch nichts gestohlen. Mein ganzes Leben habe ich noch keine Medikamente verkauft, merken Sie sich das! Verflucht, wenn Sie nicht Offizier wären, ich würde Sie ...«

»Aber ich bin es, und ich wünschte mir nur, daß Sie es versuchten. Bei Gott, *ich* würde es! Sie halten sich für so verflucht hart, aber ich weiß, daß Sie es nicht sind.«

»Ich will Ihnen was sagen. Wenn wir diese Scheiße in Changi hinter uns haben, dann fragen Sie nach mir, und ich werde Ihnen Ihren Schädel präsentieren.«

»Ich werde es nicht vergessen!« Grey versuchte, sein wildpochendes Herz zu beruhigen. »Aber denken Sie daran, bis dahin passe ich auf und warte. Ich habe noch nie von einer Glückssträhne gehört, die nicht auch einmal abgerissen wäre. Und Ihre wird es bestimmt tun!«

»Das wird sie nicht, Sir.« Aber der King wußte, daß in Greys Worten eine große Wahrheit lag. Das Glück war ihm gut gesinnt gewesen. Sehr gut gesinnt. Aber Glück besteht aus harter

Arbeit und Planen und noch etwas dazu, und nicht aus Glücksspiel. Zumindest nicht, wenn es kein berechnetes Glücksspiel war. Wie etwa heute und der Diamant. Vier Karat! Endlich wußte er, wie er an ihn kommen konnte. Wenn er bereit war. Und wenn er dieses eine Geschäft machen konnte, würde es das letzte sein, und es würde keine Notwendigkeit zum Glücksspiel mehr bestehen – hier in Changi nicht.

»Das Glück *wird* Sie verlassen«, sagte Grey böse. »Wissen Sie warum? Weil Sie wie alle Verbrecher sind. Sie sind voller Habgier . . .«

»Ich brauche mir diesen Mist nicht von Ihnen bieten zu lassen«, unterbrach der King, und der Zorn riß ihn fort. »Ich bin ebensowenig ein Verbrecher wie . . .«

»Aber ja sind Sie es. Sie verstoßen die ganze Zeit gegen das Gesetz.«

»Den Teufel tu ich! Nach Japsengesetz vielleicht . . .«

»Zum Teufel mit Japsengesetz. Ich rede vom Lagergesetz. Nach Lagergesetz ist Handel verboten. Das aber tun Sie!«

»Beweisen Sie es!«

»Das werde ich zu gegebener Zeit tun. Sie werden einen Fehler machen. Und dann werden wir sehen, wie Sie zusammen mit uns andern überleben. In meinem Käfig. Und ich werde persönlich dafür sorgen, daß Sie zur Utramstraße geschickt werden, *nach* meinem Käfig!«

Der King spürte, wie ihm eisiges Entsetzen in Herz und Hoden schoß. »Bei Gott«, preßte er hervor. »Sie sind gerade der Schweinehund, der das tun würde!«

»In Ihrem Fall«, erwiderte Grey, und Schaum stand auf seinen Lippen, »wäre es ein Vergnügen. Die Japsen sind *Ihre* Freunde!«

»Verdammt, Sie verfluchter Schweinehund!« Der King ballte eine Faust von der Größe einer Hammelkeule und ging auf Grey los.

»Was geht hier vor, he?« fragte Oberst Brant, als er die Treppe hinaufstampfte und in die Baracke trat. Er war ein kleines Männchen, kaum einssechzig groß, und sein Bart wallte nach

Art der Sikhs unterm Kinn. Er trug ein Ausgehstöckchen. Seine Dienstmütze besaß keinen Schirm mehr und war überall mit Sackleinen geflickt; in der Mitte leuchtete das Emblem eines Regimentes wie Gold, glatt vom Polieren vieler Jahre.

»Nichts . . ., nichts, Sir.« Grey wehrte den plötzlichen Fliegenschwarm ab und versuchte sein heftiges Atmen zu unterdrükken. »Ich habe gerade . . . die Durchsuchung von Korporal . . .«

»Kommen Sie, Grey«, unterbrach Oberst Brant gereizt. »Ich habe gehört, was Sie über die Utramstraße und über die Japsen gesagt haben. Es ist völlig in Ordnung, ihn zu durchsuchen und zu verhören, jeder weiß das, aber es besteht kein Anlaß, ihm zu drohen oder ihn herunterzumachen.« Er wandte sich an den King, seine Stirn war mit Schweißperlen bedeckt. »Sie, Korporal. Sie sollten Ihrem Glücksstern danken, daß ich Sie nicht Hauptmann Brough zur disziplinarischen Bestrafung melde. Sie sollten wirklich vernünftig genug sein, nicht so angezogen herumzulaufen. Es reicht, jeden um den Verstand zu bringen. Sie fordern nur Unheil heraus.«

»Jawohl, Sir«, antwortete der King, äußerlich ruhig, innerlich sich aber verfluchend, daß er sich hatte hinreißen lassen – genau das, was Grey beabsichtigt hatte.

»Sehen Sie sich meine Kleidung an«, sagte Oberst Brant gerade. »Wie, zum Teufel, glauben Sie wohl, daß ich mir vorkomme?«

Der King erwiderte nichts. Das ist dein Problem, Mac, dachte er. Kümmere du dich um dich. Ich kümmere mich um mich. Der Oberst trug nur ein Lendentuch, aus einem halben Sarong gefertigt und um die Hüften verknotet – wie ein Kilt –, und unter dem Kilt war nichts. Der King war der einzige in Changi, der Unterhosen trug. Er besaß sechs Paar.

»Glauben Sie, ich beneide Sie nicht um Ihre Schuhe?« fragte Oberst Brant gereizt. »Wo ich als einziges diese verfluchten Dinger zum Anziehen habe?« Er trug gewöhnliche Kommiß-Sandalen – ein Stück Holz und ein Segeltuchstreifen für den Rist.

»Keine Ahnung, Sir«, antwortete der King mit verschleierter Demut, die in Offiziersohren so lieblich klingt.
»Ganz recht. Ganz recht.« Oberst Brant wandte sich an Grey. »Ich denke, Sie sollten sich bei ihm entschuldigen. Es ist völlig falsch, ihm zu drohen. Wir müssen gerecht sein, was, Grey?« Er wischte sich erneut Schweiß vom Gesicht.
Es kostete Grey ungeheure Anstrengung, den Fluch zu unterdrücken, der seine Lippen beben ließ. »Ich entschuldige mich!« Die Worte kamen leise und scharf, und dem King fiel es schwer, das Lächeln aus dem Gesicht zu halten.
»Sehr gut.« Oberst Brant nickte und sah dann auf den King. »In Ordnung«, sagte er, »Sie können gehen. Aber in Ihrem Aufzug fordern Sie Ärger geradezu heraus! Sie haben nur sich selbst Vorwürfe zu machen!«
Der King salutierte zackig. »Vielen Dank, Sir.« Er ging hinaus, und als er wieder im Sonnenschein stand, atmete er erleichtert und verfluchte sich erneut. Bei Gott, das war knapp gewesen. Beinah hatte er Grey eine geknallt, und das wäre die Tat eines Wahnsinnigen gewesen. Um sich zu sammeln, blieb er neben dem Weg stehen und zündete eine neue Zigarette an, und die vielen Männer, die vorbeigingen, sahen die Zigarette und rochen den Duft.
»Verfluchter Bursche«, stieß der Oberst schließlich hervor, blickte noch immer hinter ihm her und wischte sich die Stirn. Dann wandte er sich an Grey zurück. »Wirklich, Grey, Sie müssen glatt den Verstand verloren haben, ihn so herauszufordern.«
»Es tut mir leid. Ich . . . Vermutlich ist er . . .«
»Was *er* auch sein mag, es ist jedenfalls eines Offiziers und Gentlemans nicht würdig, ausfallend zu werden. Schlimm, sehr schlimm, meinen Sie nicht, wie?«
»Jawohl, Sir.« Es gab für Grey nicht mehr zu sagen.
Oberst Brant knurrte und stülpte dann die Lippen auf. »Ganz recht. Zum Glück kam ich gerade vorbei. Kann doch nicht einen Offizier mit einem gemeinen Soldaten sich prügeln lassen.« Er sah wieder zur Tür hinaus, haßte den King, gierte

nach dessen Zigaretten. »Verdammter Kerl«, fluchte er, ohne sich nach Grey umzublicken, »undiszipliniert. Wie alle Amerikaner. Böse Sippschaft. Es ist nicht zu fassen, aber die Burschen reden ihre Offiziere mit Vornamen an!« Er hob steil die Brauen. »Und die Offiziere spielen mit der Mannschaft Karten! Du meine Güte! Schlimmer als die Australier – und die sind doch schon ein Pack, wie man es schlimmer noch nicht gesehen hat. Erbärmlich! Nicht wie die Indische Armee, was?«

»Nein, Sir«, bestätigte Grey mit dünner Stimme.

Oberst Brant drehte sich schnell um. »Ich wollte keineswegs ..., Grey, nur weil ...« Er verstummte, und plötzlich standen Tränen in seinen Augen. »Warum, warum nur haben sie uns das angetan?« klagte er gebrochen. »Warum, Grey? Ich ..., wir alle liebten sie doch.«

Grey zuckte die Achseln. Wäre nicht die Entschuldigung gewesen, hätte er Mitleid empfunden.

Der Oberst zögerte, wandte sich dann ab und verließ die Baracke. Sein Kopf war gesenkt, und lautlos liefen ihm Tränen über die Wangen.

Als Singapur 42 fiel, waren seine Sikh-Soldaten beinah bis auf den letzten Mann zum Feind, dem Japaner, übergelaufen und hatten sich gegen ihre englischen Offiziere gewandt. Die Sikhs waren unter den ersten Gefängniswächtern der Kriegsgefangenen, und einige unter ihnen waren wild. Die Offiziere der Sikhs erfuhren keinen Frieden. Denn es waren nur die Masse der Sikhs und einige wenige von anderen indischen Regimentern. Die Gurkhas waren treu bis auf den letzten Mann, und das unter Foltern und schimpflicher Behandlung. Deshalb weinte Oberst Brant um seine Leute, die Leute, für die er gestorben wäre, die Leute, für die er noch immer starb.

Grey blickte hinter ihm her, sah dann den King neben dem Weg rauchen. »Bin froh, daß ich's gesagt habe, jetzt heißt es du oder ich«, flüsterte er leise vor sich hin.

Er setzte sich auf die Bank zurück, als ein stechender Schmerz seine Eingeweide durchzuckte und ihn erinnerte, daß die Ruhr diese Woche nicht an ihm vorübergegangen war. »Ver-

dammt«, stöhnte er matt, verfluchte Oberst Brant und die Entschuldigung.
Masters kehrte mit der vollen Wasserflasche zurück und reichte sie ihm. Er nahm einen Schluck, dankte ihm und begann dann zu planen, wie er den King fassen wollte. Aber der Hunger nach dem Mittagessen bedrängte ihn, und er ließ seinen Gedanken freien Lauf.
Ein schwaches Stöhnen zerschnitt die Luft. Grey blickte zu Masters hinüber, der dasaß, sich nicht bewußt, daß er einen Laut von sich gegeben hatte, und das rastlose Hin und Her der Hauseidechsen in den Dachsparren beobachtete, wie sie nach Insekten schnellten oder Liebesspiele trieben und sich paarten.
»Haben Sie die Ruhr, Masters?«
Masters verscheuchte kraftlos die Fliegen auf seinem Gesicht. »Nein, Sir. Mindestens seit beinah fünf Wochen nicht.«
»Unterleibstyphus?«
»Nein, Gott sei Dank. Verdammt, mein Wort drauf. Nur hundsgemeinen Dünnschiß. Und ich habe schon seit fast drei Monaten keine Malaria gehabt. Ich habe wirklich verfluchtes Schwein und bin, alles in allem, in Form.«
»Ja«, sagte Grey und setzte nachträglich hinzu: »Sie sehen wirklich wie in Hochform aus.« Aber er wußte, daß er sich bald um Ersatz kümmern mußte. Er blickte wieder zum King hinaus und beobachtete, wie er rauchte, und es wurde ihm vor Hunger nach einer Zigarette übel.
Masters ächzte erneut.
»Was, zum Teufel, ist denn mit Ihnen los?« fragte Grey zornig.
»Nichts, Sir. Nichts. Ich muß . . .«
Aber die Anstrengung zu sprechen war zuviel, und Masters ließ die Worte verklingen und sich mit dem Summen der Fliegen mischen. Fliegen beherrschten den Tag, Moskitos die Nacht. Keine Stille. Nie. Wie es sein mochte, ohne Fliegen und Moskitos und Menschen zu leben? Masters versuchte sich daran zu erinnern, aber die Anstrengung war zu groß. Deshalb saß er einfach still, ruhig, kaum atmend, nur noch Hülle eines Mannes. Und seine Seele zuckte unbehaglich.

»Schon gut, Masters, Sie können jetzt gehen«, sagte Grey. »Ich werde auf Ihre Ablösung warten. Wer ist dran?«

Masters zwang sein Hirn zur Arbeit und antwortete nach einer ganzen Weile: »Bluey . . ., Bluey White.«

»Um Gottes willen, reißen Sie sich zusammen!« fuhr Grey ihn an. »Korporal White ist vor drei Wochen gestorben.«

»Oh, entschuldigen Sie, Sir«, hauchte Masters matt. »Entschuldigen Sie. Ich muß ganz . . . Es ist . . ., äh, ich glaube, es ist Peterson. Der Pommy, ich meine Engländer. Infanterist, glaube ich.«

»Schon gut. Sie können jetzt gehen und Essen fassen. Aber trödeln Sie nicht und kommen Sie gleich zurück.«

»Jawohl, Sir.«

Masters setzte seinen Kulihut aus Rattangras auf und salutierte und torkelte zur türlosen Tür hinaus, wobei er die Fetzen seiner Hose hochzog. Mein Gott, dachte Grey, man riecht ihn auf fünfzig Schritt Entfernung. Sie müssen einfach mehr Seife ausgeben.

Aber er wußte, daß es nicht Masters allein war. Sie alle waren es. Wenn man nicht sechsmal am Tag badete, hing der Schweiß wie ein Leichentuch um einen. Und als er an Leichentücher dachte, fiel ihm wieder Masters ein – und das Mal, das er trug. Vielleicht wußte Masters es auch, was hatte es also für einen Sinn, sich zu waschen?

Grey hatte viele Männer sterben sehen. Bitterkeit begann in ihm aufzuwallen, als er an das Regiment und an den Krieg dachte. Verdammter Scheißkram, schrie er beinahe, vierundzwanzig und immer noch Leutnant. Und ringsum ging der Krieg weiter – auf der ganzen Welt. Beförderungen jeden Tag, das ganze Jahr. Gelegenheiten! Und hier sitze ich, in diesem dreckigen Kriegsgefangenenlager, und bin immer noch Leutnant. Großer Gott! Wären wir 42 nur nicht nach Singapur verladen worden. Wenn wir nur dahin gegangen wären, wohin wir hatten gehen sollen – zum Kaukasus. Wenn wir . . .

»Hör auf«, schrie er laut. »Du bist genauso schlimm wie Masters, du verfluchter Idiot!«

Im Lager war es normal, zuweilen laut mit sich selbst zu reden. Besser, es laut auszusprechen, als alles in sich hineinzuwürgen, hatten die Ärzte immer gesagt – das führte nur zu Wahnsinn. An den Tagen war es meist nicht so schlimm. Man konnte aufhören, über sein anderes Leben nachzudenken und über dessen Inhalt – Essen, Frauen, Zuhause, Essen, Essen, Frauen, Essen. Aber die Nächte waren gefährlich! Nachts träumte man. Träumte von Essen und Frauen. Von der eigenen Frau. Und bald gefiel einem das Träumen besser als das Wachen, und wenn man achtlos war, träumte man auch im Wachen, und die Tage gingen in Nächte über und die Nacht in den Tag. Dann gab es nur Tod. Leicht. Sanft. Es war leicht zu sterben. Todeskampf zu leben. Außer für den King. Er hatte keinen Todeskampf.

Grey beobachtete ihn noch immer, versuchte aufzuschnappen, was er gerade zu dem Mann neben ihm sagte, aber er stand zu weit entfernt. Grey versuchte den anderen einzuordnen, aber es gelang ihm nicht. An der Armbinde des Mannes konnte er erkennen, daß er Major war. Auf japanischen Befehl mußten alle Offiziere am linken Arm eine Armbinde mit den Rangabzeichen tragen. Jederzeit. Selbst nackt.

Die schwarzen Regenwolken türmten sich jetzt schnell auf. Wetterleuchten zuckte im Osten auf, aber noch immer stach die Sonne herab. Eine übelriechende Brise fegte einen Augenblick den Staub hoch, ließ ihn dann sich legen.

Automatisch benutzte Grey die Fliegenklatsche aus Bambus. Eine geschickte, halb unbewußte Wendung des Handgelenkes, und wieder fiel eine Fliege zu Boden, zermalmt. Eine Fliege zu *töten* war gedankenlos. Zum Krüppel mußte man sie machen, dann würde das Stinktier leiden und in winzigem Maße für das Leid bezahlen, das man selbst ertrug. Zum Krüppel mußte man sie machen, und sie würde lautlos schreien, bis Ameisen kamen, sich um ihr lebendiges Fleisch zu reißen.

Aber Grey bereitete es nicht das übliche Vergnügen, die Qual des Quälers zu beobachten. Er war zu angespannt mit dem King beschäftigt.

## 2

»Donnerwetter«, sagte der Major gerade mit gezwungener Freundlichkeit zum King, »wenn ich an die Zeit damals in New York zurückdenke. Das war 33. Wunderbare Zeit. Ein herrliches Land, die Staaten. Habe ich Ihnen eigentlich von der Fahrt erzählt, die ich damals nach Albany machte? Ich war zu der Zeit noch Leutnant ...«

»Jawohl, Sir«, wehrte der King müde ab. »Sie haben es mir erzählt.« Seinem Gefühl nach war er lange genug höflich gewesen, und er konnte noch immer Greys Blick auf sich spüren. Er war völlig sicher, und er hatte keine Angst, aber er wollte aus der Sonne und dem Bereich dieser Augen heraus. Er hatte eine Menge zu besorgen. Und wenn der Major nicht zur Sache kommen wollte, nun, dann eben nicht. »Wollen Sie mich jetzt entschuldigen, Sir. Es war nett, mit Ihnen zu reden.«

»Oh, nur einen Augenblick noch«, rief Major Barry schnell und sah sich nervös um, bewußt der neugierigen Augen vorübergehender Männer, bewußt ihrer unausgesprochenen Frage: Was redet er mit dem King? »Ich ... ehhm, könnte ich allein mit Ihnen sprechen?«

Der King taxierte ihn nachdenklich. »Wir sind hier allein. Wenn Sie auf Zimmerlautstärke bleiben.«

Major Barry war naß vor Verlegenheit. Aber er hatte jetzt seit Tagen versucht, zufällig dem King zu begegnen. Und die Gelegenheit war zu günstig, als daß er sie sich entgehen lassen durfte. »Aber die Baracke des Sicherheitsoffiziers ist ...«

»Was haben die Greifer damit zu tun, daß wir uns privat unterhalten? Ich verstehe nicht, Sir.« Der King war höflich.

»Es besteht keine Notwendigkeit ... ehhm ..., nun, Oberst Sellars meinte, Sie könnten mir vielleicht helfen.« Major Barry hatte nur den Stumpf eines rechten Armes, und er kratzte fortwährend den Stumpf, betastete ihn, knetete ihn. »Würden Sie ... etwas für uns erledigen, ich meine für mich?« Er wartete, bis niemand in Hörweite war. »Es ist ein Feuerzeug«, flüsterte er. »Ein Ronson-Feuerzeug. Tadelloser Zustand.« Jetzt, da er

damit herausgerückt war, fühlte der Major sich ein wenig leichter. Gleichzeitig fühlte er sich nackt, als er diese Worte zu dem Amerikaner sagte, draußen in der hellen Sonne, auf dem Weg, und in aller Öffentlichkeit.
Der King dachte einen Augenblick nach. »Wer ist der Eigentümer?«
»Ich.« Der Major blickte bestürzt auf. »Du lieber Himmel, Sie denken doch nicht, ich hätte es gestohlen? Das würde ich niemals tun! Ich habe es über all die Jahre gerettet, aber jetzt, nun, jetzt müssen wir es verkaufen. Alle in der Einheit haben zugestimmt.« Er leckte die trockenen Lippen und streichelte den Stumpf. »Bitte. Würden Sie es tun? Sie können den besten Preis erzielen.«
»Handel ist gegen das Gesetz.«
»Schon, aber ... bitte, Sie ... würden Sie bitte? Sie können mir vertrauen.«
Der King drehte sich so, daß er den Rücken Grey und das Gesicht dem Zaun zukehrte – nur für den Fall, daß Grey Lippenbewegungen lesen konnte. »Ich werde nach dem Essenfassen jemand schicken«, sagte er ruhig. »Kennwort: ›Leutnant Albany hat gesagt, ich soll zu Ihnen kommen!‹ Kapiert?«
»Ja.« Major Barry zögerte, sein Herz klopfte wild. »Wann, haben Sie gesagt?«
»Nach dem Essenfassen. Nach dem Mittagessen!«
»Ja, sehr gut.«
»Geben Sie es ihm einfach. Und wenn ich es mir angesehen habe, werde ich mich mit Ihnen in Verbindung setzen. Dasselbe Kennwort.« Der King schnippte die Glut seiner Zigarette weg und ließ die Kippe auf den Boden fallen. Er wollte sie gerade zertreten, als er das Gesicht des Majors sah. »Oh! Wollen Sie die Kippe?«
Major Barry bückte sich glücklich und hob sie auf. »Danke. Vielen Dank.« Er öffnete seine kleine Tabakdose, riß vorsichtig das Papier von der Kippe ab, legte den Zentimeter Tabak zwischen die getrockneten Teeblätter und vermischte beides. »Geht nichts über ein bißchen versüßten Knaster«, sagte er lä-

chelnd. »Ich danke Ihnen vielmals. Das reicht mindestens für drei gute Zigaretten.«
»Bis später, Sir.« Der King salutierte.
»Aber ...«, Major Barry wußte nicht recht, wie er es sagen sollte. »Meinen Sie nicht«, begann er nervös, die Stimme gesenkt, »daß ... naja, es einem Fremden zu geben, einfach so ... Woher soll ich wissen, daß, ehhm, alles in Ordnung geht?«
Der King sagte kalt: »Erstens: das Kennwort. Zweitens habe ich meinen Ruf. Drittens traue *ich* Ihnen, daß es nicht gestohlen ist. Vielleicht vergessen wir's besser.«
»O nein, bitte, verstehen Sie mich nicht falsch«, sagte der Major schnell, »ich hab ja nur gefragt. Es ist, ehhm, es ist alles, was mir geblieben ist.« Er versuchte zu lächeln. »Danke. Nach dem Mittagessen. Ach, wie lange, glauben Sie, wird es dauern, es, ehhm, zu veräußern?«
»Sobald ich kann. Übliche Bedingungen. Ich bekomme zehn Prozent vom Verkaufspreis«, erklärte der King entschieden.
»Natürlich. Danke schön. Und nochmals vielen Dank für den Tabak.« Jetzt, nachdem alles gesagt war, fühlte Major Barry sich von einer ungeheuren Last befreit. Mit etwas Glück, dachte er, als er den Hügel hinabhastete, werden wir sechs- oder siebenhundert Dollar bekommen. Genug, um Nahrungsmittel für Monate zu kaufen, bei sorgfältiger Einteilung. Er dachte kein einziges Mal an den Mann, dem das Feuerzeug gehört hatte, der es ihm zur Aufbewahrung gegeben hatte, als er ins Krankenhaus gebracht worden war, vor Monaten, um nie wiederzukommen. Das lag in der Vergangenheit. Heute gehörte das Feuerzeug ihm. Es war sein, und er konnte es verkaufen.
Der King wußte, daß Grey ihn die ganze Zeit beobachtet hatte. Der Nervenkitzel, direkt vor der MP-Baracke ein Geschäft abzuschließen, erhöhte sein Wohlbehagen. Mit sich selbst zufrieden, ging er die leichte Anhöhe hinauf, erwiderte automatisch die Grüße der Männer – Offiziere und Soldaten, Engländer und Australier –, die er kannte. Die wichtigen erhielten besondere Behandlung, die anderen ein freundliches Nicken. Der King war sich ihres bösen Neides bewußt, und es kümmerte

ihn nicht. Er war daran gewöhnt, es belustigte ihn und steigerte nur sein Ansehen. Und er war erfreut, daß die Männer ihn den König nannten. Er war stolz auf das, was er als Mann geleistet hatte – als Amerikaner. Durch Schlauheit hatte er eine Welt geschaffen. Jetzt besichtigte er seine Welt und war zufrieden.

Er blieb vor Baracke 24, einer der australischen Baracken, stehen und steckte den Kopf zu einem Fenster hinein.

»He! Tinker«, rief er laut. »Ich will rasiert und manikürt werden.«

Tinker Bell war klein und drahtig. Seine Haut war tief gebräunt, und seine Augen waren klein und sehr braun, und seine Nase schälte sich. Er war Schafscherer von Beruf, aber er war der beste Barbier in Changi.

»Was'n los, verdammt, haste Geburtstag? Hab dich doch erst vorgestern manikürt.«

»Und heute tust du's eben wieder.«

Tinker zuckte die Achseln und sprang aus dem Fenster. Der King lehnte sich auf dem Stuhl im Schutz des vorspringenden Barackendaches zurück und entspannte sich zufrieden, als Tinker ihm das Leinentuch um den Hals legte und ihn zurechtsetzte. »Sieh dir das an, Kumpel«, sagte er und hielt dem King ein kleines Stück Seife unter die Nase. »Riech mal.«

»He!« grinste der King. »Das is'n Ding!«

»Kapier's nicht, Kumpel! Aber, verflucht, es ist echte Veilchenseife von Yardley. Ein Freund von mir hat sie bei einem Arbeitseinsatz organisiert. Einem verdammten Nip direkt unter der Nase weg. Hat mich dreißig Dollar gekostet«, verdoppelte er den Preis und zwinkerte. »Ich werd sie für dich behalten, für dich ganz allein, wenn du willst.«

»Weißt du was? Ich zahl dir jedesmal fünf Piepen statt drei, solange sie vorhält«, erklärte der King.

Tinker rechnete schnell. Das Stück Seife würde vielleicht für achtmal Rasieren reichen, vielleicht für zehnmal. »Herrje! Kumpel, du bist wohl krank. Da krieg ich kaum mein Geld zurück.«

Der King knurrte. »Diesmal bist du reingefallen, Tink. Ich kann diese Seife pfundweise für fünfzehn das Stück kaufen.«
»Verfluchte Affenschande«, platzte Tinker heraus und machte auf zornig. »Ein Kumpel, der mich für einen Nassauer hält! Das ist wirklich nicht fein!« Wütend schlug er heißes Wasser und die süßlich duftende Seife zu Schaum. Dann lachte er. »Du bist schon der König, Kumpel.«
»Ja«, sagte der King selbstgefällig. Er und Tinker waren alte Freunde.
»Kann's losgehn, Kumpel?« fragte Tinker, als er den seifenschaumbedeckten Rasierpinsel hochhielt.
»Klar.« Dann sah der King Tex den Weg hinabgehen. »Augenblick mal. He! Tex«, rief er laut.
Tex blickte zur Baracke hinüber, entdeckte den King und ging gemächlich auf ihn zu. »Ja?« Er war ein junger Schlaks mit großen Ohren und krummer Nase und zufriedenen Augen, und er war groß, sehr groß.
Unaufgefordert ging Tinker außer Hörweite, als der King Tex näher zu sich heranwinkte. »Erledigst du was für mich?«
»Klar«, sagte Tex.
Der King zog die Brieftasche heraus und entnahm ihr einen Zehndollarschein. »Such Oberst Brant. Den kleinen Kerl mit dem langen Bart unterm Kinn. Gib ihm das.«
»Weißt du, wo er steckt?«
»Unten an der Gefängnisecke. Er ist heute damit beschäftigt, Grey im Auge zu behalten.«
Tex grinste. »Hab gehört, du hast in der Klemme gesteckt.«
»Der Schweinehund hat mich schon wieder durchsucht.«
»Unangenehm«, meinte Tex trocken und kratzte sich das kurze Stoppelhaar.
»Ja.« Der King lachte. »Und sag Brant, er soll das nächste Mal nicht so verdammt spät kommen. Aber du hättest dabei sein sollen, Tex. Mann, dieser Brant ist eine Wucht von einem Schauspieler. Er hat es sogar fertiggebracht, daß Grey sich entschuldigen mußte.« Er grinste, legte dann noch fünf dazu. »Sag ihm, das ist für die Entschuldigung.«

»Klar. Ist das alles?«

»Nein.« Er sagte ihm das Kennwort und erklärte ihm, wo er Major Barry finden würde, und dann ging Tex seines Weges, und der King lehnte sich wieder zurück. Alles in allem war der heutige Tag recht gewinnbringend gewesen.

Grey lief über den Weg und hastete die Treppe zur Baracke 16 hinauf. Es war beinah Zeit zum Essenfassen, und er fühlte schmerzhaft den Hunger in sich bohren.

Die Männer standen bereits ungeduldig nach dem Essen an. Schnell ging Grey zu seinem Bett und holte seine beiden Eßgeschirre und Becher und Löffel und Gabel und stellte sich hinten an die Reihe an.

»Warum ist es denn noch nicht da?« fragte er müde den Mann vor sich.

»Woher, zum Teufel, soll ich das wissen?« antwortete Dave Daven grob. Sein Akzent verriet Public School – Eton, Harrow oder Charterhouse –, und er war schlank und hochgewachsen wie Bambus.

»Ich hab ja nur mal gefragt«, sagte Grey gereizt und verachtete Daven wegen seines Akzents und seiner angestammten Rechte.

Nachdem sie eine Stunde lang gewartet hatten, kam das Essen. Ein Mann trug zwei Behälter zum Kopf der Schlange und stellte sie ab. In den Behältern waren früher einmal zwanzig Liter Super-Benzin gewesen. Jetzt war der eine halb mit trockenem und durchsichtigem Reis gefüllt. Der andere war voll Suppe.

Heute gab es Haifischsuppe – zumindest war ein Hai Gramm für Gramm in die Suppe für zehntausend Mann verteilt worden. Sie war warm und schmeckte leicht nach dem Fisch, und darin schwammen Stücke von Auberginen und Kohl, einhundert Pfund für zehntausend. Der größte Teil der Suppe bestand aus roten und grünen, bitteren und dennoch nahrhaften Blättern, die mit viel Sorgfalt in den Gärten des Lagers gezogen worden waren. Salz und Curry und spanischer Pfeffer würzten sie.

Schweigend traten die Männer einer nach dem andern vor, be-

obachteten die Abfertigung des Vordermannes und des Hintermannes und verglichen deren Portionen mit der eigenen Zuteilung. Aber jetzt, nach drei Jahren, waren die Portionen alle gleich.
Je Mann eine Tasse Suppe.
Der Reis dampfte, als er ausgeteilt wurde. Heute gab es Javareis, körnig trocken, der beste auf der Welt. Eine Tasse voll je Mann.
Einen Becher Tee.
Jeder nahm sein Essen weg und aß schweigend, hastig, voll höchster Pein. Die Reiskäfer im Reis waren zusätzliche Nahrung, und der Wurm oder das Insekt in der Suppe wurden ohne Zorn herausgefischt, falls sie entdeckt wurden. Aber die meisten sahen gar nicht mehr auf die Suppe, nachdem sie zuerst rasch hineingeschaut und geprüft hatten, ob ein Stück Fisch darin schwamm.
Heute war nach der Essenausgabe etwas übrig, und die Liste wurde nachgesehen, und die drei Männer, die darauf an der Spitze standen, erhielten den Nachschlag und dankten dem Heute. Dann war das Essen alle, und das Mittagessen war vorbei, und Abendessen gab es bei Sonnenuntergang.
Aber obwohl es nur Suppe und Reis gab, konnte es hier und da im Lager vorkommen, daß einer vielleicht ein Stück Kokosnuß, eine halbe Banane oder ein Stück Sardine oder einen Faden Büchsenfleisch oder gar ein Ei besaß, die er unter seinen Reis mengen konnte. Ein ganzes Ei war selten. Einmal in der Woche, sofern die Lagerhühner nach Plan legten, erhielt jeder ein Ei. Das war ein großer Tag. Einige wenige erhielten jeden Tag ein Ei, aber keiner wollte einer dieser wenigen sein.

»He, hört mal her, Leute!« Hauptmann Spence stand mitten in der Baracke, aber seine Stimme war draußen zu hören. Er war diensthabender Offizier der Woche, Barackenältester, ein kleiner dunkler Mann mit verzerrten Zügen. Er wartete, bis alle hereingekommen waren. »Wir müssen weitere zehn Mann für das Holzkommando abstellen.« Er prüfte seine Liste und

rief die Namen auf und blickte dann auf. »Marlowe!« Es kam keine Antwort. »Weiß jemand, wo Marlowe steckt?«
»Ich glaube, er ist unten bei seiner Einheit«, rief Ewart.
»Sagen Sie ihm bitte, er ist für das morgige Arbeitskommando auf dem Flugplatz eingeteilt.«
»In Ordnung.«
Spence begann zu husten. Sein Asthma war heute schlimm, und als der Anfall vorüber war, fuhr er fort: »Der Lagerkommandant hatte heute morgen erneut eine Unterredung mit dem Japsengeneral. Er hat größere Rationen und Medikamente verlangt.« Spence räusperte sich in die einen Augenblick herrschende Stille hinein. Dann fuhr er fort, und seine Stimme war flach. »Er bekam die übliche Abfuhr. Die Reisration bleibt bei hundertzwanzig Gramm je Mann und Tag.« Spence sah zu den Türen hinaus und vergewisserte sich, daß auch beide Ausgucke auf Posten standen. Dann senkte er die Stimme, und alle lauschten erwartungsvoll.
»Die Alliierten stehen etwa hundert Kilometer vor Mandalay und sind noch immer in zügigem Vormarsch. Sie treiben die Japsen vor sich her. In Belgien stoßen die Alliierten weiter vor, aber das Wetter ist sehr schlecht. Schneestürme. An der Ostfront das gleiche, aber die Russen preschen wie Teufel auf Urlaub vor und hoffen, Krakau in den nächsten Tagen einzunehmen. Die Yankees kommen bei Manila gut voran. Sie stehen in der Gegend des . . .« Er zögerte, versuchte sich an den Namen zu erinnern. »Ich glaube, es ist der Agnofluß auf Luzón. Das ist alles. Aber es ist gut.«
Spence war froh, daß dieser Teil vorüber war. Er lernte die Nachrichten bei der täglichen Besprechung der Barackenältesten auswendig, und jedesmal stand er auf, um sie öffentlich zu wiederholen, und der Schweiß erkaltete, und im Magen hatte er ein leeres Gefühl. Eines Tages konnte ein Spitzel ihn verraten und dem Feind erzählen, daß er einer der Männer war, die die Nachrichten verbreiteten, und Spence wußte, daß er nicht stark genug war, um stumm zu bleiben. Oder ein Japaner hörte eines Tages, wie er es den andern erzählte, und dann . . .

»Das ist alles, Leute.« Spence ging zu seinem Bett hinüber; er war von Übelkeit erfüllt. Er zog die Hosen aus und ging mit einem Handtuch über dem Arm aus der Baracke.
Die Sonne stach. Noch zwei Stunden bis zum Regen. Spence ging über die Asphaltstraße und stellte sich für eine Dusche an. Er mußte immer eine Dusche nehmen, nachdem er die Nachrichten weitergegeben hatte, denn der Schweißgestank hing beißend um ihn.

»In Ordnung, Kumpel?« fragte Tinker.
Der King besah seine Nägel. Sie waren gut manikürt. Das Gesicht spannte von den heißen und kalten Tüchern und duftete durchdringend nach dem Hautwasser. »Bestens«, sagte er, als er ihn bezahlte. »Danke, Tink.« Er stand vom Stuhl auf, setzte seinen Hut auf und nickte Tinker und dem Oberst zu, der geduldig auf einen Haarschnitt gewartet hatte.
Beide Männer starrten hinter ihm her.
Der King ging rasch den Weg hinauf, vorbei an sich drängenden Baracken, und strebte nach Hause. Er war angenehm hungrig.
Die Amerikanerbaracke stand etwas abseits von den übrigen, nah genug an den Mauern, um den Nachmittagsschatten zu teilen, und nah genug am ringsum führenden Weg, der die Lebensader des Lagers war, und nah genug am Zaun. Sie lag gerade richtig. Hauptmann Brough von der US-Luftwaffe, der rangälteste amerikanische Offizier, hatte darauf bestanden, daß die amerikanischen Soldaten ihre eigene Baracke erhielten. Die meisten amerikanischen Offiziere wären am liebsten ebenfalls da eingezogen – es war schwer für sie, unter Ausländern zu leben –, aber das war nicht erlaubt, denn die Japaner hatten befohlen, Offiziere von den Mannschaftsdienstgraden zu trennen. Die übrigen Nationalitäten fanden das schwer zu verdauen, die Australier weniger als die Engländer.
Der King dachte an den Diamanten. Es würde nicht leicht sein, dieses Ding zu drehen, und drehen mußte er dieses Ding. Als er sich der Baracke näherte, bemerkte er plötzlich neben dem

Weg einen jungen Mann, der auf den Schenkeln hockte und wie ein Wasserfall auf Malaiisch auf einen Eingeborenen einredete. Die Haut des Mannes war tief gebräunt, und unter der Haut waren die Muskeln zu sehen. Breite Schultern. Schmale Hüften. Der Mann trug nur einen Sarong, und der Art nach, wie er ihn trug, schien er dahin zu gehören. Sein Gesicht war unebenmäßig, und trotz seiner Changidürre lag Anmut in seinen Bewegungen, und ein Funkeln umgab ihn.

Der Malaie – schwarzbraun, winzig – lauschte angespannt auf den rhythmischen Singsang des Mannes; dann lachte er und zeigte seine von Betelnuß zerstörten Zähne und antwortete und untermalte die melodische Sprache mit einem Wink der Hand. Der Mann fiel in sein Lachen ein und unterbrach ihn mit einer Flut von Worten, blind gegen das angespannte Starren des King.

Der King konnte nur hier und da ein Wort aufschnappen, denn sein Malaiisch war schlecht, und er mußte sich mit einem Mischmasch aus Malaiisch und Japanisch und Pidgin-Englisch durchschlagen. Er lauschte dem vollen Lachen und begriff, daß es etwas Seltenes war. Wenn dieser Mann lachte, konnte man sehen, daß das Lachen aus dem Herzen kam. Und das war sehr selten. Unbezahlbar.

Nachdenklich betrat der King die Baracke. Die anderen Männer blickten kurz auf und grüßten ihn freundlich. Er erwiderte ihren Gruß ohne Wohlwollen. Aber er wußte Bescheid, und sie wußten Bescheid.

Dino lag halb eingeschlafen auf seinem Bett. Er war ein zierlicher kleiner Mann mit dunkler Haut und dunklem Haar, vorzeitig grau gefleckt, und verschleierten feuchten Augen. Der King fühlte die Augen und nickte und sah Dinos Lächeln. Aber die Augen lächelten nicht.

In der äußersten Barackenecke blickte Kurt von der Hose auf, die er zu flicken versuchte, und spuckte auf den Boden. Er war ein mickriger, böse aussehender Mann mit gelbbraunen Rattenzähnen, und er spuckte immer auf den Boden; keiner von ihnen mochte ihn, denn er badete nie. In der Barackenmitte spielten Byron Jones III und Miller ihr endloses Schach. Beide waren nackt. Als Millers Handelsschiff vor zwei Jahren torpediert worden war, hatte er zweihundertachtundachtzig Pfund gewogen. Er war über zwei Meter groß. Jetzt wog er einhundertdreiunddreißig, und die Falten der Bauchhaut hingen ihm wie ein Fell über die Geschlechtsteile. Seine blauen Augen leuchteten auf, als er sich vorbeugte und einen Springer setzte. Byron Jones III schnappte schwupp den Springer weg, und nun sah Miller, daß sein Turm bedroht war.

»Jetzt hat's dich erwischt, Miller«, frohlockte Jones und kratzte sich die Dschungelschwären an den Beinen.

»Geh zum Teufel!«

Jones lachte. »Die Kriegsmarine war der Handelsmarine immer schon einen Breitengrad voraus.«

»Trotzdem habt ihr Ganoven euch versenken lassen. Und dazu noch ein Schlachtschiff!«

»Tjaa«, machte Jones nachdenklich, spielte mit seiner Augenklappe und erinnerte sich an den Untergang seines Schiffes, der ›Houston‹, und an den Tod seiner Kameraden und den Verlust seines Auges.

Der King ging die ganze Baracke hinab. Max saß noch immer neben dem Bett und der großen schwarzen Kiste, die daran angekettet war.

»Gut, Max«, sagte der King. »Danke. Du kannst jetzt abzischen.«

»Ist gut.« Max hatte ein scharf gezeichnetes Gesicht. Er stammte aus dem Westen New Yorks, und er hatte auf dessen Straßen die Lektionen des Lebens schon in jungen Jahren gelernt. Seine Augen waren braun und rastlos.

Automatisch nahm der King seine Tabakdose heraus und schenkte Max ein wenig von dem rohen Tabak.

»Danke«, strahlte Max. »Ach ja: Lee hat mir gesagt, ich soll dir sagen, er hat deine Wäsche fertig. Er faßt heute das Essen – wir sind bei der zweiten Schicht –, aber er hat mir gesagt, ich soll es dir sagen.«

»Danke.« Der King angelte seine Packung Kooa, und vorüber-

gehende Stille legte sich über die Baracke. Bevor der King noch seine Streichhölzer herausholen konnte, schlug Max Feuer mit seinem Eingeborenen-Flintfeuerzeug.
»Danke, Max.« Der King machte einen tiefen Lungenzug. Nach einer Pause sagte er dann: »Magst du eine Kooa?«
»Herrje, danke«, stieß Max hervor, ohne auf die Ironie in des King Stimme zu achten. »Willst du sonst noch was?«
»Ich ruf dich, wenn ich dich brauche.«
Max ging die Baracke hinab, um sich auf sein Stringbett an der Tür zu legen. Augen sahen die Zigarette, Münder aber sagten nichts. Sie gehörte Max. Max hatte sie verdient. Wenn ihr Tag kam, den Besitz des King zu bewachen, nun, vielleicht kriegten sie dann auch eine.
Dino lächelte Max zu, der zurückblinzelte. Sie würden die Zigarette nach dem Essen teilen. Immer teilten sie, was sie finden oder stehlen oder erwerben konnten. Max und Dino waren eine Einheit.
Überall in der ganzen Welt Changis war es das gleiche. Die Männer aßen und lebten in Einheiten. Zweier, Dreier, selten Vierer. Ein einzelner konnte nie weit genug herumkommen oder etwas Eßbares finden und ein Feuer machen und es kochen und essen – ganz allein nicht. Drei war die vollkommene Einheit. Einer, um Essen zu organisieren, einer, zu bewachen, was organisiert worden war, und einer als Ersatz. Wenn der Ersatz nicht krank war, organisierte oder bewachte auch er. Alles wurde auf drei verteilt: wenn man ein Ei bekam oder eine Kokosnuß stahl oder bei einem Arbeitseinsatz eine Banane fand oder irgendwo einen glücklichen Fang machte – es ging an die Einheit. Das Gesetz war einfach, wie jedes Naturgesetz. Nur durch gemeinsame Anstrengungen blieb man am Leben. Etwas der Einheit vorzuenthalten, war tödlich, denn wenn man aus einer Einheit ausgestoßen wurde, sprach es sich herum. Und es war unmöglich, allein am Leben zu bleiben.
Aber der King hatte keine Einheit. Er war sich selbst genug.
Sein Bett stand in der begünstigten Barackenecke, unter einem Fenster, gerade richtig gestellt, daß es auch die leiseste Brise

auffing. Das nächste Bett stand drei Meter entfernt. Sein Bett war gut. Stahl. Die Federn waren stramm, und die Matratze war mit Kapok gefüllt. Das Bett war mit zwei Decken abgedeckt, und saubere Laken blitzten unter der oberen Decke neben dem in der Sonne verblichenen Kopfkissen hervor. Über dem Bett, straff zwischen Pfosten gespannt, ein Moskitonetz. Es war makellos.

Der King besaß auch einen Tisch und zwei Sessel und einen Teppich zu beiden Seiten des Bettes. Auf einem Regal neben dem Bett lag sein Rasierzeug – Rasierapparat, Pinsel, Seife, Rasierklingen. Daneben seine Teller und Tassen und die selbstgebastelte elektrische Kochplatte und Koch- und Eßgeschirr. An der Eckwand hingen seine Kleider, vier Hemden und vier lange Hosen und vier kurze Hosen. Sechs Paar Socken und Unterhosen lagen auf einem Gestell. Unter dem Bett standen zwei Paar Schuhe, Badesandaletten und ein Paar glänzende indische Chappals.

Der King setzte sich in einen der Sessel und vergewisserte sich, ob alles an Ort und Stelle war. Er sah, daß das Haar, das er so geschickt auf seinen Rasierapparat gelegt hatte, nicht mehr da war. Mistkerle, dachte er. Soll ich mir eure Krätze holen? Aber er sagte nichts, nahm sich in Gedanken nur vor, ihn in Zukunft wegzuschließen.

»Hallo«, sagte Tex. »Bist du beschäftigt?«

»Beschäftigt« war ein anderes Kennwort. Es bedeutete: »Bist du bereit, Ware zu übernehmen?«

Der King grinste und nickte, und Tex übergab ihm vorsichtig das Ronson-Feuerzeug. »Danke«, sagte der King. »Möchtest du heute meine Suppe?«

»Worauf du dich verlassen kannst«, antwortete Tex und zog ab.

Gemächlich untersuchte der King das Feuerzeug. Wie der Major gesagt hatte, war es fast neu. Ohne Kratzer. Es funktionierte jedesmal. Und sehr sauber. Er drehte die Feuersteinschraube heraus und untersuchte den Feuerstein. Es war ein billiger einheimischer Feuerstein und beinah aufgebraucht, deshalb öffnete er die Zigarrenkiste auf dem Gestell, nahm die Ronson-Feuersteinschachtel heraus und setzte einen neuen ein. Er drückte auf den Verschluß. Es funktionierte. Eine sorgfältige Einstellung des Dochtes, und er war zufrieden. Das Feuerzeug war keine Fälschung und würde sicherlich achthundert, neunhundert Dollar einbringen.

Von der Stelle aus, an der er saß, konnte er den jungen Mann und den Malaien sehen. Sie waren noch immer feste dabei, papperlapapp, papperlapapp.

»Max«, rief er ruhig.

Max eilte die ganze Barackenlänge zu ihm hinauf. »Jaa?«

»Siehst du den Kerl da?« fragte der King und nickte zum Fenster hinaus.

»Welchen? Den Wog?«

»Nein. Den andern. Hol ihn mir bitte her.«

Max stieg aus dem Fenster und ging über den Weg. »He! Mac«, sagte er zu dem jungen Mann. »Der King will mit dir reden«, und er zeigte mit dem Daumen zur Baracke hinüber. »Aber ein bißchen dalli.«

Der Mann starrte Max an und sah dann in die vom Daumen angegebene Richtung zur amerikanischen Baracke. »Ich?« fragte er ungläubig und blickte dabei zu Max zurück.

»Ja, du«, bestätigte Max ungeduldig.

»Wozu?«

»Woher soll ich das wissen, verdammt nochmal!«

Der Mann sah Max stirnrunzelnd an und wurde hart. Er dachte einen Augenblick nach und wandte sich dann an Suliman, den Malaien. »Nanti-lah«, sagte er.

»Bik, Tuan«, antwortete Suliman und machte Anstalten zu warten. Dann setzte er auf Malaiisch hinzu: »Achtet auf Euch, Tuan. Und gehet mit Gott.«

»Fürchtet nichts, mein Freund – aber ich danke Euch für Eure Besorgnis«, setzte der Mann lächelnd hinzu. Er stand auf und folgte Max in die Baracke. »Sie wollten mich sprechen?« fragte er und ging auf den King zu.

»Hallo«, grüßte der King lächelnd. Er sah, daß die Augen des

Mannes vorsichtig blickten. Das gefiel ihm, denn vorsichtige Augen waren selten. Er nickte Max zu, der wegging. Unaufgefordert gingen die übrigen Männer, die in der Nähe waren, außer Hörweite, so daß sie ungestört reden konnten.
»Los, nehmen Sie Platz«, forderte der King herzlich auf.
»Danke.«
»Möchten Sie eine Zigarette?«
Die Augen des Mannes weiteten sich, als er die ihm angebotene Kooa sah. Er zögerte und nahm sie dann. Seine Verwunderung wuchs, als der King das Ronson knipsen ließ, aber er versuchte, sie zu verbergen, und zog tief an der Zigarette. »Sie ist gut. Sehr gut«, erklärte er genießerisch. »Danke.«
»Wie heißen Sie?«
»Marlowe. Peter Marlowe.« Dann setzte er ironisch hinzu: »Und Sie?«
Der King lachte. Gut, dachte er, der Kerl hat Sinn für Humor, und er ist kein Arschlecker. Er merkt sich diese Information und sagte dann: »Sie sind Engländer?«
»Ja.«
Der King hatte Peter Marlowe früher noch nie bemerkt, aber das war nichts Besonderes bei zehntausend Gesichtern, die sich alle so sehr ähnlich sahen. Er studierte Peter Marlowe schweigend, und die kühlen blauen Augen blickten forschend zu ihm zurück.
»Die Kooa ist so ziemlich die beste Zigarette in dieser Gegend«, sagte der King schließlich. »Natürlich nicht mit einer Camel zu vergleichen. Das ist eine amerikanische Zigarette. Die beste auf der Welt. Haben Sie je eine geraucht?«
»Ja«, antwortete Peter Marlowe, »aber eigentlich kamen sie mir im Geschmack ein bißchen trocken vor. Meine Marke ist Gold Flake.« Dann setzte er höflich hinzu: »Es ist eine Frage des Geschmacks, nehme ich an.« Wieder trat Schweigen ein, und Peter Marlowe wartete, daß der King zur Sache käme. Während er wartete, dachte er, daß er den King mochte, trotz seines Rufes, und er mochte ihn des Humors wegen, der aus seinen Augen schimmerte.

»Sie sprechen sehr gut Malaiisch«, sagte der King und nickte zu dem Malaien hin, der geduldig wartete.
»Oh, es geht.«
Der King unterdrückte einen Fluch über diese unvermeidliche englische Untertreibung. »Haben Sie's hier gelernt?« fragte er geduldig.
»Nein. Auf Java.« Peter Marlowe zögerte und sah sich um. »Sie haben es sehr nett hier.«
»Hab's gern gemütlich. Wie sitzt es sich in dem Sessel?«
»Gut.« Überraschung zuckte auf.
»Hat achtzig Piepen gekostet«, verkündete der King stolz. »Vor einem Jahr.«
Peter Marlowe sah den King scharf an, um zu sehen, ob es als Scherz gemeint war, ihm den Preis zu nennen, einfach so, aber er entdeckte nur Zufriedenheit und offensichtlichen Stolz. Erstaunlich, dachte er, so etwas einem Fremden zu sagen. »Er ist sehr bequem«, versicherte er dann und verbarg seine Verlegenheit.
»Ich werde den Fraß machen. Essen Sie mit?«
»Ich hab gerade ... Mittagessen gehabt«, antwortete Peter Marlowe vorsichtig.
»Sie können sicher noch was vertragen. Mögen Sie ein Ei?«
Jetzt konnte Peter Marlowe nicht länger sein Erstaunen verbergen, und seine Augen weiteten sich. Der King lächelte und empfand, daß es sich gelohnt hatte, ihn zum Essen einzuladen, um eine solche Reaktion zu erreichen. Er kniete neben seiner schwarzen Kiste nieder und schloß sie vorsichtig auf.
Peter Marlowe starrte auf den Inhalt hinunter und war betäubt. Ein halbes Dutzend Eier, Säckchen mit Kaffeebohnen. Glaskrüge mit Gula Malakka, dem köstlichen Sahnezucker des Orients. Bananen. Mindestens ein Pfund Javatabak. Zehn oder elf Packungen Kooa. Ein Glaskrug voll Reis. Ein zweiter mit Katchang-Idhu-Bohnen. Öl. Viele Delikatessen in Bananenblättern. Er hatte seit Jahren nicht mehr Schätze in solchen Mengen gesehen.
Der King nahm das Öl und zwei Eier heraus und verschloß

die Kiste wieder. Als er sich nach Peter Marlowe umsah, bemerkte er, daß die Augen erneut vorsichtig blickten und das Gesicht gelassen war.
»Wie mögen Sie Ihr Ei? Als Spiegelei?«
»Nun, es scheint mir ein bißchen unhöflich, Ihre Einladung anzunehmen.« Es fiel Peter Marlowe schwer zu reden. »Ich meine, Sie bieten doch nicht immer Eier an, einfach so.«
Der King lächelte. Es war ein gutes Lächeln, und es erwärmte Peter Marlowe. »Machen Sie sich nichts daraus. Nehmen Sie es für ›Hände über den Ozean‹ – Pacht- und Leihvertrag.«
Ein Zucken der Verärgerung huschte über das Gesicht des Engländers, und seine Kinnmuskeln verhärteten sich.
»Was ist denn los?« fragte der King.
Nach einer Pause antwortete Peter Marlowe: »Nichts.« Er sah das Ei an. Erst in sechs Tagen kam er wieder für ein Ei an die Reihe. »Wenn Sie sicher sind, daß ich Sie nicht beraube, möchte ich's gern als Spiegelei.«
»Nun seien Sie kein Spielverderber«, sagte der King. Er wußte, daß er irgendwie einen Fehler gemacht hatte, denn die Verärgerung war echt. Ausländer sind komisch, dachte er. Man weiß nie im voraus, wie sie reagieren werden. Er stellte seine elektrische Kochplatte auf den Tisch und schob den Stecker in die Steckdose. »Fein, was?« fragte er vergnügt.
»Ja.«
»Max hat sie für mich gebastelt«, sagte er und nickte die Baracke hinab.
Peter Marlowe folgte seinem Blick.
Max blickte auf, als er die Augen auf sich gerichtet fühlte. »Brauchst du was?«
»Nein«, wehrte der King ab. »Hab ihm nur gerade erzählt, daß du die Kochplatte gebastelt hast.«
»Oh, funktioniert sie auch richtig?«
»Klar.«
Peter Marlowe stand auf und beugte sich aus dem Fenster und rief auf Malaiisch: »Ich bitte Euch, wartet nicht länger. Ich werde Euch morgen wiedersehen, Suliman.«

»Sehr wohl, Tuan, Friede sei mit Euch.«
»Und mit Euch.« Peter Marlowe lächelte und setzte sich wieder, und Suliman ging davon.
Der King schlug die Eier sauber auf und ließ sie in das heiße Öl fallen. Der Dotter war kräftig goldfarben, und das ihn umgebende Eiweiß spritzte und zischte in der Hitze und begann fest zu werden, und ganz plötzlich erfüllte das Brutzeln die ganze Baracke. Es erfüllte die Hirne und erfüllte die Herzen und ließ den Speichel fließen. Aber niemand sagte etwas oder tat etwas. Außer Tex. Er stand auf und verließ die Baracke.
Viele Männer, die über den Weg kamen, rochen den Duft und haßten den King von neuem. Der Duft zog den Hang hinab und in die MP-Baracke. Grey wußte, und Masters wußte sofort, von wo er kam.
Grey stand von Übelkeit gequält auf und ging zur Tür. Er wollte einen Spaziergang um das Lager herum machen, um dem Duft zu entgehen. Dann änderte er seinen Entschluß und drehte sich um.
»Kommen Sie mit, Unteroffizier«, befahl er. »Wir werden der amerikanischen Baracke einen Besuch abstatten. Jetzt wäre ein günstiger Augenblick, Sellars' Geschichte nachzuprüfen!«
»Zu Befehl«, antwortete Masters, der von dem Geruch fast zerrissen wurde. »Der verfluchte Schweinehund könnte wenigstens *vor* dem Essen kochen, und nicht gleich danach – nicht, wenn es noch fünf Stunden bis zum Abendessen sind.«
»Die Amerikaner sind heute bei der zweiten Schicht. Sie haben noch nicht gegessen.«
In der amerikanischen Baracke knoteten die Männer an den Fäden der Zeit. Dino versuchte wieder einzuschlafen, und Kurt nähte weiter, und das Pokerspiel wurde wieder aufgenommen, und Miller und Byron Jones III fingen ihr endloses Schachspiel wieder an. Aber das Brutzeln zerstörte dieses Bild eines zufriedenen und friedlichen Lebens, und Kurt stach sich in den Finger und fluchte lästerlich, und Dino verließ der Schlafdrang, und Byron Jones III beobachtete entsetzt, wie Miller ihm mit einem lausigen Mistbauern die Königin wegnahm.

»Mein Gott«, sagte Byron Jones III erstickt zu niemand Bestimmtem. »Wenn es endlich regnete.«
Niemand antwortete. Denn niemand hörte etwas außer dem Brutzeln und Zischen.
Auch der King konzentrierte sich. Auf die Bratpfanne. Er bildete sich etwas darauf ein, daß niemand ein Ei besser braten konnte als er. Für ihn mußte ein Spiegelei mit dem Auge des Künstlers gebraten werden, und schnell – aber nicht *zu* schnell.
Der King blickte auf und lächelte Peter Marlowe an, aber Peter Marlowes Augen ruhten auf den Eiern.
»Verflucht«, sagte er leise, und es war eine Segnung, kein Fluch. »Das riecht gut.«
Der King war erfreut. »Warten Sie ab, bis ich fertig bin. Verdammt, das werden die tollsten Eierchen, die Sie je gesehen haben!« Er bestreute die Eier vorsichtig mit Pfeffer und gab dann Salz hinzu. »Kochen Sie gern?« fragte er.
»Ja«, antwortete Peter Marlowe. Seine Stimme kam ihm selbst unwirklich vor. »Ich besorge meist das Kochen für meine Einheit.«
»Wie möchten Sie gern angeredet werden? Peter?«
Peter Marlowe verbarg seine Überraschung. Nur erprobte und vertraute Freunde nannten einen beim Vornamen – wie sonst kann man Freunde von Bekannten unterscheiden? Er sah den King an und entdeckte nur Freundlichkeit, deshalb sagte er unwillig: »Peter.«
»Von wo kommen Sie? Wo sind Sie zu Hause?«
Fragen, Fragen, dachte Peter Marlowe. Als nächstes wird er wissen wollen, ob ich verheiratet bin oder wieviel ich auf der Bank habe. Seine Neugier hatte ihn getrieben, der Aufforderung des King nachzukommen, und er verfluchte sich beinah, daß er so neugierig gewesen war. Aber er wurde friedlich gestimmt durch die Herrlichkeit der brutzelnden Eier. »Portchester«, antwortete er. »Das ist ein kleines Kaff an der Südküste. In Hampshire.«
»Sind Sie verheiratet, Peter?«

»Und Sie?«
»Nein.« Der King hätte weitergeredet, aber die Eier waren fertig. Er nahm die Bratpfanne von der Kochplatte und nickte Peter Marlowe zu. »Teller sind hinter Ihnen«, sagte er. Dann setzte er stolz hinzu: »Sehn Sie mal!«
Es waren die bestgebackenen Eier, die Peter Marlowe je gesehen hatte, deshalb zollte er dem King das höchste Kompliment in der englischen Welt. »Nicht schlecht«, sagte er flach. »Gar nicht schlecht.« Er sah zum King auf und hielt sein Gesicht so unbewegt wie seine Stimme und verstärkte dadurch noch das Kompliment.
»Herrgott nochmal, wovon quasseln Sie eigentlich, Sie Idiot!« stieß der King wütend hervor. »Verflucht, das sind die besten und tollsten Eier, die Sie je in Ihrem Leben gesehen haben!«
Peter Marlowe war schockiert, und es herrschte ein tödliches Schweigen in der Baracke. Dann zerriß plötzlich ein Pfiff den Zauber. Sofort spritzten Dino und Miller auf und liefen auf den King zu, und Max bewachte die Tür. Miller und Dino schoben das Bett des King in die Ecke und rissen die Teppiche hoch und stopften sie unter die Matratze. Dann packten sie andere Betten und schoben sie zum King hin, so daß der King jetzt, wie jeder andere in Changi, nur über eine Fläche von einszwanzig auf einsachtzig verfügte. Leutnant Grey stand in der Tür. Nervös, und einen Schritt hinter ihm tauchte Unteroffizier Masters auf.
Die Amerikaner starrten auf Grey, und nach einer gerade ausreichend langen Pause, um ihren Standpunkt klarzumachen, standen alle auf. Nach ebenso beleidigender Pause salutierte Grey kurz und sagte: »Weitermachen.« Allein Peter Marlowe hatte sich nicht gerührt und saß noch immer in seinem Sessel.
»Stehen Sie auf«, zischte der King. »Der macht Sie zur Schnekke. Stehen Sie auf.« Er wußte aus langer Erfahrung, daß Grey jetzt in Fahrt war. Zum erstenmal durchbohrten Greys Augen nicht ihn, sie waren nur auf Peter Marlowe gerichtet, und selbst der King zuckte zusammen.
Grey ging die ganze Baracke hinab und ließ sich Zeit, bis er

über Peter Marlowe stand. Er riß den Blick von Peter Marlowe und starrte einen langen Augenblick auf die Eier. Dann schweiften seine Augen über den King hinweg und gingen zu Peter Marlowe zurück.
»Sie sind weit von zu Hause weg, nicht wahr, Marlowe?«
Peter Marlowes Finger nahmen seine Zigarettenschachtel heraus und legten ein wenig Tabak in ein Blatt Rattangras. Er drehte eine Trichterzigarette und führte sie an die Lippen. Die Länge seiner Pause war für Grey ein Schlag ins Gesicht. »Oh, ich weiß nicht, alter Junge«, antwortete er leise. »Ein Engländer ist überall zu Hause, wo er sich gerade aufhält, meinen Sie nicht?«
»Wo ist Ihre Armbinde?«
»In meinem Gürtel.«
»Sie hat an Ihrem Arm zu sein. Das ist Befehl.«
»Das sind Japsenbefehle. Ich mag keine Japsenbefehle«, erwiderte Peter Marlowe.
»Es ist auch Lagerbefehl«, widersprach Grey.
Ihre Stimmen waren ganz ruhig und klangen für amerikanische Ohren nur ein wenig gereizt, aber Grey wußte Bescheid, und Peter Marlowe wußte Bescheid. Und es lag plötzlich eine Kriegserklärung zwischen ihnen. Peter Marlowe haßte die Japaner, und Grey vertrat in seinen Augen die Japaner, denn Grey sorgte für die Beachtung der Lagergesetze, die auch japanische Gesetze waren. Unerbittlich. Zwischen ihnen stand der tiefere Haß, der eingeborene Klassenhaß. Peter Marlowe wußte, daß Grey ihn verabscheute wegen seiner Geburt und wegen seines Akzentes, nach denen es Grey vor allen anderen Dingen verlangte und die er doch nie erreichen konnte.
»Legen Sie sie an!« Grey hatte das Recht, das zu befehlen.
Peter Marlowe zuckte die Achseln und zog die Binde heraus und schob sie über den linken Unterarm. Auf der Binde befanden sich seine Rangabzeichen: Leutnant beim fliegenden Personal der Royal Air Force.
Die Augen des King weiteten sich. Mein Gott, ein Offizier, dachte er, und ich wollte ihn bitten, mir . . .

»Tut mir leid, Sie beim Mittagessen zu stören«, sagte Grey. »Aber es scheint, daß jemand etwas verloren hat.«
»Verloren?« Ach du Scheiße, hätte der King beinah laut gerufen. Das Ronson! O Gott, schrie die Angst in ihm. Weg mit dem verfluchten Feuerzeug!
»Was ist los, Korporal«, fragte Grey gepreßt und bemerkte den Schweiß, der vom Gesicht des King perlte.
»Es ist heiß, nicht wahr?« fragte der King lahm. Er spürte deutlich, wie sein gestärktes Hemd vom Schweiß weich wurde. Er wußte, daß man ihn in eine Falle gelockt hatte. Und er wußte, daß Grey mit ihm spielte. Er überlegte rasch, ob er es wagen sollte, wegzulaufen, aber Peter Marlowe saß zwischen ihm und dem Fenster, und Grey konnte ihn leicht wieder einfangen. Und wegzulaufen wäre einem Eingeständnis seiner Schuld gleichgekommen.
Er sah Grey etwas sagen, und er schwebte zwischen Leben und Tod. »Was haben Sie gesagt, Sir?« und das »Sir« war diesmal keine Beleidigung, denn der King starrte ungläubig auf Grey.
»Ich sagte, daß Oberst Sellars den Diebstahl eines Goldrings gemeldet hat!« wiederholte Grey pflichtgemäß.
Einen Augenblick fühlte der King sich ganz leicht im Kopf. Nicht das Ronson! Panik um nichts! Nur Sellars' verfluchter Ring. Er hatte ihn vor drei Wochen für Sellars verkauft – mit gehörigem Gewinn. Sellars hat also gerade einen Diebstahl gemeldet, wie? Verlogener Hund. »Donnerwetter«, sagte er mit unterdrücktem Lachen in der Stimme. »Donnerwetter, das ist hart. Gestohlen! Können Sie sich so was vorstellen!«
»Ja, das kann ich«, bestätigte Grey grob. »Sie wohl nicht?«
Der King antwortete nicht. Aber er hätte gern gelächelt. Nicht das Feuerzeug! In Sicherheit!
»Kennen Sie Oberst Sellars?« fragte Grey gerade.
»Flüchtig, Sir. Ich habe Bridge mit ihm gespielt, ein- oder zweimal.« Der King war jetzt ganz ruhig.
»Hat er Ihnen den Ring gezeigt?« forschte Grey unerbittlich.
Der King überprüfte sein Gedächtnis. Oberst Sellars hatte ihm den Ring zweimal gezeigt. Einmal, als er den King gebeten hat-

te, ihn für ihn zu verkaufen, und das zweite Mal, als er gegangen war, um den Ring zu wiegen. »Aber nein, Sir«, sagte er unschuldig. Der King wußte, daß er sicher war. Es gab keine Zeugen.
»Sind Sie sicher, daß Sie ihn nie gesehen haben?« wollte Grey wissen.
»Aber ja, Sir.«
Grey war es von dem Katz-und-Maus-Spiel plötzlich übel, und Übelkeit vor Hunger nach den Eiern kehrte ihm den Magen um. Er hätte alles, alles für eines davon getan.
»Haben Sie Feuer, Grey, alter Junge?« fragte Peter Marlowe. Er hatte sein Eingeborenen-Feuerzeug nicht mitgenommen. Und er mußte rauchen. Dringend. Seine Abneigung gegen Grey hatte seine Lippen ausgetrocknet.
»Nein.« Besorg dir doch selber Feuer, dachte Grey wütend und wandte sich zum Gehen. Dann hörte er Peter Marlowe zum King sagen: »Könnte ich bitte Ihr Ronson haben?« Und langsam drehte er sich wieder um. Peter Marlowe lächelte zum King hinauf.
Die Worte schienen in die Luft eingraviert. Dann liefen sie in alle Winkel der Baracke.
Entsetzt und nach Zeit tastend, begann der King nach Streichhölzern zu suchen.
»Es steckt in Ihrer linken Tasche«, half Peter Marlowe.
Und in diesem Augenblick lebte und starb der King und wurde neu geboren. Die Männer in der Baracke atmeten nicht. Denn sie sollten sehen, wie der King auseinandergenommen wurde. Sie sollten sehen, wie der King gekascht und gegriffen und weggebracht wurde, ein Ereignis, das jenseits aller Ereignisse lag und bare Unmöglichkeit war. Dennoch stand hier Grey, und hier stand der King, und hier saß der Mann, der den King geliefert hatte – und der ihn wie ein Opferlamm auf Greys Altar gelegt hatte . . . Einige der Männer waren empört, und einige freuten sich hämisch, und einigen tat es leid, und Dino dachte wütend: Verdammt, und morgen wäre ich an der Reihe gewesen, die Kiste zu bewachen!

»Warum geben Sie ihm kein Feuer?« fragte Grey. Der Hunger hatte ihn verlassen, und an seiner Stelle spürte er nur noch Wärme. Grey wußte, daß kein Ronson-Feuerzeug auf der Liste stand.

Der King holte das Feuerzeug heraus, knipste es an und hielt es Marlowe hin. Die Flamme, die ihn verzehren sollte, brannte gerade und hell.

»Danke.« Peter Marlowe lächelte, und erst jetzt erkannte er die Ungeheuerlichkeit seiner Tat.

»So«, sagte Grey, als er das Feuerzeug nahm. Das Wort klang majestätisch und endgültig und gewalttätig.

Der King antwortete nicht, denn es gab nichts zu antworten. Er wartete lediglich, und jetzt, da er geliefert war, empfand er keine Furcht mehr, er verfluchte nur seine eigene Dummheit. Ein Mann, der durch eigene Dummheit versagt, hat kein Recht, ein Mann genannt zu werden. Und kein Recht, der König zu sein, denn immer der Stärkste ist König, nicht allein durch Stärke, sondern König kraft der Vereinigung von Schläue und Stärke und Glück.

»Wo haben Sie das her, Korporal?« Greys Frage war eine Liebkosung.

Peter Marlowes Magen drehte sich um, und sein Hirn arbeitete wie rasend, und dann sagte er: »Es gehört mir.« Er wußte, daß es wie die Lüge klang, die es ja auch war, und deshalb setzte er schnell hinzu: »Wir hatten gepokert. Ich verlor es. Kurz vor dem Mittagessen.«

Grey und der King und alle Männer starrten betäubt auf ihn.

»Sie haben was?« fragte Grey.

»Es verloren«, wiederholte Marlowe. »Wir haben gepokert. Ich hatte eine Flöte. Erzählen Sie es ihm«, wandte er sich abrupt an den King und warf ihm den Ball zu, um ihn auf die Probe zu stellen.

Des King Hirn war noch immer vom Schock gelähmt, aber seine Reflexe waren gut. Sein Mund öffnete sich, und er sagte: »Wir spielten Studpoker. Ich hatte ein Full, und . . .«

»Welche Karten?«

»Asse und Zweien.« Peter Marlowe unterbrach ohne zu zögern. Zum Teufel, was ist bloß Stud, fragte er sich.
Der King zuckte zusammen. Trotz großartiger Selbstbeherrschung. Er hatte gerade Könige auf Damen sagen wollen, und er wußte, daß Grey das Zucken bemerkt hatte.
»Sie lügen, Marlowe?«
»Aber Grey, alter Junge, wie kann man nur so etwas sagen!« Peter Marlowe suchte Zeit zu gewinnen. Zum Henker, was ist nur Stud? »Es war jämmerlich«, erzählte er und fühlte das Gemisch aus Entsetzen und Freude an großer Gefahr. »Ich dachte schon, ich hab ihn. Ich hatte eine Flöte auf der Hand. Deshalb hab ich mein Feuerzeug gesetzt. Erzählen Sie es ihm«, wandte er sich an den King.
»Wie spielen Sie Stud, Marlowe?«
Ein Donner unterbrach das Schweigen und verklang am Horizont, und der King öffnete den Mund, aber Grey hinderte ihn am Reden.
»Ich habe Marlowe gefragt«, sagte er drohend.
Peter Marlowe war hilflos. Er blickte den King an, und obwohl seine Augen nichts sagten, wußte der King Bescheid. »Kommen Sie schon«, sagte Peter Marlowe schnell, »zeigen wir es ihm.«
Der King drehte sich sofort zu den Karten um und begann ohne zu zögern: »Es war meine Deckkarte . . .«
Grey schnellte wütend herum. »Ich habe Ihnen gesagt, ich will die Geschichte von Marlowe erzählt haben! Noch ein Wort von Ihnen, und ich nehme Sie fest wegen Verhinderung der Rechtfindung.«
Der King erwiderte nichts. Er betete nur, daß sein Wink gereicht hatte.
*Deckkarte*, registrierte Peter Marlowes Gedächtnis im Hintergrund. Und er erinnerte sich. Und jetzt, da er das Spiel kannte, begann er mit Grey zu spielen. »Nun«, machte er bekümmert, »es ist wie jedes andere Pokerspiel auch, Grey.«
»Erklären Sie einfach, wie Sie es spielen!« Grey dachte, daß er sie jetzt bei der Lüge ertappt hätte.

Peter Marlowe sah ihn an, und seine Augen blickten hart wie Stein. Die Eier wurden kalt. »Was versuchen Sie zu beweisen, Grey? Jeder Narr weiß, daß es vier Karten mit dem Bild nach oben sind und eine nach unten – eine im Loch.«
Ein Seufzer lief durch den Raum. Grey wußte, daß er jetzt nichts mehr machen konnte. Sein Wort würde gegen das Marlowes stehen, und er wußte, daß das selbst hier in Changi nicht genügte und er es schon besser machen mußte. »Sie haben recht«, bestätigte er grimmig und sah vom King zu Peter Marlowe hinüber. »Jeder Narr weiß das.«
Er reichte dem King das Feuerzeug zurück. »Sehen Sie zu, daß es auf die Liste gesetzt wird.«
»Jawohl, Sir.« Jetzt, da es vorüber war, gestattete der King sich, etwas von seiner Erleichterung durchblicken zu lassen.
Grey blickte ein letztes Mal auf Peter Marlowe, und der Blick war sowohl ein Versprechen als auch eine Drohung. »Die alte Schulkrawatte würde heute stolz auf Sie sein«, sagte er voll Verachtung, und er ging aus der Baracke, und Masters schlurfte hinter ihm her.
Peter Marlowe starrte hinter Grey her, und als Grey die Tür erreicht hatte, sagte er nur ein klein wenig lauter als nötig zum King und beobachtete immer noch Grey: »Kann ich Ihr Feuerzeug haben? Meine Kippe ist ausgegangen.« Aber Greys Schritt stockte nicht, noch sah er sich um.
Toller Bursche, dachte Peter Marlowe grimmig. Gute Nerven. Toller Bursche, und gut, ihn in einer Schlacht auf Leben und Tod an der Seite zu haben. Und ein Feind, vor dem man sich sehr hüten mußte.
Der King saß matt in dem elektrisierten Schweigen, und Peter Marlowe nahm ihm das Feuerzeug aus der schlaffen Hand und zündete seine Zigarette an. Der King suchte mechanisch nach seiner Packung Kooa und steckte sich eine zwischen die Lippen und hielt sie damit fest, ohne sie zu spüren. Peter Marlowe beugte sich zu ihm hinüber, knipste das Feuerzeug an und hielt es dem King hin. Der King nahm sich lange Zeit, um sich auf die Flamme zu konzentrieren, und dann bemerkte er, daß Peter

Marlowes Hand ebenso unsicher war wie seine eigene. Er blickte die ganze Baracke hinab, wo die Männer wie Statuen standen und zu ihm hinstarrten. Er fühlte den eisigen Schweiß auf seinen Schultern und die Feuchtigkeit seines Hemdes.
Von draußen erklang das Klappern von Kannen. Dino stand auf und sah erwartungsvoll hinaus.
»Essen«, rief er glücklich. Der Bann zerbrach, und die Männer verließen die Baracke mit ihren Eßgeschirren. Und Peter Marlowe und der King waren ganz allein.

## 3

Die beiden Männer saßen einen Augenblick still und erholten sich. Dann sagte Peter Marlowe zittrig: »Himmel, das wäre um Haaresbreite schiefgegangen!«
»Ja«, antwortete der King nach längerer Pause. Unwillkürlich schauderte er erneut, griff dann nach seiner Brieftasche, nahm zwei Zehndollarscheine heraus und legte sie auf den Tisch. »Hier«, sagte er, »das wird für den Augenblick reichen. Aber Sie stehen von jetzt an und in Zukunft auf der Gehaltsliste. Mit zwanzig die Woche.«
»Was?«
»Ich geb Ihnen zwanzig die Woche.« Der King dachte einen Augenblick nach. »Schätze, Sie haben recht«, erklärte er bereitwillig und grinste. »Ist mehr wert. Sagen wir also dreißig.« Dann fiel sein Blick auf die Armbinde, und deshalb setzte er noch hinzu: »Sir.«
»Sie können mich weiterhin Peter nennen«, sagte Peter Marlowe, und seine Stimme klang scharf. »Und damit ein für allemal Klarheit herrscht – ich will Ihr Geld nicht.« Er stand auf und wollte gehen. »Danke für die Zigarette.«
»He! Warten Sie einen Augenblick«, bat der King erstaunt. »Zum Teufel, was ist in Sie gefahren?«

Peter Marlowe starrte auf den King hinab, und Zorn leuchtete in seinen Augen auf. »Verdammt nochmal, für wen halten Sie mich eigentlich? Nehmen Sie endlich Ihr Geld und lassen Sie es verschwinden.«

»Ist mit meinem Geld was nicht in Ordnung?«

»Nein. Nur mit Ihrem Benehmen!«

»Seit wann hat Benehmen was mit Geld zu tun?«

Peter Marlowe dreht sich schroff um und wollte gehen. Der King sprang auf und stellte sich zwischen Peter Marlowe und die Tür. »Nur einen Augenblick«, sagte er, und seine Stimme klang angespannt. »Ich möchte etwas wissen. Warum haben Sie sich vor mich gestellt?«

»Das ist doch wohl klar, oder nicht? Ich hatte Sie reingelegt, ich konnte Sie ja nicht einfach im Stich lassen. Für wen halten Sie mich?«

»Ich weiß es nicht. Das versuche ich ja herauszukriegen.«

»Das Ganze war meine Schuld. Es tut mir leid.«

»Gar nichts braucht Ihnen leid zu tun«, erwiderte der King scharf. »Es war mein Fehler. Ich war dämlich. Das hat nichts mit Ihnen zu tun.«

»Das spielt keine Rolle.« Peter Marlowes Gesicht war wie aus Granit gemeißelt, und seine Augen blickten ebenso hart. »Sie müssen mich für den allerletzten Dreck halten, daß Sie von mir annehmen, ich ließe Sie in der Patsche sitzen. Und Sie müssen mich für sonst was halten, wenn Sie glauben, ich nehme Geld von Ihnen. Ich habe durch meine Unvorsichtigkeit alles verursacht. Ich lasse mir das von niemandem bieten!«

»Setzen Sie sich einen Augenblick. Bitte.«

»Warum?«

»Himmelherrgottnochmal, weil ich mit Ihnen reden will.«

Max blieb mit dem Eßgeschirr des King zögernd in der Tür stehen. »Entschuldigung«, sagte er vorsichtig, »hier ist dein Essen. Möchtest du etwas Tee?«

»Nein. Und heute kriegt Tex meine Suppe.« Er nahm das Eßgeschirr mit dem Reis und stellte es auf den Tisch.

»In Ordnung«, sagte Max, der noch immer zögerte und sich

fragte, ob der King vielleicht Unterstützung brauchte, um diesen Kerl in Klump zu hauen.

»Zisch ab, Max. Und sag den übrigen, sie sollen uns eine Weile allein lassen.«

»Klar.« Max ging bereitwillig hinaus. Er hielt den King für sehr klug, keine Zeugen haben zu wollen, denn das ist nicht gut, wenn man einen Offizier durch den Wolf dreht.

Der King sah wieder zu Peter Marlowe hin. »Ich frage Sie jetzt, wollen Sie sich einen Augenblick setzen? Bitte.«

»Also gut«, antwortete Peter Marlowe steif.

»Sehen Sie«, begann der King geduldig. »Sie haben mich aus dem Schlamassel herausgehauen. Sie haben mir geholfen. Es ist doch nur recht, wenn ich Ihnen helfe. Ich habe Ihnen den Kies angeboten, weil ich Ihnen danken wollte. Wenn Sie ihn nicht wollen – bitte!

Aber ich habe nicht die Absicht gehabt, Sie zu beleidigen. Falls ich das getan habe, dann entschuldige ich mich hiermit.«

»Tut mir leid«, sagte Peter Marlowe weicher gestimmt. »Ich bin jähzornig. Ich hatte Sie nicht verstanden.«

Der King streckte die Hand aus. »Die Hand drauf.«

Peter Marlowe gab ihm die Hand.

»Sie mögen Grey nicht, was?« forschte der King vorsichtig.

»Nein.«

»Warum?«

Peter Marlowe zuckte die Achseln. Der King teilte achtlos den Reis und reichte ihm die größere Portion. »Essen wir.«

»Aber was ist mit Ihnen?« fragte Peter Marlowe und starrte auf die größere Portion.

»Ich bin nicht hungrig. Mein Appetit ist in die Binsen gegangen. Verdammt, das war vielleicht knapp. Ich dachte schon, jetzt sind wir beide geliefert.«

»Ja«, stimmte Marlowe zu, und die Andeutung eines Lächelns zeigte sich auf seinem Gesicht. »Das war ein Spaß, was?«

»Hä?«

»Oh, die Aufregung. Seit Jahren hat mir nichts mehr soviel Spaß gemacht, glaube ich. Diese Erregung, die Gefahr!«

»Es gibt vieles an Ihnen, das ich nicht begreife«, sagte der King matt. »Wollen Sie damit sagen, daß Sie es ... genossen haben?«
»Natürlich! Sie etwa nicht? Ich dachte, es wäre beinah so gut wie eine Spit zu fliegen. Wissen Sie, einerseits jagt sie einem Angst ein, gleichzeitig tut sie es aber auch wieder nicht. Und während des Fluges und hinterher fühlt man sich irgendwie leicht im Kopf.«
»Ich glaube, Sie sind einfach nicht mehr ganz *richtig* im Kopf.«
»Wenn es Ihnen keinen Spaß gemacht hat, zum Teufel, warum haben Sie dann versucht, mich mit Studpoker aufs Kreuz zu legen? Ich war verflucht auf dem besten Wege, einzugehen wie eine Primel.«
»Ich habe nicht versucht, Sie aufs Kreuz zu legen. Verdammt, warum sollte ich Sie aufs Kreuz legen wollen?«
»Um es aufregender zu machen und um mich auf die Probe zu stellen.«
Der King fuhr sich müde über die Augen und das Gesicht. »Wollen Sie damit sagen, daß Sie glauben, ich hätte das alles absichtlich getan?«
»Natürlich! Ich hab das doch genauso mit Ihnen gemacht, als ich das Verhör auf Sie abschob.«
»Das wollen wir doch mal klarstellen. Sie haben also alles nur getan, um meine Nerven auf die Probe zu stellen?« schnaufte der King.
»Selbstverständlich, alter Junge«, bestätigte Peter Marlowe. »Ich versteh nicht, was mit Ihnen los ist.«
»Himmelarsch«, fluchte der King, dem erneut vor Nervosität der Schweiß ausbrach. »Da stecken wir fast im Loch, und Sie amüsieren sich mit Ratespielchen!« Der King machte eine Pause, um Atem zu schöpfen. »Verrückt! Einfach komplett verrückt! Und als Sie zögerten, nachdem ich Ihnen den Wink mit ›Deckkarte‹ gegeben hatte, hielt ich uns für erledigt.«
»Grey dachte das auch. Ich spielte nur mit ihm. Ich hab nur Schluß gemacht, weil die Eier kalt wurden. Und ein solches Spiegelei sieht man schließlich nicht alle Tage. Wirklich!«

»Ich dachte, Sie hätten gesagt, es taugt nichts.«
»Ich sagte, es wäre nicht schlecht.« Peter Marlowe zögerte. »Sehn Sie mal: wenn man sagt, etwas sei *nicht schlecht,* dann bedeutet das, daß es außerordentlich ist! Auf die Weise kann man einem ein Kompliment machen, ohne ihn in Verlegenheit zu bringen.«
»Sie haben wohl nicht mehr alle Saiten auf der Gitarre! Sie riskieren meinen Hals – und Ihren eigenen –, um die Gefahr zu erhöhen, Sie spielen verrückt, wenn ich Ihnen ein paar Lappen anbiete, ohne irgendeine Bedingung daran zu knüpfen, und Sie sagen, etwas sei *nicht schlecht,* wenn Sie meinen, es ist großartig . . ., Mann!« setzte er wie vor den Kopf geschlagen hinzu, »ich glaube, ich bin ein Trottel oder sonst was.«
Er blickte auf und bemerkte den verblüfften Ausdruck auf Peter Marlowes Gesicht und mußte lachen. Peter Marlowe begann ebenfalls zu lachen, und bald bogen die beiden Männer sich.
Max spähte vorsichtig in die Baracke hinein, und die übrigen Amerikaner standen dicht dahinter.
»Verdammt, was ist bloß in ihn gefahren?« schnaufte Max. »Ich dachte, er hätte ihm längst die verfluchte Makrone eingedroschen.«
»Mein Gott«, ächzte Dino. »Da machen sie beinah Hackfleisch aus ihm, und jetzt lacht er mit dem Kerl, der ihn verpfiffen hat.«
»Ich kapier's einfach nicht.« Max' Magen hatte seit dem Warnpfiff gezuckt.
Der King blickte hoch und sah die Männer auf ihn starren. Er zog den Rest seiner Zigarettenpackung heraus. »Hier, Max. Laß sie herumgehn. Wir feiern.«
»Au! Danke!« Max nahm die Packung. »Mensch, das wäre fast ins Auge gegangen. Wir sind alle so froh für dich.«
Der King las das Grinsen auf den verschiedenen Gesichtern. Bei einigen war es ehrlich, und die merkte er sich. Bei einigen war es falsch, und die kannte er sowieso. Die Männer drückten wie Echos von Max ihren Dank aus.

Max drängte die Männer wie eine Herde wieder aus der Baracke und begann den Schatz zu verteilen. »Ist der Schock«, meinte er ruhig. »Muß wohl so sein. Für ihn muß es ein Schock wie beim Einschlagen einer Granate gewesen sein. Jeden Augenblick wird er dem Limey die Rübe runterreißen.« Er starrte weg, als eine neue Lachsalve aus der Baracke kam, und zuckte dann die Achseln.

»Er hat nicht mehr alle Tassen im Spind – und das ist kein Wunder.«

»Um Gottes willen«, stieß Peter Marlowe gerade hervor und hielt sich den Bauch. »Essen wir endlich. Wenn ich nicht bald was esse, kann ich nicht mehr.«

Sie begannen also zu essen. Zwischen Lachanfällen. Peter Marlowe bedauerte, daß die Eier kalt waren, aber das Gelächter wärmte die Eier und machte sie vorzüglich. »Bißchen zuwenig Salz, finden Sie nicht?« fragte er und versuchte, die Stimme flach zu halten.

»Donnerwetter, ich glaube fast auch. Ich dachte, ich hätte genug draufgekippt.« Der King runzelte die Stirn und drehte sich nach dem Salz um, und dann sah er die Lachfältchen um Peter Marlowes Augen. »Verdammt, was ist denn jetzt wieder los?« forschte er und begann unwillkürlich zu lachen.

»Das war doch Spaß, um Gottes willen. Ihr Amerikaner habt nicht viel Sinn für Humor, was?«

»Sie können mich mal! Und hören Sie um Himmels willen auf zu lachen!«

Als sie die Eier gegessen hatten, stellte der King etwas Kaffee auf die Kochplatte und suchte nach seinen Zigaretten. Dann fiel ihm wieder ein, daß er sie verschenkt hatte, deshalb bückte er sich und schloß die schwarze Kiste auf.

»Hier, versuchen Sie mal diesen«, forderte Peter Marlowe ihn auf und hielt ihm seine Tabakschachtel hin.

»Danke, aber ich vertrage das Zeug nicht. Es kratzt mir die ganze Kehle kaputt.«

»Probieren Sie ruhig mal. Das Zeug ist fermentiert. Ich habe von den Javanern gelernt, wie man das macht.«

Zweifelnd nahm der King die Tabakdose. Der Tabak war der übliche billige Knaster, aber statt strohgelb zu sein, war er von dunkler Goldfarbe, statt trocken zu sein, war er feucht und von besonderer Beschaffenheit, statt geruchlos zu sein, roch er wie Tabak, stark und süßlich. Er suchte nach seinem Päckchen Reispapier und nahm sich eine mehr als reichliche Menge des fermentierten Knasters. Er drehte sich einen lockeren Glimmstengel, kniff die herausstehenden Tabakenden ab und ließ den überschüssigen Tabak achtlos auf den Boden fallen.
Du lieber Gott, dachte Peter Marlowe, ich habe gesagt, versuchen Sie mal, und nicht, nehmen Sie den ganzen verfluchten Knaster. Er wußte, daß er die Tabakkrümel hätte auflesen und in die Dose zurücklegen sollen, aber er tat es nicht. Es gibt Dinge, die man einfach nicht tun kann, dachte er wieder.
Der King knipste das Feuerzeug an, und sie grinsten gemeinsam bei dessen Anblick. Vorsichtig nahm der King einen Zug, dann einen zweiten. Dann einen tiefen Lungenzug. »Aber das Zeug ist ja toll!« staunte er. »Nicht so gut wie eine Kooa, aber es ist ...« Er brach ab und berichtigte sich. »Ich meine, es ist nicht schlecht.«
»Es ist tatsächlich nicht schlecht.« Peter Marlowe lachte.
»Verdammt, wie machen Sie das?«
»Handelsgeheimnis.«
Der King erkannte, daß er es hier mit einer Goldmine zu tun hatte. »Ich nehme an, daß es ein langes und umständliches Verfahren ist«, tastete er ganz vorsichtig.
»Oh, eigentlich ist es ganz einfach. Man weicht einfach den rohen Knaster in Tee ein und preßt ihn dann aus. Anschließend bestreut man ihn mit etwas weißem Zucker und knetet ihn hinein, und wenn der Tabak ihn ganz aufgesogen hat, röstet man ihn leicht in einer Bratpfanne über kleinem Feuer. Dabei müssen Sie ihn dauernd drehen, sonst verdirbt er. Sie müssen es genau richtig hinkriegen. Er darf nicht zu trocken und nicht zu feucht sein.«
Der King war überrascht, daß Peter Marlowe ihm das Verfahren so bereitwillig erzählt hatte – ohne vorher mit ihm ein

Geschäft zu machen. Natürlich, dachte er, regt er nur meinen Appetit an. So einfach kann es nicht sein, sonst würden alle es machen. Und er weiß wahrscheinlich, daß ich der einzige bin, der die Sache fingern kann.

»Einfach so?« fragte der King lächelnd.

»Ja. Es ist eigentlich nichts weiter dabei.«

Der King sah im Geiste schon ein blühenes Geschäft. Noch dazu ganz legal! »Ich nehme an, daß in Ihrer Baracke alle ihren Tabak auf diese Weise zubereiten.«

Peter Marlowe schüttelte den Kopf. »Ich tu es nur für meine Einheit. Die andern führe ich schon seit Monaten an der Nase herum, erzähle ihnen allerlei Geschichten, lasse sie aber nie das richtige Verfahren herausbekommen.«

Das Lächeln des King war breit. »Dann sind Sie also der einzige, der weiß, wie es gemacht wird!«

»Oh, nein«, widersprach Peter Marlowe, und die Zuversicht des King sank. »Es ist eine Sitte der Eingeborenen. Sie tun es auf ganz Java.«

Der King strahlte wieder. »Aber hier weiß niemand was davon, nicht wahr?«

»Keine Ahnung. Ich habe wirklich nie darüber nachgedacht.«

Der King ließ den Rauch aus den Nasenlöchern kräuseln, und sein Hirn arbeitete schnell. Ja, sagte er zu sich, heute hast du einen Glückstag!

»Ich will Ihnen was sagen, Peter. Ich habe Ihnen einen Geschäftsvorschlag zu machen. Sie zeigen mir genau, wie es gemacht wird, und ich beteilige Sie mit ...« Er zögerte. »Zehn Prozent.«

»Wie bitte?«

»Na ja ..., sagen wir: fünfundzwanzig.«

»Fünfundzwanzig?«

»Also gut«, gab der King nach und betrachtete Peter Marlowe mit neuer Achtung. »Sie sind ein harter Brocken, und das gefällt mir. Ich werde die ganze Sache organisieren. Wir werden im großen einkaufen. Wir müssen eine Manufaktur einrichten. Sie können die Produktion überwachen, und ich werde mich

um den Verkauf kümmern.« Er streckte die Hand aus. »Wir sind Partner, wir teilen uns den Spaß, fifty-fifty. Abgemacht!«
Peter Marlowe starrte auf die ausgestreckte Hand des King. Dann sah er ihm ins Gesicht. »Gar nichts ist abgemacht!« erklärte er entschieden.
»Himmelarsch!« explodierte der King. »Das ist das anständigste Angebot, das Sie je bekommen werden. Was ist denn *noch* anständiger? Ich finanziere den Laden! Ich werde ...« Ein plötzlicher Einfall ließ ihn abbrechen. »Peter ...«, sagte er nach einer Weile, und er war verletzt, zeigte es aber nicht. »Niemand braucht zu wissen, daß wir Partner sind. Sie zeigen mir einfach, wie es gemacht wird, und ich werde dafür sorgen, daß Sie Ihren Anteil bekommen. Sie können mir vertrauen.«
»Das weiß ich«, versicherte Peter Marlowe.
»Also, teilen wir fifty-fifty!« Der King strahlte.
»Nein, tun wir nicht.«
»Verdammt ...«, stöhnte der King, als er die Daumenschrauben angesetzt fühlte. Aber er unterdrückte seine Wut und dachte über das Geschäft nach. Und je mehr er darüber nachdachte ... Er blickte sich um und vergewisserte sich, daß niemand lauschte. Dann senkte er die Stimme und flüsterte heiser: »Sechzig-vierzig! Das hab ich in meinem ganzen Leben noch keinem angeboten. Sechzig zu vierzig, einverstanden.«
»Nein, nicht einverstanden.«
»Nicht einverstanden?« echote der King. Er war schockiert. »Ich muß bei diesem Geschäft doch etwas verdienen, Herrgott noch mal! Also was verlangen Sie für das Verfahren? Wollen Sie Barzahlung?«
»Ich will überhaupt nichts«, wehrte Peter Marlowe ab.
»Nichts?« Der King setzte sich, matt und völlig erschlagen.
Peter Marlowe war bestürzt. »Wissen Sie«, begann er zögernd, »ich begreife nicht, wieso Sie sich über gewisse Dinge so aufregen. Das Verfahren gehört mir nicht, und deshalb kann ich es auch nicht verkaufen. Es handelt sich um ein einfaches Eingeborenenrezept. Ich könnte gar nichts von Ihnen annehmen dafür. Das wäre nicht richtig. Absolut nicht richtig. Und au-

ßerdem habe ich ...« Peter Marlowe brach ab und sagte schnell: »Möchten Sie gerne, daß ich es Ihnen jetzt zeige?«
»Augenblick noch. Wollen Sie damit etwa sagen, Sie wollen nichts dafür haben, daß Sie mir das Verfahren zeigen? Obwohl ich Ihnen angeboten habe, sechzig zu vierzig mit Ihnen zu teilen? Obwohl ich Ihnen sage, daß ich aus diesem Geschäft Geld machen kann?« Peter Marlowe nickte. »Das ist einfach verrückt«, sagte der King hilflos. »Es ist verkehrt! Ich begreife es nicht.«
»Es gibt nichts zu begreifen«, sagte Peter Marlowe und lächelte leise. »Nehmen Sie einfach an, ich hätte einen Sonnenstich.«
Der King sah ihn lange forschend an. »Werden Sie mir eine offene Antwort auf eine offene Frage geben?«
»Ja. Selbstverständlich.«
»Es ist meinetwegen, nicht wahr?«
Die Worte hingen in der Hitze zwischen ihnen.
»Nein«, sagte Peter Marlowe und brach das Schweigen. Und Wahrheit lag zwischen ihnen.
Eine Stunde später sah Peter Marlowe zu, wie Tex die zweite Portion Tabak röstete. Diesmal tat Tex es ohne Hilfe, und der King trippelte aufgeregt gackernd wie eine Henne um die beiden herum. »Sind Sie auch sicher, daß er die richtige Menge Zucker hineingetan hat?« fragte er besorgt Peter Marlowe.
»Genau die richtige Menge.«
»Wie lange wird es jetzt noch dauern?«
»Wie lange glauben Sie, Tex?«
Tex lächelte Peter Marlowe an und streckte seine schlaksigen einsneunzig. »Fünf, vielleicht sechs Minuten, so in dieser Preislage etwa.«
Peter Marlowe stand auf. »Wo ist das ... das Häuschen?«
»Scheißhaus? Um die Baracke rum, auf der Rückseite.« Der King zeigte mit ausgestreckter Hand die Richtung. »Aber können Sie denn nicht warten, bis Tex fertig ist? Ich will sicher sein, daß er alles richtig kapiert hat.«
»Tex macht das großartig«, versicherte Peter Marlowe und ging hinaus.

Als er zurückkam, nahm Tex gerade die Bratpfanne von der Kochplatte. »Jetzt«, sagte er nervös und streifte Peter Marlowe mit einem Blick, um an seinem Gesichtsausdruck abzulesen, ob er die Zeit richtig eingeschätzt hatte.
»Genau richtig«, bestätigte Peter Marlowe und prüfte den behandelten Tabak.
Aufgeregt nahm der King ein Reispapierchen und drehte eine Zigarette. Tex und Peter Marlowe machten es ihm nach. Sie zündeten sie an. Mit dem Ronson. Erneut entzücktes Lachen. Dann Schweigen, als jeder der Männer zum Kenner wurde.
»Große Klasse«, stellte Peter Marlowe entschieden fest. »Ich sagte Ihnen ja, es ist ganz einfach, Tex.«
Tex stieß einen Seufzer der Erleichterung aus.
»Nicht schlecht«, meinte der King nachdenklich.
»Hergott verflucht noch mal, was quasselst du eigentlich daher?« brauste Tex auf. »Das Zeug ist verdammt gut!«
Peter Marlowe und der King schüttelten sich vor Lachen. Sie erklärten warum, und dann lachte auch Tex.
»Wir brauchen einen Markennamen.« Der King dachte einen Augenblick nach. »Ich weiß einen! Wie wär's mit ›Drei Könige‹? Einen für die Königliche Luftwaffe, einen für König Texas, und einen für mich.«
»Nicht schlecht«, brummte Tex.
»Morgen werden wir die Manufaktur aufmachen.«
Tex schüttelte den Kopf. »Bin für 'n Arbeitskommando eingeteilt.«
»Ach was, Arbeitskommando! Ich laß Dino für dich einspringen.«
»Ich frag ihn selber.« Tex stand auf und lächelte Peter Marlowe zu. »Freut mich, Sie kennengelernt zu haben, Sir.«
»Vergessen Sie bitte das Sir«, sagte Peter Marlowe.
»Klar. Danke.«
Peter Marlowe sah hinter ihm her, als er davonging. »Seltsam«, wandte er sich ruhig an den King. »Ich habe noch nie in einer Baracke so viel Lachen gesehen.«
»Hat doch keinen Sinn, nicht zu lachen, meinen Sie nicht?

Könnte alles viel schlimmer sein. Sind Sie abgeschossen worden, als Sie über den großen Buckel flogen?«

»Sie meinen die Strecke Kalkutta-Tschungking? Über den Himalaja weg?«

»Ja.« Der King nickte zum Tabak hin. »Füllen Sie Ihre Dose.«

»Danke. Ich bin so frei, wenn Sie nichts dagegen haben.«

»Kommen Sie her, wenn Sie auf dem trocknen sitzen, und holen Sie sich Nachschub.«

»Danke, mach ich. Sie sind sehr freundlich.« Peter Marlowe hätte gern noch eine Zigarette geraucht, aber er wußte, daß er zuviel rauchte. Wenn er jetzt noch eine rauchte, würde der Hunger nur noch mehr weh tun. Besser kurztreten. Er blickte auf den Sonnenschatten und gelobte, nicht eher wieder zu rauchen, bis der Schatten um fünf Zentimeter weitergewandert war. »Ich wurde überhaupt nicht abgeschossen. Meine Mühle – meine Maschine – wurde bei einem Luftangriff auf Java am Boden zerstört. Ich konnte nicht aufsteigen. Ziemlich ärgerlich«, setzte er hinzu und versuchte die Bitterkeit zu verbergen.

»Gar nicht so verkehrt«, erklärte der King. »Sie hätten schließlich auch drinstecken können. Sie leben, und darauf kommt es an. Was haben Sie geflogen?«

»Eine Hurricane. Einmannjäger. Aber meine normale Maschine war eine Spit – Spitfire.«

»Hab davon gehört, aber nie eine gesehen. Ihr Burschen habt die Deutschen weiß Gott zur Sau gemacht.«

»Ja«, antwortete Peter Marlowe leise. »Das haben wir getan, ziemlich.«

Der King war überrascht. »Sie waren doch nicht bei der Luftschlacht um England, oder?«

»Doch. Ich habe 1940 meine Schwingen bekommen, gerade noch rechtzeitig.«

»Wie alt waren Sie damals?«

»Neunzehn.«

»Hä? Ich hätte Sie, Ihrem Gesicht nach zu urteilen, mindestens für achtunddreißig gehalten und nicht für vierundzwanzig!«

»Danke ebenfalls, Freundchen!« Peter Marlowe lächelte. »Wie alt sind Sie?«

»Fünfundzwanzig, verdammt noch mal«, brummte der King. »Die besten Jahre meines Lebens, und dann in diesem dreckigen Gefängnis eingelocht.«

»Sie sind doch nicht eingelocht. Und mir scheint, daß es Ihnen ziemlich gut geht.«

»Wir sind trotzdem eingelocht. Sie können das ansehen, wie Sie wollen. Was meinen Sie, wie lange es noch dauert?«

»Wir haben die Deutschen zum Rückzug gezwungen. *Die* Schau dürfte bald vorbei sein.«

»Glauben Sie wirklich?«

Peter Marlowe zuckte die Achseln. Vorsichtig, sagte er zu sich selbst, man kann nie vorsichtig genug sein. »Ja, ich glaube. Aber bei diesen Gerüchten weiß man nie ...«

»Und *unser* Krieg? Was ist mit uns?«

Weil die Frage von einem Freund gestellt worden war, redete Peter Marlowe offen. »Ich glaube, daß unser Krieg ewig dauern wird. Oh, wir werden zwar die Japsen schlagen. Aber was uns hier angeht? Ich glaube nicht, daß wir herauskommen.«

»Warum?«

»Naja, ich glaube nicht, daß die Japsen sich je ergeben werden. Das bedeutet, daß wir auf ihrem Mutterland landen müssen. Und dann werden sie uns hier, meiner Meinung nach, liquidieren, uns alle. Wenn Epidemien und Krankheiten uns nicht schon vorher umgelegt haben.«

»Verflucht, warum sollten sie?«

»Oh, um Zeit zu gewinnen, nehme ich an. Ich denke, daß sie die Fangarme einziehen werden, je enger das Netz um Japan sich zusammenzieht. Warum sollten sie einiger tausend Gefangener wegen Zeit verschwenden? Die Japsen denken über das Leben ganz anders als wir. Und der Gedanke an unsere Truppen auf ihrer Heimaterde wird sie glatt um den Verstand bringen.« Seine Stimme klang ganz flach und ruhig. »Ich glaube, wir sind erledigt. Natürlich hoffe ich, daß ich mich irre. Aber ich glaube es nun mal.«

»Sie sind ja verdammt optimistisch«, sagte der King sauer, und als Peter Marlowe lachte, fuhr er auf: »Verflucht, worüber lachen Sie eigentlich? Sie scheinen immer an der falschen Stelle zu lachen.«

»Entschuldigung. Schlechte Angewohnheit.«

»Setzen wir uns nach draußen. Die Fliegen fressen einen ja auf. He! Max«, rief der King. »Kannst du mal aufräumen?«

Max kam heran und begann aufzuräumen, und der King und Peter Marlowe stiegen durch das Fenster nach draußen. Gleich vor der Baracke standen unter einem Segeltuchvordach noch ein kleiner Tisch und eine Bank. Der King setzte sich auf die Bank. Peter Marlowe hockte sich nach Eingeborenenart auf die Fersen.

»Das könnte ich nie«, meinte der King.

»Es ist sehr bequem. Ich hab es auf Java gelernt.«

»Wie kommt es, daß Sie so gut Malaiisch sprechen?«

»Ich habe eine Zeitlang in einem Dorf gelebt.«

»Wann?«

»42, nach der Landung der Japaner.«

Der King wartete geduldig, daß er weitererzählte, aber es kam nichts mehr aus ihm heraus. Er wartete noch eine Weile und fragte dann: »Wie kam das, daß Sie nach der Besetzung 42 in einem Dorf auf Java gelebt haben, wo doch alle andern schon im Gefangenenlager steckten?«

Peter Marlowes Lachen war herzhaft. »Entschuldigung. Es gibt nicht viel zu erzählen. Mir gefiel der Gedanke nicht, in einem Lager zu stecken. Tatsächlich war es so, daß ich mich bei Kriegsende in den Dschungel absetzte, mich darin verirrte und nach einiger Zeit auf dieses Dorf stieß. Man hatte Mitleid mit mir. Ich blieb etwa sechs Monate.«

»Wie war das?«

»Wunderbar. Sie waren sehr freundlich. Ich lebte genau wie einer von ihnen. Gekleidet wie ein Javanese, und meine Haut färbte ich dunkel – wissen Sie, eigentlich war es Unsinn, denn meine Größe und meine Augen verrieten mich ja sowieso. Ich arbeitete in den Reisfeldern.«

»Sie ganz allein?«

Nach einer Pause antwortete Peter Marlowe: »Ich war der einzige Europäer dort, falls Sie das gemeint haben.« Er blickte auf das Lager hinaus, sah die Sonne auf den Staub herabsengen und den Wind den Staub hochfegen und ihn herumwirbeln. Diese Staubwirbel erinnerten ihn an sie.

Sein Blick schweifte weiter nach Osten hin zu einem nervösen Himmel. Aber sie war Teil des Himmels.

Der Wind frischte leicht auf und bog die Wipfel der Kokospalmen. Aber sie war Teil des Windes und der Palmen und der Wolken dahinter.

Peter Marlowe riß sich aus seinen Gedanken los und beobachtete, wie der koreanische Posten in der drückenden Hitze schwitzend außerhalb des Lagers den Zaun entlangstampfte. Die Uniform des Postens war schäbig und schlecht gepflegt, und seine Mütze war so zerknautscht wie sein Gesicht, sein Gewehr hatte er quer auf dem Rücken hängen. Er war ebenso bar jeder Anmut, wie sie voller Anmut gewesen war.

Erneut blickte Peter Marlowe zum Himmel hinauf und suchte die Ferne. Dann konnte er sich dem Gefühl hingeben, sich nicht mehr in einem Kasten zu befinden – in einem Kasten voller Männer und voll der Gerüche von Männern. Ohne Frauen, dachte Peter Marlowe hilflos, sind Männer nur ein grausamer Witz. Und er blutete unter den sengenden Strahlen der Sonne.

»He! Peter ...« Der King blickte den Hang hinauf, und sein Mund stand weit offen.

Peter Marlowe folgte dem Blick des King, und sein Magen drehte sich um, als er Sean näher kommen sah. »Mein Gott!« Er wollte sich durch das Fenster aus dem Staub machen, wußte aber, daß er sich dadurch noch auffälliger gemacht hätte. Deshalb wartete er grimmig und atmete kurz. Er glaubte, vielleicht eine Chance zu haben, nicht entdeckt zu werden, denn Sean war tief ins Gespräch mit Staffelführer Rodrick und Leutnant Frank Parrish vertieft. Ihre Köpfe waren dicht beieinander, und ihre Stimmen klangen angespannt.

Dann blickte Sean an Frank Parrish vorbei und sah Peter Marlowe und blieb stehen.

Rodrick und Frank hielten überrascht ebenfalls an. Als sie Marlowe sahen, dachten sie: Ach du lieber Gott. Aber sie verbargen ihre Besorgnis.

»Hallo, Peter«, rief Rodrick laut. Er war ein großer, ordentlicher Mann mit scharf gemeißeltem Gesicht, ebenso groß und ordentlich wie Frank Parrish groß und unordentlich war.

»Hallo, Rod!« rief Peter Marlowe zurück.

»Ich komme gleich nach«, sagte Sean ruhig zu Rodrick und ging auf Peter Marlowe und den King zu. Jetzt, da der erste Schock abgeklungen war, lächelte Sean ein Willkommen.

Peter Marlowe fühlte, wie sich ihm die Nackenhaare zu sträuben begannen, und er stand auf und wartete ab. Er fühlte deutlich, wie die Blicke des King sich in ihn bohrten.

»Hallo, Peter«, sagte Sean.

»Hallo, Sean.«

»Du bist schmal, Peter.«

»Oh, keine Ahnung. Sicher nicht mehr, als jeder andere auch. Ich fühl mich ganz wohl, danke.«

»Ich habe dich so lange Zeit nicht mehr gesehen. Warum kommst du nicht gelegentlich mal zum Theater herauf? Es gibt da immer irgendwo eine kleine Sonderration – und du kennst mich ja, ich habe nie viel gegessen.« Sean lächelte hoffnungsvoll.

»Danke«, antwortete Peter Marlowe rauh vor Verlegenheit.

»Ach, ich weiß, daß du nicht kommen wirst«, resignierte Sean unglücklich, »aber du bist immer willkommen.« Es entstand eine Pause. »Ich sehe dich überhaupt nicht mehr.«

»Oh, du weißt ja, wie das so ist, Sean. Du legst all die Vorführungen auf die Bretter, und ich, naja, ich bin auf Arbeitseinsätzen und solchen Scherzen.«

Wie Peter Marlowe trug auch Sean einen Sarong, der aber anders war als der Peter Marlowes, welcher fadenscheinig und von verblaßtem Bunt war, während derjenige Seans neu und weiß leuchtete und der Saum mit Blau und Silber bestickt war.

Und Sean trug eine kurzärmelige Eingeborenen-Bajujacke, die über der Hüfte endete und eng war und zugeschnitten, um für die Schwellung von Brüsten Raum zu lassen. Der King starrte fasziniert auf den halboffenen Halsausschnitt des Baju.
Sean bemerkte den King und lächelte leise und strich die Haare zurück, die der Wind kosend zerzaust hatte, und spielte damit, bis der King aufsah. Sean lächelte insgeheim und wurde innerlich erwärmt, als der King errötete.
»Es wird ... ehhm, es wird heiß, nicht wahr?« druckste der King unbehaglich.
»Ich glaube, ja«, bestätigte Sean freundlich und war wie immer kühl und ohne Schweiß – wie sengend die Hitze auch sein mochte. Es entstand ein Schweigen.
»Oh, Entschuldigung«, beeilte Peter Marlowe sich, als er Sean auf den King blicken und geduldig warten sah. »Kennst du ...«
Sean lachte. »Mein Gott, Peter. Du bist vielleicht gut! Natürlich weiß ich, wer dein Freund ist, auch wenn wir uns nie begegnet sind.« Sean streckte die Hand aus. »Wie geht es Ihnen? Es ist eine ziemlich große Ehre, einen König kennenzulernen!«
»Ehhm, danke«, brachte der King heraus und berührte kaum die Hand, die in der seinen so klein wirkte. »Sie ... ehhm, möchten Sie gern rauchen?«
»Danke, ich rauche nicht. Aber wenn Sie gestatten, nehme ich eine. Eigentlich lieber zwei, wenn es Ihnen nichts ausmacht?« Sean nickte zum Weg hin. »Rod und Frank sind beide Raucher, und ich weiß, daß sie eine zu schätzen wüßten.«
»Natürlich«, rief der King. »Natürlich.«
»Danke. Das ist sehr nett von Ihnen.«
Ob er wollte oder nicht, der King fühlte von Seans Lächeln Wärme auf sich übergehen. Und dann sagte er, und er meinte es völlig ernst: »Sie waren großartig in *Othello*.«
»Danke schön«, antwortete Sean entzückt. »Hat Ihnen *Hamlet* gefallen?«
»Ja. Und ich hatte mir nie viel aus Shakespeare gemacht.«
Sean lachte. »Das ist in der Tat ein Lob. Wir bringen nächstens

ein neues Stück heraus. Frank hat es eigens geschrieben, und an sich müßte es viel Spaß bereiten.«

»Wenn es einfach irgendwas ganz Normales ist, wird es schon großartig«, meinte der King, der sich behaglicher fühlte. »Und Sie werden großartig sein.«

»Wie nett von Ihnen. Danke.« Sean sah zu Peter Marlowe hinüber, und seine Augen leuchteten noch heller als sonst. »Aber ich fürchte, Peter wird nicht Ihrer Meinung sein.«

»Hör schon auf, Sean«, fuhr Peter Marlowe auf.

Sean blickte Peter Marlowe nicht an, er sah auf den King und lächelte, aber Wut lauerte hinter dem Lächeln. »Peter hält nichts von mir.«

»Hör auf, Sean«, erwiderte Peter Marlowe grob.

»Ich denke nicht daran«, brach es scharf wie ein Peitschenhieb aus Sean hervor. »Du verachtest Abwegige – so nennst du mich doch, nicht wahr? Das hast du mir ziemlich klargemacht. Ich habe es nicht vergessen!«

»Ich ebensowenig!«

»Nun, das ist ja was! Ich mag nicht verachtet werden – am allerwenigsten von dir!«

»Ich habe gesagt, du sollst aufhören! Es ist hier weder der richtige Augenblick noch der richtige Ort. Und wir haben das Ganze schon einmal durchgemacht, und du hast alles schon einmal gesagt. Ich habe dir damals erklärt, daß es mir leid tut. Ich wollte dir nicht weh tun.«

»Nein. Aber du haßt mich noch immer – warum? Warum nur?«

»Ich hasse dich nicht.«

»Warum meidest du mich dann immer?«

»Es ist besser. Um Gottes willen, Sean, laß mich in Ruhe.«

Sean starrte Peter Marlowe an, und dann schmolz der Zorn ebenso plötzlich, wie er aufgelodert war. »Entschuldige, Peter. Du hast wahrscheinlich völlig recht. Ich bin ein Narr. Es liegt nur daran, daß ich von Zeit zu Zeit einsam bin. Daß ich mich einfach nach jemandem sehne, mit dem ich reden kann.« Sean streckte die Hand aus und berührte Peter Marlowes Arm.

»Entschuldige. Ich möchte einfach, daß wir wieder Freunde sind.«
Peter Marlowe konnte nichts darauf erwidern.
Sean zögerte. »Nun, ich glaube, es ist besser, wenn ich gehe.«
»Sean«, rief Rodrick vom Weg herüber, »wir kommen zu spät!«
»Ich komm gleich.« Sean blickte noch immer Peter Marlowe an, seufzte dann und hielt dem King die Hand hin. »Es war nett, Sie kennenzulernen. Verzeihen Sie mein schlechtes Benehmen.«
Der King konnte nicht vermeiden, die Hand nochmals zu berühren. »Hat mich gefreut«, sagte er.
Sean zögerte, und seine Augen blickten ernst und forschend. »Sie sind Peters Freund?«
Der King hatte das Gefühl, als hörte ihn die ganze Welt, als er stammelnd sagte: »Ehhm, natürlich, ja, ich glaube schon.«
»Seltsam, nicht wahr, daß ein Wort so viele verschiedene Bedeutungen haben kann. Aber wenn Sie sein Freund sind, dann führen Sie ihn bitte nicht vom rechten Wege ab. Sie sind von Gefahr umlauert, und ich fände es schrecklich, wenn Peter etwas zustieße. Ich habe ihn sehr gern.«
»Ehhm, ja, natürlich.« Dem King wurden die Knie wachsweich, und sein Rückgrat schmolz. Aber der Magnetismus von Seans Lächeln durchdrang ihn. Es war anders als alles, was er je empfunden hatte. »Die Vorstellungen sind das Beste im Lager«, erklärte er. »Sie machen das Leben lebenswert ... Und *Sie* sind das Beste daran.«
»Ich danke Ihnen.« Und dann setzte er zu Peter Marlowe gewandt hinzu: »Sie machen das Leben tatsächlich lebenswert. Ich bin sehr glücklich. Und mir gefällt es, was ich jetzt tue. Es macht alles lohnend, Peter.«
»Ja«, antwortete Peter Marlowe gequält. »Ich bin ja froh, daß alles in Ordnung ist.«
Sean lächelte zögernd ein letztes Mal, drehte sich dann schnell um und war plötzlich verschwunden.
Der King setzte sich. »Der Teufel soll mich holen!«

Peter Marlowe setzte sich ebenfalls. Er öffnete seine Dose und drehte sich eine Zigarette.
»Wenn man nicht wüßte, daß er ein Mann ist, würde man bei Gott schwören, es ist eine Frau«, stieß der King hervor. »Eine wunderschöne Frau.«
Peter Marlowe nickte matt.
»Er ist anders als die übrigen Hinterlader«, meinte der King. »Das ist sicher. Nein, Sir, er ist überhaupt nicht mit ihnen zu vergleichen. Verdammt, er hat etwas an sich, das nicht ...« Der King brach ab und suchte nach Worten und fuhr hilflos fort: »Ich weiß nicht, wie ich es ausdrücken soll. Er ist ... er ist eine Frau, verdammt! Erinnern Sie sich, wie er die Desdemona gespielt hat? Mein Gott, wie er damals in dem Negligé ausgesehen hat. Ich wette, daß es in ganz Changi keinen einzigen gibt, der nicht einen stehen gehabt hätte. Ich kann es keinem übelnehmen, wenn er sich versucht fühlt. Ich selbst bin versucht, jeder ist es. Wer etwas anderes behauptet, der lügt.« Dann blickte er Marlowe an und betrachtete ihn forschend.
»Du lieber Gott«, rief Peter Marlowe gereizt. »Jetzt meinen Sie wohl, ich bin auch schwul!«
»Nein«, antwortete der King ruhig. »Es macht mir auch nichts aus, falls Sie es sind. Wichtig ist nur, daß ich es weiß.«
»Also ich bin es nicht.«
»Es hat sich aber weiß Gott danach angehört«, sagte der King mit einem Grinsen. »Liebeshändel?«
»Gehn Sie zum Teufel!«
Nach einer Weile fragte der King tastend: »Kennen Sie Sean schon lange?«
»Er war in meiner Staffel«, erzählte Peter Marlowe schließlich. »Sean war der Jüngste, und ich war mehr oder weniger abkommandiert, mich um ihn zu kümmern. Ich lernte ihn sehr gut kennen.« Er schnippte die Glut seiner Zigarette weg und legte den restlichen Tabak in seine Dose zurück. »Ja, er war sogar mein bester Freund. Er war ein sehr guter Flieger. Hat drei Abschüsse über Java erzielt.« Er blickte den King an. »Ich habe ihn sehr gern gehabt.«

»War . . . war er früher schon so?«
»Nein.«
»Oh, ich weiß, daß er sich nicht immer wie eine Frau gekleidet hat. Aber es muß doch zu merken gewesen sein, daß er so veranlagt ist.«
»Sean war niemals so veranlagt. Er war nur ein sehr hübscher, freundlicher Junge. Es war nichts Weibliches an ihm, nur eine Art . . . Sympathie.«
»Haben Sie ihn je ohne Kleider gesehen?«
»Nein.«
»Das paßt genau. Auch kein anderer hat ihn jemals gesehen. Nicht einmal halbnackt.«
Sean war ein winzig kleiner Raum oben im Theater zugestanden worden, ein Privatraum, wie ihn niemand in ganz Changi besaß, selbst der King nicht. Aber Sean schlief nie in dem Raum. Der Gedanke an Sean ganz allein in einem Raum mit einem Schloß an der Tür war zu gefährlich, weil es viele im Lager gab, deren Lüsternheit hervorbrach, und der Rest war innerlich voll Lüsternheit. Deshalb schlief Sean immer in einer der Baracken, aber in dem Privatraum zog er sich um und duschte.
»Was ist zwischen euch beiden?« fragte der King.
»Ich hab ihn beinah umgebracht. Früher mal.«
Plötzlich verstummte die Unterhaltung, und beide Männer lauschten angespannt. Außer einem Seufzen, einem untergründigen Strömen, war nichts zu hören. Der King sah sich schnell um. Als er nichts Außergewöhnliches entdeckte, stand er auf und kletterte durch das Fenster, und Peter Marlowe folgte dicht hinter ihm. Die Männer in der Baracke lauschten ebenfalls.
Der King spähte zur Gefängnisecke hinüber. Alles schien in bester Ordnung. Noch immer gingen Männer auf und ab.
»Was meinen Sie?« fragte der King leise.
»Keine Ahnung«, antwortete Peter Marlowe und konzentrierte sich. Noch immer gingen Männer am Gefängnis vorbei, aber jetzt hatten ihre Schritte sich etwas beschleunigt.

»He! Seht mal«, wisperte Tex.
Um die Gefängnisecke herum bog Hauptmann Brough und kam auf sie zu. Dann tauchten andere Offiziere hinter ihm auf, die alle nach verschiedenen Mannschaftsbaracken unterwegs waren.
»Muß irgendeine Schweinerei sein«, brummte Tex mürrisch.
»Vielleicht gibt es eine Durchsuchung«, meinte Max.
Der King lag im Nu auf den Knien und schloß die schwarze Kiste auf. Peter Marlowe verabschiedete sich hastig: »Bis später.«
»Hier«, rief der King und warf ihm eine Packung Kooa zu. »Wenn Sie wollen, bis heute abend.«
Peter Marlowe fegte aus der Baracke und jagte den Hang hinab. Der King riß die drei Armbanduhren heraus, die in den Kaffeebohnen vergraben waren, und stand auf. Er dachte einen Augenblick nach, dann stellte er sich auf seinen Stuhl und stopfte die drei Uhren in das *Atap*dach. Er wußte, daß alle Männer das neue Versteck gesehen hatten, aber das war ihm jetzt gleichgültig, es war nicht zu ändern. Dann verschloß er die schwarze Kiste, und Brough stand in der Tür.
»Also los, Leutchen, raus mit euch.«

## 4

Peter Marlowe dachte nur noch an seine Wasserflasche, als er sich durch die schwitzende Masse von Männern drängte, die sich auf der Asphaltstraße in Reih und Glied aufstellten. Er versuchte verzweifelt, sich zu erinnern, ob er die Flasche gefüllt hatte, aber er konnte sich nicht mit Bestimmtheit erinnern.
Er lief die Treppe von der Straße aus zu seiner Baracke hinauf. Aber die Baracke war schon leer, und an der Tür stand bereits ein schmutziger koreanischer Posten. Peter Marlowe wußte, daß er ihm nicht erlauben würde vorbeizugehen, des-

halb kehrte er um und lief im Schutz der Baracke geduckt auf die andere Seite. Schnell ging er auf die andere Tür zu und stand schon neben seinem Bett und hielt die Wasserflasche in der Hand, ehe der Posten ihn entdeckte.

Der Koreaner fluchte träge über ihn, ging zu ihm hinüber und winkte ihm zu, die Wasserflasche zurückzulegen. Aber Peter Marlowe grüßte mit weit ausholender Geste und sagte dabei auf malaiisch, das die meisten Posten verstanden: »Ich grüße Euch, Sir. Wir werden vielleicht lange Zeit warten müssen, und daher bitte ich Euch, laßt mich meine Wasserflasche mitnehmen, denn ich habe die Ruhr.« Während er redete, schüttelte er die Flasche. Sie war voll.

Der Posten riß ihm die Flasche aus der Hand und schnupperte argwöhnisch daran. Dann schüttete er etwas Wasser auf den Boden, gab Peter Marlowe die Flasche zurück, verfluchte ihn erneut und zeigte auf die unten angetretenen Männer.

Vor Erleichterung war Peter Marlowe ganz schwach, er verneigte sich und lief weg, um sich in die Reihen seiner bereits angetretenen Gruppe zu stellen.

»Zum Teufel, wo haben Sie bloß gesteckt, Peter?« fragte Spence, dessen von der Ruhr herrührende Schmerzen seine Besorgnis noch vergrößerten.

»Schon gut, ich bin ja da.« Jetzt hatte Peter Marlowe seine Wasserflasche, und jetzt fühlte er sich schwindlig. »Los, Spence, lassen Sie die Leute antreten«, stichelte er.

»Der Teufel soll Sie holen! Los, Jungens, stellt euch auf.« Spence zählte die Männer ab und fragte dann: »Wo steckt Bones?«

»Im Lazarett«, antwortete Ewart. »Er ist gleich nach dem Frühstück hingegangen. Ich hab ihn selbst hingebracht.«

»Zum Kuckuck, warum haben Sie mir das nicht früher gesagt?«

»Verdammte Scheiße, ich habe den ganzen Tag in den Gärten geschuftet. Hacken Sie auf jemand anderem rum!«

»Halten Sie Ihren verfluchten Rand!«

Aber Peter Marlowe hörte weder die Flüche noch das Ge-

schwätz und die Gerüchte. Er hoffte, daß auch der Oberst und Mac ihre Wasserflaschen hatten.
Als seine Gruppe abgezählt war, ging Hauptmann Spence die Straße entlang zu Oberstleutnant Sellars, dem vier Baracken unterstanden, und salutierte. »Vierundsechzig, alles in Ordnung, Sir. Neunzehn angetreten, dreiundzwanzig im Lazarett, zweiundzwanzig auf Arbeitskommando.«
»In Ordnung, Spence.«
Und sobald Sellars über alle Zahlen seiner vier Baracken verfügte, addierte er sie und meldete sie weiter an den Ranghöheren, an Oberst Smedly-Taylor, dem zehn Baracken unterstanden. Dann meldete Smedly-Taylor die Zahlen wiederum weiter an den Ranghöheren. Dann meldete der nächste Offizier sie seinerseits weiter an den Ranghöheren, und dieser Vorgang wiederholte sich innerhalb und außerhalb des Gefängnisses durch das ganze Lager, bis die Gesamtzahlen dem Lagerkommandanten gemeldet wurden. Der Lagerkommandant addierte die Zahlen der sich innerhalb des Lagers befindenden Männer zu den Zahlen der Männer im Lazarett und zu den Zahlen der Männer auf Arbeitskommandos, und dann meldete er die Gesamtzahlen Hauptmann Yoshima, dem japanischen Dolmetscher. Yoshima verfluchte den Lagerkommandanten, weil die Gesamtzahl um einen Mann zu niedrig war.
Es verging eine schmerzliche Stunde der Panik, bis der fehlende Mann schließlich auf dem Friedhof gefunden wurde. Oberstabsarzt Dr. Rofer vom Sanitätsdienst der Royal Army verfluchte seinen Assistenten, Oberstabsarzt Dr. Kennedy, der zu erklären versuchte, daß es schwierig wäre, jeden Augenblick die richtigen Zahlen zur Verfügung zu haben. Oberstabsarzt Rofer verfluchte ihn dennoch und schnauzte, das wäre schließlich seine Aufgabe. Dann ging Rofer ganz geknickt zum Lagerkommandanten, der seine Unfähigkeit verfluchte. Dann ging der Lagerkommandant zu Yoshima und versuchte höflich zu erklären, daß der Mann gefunden wäre, daß es aber schwierig wäre, in jeder Sekunde genaue Zahlen vorzulegen. Und Yoshima verfluchte den Lagerkommandanten wegen Unfähigkeit

und brüllte ihn an, daß er verantwortlich wäre, und wenn er nicht einmal eine einfache Zahl auf dem laufenden halten könnte, dann wäre es vielleicht an der Zeit, daß einmal ein anderer Offizier das Lager übernähme.

Während so der Zorn die Rangliste hinauf- und hinabflog, durchsuchten koreanische Posten die Baracken, insbesondere die Offiziersbaracken. Hier mußte das Rundfunkgerät stecken, das sie suchten, das Verbindungsglied, die Hoffnung der Männer. Sie wollten das Rundfunkgerät finden, wie sie schon das vor fünf Monaten gefunden hatten. Aber die Posten schmachteten in der Hitze ebenso wie die Männer in Paradeformation schmachteten, und ihre Suche war oberflächlich.

Die Männer schwitzten und fluchten. Einige wurden ohnmächtig. Die von der Ruhr Befallenen liefen zu den Latrinen. Die Schwerkranken hockten sich an der Stelle hin, auf der sie gerade standen, oder legten sich an der Stelle hin, an der sie standen, und ließen den Schmerz rumoren und sie verzehren. Die Gesunden nahmen den Gestank nicht wahr. Der Gestank war normal, und die Lauferei war normal, und das Warten war normal.

Nach drei Stunden war die Durchsuchung beendet. Die Männer durften wegtreten. Sie schwärmten zu ihren Baracken und zum Schatten hin oder legten sich keuchend auf ihre Betten oder gingen zu den Duschen und warteten und dampften, bis das Wasser den Schmerz aus ihren Köpfen weggekühlt hatte.

Peter Marlowe kam aus dem Duschraum heraus. Er schlug sich den Sarong um die Hüften und schlenderte zum Betonbungalow seiner Freunde, seiner Einheit.

»Puki 'mahlu!« Mac grinste. Major McCoy war ein harter, kleiner Schotte, der sich stramm aufrecht hielt. Fünfundzwanzig Jahre in den Dschungeln Malayas hatten sich tief in sein Gesicht eingegraben – diese Jahre und harte Getränke und hartes Spiel und Anfälle von Fieber.

»'mahlu senderis«, antwortete Peter Marlowe und hockte sich zufrieden nieder. Die malaiische Obszönität entzückte ihn immer wieder. Es gab keine absolute Übersetzung dafür, obwohl »puki« der aus fünf Buchstaben bestehende Körperteil einer Frau war und »'mahlu« soviel wie »beschämt« bedeutete.

»Könnt ihr Armleuchter nicht mal gelegentlich Englisch sprechen?« raunzte Oberst Larkin. Er lag auf seiner Matratze, die auf dem Boden ausgebreitet worden war. Larkin war der Hitze wegen kurzatmig, und sein Kopf schmerzte von den Nachwehen eines Malariaanfalls.

Mac blinzelte Peter Marlowe zu. »Wir erklären es ihm immer und immer wieder, und nichts will in seinen dicken Schädel hinein. Wahrhaftig, es besteht wohl kaum noch Hoffnung, daß der Oberst es je kapieren wird!«

»Sie haben nur zu recht!« pflichtete Peter Marlowe bei und äffte Larkins australischen Akzent nach.

»Weiß der Teufel, warum ich mich mit euch beiden überhaupt eingelassen habe«, ächzte Larkin müde, »ich werde es nie begreifen.«

Mac grinste. »Weil er faul ist, was, Peter? Sie und ich erledigen alle Arbeiten, hm? Und er sitzt und liegt einfach herum und spielt den kranken Mann, nur weil er einen winzigen Malariaanfall hat.«

»Puki 'mahlu. Und geben Sie mir etwas Wasser, Marlowe!«

»Jawohl, Sir, Oberst, Sir!« Er reichte Larkin seine Wasserflasche. Als Larkin sie sah, lächelte er trotz seiner Schmerzen.

»Alles in Ordnung, Peter, mein Junge?« fragte er ruhig.

»Ja. Mein Gott, eine Zeitlang steckte mir der Schreck nicht schlecht in den Knochen.«

»Mac und mir ist es genauso ergangen.« Larkin nahm einen Schluck Wasser und reichte dann vorsichtig die Flasche zurück.

»Ist auch alles in Ordnung, Oberst?« Peter Marlowe war über Larkins Farbe beunruhigt.

»Verflucht«, knurrte Larkin. »Es ist nichts, was eine Flasche Bier nicht kurieren könnte. Bin morgen bestimmt wieder auf den Beinen.«

Peter Marlowe nickte. »Zumindest sind Sie über den Berg, und

das Fieber ist zurückgegangen«, tröstete er. Dann nahm er mit betonter Nachlässigkeit die Packung Kooa heraus.
»Mein Gott«, brach es aus Mac und Larkin in einem Atemzug hervor.
Peter Marlowe riß die Packung auf und gab jedem eine Zigarette. »Geschenk vom Weihnachtsmann!«
»Donnerwetter, wo haben Sie die denn her, Peter?«
»Abwarten, bis wir ein paar Züge geraucht haben«, brummte Mac mürrisch, »bevor wir uns die schlechte Nachricht anhören. Wahrscheinlich hat er unsere Betten verkümmelt oder so was.«
Peter Marlowe erzählte ihnen vom King und von Grey. Sie hörten mit wachsender Verwunderung zu. Er erzählte ihnen von dem Verfahren zur Fermentierung von Tabak, sie hörten ihm schweigend zu, bis er die Prozente erwähnte.
»Sechzig zu vierzig!« explodierte Mac entzückt. »Sechzig zu vierzig, mein Gott!«
»Ja«, bestätigte Peter Marlowe, der Mac völlig falsch verstand. »Stellt euch das vor! Jedenfalls habe ich ihm einfach gezeigt, wie man es macht. Er schien überrascht, als ich keine Gegenleistung annehmen wollte.«
»Sie haben das Verfahren verschenkt?« Mac war entsetzt.
»Natürlich. Ist was nicht in Ordnung, Mac?«
»Aber warum? Warum?«
»Sehn Sie, ich konnte einfach nicht in das Geschäft einsteigen. Die Marlowes sind keine Geschäftsleute«, erklärte Peter Marlowe, als redete er mit einem Kind. »Nichts zu machen, alter Junge.«
»Mein Gott, da haben Sie eine wunderbare Gelegenheit, etwas Geld zu verdienen, und weisen sie mit einem satten Hohngelächter zurück. Ich nehme doch an, daß Ihnen klar ist, daß Sie mit dem King bei diesem Geschäft genug hätten verdienen können, um bis zum Tag des Jüngsten Gerichts doppelte Rationen zu kaufen. Herrgott noch mal, warum haben Sie nicht einfach den Mund gehalten und es mir erzählt und mich die Geschichte schaukeln lassen . . .«

»Was soll das, Mac?« unterbrach Larkin scharf. »Der Junge hat richtig gehandelt, und es wäre schlimm genug für ihn, wenn er sich mit dem King in ein Geschäft eingelassen hätte.«
»Aber . . .«
»Kein Aber«, fiel ihm Larkin ins Wort.
Mac schrumpfte augenblicklich in sich zusammen und haßte sich selbst wegen seines Ausbruchs. Er zwang sich zu einem nervösen Lachen. »War nur Spaß, Peter.«
»Wirklich nur Spaß, Mac? Mein Gott«, sagte Peter Marlowe unglücklich. »Bin ich denn ein Idiot oder was sonst? Ich wollte euch doch nicht um etwas bringen.«
»Nee, Jungchen, ich hab nun mal so 'ne komische Art zu scherzen. Fahren Sie fort, und erzählen Sie uns, was sonst noch passiert ist.«
Peter Marlowe erzählte ihnen, was alles passiert war. Und die ganze Zeit fragte er sich, ob er etwas falsch gemacht hatte. Mac war sein bester Freund, war mit allen Wassern gewaschen und geriet nie in Wut. Er erzählte ihnen von Sean, und als er geendet hatte, fühlte er sich besser. Dann ging er weg. Er war an der Reihe, die Hühner zu füttern.
Als er weggegangen war, wandte Mac sich an Larkin. »Verdammt, es tut mir leid. Ich hatte keinen Grund, so aus dem Häuschen zu geraten.«
»Ich mache Ihnen gar keine Vorwürfe, mein Freund. Er baut Schlösser auf dem Mond. Der Junge hat ein paar sonderbare Ansichten. Aber man kann ja nie wissen. Vielleicht wird uns der King noch von Nutzen sein.«
»Ja«, meinte Mac nachdenklich.
Peter Marlowe trug ein Eßgeschirr, das mit zusammengesuchten Blättern, Gräsern und Laub gefüllt war. Er ging an der Latrinengegend vorbei, bis er die Ausläufe erreichte, in denen die Lagerhühner gehalten wurden.
Es gab große Ausläufe und kleine Ausläufe, Ausläufe für ein einziges struppiges Huhn und einen riesigen Auslauf für 130 Hühner – für die Hühner, die dem ganzen Lager gemeinsam gehörten und deren Eier in den gemeinsamen Fond gingen. Die

übrigen Ausläufe gehörten Einheiten oder einer Gemeinschaft von Einheiten, die ihre Vorräte zusammengetan hatten. Nur der König besaß etwas für sich allein.
Mac hatte den Hühnerauslauf für Peter Marlowes Einheit gebaut. Drei Hühner scharrten darin, der Reichtum der Einheit. Larkin hatte die Hühner vor sieben Monaten erstanden, als die Einheit das Letzte verkauft hatte, was sie besessen hatte, Larkins goldenen Ehering. Larkin hatte ihn nicht verkaufen wollen, aber Mac war damals krank gewesen, und Peter Marlowe hatte Ruhr, und zwei Wochen vorher waren die Lagerrationen erneut herabgesetzt worden, deshalb hatte Larkin ihn verkauft. Aber nicht durch den King. Durch einen seiner eigenen Leute, durch Tiny Timsen, den Aussie-Händler. Mit dem Geld hatte er bei dem chinesischen Händler, der von den Japanern die Lagerkonzession bekommen hatte, vier Hühner gekauft und dazu noch zwei Dosen Sardinen, zwei Büchsen Kondensmilch und einen Liter orangefarbenes Palmöl.
Die Hühner waren gut und legten ihre Eier pünktlich. Aber eines davon starb, und die Männer aßen es. Sie hoben die Knochen auf und steckten sie zusammen mit den Eingeweiden und den Füßen und dem Kopf und dem grünen Papaya, den Mac bei einem Arbeitskommando gestohlen hatte, in einen Topf und machten ein Eintopfgericht. Eine ganze Woche lang waren ihnen ihre Körper rosig und sauber vorgekommen.
Larkin hatte an dem Tag, an dem sie die Hühner und die Vorräte gekauft hatten, eine Büchse Kondensmilch geöffnet. Jeder hatte, solange sie reichte, einmal am Tag einen Löffel voll bekommen. Die Kondensmilch verdarb nicht in der Hitze. An dem Tag, als es nichts mehr zu löffeln gab, hatten sie die Büchse ausgekocht und die Flüssigkeit getrunken. Sie schmeckte sehr gut.
Die beiden Dosen Sardinen und die letzte Büchse Kondensmilch waren die Reserve der Einheit. Für den Fall, daß ihnen das Glück einmal einen ganz bösen Streich spielte. Die Büchsen wurden in einem Versteck aufbewahrt, das fortwährend von einem der Einheit bewacht wurde.

Peter Marlowe blickte sich um, bevor er das Schloß am Hühnerkäfig öffnete, und vergewisserte sich, daß auch niemand in der Nähe war, der sehen konnte, wie das Schloß funktionierte. Er öffnete die Tür und sah zwei Eier.
»Brav, Nonya«, sagte er sanft zu ihrer Preishenne, »ich werde dich nicht anrühren.«
Nonya saß auf einem Nest von sieben Eiern. Die Einheit hatte große Willenskraft aufgebracht, die Eier unter ihr liegen zu lassen, aber wenn sie Glück hatten und sieben Küken bekamen, und wenn die sieben Küken lange genug lebten, um zu Hühnern oder zu Hähnen heranzuwachsen, dann würden sie eine gewaltige Schar besitzen. Dann konnten sie immer eine der Hennen entbehren, um sie auf einer Brut sitzen zu lassen. Und sie würden sich nie vor der Krankenstation 6 fürchten müssen.
Krankenstation 6 beherbergte die Blinden, die durch Beriberi erblindeten Männer.
Jede Vitaminstärkung war ein Zaubermittel gegen diese fortwährende Bedrohung, und Eier waren eine gewaltige Quelle der Stärkung, für gewöhnlich die einzige, die verfügbar war. So kam es, daß der Lagerkommandant vom Allerhöchsten mehr erbettelte und erfluchte und verlangte. Aber meistens gab es nur ein Ei je Mann und Woche. Einige der Männer erhielten jeden Tag ein Extra-Ei, aber dann war es gewöhnlich schon zu spät.
So kam es, daß die Hühner Tag und Nacht von einer Offizierswache bewacht wurden. So kam es, daß es ein großes Verbrechen war, ein Huhn anzurühren, das dem Lager oder einem anderen gehörte. Einmal war ein Mann mit einem erwürgten Huhn in der Hand erwischt und von denen, die ihn gefangen hatten, totgeschlagen worden. Die Behörden entschieden, daß es vertretbarer Totschlag gewesen war.
Peter Marlowe stand am Ende seines Auslaufs und bewunderte die Hühner des King. Es waren sieben, plump und geradezu Riesen im Vergleich mit den übrigen. Im Auslauf befand sich ein Hahn, der Stolz des Lagers. Sein Name war ›Sonnenunter-

gang‹. Aus seinem Samen wuchsen schöne Söhne und Töchter heran, und alle konnten ihn zum Decken bekommen. Zu einem Preis: erste Wahl der Brut.
Selbst die Hühner des King waren unverletzlich und wurden genauso bewacht wie die übrigen.
Peter Marlowe beobachtete, wie ›Sonnenuntergang‹ auf eine Henne sprang und sie in den Staub drückte. Die Henne erhob sich aus dem Staub und lief gackernd herum und hackte zum Ausgleich auf eine andere Henne ein. Peter Marlowe verachtete sich selbst, daß er zusah. Er wußte, daß es Schwäche war. Er wußte, daß er an N'ai denken würde, und dann würden ihn die Lenden schmerzen.
Er ging zum Hühnerhaus zurück und prüfte, ob das Schloß auch fest war, und ging weg, und auf dem ganzen Weg zum Bungalow zurück hielt er vorsichtig die beiden Eier vor sich.
»Peter, alter Affe«, grinste Mac, »heute ist unser Glückstag!«
Peter Marlowe angelte die Packung Kooa heraus und teilte die Zigaretten durch drei. »Um die beiden übrigen wird geknobelt.«
»Nehmen Sie sie, Peter«, wehrte Larkin ab.
»Nein, wir knobeln. Die niedrigste Karte verliert.«
Mac verlor und tat verärgert. »Verdammte Steuer drauf«, murrte er.
Vorsichtig öffneten sie die Zigaretten und legten den Tabak in ihre Dosen und mischten ihn mit ihrem ganzen Besitz an fermentiertem Javaknaster. Dann teilten sie ihre Portionen in vier Häufchen und legten die drei übrigen Portionen in eine andere Dose und gaben die Dosen in Larkins Verwahrung. Soviel Tabak auf einmal zu besitzen, stellte eine Versuchung dar.
Plötzlich riß der Himmel auf, und die Sintflut brach los.
Peter Marlowe zog seinen Sarong aus, faltete ihn säuberlich und legte ihn auf Macs Bett.
Larkin sagte nachdenklich: »Peter, passen Sie auf mit dem King. Er könnte gefährlich werden.«
»Klar. Machen Sie sich keine Sorgen.« Peter Marlowe trat in den Wolkenbruch hinaus. Im Nu hatten Mac und Larkin sich

nackt ausgezogen und folgten ihm und gesellten sich zu den übrigen nackten Männern, die den Sturzbach mit einem Wonnegefühl genossen.
Ihre Körper begrüßten das Prickeln, die Lungen atmeten die abgekühlte Luft ein, die Köpfe klärten sich. Und der Gestank von Changi wurde weggewaschen.

## 5

Nach dem Regen saßen die Männer herum und genossen die sich verflüchtigende Kühle und warteten, bis es Zeit zum Essen war. Wasser tropfte von den Barackendächern und schoß in die Gräben, und der Staub war Schlamm, aber die Sonne stand stolz am weißblauen Himmel.
»Mein Gott«, brummte Larkin dankbar, »man fühlt sich gleich ganz anders.«
»Tja«, bestätigte Mac, als sie auf der Veranda saßen. Aber Macs Gedanken waren landaufwärts, auf seiner Kautschukplantage in Kedah, weit im Norden. »Das ist das Gute an der Hitze, sie läßt einen die Kühle erst richtig schätzen«, sagte er ruhig. »Es ist wie beim Fieber.«
»Malaya stinkt, der Regen stinkt, die Hitze stinkt, Malaria stinkt, die Wanzen stinken, und die Fliegen stinken«, knurrte Larkin.
»In Friedenszeiten nicht, Alter.« Mac blinzelte Peter Marlowe zu. »Und in einem Dorf auch nicht, was, Peter, alter Junge?«
Peter Marlowe grinste. Er hatte ihnen das meiste erzählt, was es über sein Dorf zu berichten gab. Zweifellos wußte Mac, was er ihnen nicht erzählt hatte, denn Mac hatte seine Mannesjahre im Fernen Osten zugebracht und liebte diesen ebensosehr wie Larkin ihn haßte. »So hab ich es mir erzählen lassen«, sagte er freundlich, und alle lächelten.
Sie redeten nicht viel. Alle Geschichten waren längst erzählt

und immer wieder erzählt worden, all die Geschichten, die sie erzählen wollten.
Deshalb warteten sie geduldig. Als es an der Zeit war, stellten sie sich an ihren jeweiligen Schlangen an und gingen dann wieder zum Bungalow zurück. Schnell tranken sie ihre Suppe. Peter Marlowe schloß die selbstgebastelte Kochplatte an und brutzelte ein Ei. Sie leerten ihre Reisportionen in die Schüssel, und er legte das Ei auf den Reis und streute etwas Salz und Pfeffer darüber. Er schlug das Ei unter den Reis, daß Dotter und Eiweiß gleichmäßig darin verteilt waren, und dann teilte er den Reis auf, und sie aßen ihn mit Hochgenuß. Als sie zu Ende gegessen hatten, nahm Larkin die Teller und spülte sie, denn er war an der Reihe, und nun setzten sie sich erneut auf die Veranda, um auf den abendlichen Appell zu warten.
Peter Marlowe beobachtete träge die Männer, die auf der Straße gingen, und genoß das Füllegefühl in seinem Magen. Da sah er Grey herankommen.
»Guten Abend, Herr Oberst«, grüßte Grey zu Larkin gewandt und salutierte vorschriftsmäßig.
»'n Abend, Grey«, seufzte Larkin. »Wer ist es diesmal?« Wenn Grey ihn aufsuchte, bedeutete das immer irgendwelchen Ärger.
Grey blickte auf Peter Marlowe. Larkin und Mac fühlten die Feindseligkeit zwischen den beiden.
»Oberst Smedly-Taylor hat mich gebeten, es Ihnen zu melden, Sir«, antwortete Grey. »Zwei Ihrer Leute haben sich geprügelt. Ein Korporal namens Townsend und der Soldat Gurble. Ich habe beide im Gefängnis festgesetzt.«
»In Ordnung, Leutnant«, dankte Larkin düster. »Sie können die beiden freilassen. Sagen Sie ihnen, sie sollen sich nach dem Appell bei mir melden. Ich werd's ihnen geben!« Er machte eine Pause. »Wissen Sie, weshalb sie gerauft haben?«
»Nein, Sir, aber ich glaube, es ging um Zwei-Oben.« Lächerliches Spiel, dachte Grey. Man legt zwei Pennies auf einen Stock, schmeißt sie in die Luft und wettet, ob beide Münzen mit der Zahl oder beide mit dem Wappen oder eine mit der Zahl und eine mit dem Wappen nach oben zu liegen kommen.

»Vermutlich«, knurrte Larkin.
»Vielleicht könnten Sie das Spiel verbieten. Es gibt immer Streit, wenn . . .«
»Zwei-Oben verbieten?« unterbrach Larkin schroff. »Wenn ich das täte, würden die Leute glauben, ich bin verrückt geworden. Sie würden einen so lächerlichen Befehl nicht beachten, und das völlig zu Recht. Glücksspiel ist ein Wesensbestandteil der Aussies, das dürften Sie inzwischen wissen. Zwei-Oben gibt den Diggers was zum Nachdenken, und eine Schlägerei ab und zu ist auch nicht schlecht.« Er stand auf und streckte sich, um die Verkrampfung in den Schultern zu lockern. »Glücksspiel ist für einen Aussie wie das Atmen. Nun, jeder Schütze Arsch im letzten Glied hat einen Schilling oder zwei auf der hohen Kante.« Seine Stimme klang scharf. »Ich mache gelegentlich selbst gern ein Spielchen.«
»Jawohl, Sir«, erwiderte Grey. Er hatte Larkin und andere Aussie-Offiziere gesehen, wie sie zusammen mit ihren Soldaten erregt in der Erde scharrten und wie der letzte gemeine Soldat schmutzige Reden führten. Kein Wunder, wenn unter solchen Umständen die Disziplin schlecht war.
»Bestellen Sie Oberst Smedly-Taylor, ich werde mich um die beiden kümmern. Verflucht, verlassen Sie sich darauf!«
»Schade um Marlowes Feuerzeug, nicht wahr, Sir?« meinte Grey und sah Larkin dabei gespannt an.
Larkins Augen blickten fest und waren plötzlich hart. »Er hätte eben vorsichtiger sein sollen, nicht wahr?«
»Jawohl, Sir«, bestätigte Grey nach ausreichend langer Pause, um deutlich zu machen, was er davon hielt. Nun, dachte er, den Versuch war es wert. Zum Teufel mit Larkin, und zum Teufel mit Marlowe. Ich habe Zeit. Er wollte gerade salutieren und wegtreten, als ihn ein geradezu phantastischer Gedanke durchzuckte. Er unterdrückte seine Erregung und sagte sachlich und mit gleichgültiger Stimme: »Da fällt mir übrigens etwas ein. Es geht das Gerücht um, einer der Aussies besitze einen Diamantring.« Er ließ seine Erklärung Wurzeln schlagen. »Wissen Sie zufällig was darüber?«

Larkins Augen lagen tief unter buschigen Brauen. Er blickte nachdenklich auf Mac, bevor er antwortete. »Ich habe diese Gerüchte ebenfalls gehört. Soweit ich unterrichtet bin, ist es keiner von meinen Leuten. Warum?«
»Ich wollte nur nachprüfen, Sir«, erklärte Grey mit hartem Lächeln. »Natürlich ist Ihnen klar, daß ein solcher Ring wie Dynamit wirken könnte. Für seinen Eigentümer und für viele Leute.« Dann setzte er hinzu: »Er wäre besser unter Verschluß aufgehoben.«
»Das glaube ich nicht, alter Junge«, widersprach Peter Marlowe, und das »alter Junge« klang dezent boshaft. »Das wäre das Schlimmste, was man tun könnte – falls der Diamant überhaupt existiert, was ich bezweifle. Wenn er sich an einem bekannten Ort befände, dann würden viele ihn sich ansehen wollen. Und auf jeden Fall würden die Japsen ihn abstauben, wenn sie erst davon hörten.«
Mac sagte nachdenklich: »Ich bin ganz Ihrer Meinung.«
»Er ist besser da aufgehoben, wo er sich jetzt befindet. Nämlich in der Vorhölle. Wahrscheinlich handelt es sich nur wieder mal um eine Latrinenparole«, meinte Larkin.
»Hoffentlich haben Sie recht«, sagte Grey, der jetzt ganz sicher war, daß seine Ahnung ihn nicht getrogen hatte. »Aber das Gerücht scheint ziemlich stark zu sein.«
»Es ist jedenfalls keiner von meinen Leuten.« Larkins Gedanken rasten. Grey schien etwas zu wissen – wer konnte es sein? Wer?
»Nun, falls Sie etwas hören sollten, Sir, könnten Sie es mich wissen lassen.« Greys Augen blickten geringschätzig über Peter Marlowe hinweg. »Ich möchte Ärger unterbinden, ehe er ausbricht.« Dann salutierte er Larkin korrekt, nickte Mac zu und ging weg.
Im Bungalow herrschte lange nachdenkliches Schweigen.
Larkin sah flüchtig zu Mac hinüber. »Ich frage mich, warum er sich gerade danach erkundigt hat?«
»Tja«, machte Mac, »das frage ich mich auch. Haben Sie bemerkt, daß sein Gesicht aufleuchtete wie eine Glühbirne?«

»Nur allzu deutlich«, antwortete Larkin, und die Runen in seinem Gesicht schienen noch tiefer eingegraben als gewöhnlich. »Grey hat in einem recht. Ein Diamant könnte viele Leute viel Blut kosten.«

»Es war doch nur ein Gerücht, Oberst«, beschwichtigte Peter Marlowe. »Niemand hätte einen solchen Wertgegenstand so lange behalten können. Das ist unmöglich.«

»Hoffentlich haben Sie recht.« Larkin runzelte die Stirn. »Ich hoffe zu Gott, daß keiner von meinen Jungens ihn besitzt.«

Mac rekelte sich. Der Kopf schmerzte ihn, und er spürte deutlich, daß ein Fieberanfall im Nahen war. Nun, bis dahin sind es noch drei Tage, dachte er ruhig. Er hatte schon so oft Fieber gehabt, daß es ebenso zu einem Teil seines Lebens geworden war wie das Atmen. Jetzt wurde er alle zwei Monate einmal davon befallen. Er erinnerte sich, daß er 1942 auf Anordnung des Arztes zur Pensionierung vorgesehen worden war. Wenn die Malaria sich erst in der Milz festgesetzt hat – nun, dann nichts wie ab nach Hause, alter Junge. Ab in die Heimat, nach Schottland, nach Hause ins kalte Klima, und dann wird der kleine Bauernhof in der Nähe von Killin gekauft, von dem aus man den herrlichen Loch Tay überblicken kann. Da läßt sich leben.

»Ja«, murmelte Mac müde und fühlte seine fünfzig Jahre auf sich lasten. Dann sprach er laut aus, was sie alle dachten. »Wenn wir diesen verfluchten kleinen Mistdiamanten hätten, dann könnten wir es bis ans Ende aller Tage aushalten, ohne Angst vor der Zukunft. Ohne irgendwelche Angst.«

Larkin drehte eine Zigarette, zündete sie an und machte einen tiefen Zug. Er reichte sie weiter an Mac, der ebenfalls einen Zug machte und sie dann an Peter Marlowe weitergab. Als sie sie fast zu Ende geraucht hatten, klopfte Larkin die Glut ab und legte den restlichen Tabak in seine Dose zurück. Er brach das Schweigen. »Ich glaube, ich mache jetzt einen Spaziergang.«

Peter Marlowe lächelte. »Salamat«, grüßte er, was soviel wie »Friede sei mit dir« bedeutet.

»Salamat«, antwortete Larkin und trat in die Sonne hinaus.
Als Grey den Hang zur MP-Baracke hinaufging, brodelte es in seinem Hirn vor Erregung. Er versprach sich selbst, daß er sich eine Zigarette drehen und den Anlaß feiern würde, sobald er die Baracke erreicht und die Australier freigelassen hatte. Seine zweite heute, obwohl er doch bis zum Zahltag in der nächsten Woche nur noch gerade genug Javaknaster für drei weitere Zigaretten besaß.
Er stieg die Treppe hinauf und nickte Unteroffizier Masters zu. »Sie können die beiden herauslassen!«
Masters entfernte die schwere Stange vor der Tür des Bambuskäfigs, und die beiden starrköpfigen Männer nahmen vor Grey stramme Haltung an.
»Sie melden sich beide nach dem Appell bei Oberst Larkin.«
Die beiden Männer salutierten und traten ab.
»Verdammte Unruhestifter«, fluchte Grey kurz.
Er setzte sich und nahm seine Tabakdose und das Zigarettenpapier heraus. Diesen Monat hatte er verschwenderisch gelebt. Er hatte eine ganze Seite Bibelpapier gekauft, mit dem man die besten Zigaretten drehen konnte. Obwohl er kein religiöser Mensch war, erschien es ihm doch ein bißchen gotteslästerlich, die Bibel zu rauchen. Grey las die Zeilen auf dem Papierfetzen, aus dem er gerade eine Zigarette drehen wollte: »Da fuhr der Satan aus vom Angesicht des Herrn und schlug Hiob mit bösen Schwären von der Fußsohle an bis auf seinen Scheitel. Und er nahm eine Scherbe und schabte sich und saß in der Asche. Und sein Weib sprach zu ihm ...«
»Weib ... O Gott! Warum muß ich gerade auf dieses Wort stoßen.« Grey fluchte und drehte das Papier um.
»... Warum bin ich nicht gestorben von Mutterleib an? Warum bin ich nicht verschieden, da ich aus dem Leibe kam?«
Grey richtete sich ruckartig auf, als ein Stein durch das Fenster zischte, gegen die Barackenwand knallte und polternd auf den Boden fiel.
Ein Stück Zeitungspapier war um den Stein gewickelt. Grey hob ihn auf und sprang zum Fenster, aber es war niemand in

der Nähe. Grey setzte sich und glättete das Papier. Auf dem Rand stand geschrieben: *Ich schlage Ihnen ein Geschäft vor. Ich liefere Ihnen den King, auf einem Tablett, falls Sie ein Auge zudrücken, wenn ich an seiner Stelle ein bißchen Handel treibe, nachdem Sie ihn hochgenommen haben. Wenn Sie mit dem Geschäft einverstanden sind, dann stellen Sie sich eine Minute lang mit diesem Stein in der linken Hand vor die Baracke. Schicken Sie dann den anderen Greifer weg. Alle hier erzählen, Sie sind ein anständiger Greifer, deshalb will ich Ihnen vertrauen.*

»Was steht darauf, Sir?« fragte Masters und starrte aus wäßrigen Augen auf das Papier.

Grey knüllte das Papier zu einem Ball. »Jemand glaubt, wir arbeiten für die Japsen«, antwortete er rauh.

»Verfluchter Schweinehund.« Masters ging zum Fenster. »Mein Gott, was stellen sich diese Burschen bloß vor, was geschehen würde, wenn wir nicht für Disziplin sorgten? Diese Arschgeigen würden sich gegenseitig den ganzen Tag an die Gurgel fahren.«

»Das ist sicher«, bestätigte Grey. Die Papierkugel in seiner Hand fühlte sich lebendig an. Wenn es ein echtes Angebot ist, dachte er, kann ich den King aufs Kreuz legen.

Es war nicht leicht, einen Entschluß zu fassen. Er würde seinen Teil der Abmachung einhalten müssen. Mit seinem Wort verpflichtete er sich dazu. Er war ein »ehrlicher Greifer«, und er empfand nicht wenig Stolz auf seinen Ruf. Grey wußte, daß er einfach alles tun würde, um den King wehrlos hinter den Gittern des Bambuskäfigs zu sehen. Er würde sogar ein bißchen die Augen vor Verstößen gegen die Lagergesetze verschließen. Er überlegte, wer unter den Amerikanern der Denunziant sein mochte. Sie alle haßten den King; sie beneideten ihn – aber wer unter ihnen würde den Judas spielen, wer würde die Folgen riskieren, falls er entdeckt wurde? Wer immer der Mann sein mochte, er konnte nie eine solche Bedrohung sein wie der King.

Deshalb trat er mit dem Stein in der linken Hand hinaus vor

die Baracke und betrachtete prüfend die Männer, die vorbeigingen. Aber niemand gab ihm ein Zeichen.
Er warf den Stein weg und entließ Masters, dann setzte er sich in die Baracke und wartete. Er hatte schon die Hoffnung aufgegeben, da flog ein weiterer Stein mit einer zweiten Nachricht durchs Fenster: *Sehen Sie in einer Büchse nach, die im Graben neben Baracke 16 liegt. Zweimal täglich, morgens und nach dem Appell. Das wird unser Briefkasten sein. Er hat heute nacht eine Verabredung mit Turasan.*

## 6

In jener Nacht lag Larkin auf seiner Matratze unter dem Moskitonetz und machte sich ernstlich Sorgen wegen Townsend und Gurble. Er hatte nach dem Appell mit ihnen gesprochen.
»Zum Teufel, warum habt ihr beiden miteinander gerauft?« hatte er immer wieder gefragt, und jedesmal hatten die beiden stumpfsinnig geantwortet: »Wegen Zwei-Oben.« Aber Larkin hatte instinktiv gefühlt, daß sie logen.
»Ich will die Wahrheit wissen«, hatte er zornig erklärt. »Kommt schon, ihr beiden seid doch Kumpels. Jetzt rückt schon heraus mit der Sprache, weshalb habt ihr euch geschlagen?«
Aber die beiden Männer hatten beharrlich zu Boden geblickt. Larkin hatte sie einzeln verhört, aber jeder hatte die Stirn gerunzelt und störrisch geantwortet: »Wegen Zwei-Oben.«
»Also gut. Ihr verfluchte Saubande!« hatte Larkin schließlich gesagt, und seine Stimme hatte rauh geklungen. »Ich gebe euch eine letzte Chance. Wenn ihr es mir nicht erzählt, werdet ihr beide aus meinem Regiment zu einer anderen Einheit versetzt. Und was mich angeht, werdet ihr dann nicht mehr existieren!«
»Aber Herr Oberst«, schnaufte Gurble. »Das würden Sie doch nicht tun!«

»Ich gebe euch dreißig Sekunden Zeit«, erwiderte Larkin giftig und meinte es ernst. Und die Männer wußten, daß er es ernst meinte. Und sie wußten, daß Larkins Wort in seinem Regiment Gesetz war, denn Larkin war wie ihr Vater. Ausgestoßen zu werden bedeutete, daß sie für ihre Kameraden nicht mehr existierten, und ohne ihre Kameraden würden sie sterben.

Larkin wartete eine Minute. Dann sagte er: »Also gut. Morgen . . .«

»Ich will es Ihnen erzählen, Herr Oberst«, platzte Gurble unüberlegt heraus. »Dieser verfluchte Heini behauptete, ich hätte mich am Essen meiner Kameraden vergriffen. Der verfluchte Heini hat behauptet, ich stehle . . .«

»Tust du auch, du verkommener Hund!«

Nur Larkins scharfes »Stillgestanden!« hielt die beiden davon ab, sich gegenseitig an die Kehle zu fahren.

Korporal Townsend erzählte zuerst seine Fassung der Geschichte. »Ich bin diesen Monat zum Küchendienst eingeteilt. Heute mußten wir für 188 Mann kochen . . .«

»Wer fehlt?« fragte Larkin.

»Billy Donahy, Sir. Er ging heute nachmittag ins Lazarett.«

»In Ordnung.«

»Also, Sir, einhundertachtundachtzig Mann zu 125 Gramm Reis je Tag, das ergibt 23,5 Kilo. Ich gehe immer selbst mit einem Kumpel zum Lagerhaus hinauf und sehe zu, wie der Reis abgewogen wird, und trage ihn dann zurück, um ganz sicher zu sein, daß wir auch unser verdammtes Teil bekommen haben. Ja, und heute sah ich beim Abwiegen zu, und da fing es plötzlich in meinen Därmen an zu rumoren. Deshalb bat ich Gurble hier, den Sack mit dem Reis zur Küche zurückzutragen. Er ist mein bester Kumpel, so daß ich dachte, ich könnte ihm vertrauen.«

»Ich habe auch nicht ein einziges verdammtes Körnchen angerührt, du verfluchter Bastard, ich schwör es bei Gott!«

»Wir hatten zuwenig, als ich zurückkam«, schrie Townsend. »Beinah ein halbes Pfund zuwenig, und das sind die Rationen von zwei Männern!«

»Weiß ich doch, aber *ich* habe nicht . . .«
»Die Gewichte stimmten! Ich habe sie unter deiner eigenen dreckigen Nase geprüft!«
Larkin ging mit den Männern weg und prüfte die Gewichte und fand, daß sie richtig waren. Es bestand kein Zweifel, daß die richtige Menge Reis den Berg hinab auf den Weg gegangen war, denn die Rationen wurden jeden Morgen in aller Öffentlichkeit von Oberstleutnant Jones abgewogen. Es gab nur eine Lösung.
»Was mich betrifft, Gurble«, erklärte Larkin, »gehören Sie nicht mehr zu meinem Regiment. Sie sind tot.«
Gurble taumelte wimmernd in die Dunkelheit hinaus, und dann sagte Larkin zu Townsend: »Sie halten den Mund über diese Sache.«
»Meinen verfluchten Eid drauf, Herr Oberst«, antwortete Townsend. »Die Diggers würden ihn glatt in Stücke reißen, wenn sie es hörten, und mit Recht! Der einzige Grund, warum ich es ihnen nicht erzählt habe, war, daß er mein bester Freund war.« Seine Augen füllten sich plötzlich mit Tränen. »Bei meinem verfluchten Eid, Herr Oberst, wir sind zusammen in die Armee eingetreten. Wir haben zusammen Dünkirchen und den dreckigen Mittelosten und ganz Malaya durchgemacht. Ich kenne ihn fast mein ganzes Leben lang, und ich hätte mein Leben gewettet . . .«
Als Larkin jetzt im Halbschlaf alles noch einmal überdachte, schauderte ihn. Wie kann einer etwas Derartiges tun, fragte er sich hilflos? Wie nur? Und unter allen Männern ausgerechnet Gurble, den er seit vielen Jahren kannte, der früher sogar in seinem Büro für ihn gearbeitet hatte!
Er schloß die Augen und verbannte Gurble aus seinen Gedanken. Er hatte seine Pflicht getan, und es war seine Pflicht, die vielen vor dem einen zu schützen. Er ließ seine Gedanken zu seiner Frau Betty abschweifen, die Steak mit einem Spiegelei darauf briet, zu seinem Haus, das über die Bucht hinausblickte, zu seiner kleinen Tochter, zu dem Leben, das er später führen würde. Aber wann? Wann?

Grey stieg leise die Treppe zur Baracke 16 hinauf und ging dann zu seinem Bett. Er zog die Hose aus, schlüpfte unter das Moskitonetz und legte sich hochzufrieden mit sich selbst nackt auf seine Matratze. Gerade eben hatte er Turasan, den koreanischen Posten, gesehen, wie er um die Ecke der amerikanischen Baracke schlich und unter das Segeltuchdach kroch. Er hatte gesehen, wie der King heimlich aus dem Fenster sprang, um sich mit Turasan zu treffen. Grey hatte nur einen Augenblick im Schatten gewartet. Er hatte die Information des Spitzels überprüft, und es bestand keine Notwendigkeit, schon jetzt loszuschlagen, um den King zu fassen. Nein, noch nicht. Jetzt hatte der Denunziant sich ja bewährt.

Grey wälzte sich auf dem Bett herum und kratzte sein Bein. Seine geübten Finger erwischten die Wanze und zerquetschten sie. Er hörte das leise »Plop«, als sie zerplatzte, und roch den Übelkeit erregenden süßlichen Gestank des Blutes, das sie enthielt – sein eigenes Blut.

Rund um sein Netz surrten Wolken von Moskitos und suchten das unvermeidliche Loch. Im Gegensatz zu den meisten Offizieren hatte Grey sich geweigert, sein Bett in eine Pritsche umzuwandeln, denn er haßte den Gedanken, über oder unter einem anderen zu schlafen. Obwohl diese zusätzliche Verdopplung mehr Raum bedeutete.

Die Moskitonetze waren an einem Draht aufgehängt, der durch die Mitte der ganzen Baracke lief. Selbst im Schlaf noch waren die Männer miteinander verbunden. Wenn jemand sich auf die Seite drehte oder an dem Netz zupfte, um es enger unter die schweißgetränkte Matratze zu stopfen, zuckten alle ein wenig zusammen, und jeder wußte, daß er umgeben war.

Grey zerquetschte eine zweite Wanze, aber seine Gedanken waren nicht dabei. Heute nacht war er von Glück erfüllt – von Glück über den Denunzianten, über die sich selbst auferlegte Verpflichtung, den King zu fangen, über den Diamantring, über Marlowe. Er war zufrieden, denn er hatte das Rätsel gelöst.

Es ist ganz einfach, sagte er sich immer wieder. Larkin weiß, wer den Diamanten hat. Der King ist der einzige im Lager, der den Verkauf durchführen könnte. Nur die Beziehungen des King sind gut genug. Larkin ging natürlich nicht selbst und direkt zum King, und deshalb schickte er Marlowe. Marlowe war der Verbindungsmann.

Greys Bett bebte, als der todkranke Johnny Hawkins auf dem Weg zu den Latrinen halbwach dagegentaumelte. »Passen Sie doch um Gottes willen auf!« schnauzte Grey gereizt.

»Entschuldigung«, murmelte Johnny und tastete sich zur Tür hin.

Nach wenigen Minuten kehrte Johnny Hawkins stolpernd wieder zurück. Einige verschlafene Flüche folgten ihm nach. Sobald Johnny sein Bett erreicht hatte, war es Zeit, erneut zu gehen.

Diesmal bemerkte Grey nicht, daß sein Bett bebte, denn er war ganz in seine Gedanken eingesponnen und versuchte die wahrscheinlichen Bewegungen des Gegners vorauszuberechnen.

Peter Marlowe saß hellwach auf der harten Treppe der Baracke 16 unter dem mondlosen Nachthimmel und tastete mit Augen und Ohren und Gedanken suchend in die Dunkelheit hinaus. Von der Stelle aus, an der er saß, konnte er die beiden Straßen beobachten – die eine, die das Lager in der Mitte zerteilte, und die andere, die um die Gefängnismauern herumführte. Japanische und koreanische Posten und Gefangene benutzten gleichermaßen beide Straßen. Peter Marlowe war der nördliche Wachtposten.

Hinter sich, auf der anderen Treppe, wußte er Leutnant Cox vom fliegenden Personal, der sich ebenso wie er konzentrierte und die Dunkelheit nach Gefahr durchsuchte. Cox bewachte die Südseite.

Osten und Westen waren nicht abgesichert, weil man sich der Baracke 16 nur von Norden oder Süden her nähern konnte.

Aus dem Innern der Baracke und von ringsum waren die Geräusche der Schlaftoten zu hören – Stöhnen, unheimliches Lachen, Schnarchen, Wimmern, erstickte halblaute Schreie,

vermischt mit dem leisen Wispern der Schlaflosen. Es war eine kühle, klare Nacht hier auf der Treppe über der Straße. Alles war normal.
Peter Marlowe zuckte zusammen wie ein Hund, der eine Witterung aufnimmt. Er hatte den koreanischen Posten schon geahnt, noch ehe seine Augen ihn in der Dunkelheit ausmachten, und als er den Posten wirklich sah, hatte er bereits das Warnsignal gegeben.
Dave Daven am anderen Ende der Baracke hörte den ersten Pfiff nicht, so sehr war er in seine Arbeit vertieft. Als er den zweiten, diesmal dringenderen Pfiff hörte, beantwortete er ihn, riß die Nadeln heraus, legte sich auf sein Bett zurück und hielt den Atem an.
Der Posten schlurfte mit dem Gewehr über der Schulter durch das Lager, und er sah weder Peter Marlowe noch die übrigen, aber er fühlte ihre Augen. Er beschleunigte den Schritt und wünschte sich heraus aus dem Haß.
Nach einer Ewigkeit hörte Peter Marlowe Cox das Entwarnungszeichen geben, und er entspannte sich wieder. Aber seine Sinne tasteten noch immer in die Nacht hinaus.
In der entgegengesetzten Barackenecke begann Daven wieder zu atmen. Er richtete sich unter dem dicken Moskitonetz im oberen Bett vorsichtig auf. Mit unendlicher Geduld verband er wieder die beiden Nadeln mit den Enden des isolierten Drahtes, der den Strom führte. Nach endloser Suche, während der er glaubte, das Rückgrat müßte ihm brechen, fühlte er, wie die Nadeln durch die Wurmlöcher in den zwanzig mal zwanzig Zentimeter dicken Holzbalken glitten, der als oberes Querstück seines Bettes diente. Ein Schweißtropfen sammelte sich an seiner Kinnspitze und fiel auf den Balken, als er die beiden anderen Nadeln suchte, die mit dem Kopfhörer verbunden waren, und wieder fühlte er nach einer blinden und qualvollen Suche die dafür bestimmten Löcher und schob die Nadeln sauber in den Balken hinein. Im Kopfhörer klang das statische Rauschen auf. ». . . rücken unsere Streitkräfte zügig durch den Dschungel nach Mandalay vor. Damit sind die Nachrichten

beendet. Hier spricht Kalkutta. Wir fassen die Meldungen noch einmal kurz zusammen: Amerikanische und britische Streitkräfte drängen den Feind in Belgien zurück und stoßen im Mittelabschnitt in stürmischem Schneetreiben auf Sankt Hubert vor. In Polen stehen russische Armeen ebenfalls in heftigen Schneestürmen dreißig Kilometer vor Krakau. Auf den Philippinen haben amerikanische Streitkräfte auf ihrem Vormarsch nach Manila einen Brückenkopf über den Agno gebildet. Formosa wurde bei Tageslicht von amerikanischen Bombern vom Typ B 29 ohne Verluste bombardiert. In Burma stehen die siegreichen britischen und indischen Armeen fünfzig Kilometer vor Mandalay. Die nächsten Nachrichten senden wir um sechs Uhr früh Kalkutta-Zeit.«

Daven räusperte sich leise und merkte, wie der isolierte, stromführende Draht leise knackte und dann tot war, als Spence im benachbarten Bett seinen Satz Nadeln aus der Stromquelle herauszog. Schnell zog Daven seine vier Nadeln heraus und legte sie in sein Nähzeug zurück. Er wischte den sich ansammelnden Schweiß vom Gesicht und kratzte die juckenden Wanzenbisse. Dann schraubte er den Draht vom Kopfhörer los, drehte sorgfältig die Polklemmen fest und schob ihn in ein besonderes Fach in seinem Prothesengurt, hinter den Hoden. Er knöpfte die Hose zu, legte den Draht zusammen, schob ihn durch die Gürtelschlaufen und verknüpfte ihn. Er suchte den Lappen und wischte sich die Hände ab, wischte dann sorgfältig Staub über die winzigen Löcher im Balken und verstopfte sie und verbarg sie völlig.

Er legte sich einen Augenblick auf das Bett zurück, um Kraft zu sammeln, und kratzte sich. Als er sich wieder erholt hatte, kroch er geduckt unter dem Netz hervor und ließ sich auf den Boden hinunter. Um diese Nachtzeit machte er sich nie die Mühe, sein Bein anzuschnallen. Deshalb tastete er nur nach seinen Krücken und schwang sich leise zur Tür. Er gab kein Zeichen, als er an Spences Bett vorbeikam. Das war die Regel. Man konnte nie vorsichtig genug sein.

Die Krücken ächzten, Holz rieb sich an Holz, und zum zehnmillionsten Mal dachte Daven über sein Bein nach. Es bereitete ihm heute nicht mehr soviel Unannehmlichkeiten, obwohl der Stumpf wie die Hölle brannte. Die Ärzte hatten ihm erklärt, der Stumpf müßte bald wieder verkürzt werden. Bereits zweimal war das gemacht worden. Einmal war es eine richtige Operation unterhalb des Knies gewesen; das war 42, als er von einer Mine in die Luft geschleudert worden war. Das zweite Mal war er oberhalb des Knies operiert worden, ohne Betäubung. Bei der Erinnerung daran knirschte er mit den Zähnen und schwor sich, daß er das nicht noch einmal mitmachen würde. Aber das nächste Mal, das letzte Mal, würde nicht allzu schlimm sein. Man hatte hier in Changi Betäubungsmittel zur Verfügung. Es würde das letzte Mal sein, weil dann nicht mehr viel Stumpf übrigbleiben würde.

»Oh, hallo, Peter«, grüßte er, als er auf der Treppe beinahe über ihn stolperte. »Hatte Sie gar nicht gesehen.«

»Hallo, Dave.«

»Schöne Nacht, nicht wahr?« Dave schwang sich vorsichtig die Treppe hinab. »Die Blase macht mir wieder mal zu schaffen.«

Peter Marlowe lächelte. Wenn Daven das sagte, dann bedeutete es, daß die Nachrichten gut waren. Sagte er: »Ich bin's, muß mal pissen«, so bedeutete es, daß in der Welt nichts geschah. Wenn er sagte: »Meine Därme bringen mich heute nacht um«, so bedeutete das einen schlimmen Rückschlag irgendwo in der Welt. Sagte er: »Halten Sie mir einen Augenblick meine Krücken«, so bedeutete das einen großen Sieg.

Obwohl Peter Marlowe morgens die Nachrichten im einzelnen erfahren und sie zusammen mit Spence lernen und dann den anderen erzählen würde, wollte er doch immer gern nachts schon hören, wie die Dinge standen. Er setzte sich wieder und sah hinter Daven her, wie er mit den Krücken auf das Pissoir zuschaukelte, empfand Zuneigung für ihn und Achtung.

Dave blieb stehen, und das Ächzen verstummte. Das Pissoir bestand aus einem in der Mitte geknickten Zinkblech. Daven sah zu, wie sein Urin rieselte, sich auf das niedrigere Ende zu-

schlängelte und dann in schaumiger Kaskade aus dem verrosteten Auslauf in die große Tonne plätscherte und sich mit dem Schaum mengte, der sich auf der Oberfläche der Flüssigkeit angesammelt hatte. Es fiel ihm ein, daß morgen Sammeltag war. Die Behälter würden weggetragen und zu anderen Behältern gestellt und dann zu den Gärten transportiert werden. Die Flüssigkeit würde mit Wasser vermischt werden, und dann würde man diese Mischung vorsichtig herausschöpfen, Tasse um Tasse, und sie an die Wurzeln der Pflanzen gießen, die von den Männern, die die Lebensmittel für das Lager pflanzten, umhegt und bewacht wurden. Dieser Dünger würde das Grüngemüse, das sie alle aßen, noch grüner machen.
Dave haßte Grüngemüse. Aber es war ein Nahrungsmittel, und essen mußte man schließlich.
Ein Lufthauch kühlte den Schweiß auf seinem Rücken und brachte den salzigen Geruch des fünf Kilometer entfernten, fünf Lichtjahre von Kilometern entfernten Meeres mit sich.
Dave dachte daran, wie ausgezeichnet das Rundfunkgerät funktionierte. Er war mit sich selbst sehr zufrieden, als er sich erinnerte, wie er mit großer Vorsicht auf der Oberseite des Balkens einen dünnen Streifen herausgehoben und dann darunter eine fünfzehn Zentimeter tiefe Höhlung gegraben hatte. Wie das alles im geheimen gemacht worden war. Wie er fünf Monate gebraucht hatte, um das Rundfunkgerät einzubauen, wie er bei Nacht gearbeitet und in der Stunde des Morgengrauens und bei Tag geschlafen hatte. Wie der Deckel sich so vollkommen einfügte, daß seine Umrisse nicht zu sehen waren, wenn etwas Staub in die Fugen gerieben wurde, selbst bei genauester Betrachtung nicht. Und wie auch die Nadellöcher unsichtbar waren, wenn sich Staub darin befand.
Der Gedanke, daß er, Dave Daven, der erste im Lager war, der die Nachrichten hörte, machte ihn nicht wenig stolz. Und einzig dastehend. Trotz seines Beines. Eines Tages würde er hören, daß der Krieg zu Ende war. Nicht nur der europäische Krieg. Ihr Krieg. Der Krieg im Pazifik. Durch ihn, Daven, war das Lager mit der Außenwelt verbunden, und er wußte, daß

dies die Angst und den Schweiß und das Herzweh wert war. Nur er und Spence und Cox und Peter Marlowe und zwei englische Obersten wußten, wo das Rundfunkgerät tatsächlich war. Das war klug, denn je weniger eingeweiht waren, desto geringer war die Gefahr. Natürlich bestand Gefahr. Immer gab es lauernde Augen, Augen, denen man nicht unbedingt trauen durfte. Immer bestand die Möglichkeit, daß es Denunzianten gab. Oder daß das Geheimnis ungewollt durchsickerte.

Als Daven wieder die Tür erreichte, war Peter Marlowe bereits zu seinem Bett zurückgekehrt. Daven bemerkte, daß Cox noch immer auf der entgegengesetzten Treppe saß, aber das war ganz normal, da es eine Regel war, daß nicht beide Wachen zur gleichen Zeit ihren Posten verließen. Davens Stumpf begann wie die Hölle zu jucken, aber es war nicht eigentlich der Stumpf, sondern der Fuß, der nicht mehr da war. Mühselig kletterte er in sein Bett hinauf, schloß die Augen und betete. Er betete immer, bevor er einschlief. Dann würde der Traum nicht kommen, das lebendige Bild des guten alten Tom Cotton, des Aussies, der mit dem anderen Rundfunkgerät erwischt worden und unter Bewachung zum Gefängnis an der Utramstraße davonmarschiert war, den Kulihut keck über einem Auge und mit rauher Stimme *Waltzing Mathilda* singend, und als Refrain hatte er immer wieder gesungen: »Der Teufel hol die Japsen.« Aber in Davens Traum war er selbst es und nicht Tommy Cotton, der mit den Wachen davonging. *Er* ging mit ihnen, und *er* ging voll Verachtung und dennoch voll Entsetzen. »Lieber Gott«, flehte Dave Daven ganz tief in sich, »gib mir den Frieden Deiner Zuversicht. Ich bin so voller Furcht und bin so ein schrecklicher Feigling.«

Der King tat das, was er am liebsten tat auf der Welt. Er zählte einen Stapel nagelneuer Banknoten. Den bei einem Geschäft erzielten Gewinn.

Turasan hielt höflich seine Taschenlampe und richtete den sorgfältig abgeblendeten Lichtstrahl auf den Tisch. Sie befanden sich im »Laden«, wie der King die Nische direkt vor der

amerikanischen Baracke nannte. Jetzt hing von dem Segeltuchdach herab eine weitere Segeltuchplane bis dicht über den Boden und schirmte den Tisch und die Bänke vor den allgegenwärtigen Augen ab. Handel war für Posten und Gefangene gleicherweise verboten, nach japanischem Gesetz – und deshalb nach Lagergesetz.
Der King hatte sein Übers-Ohr-Gehauenen-Gesicht aufgesteckt und zählte grimmig. »Geritzt«, seufzte er, als die Banknoten insgesamt fünfhundert ergeben hatten. »Ich-bon!«
Turasan nickte. Er war ein kleiner untersetzter Mann mit einem flachen Vollmondgesicht und einem Mund voller Goldzähne. Sein Gewehr lehnte achtlos hinter ihm an der Barackenwand.
Er nahm den Parker-Füllfederhalter und untersuchte ihn nochmals sorgfältig. Der weiße Punkt war vorhanden. Die Spitze war Gold. Er hielt die Feder dichter an das abgeschirmte Licht und kniff das Auge zu, um sich noch einmal zu vergewissern, daß *14 Karat* in die Federspitze eingraviert war.
»Ichi-bon«, knurrte er schließlich nach längerer Zeit und zog die Luft durch die Zähne ein. Auch er trug sein Übers-Ohr-Gehauenen-Gesicht, und er verbarg seine Freude. Für fünfhundert japanische Dollar war die Feder ein ausgezeichneter Kauf, und er wußte, daß sie ihm bei den Chinesen in Singapur leicht das Doppelte bringen würde.
»Du gottverdammter Ichi-bon-Händler«, brummte der King mürrisch. »Nächste Woche vielleicht Ichi-bon-Armbanduhr. Aber verflucht, wenn nix Wong, dann nix Geschäft. Ich muß Wong machen.«
»Zuviel Wong«, zischte Turasan und nickte zu dem Stapel Banknoten hin. »Uhr vielleicht bald?«
»Vielleicht.«
Turasan bot seine Zigaretten an. Der King nahm eine und ließ sich von Turasan Feuer geben. Dann zog Turasan ein letztes Mal den Atem ein und strahlte sein goldenes Lächeln. Er warf das Gewehr auf den Rücken, verneigte sich höflich und glitt in die Nacht hinaus.

Der King strahlte, während er zu Ende rauchte. Gute Arbeit für heute abend, dachte er. Fünfzig Piepen für den Füllfederhalter, einhundertfünfzig für den Mann, der die Fälschung ausgeführt, den weißen Fleck angebracht und die Federspitze graviert hatte: dreihundert Gewinn. Daß die Farbe auf der Federspitze innerhalb einer Woche verblassen würde, beunruhigte den King überhaupt nicht. Er wußte, daß Turasan sie bis dahin längst an einen Chinesen verkauft hatte.

Der King kletterte durch das Fenster in die Baracke. »Danke, Max«, sagte er leise, denn die meisten Amerikaner in der Baracke schliefen schon. »Hier, du kannst jetzt abzittern.« Er blätterte zwei Zehndollarscheine ab. »Gib den anderen Dino.« Für gewöhnlich zahlte er seinen Leuten für eine so kurze Arbeitszeit nicht so viel. Aber heute abend war er ganz Großzügigkeit.

»Donnerwetter! Danke.« Max eilte hinaus, sagte Dino, daß er nicht mehr aufzupassen brauchte, und gab ihm einen Zehndollarschein.

Der King stellte den Kaffeetopf auf die Kochplatte. Dann zog er die Kleider aus, hängte die Hose auf und warf Hemd, Unterhose und Socken in die Tasche für schmutzige Wäsche. Er legte sich ein frisches, an der Sonne gebleichtes Lendentuch um und schlüpfte unter sein Moskitonetz.

Während er wartete, bis das Wasser kochte, überlegte er sich die Arbeit des vergangenen Tages. Zuerst war das Ronson gewesen. Er hatte Major Barry auf fünfhundertfünfzig minus fünfundfünfzig Dollar, seine zehnprozentige Provision, heruntergehandelt und das Feuerzeug bei Hauptmann Brough als »Gewinn beim Pokerspiel« registrieren lassen. Es war mindestens neunhundert wert, gut und gerne, so daß es ein gutes Geschäft gewesen war. Bei dem Tempo, mit dem heutzutage die Inflation um sich greift, legt man als kluger Mann den größeren Teil seines Gewinns in Ware an.

Der King hatte das Unternehmen mit dem fermentierten Tabak mit einer Verkaufsbesprechung in Gang gebracht. Die Besprechung war nach Plan verlaufen. Alle Amerikaner hatten sich freiwillig als Verkäufer zur Verfügung gestellt, und die Verbindungsleute des King bei den Aussies und bei den Engländern hatten gemault. Aber das war ganz normal. Er hatte bereits das Nötige veranlaßt, daß zwanzig Pfund javanischer Knaster bei Ah Lee, dem Chinesen, gekauft wurden, der die Konzession zum Betrieb eines Ladens im Lager erhalten hatte, und er hatte ihn mit einem anständigen Rabatt bekommen. Eine Lagerküche der Aussies hatte sich bereit erklärt, einen ihrer Herde eine Stunde täglich freizuhalten, so daß die ganze Tabakmenge unter Tex' Aufsicht auf einmal gekocht werden konnte. Da alle auf Provision arbeiteten, hatte der King als einzige Auslage die Kosten des Tabaks. Morgen würde der fermentierte Tabak bereits verkauft werden. Er hatte alles so aufgezogen, daß er glatt hundert Prozent Reibach machen würde. Und das war schließlich nur gerecht.

Jetzt hatte er das Tabakprojekt gestartet, und jetzt war der King bereit, den Diamanten in Angriff zu nehmen . . .

Das Zischen des Kaffeetopfs unterbrach seine Gedankengänge. Schnell glitt er unter dem Moskitonetz hervor und schloß die schwarze Kiste auf. Er schüttete drei gehäufte Löffel Kaffee in das Wasser und gab eine Prise Salz hinzu. Als das Wasser aufbrodelte, nahm er es von der Kochplatte herunter und wartete, bis der Kaffee sich gesetzt hatte.

Das Aroma des Kaffees zog durch die ganze Baracke und reizte die noch wachen Männer auf.

»Mein Gott«, stieß Max unfreiwillig aus.

»Was ist los, Max?« fragte der King. »Kannst du nicht schlafen?«

»Nein . . . Mir geht zuviel durch den Kopf. Ich habe nachgedacht. Wir können ein schweinemäßiges Geschäft mit dem Tabak machen.«

Tex rutschte unbehaglich hin und her und ging fast von dem Duft steil in die Höhe. »Dieser Geruch erinnert mich an Erdölbohren.«

»Wieso das denn?« Der King schüttete kaltes Wasser hinein,

damit der Kaffee sich setzte, gab dann einen gehäuften Löffel Zucker in seinen Becher und schenkte ihn voll.

»Das Beste am Bohren sind die Morgenstunden. Nach einer langen, schweißtreibenden Nachtschicht auf dem Bohrgerüst. Wenn man mit seinen Kumpels im Morgengrauen bei der ersten dampfenden Kanne Javakaffee sitzt. Und wenn der Kaffee dampfend heiß und süß und gleichzeitig ein bißchen bitter ist und man vielleicht durch das Labyrinth von Bohrtürmen die Sonne sieht, die gerade über Texas aufgeht.« Es folgte ein langer Seufzer. »Mann, das heißt leben.«

»Ich bin nie in Texas gewesen«, erwiderte der King. »Bin zwar überall in den Staaten herumgekommen, aber nie nach Texas.«

»Das ist Gottes eigenes Land.«

»Möchtest du eine Tasse?«

»Worauf du dich verlassen kannst.« Tex war sofort mit seinem Becher da. Der King schenkte sich eine zweite Tasse ein. Dann gab er Tex eine halbe Tasse.

»Max?«

Max bekam ebenfalls eine halbe Tasse. Er trank schnell den Kaffee. »Ich werd ihn dir morgen früh spülen«, sagte er und nahm den Topf mit seiner Schicht Kaffeesatz mit sich.

»In Ordnung. Nacht zusammen.«

Der King schlüpfte wieder unter das Moskitonetz und vergewisserte sich, daß es auch stramm und ordentlich unter die Matratze gestopft war. Dann legte er sich zufrieden zwischen die Leintücher zurück. Auf der anderen Seite der Baracke sah er Max dem Kaffeesatz etwas Wasser zusetzen und ihn dann neben sein Bett stellen, damit er sich über Nacht vollsog. Er wußte, daß Max den Kaffeesatz zum Frühstück nochmals aufbrühen würde. Der King selbst mochte keinen zweimal aufgebrühten Kaffee. Er war ihm zu bitter. Aber die Jungens erklärten, er schmeckt prima. Wenn Max ihn sich nochmals aufbrühen wollte, nun, großartig, dachte er bereitwillig. Der King mochte nichts von Abfällen wissen.

Er schloß die Augen und wandte seine Gedanken dem Diamanten zu. Endlich wußte er, wer ihn besaß, wie er an ihn her-

ankommen konnte, und jetzt, da das Glück ihm Peter Marlowe beschert hatte, wußte er auch, wie er das ungeheuer komplizierte Geschäft abwickeln konnte.
Wenn man einen erst kennt, sagte sich der King selbstzufrieden, wenn man seine Achillesferse kennt, dann weiß man auch, wie man ihn anpacken und wie man ihn in seine Pläne einbauen muß. Ja, seine Ahnung hatte ihn nicht getrogen, als er Peter Marlowe das erste Mal wie einen Wog auf der Erde hatte hokken und auf Malaiisch palavern sehen. Man mußte auf dieser Welt seinen Ahnungen nachgehen.
Als er jetzt über das Gespräch nachdachte, das er mit Peter Marlowe nach dem abendlichen Appell geführt hatte, fühlte der King, wie die Wärme der Vorfreude sich in ihm ausbreitete.
»In diesem lausigen Misthaufen passiert aber auch rein gar nichts«, hatte der King unschuldig gesagt, als sie im Schutz der Baracke unter einem mondlosen Himmel saßen.
»Da haben Sie recht«, bestätigte Peter Marlowe. »Es ist ekelhaft. Ein Tag verläuft genau wie der andere. Es kann einen glatt um den Verstand bringen.«
Der King nickte. Er zerquetschte einen Moskito. »Ich kenne hier einen, der hat soviel Aufregung, wie er will, und das will etwas heißen.«
»So? Was macht er denn?«
»Er geht durch den Zaun. Nachts.«
»Mein Gott. Damit fordert er ja das Unheil geradezu heraus. Er muß verrückt sein!«
Aber der King hatte das Aufflackern der Erregung in Peter Marlowes Augen gesehen. Er ließ das Schweigen lasten und wartete, ohne etwas zu sagen.
»Warum tut er das?«
»Oh, einfach, weil es ihm Spaß macht.«
»Sie meinen der Aufregung wegen?«
Der King nickte.
Peter Marlowe pfiff leise durch die Zähne. »Ich glaube nicht, daß ich die Nerven dazu hätte.«

»Manchmal geht dieser Kerl ins Malaiendorf.«
Peter Marlowe blickte durch den Zaun hindurch ins Freie, und vor seinem geistigen Auge sah er das Dorf, von dem sie alle wußten, daß es an der Küste existierte, fünf Kilometer entfernt. Einmal war er im Gefängnis zur obersten Zelle hinaufgestiegen und dann an das winzige vergitterte Fenster geklettert. Er hatte hinausgeblickt und unter sich das Dschungelpanorama mit dem Dorf gesehen, das sich an die Küste anschmiegte. An jenem Tage waren Schiffe auf dem Meer gewesen. Fischerboote und feindliche Kriegsschiffe, große und kleine, die wie Inseln ins Glas der See eingelassen waren. Er hatte hinausgestarrt, war von der Nähe des Meeres fasziniert gewesen und hatte sich an die Stäbe geklammert, bis Hände und Arme müde waren. Nachdem er sich eine Weile ausgeruht hatte, wollte er wieder hinaufspringen und erneut hinausschauen. Aber er blickte nicht wieder hinaus. Nie mehr. Es schmerzte ihn zu sehr. Er hatte immer in der Nähe des Meeres gelebt. Wenn er ihm fern war, fühlte er sich verloren. Jetzt war er wieder in seiner Nähe. Aber es lag außerhalb seiner Reichweite.
»Sehr gefährlich, einem ganzen Dorf zu vertrauen«, meinte Peter Marlowe.
»Keineswegs, wenn man die Leute kennt.«
»Das ist richtig. Dieser Mann geht tatsächlich bis ins Dorf?«
»So hat er es mir erzählt.«
»Ich glaube, selbst Suliman würde das nicht riskieren.«
»Wer?«
»Suliman. Der Malaie, mit dem ich mich heute nachmittag unterhielt.«
»Das kommt mir vor, als ob es Monate zurückläge«, überlegte der King.
»Ja, tatsächlich, nicht wahr?«
»Zum Teufel, was sucht denn so ein Kerl wie dieser Suliman hier in diesem Misthaufen? Warum ist er nicht einfach weggelaufen, als der Krieg zu Ende war?«
»Er wurde auf Java gefangengenommen. Suliman war Kautschukzapfer auf Macs Plantage. Mac ist einer von meiner Ein-

heit. Nun, Macs Bataillon, ja überhaupt das ganze malaiische Regiment, kam gerade noch aus Singapur heraus und wurde nach Java geschickt. Als der Krieg zu Ende ging, mußte Suliman beim Bataillon bleiben.«

»Lieber Gott, er hätte ja versprengt werden können. Es gibt doch Millionen dieser Burschen auf Java ...«

»Die Javanesen hätten ihn sofort wiedererkannt und ihn wahrscheinlich ausgeliefert.«

»Was hat es dann mit diesem Gewäsch von einer Sphäre gemeinsamen Wohlergehens auf sich? Sie wissen, was ich meine: Asien den Asiaten?«

»Ich fürchte, das hat nicht allzuviel zu bedeuten. Es hat auch den Javanesen nicht viel Gutes gebracht. Jedenfalls nicht, wenn sie nicht gehorchten.«

»Wie meinen Sie das?«

»42, im Herbst 1942, war ich in einem Lager dicht am Stadtrand von Bandung«, erzählte Peter Marlowe. »Das liegt oben in den Bergen Javas in der Mitte der Insel. Damals waren eine ganze Menge Ambonesen, Menadonesen und eine Anzahl Javanesen bei uns im Lager – alles Männer, die in der holländischen Armee gedient hatten. Nun, das Lager war hart für die Javanesen, weil viele von ihnen aus Bandung stammten und ihre Frauen und Kinder direkt vor dem Stacheldrahtzaun lebten. Lange Zeit gingen diese Leute durch den Zaun, verbrachten die Nacht draußen und kehrten dann kurz vor Tagesanbruch in das Lager zurück. Das Lager war nur leicht bewacht, deshalb war das einfach. Sehr gefährlich aber für Europäer, weil die Javanesen einen an die Japsen ausgeliefert hätten, und damit wäre man erledigt gewesen. Eines Tages gaben die Japsen den Befehl aus, daß jeder, den sie außerhalb des Lagers erwischten, erschossen würde. Natürlich dachten die Javanesen, das gilt für alle andern, nur nicht für sie selbst – man hatte ihnen ja gesagt, daß sie sowieso alle in ein paar Wochen freigelassen werden sollten. Eines Morgens wurden sieben von ihnen erwischt. Am nächsten Tag mußten wir in Reih und Glied antreten. Das ganze Lager. Die Javanesen wurden an die

Wand gestellt und erschossen. Einfach: peng! und weg waren sie. Vor uns allen. Die sieben Leichen wurden beerdigt – mit militärischen Ehren – an der Stelle, wo sie zusammengebrochen waren. Dann legten die Japsen um die Gräber herum einen kleinen Garten an. Sie pflanzten Blumen und bauten einen winzigen weißen Seilzaun um das ganze Geviert herum und stellten ein Schild mit malaiischer, japanischer und englischer Inschrift auf: ›*Diese Männer starben für ihr Vaterland.*‹«

»Sie machen doch Witze!«

»Keineswegs, ich mache keine Witze. Aber das Verrückteste daran war, daß die Japsen eine Ehrenwache am Grab aufstellten. Daraufhin salutierte jeder japanische Posten und jeder japanische Offizier, der an dem ›Schrein‹ vorbeiging. Alle. Und damals mußten die Kriegsgefangenen aufstehen und sich verneigen, wenn nur irgendein Japsensoldat in Sicht kam. Wenn man es nicht tat, bekam man das breite Ende eines Gewehrkolbens an den Schädel.«

»Das Ganze klingt einfach phantastisch und unsinnig. Dieser Garten und das Salutieren.«

»Für die klingt es vernünftig. Das ist nun mal östliche Denkungsart. Für die ist es vollkommen vernünftig.«

»Glaub ich nicht. Völlig ausgeschlossen!«

»Das ist es ja, warum ich die Burschen nicht leiden kann«, sagte Peter Marlowe nachdenklich. »Ich fürchte mich vor ihnen, weil es keinen Maßstab gibt, nach dem man sie beurteilen kann. Sie reagieren nicht so, wie sie eigentlich sollten. Nie.«

»Keine Ahnung! Sie wissen jedenfalls, was ’n Dollar wert ist, und meist kann man ihnen trauen.«

»Sie meinen bei Geschäften?« lachte Peter Marlowe. »Darüber weiß ich nun wieder nichts. Aber was die Leute selbst angeht . . . Ich will Ihnen noch etwas anderes erzählen, das ich gesehen habe. Das war in einem anderen Lager auf Java – man schob uns da immer hin und her, ganz anders als hier in Singapur. Es war übrigens ebenfalls in Bandung. Da war auch ein Japsenposten, einer von der besseren Sorte. Er hat nicht auf einem herumgehackt, wie die meisten von ihnen. Diesen Mann pflegten wir Sonnenschein zu rufen, weil er immer strahlte. Sonnenschein liebte Hunde. Und er hatte immer ein halbes Dutzend um sich, wenn er im Lager herumging. Sein erklärtes Lieblingstier war ein Schäferhund – eine Hündin. Eines Tages hatte die Hündin einen Wurf Welpen, die sonderbarsten Hunde, die Sie je gesehen haben. Und Sonnenschein war so ziemlich der glücklichste Japs auf der ganzen Welt, er richtete die Welpen ab und lachte und spielte mit ihnen. Als sie gehen konnten, machte er Leinen für sie aus Schnur und ging dann mit ihnen im Schlepptau im Lager herum. Eines Tages zerrte er sie wieder so herum und einer von ihnen stemmte sich auf die Hinterpfoten. Sie wissen ja, wie junge Hunde sind. Sie werden müde und setzen sich einfach hin. Deshalb zerrte Sonnenschein ihn ein kleines Stück hinter sich her und gab ihm dann einen ordentlichen Ruck. Der junge Hund winselte, stemmte sich aber mit den Pfoten auf den Boden.«

Peter Marlowe machte eine Pause und drehte eine Zigarette. Dann fuhr er fort: »Sonnenschein nahm die Leine fest in die Hand und begann den Hund am Ende der Schnur um seinen Kopf zu wirbeln. Er schleuderte ihn vielleicht ein dutzendmal herum und lachte dabei laut, als handelte es sich um den tollsten Spaß auf der Welt. Als der schreiende junge Hund richtig in Schwung war, gab er ihm noch einen letzten Ruck und ließ dann die Schnur los. Der Hund muß gut fünfzehn Meter hoch in die Luft geflogen sein. Und als er auf den steinharten Boden aufschlug, zerplatzte er wie eine reife Tomate.«

»Schweinehund!«

Nach einer Weile fuhr Peter Marlowe fort: »Sonnenschein ging zu dem jungen Hund hin. Er blickte auf ihn hinab und brach dann in Tränen aus. Einer unserer Leute holte einen Spaten und begrub die Überreste, und die ganze Zeit über brachte Sonnenschein sich vor Kummer fast um. Als das Grab eingeebnet worden war, wischte er sich die Tränen ab, gab dem Mann eine Packung Zigaretten, verfluchte ihn fünf Minuten lang, stieß ihm zornig den Gewehrkolben in die Lenden, verneigte sich vor dem Grab, verneigte sich vor dem mißhandelten Mann und marschierte glücklich strahlend mit den übrigen Welpen und Hunden davon.«

Der King schüttelte langsam den Kopf. »Vielleicht war er einfach verrückt. Syphilitisch.«

»Nein, das war Sonnenschein durchaus nicht. Japsen scheinen wie Kinder zu handeln – aber sie haben die Körper von Männern und die Kraft von Männern. Sie sehen die Dinge wie ein Kind an. Ihre Perspektive ist schief – für uns – und verzerrt.«

»Ich habe gehört, daß es nach der Kapitulation auf Java hart war«, sagte der King, um ihn zum Weiterreden zu bewegen. Er hatte beinahe eine Stunde gebraucht, um Peter Marlowe zum Erzählen zu bringen, und er wollte, daß er sich zu Hause fühlte.

»In mancher Hinsicht. Natürlich, in Singapur standen über hunderttausend Mann, so daß die Japsen schon ein bißchen vorsichtig sein mußten. Die Kommandogewalt existierte noch immer von ganz oben bis zur kleinsten Einheit hinunter, und viele Einheiten waren völlig intakt. Die Japsen preschten auf ihrem Vormarsch nach Australien hart vor und kümmerten sich nicht allzuviel um die Kriegsgefangenen, solange diese sich ordentlich benahmen und sich zu Lagern organisierten. Das gleiche galt eine Zeitlang auf Sumatra und Java. Ihnen kam es darauf an, weiter vorzupreschen und Australien einzunehmen. Dann sollten wir alle als Sklaven dorthin verschickt werden.«

»Sie sind wohl verrückt«, rief der King.

»Aber nein. Ein Japsenoffizier erzählte es mir, nachdem ich in Gefangenschaft geraten war. Aber als ihr Vorstoß in Neuguinea zum Stehen kam, begannen sie ihre Linien aufzuräumen. Auf Java waren wir nicht allzu viele, so daß sie es sich leisten konnten, hart zu sein. Sie erklärten, wir Offiziere besäßen keine Ehre, weil wir uns hätten gefangennehmen lassen. Deshalb wollten sie uns nicht als Kriegsgefangene betrachten. Sie scherten uns die Köpfe kahl und verboten uns, Rangabzeichen zu tragen. Nach einiger Zeit erlaubten sie uns, wieder zu

Offizieren zu ›werden‹, obwohl sie nie zuließen, daß wir uns das Haar wieder wachsen ließen.« Peter Marlowe lächelte. »Wie sind *Sie* denn hierhergekommen?«

»Die übliche faule Geschichte. Ich war bei einer Einheit, die Startbahnen baute. Auf den Philippinen drüben. Wir mußten uns von da eiligst aus dem Staub machen. Das erste Schiff, das wir bekommen konnten, war nach hier unterwegs, deshalb nahmen wir es. Wir glaubten, Singapur wäre so sicher wie Fort Knox. Aber als wir schließlich hier ankamen, waren die Japsen schon fast durch ganz Johore vorgestoßen. Im letzten Augenblick brach eine Panik aus, und alles stürzte sich auf den letzten Konvoi, der auslief. Ich selbst dachte mir, diese Chose kann nicht gutgehen, und blieb deshalb hier. Der Konvoi wurde in die Luft gejagt. Ich gebrauchte meine Denkrübe – und deshalb bin ich noch am Leben. Meistens erwischt es nur die Nassauer und Drückeberger.«

»Ich glaube kaum, daß ich die Weisheit besessen hätte, *nicht* zu gehen – wenn ich die Gelegenheit dazu gehabt hätte«, meinte Peter Marlowe.

»Man muß sich um die Nummer Eins kümmern, Peter. Niemand sonst tut es.«

Peter Marlowe dachte lange über diese Worte nach. Gesprächsfetzen flogen durch die Nacht. Gelegentlich erklang ein Zornesausbruch. Flüstern. Die ewigen Summwolken von Moskitos.

Aus weiter Ferne hörte man den leise klagenden Ruf von Schiffssirene zu Schiffssirene, und die sich scharf vor dem dunklen Himmel abzeichnenden Palmen rauschten. Ein dürrer Palmwedel löste sich aus der Krone einer Palme und stürzte krachend und prasselnd ins Bett des Dschungels.

Peter Marlowe brach das Schweigen. »Wie war das mit Ihrem Freund? Geht er wirklich ins Dorf?«

Der King sah Peter Marlowe in die Augen. »Möchten Sie mitkommen?« fragte er leise. »Wenn ich das nächste Mal gehe?«

Ein leises Lächeln zeichnete sich auf Peter Marlowes Lippen ab. »Ja ...«

Ein Moskito summte mit plötzlichem Crescendo vor dem Ohr des King. Er fuhr hoch, griff nach seiner Taschenlampe und suchte die Innenseite des Netzes ab. Schließlich setzte der Moskito sich auf den Vorhang. Geschickt zerquetschte der King ihn. Dann prüfte er nochmals nach, um auch ganz sicher zu sein, daß es nirgends im Netz Löcher gab, und legte sich schließlich wieder hin.
Einen Augenblick später schob er alle Gedanken beiseite. Rasch und friedlich überkam ihn der Schlaf.

Peter Marlowe lag immer noch wach auf seiner Pritsche und kratzte Wanzenbisse. Zu viele Erinnerungen waren von dem ausgelöst worden, was der King gesagt hatte ...
Er erinnerte sich an das Schiff, das ihn und Mac und Larkin vor einem Jahr von Java hierhergebracht hatte.
Die Japaner hatten dem Kommandanten von Bandung, einem der Lager auf Java, befohlen, tausend Mann für ein Arbeitskommando abzustellen. Die Männer sollten bei guter Verpflegung – doppelten Rationen – und Zigaretten auf zwei Wochen in ein anderes, in der Nähe gelegenes Lager geschickt werden. Anschließend sollten sie an einen anderen Ort versetzt werden. Gute Arbeitsbedingungen.
Viele der Männer hatten sich der beiden Wochen wegen angeboten zu gehen. Einige wurden dazu bestimmt. Mac hatte sich selbst, Larkin und Peter Marlowe freiwillig gemeldet. »Man kann nie wissen, Leutchen«, hatte er argumentiert, als sie ihn verflucht hatten. »Falls wir zu einer kleinen Insel ausbüchsen können, nun, Peter und ich kennen ja die Sprache. Ja, und im anderen Lager kann es schließlich nicht schlimmer sein als hier.«
Deshalb hatten sie beschlossen, das ihnen bekannte Übel gegen das künftige Übel zu vertauschen.
Das Schiff war ein winziger Trampdampfer. Am Fuße der Gangway standen viele Posten und zwei in Weiß gekleidete und mit weißen Gesichtsmasken versehene Japaner. Auf dem Rücken trugen die beiden große Behälter, und in den Händen

hielten sie Sprühpistolen, die mit den Behältern verbunden waren. Alle Gefangenen und ihre Habseligkeiten wurden abgesprüht und desinfiziert, um zu verhindern, daß sie javanische Mikroben auf das saubere Schiff schleppten.
In dem kleinen Laderaum achtern gab es Ratten und Läuse und Kot, und in der Mitte dieses Laderaums war eine freie Fläche von sieben Metern auf sieben Meter. Rings an den Wänden des Laderaums reichten fünf Stockwerke hoch von Deck zu Deck mit der Schiffsbeplankung verbundene tiefe Regale. Die Höhe zwischen den Regalen betrug einen Meter, und tief waren diese Regale drei Meter.
Ein japanischer Unteroffizier zeigte den Männern, wie sie sich mit gekreuzten Beinen in die Regale setzen sollten. Fünf Mann hintereinander, dann fünf Mann hintereinander neben ihnen, dann fünf Mann hintereinander neben ihnen. So lange, bis alle Regale vollgepackt waren. Als Proteste der Panik laut wurden, erklärte der Unteroffizier, auf diese Weise würden japanische Soldaten befördert, und wenn das für die glorreiche japanische Armee gut genug wäre, dann wäre es auch gut genug für den weißen Abschaum. Vor einem drohend auf sie gerichteten Revolver flohen die ersten fünf Mann keuchend in das Raumangst erweckende Dunkel, und der Druck der nachfolgenden Männer, die in den Laderaum hinunterstolperten, zwang die übrigen, der schiebenden Masse aus dem Weg zu gehen und in die Regale hineinzukriechen. Sie wurden ihrerseits wieder von anderen gedrängt. Knie an Knie, Rücken an Rücken, Seite an Seite. Der noch verbleibende Überschuß an Gefangenen – es waren an die hundert Mann – stand benommen auf der kleinen, sieben mal sieben Meter großen Fläche und segnete sein Glück, daß er sich nicht in den Regalen befand. Die Luken standen noch offen, und die Sonne schien in den Laderaum hinab.
Der Unteroffizier führte eine zweite Kolonne, zu der Mac, Larkin und Peter Marlowe gehörten, zum vorderen Laderaum, und auch dieser begann sich zu füllen.
Als Mac den dumpfigen Grund erreichte, schnappte er keu-

chend nach Luft und wurde ohnmächtig. Peter Marlowe und Larkin fingen ihn auf und bahnten sich über das Geschrei hinweg stoßend und fluchend einen Weg den Niedergang hinauf und auf Deck zurück. Ein Posten versuchte sie zurückzuschieben. Peter Marlowe schrie und bettelte und zeigte ihm Macs zuckendes Gesicht. Der Posten zuckte die Achseln, ließ sie vorbeigehen und nickte zum Bug hin.
Larkin und Peter Marlowe erkämpften schiebend und fluchend einen Platz für Mac, auf dem er sich hinlegen konnte.
»Was sollen wir tun?« Peter Marlowe wandte sich an Larkin.
»Ich werde versuchen, einen Arzt zu holen.«
Macs Hand hielt Larkin fest. »Oberst.« Seine Augen öffneten sich einen winzigen Spalt breit, und er flüsterte schnell: »Alles in Ordnung. Wollte nur, daß wir irgendwie da unten herauskamen. Macht um Gottes willen weiter, und keine Angst, wenn ich einen Anfall vortäusche.«
Deshalb hatten sie Mac weiter festgehalten, als er im Fieberdelirium wimmerte, wild um sich schlug und das Wasser wieder heraussprudelte, das sie ihm zwischen die Lippen zwangen. Er spielte so lange den Schwerkranken, bis das Schiff abgelegt hatte. Jetzt waren selbst die verschiedenen Decks des Schiffs vollgepackt mit Männern.
Es war nicht genug Raum an Bord vorhanden, daß alle Männer gleichzeitig hätten sitzen können. Aber da es verschiedene Reihen gab, bei denen man sich anstellen mußte – Reihen zum Wasserfassen, Reihen zum Reisfassen, Reihen vor den Latrinen –, konnte jeder einen Teil der Zeit sitzen.
In jener Nacht peitschten Windböen sechs Stunden lang das Schiff. Wer in den Laderäumen steckte, versuchte dem Erbrechen zu entgehen, und wer auf Deck untergebracht worden war, versuchte dem Sturm zu entkommen.
Der nächste Tag war ruhig, und die Sonne stand an einem gebleichten Himmel. Ein Mann fiel über Bord. Die Leute auf Deck – Kriegsgefangene und Wachen – sahen lange Zeit zu, wie er im Kielwasser des Schiffes ertrank. Danach fiel niemand mehr über Bord.

Am zweiten Tag wurden drei Männer der See übergeben. Einige japanische Posten feuerten ihre Gewehre ab, um die Beisetzung militärischer zu gestalten. Die Andacht war nur kurz – es gab Reihen, bei denen man sich anstellen mußte.
Die Fahrt dauerte vier Tage und fünf Nächte. Für Mac und Larkin und Peter Marlowe war sie ohne Ereignisse.

Peter Marlowe lag auf seiner von Schweiß getränkten Matratze und war von schmerzhaftem Verlangen nach Schlaf erfüllt. Aber seine Gedanken rasten zügellos dahin und wühlten die Schrecken der Vergangenheit und die Ängste der Zukunft auf. Und Erinnerungen, die besser begraben blieben. Nicht jetzt, nicht allein. Erinnerungen an sie.
Das Morgengrauen hatte bereits den Himmel angerührt, als er endlich einschlief. Aber selbst dann noch war sein Schlaf grausam.

## 7

Tage folgten Tagen, Tage in einer Monotonie von Tagen.
Dann ging der King eines Nachts zum Lagerlazarett und suchte nach Masters. Schließlich entdeckte er ihn auf der Veranda einer der Baracken. Halb bewußtlos lag er auf einem übelriechenden Bett, und die Augen starrten an die Atapwand.
»Hallo, Masters«, grüßte der King, nachdem er sich vergewissert hatte, daß niemand lauschte. »Wie fühlen Sie sich?«
Masters riß den starren Blick hoch und erkannte ihn nicht. »Fühlen?«
»Klar.«
Eine Minute verging, dann murmelte Masters: »Ich weiß nicht.« Ein Speichelfaden lief ihm über das Kinn.
Der King nahm seine Tabakdose heraus und füllte die leere Büchse, die auf dem Tisch neben dem Bett stand.

»Masters«, sagte der King. »Ich wollte Ihnen danken, daß Sie mir den Tip gegeben haben.«

»Tip?«

»Daß Sie mir gesagt haben, was Sie auf dem Stück Zeitungspapier gelesen haben. Ich wollte Ihnen nur dafür danken und Ihnen ein bißchen Tabak bringen.«

Masters strengte sich an und versuchte sich zu erinnern. »Es ist nicht recht . . ., wenn ein Kumpel . . . einen anderen Kumpel verrät . . . Verfluchtes Gesindel!« Und dann starb er.

Dr. Kennedy kam herüber und zog sorgfältig das grobe Tuch über Masters Kopf. »Freund von Ihnen?« fragte er den King, und die müden Augen unter einem Dickicht buschiger Brauen blickten frostig.

»In gewisser Hinsicht ja, Herr Oberst.«

»Er hat Glück«, meinte der Arzt. »Ihn plagen jetzt keine Schmerzen mehr.«

»So kann man es auch sehen, Sir«, antwortete der King höflich. Er nahm den Tabak und legte ihn in seine eigene Dose zurück. Masters würde ihn ja jetzt nicht mehr brauchen. »An was ist er denn gestorben?«

»Fehlende Lebensgeister.« Der Arzt unterdrückte ein Gähnen. Seine Zähne waren fleckig und schmutzig, und sein Haar dünn und schmutzig, und seine Hände rosig und makellos.

»Sie meinen: Lebenswille?«

»So kann man es auch sehen.« Er sah düster zum King auf. »Etwas, woran Sie bestimmt nicht sterben werden, nicht wahr?«

»Verdammt, nein, Sir.«

»Was macht Sie eigentlich so . . . unüberwindlich?« fragte Dr. Kennedy und haßte diesen riesigen Körper vor sich, der Gesundheit und Kraft geradezu ausstrahlte.

»Ich kann Ihnen nicht folgen, Sir.«

»Warum geht es Ihnen gut und allen übrigen nicht?«

»Ich habe einfach Glück«, antwortete der King und wollte sich abwenden.

Aber der Arzt packte ihn am Hemd. »Es kann doch nicht einfach Glück sein. Das kann es nicht sein. Vielleicht sind Sie der Teufel, der ausgeschickt wurde, um uns weiter zu versuchen! Sie sind ein Vampir und ein Betrüger und ein Dieb . . .«

»Hören Sie. Ich habe in meinem Leben noch nie gestohlen oder betrogen und werde mir derartige Beschimpfungen von niemandem bieten lassen.«

»Dann sagen Sie mir doch einfach, wie Sie es machen! Wie? Mehr will ich ja gar nicht wissen. Begreifen Sie denn nicht? Sie sind für uns alle die Lösung. Sie sind entweder gut oder böse, und ich möchte wissen, was Sie nun eigentlich sind.«

»Sie sind verrückt«, fauchte der King und riß seinen Arm los.

»Sie können uns helfen . . .«

»Helfen Sie sich selbst. Ich kümmere mich um mich. Kümmern Sie sich um sich.« Der King bemerkte, wie Dr. Kennedys weißer Kittel lose an seiner ausgemergelten Brust herunterhing. »Hier«, sagte er und gab ihm den Rest einer Packung Kooa. »Rauchen Sie eine Zigarette. Das ist gut für die Nerven, Sir.« Er drehte sich auf dem Absatz um und ging straff hinaus und schüttelte sich. Er haßte Krankenhäuser. Er haßte den Gestank und die Krankheit und die Ohnmacht der Ärzte.

Der King verachtete Schwäche. Dieser Arzt, dachte er, ist bald soweit, sich die Kartoffeln von unten zu besehen. Reif für die Klapsmühle, der Idiot. Ein Verrückter wie er kann nicht lange am Leben bleiben. Wie Masters, der arme Kerl! Andererseits war Masters vielleicht gar kein armer Kerl – er war eben Masters, und er war schwach und deshalb einfach zu gar nichts zu gebrauchen. Die Welt ist ein Dschungel, und im Dschungel überlebt der Starke, und der Schwache stirbt. Letzten Endes hieß es immer, entweder man selbst oder der andere. Das ist auch völlig richtig so. Es gibt keinen anderen Weg.

Dr. Kennedy starrte auf die Zigaretten und gratulierte sich zu seinem Glück. Er zündete eine an. Sein ganzer Körper saugte das süßliche Nikotin gierig auf. Dann ging er in den Krankensaal, zu Johnny Carstairs, DSO, Hauptmann, 1. Panzerregiment, der fast schon ein Leichnam war. »Hier«, sagte er und hielt ihm die Zigarette hin.

»Und was ist mit Ihnen, Dr. Kennedy?«
»Ich rauche nicht, habe nie geraucht.«
»Sie haben Glück.« Johnny hustete, als er einen Lungenzug nahm, und im Schleim zeigte sich ein wenig Blut. Unter der Anstrengung des Hustens zogen seine Eingeweide sich zusammen, und blutige Flüssigkeit schoß aus ihm heraus, denn seine Aftermuskeln hatten schon seit langem ihren Dienst quittiert.
»Doktor«, sagte Johnny. »Ziehen Sie mir doch bitte meine Stiefel an. Ich muß aufstehen.«
Der alte Mann blickte sich überall suchend um. Man sah schlecht, denn das Nachtlicht im Krankensaal war abgeblendet und sorgfältig abgeschirmt.
»Es sind keine hier«, antwortete er und spähte kurzsichtig zu Johnny hinüber, als er sich auf den Bettrand setzte.
»Ach . . . Kann man nichts machen.«
»Was waren es denn für Stiefel?«
Tränen quollen aus Johnnys Augen. »Ich habe die Stiefel immer tadellos in Schuß gehalten. Die Stiefel haben mich ein Leben lang getragen. Waren das einzige, was mir noch geblieben war.«
»Möchten Sie noch eine Zigarette rauchen?«
»Danke, ich habe gerade zu Ende geraucht.« Johnny legte sich in seinen eigenen Schmutz zurück. »Schade um meine Stiefel«, klagte er.
Dr. Kennedy seufzte, zog seine schnürsenkellosen Stiefel aus und zog sie Johnny an. »Ich habe noch ein Paar«, log er, stand dann barfuß auf und fühlte einen stechenden Schmerz im Rükken.
Johnny bewegte die Zehen und genoß das Gefühl des rauhen Leders an den Füßen. Er versuchte sie anzusehen, aber die Anstrengung war zu groß.
»Ich sterbe«, sagte er.
»Ja«, sagte der Arzt. Es gab eine Zeit – gab es überhaupt je eine solche Zeit? –, in der er sich zu seinen besten Manieren am Krankenbett gezwungen hätte. Jetzt gab es keinen Anlaß dazu.

»Ziemlich witzlos, nicht wahr, Doktor? Zweiundzwanzig Jahre und nichts. Vom Nichts ins Nichts.«

Ein Lufthauch brachte das Versprechen auf das Morgengrauen mit sich in den Krankensaal.

»Danke, daß Sie mir Ihre Stiefel geliehen haben«, sagte Johnny. »Etwas, das ich mir immer versprochen habe. Ein Mann muß Stiefel haben.«

Er starb.

Dr. Kennedy nahm Johnny die Stiefel weg und zog sie wieder an die eigenen Füße. »Wärter«, rief er laut, als er einen auf der Veranda entdeckte.

»Jawohl, Sir?« antwortete Steven hell und ging mit einem Eimer Durchfall in der linken Hand zu ihm hinüber.

»Lassen Sie diesen Mann hier vom Leichenkommando abholen. Ach ja, und Unteroffizier Masters' Bett können Sie auch neu belegen.«

»Ich kann aber wirklich nicht alles schaffen, Herr Oberst«, erwiderte Steven und stellte den Eimer ab. »Ich muß drei Bettpfannen für die Betten 10, 23 und 47 holen, und der arme Oberst Hutton fühlt sich so schlecht, daß ich einfach seine Verbände wechseln muß.« Steven sah auf das Bett hinab und schüttelte den Kopf. »Nichts als Tote . . .«

»Das ist nun mal unsere Aufgabe, Steven. Das mindeste, was wir für sie tun können, ist, sie zu beerdigen. Und je schneller, desto besser.«

»Natürlich, Sir. Arme Jungens.« Steven seufzte und tupfte sich geziert mit einem sauberen Taschentuch den Schweiß von der Stirn. Dann schob er das Taschentuch in die Brusttasche seines weißen Arztkittels zurück, hob den Eimer auf, taumelte ein wenig unter dessen Gewicht und ging zur Tür hinaus.

Dr. Kennedy verachtete ihn, verachtete sein öliges schwarzes Haar, seine ausrasierten Achselhöhlen und glattrasierten Beine. Gleichzeitig konnte er ihm aber keine Vorwürfe machen. Homosexualität war ebenfalls eine Möglichkeit, zu überleben. Die Männer schlugen sich um Steven, teilten ihre Rationen mit ihm, gaben ihm ihre Zigaretten, alles für die vorübergehende

Benutzung seines Körpers. Und was, fragte der Arzt sich, was ist eigentlich so Ekliges daran? Wenn man an den normalen Geschlechtsverkehr denkt, nun, klinisch gesehen ist er ebenso ekelerregend.

Mit seiner lederartigen Hand kratzte er sich gedankenabwesend den Hodensack, denn das Jucken war heute nacht schlimm. Unwillkürlich faßte er sich an die Geschlechtsteile. Sie waren gefühllos. Knorpel.

Er erinnerte sich, daß er schon seit Monaten keine Erektion mehr gehabt hatte. Nun, dachte er, das liegt nur an der schlechten Ernährung. Kein Grund, sich Sorgen zu machen. Sobald wir hier herauskommen und normales Essen erhalten, wird es wieder klappen. Ein Mann mit dreiundvierzig ist schließlich immer noch ein Mann.

Steven kam mit dem Leichenkommando zurück. Die Leiche wurde auf eine Tragbahre gelegt und hinausgetragen. Steven wechselte die einzige Decke. Einen Augenblick später wurde eine zweite Tragbahre hereingetragen und der neue Patient vorsichtig aufs Bett gelegt.

Automatisch fühlte Dr. Kennedy den Puls des Mannes.

»Das Fieber wird morgen zurückgehen«, sagte er. »Nur Malaria.«

»Jawohl, Herr Doktor.« Steven blickte affektiert auf. »Soll ich ihm etwas Chinin geben?«

»Natürlich geben Sie ihm Chinin.«

»Entschuldigung, Herr Oberst«, erwiderte Steven bissig und warf den Kopf in den Nacken. »Ich habe ja nur gefragt. Schließlich dürfen nur Ärzte Medikamente verordnen.«

»Also geben Sie ihm Chinin, Steven, und hören Sie um Gottes willen auf, sich wie ein albernes Weib zu benehmen.«

»Oh!« Stevens Armbänder klirrten, als er den Kopf zurückwarf und sich wieder zu dem Patienten umdrehte. »Es ist wirklich sehr ungerecht, so auf einem herumzuhacken, Dr. Kennedy, wo man nur versucht, sein Bestes zu tun.«

Dr. Kennedy hätte Steven richtig zur Schnecke gemacht, aber in diesem Augenblick betrat Dr. Prudhomme den Krankensaal.

»'n Abend, Oberst.«

»Oh, hallo.« Dr. Kennedy drehte sich dankbar zu ihm um und erkannte, daß es blanke Dummheit gewesen wäre, wenn er Steven zur Schnecke gemacht hätte. »Ist alles in Ordnung?«

»Ja. Kann ich Sie einen Augenblick sprechen?«

»Natürlich.«

Prudhomme war ein kleiner, heiterer Mann – mit eingefallener Hühnerbrust –, seine Hände waren von der langjährigen Berührung mit Chemikalien fleckig. Seine Stimme klang tief und sanft. »Für morgen stehen zwei Blinddärme an. Der eine ist gerade als dringender Fall eingeliefert worden.«

»In Ordnung. Ich seh mir die beiden an, bevor ich weggehe.«

»Wollen Sie operieren?« Prudhomme blickte zum anderen Ende des Krankensaales hinüber, wo Steven gerade einem Mann eine Schüssel vorhielt, in die er sich erbrechen konnte.

»Ja. Geben Sie mir was zu tun«, antwortete Kennedy. Er spähte in die dunkle Ecke hinüber. Im Zwielicht der abgeschirmten elektrischen Birne wirkten Stevens lange, schlanke Beine noch betonter. Ebenso die Kurven seiner Arschbacken, die prall die engen, kurzen Hosen ausfüllten.

Steven fühlte ihre forschenden Blicke und sah auf. Er lächelte. »Guten Abend, Dr. Prudhomme.«

»Hallo, Steven«, sagte Prudhomme freundlich.

Dr. Kennedy sah zu seiner Entrüstung, daß Prudhomme noch immer auf Steven blickte.

Prudhomme drehte sich wieder zu Kennedy um und bemerkte dessen Abscheu. »Oh, übrigens habe ich die Autopsie des Mannes beendet, der im Bohrloch gefunden wurde. Tod durch Ersticken«, sagte er freundlich.

»Wenn ein Mann mit dem Kopf nach unten auf halber Höhe in einem Bohrloch steckt, dann ist zu vermuten, daß der Tod durch Ersticken eingetreten ist.«

»Sie haben natürlich recht, Doktor«, antwortete Prudhomme leichthin. »Ich habe den Totenschein auf ›Selbstmord aus einer Störung des seelischen Gleichgewichts‹ ausgestellt.«

»Ist die Leiche identifiziert worden?«

»Oh ja. Heute nachmittag. Es war ein Australier. Ein Mann namens Gurble.«
Dr. Kennedy fuhr sich über das Gesicht. »Es ist nicht gerade die Art, auf die ich Selbstmord begehen würde. Grausig.«
Prudhomme nickte, und seine Augen schweiften wieder zu Steven hinüber. »Darin stimme ich völlig mit Ihnen überein. Er könnte natürlich auch in das Bohrloch hinabgestoßen worden sein.«
»Haben Sie irgendwelche Spuren an der Leiche festgestellt, die darauf hindeuten?«
»Keine.«
Dr. Kennedy versuchte, nicht mehr die Art zu bemerken, in der Prudhomme Steven anstierte. »Nun, ob Mord oder Selbstmord, es ist eine schreckliche Todesart. Einfach schrecklich! Ich nehme an, wir werden wohl nie erfahren, was von beidem es nun tatsächlich gewesen ist.«
»Heute nachmittag wurde eine gerichtliche Untersuchung durchgeführt, sobald man wußte, wer der Tote war. Offenbar wurde dieser Mann vor einigen Tagen dabei erwischt, wie er einige Barackenrationen gestohlen hat.«
»Oh, ich verstehe.«
»Ob nun so oder so, ich würde sagen, er hatte es verdient, meinen Sie nicht auch?«
»Ich glaube schon.« Dr. Kennedy wollte die Unterhaltung fortsetzen, denn er fühlte sich einsam, aber er sah, daß Prudhomme nur an Steven interessiert war. »Nun«, sagte er, »ich mache besser meine Visiten. Möchten Sie mitkommen?«
»Danke, aber ich muß noch die Patienten für die Operation vorbereiten.«
Als Dr. Kennedy den Krankensaal verließ, bemerkte er aus dem Augenwinkel heraus, wie Steven sich eng an Prudhomme vorbeidrückte, und sah Prudhommes heimliche Liebkosung. Er hörte Stevens Lachen und sah ihn die Liebkosung ganz offen und intim erwidern.
Ihre Obszönität überwältigte ihn, und er wußte, daß er eigentlich hätte in den Krankensaal zurückkehren und ihnen befeh-

len sollen, auseinanderzugehen, und daß er sie hätte vors Kriegsgericht stellen sollen. Aber er war zu müde. Deshalb ging er einfach weiter zum anderen Ende der Veranda.
Die Luft war still, die Nacht dunkel und blätterlos, und der Mond hing wie eine riesige Bogenlampe vom Dachbalken des Himmels herab. Noch immer gingen Männer den Weg entlang, aber sie waren alle schweigsam. Alles wartete auf das Heraufziehen der Morgendämmerung.
Kennedy blickte zu den Sternen hinauf und versuchte aus ihnen eine Antwort auf seine fortwährende Frage zu lesen. Wann, mein Gott, wann wird dieser Alptraum enden?
Aber er bekam keine Antwort.

Peter Marlowe hockte auf der Offizierslatrine und genoß die Schönheit eines falschen Morgengrauens und das Hochgefühl einer friedlichen Darmtätigkeit. Die erstere erlebte er häufig, das zweite selten.
Er wählte immer die hintere Reihe, wenn er zu den Latrinen ging, teils, weil er es haßte, sich im Freien zu erleichtern, teils, weil er jeden hinter sich haßte, und teils, weil es unterhaltsam war, andere vor sich zu beobachten.
Die Löcher waren fünf Meter tief und maßen etwas mehr als einen halben Meter im Durchmesser; sie lagen in einem Abstand von zwei Metern voneinander entfernt. Zwanzig Reihen, die sich hangabwärts zogen, mit dreißig Löchern in einer Reihe. Jedes Loch hatte eine hölzerne Abdeckung und einen losen Deckel.
In der Mitte dieses Gebietes stand ein einsamer, aus Holz gefertigter Thron. Ein herkömmlicher Einloch-Abort. Er war allein den Obersten vorbehalten. Jeder andere hatte sich nach Eingeborenenart mit den Füßen zu beiden Seiten des Loches hinzuhocken. Es gab keine Trennwände irgendwelcher Art, und das ganze Gebiet lag zum Himmel und zum Lager offen da.
In einsamer Pracht saß Oberst Samson auf dem Thron. Er war nackt bis auf seinen zerknautschten Kulihut. Seinen Hut trug

er immer. Das war ein Tick von ihm. Nur wenn er sich den Schädel kahl rasierte oder ihn massierte oder ihn mit Kokosöl oder irgendwelchen unheimlichen Salben einrieb, um wieder sein volles Haar zu bekommen, nahm er ihn ab. Er hatte irgendeine unbekannte Krankheit aufgelesen, und eines Tages waren ihm alle Haare ausgefallen – sogar die Augenbrauen und Wimpern. An allen anderen Stellen war er dafür behaart wie ein Affe.

Wie Punkte saßen andere Männer auf diesem Gelände verstreut, jeder möglichst weit vom nächsten entfernt. Jeder hatte eine Flasche Wasser bei sich. Jeder wehrte mit den Händen die ihn fortwährend umschwärmenden Fliegen ab.

Peter Marlowe sagte sich erneut, daß ein breitbeinig dahokkender nackter Mann, der sich erleichterte, die häßlichste Kreatur ist – vielleicht aber auch die bemitleidenswerteste.

Bis jetzt war erst das Versprechen auf den Tag zu sehen, ein immer heller werdender Dunstschleier und goldene Finger, die sich auf dem samtenen Himmel vortasteten. Die Erde war kühl, denn in der Nacht war der Regen gekommen, und die Brise war kühl und lau und trug den Geruch von Meersalz und Frangipani mit sich.

Ja, dachte Peter Marlowe zufrieden. Es wird ein schöner Tag werden.

Als er fertig war, hielt er die Wasserflasche schräg, während er noch immer am Boden hockte, benutzte geschickt die Finger seiner linken Hand und wusch die Spuren von Kot ab. Immer mit der Linken. Die Rechte war die Eßhand. Die Eingeborenen besitzen kein Wort für linke Hand oder rechte Hand, sie kennen nur Kothand und Eßhand. Und alle Männer benutzten Wasser, denn Papier, gleichgültig welches Papier, war viel zu wertvoll. Außer für den King. Er besaß richtiges Toilettenpapier. Peter Marlowe hatte er ein Stück gegeben, und Peter Marlowe hatte es unter die Einheit verteilt, denn es eignete sich hervorragend als Zigarettenpapier.

Peter Marlowe stand auf, machte seinen Sarong wieder fest, ging zu seiner Baracke zurück und freute sich schon auf das

Frühstück. Wie immer würde es Reisbrei und schwarzen Tee geben, aber heute hatte die Einheit auch eine Kokosnuß – wieder ein Geschenk vom King.

In den wenigen Tagen seiner Bekanntschaft mit dem King hatte sich eine ungewöhnliche Freundschaft zwischen ihnen angesponnen. Die Bande bestanden teils aus Lebensmitteln, teils aus Tabak und teils aus Hilfeleistung – der King hatte mit Salvarsan die Geschwüre an Macs Knöcheln geheilt, hatte sie in zwei Tagen geheilt, die Geschwüre, die zwei Jahre lang geeitert hatten. Peter Marlowe wußte auch, daß sie zwar alle drei den Reichtum und die Hilfe des King wohltuend empfanden, daß ihre Zuneigung zu ihm in der Hauptsache aber dem Manne selbst zuzuschreiben war. Wenn man bei ihm war, dann strömten Stärke und Zuversicht von ihm aus. Man fühlte sich selbst besser und stärker – denn es schien möglich, sich an dem Zauber zu stärken, der ihn umgab.

»Er ist ein Hexendoktor!« Unwillkürlich sagte Peter Marlowe es laut. Die meisten Offiziere in Baracke 16 schliefen noch oder lagen auf ihren Betten und warteten auf das Frühstück, als er eintrat. Er holte die Kokosnuß unter seinem Kissen hervor und nahm den Schaber und die Parang-Machete auf. Dann ging er ins Freie und setzte sich auf eine Bank. Mit einem geschickten leichten Schlag mit dem Parang teilte er die Kokosnuß haargenau in der Mitte und goß die Milch in ein Eßgeschirr. Dann begann er sorgfältig die eine Hälfte der Kokosnuß auszuschaben. Streifen weißen Fleisches fielen in die Milch.

Die andere Kokosnußhälfte schabte er in einen besonderen Behälter. Das Fleisch legte er in ein Stück Moskitonetz und preßte vorsichtig den dicken und süßlichen Saft in eine Tasse. Heute war Mac an der Reihe und durfte den Saft seinem Frühstücksreisbrei zusetzen.

Peter Marlowe dachte wieder, was für eine wunderbare Nahrung doch der Rückstand einer Kokosnuß war. Reich an Protein und vollkommen geschmacklos. Dennoch reichte ein kleines Stückchen Knoblauch darin aus, ihn ganz nach Kob-

lauch schmecken und riechen zu lassen. Ein Viertel einer Sardine, und das Ganze wurde zu Sardine, und dies wiederum würde viele Schalen Reis würzen.
Plötzlich wurde er von Heißhunger nach der Kokosnuß gepackt. Er war so hungrig, daß er die Posten nicht näherkommen hörte. Er bemerkte ihre Gegenwart erst, als sie bereits unheilverkündend in der Barackentür standen und alle Gefangenen aufsprangen.
Yoshima, der japanische Offizier, zerbrach die Stille. »In dieser Baracke ist ein Rundfunkgerät.«

## 8

Yoshima wartete fünf Minuten, daß jemand spräche. Er zündete eine Zigarette an, und der kurze helle Laut, als er das Streichholz anriß, klang wie ein Donnerschlag.
Dave Davens erste Regung war: Oh, mein Gott, wer ist der Schweinehund, der uns verraten oder den Fehler gemacht hat? Peter Marlowe? Cox? Spence? Die Obersten? Seine zweite Regung war Entsetzen. Blankes Entsetzen, das ungereimterweise mit Erleichterung vermischt war – mit Erleichterung darüber, daß der Tag gekommen war.
Peter Marlowe glaubte ebenfalls, die Furcht müßte ihn erstikken. Wer hatte etwas durchsickern lassen? Cox? Die Obersten? Selbst Mac und Larkin wissen nicht, daß ich es weiß! Allmächtiger, die Utramstraße!
Cox war wie versteinert. Er lehnte gegen sein Bett und blickte aus zu Schlitzen zusammengekniffenen Augen in Schlitzaugen, und nur die Stütze der Bettpfosten verhinderte, daß er hinfiel.
Oberstleutnant Sellars hatte nominell das Kommando über die Baracke, und seine Hose war feucht vor Angst, als er mit seinem Adjutanten, Hauptmann Forest, die Baracke betrat.
Er salutierte; sein Gesicht war hochrot und verschwitzt.

»Guten Morgen, Hauptmann Yoshima . . .«
»Es ist kein guter Morgen. Hier ist ein Radio. Ein Radio ist gegen die Befehle der Kaiserlichen Armee.« Yoshima war klein, schlank und sehr ordentlich. Ein Samuraischwert hing an seinem dicken Koppel. Die kniehohen Stiefel blitzten wie Spiegel.
»Davon weiß ich nichts. Nein. Bestimmt nicht«, polterte Sellars. »Sie!« Ein gichtiger Finger zeigte auf Daven. »Wissen Sie etwas darüber?«
»Nein, Sir.«
Sellars fuhr herum und starrte in die Baracke. »Wo ist das Rundfunkgerät?«
Schweigen.
»Wo ist das Rundfunkgerät?« Er schrie es beinah hysterisch. »Wo ist das Rundfunkgerät? Ich befehle Ihnen, es mir augenblicklich zu übergeben. Sie wissen, daß wir alle für die Beachtung der Befehle der Kaiserlichen Armee verantwortlich sind.«
Schweigen.
»Ich werde Sie alle vor ein Kriegsgericht stellen«, kreischte er, und seine Hängebacken bebten. »Sie werden alle bekommen, was Sie verdienen. Sie! Wie heißen Sie?«
»Leutnant Marlowe, fliegendes Personal, Sir.«
»Wo ist das Rundfunkgerät?«
»Keine Ahnung, Sir.«
Dann entdeckte Sellars Grey. »Grey! Sie sind der Sicherheitsoffizier. Wenn es hier ein Rundfunkgerät gibt, dann fällt diese Geschichte allein in *Ihren* Verantwortungsbereich. Sie hätten es den Behörden melden müssen. Ich werde Sie vor ein Kriegsgericht stellen, und der Vorfall wird in Ihre Personalakte eingetragen werden . . .«
»Ich weiß nichts von einem Rundfunkgerät, Sir.«
»Herrgott, Sie sollten es aber wissen«, kreischte Sellars ihn an, und sein Gesicht war verzerrt und hochrot. Er stürmte die Baracke hinauf in die Ecke, in der die fünf amerikanischen Offiziere ihre Betten hatten. »Brough! Was wissen Sie darüber?«
»Nichts. Und ich bin *Hauptmann* Brough, Oberst.«
»Ich glaube Ihnen kein Wort! Das ist genau die Schweinerei,

wie man sie von euch verfluchten Amerikanern erwarten muß. Sie sind nichts als ein undiszipliniertes Pack ...«

»Diesen gottverdammten Mist lasse ich mir von Ihnen nicht bieten!«

»Reden Sie gefälligst in einem anderen Ton mit mir. Sagen Sie ›Sir‹, und stehen Sie stramm.«

»Ich bin rangältester amerikanischer Offizier und lasse mir weder von Ihnen noch sonst jemandem eine derartige Beleidigung gefallen. Es gibt beim amerikanischen Kontingent kein Radio, von dem ich weiß. Und wenn es eins gäbe, dann würde ich Ihnen das mit ziemlicher Sicherheit *nicht* auf die Nase binden, Oberst.«

Sellars drehte sich um und keuchte zur Barackenmitte hin. »Dann werden wir eben die Baracke durchsuchen. Jeder stellt sich neben sein Bett! Achtung! Gott gnade dem Kerl, der es hat. Ich werde persönlich dafür sorgen, daß er in aller Härte nach dem Gesetz bestraft wird, Sie aufrührerisches Schwein ...«

»Halten Sie den Mund, Sellars.«

Alle erstarrten, als Oberst Smedly-Taylor die Baracke betrat.

»Es ist ein Rundfunkgerät hier, und ich habe gerade versucht ...«

»Halten Sie den Mund!«

Smedly-Taylors Gesicht wirkte angespannt, als er zu Yoshima hinüberging, der Sellars voll Verwunderung und Verachtung beobachtet hatte. »Was ist los, Hauptmann?« fragte er, wohl wissend, um was es ging.

»Es ist ein Radio in der Baracke.« Dann setzte Yoshima mit einem höhnischen Grinsen hinzu: »Gemäß der Genfer Konvention, die für Kriegsgefangene Anwendung findet ...«

»Ich kenne den Sittenkodex sehr wohl«, unterbrach Smedly-Taylor und vermied es, zu dem dicken Balken hinüberzusehen. »Wenn Sie glauben, daß es hier ein Rundfunkgerät gibt, dann suchen Sie bitte danach. Oder falls Sie wissen, wo es sich befindet, dann nehmen Sie es bitte und bringen Sie die Angelegenheit hinter sich. Ich habe viel zu tun heute.«

»Ihre Aufgabe ist es, für Beachtung der Gesetze zu sorgen ...«

»Meine Aufgabe ist es, die Beachtung zivilisierter Gesetze zu gewährleisten. Wenn Sie schon mit den Gesetzen ankommen, dann beachten Sie sie erst einmal selbst. Geben Sie uns die Lebensmittel und Medikamente, auf die wir Anspruch haben!«

»Eines Tages gehen Sie doch noch zu weit, Oberst.«

»Eines Tages werde ich tot sein. Vielleicht trifft mich eines Tages der Schlag bei dem Versuch, lächerliche Vorschriften durchzusetzen, die von irgendwelchen Verwaltungsbeamten ausgetüftelt wurden, die von nichts auch nur den Dunst einer Ahnung haben.«

»Ich werde Ihre Frechheiten General Shima melden.«

»Tun Sie das, bitte. Fragen Sie ihn dann auch gleich, wer den Befehl gegeben hat, daß jeder Mann im Lager zwanzig Fliegen am Tag zu fangen hätte, die eingesammelt, gezählt und täglich von mir persönlich in Ihrem Büro abgeliefert werden müssen.«

»Ihre rangälteren Offiziere beklagen sich über die hohe Zahl von Ruhrtoten. Fliegen verbreiten die Ruhr.«

»Sie brauchen mir nichts über Fliegen oder Todeszahlen zu erzählen«, erwiderte Smedly-Taylor barsch. »Geben Sie uns Chemikalien und die Erlaubnis, in den umliegenden Gebieten gewaltsam Hygiene durchzusetzen, und wir werden die ganze Insel Singapur unter Kontrolle bringen und mit den Infektionskrankheiten aufräumen.«

»Gefangene sind nicht berechtigt ...«

»*Ihre* Ruhrzahlen sind unwirtschaftlich. *Ihre* Malariazahlen sind hoch. Ehe Sie hierherkamen, war Singapur malariafrei.«

»Vielleicht. Aber wir haben Tausende von Ihren Leuten überwältigt, und wir haben Tausende gefangengenommen. Kein Mann von Ehre würde sich gefangennehmen lassen. Sie sind alle Tiere und sollten alle wie solche behandelt werden.«

»Ich habe gehört, daß im Pazifik eine erkleckliche Zahl japanischer Kriegsgefangener gemacht worden ist.«

»Woher haben Sie diese Information?«

»Gerüchte, Hauptmann Yoshima. Sie wissen ja, wie das ist. Offenbar treffen sie nicht zu. Und unzutreffend ist es wohl auch, daß die japanische Flotte von den Meeren verschwunden ist, daß Japan bombardiert wird oder daß die Amerikaner Guadalcanal, Guam, Rabaul und Okinawa eingenommen haben und im Augenblick zum Angriff auf das japanische Mutterland ansetzen . . .«

»Lüge!« Yoshimas Hand fuhr zum Griff des Samuraischwerts an seiner Hüfte, und er riß es einige Zentimeter weit aus der Scheide heraus. »Lüge! Die Kaiserliche Japanische Armee gewinnt den Krieg und wird bald Australien und Amerika niedergeworfen haben. Neuguinea befindet sich in unseren Händen, und in diesem Augenblick liegt eine japanische Armada vor Sydney.«

»Natürlich.« Smedly-Taylor kehrte Yoshima den Rücken zu und blickte die ganze Baracke entlang. Weiße Gesichter starrten ihm entgegen. »Gehen Sie bitte alle ins Freie«, sagte er ruhig. Sein Befehl wurde schweigend ausgeführt.

Als die Baracke leer war, wandte er sich wieder an Yoshima. »Bitte, führen Sie Ihre Durchsuchung durch.«

»Und wenn ich das Radio finde?«

»Das liegt in Gottes Hand.«

Plötzlich fühlte Smedly-Taylor die Last seiner vierundfünfzig Jahre. Er schauderte unter der Verantwortung, die sein Amt mit sich brachte, denn wenn er auch froh war zu dienen und froh, in einer Zeit der Not zur Verfügung zu stehen, und froh, seine Pflicht zu erfüllen, so mußte er jetzt doch den Verräter finden. Wenn er aber den Verräter fand, dann würde er ihn auch bestrafen müssen. Ein solcher Mann verdiente zu sterben, so wie Daven sterben würde, wenn das Rundfunkgerät entdeckt wurde. Gott, gib, daß es nicht gefunden wird, dachte er verzweifelt, es ist unsere einzige Verbindung mit dem gesunden Menschenverstand. Wenn es wirklich einen Gott im Himmel gibt, dann laß es nicht gefunden werden! Bitte.

Aber Smedly-Taylor wußte, daß Yoshima in einem Punkt recht hatte. Er hätte den Mut haben sollen, wie ein Soldat zu sterben – auf dem Schlachtfeld oder auf der Flucht. So aber lebte er und wurde vom wuchernden Krebs der Erinnerung zerfressen – von der Erinnerung daran, daß Habgier, Machtgier und

Stümperei den Raub des Ostens und zahllose Hunderttausende nutzloser Toter verursacht hatten.
Aber wenn ich gestorben wäre, dachte er, was wäre dann aus meinem Liebling Maisie und aus John geworden, meinem Sohn bei den Lancers – und aus Percy, meinem Sohn bei der Luftwaffe – und aus Trudy, die so jung geheiratet hatte und so jung schwanger und so jung Witwe geworden war, was wäre aus ihnen allen geworden? Sie nie wiederzusehen oder zu berühren oder wieder die Wärme des Zuhause zu fühlen.
»Das liegt in Gottes Hand«, sagte er noch einmal, aber diese Worte waren wie er selbst, alt und sehr traurig.
Yoshima erteilte den vier Posten mit scharfer Stimme Befehle. Sie rissen die Betten aus den Barackenecken und schufen einen freien Raum. Dann zogen sie Daves Bett in diese Lichtung. Yoshima ging in die Ecke und begann sich forschend die Dachbalken, das Atapdach und die rohen Bretter darunter anzusehen. Er führte seine Suche sehr sorgfältig durch, aber Smedly-Taylor erkannte plötzlich, daß es nur seinetwegen geschah – daß das Versteck bekannt war.
Er erinnerte sich an die Nacht vor Monaten und Monaten, als sie zu ihm gekommen waren. »Es geht ganz auf Ihren Kopf«, hatte er ihnen geantwortet. »Wenn Sie erwischt werden, werden Sie eben erwischt, und damit ist alles aus. Ich kann nichts tun, um Ihnen zu helfen – rein gar nichts.« Er hatte Daven und Cox beiseite genommen und ruhig gesagt: »Falls das Rundfunkgerät einmal entdeckt werden sollte, dann versuchen Sie nicht, auch die übrigen hineinzureißen. Sie müssen es zumindest eine kleine Weile versuchen. Dann erklären Sie, ich habe dieses Rundfunkgerät genehmigt. Sagen Sie, ich habe Ihnen befohlen, es zu tun.« Dann hatte er sie entlassen und sie auf seine eigene Art gesegnet und ihnen Glück gewünscht.
Er wartete ungeduldig darauf, daß Yoshima endlich an dem Balken herumzusuchen begänne, und empfand Abscheu für das qualvolle Katz-und-Maus-Spiel. Er hörte aus den Stimmen der Männer vor der Baracke deutlich die heimliche Verzweiflung heraus. Es gab nichts, was er tun konnte, als warten.

Schließlich wurde auch Yoshima des Spiels müde. Der Gestank der Baracke machte ihm zu schaffen. Er ging zu dem Bett hinüber und durchsuchte es oberflächlich. Dann sah er forschend den großen Balken an. Aber seine Augen konnten die Risse nicht finden. Stirnrunzelnd untersuchte er sie näher, und seine langen feinfühligen Finger betasteten das Holz. Er konnte sie immer noch nicht finden.

Zuerst glaubte er, falsch unterrichtet worden zu sein, aber dann konnte er es doch wieder nicht glauben, denn der Denunziant war noch nicht bezahlt worden.

Er knurrte einen Befehl, und ein koreanischer Posten riß sein Bajonett heraus und hielt es ihm mit dem Griff voran hin.

Yoshima klopfte den Balken ab und horchte nach einem hohlen Klang. Da, jetzt hatte er es gefunden. Noch einmal klopfte er. Wieder erklang der hohle Ton. Aber er konnte die Risse nicht finden. Zornig stieß er das Bajonett in das Holz.

Der Deckel fiel heraus.

»So.« Yoshima war stolz, daß er das Radio gefunden hatte. Der General würde erfreut sein. Vielleicht sogar so erfreut, daß er ihn zu einer Kampfeinheit versetzte, denn sein *Bushido* lehnte sich dagegen auf, Denunzianten zu bezahlen und mit diesen Tieren hier zu verhandeln.

Smedly-Taylor trat vor, er war tief beeindruckt von dem genial angelegten Versteck und bewunderte ehrfürchtig die Geduld des Mannes, der es eingerichtet hatte. Ich muß Daven empfehlen, dachte er. Das hier war Pflichterfüllung weit über das geforderte Maß hinaus. Aber wofür soll ich ihn empfehlen?

»Wem gehört dieses Bett?« fragte Yoshima.

Smedly-Taylor zuckte die Achseln, spielte seinerseits das Spiel mit und tat, als sei ihm das alles neu.

Yoshima tat es leid, aufrichtig leid, daß Daven nur ein Bein hatte.

»Möchten Sie eine Zigarette rauchen?« fragte er und bot ihm die Packung Kooa an.

»Danke.« Daven zog eine Zigarette heraus, nahm auch Feuer an, schmeckte aber den Rauch nicht.

»Wie heißen Sie?« erkundigte Yoshima sich höflich.
»Hauptmann Daven, Infanterie.«
»Wie haben Sie Ihr Bein verloren, Hauptmann Daven?«
»Ich . . ., ich wurde von einer Mine in die Luft geschleudert. In Johore . . ., direkt nördlich des Fahrdammes.«
»Haben Sie das Radio gebaut?«
»Ja.«
Smedly-Taylor drängte seinen eigenen Angstschweiß beiseite. »Ich habe Hauptmann Daven befohlen, es anzufertigen. Nur ich bin dafür verantwortlich. Er hat nur meinen Befehl ausgeführt.«
Yoshima blickte Daven an. »Ist das wahr?«
»Nein.«
»Wer weiß sonst noch von dem Radio?«
»Niemand. Es war mein Gedanke, und ich habe es gemacht. Ganz allein.«
»Setzen Sie sich bitte, Hauptmann Daven.« Dann nickte Yoshima verächtlich zu Cox hin, der vor Entsetzen schluchzend dasaß. »Wie heißt er?«
»Hauptmann Cox«, antwortete Daven.
»Sehen Sie sich das an. Widerlich.«
Daven zog an der Zigarette. »Ich fürchte mich genauso wie er.«
»Sie beherrschen sich. Sie haben Mut.«
»Ich fürchte mich mehr als er.« Daven humpelte unbeholfen zu Cox hinüber, setzte sich umständlich neben ihn. »Es ist alles gut, Cox, alter Junge«, tröstete er Cox und legte ihm die Hand auf die Schulter. »Es ist ja alles gut.« Dann blickte er zu Yoshima auf. »Cox hat bei Dünkirchen das Verdienstkreuz erworben, noch bevor er zwanzig Jahre alt war. Er ist jetzt ein völlig anderer Mensch. Von euch Schweinehunden in mehr als drei Jahren konstruiert.«
Yoshima unterdrückte die Aufwallung, Daven zu schlagen. Einem *Manne*, selbst einem Feind gegenüber, gab es einen Ehrenkodex. Er wandte sich an Smedly-Taylor und befahl, die sechs Männer zu holen, deren Betten dem von Daven am näch-

sten standen, und verlangte, die übrigen sollten antreten und bis auf weiteren Befehl unter Bewachung stehen bleiben.
Die sechs Männer standen vor Yoshima. Nur Spence wußte von dem Radio, aber er leugnete es wie alle anderen ab.
»Nehmen Sie Ihr Bettzeug und folgen Sie mir«, befahl Yoshima.
Als Daven nach seiner Krücke tastete, half Yoshima ihm auf die Beine.
»Danke«, sagte Daven.
»Möchten Sie noch eine Zigarette?«
»Nein, danke.«
Yoshima zögerte. »Es wäre mir eine Ehre, wenn Sie die Pakkung annähmen.«
Daven zuckte die Achseln, nahm die Packung, humpelte dann in seine Ecke und bückte sich nach seiner Prothese.
Yoshima schrie einen barschen Befehl, und einer der koreanischen Posten hob die Prothese auf und half Daven, sich zu setzen.
Seine Finger waren ruhig, als er die Prothese anschnallte, dann stand er auf, nahm seine Krücken und starrte einen Augenblick darauf. Schließlich schleuderte er sie in die Barackenecke.
Er stapfte zu seinem Bett und blickte auf das Radio. »Ich bin sehr stolz darauf«, erklärte er. Er salutierte vor Smedly-Taylor und ging dann aus der Baracke.
Die winzige Prozession wand sich durch das Schweigen Changis. Yoshima führte die kleine Kolonne an und bestimmte das Marschtempo nach Davens Schritt. Neben ihm ging Smedly-Taylor. Dann folgte Cox, dessen Augen voller Tränen standen, ohne daß er dessen gewahr wurde. Die beiden übrigen Posten warteten bei den Männern der Baracke 16.
Sie warteten elf Stunden.
Smedly-Taylor kehrte zurück, und die sechs Männer kehrten zurück. Daven und Cox kehrten nicht zurück. Sie blieben im Wachhaus, und morgen würden sie ins Gefängnis zur Utramstraße gehen.
Die Männer durften wegtreten.

Peter Marlowe hatte von der Sonne stechende Kopfschmerzen. Er taumelte zur Baracke zurück, und nach einer Dusche massierten Larkin und Mac ihm den Kopf und fütterten ihn. Als Larkin zu Ende gegessen hatte, ging er hinaus und setzte sich an die Asphaltstraße. Peter Marlowe hockte sich in die türlose Tür und kehrte dem Innern den Rücken zu.

Die Nacht sammelte sich jenseits des Horizonts. Es lag eine ungeheure Einsamkeit über Changi, und die Männer, die auf und ab spazierten, wirkten mehr denn je verloren.

Mac gähnte. »So, ich glaube, ich haue mich jetzt hin. Ich will heute einmal früh schlafen.«

»In Ordnung, Mac.«

Mac zog das Moskitonetz rund um sein Bett glatt und stopfte die Enden unter die Matratze. Er band sich einen Schweißlappen um die Stirn, zog dann Peter Marlowes Wasserflasche aus der Filzhülle und löste die Klammern, mit denen die falsche Bodenplatte daran festgeklemmt war. Er trennte die Oberteile und Unterteile seiner eigenen Flasche und der von Larkin und setzte dann vorsichtig ein Teil über das andere. In jeder der Flaschen befand sich ein Gewirr von Drähten, Kondensatoren und Röhren.

Aus der obersten Flasche zog er vorsichtig einen Sechspolstecker mit seinem Drahtgewirr und steckte ihn geschickt in die Steckdose in der mittleren Wasserflasche. Dann zog er einen Vierpolstecker aus der mittleren Flasche und steckte ihn in die dafür bestimmte Steckdose in der untersten Flasche.

Seine Hände bebten, und seine Knie zitterten, denn diese ganze Arbeit bei halbem Licht, im Liegen und auf einen Ellbogen gestützt auszuführen und die Flaschen mit dem Körper abzuschirmen, war höchst mühsam.

Die Nacht schwärmte über den Himmel und verstärkte noch sein Gefühl der Beengung. Moskitos begannen ihn anzugreifen.

Als alle Flaschen miteinander verbunden waren, reckte sich Mac, um den Schmerz im Rücken zu erleichtern, und trocknete die feuchten Hände. Dann zog er den Kopfhörer aus seinem

Versteck in der obersten Flasche und prüfte die Verbindungen, um ganz sicher zu sein, daß sie dicht waren. Auch das isolierte Netzanschlußkabel befand sich in der obersten Flasche. Er rollte es auf und prüfte, ob die Nadeln noch fest mit den Drahtenden verlötet waren. Wieder wischte er sich den Schweiß ab, prüfte schnell alle Verbindungsanschlüsse durch und dachte dabei, daß das Radio immer noch so glatt und sauber aussähe wie damals, als er es auf Java heimlich gebastelt hatte – während Larkin und Peter Marlowe Schmiere standen –, damals vor zwei Jahren.

Er hatte sechs Monate gebraucht, um es zu entwerfen und zusammenzusetzen.

Nur die untere Flaschenhälfte konnte benutzt werden, die obere Hälfte mußte Wasser enthalten – deshalb mußte er das Radio nicht nur in drei winzige, starre Einheiten zusammendrängen, sondern mußte diese Einheiten auch in absolut dichte Behälter einbauen und dann diese Behälter in die Wasserflaschen einlöten.

Alle drei hatten sie die Flaschen achtzehn Monate lang mit sich getragen. Bis zu einem solchen Tag wie heute.

Mac richtete sich auf den Knien auf und stieß zwei Nadeln in die Eingeweide der Drähte, die die Deckenleuchte mit der Stromquelle verbanden. Dann räusperte er sich und verscheuchte mit einer Kopfbewegung die Moskitos.

Peter Marlowe stand auf und vergewisserte sich, daß niemand in der Nähe war. Schnell drehte er die elektrische Birne heraus und schaltete das Licht ein. Dann ging er zur Tür zurück und bezog dort Posten. Er sah, daß Larkin noch immer an der gleichen Stelle saß und die andere Seite bewachte, und gab das Signal ›Alles klar‹.

Als Mac es hörte, drehte er den Lautstärkeregler auf, hielt den Kopfhörer ans Ohr und lauschte.

Sekunden verrannen und wurden zu Minuten. Peter Marlowe fuhr von plötzlicher Furcht gepackt herum, als er Mac stöhnen hörte.

»Was ist denn, Mac?« wisperte er.

Mac steckte den Kopf unter dem Moskitonetz hervor, und sein Gesicht war aschfahl. »Es klappt nicht, Mann«, ächzte er. »Dieser verfluchte Kasten rührt sich nicht.«

## 9

Sechs Tage später trieb Max eine Ratte in die Ecke. In der amerikanischen Baracke.
»Schaut euch dieses Miststück an«, schnaufte der King. »Das ist die größte Ratte, die ich je gesehen habe!«
»Mein Gott«, sagte Peter Marlowe. »Passen Sie auf, daß das Biest Ihnen nicht den Arm abbeißt!«
Alle standen um die Ratte herum. Max schwang triumphierend einen Bambusbesen. Tex hatte einen Baseballschläger, Peter Marlowe einen anderen Besen. Die übrigen schwangen Stöcke und Messer.
Nur der King war unbewaffnet, aber seine Augen ruhten auf der Ratte, und er war bereit, ihr aus dem Weg zu springen. Er hatte in seiner Ecke gesessen und mit Peter Marlowe geplaudert, als Max das erste Mal geschrien hatte, und er war zusammen mit den übrigen aufgesprungen. Es war kurz nach dem Frühstück gewesen.
»Paßt auf!« schrie er, als er den plötzlichen Ausbruchversuch der Ratte in die Freiheit vorausahnte.
Max schlug wild auf sie ein und traf daneben. Ein anderer Besen versetzte ihr einen harten Schlag und warf sie einen Augenblick auf den Rücken. Aber die Ratte schnellte sich wieder herum auf die Füße, lief in die Ecke zurück, drehte sich um, pfiff schrill, spuckte und zog die Lefzen hoch, so daß die nadelspitzen Zähne bloßlagen.
»Menschenskind«, stöhnte der King. »Diesmal hatte ich bestimmt geglaubt, das Vieh wäre uns durch die Lappen gegangen.«

Die Ratte war gut dreißig haarige Zentimeter lang. Der Schwanz maß gut und gerne noch einmal dreißig Zentimeter; er war haarlos und am Ansatz so dick wie der Daumen eines Mannes. Kleine Kugelaugen schossen auf der Suche nach einem Fluchtweg nach links und rechts. Braun und schmutzig und gemein. Der Kopf lief in eine spitze Schnauze aus, das Maul war schmal und groß – sehr groß, und darin standen scharf wie Dolche die Schneidezähne. Die Ratte wog sicher an die zwei Pfund. Sie war bösartig und sehr gefährlich.

Max keuchte heftig vor Anstrengung, und seine Augen waren auf die Ratte geheftet. »Himmeldonnerwetter«, stieß er hervor, »ich hasse Ratten. Ich hasse es sogar schon, sie nur anzusehen. Schlagen wir sie doch tot. Seid ihr bereit?«

»Warte einen Augenblick, Max«, wehrte der King ab. »So sehr eilt es doch gar nicht. Sie kann uns jetzt ja nicht mehr entkommen. Ich möchte gerne sehen, was sie tut.«

»Sie wird wieder auszureißen versuchen, weiter nichts«, erwiderte Max.

»Dann werden wir sie eben daran hindern. Warum so eilig?« Der King sah wieder auf die Ratte und grinste. »Du bist geliefert, du verfluchtes Miststück. Du bist tot.«

Es war beinahe, als verstände die Ratte ihn, denn sie machte einen Satz auf den King zu und fletschte die Zähne. Nur der wilde Wirbel von Schlägen und die Schreie trieben sie wieder in die Ecke zurück.

»Dieses Aas würde einen glatt in Stücke reißen, wenn es die Zähne in einen vergraben könnte«, schnaufte der King. »Ich habe nicht gewußt, daß diese Viecher so schnell sein können.«

»He«, rief Tex. »Vielleicht sollten wir sie behalten.«

»Was soll der Quatsch?«

»Wir könnten sie doch behalten. Vielleicht als Maskottchen. Oder wir könnten sie aus ihrem Käfig herauslassen und sie jagen, wenn wir gerade nichts anderes zu tun haben.«

»Mensch, Tex«, meinte Dino. »Vielleicht ist das gar nicht so schlecht. Du meinst doch, wir könnten es mit ihr so machen, wie man es früher gemacht hat. Mit Füchsen?«

»Das ist doch Blödsinn«, erklärte der King. »Es ist nichts dagegen einzuwenden, wenn wir das Mistvieh totschlagen. Aber es ist absolut nicht nötig, daß wir es quälen, auch nicht, wenn es eine Ratte ist. Schließlich hat sie keinem von euch etwas getan.«
»Das mag sein. Aber Ratten sind nun mal Ungeziefer. Sie haben kein Recht, zu leben.«
»Natürlich haben sie das«, widersprach der King. »Sie sind Aasvertilger, wie die Mikroben. Wenn die Ratten nicht wären, dann wäre die ganze Welt ein einziger stinkender Misthaufen.«
»Verdammt«, knurrte Tex. »Ratten ruinieren die Ernte. Vielleicht ist dies genau das Saubiest, das den Reissack von unten angefressen hat. Sein Wanst ist groß genug.«
»Ja«, fauchte Max bösartig. »Das Mistvieh hat in einer Nacht beinahe dreißig Pfund davongeschleppt.«
Wieder stieß die Ratte wie ein Dolch nach der Freiheit vor. Sie durchbrach den Kreis der Männer und floh die Baracke entlang. Nur purem Glück war es zu verdanken, daß sie sie wieder einkreisen und in die Ecke treiben konnten. Wieder standen die Männer um sie herum.
»Wir schlagen sie besser tot. Das nächste Mal haben wir vielleicht nicht mehr soviel Glück«, keuchte der King. Dann hatte er plötzlich eine Eingebung: »Einen Augenblick«, sagte er, als sie alle immer weiter auf die Ecke vorzugehen begannen.
»Was denn nun?«
»Ich habe einen Einfall.« Er schnellte zu Tex herum. »Hol eine Decke. Schnell.«
Tex sprang zu seinem Bett und riß die Decke herunter.
»Und jetzt«, sagte der King, »nimmst du zusammen mit Max die Decke und fängst die Ratte.«
»Hä?«
»Ich möchte sie lebendig haben. Mach schon, setz dich in Bewegung«, fuhr der King ihn an.
»Mit *meiner* Decke? Bist du verrückt? Es ist meine einzige!«
»Ich werde dir eine neue beschaffen. Fang nur erst das Mistvieh.«

Alle glotzten den King dumm an. Dann zuckte Tex die Achseln. Er und Max packten die Decke. Sie benutzten sie als Netz und begannen auf die Ecke vorzurücken. Die übrigen hielten ihre Besen bereit, um zu verhindern, daß die Ratte an den Deckenrändern vorbeifegte und entkam. Dann stürzten Tex und Max sich mit einem schnellen Satz vor, und die Ratte war in den Falten der Decke gefangen. Ihre Zähne und Krallen rissen daran und suchten nach einem Fluchtweg, aber in dem Aufruhr rollte Max die Decke zusammen, und sie wurde zu einem zuckenden Ball. Die Männer waren aufgeregt und schrien laut durcheinander.

»Gebt schon Ruhe«, befahl der King. »Max, du hältst sie fest. Und sorg dafür, daß sie nicht entwischen kann. Tex, stell du inzwischen den Java auf. Wir werden alle Kaffee trinken.«

»Was hat es mit Ihrem Einfall auf sich?« wollte Peter Marlowe wissen.

»Er ist viel zu gut, um ihn einfach zu verraten. Zuerst trinken wir mal Kaffee.«

Während sie tranken, stand der King auf. »Also, Leute. Hört jetzt gut zu. Wir haben eine Ratte, stimmt's?«

»Na und?« Miller war verblüfft wie sie alle.

»Wir haben nichts zu essen, stimmt's?«

»Natürlich, aber –«

»Oh, mein Gott«, stöhnte Peter Marlowe entsetzt. »Sie wollen doch nicht etwa sagen, daß Sie uns vorschlagen, wir sollten sie essen?«

»Natürlich nicht«, entgegnete der King. Dann strahlte er wie ein Seraphim. »*Wir* werden es nicht tun. Aber es gibt Leute, die gerne etwas Fleisch kaufen würden . . .«

»Rattenfleisch?« Das Auge von Byron Jones III trat majestätisch hervor.

»Du hast den Verstand verloren. Glaubst du etwa, es würde jemand Rattenfleisch kaufen? Kein Mensch kauft das«, trompetete Miller ungeduldig.

»Natürlich kauft niemand das Fleisch, wenn er weiß, daß es Rattenfleisch ist. Aber wenn es niemand weiß, hä?« Der King ließ die anderen diese Worte erst verdauen, ehe er sanft fortfuhr: »Sagen wir mal, wir erzählen niemandem etwas davon. Das Fleisch wird aussehen wie anderes auch. Wir können ja sagen, es sei Kaninchen . . .«

»Es gibt in Malaya keine Kaninchen, alter Freund«, gab Peter Marlowe zu bedenken.

»Nun, dann denken wir uns eben ein Tier aus, das es hier gibt und das ungefähr genausogroß ist.«

»Ich nehme an«, sagte Peter Marlowe, nachdem er einen Augenblick nachgedacht hatte, »daß man es unter Eichhörnchen laufen lassen könnte – oder, jetzt hab ich's«, strahlte er plötzlich, »Reh. Das ist es, Reh . . .«

»Um Gottes willen, ein Reh ist doch viel größer«, widersprach Max, der noch immer die zuckende Decke hielt. »Ich habe oben in den Alleghanies eines geschossen . . .«

»Ich meine ja nicht diese Sorte Rehe. Ich meine vielmehr die *Rusa Tikus*. Sie sind winzig klein, etwa zwanzig Zentimeter hoch, und wiegen vielleicht einige Pfund. Sie haben ungefähr die Größe der Ratte. Die Eingeborenen betrachten sie als Delikatesse.« Er lachte. »*Rusa Tiku* bedeutet übersetzt ›Mauswild‹.«

Der King rieb sich entzückt die Hände. »Sehr gut, mein Lieber!« Er blickte sich in der Baracke um. »Wir werden Rusa-Tiku-Keule verkaufen, das ist nicht einmal gelogen.«

Alle lachten.

»Jetzt haben wir etwas zu lachen gehabt, schlagen wir jetzt endlich die gottverdammte Ratte tot und verkaufen die verfluchten Keulen«, verlangte Max. »Das Biest wird sich jeden Augenblick aus der Decke befreien. Und ich will verdammt sein, wenn ich mich von ihm beißen lasse.«

»Wir haben eine Ratte«, verkündete der King, ohne auf ihn zu achten. »Jetzt brauchen wir nur noch festzustellen, ob es ein Männchen oder ein Weibchen ist. Dann schaffen wir das entgegengesetzte Stück herbei. Wir bringen die beiden zusammen. Und presto sind wir im Geschäft.«

»Im Geschäft?« echote Max.

»Natürlich.« Der King blickte sich glücklich um. »Leute, wir machen jetzt in Viehzucht. Wir bauen uns eine Rattenfarm auf. Mit dem Zaster, den wir damit verdienen, kaufen wir Hühner – und die Bauern können die *Tikus* essen. Solange niemand sein verdammtes Maul aufreißt, ist es eine glatte Sache.«

Schweigen und Entsetzen griffen um sich. Dann sagte Tex schwach: »Aber wo sollen wir die Ratten denn unterbringen, während sie sich vermehren?«

»Im Splittergraben. Wo denn sonst?«

»Aber nur mal angenommen, es fände ein Luftangriff statt. Es könnte ja sein, daß wir den Graben benutzen möchten.«

»Wir trennen ein Ende einfach durch einen Zaun ab. Nur gerade so viel, daß die Ratten darin Platz haben.« Des King Augen funkelten. »Denkt doch nur. Fünfzig dieser großen Schweinebiester können wir in der Woche verkaufen. Es ist nicht zu fassen, wir haben eine Goldmine. Ihr kennt doch die Redensart ›sich wie die Ratten vermehren‹ . . .«

»Wie oft vermehren sie sich denn?« wollte Miller wissen, der sich gedankenabwesend die Schwarte kratzte.

»Ich habe keine Ahnung. Weiß das jemand?« Der King wartete, aber alle schüttelten den Kopf. »Zum Teufel, wo können wir etwas über ihre Lebensgewohnheiten erfahren?«

»Ich weiß«, meldete sich Peter Marlowe. »In Vexleys Unterrichtsstunde.«

»Hä?«

»In Vexleys Unterrichtsstunde. Er lehrt Botanik, Zoologie und solches Zeug. Wir könnten ihn ja mal fragen.«

Sie blickten einander nachdenklich an. Dann begannen sie plötzlich laute Hochrufe auszustoßen. Max ließ beinahe die zappelnde Decke fallen, und wildes Geschrei schlug ihm um die Ohren. »Paß auf das Gold auf, du Tölpel«, »Laß um Himmels willen das Biest nicht los«, oder: »Gib doch acht, Max!«

»Schon gut, ich hab das Vieh ja fest«, rief Max über die schrillen Mißfallensrufe hinweg und nickte dann Peter Marlowe zu. »Für einen Offizier sind Sie ein recht passabler Bursche. Wir werden also zur Schule gehen.«

»O nein, das werdet ihr nicht«, erklärte der King entschieden. »Ihr habt viel zu erledigen.«
»Was denn?«
»Ihr müßt zum Beispiel eine zweite Ratte beschaffen. Und diese zweite Ratte muß vom entgegengesetzten Geschlecht sein. Peter und ich werden die Informationen beschaffen. Und jetzt ran!«
Tex und Byron Jones III bereiteten den Splittergraben vor. Er lag direkt unter der Baracke, war zwei Meter tief, einen Meter zwanzig breit und zwanzig Meter lang.
»Phantastisch«, stieß Tex erregt hervor. »Hier haben wir Platz für Tausende von diesen Biestern!«
Sie brauchten einige Minuten, bis sie einen Plan für die Abzäunung ausgeklügelt hatten. Tex ging weg, um Hühnerdraht zu klauen, während Byron Jones III sich auf den Weg machte, Holz zu organisieren. Jones grinste, als er an einige schöne Stücke dachte; sie gehörten einer Bande von Limeys, die sie nicht allzu sorgfältig unter Bewachung hielt, und bis Tex zurückkehrte, hatte er das Gerüst schon fertig. Die Nägel stammten vom Barackendach, der Hammer war vor Monaten zusammen mit Schraubenschlüsseln, Schraubenziehern und einer Menge anderer nützlicher Dinge bei einem ebenfalls sorglosen Mechaniker oben in der Garage »geborgt« worden.
Sobald das Gatter fertig war und ordentlich dastand, holte Tex den King.
»Gut«, lobte der King nach eingehender Prüfung, »sehr gut.«
»Verdammt, ich möchte bloß wissen, wie ihr das so schnell hinkriegt«, staunte Peter Marlowe.
»Wenn etwas getan werden muß, dann tut man es eben. Das ist amerikanischer Stil.« Der King nickte Tex zu, Max herbeizuholen.
Max kroch unter die Baracke und trat zu ihnen. Behutsam ließ er die Ratte in ihr Abteil fallen. Die Ratte wirbelte wild herum und suchte nach einem Fluchtweg. Als sie keinen entdeckte, wich sie in eine Ecke zurück und zischte sie heftig an.
»Sie sieht wirklich gesund aus«, grinste der King.

»Wir müssen ihr noch einen Namen geben«, meinte Tex.
»Das ist leicht. Sie ist einfach Adam.«
»Ja, aber angenommen, sie ist ein Weibchen.«
»Dann heißt sie eben Eva.« Der King kroch unter der Baracke hervor. »Kommen Sie, Peter, machen wir uns an die Arbeit.«
Staffelführer Vexleys Unterrichtsstunde hatte bereits begonnen, als sie ihn nach langer Zeit endlich entdeckten.
»Ja?« fragte Vexley erstaunt, als er den King und einen jungen Offizier neben der Baracke in der Sonne stehen und ihn beobachten sah.
»Wir dachten«, begann Peter Marlowe befangen, »wir dachten, wir könnten, hm, am Unterricht teilnehmen. Natürlich nur, wenn wir nicht stören«, setzte er schnell hinzu.
»Am Unterricht teilnehmen?« Vexley war bestürzt. Er war ein farbloser, einäugiger Mann mit einem Gesicht wie von glattgespanntem Pergament, das von den Flammen seines allerletzten Bombers Flecken und Narben hatte. Seine Klasse bestand nur aus vier Schülern, und diese waren Idioten, die kein Interesse am Unterrichtsstoff hatten. Er wußte, daß er den Unterricht nur zur Beschwichtigung seiner eigenen Unentschlossenheit weiterführte; es war leichter, so zu tun, als wäre der Unterricht ein Erfolg, als ihn einzustellen. Am Anfang war er hell begeistert gewesen, aber inzwischen wußte er, daß die Arbeit ihm nur als Vorwand diente. Und wenn er die Klasse aufgäbe, würde es für ihn in diesem Leben kein Ziel mehr geben.
Vor langer Zeit hatte das Lager eine Universität ins Leben gerufen. Die Universität von Changi. Klassen wurden eingerichtet. Die hohen Tiere hatten es so angeordnet. »Das tut der Truppe gut«, hatten sie erklärt. »Die Leute bekommen etwas zu tun. Laßt sie sich selbst bessern. Zwingt sie, beschäftigt zu sein, dann werden sie auch nicht in Schwierigkeiten geraten.«
Es gab Kurse in Sprachen und Kunst und Ingenieurwesen – unter den damals hunderttausend Männern gab es mindestens jeweils einen, der irgendein Fach beherrschte.
Das Wissen über diese Welt. Eine großartige und günstige Gelegenheit. Seinen Horizont erweitern. Einen Beruf erlernen.

Sich auf das Utopia vorbereiten, das kommen würde, wenn der verfluchte Krieg erst einmal zu Ende und alles wieder normal war. Und es war eine Universität wie im alten Athen. Es gab keine Klassenräume. Nur einen Lehrer, der sich einen Platz im Schatten suchte und seine Studenten um sich scharte.

Aber die Gefangenen von Changi waren nur einfache Männer, deshalb blieben sie einfach faul auf ihrem Hintern hocken und erklärten: »Morgen werde ich in eine Klasse eintreten.« Oder sie traten in eine Klasse ein, und wenn sie dann entdeckten, daß Wissen mühsam zu erwerben ist, ließen sie eine Unterrichtsstunde aus, und noch eine Unterrichtsstunde, und dann versicherten sie: »Morgen werde ich wieder hingehen. Morgen werde ich mit dem anfangen, was ich hinterher sein möchte. Ich darf keine Zeit verlieren. Morgen werde ich wirklich beginnen.«

Aber in Changi gab es ebenso wie anderswo nur das Heute.

»Wollen Sie wirklich in meine Klasse eintreten?« wiederholte Vexley ungläubig.

»Sind Sie auch sicher, daß wir Ihnen keine Ungelegenheiten bereiten, Sir?« fragte der King herzlich.

Vexley erhob sich, seine Anteilnahme wuchs, und er machte für sie einen Platz im Schatten frei.

Er war entzückt, frisches Blut bei sich zu sehen. Und dazu noch den King! Mein Gott, was für ein Fang! Der King in seiner Klasse! Vielleicht hat er ein paar Zigaretten ... »Ich freue mich, mein Junge, ich freue mich sehr.« Er drückte warm des King ausgestreckte Hand. »Staffelführer Vexley!«

»Freut mich, Sie kennenzulernen, Sir.«

»Leutnant Marlowe, fliegendes Personal«, stellte Peter Marlowe sich vor, als auch er die Hand reichte, und setzte sich dann in den Schatten.

Vexley wartete nervös, bis sie saßen, preßte geistesabwesend den Daumen in den Handrücken und zählte die Sekunden, bis der Eindruck in der Haut sich langsam wieder füllte. Für die Pellagra wurde man hie und da entschädigt, dachte er. Und da er gerade an Haut und Knochen dachte, fielen ihm die Wale ein, und sein Glotzauge leuchtete auf. »Also, heute wollte ich etwas über Wale erzählen. Wissen Sie etwas über Wale? – Ah«, machte er verzückt, als der King eine Packung Kooa herauszog und ihm anbot. Der King reichte die Packung bei den anderen herum.

Die vier Studenten nahmen sich jeder eine Zigarette und rückten beiseite, um dem King und Peter Marlowe mehr Platz zu machen. Sie fragten sich, was der King, zum Teufel, hier suchen mochte, aber es war ihnen eigentlich gleichgültig – er hatte ihnen ja eine aktive Zigarette gegeben.

Vexley setzte seine Vorlesung über Wale fort. Er liebte Wale. Er liebte sie bis zur Raserei.

»Wale sind ohne Zweifel die höchste Form, die die Natur angestrebt hat«, verkündete er und war hocherfreut über den Klang seiner Stimme. Er bemerkte des King Stirnrunzeln. »Hatten Sie eine Frage?« erkundigte er sich eifrig.

»Doch, ja. Wale sind ja ganz interessant, aber wie steht es mit Ratten?«

»Wie bitte?« fragte Vexley höflich und verständnislos.

»Sehr interessant, was Sie da über Wale gesagt haben, Sir«, versicherte der King. »Ich habe mir nur gerade über Ratten Gedanken gemacht. Das ist alles.«

»Was ist denn mit Ratten?«

»Ich habe mir gerade Gedanken gemacht, ob Sie wohl etwas darüber wüßten«, antwortete der King. Er hatte eine Menge zu tun und wollte seine Zeit nicht verplempern.

»Er meint«, erklärte Peter Marlowe rasch, »daß Ihren Erläuterungen zufolge Wale in ihren Reflexen beinahe menschlich sind, und möchte nun wissen, ob das auch auf Ratten zutrifft?«

Vexley schüttelte den Kopf und rief angewidert: »Nagetiere sind völlig anders geartet. Aber die Wale . . .«

»Inwiefern sind sie anders?« bohrte der King.

»Die Nagetiere behandle ich im Frühjahrskursus«, erklärte Vexley gereizt. »Ekelhafte Viecher. Sie haben aber auch rein gar nichts an sich, was liebenswert wäre. Absolut nichts. Nehmen Sie dagegen einmal den Nordischen Finnwal«, stürzte

Vexley sich hastig wieder in sein Thema, »da haben Sie den Riesen unter den Walen. Er wird über fünfunddreißig Meter lang und kann bis zu einhundertfünfzig Tonnen wiegen. Er ist das größte lebendige Geschöpf, das je auf der Erde gelebt hat. Außerdem ist er auch das stärkste Tier, das existiert. Und seine Paarung ...«, setzte Vexley schnell hinzu, denn er wußte sehr wohl, daß Erörterungen über das Geschlechtsleben die Klasse immer wachhielten, »... seine Paarung ist einfach wunderbar. Das männliche Tier beginnt mit der Befriedigung seiner Lust, indem es gewaltige Wasserfontänen ausstößt. Der männliche Wal peitscht mit der Schwanzflosse das Wasser in der Nähe des weiblichen Wals, der mit gedämpfter Lust geduldig an der Meeresoberfläche wartet. Dann taucht er tief hinab und schießt wieder hinauf, weit aus dem Wasser heraus, riesig, gewaltig, ungeheuer, und schlägt krachend und mit donnernden Schwanzflossen zurück, hält sich an der Oberfläche und peitscht das Wasser zu Schaum.« Er senkte die Stimme und sprach eindringlich weiter: »Dann gleitet er an das weibliche Tier heran und beginnt es mit seinen Flossen zu kitzeln ...«
Trotz seiner Begierde, etwas über Ratten zu erfahren, begann sogar der King aufmerksam zu lauschen.
»Dann bricht er seine Verführungsspiele ab, taucht wieder unter und läßt das weibliche Tier keuchend an der Oberfläche zurück, verläßt es vielleicht sogar für immer.« Vexley machte eine dramatische Pause. »Aber nein. Er verläßt das Weibchen nicht. Er verschwindet vielleicht auf eine Stunde in den Tiefen des Meeres, sammelt Kräfte, schießt dann erneut hinauf, bricht aus dem Wasser heraus und fällt wie mit einem Donnerschlag in einer ungeheuren Wolke von Wasserstaub wieder hinab. Er dreht sich zu seinem Weibchen herum, umklammert es fest mit beiden Flossen und zwingt ihm bis zur Erschöpfung seinen mächtigen Willen auf.«
Vexley war von der Großartigkeit des Schauspiels sich paarender Giganten ebenfalls erschöpft. Ach, wer das Glück hätte, Zeuge dieses Schauspiels zu sein, dabeizusein, ein kleines, unbedeutendes Menschenwesen ...

Hastig erzählte er weiter: »Die Paarung findet etwa im Juli statt, im warmen Wasser. Das Junge wiegt bei der Geburt fünf Tonnen und ist etwa zehn Meter lang.« Sein Lachen klang geübt. »Stellen Sie sich das vor!« Es gab höfliches Lächeln, und dann rückte Vexley mit dem Gag heraus, mit dem er stets herzhaftes Gelächter erzielte: »Wenn man sich das alles vorstellt und an die Größe des Walkalbes denkt, dann stellt man sich unwillkürlich auch den guten alten Zebedäus des Wals vor, was?«

Wieder gab es höfliches Lachen – die regelmäßigen Zuhörer hatten die Geschichte schon viele Male gehört.

Vexley fuhr mit der Beschreibung fort, wie das Kalb sieben Monate lang von der Mutter gesäugt wird, wie dem Kalb aus zwei ungeheuren Zitzen hinten am Bauch die Milch ins Maul spritzt. »Wie Sie sich ohne Zweifel vorstellen können«, erklärte er emphatisch, »bringt längeres Säugen unter Wasser Probleme mit sich.«

»Säugen die Ratten ihre Jungen?« warf der King schnell ein.

»Ja«, bestätigte der Staffelführer mit einem Seufzen. »Was nun den grauen Amber anlangt . . .«

Der King stöhnte geschlagen und hörte zu, wie Vexley sich des langen und breiten über den grauen Amber, über Zahnwale und Bartenwale und Weißwale und Pottwale, Grauwale und Zwergpottwale und Seiwale und Narwale und Schwertwale und Buckelwale und Braunwale und Grindwale und Schwarzwale und Schnabelwale und schließlich über Rundkopfwale ausließ. Inzwischen war die ganze Klasse weggegangen, außer Peter Marlowe und dem King. Als Vexley geendet hatte, sagte der King schlicht:

»Ich möchte etwas über Ratten wissen.«

Vexley stöhnte. »Über Ratten?«

»Nehmen Sie eine Zigarette«, sagte der King mild.

# 10

»Also gut, Leute, geht auf eure Posten«, befahl der King. Er wartete, bis es in der Baracke ruhig geworden war und der Aufpasser an der Tür seinen Posten bezogen hatte. »Wir müssen mit einigen Problemen fertig werden.«

»Grey?« fragte Max.

»Nein. Es geht um unsere Farm.« Der King wandte sich an Peter Marlowe, der auf dem Rand eines Bettes saß. »Erzählen Sie es ihnen, Peter.«

»Nun«, begann Peter Marlowe, »es scheint, daß Ratten ...«

»Erzählen Sie ihnen alles, von Anfang an.«

»Alles?«

»Natürlich. Breiten Sie die Tatsachen vor uns aus, dann können wir alle versuchen, uns einen Ausweg auszudenken!«

»Also gut. Nun, wir haben Vexley gefunden. Er hat uns erzählt, und ich wiederhole wörtlich: ›Die Norwegische Ratte oder *Rattus norvegicus* – manchmal auch *Mus decumanus* genannt ...‹«

»Was ist denn das für ein Gequassel?« wollte Max wissen.

»Menschenskind, das ist Latein, das weiß doch jeder Idiot«, antwortete Tex.

»Sprichst du lateinisch, Tex?« Max glotzte ihn an.

»Zum Teufel, nein, aber solche verrückten Namen sind eben immer lateinisch ...«

»Herrgott, Leute«, mischte der King sich ein, »wollt ihr nun hören oder nicht?« Dann nickte er Peter Marlowe zu, er sollte weiterreden.

»Also, Vexley hat sie uns in allen Einzelheiten beschrieben: haarig, kein Haar auf dem Schwanz, Gewicht bis zu vier Pfund, in diesem Teil der Welt sind zwei Pfund üblich. Ratten paaren sich unterschiedslos zu jeder Zeit ...«

»Zum Donnerwetter, was soll das denn wieder bedeuten?«

»Das Männchen vernascht einfach jedes Weibchen«, antwortete der King ungeduldig, »es gibt keine bestimmte Paarungszeit.«

»Also genau wie bei uns, das meinst du doch?« sagte Jones beipflichtend.

»Ja. Ich nehme es an«, bestätigte Peter Marlowe. »Jedenfalls paart die männliche Ratte sich zu jeder Jahreszeit, und die weibliche Ratte kann bis zu zwölf Würfe Junge im Jahr haben, etwa zwölf Junge je Wurf, manchmal aber auch bis zu vierzehn. Die Jungen werden blind und hilflos zweiundzwanzig Tage nach der – Paarung – geboren.« Er wählte taktvoll das Wort. »Die Jungen öffnen nach vierzehn bis siebzehn Tagen die Augen und werden nach zwei Monaten geschlechtsreif. Sie hören nach etwa zwei Jahren auf, sich zu paaren, und sind mit drei Jahren alt.«

»Ach du heiliges Mondkalb!« sagte Max entzückt in das ehrfürchtige Schweigen hinein. »Das werden Probleme! Wenn die Jungen sich in zwei Monaten paaren und wir zwölf – sagen wir der glatten Zahlen wegen lieber zehn – Junge je Wurf bekommen: rechnet euch selbst aus, was dann los ist. Zum Beispiel, wir bekommen am Tage Eins zehn Junge. Weitere zehn bekommen wir am Tage Dreißig. Bis zum Tage Sechzig haben die ersten fünf Paare sich gepaart, und wir bekommen fünfzig. Am Tage Neunzig haben wir weitere fünf Paare, die sich paaren, und nochmals fünfzig Junge. Am Tage Einhundertzwanzig haben wir zweihundertfünfzig plus weitere fünfzig und nochmals fünfzig und noch ein neues Knäuel von zweihundertfünfzig. Um Himmels willen, das sind sechshundertfünfzig Ratten in fünf Monaten. Im darauffolgenden Monat haben wir beinahe sechstausendfünfhundert . . .«

»Herrgott, wir haben eine Goldmine entdeckt!« stöhnte Miller begeistert und kratzte sich aufgeregt.

»Gar nichts haben wir!« fauchte der King grimmig, »jedenfalls nicht ohne einige Überlegungen. Erstens können wir sie nicht alle zusammenpferchen. Die Viecher sind Kannibalen. Das bedeutet, daß wir die Männchen und die Weibchen voneinander trennen müssen, außer wenn wir sie sich paaren lassen. Ein anderes Problem ist, daß sie untereinander kämpfen, und zwar ständig. Das bedeutet also, daß wir auch die Männchen von den Männchen und die Weibchen von den Weibchen trennen müssen.«

»Dann trennen wir sie eben voneinander. Was ist denn daran so Schlimmes?«

»Nichts, Max«, antwortete der King geduldig, »aber wir müssen Käfige haben und die ganze Chose organisieren. Das wird nicht einfach sein.«

»Zum Teufel«, knurrte Tex, »wir können ja einen Vorrat an Käfigen bauen. Das ist doch weiter nicht schlimm.«

»Was meinst du, Tex, können wir die Farm geheimhalten, während wir den Bestand an Ratten aufbauen?«

»Ich wüßte nicht, warum nicht!«

»Oh, noch etwas anderes«, sagte der King. Er war zufrieden mit den Männern und mehr als zufrieden mit dem Plan. Es war ein Geschäft so richtig nach seinem Herzen – man brauchte nichts weiter zu tun als zu warten. »Die Viecher fressen einfach alles, ob lebendig oder tot. Alles. Wir haben also keine Verpflegungsprobleme.«

»Aber diese Viecher sind doch schmutzige Kreaturen und werden zum Himmel stinken«, wandte Byron Jones III ein. »Wir haben schon genug Gestank hier und brauchen uns nicht noch neuen unter unserer eigenen Baracke zu schaffen. Und diese Biester sind auch Pestbazillenträger!«

»Vielleicht handelt es sich dabei um eine besondere Rattenart, so wie ja auch nur eine besondere Moskitoart die Malaria überträgt«, sagte Dino hoffnungsvoll und ließ seine dunklen Augen in die Runde schweifen.

»Natürlich können die Ratten die Pest übertragen«, sagte der King achselzuckend. »Und sie schleppen sicher auch eine ganze Menge anderer menschlicher Krankheiten mit sich herum. Aber das bedeutet weiter nichts. Wir halten ein Vermögen in Händen, und ihr Hunde tut nichts, als euch die negativen Seiten auszudenken! Das ist nicht amerikanisch!«

»Lieber Gott, mach Wasser dran, wenn nur diese Pestgeschichte nicht wäre. Woher sollen wir wissen, ob die verdammten Biester sauber sind oder nicht?« jammerte Miller.

Der King lachte. »Wir haben Vexley danach gefragt, und er hat uns wörtlich gesagt: ›Das würden Sie schnell genug feststellen, Sie würden dann nämlich tot sein.‹ Ich zitiere lieber nicht mehr weiter. Verdammt nochmal, es ist genau wie bei den Hühnern: man muß sie eben sauberhalten und gut füttern, und dann bekommt man ein gutes Volk! Es gibt wirklich absolut keinen Grund, sich darüber Sorgen zu machen.«

Sie redeten also über die Farm, über deren Gefahren und deren Möglichkeiten – und alle wußten die sich daraus ergebenden Möglichkeiten zu schätzen –, vorausgesetzt natürlich, daß nicht sie selbst das Erzeugnis essen mußten – und sie diskutierten die Probleme, die mit einem solch großangelegten Unternehmen unweigerlich verknüpft waren. Dann trat Kurt in die Baracke, und in den Händen trug er eine zuckende Decke.

»Ich habe noch eine erwischt«, verkündete er mürrisch.

»Tatsächlich?«

»Natürlich, ich habe eine gefangen. Während ihr Dösköppe quasselt, bin ich draußen und handle. Es ist ein Weibchen.« Kurt spuckte auf den Boden.

»Woher weißt du das?«

»Weil ich nachgesehen habe. Ich habe bei der Handelsmarine genug Ratten gesehen, um Bescheid zu wissen. Die andere ist ein Männchen, ich habe auch bei ihr nachgesehen.«

Alle kletterten unter die Baracke und sahen zu, wie Kurt Eva in den Graben setzte. Augenblicklich fielen die beiden Ratten wild übereinander her, und die Männer wurden auf eine harte Probe gestellt. Es kostete sie Mühe, nicht in laute Hochrufe auszubrechen. Der erste Wurf war unterwegs. Die Männer stimmten ab und übertrugen Kurt die Verantwortung für die Farm, und Kurt war glücklich.

Auf diese Weise wußte er genau, daß er auch seinen Anteil bekommen würde. Er würde sich bestimmt um die Ratten kümmern. Essen war schließlich Essen. Kurt wußte, daß er überleben würde, wenn überhaupt irgendeiner.

## 11

Zweiundzwanzig Tage später gebar Eva. Im Käfig nebenan zerrte Adam am Maschendraht, um an das lebendige Fressen heranzukommen, und wäre auch beinahe durchgekommen, aber Tex entdeckte gerade noch rechtzeitig den Riß. Eva säugte die Jungen. Sie hatten die Namen Kain und Abel und Grey und Alliluha, Beulah und Mabel und Junt und Prinzessin und Kleine Prinzessin und Große Mabel und Großer Jung und Große Beulah bekommen. Den Männchen Namen zu geben, war einfach. Aber keiner der Männer wollte seines Mädchens Namen oder seiner Schwester oder seiner Mutter Namen mit den Weibchen verbunden wissen. Und die Schwiegermütternamen gehörten wiederum der Freundin oder Verwandten eines anderen Mannes. Sie hatten drei Tage gebraucht, um sich auf die Namen Beulah und Mabel zu einigen.

Als die Jungen fünfzehn Tage alt waren, wurden sie in getrennte Käfige gesteckt. Der King, Peter Marlowe, Tex und Max ließen Eva bis zum Mittag Zeit, sich zu erholen, und brachten sie dann wieder mit Adam zusammen. Der zweite Wurf wurde vom Stapel gelassen.

»Peter«, sagte der King mild, als sie durch die Falltür wieder in die Baracke hinaufkletterten, »unser Glück ist gemacht.«

Der King hatte sich für die Falltür entschieden, weil er wußte, daß so viele Gänge unter die Baracke hinab Neugierde erregen würden. Es war für den Erfolg der Farm lebenswichtig, daß sie geheim blieb. Selbst Mac und Larkin wußten nichts davon.

»Wo stecken denn heute alle?« fragte Peter Marlowe, als er die Falltür hinter sich schloß. Nur Max war in der Baracke und lag auf seinem Bett.

»Die armen Gauner wurden für ein Arbeitskommando geschnappt. Tex liegt im Lazarett. Der Rest ist unterwegs beim Organisieren.«

»Ich glaube, ich gehe mal und organisiere auch. Sagen Sie mir etwas, worüber ich nachdenken kann.«

Der King senkte die Stimme. »Ich habe etwas für Sie, worüber

Sie sich Gedanken machen können. Morgen nacht gehen wir zum Dorf.« Dann schrie er laut zu Max hinüber: »He, Max, du kennst doch Prouty? Den Aussie-Major droben in Baracke 11?«

»Den alten Trottel? Natürlich.«

»Er ist nicht alt. Kann nicht mehr als vierzig sein.«

»Wo ich herkomme, ist man mit vierzig schon so alt wie Methusalem. Ich brauche noch achtzehn Jahre, bis ich so alt bin.«

»Du wirst wohl soviel Schwein haben«, meinte der King. »Geh jetzt und such Prouty. Sag ihm, ich habe dich geschickt.«

»Und?«

»Nichts und. Besuch ihn einfach. Und sorge dafür, daß Grey nicht in der Nähe ist – oder irgendeiner seiner Spitzel.«

»Ich bin schon weg«, brummte Max widerwillig und ließ sie allein.

Peter Marlowe blickte über den Zaun weg und suchte nach der Küste. »Ich hatte mich schon gefragt, ob Sie Ihre Absicht geändert hätten.«

»Daß ich Sie mitnehme?«

»Ja.«

»Sie haben keinen Grund, sich Sorgen zu machen, Peter.« Der King holte den Kaffee heraus und reichte Peter Marlowe einen Becher. »Wollen Sie mit mir zu Mittag essen?«

»Verdammt, ich weiß nicht, wie Sie es schaffen«, knurrte Peter Marlowe, »alle sind am Verhungern, und Sie laden mich zum Mittagessen ein.«

»Es wird etwas Katchang Idju geben.«

Der King schloß seine schwarze Kiste auf, nahm das Säckchen mit den kleinen grünen Bohnen heraus und reichte es Peter Marlowe. »Würden Sie sie waschen?«

Während Peter Marlowe sie zum Wasserhahn hinaustrug und sie zu waschen begann, öffnete der King eine Büchse mit gesalzenem Rindfleisch und schüttete es vorsichtig auf einen Teller.

Peter Marlowe kehrte mit den Bohnen zurück. Sie waren gut gewaschen, und in dem klaren Wasser schwammen keine Hülsen. Gut, dachte der King. Man braucht Peter nichts zweimal

zu sagen. Und der Aluminiumbehälter enthielt gerade die richtige Menge Wasser – sechsmal die Höhe der Bohnen.
Er stellte ihn auf die Kochplatte und gab einen großen Löffel Zucker und zwei Prisen Salz hinzu. Dann schüttete er die halbe Büchse gesalzenes Rindfleisch dazu. »Haben Sie heute Geburtstag?« fragte Peter Marlowe.
»Hä?«
»Katchang Idju *und* Rindfleisch zu einer Mahlzeit?«
»Sie leben einfach nicht richtig.«
Peter Marlowe wurde vom Aroma und Blubbern des Eintopfgerichtes gepeinigt. Die letzten Wochen waren hart gewesen. Durch die Entdeckung des Rundfunkgeräts war das Lager hart getroffen worden. Der japanische Kommandant hatte »voll Bedauern« die Rationen des Lagers aufgrund »schlechter Ernten« herabgesetzt, so daß selbst die winzigen Verzweiflungsvorräte der Einheiten dahingeschmolzen waren. Wie durch ein Wunder hatte es keine weiteren Rückwirkungen gegeben. Außer der Herabsetzung der Lebensmittelrationen.
In Peter Marlowes Einheit war Mac am schlimmsten von der Kürzung der Rationen getroffen worden. Durch diese Kürzung und die Nutzlosigkeit ihres in die Wasserflaschen eingebauten Radios. »Verdammt«, hatte Mac nach mehreren Wochen der Suche nach der Fehlerquelle geflucht. »Es hat keinen Sinn, Leute. Ohne das verfluchte Ding auseinanderzunehmen, kann ich nichts tun. Alles scheint in Ordnung. Ohne einige Werkzeuge und irgendeine Batterie kann ich den Fehler nicht finden.«
Dann hatte Larkin irgendwie eine winzige Batterie beschafft, und Mac hatte seine schwindende Kraft gesammelt und sich wieder ans Untersuchen und Prüfen gemacht. Während er gestern am Radio herumdokterte, hatte er plötzlich heftig geschnauft und war ohnmächtig geworden, tief in ein Malariakoma versunken. Peter Marlowe und Larkin hatten ihn zum Lazarett hinaufgetragen und ihn auf ein Bett gelegt. Der Arzt hatte erklärt, es handele sich lediglich um Malaria, aber bei einer solchen Milz könne sie leicht sehr gefährlich werden.

»Was ist denn los, Peter?« fragte der King, als er seinen plötzlichen Ernst bemerkte.
»Ich habe nur an Mac gedacht.«
»Was ist los mit ihm?«
»Wir mußten ihn gestern zum Lazarett hinaufbringen. Es steht nicht allzugut mit ihm.«
»Malaria?«
»In der Hauptsache.«
»Hä?«
»Nun, er hat schon Fieber, aber das ist nicht der Hauptgrund. Er macht Perioden schrecklicher Niedergeschlagenheit durch. Sorgen – um seine Frau und seinen Sohn.«
»Verheiratete haben doch immer den gleichen Kummer.«
»Bei Mac verhält es sich nicht ganz so«, erwiderte Peter Marlowe traurig. »Wissen Sie, kurz bevor die Japsen auf Singapur landeten, brachte Mac seine Frau und seinen Sohn auf ein Schiff des letzten überhaupt noch auslaufenden Geleitzuges. Dann brach er mit seiner Einheit auf einer Küstendschunke nach Java auf. Als er auf Java ankam, hörte er, daß der ganze Geleitzug entweder in die Luft gejagt oder gefangengenommen worden war. Es gab weder für das eine noch für das andere sichere Beweise – nur Gerüchte. Deshalb weiß er nicht, ob sie nun durchgekommen sind. Oder ob sie tot sind. Oder ob sie leben. Und wenn sie noch leben – wo sie sind. Sein Sohn war noch ein Säugling – erst vier Monate alt.«
»Nun, jetzt ist das Kind drei Jahre und vier Monate alt«, sagte der King zuversichtlich. »Regel Zwei: Mach dir um nichts Sorgen, was du doch nicht ändern kannst.« Er nahm eine Flasche Chinin aus seiner schwarzen Kiste, zählte zwanzig Tabletten ab und gab sie Peter Marlowe. »Hier. Die werden wohl mit seiner Malaria aufräumen.«
»Aber was ist mit Ihnen?«
»Ich habe genug davon. Denken Sie sich nichts dabei.«
»Ich verstehe nicht, warum Sie so großzügig sind. Sie geben uns Lebensmittel und Medikamente. Und was geben wir Ihnen? Nichts. Ich begreife es nicht.«

»Sie sind ein Freund.«
»Großer Gott, es bringt mich richtig in Verlegenheit, soviel anzunehmen.«
»Quatsch. Hier.« Der King begann mit dem Löffel den Eintopf zu verteilen. Sieben Löffel für sich und sieben Löffel für Peter Marlowe. Etwa ein Viertel des Eintopfs blieb im Eßgeschirr zurück.
Sie aßen die drei ersten Löffel schnell, um den ärgsten Hunger zu stillen, aßen dann den Rest langsam zu Ende und genossen dessen Herrlichkeit.
»Möchten Sie noch etwas?« Der King wartete. Wie gut kenne ich dich doch, Peter! Ich weiß, daß du noch eine ganze Tonne essen könntest. Aber du wirst es nicht tun. Selbst dann nicht, wenn dein Leben davon abhinge.
»Nein, danke. Ich bin voll. Bis obenhin.«
Es ist gut, seinen Freund zu kennen, dachte der King bei sich. Man muß vorsichtig sein. Er nahm noch einen Löffel voll. Nicht, weil er ihn etwa gewollt hätte. Er fühlte, daß er es tun mußte, sonst wäre Peter Marlowe verlegen gewesen. Er aß ihn und stellte den Rest beiseite.
»Würden Sie mir bitte eine Zigarette drehen?«
Er warf Tabak und Zigarettenpapier hinüber und wandte sich ab. Er schöpfte den Rest des gepökelten Rindfleisches in den übriggebliebenen Eintopf und vermischte beides. Dann verteilte er dieses Gemisch in zwei Eßgeschirre, deckte sie zu und stellte sie beiseite.
Peter Marlowe reichte ihm die gedrehte Zigarette.
»Drehen Sie sich selbst eine«, sagte der King.
»Danke.«
»Mein Gott, Peter, warten Sie doch nicht immer, bis Sie aufgefordert werden, sondern füllen Sie Ihre Dose.«
Er nahm Peter Marlowe die Dose aus der Hand und stopfte sie voll mit Drei-Königs-Tabak.
»Was werden Sie denn jetzt mit den Drei Königen unternehmen? Wo Tex doch im Lazarett liegt?« fragte Peter Marlowe.
»Nichts.« Der King stieß den Rauch aus. »Dieser Einfall ist

ausgemolken. Die Aussies haben das Verfahren herausbekommen und uns unterboten.«

»Oh, das ist schlecht. Wie haben sie es Ihrer Ansicht nach herausgefunden?«

Der King lächelte. »Es war sowieso ein Rein-und-Raus.«

»Das verstehe ich nicht.«

»Rein-und-Raus? Man kommt schnell ins Geschäft und ist schnell wieder draußen. Eine kleine Investition, um schnell einen Reibach zu machen. Ich war schon nach den beiden ersten Wochen auf meine Rechnung gekommen.«

»Aber Sie hatten doch gesagt, Sie würden Monate brauchen, bis Sie das Geld wieder hereingeholt hätten, das Sie hineingesteckt haben.«

»Das war nur ein Verkaufsdreh. Er war lediglich zum Gebrauch außerhalb bestimmt. Ein Verkaufsdreh ist ein Trick, ein bestimmtes Verhalten, das die Leute etwas glauben läßt. Die Menschen wollen immer möglichst viel für nichts haben. Deshalb muß man sie glauben lassen, daß sie einen bestehlen und hereinlegen und daß sie ein gewaltiges Stück gerissener sind als man selbst. Nehmen wir mal ein Beispiel. Den Drei-Königs-Tabak. Die Verkaufskolonne, also die ersten Käufer, glaubten, sie stünden in meiner Schuld. Die Leute glaubten, sie brauchten nur den ersten Monat lang schwer zu schuften, um meine Partner werden und danach auf immer mühelos weiterleben zu können – von meinem Geld. Sie dachten, ich wäre ein Idiot, daß ich ihnen nach dem ersten Monat eine solch günstige Gelegenheit bieten wollte. Aber ich wußte, daß das Verfahren durchsickern und das Geschäft nicht dauernd blühen würde.«

»Woher wußten Sie das?«

»Das versteht sich doch von selbst. Und daher habe ich auch alles entsprechend geplant. Ich habe das Verfahren selbst durchsickern lassen.«

»Sie haben . . .?«

»Natürlich habe ich es getan. Ich habe für das Verfahren eine kleine Information eingehandelt.«

»Nun, das kann ich verstehen. Es gehörte ja Ihnen, und Sie konnten damit tun und lassen, was Ihnen gefällt. Aber wie steht es mit all den Leuten, die gearbeitet und den Tabak verkauft haben?«
»Was soll mit ihnen sein?«
»Mir scheint, daß Sie diese Leute irgendwie übervorteilt haben. Sie haben sie mehr oder weniger für nichts einen Monat lang schuften lassen und ihnen dann den Teppich unter den Füßen weggezogen.«
»Zum Teufel, das habe ich eben nicht getan. Die Burschen haben ihren Schnitt gemacht. Sie haben mich zum Gimpel machen wollen, und ich bin einfach gerissener als sie gewesen. Das ist alles. Das ist nun mal Geschäft.«
Der King legte sich auf das Bett zurück und war über Peter Marlowes Naivität belustigt.
Peter Marlowe runzelte die Stirn und versuchte, das Ganze zu begreifen. »Wenn jemand anfängt, über Geschäfte zu reden, habe ich schon den Boden unter den Füßen verloren«, sagte er. »Ich komme mir dann wie ein Idiot vor.«
»Hören Sie mal zu. Noch ehe Sie viel älter sind, werden Sie den besten Pferdehändler reinlegen.« Der King lachte.
»Das bezweifle ich.«
»Haben Sie heute abend etwas vor? Sagen wir, so eine Stunde nach Einbruch der Dämmerung?«
»Nein, warum.«
»Würden Sie für mich dolmetschen?«
»Gern. Wer, ein Malaie?«
»Ein Koreaner.«
»Oh!« sagte Peter Marlowe und setzte zum Ausgleich schnell hinzu: »Selbstverständlich.«
Der King hatte Peter Marlowes Abneigung bemerkt, aber sie machte ihm nichts aus. Jeder hat ein Recht auf seine eigenen Ansichten, hatte er immer gesagt, und solange diese Ansichten nicht mit seinen eigenen Absichten in Konflikt gerieten, solange war es auch in Ordnung.
Max betrat die Baracke und warf sich auf sein Bett. »Verfluch-

ter Mist, ich konnte den Kerl eine ganze Stunde lang nicht finden. Dann entdeckte ich ihn schließlich unten im Gemüsepark. Himmel und Hölle, von dem vielen Piß, den man dort als Dünger verwendet, stinkt die ganze Hurengegend wie ein Puff in Harlem an einem heißen Sommertag.«

»Du bist genau das richtige Schwein, das in einem Puff in Harlem abladen würde.«

Peter Marlowe fuhr bei des King Knurren und dem harten und groben Klang in seiner Stimme bestürzt zusammen.

Max' Lächeln und Müdigkeit waren gleichermaßen plötzlich verschwunden. »Ach du liebes bißchen, ich habe es ja nicht böse gemeint. Es ist doch nur ein Sprichwort.«

»Warum hackst du dann auf Harlem herum? Wenn du sagen willst, daß es wie in einem Puff stinkt, in Ordnung. Puffs stinken alle gleich, da gibt es keinen Unterschied, nur weil es im einen weiße und im anderen schwarze Nutten gibt.« Der King war hart und bösartig, und die Muskeln in seinem Gesicht waren angespannt, es wirkte maskenhaft.

»Nimm's nicht tragisch. Es tut mir leid. Ich habe ja nichts weiter damit gemeint.«

Max hatte ganz vergessen, daß der King empfindlich war, wenn abfällig über Neger gesprochen wurde. Meine Güte, wenn man in New York lebte, dann kriegte man eben Harlem mit, gleich, was man davon hielt. Und in Harlem gab es eben Puffs, und ein Stück farbiger Arsch tut ab und zu verflucht gut. Aber nichtsdestoweniger, dachte er erbittert, will ich doch verdammt sein, wenn ich kapiere, warum er so empfindlich ist, wenn es um Nigger geht.

»Ich habe es wirklich nicht bös gemeint«, entschuldigte Max sich nochmals und mühte sich krampfhaft, seine Blicke von dem Essen fernzuhalten. Er hatte es schon den ganzen Weg zur Baracke hinauf gerochen. »Ich habe ihn schließlich gefunden und ihm erzählt, was du mir aufgetragen hast.«

»Und?«

»Eeh, hm, er hat mir etwas für dich mitgegeben«, druckste Max und blickte dabei Peter Marlowe an.

»Nun gib es um Himmels willen schon her.«
Max wartete geduldig, während der King sich die Uhr scharf ansah, sie aufzog und dicht ans Ohr hielt.
»Was willst du, Max?«
»Nichts. Hm, möchtest du, daß ich für dich aufwasche?«
»Ja, tu das, und dann verschwinde von hier, zum Teufel!«
»Natürlich.«
Max stellte das schmutzige Geschirr aufeinander, trug es unterwürfig hinaus und dachte bei sich, daß er es dem King, bei Gott, eines Tages schon noch heimzahlen würde. Peter Marlowe sagte nichts. Seltsam, dachte er. Seltsam und wild. Der King hat Temperament. Temperament ist wertvoll, meistens aber gefährlich. Wenn man einen Einsatz fliegt, dann ist es wichtig, den Wert seines Staffelkameraden genau zu kennen. Bei einem haarigen Einsatz, zu dem das Dorf vielleicht werden konnte, ist es immer klug, wenn man ganz sicher weiß, wer einem den Rücken deckt.
Der King schraubte vorsichtig die Rückseite der Uhr los. Es war ein wasserdichter Deckel aus nichtrostendem Stahl.
»Aha!« sagte der King. »Dachte ich mir's doch.«
»Was?«
»Es ist Tinnef. Sehen Sie.«
Peter Marlowe untersuchte die Uhr sorgfältig. »Mir scheint sie in Ordnung.«
»Sicher ist sie das. Aber sie ist nicht das, was sie angeblich sein soll. Nämlich eine Omega. Das Gehäuse ist echt, aber die Innereien sind falsch. Irgendein Schwein hat die Eingeweide ausgetauscht.«
Der King schraubte den Gehäusedeckel wieder auf und warf die Uhr dann abschätzend mehrmals in der Hand hoch. »Sehen Sie, Peter. Genau das, was ich Ihnen vorhin gesagt habe. Man muß vorsichtig sein. Sagen wir jetzt mal, ich verkaufe diese Uhr als eine Omega und weiß nicht, daß sie eine Fälschung ist, dann kann ich wirklich in die Patsche geraten. Aber wenn ich es weiß, kann ich mich selbst absichern. Man kann nie zu vorsichtig sein.«

Er lächelte. »Trinken wir noch eine Tasse Joe, ein Geschäft zeichnet sich am Horizont ab.«
Sein Lächeln verblaßte, als Max mit den gesäuberten Eßgeschirren zurückkehrte und sie wegräumte. Max sagte nichts, nickte nur devot und ging dann wieder hinaus.
»Hundesohn«, brummte der King.

Grey hatte sich noch nicht von dem Tag erholt, an dem Yoshima das Rundfunkgerät gefunden hatte. Als er den aufgerissenen Weg zur Verpflegungsbaracke hinaufging, grübelte er düster über die neuen Pflichten nach, die ihm vom Lagerkommandanten in Yoshimas Gegenwart zudiktiert und später von Oberst Smedly-Taylor im einzelnen festgelegt worden waren. Grey wußte, daß er zwar offiziell die neuen Befehle ausführen, in Wirklichkeit aber die Augen geschlossen halten und nichts tun sollte.
Heilige Mutter Gottes, dachte er, was ich auch tun werde, ich werde immer im Unrecht sein.
Grey spürte, wie sich in seinem Magen ein Krampf ankündigte. Er blieb stehen, als der Krampf in ihm wühlte, und wartete, bis er abgeklungen war. Es war nicht die Ruhr, sondern ein ganz gewöhnlicher Durchmarsch; und das leichte Fieber rührte nicht von der Malaria her, sondern war ein Anfall von Dengue, ein leichteres, aber heimtückischeres Fieber, das ganz nach Laune kam und ging. Der Hunger bohrte heftig in ihm. Er besaß keine Lebensmittelvorräte, keine eiserne Reserve und auch kein Geld, um sich etwas zu kaufen. Er mußte von den Lagerrationen ohne jede Extraportion leben, und die Rationen reichten einfach nicht.
Wenn ich hier herauskomme, dachte er, das schwöre ich bei Gott, dann werde ich nie wieder hungrig sein. Ich werde tausend Eier und eine Tonne Fleisch und Zucker und Kaffee und Tee und Fisch besitzen. Wir werden den ganzen Tag kochen, Trina und ich. Und wenn wir nicht gerade kochen oder essen, werden wir uns lieben. Lieben? Nein, einfach weh tun. Trina, diese Hure, mit ihrem ewigen »Ich bin zu müde« oder »Ich

habe Kopfschmerzen« oder »Um Himmels willen, schon wieder?« oder »Also gut, was bleibt mir anderes übrig, ich muß es wohl tun« oder »Wir können uns jetzt lieben, wenn du willst« oder »Kannst du mich nicht ein einziges Mal in Frieden lassen«, wo es doch gar nicht so häufig geschehen war und er sich die meiste Zeit zurückgehalten und gelitten hatte, oder ihr zorniges »Oh, also gut«, und dann wurde immer das Licht eingeschaltet, und sie sprang aus dem Bett und stürmte zum Badezimmer, um sich »fertigzumachen«, und er konnte die Herrlichkeit ihres Körpers nur durch das bloße Gewebe sehen, bis die Tür sich hinter ihr geschlossen hatte, und dann wartete er und wartete und wartete, bis endlich das Licht im Badezimmer knackend ausgeschaltet wurde und sie ins Zimmer zurückkehrte. Es dauerte immer eine Ewigkeit, bis sie von der Tür zum Bett herüberkam, und er sah nur noch ihre reine Schönheit unter der Seide und fühlte nur noch die Kälte in ihren Augen, während sie ihn beobachtete, und er konnte ihr nicht in die Augen sehen und haßte sich selbst dafür. Dann lag sie neben ihm, und bald war alles schweigend vorüber, und sie stand auf und ging zum Badezimmer und reinigte sich, als ob seine Liebe Schmutz wäre, und das Wasser lief, und wenn sie zurückkehrte, war sie frisch parfümiert, und er haßte sich von neuem und haderte mit sich selbst, daß er sie überhaupt genommen hatte, wo sie doch gar nicht genommen sein wollte. So war es immer gewesen. In den ganzen sechs Monaten ihres Ehelebens – einundzwanzig Urlaubstage waren sie zusammengewesen – hatten sie sich neunmal weh getan. Und niemals mehr hatte er sie berührt.

Er hatte sie eine Woche, nachdem er sie kennengelernt hatte, gebeten, seine Frau zu werden. Es hatte Schwierigkeiten und Vorwürfe gegeben. Ihre Mutter haßte ihn, weil er ihre einzige Tochter gerade dann für sich wollte, als ihre Karriere eben begonnen hatte und sie noch so jung war. Erst achtzehn. Seine Eltern hatten ihm geraten abzuwarten, der Krieg könnte ja bald zu Ende sein, und er besäße kein Geld, und, nun, sie wäre nicht gerade aus guter Familie, und er hatte sich daraufhin in seinem Zuhause umgesehen, einem müden Haus, das neben tausend anderen müden Häusern inmitten des Gewirrs von Straßenbahnlinien in Streatham stand, und er hatte gesehen, daß die Zimmer klein und daß die Geister seiner Eltern klein und daß sie von niedriger Klasse waren und daß ihre Liebe wirr wie die Linien der Straßenbahn war.

Einen Monat später waren sie verheiratet. Grey sah in seiner Uniform und mit dem Degen, den er auf eine Stunde gemietet hatte, richtig schneidig aus. Trinas Mutter kam nicht zu der farblosen Zeremonie, die in aller Hast zwischen zwei Fliegeralarmen vollzogen wurde. Seine Eltern trugen mißbilligende Masken, und ihre Küsse waren nichtssagend und oberflächlich, und Trina hatte sich in Tränen aufgelöst, und die Trauungsurkunde war von den Tränen naß gewesen.

In jener Nacht hatte Grey entdeckt, daß Trina nicht mehr Jungfrau war. Oh, sie hatte sich so benommen, als wäre sie es noch. Und viele Tage lang hatte sie gejammert, bitte, Liebling, ich bin so wund, sei geduldig. Aber sie war nicht mehr Jungfrau gewesen, und das hatte Grey weh getan, denn sie hatte ihm viele Male zu verstehen gegeben, sie wäre es noch. Aber er hatte getan, als wüßte er nicht, daß sie ihn betrogen hatte.

Das letzte Mal, daß er Trina gesehen hatte, war sechs Tage vor seiner Einschiffung nach Übersee gewesen. Sie waren in ihrer gemeinsamen Wohnung gewesen, und er hatte auf dem Bett gelegen und zugesehen, wie sie sich ankleidete.

»Weißt du, wohin du kommst?« hatte sie gefragt.

»Nein«, hatte Grey geantwortet. Der Tag war schlimm gewesen, und der Streit der vorangehenden Nacht war schlimm gewesen, und daß sie ihm fehlen würde und das Wissen, daß sein Urlaub heute zu Ende war, hatten schwer auf ihm gelastet.

Er war aufgestanden und hinter sie getreten und hatte von hinten zärtlich die Hände unter ihre Brüste gelegt, hatte deren straffe Formen umspannt und sie liebkost.

»Trina, könnten wir nicht . . .«

»Sei nicht albern. Du weißt doch, daß die Vorstellung um acht Uhr dreißig beginnt.«

»Es ist Zeit genug . . .«
»Um der Liebe Gottes willen, Robin, nicht. Du wirst mein Make-up vermasseln!«
»Zum Kuckuck mit deinem Make-up«, hatte er gebrüllt. »Morgen werde ich nicht mehr hier sein.«
»Vielleicht ist das ganz gut. Ich glaube nicht, daß du sehr nett oder sehr rücksichtsvoll bist.«
»Was erwartest du denn von mir, wie soll ich denn deiner Meinung nach sein? Ist es nicht erlaubt, daß es einen Ehemann nach seiner Frau verlangt?«
»Hör zu schreien auf. Mein Gott, die Nachbarn werden dich hören.«
»Laß sie doch, verdammt!« Er war auf sie zugegangen, aber sie hatte ihm die Badezimmertür vor der Nase zugeschlagen.
Als sie wieder ins Zimmer zurückgekommen war, hatte sie Kälte ausgestrahlt und geduftet. Sie hatte einen Büstenhalter, Höschen und Strümpfe getragen, die von einem winzigen Gürtel gehalten wurden. Vorsichtig hatte sie das Cocktailkleid aufgehoben und wollte hineinschlüpfen.
»Trina«, hatte er begonnen.
»Nein.«
Er hat auf sie hinabgeblickt, und seine Knie waren kraftlos gewesen. »Es tut mir leid, daß ich geschrien habe.«
»Es spielt keine Rolle.«
Er hatte sich gebückt, um sie auf die Schulter zu küssen, aber sie war ihm ausgewichen.
»Ich sehe schon, du hast wieder mal getrunken«, hatte sie gesagt und die Nase gerümpft.
Da war sein Zorn mit ihm durchgegangen. »Ich habe nur einen Schluck getrunken, verdammt, fahr zur Hölle«, hatte er geschrien, sie herumgerissen, ihr das Kleid heruntergerissen und ihr den Büstenhalter heruntergerissen und sie auf das Bett geschleudert. Und er hatte an ihren Kleidern gezerrt, bis sie außer den Fetzen ihrer Strümpfe, die sich um ihre Beine geschlungen hatten, nackt gewesen war. Die ganze Zeit über war sie still liegengeblieben und hatte zu ihm hinaufgestarrt.

»O Gott, Trina, ich liebe dich«, hatte er hilflos gejammert, war dann zurückgewichen und hatte sich selbst für das gehaßt, was er getan hatte und was er beinahe getan hätte.
Trina hatte die Fetzen ihrer Kleider aufgehoben. Wie im Traum hatte er beobachtet, wie sie zum Spiegel hinübergegangen war, sich davorgesetzt und sich darangemacht hatte, ihr Make-up herzurichten, und wie sie eine Melodie zu summen begonnen hatte, immer und immer wieder die gleiche Melodie.
Dann hatte er die Tür zugeschlagen und war zu seiner Einheit zurückgekehrt, und am nächsten Tag hatte er versucht, sie anzurufen. Er hatte sie nicht erreicht. Es war zu spät gewesen, um nach London zurückzukehren, obwohl er verzweifelt darum gefleht hatte. Seine Einheit war nach Greenock zur Einschiffung verlegt worden, und jeden Tag, jede Minute eines jeden Tages hatte er sie angerufen, aber keine Antwort bekommen, und auch auf seine wilden Telegramme war keine Antwort erfolgt, und dann war die Küste Schottlands von der Nacht verschlungen worden, und die Nacht hatte nur noch aus Schiff und Meer und er nur aus Tränen bestanden.
Grey schauderte unter der Sonne Malayas. Zehntausend Meilen entfernt. Es war nicht Trinas Schuld, dachte er und fühlte sich ganz schwach aus Ekel vor sich selbst. Nicht sie war schuld, ich war es. Ich war zu gierig. Vielleicht bin ich verrückt, vielleicht sollte ich zu einem Arzt gehen. Vielleicht bin ich geschlechtlich überspannt. An mir muß es liegen. Nicht an ihr. O Trina, meine Liebe.
»Ist mit Ihnen auch alles in Ordnung, Grey?« fragte Oberst Jones.
»Oh, jawohl, Sir, danke.« Grey kam zu sich und entdeckte, daß er kraftlos an der Verpflegungsbaracke lehnte. »Es war... war nur ein Fieberanfall.«
»Sie sehen nicht allzugut aus. Setzen Sie sich einen Augenblick.«
»Es geht mir schon wieder besser, danke schön! Ich will ..., ich will mir nur etwas Wasser holen.«
Grey ging zum Wasserhahn hinüber, zog sein Hemd aus und

hielt den Kopf unter den Wasserstrahl. Verfluchter Idiot, sich so gehenzulassen, dachte er bei sich. Aber so sehr er sich auch dagegen entschieden hatte, seine Gedanken kehrten unerbittlich zu Trina zurück. Heute nacht, heute nacht werde ich mich an sie denken lassen, versprach er sich. Heute nacht, und jede Nacht. Der Teufel hole das Lebenwollen ohne Essen. Ohne Hoffnung. Ich will sterben. Und wie sehr ich sterben möchte.

Dann sah er Peter Marlowe den Hügel heraufkommen. In der Hand hielt er ein amerikanisches Eßgeschirr, und er hielt es ganz vorsichtig. Warum?

»Marlowe!« Grey trat vor ihn hin.

»Verdammt, was wollen Sie?«

»Was ist da drin?«

»Essen.«

»Keine Schmuggelware?«

»Hören Sie auf, auf mir herumzuhacken, Grey.«

»Ich hacke nicht auf Ihnen herum. Man beurteilt einen Menschen nur nach seinen Freunden.«

»Bleiben Sie mir bloß von der Pelle.«

»Ich fürchte, das kann ich nicht, mein Lieber. Es ist meine Pflicht. Ich möchte bitte sehen, was Sie hier haben.«

Peter Marlowe zögerte. Grey war völlig im Recht, wenn er sich das Eßgeschirr ansehen wollte, und er hatte auch das Recht, ihn zu Oberst Smedly-Taylor zu bringen, wenn er sich danebenbenahm. Und in seiner Tasche steckten die zwanzig Chinintabletten. Niemand durfte private Vorräte an Medikamenten besitzen. Wenn man sie entdeckte, würde er Farbe bekennen müssen, von wem er sie bekommen hatte, und dann würde der King erzählen müssen, woher er sie bekommen hatte, und dabei brauchte Mac sie *jetzt*. Deshalb öffnete er das Eßgeschirr.

Das Gemisch aus Katchang Idju und gepökeltem Rindfleisch strömte für Greys Begriffe einen geradezu überirdischen Duft aus. Sein Magen drehte sich um, und er versuchte, sich seinen Hunger nicht anmerken zu lassen. Er hielt das Eßgeschirr vorsichtig schräg, so daß Grey den Boden sehen konnte. Es befand sich nichts anderes als das Essen darin. Köstlich.

»Woher haben Sie das?«
»Ich habe es geschenkt bekommen.«
»Hat er es Ihnen geschenkt?«
»Ja.«
»Wohin bringen Sie es?«
»Ins Lazarett.«
»Für wen?«
»Für einen der Amerikaner.«
»Seit wann macht ein Leutnant vom fliegenden Personal des DFC Botengänge für einen Korporal?«
»Gehen Sie zum Teufel!«
»Vielleicht werde ich das tun. Vorher werde ich aber dafür sorgen, daß Sie und er das bekommen, was Sie verdient haben.«
Ruhig Blut, sagte Peter Marlowe zu sich selbst. Ruhig Blut. Wenn du jetzt Grey eins vor den Latz knallst, steckst du wirklich im Schlamassel.
»Sind Sie fertig mit Ihren Fragen, Grey?«
»Für den Augenblick ja. Aber denken Sie daran ...« Grey trat einen Schritt näher, und der Geruch des Essens quälte ihn. »Sie und Ihr verdammter Schwindlerfreund stehen auf meiner Abschußliste. Ich habe die Geschichte mit dem Feuerzeug nicht vergessen.«
»Keine Ahnung, wovon Sie reden. Ich habe nicht gegen die Lagergesetze verstoßen.«
»Aber Sie werden es noch tun, Marlowe. Wenn Sie Ihre Seele verkaufen, dann müssen Sie irgendwann dafür bezahlen.«
»Sie sind wohl vom Affen gebissen!«
»Er ist ein Gauner, ein Lügner und ein Dieb ...«
»Er ist mein Freund, Grey. Er ist weder ein Gauner noch ein Dieb ...«
»Aber er ist ein Lügner.«
»Alle sind Lügner. Sogar Sie. Sie haben das Rundfunkgerät verleugnet. Man muß einfach ein Lügner sein, wenn man am Leben bleiben will. Man muß vieles tun ...«
»Wie etwa einem Korporal in den Arsch kriechen, um Essen zu bekommen?«

Die Ader auf Peter Marlowes Stirn schwoll wie eine dünne schwarze Schlange an. Aber seine Stimme war leise, und das Gift seiner Worte war honigsüß. »Ich sollte Sie eigentlich zusammenschlagen, Grey. Aber es zeugt von sehr schlechter Erziehung, wenn man sich mit den niederen Klassen rauft. Es ist unfair, wissen Sie.«
»Bei Gott, Marlowe . . .«, begann Grey, aber es hatte ihm einfach die Sprache verschlagen, unbändige Wildheit stieg in ihm auf und drohte ihn zu ersticken.
Peter Marlowe blickte Grey tief in die Augen und erkannte, daß er gesiegt hatte. Einen Augenblick genoß er das Bewußtsein, diesen Mann vernichtet zu haben, dann war sein Zorn verraucht, und er trat um Grey herum und ging den Hügel hinauf. Es war nicht nötig, eine Schlacht zu verlängern, wenn sie gewonnen war. Auch das hätte von schlechter Erziehung gezeugt.
Beim Allmächtigen, fluchte Grey geschlagen. Das sollst du mir büßen. Ich werde dich auf den Knien um Vergebung betteln lassen. Und ich werde dir nicht vergeben. Nie!

Mac nahm sechs Tabletten und zuckte zusammen, als Peter Marlowe ihn ein wenig stützte, damit er das Wasser besser trinken konnte, das ihm an die Lippen gehalten wurde. Er schluckte und ließ sich dann zurückfallen.
»Seien Sie gesegnet, Peter«, flüsterte er. »Jetzt komme ich über den Berg. Seien Sie gesegnet, Junge.« Er sank in Schlaf, sein Gesicht brannte, die Milz war zum Bersten gespannt, und in sein Hirn stürzten die Alpträume. Er sah seine Frau und seinen Sohn in den Tiefen des Meeres schweben, wie sie von Fischen gefressen wurden und zu ihm aus der Tiefe heraufschrien. Und er sah sich selbst dort unten, wie er an den Haien zerrte, aber seine Hände waren nicht stark genug und seine Stimme nicht laut genug, und die Haie rissen gewaltige Stücke aus dem Fleisch seines Körpers, und es gab immer noch mehr loszureißen. Die Haie hatten Stimmen, und ihr Gelächter war das Gelächter von Dämonen, die Engel aber standen tatenlos daneben

und redeten auf ihn ein, er sollte sich beeilen, beeile dich doch, Mac, beeile dich, sonst wirst du zu spät kommen. Dann gab es plötzlich keine Haie mehr, nur noch gelbe Männer mit Bajonetten und blitzenden Goldzähnen, die nadelspitz geschärft waren, und sie umringten seine Familie auf dem Grunde des Meeres. Ihre Bajonette waren riesengroß und scharf. Nein, nicht sie, nehmt mich! schrie er. Mich, tötet mich! Und er sah ohnmächtig zu, wie sie seine Frau umbrachten und seinen Sohn umbrachten und sich dann ihm zuwandten und wie die Engel zusahen und im Chor flüsterten: Beeile dich, Mac, beeile dich. Lauf. Lauf. Lauf weg, und du wirst sicher sein. Und er lief, obwohl er nicht laufen wollte, lief weg von seinem Sohn und von seiner Frau und dem von ihrem Blut erfüllten Meer, und er flüchtete durch das Blut und erstickte. Aber er lief trotzdem noch immer weiter, und sie jagten ihn, die Haie mit Schlitzaugen und goldenen Nadelzähnen, mit ihren Gewehren und Bajonetten, die Haie, die an seinem Fleisch rissen, bis er gestellt war. Er wehrte sich und flehte sie an, aber sie wollten nicht aufhören, und jetzt war er umzingelt, und Yoshima stieß ihm das Bajonett tief in die Eingeweide. Und der Schmerz war gewaltig. Jenseits allen Todesschmerzes. Yoshima riß das Bajonett aus ihm heraus, und er spürte, wie das Blut aus ihm herausschoß, aus dem gezackten Loch, aus allen Öffnungen seines Körpers, sogar aus den Poren seiner Haut, bis nur noch die Seele in der Hülle zurückblieb. Dann endlich löste seine Seele sich und vereinte sich mit dem Blut des Meeres. Eine gewaltige, ungeheure Erleichterung kam über ihn, unendlich, und er war froh, daß er tot war.

Mac öffnete die Augen. Seine Decken waren schweißgetränkt. Sein Fieber war verschwunden. Und er erkannte, daß er von neuem lebte.

Peter Marlowe saß noch immer an seinem Bett. Irgendwo hinter ihm stand die Nacht.

»Hallo, Junge.« Die Worte waren so leise, daß Peter Marlowe sich vorbeugen mußte, um sie zu verstehen.

»Geht es Ihnen besser, Mac?«

»Mir geht es gut, Junge. Das Fieber lohnt sich beinahe, wenn man sich danach so wohl fühlt. Ich werde jetzt schlafen. Bringen Sie mir morgen etwas zu essen.«

Mac schloß die Augen und schlief sofort ein. Peter Marlowe zog die Decken von ihm weg und trocknete die Hülle des Mannes ab.

»Wo kann ich trockene Decken bekommen, Steven?« fragte er, als er den Krankenpfleger erblickte, der durch den Raum hastete.

»Keine Ahnung, Sir«, antwortete Steven. Er hatte diesen jungen Mann schon viele Male gesehen und mochte ihn gut leiden. Vielleicht ..., aber nein. Lloyd würde schrecklich eifersüchtig sein. Ein anderes Mal. Es hat ja viel Zeit. »Vielleicht kann ich Ihnen helfen, Sir.«

Steven ging zum vierten Bett hinüber und nahm die Decke von dem Mann ab, zog dann geschickt die untere Decke weg und kehrte zurück. »Hier«, sagte er. »Nehmen Sie diese.«

»Und was ist mit ihm?«

»Oh«, machte Steven mit leisem Lächeln. »Er braucht sie nicht mehr. Das Leichenkommando muß jeden Augenblick kommen. Armer Kerl.«

»Oh!« Peter Marlowe blickte hinüber, um nachzusehen, wer es war, aber es war ein Gesicht, das er nicht kannte. »Danke«, sagte er und begann das Bett zu richten.

»Kommen Sie«, sagte Steven. »Lassen Sie das mich machen. Ich kann es viel besser als Sie.« Er war stolz darauf, wie er ein Bett machen konnte, ohne dem Patienten weh zu tun.

»Machen Sie sich jetzt keine Sorgen mehr um Ihren Freund«, tröstete er. »Ich werde dafür sorgen, daß es ihm gut geht.« Er packte Mac wie ein Kind ein. Er streichelte einen Augenblick Macs Kopf, zog dann ein Taschentuch heraus und wischte die Schweißreste von Macs Stirn. »In zwei Tagen wird es ihm wieder gut gehen. Wenn Sie etwas Essen übrig haben ...« Aber er unterbrach sich und blickte Peter Marlowe an, und Tränen sammelten sich in seinen Augen. »Wie dumm von mir. Aber machen Sie sich keine Sorgen, Steven wird etwas für ihn fin-

den. Machen Sie sich jetzt keine Sorgen. Sie können heute nacht nichts mehr für ihn tun. Gehen Sie jetzt und schlafen Sie gut. Gehen Sie, und seien Sie ein braver Junge.«
Wortlos ließ Peter Marlowe sich hinausgeleiten. Steven lächelte ihm Gute Nacht zu und ging wieder hinein. Aus der Dunkelheit beobachtete Peter Marlowe, wie Steven eine fiebrige Stirn glättete und eine fiebrige Hand hielt und die Nachtgeister wegzärtelte und die Nachtschreie glättete und die Decken richtete und einem Mann trinken half und einem Mann sich erbrechen half und die ganze Zeit ein Wiegenlied summte, zärtlich und süß. Dann trat Steven an Bett 4, blieb stehen und sah auf die Leiche hinab. Er streckte die Glieder und faltete die Hände, nahm dann seinen Arbeitskittel und bedeckte den Körper, und seine Berührung war eine Segnung. Stevens schlanker, glatter Leib und seine schlanken, glatten Beine schimmerten im Dämmerlicht. »Du armer Junge«, flüsterte er und blickte sich in dem Grabgewölbe um. »Arme Jungs. Oh, meine armen Jungs«, und er weinte für sie alle.
Peter Marlowe wandte sich ab in die Nacht, von Mitleid erfüllt und beschämt, daß Steven ihn einmal angewidert hatte.

## 12

Als Peter Marlowe sich der amerikanischen Baracke näherte, war er voll böser Vorahnungen. Es tat ihm leid, daß er so bereitwillig zugestimmt hatte, für den King zu dolmetschen, und gleichzeitig verdroß ihn die Tatsache, daß er es ungern tat. Du bist mir vielleicht ein feiner Freund, sagte er zu sich, nach allem, was er für dich getan hat.
Das Fallgefühl in seinem Magen verstärkte sich. Gerade so, wie wenn man zu einem Einsatz aufsteigt, dachte er. Nein, doch nicht ganz so. Es ist vielmehr das gleiche Gefühl, wie wenn einen der Schuldirektor zu sich bestellt hat. Das andere

Gefühl ist ebenso schmerzlich, aber gleichzeitig auch mit Freude gemischt. So wie jetzt das Dorf. Es läßt einem das Herz zum Höhenflug aufsteigen. Ein solches Risiko nur um der damit verbundenen Erregung willen einzugehen – oder in Wahrheit des Essens oder des Mädchens wegen, das einen dort vielleicht erwarten könnte.
Er fragte sich zum tausendsten Male, warum der King eigentlich dorthin ging und was er dort tat. Aber ihn danach zu fragen wäre unhöflich gewesen, und er wußte, daß er nur ein wenig Geduld haben mußte, um es herauszufinden. Das war ein anderer Grund, weshalb er Zuneigung für den King empfand. Ihm gefiel seine Art, nichts freiwillig von sich zu geben und die meisten Gedanken für sich zu behalten. Das ist die englische Art, sagte sich Peter Marlowe zufrieden. Man gibt immer nur ein klein wenig von sich, wenn man gerade in der Stimmung dazu ist. Was man ist, oder wer man ist, das ist jedermanns eigene Angelegenheit – so lange, bis man sich einem Freund mitteilen möchte. Und ein Freund fragt nie. Alles muß freiwillig gegeben werden oder überhaupt nicht.
Wie etwa das Dorf. Mein Gott, dachte er, das zeigt doch, wieviel er von dir halten muß, daß er sich dir gegenüber so aufschließt. Fragt da einfach ohne viel Umschweife: ›Wollen Sie mitkommen, wenn ich das nächste Mal gehe?‹
Peter Marlowe wußte, daß dieses Unternehmen etwas Verrücktes war. Es war verrückt, zu dem Dorf zu gehen. Aber vielleicht war es jetzt gar nicht mehr so verrückt. Jetzt gab es ja einen wirklichen Grund. Einen wichtigen Grund sogar. Er mußte versuchen, ein Ersatzteil zu bekommen, um das Rundfunkgerät reparieren zu können – oder gleich ein ganzes Rundfunkgerät zu organisieren. Jawohl, ein ganzes. Ja, das machte das Risiko lohnend.
Aber gleichzeitig wußte er, daß er auch ohne das mitgegangen wäre, weil er dazu aufgefordert worden war und weil es dort vielleicht Essen und weil es dort vielleicht ein Mädchen gab.
Er sah den King tief im Schatten einer Baracke mit einem anderen Schatten reden. Die Köpfe der beiden schwebten dicht

beieinander, und ihre Stimmen waren nicht zu hören. Sie waren so völlig in ihr Gespräch vertieft, daß Peter Marlowe sich entschied, am King vorbeizugehen, und er begann durch den Lichtstrahl hindurch die Treppe zur amerikanischen Baracke hinaufzusteigen.

»He, Peter«, rief der King laut.

Peter Marlowe blieb stehen.

»Ich komme gleich zu Ihnen, Peter.« Der King wandte sich wieder der anderen Gestalt zu. »Ich denke, Sie warten besser hier, Major. Sobald er kommt, werde ich Ihnen Nachricht geben.«

»Danke schön«, murmelte der kleine Mann, und seine Stimme klang verlegen.

»Nehmen Sie sich etwas Tabak«, sagte der King, und sein Angebot wurde gierig angenommen. Major Prouty wich tiefer in die Schatten zurück, verfolgte aber mit den Augen den King, als dieser über die offene Fläche hinweg auf seine eigene Baracke zuging.

»Ich habe Sie vermißt, Mensch«, begrüßte der King Peter Marlowe und stieß ihn scherzhaft in die Seite. »Wie geht es Mac?«

»Danke, es geht ihm gut.« Peter Marlowe wollte aus dem Lichtstrahl heraus. Verdammt, dachte er. Bin ich verlegen, weil ich vielleicht zusammen mit meinem Freund gesehen werden könnte? Das ist doch schändlich. Im höchsten Grade schändlich.

Aber er konnte nicht verhindern, daß er sich von des Majors Augen beobachtet fühlte, und er konnte auch nicht das Zurückschrecken unterdrücken, als der King sagte: »Kommen Sie mit. Es wird nicht mehr lange dauern, dann können wir uns an die Arbeit machen.«

Grey ging zu dem Versteck, um nachzusehen, ob dort vielleicht eine Nachricht für ihn in der Büchse hinterlegt worden war. Und das war auch tatsächlich der Fall. *Major Proutys Uhr. Heute nacht. Marlowe und er.*

Grey warf die Büchse ebenso unauffällig wieder in den Graben

zurück, wie er sie aufgehoben hatte. Dann reckte er sich, richtete sich auf und ging zur Baracke 16 zurück. Aber die ganze Zeit arbeitete sein Hirn mit der Schnelligkeit eines Computers.
Marlowe und der King. Die beiden werden im »Laden« hinter der amerikanischen Baracke stecken. Prouty. Welcher? Der Major? Derjenige bei der Artillerie? Oder der Aussie? Komm schon, Grey, sagte er gereizt bei sich, wo hast du dein Lochkartenhirn gelassen, auf das du doch so stolz bist? Jetzt habe ich ihn! Baracke 11! Kleiner Mann! Bei den Pionieren! Aussie! Steht er mit Larkin in Verbindung? Nein, meines Wissens nicht. Ein Aussie. Warum verkauft er dann nicht durch jenen Aussie-Schwarzhändler Tiny Timsen? Warum durch den King? Vielleicht ist das Geschäft zu groß, als daß Timsen es drehen könnte. Oder vielleicht ist es gestohlene Ware – das ist eher wahrscheinlich, denn in einem solchen Falle würde Prouty sich wohl kaum der regelmäßigen Aussie-Kanäle bedienen. Danach also sieht es eher aus.
Grey warf einen Blick auf seine Uhr. Er tat es rein instinktiv, obwohl er doch schon seit drei Jahren keine Uhr mehr besaß und obwohl er auch gar keine Uhr brauchte, um sich von ihr die Zeit sagen oder die Stunden der Nacht messen zu lassen. Wie alle in Changi wußte er die Zeit, so viel Zeit, wie zu wissen nötig war. Es ist noch zu früh, dachte er. Es dauert noch eine ganze Weile, bis die Wachen abgelöst werden. Und wenn sie abgelöst werden, dann würde er von seiner Baracke aus den abgelösten Posten schon von weitem die Straße hinauf durch das Lager und an seiner Baracke vorbei auf das Wachhaus zustapfen sehen. Den neuen Posten würde er im Auge behalten müssen. Wer es wohl sein würde? Was liegt schon daran? Ich werde es noch früh genug erfahren. Es ist sicherer, wenn ich bis dahin abwarte und beobachte und erst dann zuschlage. Vorsichtig, versteht sich. Er würde sie einfach höflich unterbrechen. Und dann würde er den Posten beim King und bei Marlowe sehen. Besser noch war es, wenn er sie dabei beobachtete, wie das Geld den Besitzer wechselte oder wie der King Prouty

das Geld überreichte. Dann würde er Oberst Smedly-Taylor melden: »Vergangene Nacht war ich Zeuge eines Geldhandels«, oder vielleicht noch besser: »Ich habe den amerikanischen Korporal und Leutnant Marlowe, fliegendes Personal, DFC, Baracke 16, zusammen mit einem koreanischen Posten gesehen. Ich habe Grund zu der Annahme, daß Major Prouty von den Pionieren darin verwickelt war und die Uhr zum Verkauf geliefert hat.« Das würde reichen für den großen Knall. Die Vorschriften, dachte er glücklich, sie waren ja so klar und eindeutig: Keine Verkäufe an Wachen. Auf frischer Tat ertappt. Und dann würde es ein Kriegsgericht geben.
Zuerst würde es ein Kriegsgericht geben. Und dann mein Gefängnis, mein kleines Gefängnis. Ohne jede Sonderration und ohne Katchang Idju und gepökeltes Rindfleisch. Ohne alles. Nur im Käfig eingesperrt, eingesperrt wie die Ratten, die ihr seid. Und dann würden sie freigelassen werden und würden voll Zorn und Haß sein. Und zornige Männer machen Fehler. Und beim nächsten Mal würde vielleicht Yoshima auf sie warten. Oder sollte man die Japsen ihre Arbeit selbst tun lassen, wäre es gar nicht richtig, ihnen zu helfen? Vielleicht wäre es aber in diesem Fall angebracht? Doch nein. Vielleicht nur einen leichten Rippenstoß?
Dir werde ich es noch heimzahlen, verfluchter Peter Marlowe. Vielleicht früher, als ich gehofft hatte. Und meine Rache an dir und an jenem Gauner wird mir ein Fressen sein.

Der King warf einen Blick auf seine Uhr. Vier nach neun. Jeden Augenblick mußte er jetzt kommen. Eines mußte man den Japsen lassen. Man wußte stets auf den Augenblick genau, was sie gerade taten, denn wenn ein Fahrplan aufgestellt worden war, dann war er aufgestellt.
Dann hörte er die Schritte. Torusumi bog um die Barackenecke und duckte sich schnell unter den Schutz des Vorhangs. Der King erhob sich, ihn zu begrüßen. Peter Marlowe, der ebenfalls unter dem Vorhang gewartet hatte, stand widerwillig auf und haßte sich selbst dafür.

Torusumi war eine Gestalt, die unter den Wachen hervorragte. Sehr gut bekannt. Gefährlich und unberechenbar. Er hatte ein Gesicht, während die meisten gesichtslos waren. Er war schon seit einem Jahr oder vielleicht sogar noch länger beim Lager. Er liebte es, die Kriegsgefangenen hart arbeiten und sie in der Sonne stehen zu lassen und sie anzubrüllen und sie zu treten, wenn ihn die Laune dazu überkam.

»Tabe«, grüßte der King grinsend. »Du gerne rauchen?« Er bot etwas rohen Javatabak an.

Torusumi zeigte seine Goldzähne, reichte Peter Marlowe sein Gewehr und setzte sich. Er zog eine Packung Kooa heraus und hielt sie dem King hin, der sich eine nahm. Dann sah der Koreaner Peter Marlowe an.

»Ichi-bon Freund«, erklärte der King.

Torusumi knurrte, zeigte die Zähne, saugte den Atem ein und bot eine Zigarette an. Peter Marlowe zögerte.

»Nehmen Sie schon, Peter«, forderte der King ihn auf.

Peter Marlowe gehorchte, und der Posten setzte sich an den kleinen Tisch.

»Sagen Sie ihm«, wandte der King sich an Peter Marlowe, »er sei willkommen.«

»Mein Freund sagt, Ihr seid willkommen und er freut sich, Euch hier zu sehen.«

»Ich danke Euch. Hat mein ehrenwerter Freund etwas für mich?«

»Er fragt, ob Sie etwas für ihn haben?«

»Sagen Sie ihm genau das, was ich Ihnen jetzt sage, Peter. Übersetzen Sie genau.«

»Ich werde es in die blumenreiche Sprache der Eingeborenen kleiden müssen. Man kann nicht genau übersetzen.«

»Schon gut; aber sorgen Sie dafür, daß es auch richtig ist – und lassen Sie sich Zeit.«

Der King reichte die Uhr hinüber. Peter Marlowe bemerkte voll Überraschung, daß sie wie neu aussah, frisch poliert war, ein neues Kunststoffzifferblatt bekommen hatte und in einem netten kleinen Lederetui steckte.

»Sagen Sie ihm folgendes: ein Kerl, den ich kenne, möchte sie gerne verkaufen. Aber sie ist teuer und vielleicht nicht gerade das, was er möchte.«

Selbst Peter Marlowe bemerkte das Glitzern der Habgier in des Koreaners Augen, als er die Uhr aus dem Etui zog, sie ans Ohr hielt, beiläufig knurrte und sie dann auf den Tisch zurücklegte.

Peter Marlowe übersetzte des Koreaners Erwiderung: »Habt Ihr etwas anderes? Ich bedauere, daß Omegas zur Zeit in Singapur nicht viel einbringen.«

»Euer Malaiisch ist außergewöhnlich gut, Sir«, setzte Torusumi zu Peter Marlowe gewandt hinzu und saugte die Luft durch die Zähne ein.

»Ich danke Euch«, entgegnete Peter Marlowe widerwillig.

»Was hat er gesagt, Peter?«

»Er hat erklärt, ich spreche gut Malaiisch. Das ist alles.«

»Oh! Nun, sagen Sie ihm, es tue mir leid, aber das wäre alles, was ich ihm anzubieten habe.«

Der King wartete, bis es übersetzt worden war, lächelte dann und zuckte die Achseln, nahm die Uhr an sich, steckte sie wieder in das Etui, schob sie in die Tasche zurück und stand auf. »Salamat!« grüßte er.

Torusumi zeigte wieder die Zähne und bedeutete dann dem King, er solle sich setzen. »Es ist nicht etwa so, daß ich die Uhr möchte«, versicherte er dem King, »aber weil Ihr ein Freund seid und weil Ihr Euch viel Mühe gegeben habt, müßte ich mich wohl erkundigen, was der Mann, dem diese unbedeutende Uhr gehört, dafür haben möchte.«

»Dreitausend Dollar«, antwortete der King. »Es tut mir leid, daß ihr Preis zu hoch angesetzt worden ist.«

»Ihr Preis ist wahrlich zu hoch angesetzt. Der Eigentümer trägt Krankheit im Kopfe. Ich bin ein armer Mann, nur ein Posten. Aber weil wir bereits in der Vergangenheit Geschäfte gemacht haben, und um Euch einen Gefallen zu tun, will ich dennoch dreihundert Dollar bieten.«

»Es tut mir leid. Ich wage es nicht. Ich habe gehört, daß es andere Käufer gibt, die durch andere Mittelsmänner einen vernünftigeren Preis bezahlen würden. Ich gebe zu, daß Ihr ein armer Mann seid und für eine solch unbedeutende Uhr kein Geld bieten solltet. Natürlich sind Omegas nicht viel Geld wert, aber aus Ehrerbietung für den Eigentümer werdet Ihr doch verstehen, daß es für ihn eine Beleidigung wäre, ihm einen Preis anzubieten, der unter dem liegt, was eine zweitklassige Uhr wert ist.«

»Das ist wahr. Vielleicht sollte ich den Preis etwas erhöhen, denn selbst ein armer Mann besitzt Ehre, und es wäre gewiß ehrenhaft zu versuchen, die Leiden eines Menschen in diesen schwierigen Zeiten zu lindern. Vierhundert.«

»Ich danke für Euer Mitgefühl mit meinem Bekannten. Aber die Uhr ist schließlich eine Omega – und da ja der Preis der Omegas schon früher von seinem hohen Stand gefallen ist, gibt es doch offenbar einen ganz bestimmten Grund, weshalb Ihr dieses Geschäft nicht mit mir machen wollt. Ein Mann von Ehre ist immer ehrbar ...«

»Ich bin ein Mann von Ehre. Ich hatte nicht das Verlangen, Euren Ruf und den Ruf Eures Bekannten, dem die Uhr gehört, in Zweifel zu ziehen. Vielleicht sollte ich doch meinen Ruf aufs Spiel setzen und einmal versuchen, ob ich die elenden chinesischen Händler, mit denen ich zu verhandeln habe, nicht dazu bewegen kann, einmal in ihrem elenden Leben einen anständigen Preis zu zahlen. Ich bin sicher, Ihr werdet mir recht geben, daß fünfhundert das äußerste ist, was ein anständiger und ehrenwerter Mann für eine Omega zahlen kann, und das galt auch schon, ehe deren Preis fiel.«

»Ihr habt recht, mein Freund. Aber mir kommt ein Gedanke. Vielleicht sind die Preise von Omegas gar nicht von ihrem Ichibon-Stand gefallen. Vielleicht nutzen die elenden Chinesen irrtümlicherweise einen armen Mann von Ehre aus. Erst vergangene Woche noch ist einer Eurer koreanischen Freunde zu mir gekommen und hat eine solche Uhr gekauft und dafür dreitausend Dollar bezahlt. Ich habe sie Euch nur aus langer Freundschaft und des Vertrauens wegen angeboten, das zwischen langjährigen Geschäftsfreunden herrschen sollte.«

»Erzählt Ihr mir auch die Wahrheit?« Torusumi spuckte heftig auf den Boden, und Peter Marlowe machte sich auf den Schlag gefaßt, der schon früher auf solche Ausbrüche gefolgt war.
Der King saß ungerührt da. Mein Gott, dachte Peter Marlowe, er hat Nerven aus Stahl. Der King zog einige Fäden Tabak heraus und begann sich eine Zigarette zu drehen. Als Torusumi es bemerkte, hörte er zu toben auf, bot die Packung Kooa an und beruhigte sich.
»Ich bin erstaunt, daß die elenden chinesischen Händler, für die ich mein Leben riskiere, so verdorben sind. Ich bin entsetzt über das, was Ihr, mein Freund, mir erzählt habt. Viel schlimmer noch, ich bin zutiefst erschrocken. Wenn man daran denkt, daß sie mein Vertrauen mißbraucht haben. Ein Jahr lang habe ich mit dem gleichen Mann gehandelt. Und wenn ich nun daran denke, daß er mich so lange Zeit betrogen hat. Ich glaube, ich werde ihn umbringen.«
»Viel besser noch ist es«, sagte der King, »ihn zu überlisten.«
»Wie? Ich bitte meinen Freund, er möge mir sagen wie.«
»Überhäuft ihn mit Flüchen. Erklärt ihm, Ihr habt Nachrichten erhalten, mit denen Ihr beweisen könnt, daß er ein Betrüger ist. Sagt ihm, er solle Euch in Zukunft einen anständigen Preis zahlen – einen anständigen Preis und dazu noch zwanzig Prozent, damit Ihr für all seine vergangenen Irrtümer entschädigt werdet –, denn sonst könnte Euch vielleicht der Gedanke kommen, verschiedenes in das Ohr der Obrigkeit zu flüstern. Dann würde man ihn und seine Frau und seine Kinder wegholen und sie alle zu Eurer Genugtuung mißbrauchen.«
»Euer Rat ist großartig. Der Gedanke meines Freundes macht mich glücklich. Dieses Gedankens und der Freundschaft wegen, die ich für Euch empfinde, will ich Euch eintausendfünfhundert Dollar bieten. Es ist das gesamte Geld, das ich auf dieser Welt besitze, und dazu noch etwas Geld, das mir von meinem Freund anvertraut wurde, der sich bei den kranken Frauen in dem Stinkhaus befindet, das Krankenhaus genannt wird, und der nicht selbst arbeiten kann.«
Der King bückte sich und schlug klatschend auf die Moskito-

trauben auf seinen Knöcheln. Das läßt sich schon eher hören, alter Junge, dachte er. Wollen doch mal sehen. Zwanzig wäre zu hoch, achtzehn gut, fünfzehn nicht schlecht.

»Der King bittet Euch zu warten«, übersetzte Peter Marlowe. »Er muß sich mit dem elenden Mann beraten, der Euch eine zu teuer angesetzte Ware verkaufen möchte.«

Der King kletterte durch das Fenster, ging die ganze Baracke hinab und sah sich prüfend um. Max war auf seinem Posten. Dino stand unten auf der einen Seite des Weges, Byron Jones III auf der anderen.

Er entdeckte Major Prouty, der im Schatten der den Amerikanern benachbarten Baracke vor Besorgnis schwitzte.

»Großer Gott, es tut mir ja so leid, Sir«, wisperte der King unglücklich. »Der Kerl ist überhaupt nicht scharf darauf.«

Proutys Besorgnis verstärkte sich. Er mußte verkaufen. O Gott, dachte er. Was habe ich doch für Pech. Ich muß irgendwie zu etwas Geld kommen.

»Möchte er überhaupt nichts bieten?«

»Das beste, was ich erreichen konnte, waren vierhundert.«

»Vierhundert! Nun, es wissen doch alle, daß eine Omega mindestens zweitausend wert ist.«

»Ich fürchte, das ist ein Märchen, Sir. Ja, hm, er scheint zu argwöhnen, daß es keine echte Omega ist.«

»Der Kerl ist verrückt. Natürlich ist es eine echte Omega.«

»Tut mir leid, Sir«, erwiderte der King und gab sich leicht steif. »Ich berichte ja nur . . .«

»Entschuldigen Sie, Korporal. Ich wollte Sie ja nicht beleidigen. Diese gelben Bastarde sind doch alle gleich.« Was tue ich jetzt? fragte Prouty sich. Wenn ich sie nicht durch den King verkaufe, werden wir sie überhaupt nicht los. Und die Einheit braucht das Geld, und unsere ganze Arbeit ist dann umsonst gewesen. Was tue ich bloß?

Prouty dachte einen Augenblick nach und sagte dann: »Versuchen Sie, was Sie erzielen können, Korporal. Weniger als eintausendzweihundert könnte ich nicht annehmen. Ich könnte es einfach nicht.«

»Nun, Sir, ich glaube nicht, daß ich viel tun kann, aber ich werde es versuchen.«

»Seien Sie so nett. Ich verlasse mich ganz auf Sie. Ich würde sie ja nicht so billig hergeben, aber nun, die Lebensmittel sind so knapp. Sie wissen ja selbst, wie es ist.«

»Jawohl, Sir«, antwortete der King höflich. »Ich werde es versuchen, aber ich fürchte, ich kann ihn nicht viel höher treiben. Er erklärt, die Chinesen kaufen heute nicht mehr so wie früher. Aber ich werde tun, was ich kann.«

Grey hatte Torusumi durch das Lager gehen sehen, und er wußte, daß die Zeit bald reif sein würde. Lange genug hatte er gewartet, und jetzt war es an der Zeit. Er stand auf, verließ die Baracke, rückte seine Armbinde zurecht und setzte die Mütze gerade. Es war nicht nötig, daß es noch andere Zeugen gab. Sein Wort genügte. Deshalb ging er allein.

Das Herz pochte ihm freudig. Das tat es immer, wenn er sich auf eine Festnahme vorbereitete. Er ging zwischen den Barakkenreihen hindurch, stieg die Treppe hinab und trat auf die Hauptstraße. Damit entschied er sich für den langen Weg ganz außen herum. Er wählte ihn absichtlich, denn er wußte, daß der King Wachen auszustellen pflegte, wenn er Geschäfte abzuwickeln gedachte, aber er kannte die Standorte dieser Wachen. Und er wußte auch, daß es einen Weg durch dieses menschliche Minenfeld hindurch gab.

»Grey!«

Er blickte hinüber. Oberst Samson kam zu ihm herüber.

»Jawohl, Sir?«

»Ach, Grey, nett, daß ich Sie treffe. Wie stehen die Dinge?«

»Gut, Sir, danke«, erwiderte er und war überrascht, auf solch freundliche Weise begrüßt zu werden. Es drängte ihn zwar, möglichst schnell wegzukommen, aber dennoch war er nicht wenig erfreut.

Oberst Samson nahm in Greys Zukunftsbild einen besonderen Platz ein. Samson war ein hohes Tier, aber wirklich ein hohes Tier. Kriegsministerium. Und er besaß sehr gute Verbindungen. Ein Mann wie er würde mehr als nützlich sein. Später. Samson war beim Generalstab Fernost gewesen und hatte dort irgendeinen recht vagen, aber sehr wichtigen Posten gehabt – Verbindungsoffizier oder etwas Ähnliches. Er kannte alle Generale und erzählte davon, wie er sie gesellschaftlich unterhielt – draußen auf seinem »Landsitz« in Dorset, und daß die Edelleute zu ihm zur Jagd kamen und daß er Gartengesellschaften und Jagdbälle veranstaltete. Einen Mann wie Samson konnte man vielleicht in die Waagschale werfen und damit Greys mangelnde Eintragungen in der Personalakte ausgleichen. Und seine Klasse.

»Ich wollte mich mit Ihnen unterhalten, Grey«, begann Samson. »Ich habe einen Gedanken, und Sie werden ihn vielleicht für wert befinden, daran zu arbeiten. Sie wissen ja, daß ich die offizielle Geschichte des Feldzugs zusammentrage. Natürlich«, setzte er humorvoll hinzu, »ist es noch nicht *die* offizielle, aber wer weiß, vielleicht wird sie es einmal sein. Wissen Sie, General Sonny Wilkinson ist oberster Historiker im Kriegsministerium, und ich bin sicher, daß Sonny an einer Augenzeugenversion interessiert ist. Ich fragte mich nur, ob es Sie interessieren würde, für mich einige Fakten nachzuprüfen. Über Ihr Regiment?«

Sehr gerne, dachte Grey. Sehr gerne! Ich würde alles dafür geben. Aber nicht jetzt.

»Ich würde es gerne tun, Sir. Es ehrt mich, daß Sie glauben, es lohne sich, meine Ansichten anzuhören. Würde Ihnen morgen passen? Nach dem Frühstück?«

»Oh«, machte Samson enttäuscht, »ich hatte gehofft, wir könnten jetzt ein wenig reden. Nun, vielleicht ein andermal. Ich werde es Sie wissen lassen ...«

Und Grey fühlte instinktiv, daß es entweder jetzt oder nie geschehen mußte. Samson hatte zuvor noch nie viel zu ihm gesagt. Vielleicht, dachte er verzweifelt, vielleicht kann ich ihm genügend erzählen, daß er einen Anfang bekommt, und sie dann noch immer fangen. Der Abschluß eines Geschäftes dauerte manchmal Stunden. Das Risiko lohnte sich!

»Ich bin gerne mit jetzt einverstanden, wenn Sie es wünschen,

Sir. Aber nicht zu lange, wenn es Ihnen nichts ausmacht. Ich habe etwas Kopfschmerzen. Vielleicht ein paar Minuten, wenn es Ihnen recht ist.«

»Gut.« Oberst Samson war hocherfreut. Er nahm Grey am Arm und führte ihn zu seiner Baracke zurück. »Wissen Sie, Grey, Ihr Regiment war eines meiner Lieblingsregimenter. Es hat sich ausgezeichnet geschlagen. Sie wurden sogar einmal im Heeresbericht erwähnt, nicht wahr? Bei Kota Bharu?«

»Nein, Sir.« Bei Gott, aber ich hätte genannt werden sollen. »Es war keine Zeit vorhanden, Anträge auf Auszeichnungen einzureichen. Ich will damit nicht etwa sagen, daß ich mehr als irgendein anderer auf eine solche Auszeichnung Anspruch gehabt hätte.« Er meinte es ernst. Viele Männer hätten die Auszeichnung mit dem Viktoria-Kreuz verdient, und sie würden nie auch nur erwähnt werden. Jetzt nicht.

»Das kann man nie wissen, Grey«, erwiderte Samson. »Vielleicht können wir nach dem Kriege vieles ins Lot bringen.«

Er drückte Grey auf einen Sitz. »Erzählen Sie mir, wie die Schlachtlinien verliefen, als Sie hier in Singapur ankamen.«

»Ich bedauere, meinem Freund berichten zu müssen«, übersetzte Peter Marlowe für den King, »daß der elende Eigentümer dieser Uhr mich einfach ausgelacht hat. Er sagte, der allerniedrigste Preis, den er annehmen könne, wären zweitausendsechshundert Dollar. Ich schäme mich, es Euch überhaupt zu erzählen, aber da Ihr mein Freund seid, muß ich es Euch wohl berichten.«

Torusumi war offensichtlich bekümmert. Mit Hilfe von Peter Marlowe redeten sie über das Wetter und über die schlechte Verpflegung, und Torusumi zeigte ihnen ein zerknittertes und zerdrücktes Foto seiner Frau und seiner drei Kinder und erzählte ihnen ein wenig über sein Leben in seinem Dorf in der Nähe von Seoul und wie er sich dort den Lebensunterhalt als Bauer verdiente, obwohl er an einer Universität studiert hatte und sogar ein Diplom besaß, und er erzählte, wie sehr er den Krieg haßte. Er erzählte ihnen, wie sehr er selbst die Japaner

haßte, wie alle Koreaner ihre japanischen Herren haßten. Koreaner würden nicht einmal in die japanische Armee aufgenommen, sagte er. Sie sind nur Bürger zweiter Klasse und haben nirgendwo eine Stimme, und der niedrigste Japaner kann sie nach Lust und Laune herumstoßen.
Und so redeten sie weiter, bis Torusumi nach längerer Zeit endlich aufstand. Er nahm sein Gewehr von Peter Marlowe zurück, der es die ganze Zeit in den Händen gehalten hatte und von dem Gedanken besessen gewesen war, daß es geladen war und wie leicht es wäre, zu töten. Aber zu welchem Zweck? Und was dann?
»Ich möchte meinem Freund zum Abschluß noch etwas sagen, weil ich Euch in dieser von Gestank erfüllten Nacht nicht mit leeren Händen und ohne Gewinn sehen mag, und ich möchte Euch deshalb bitten, Euch mit dem habgierigen Eigentümer dieser elenden Uhr zu beraten. Zweitausendeinhundert!«
»Aber ich muß meinen Freund mit allem gebührenden Respekt daran erinnern, daß der elende Eigentümer ein Oberst und als solcher ein Mann ohne Humor ist, der gesagt hat, er würde nur sechsundzwanzig nehmen. Ich weiß, Ihr würdet nicht wünschen, daß er mich anspuckt.«
»Ihr habt recht. Aber voll Ehrerbietung möchte ich vorschlagen, daß Ihr ihm zumindest die Gelegenheit gebt, ein letztes Angebot zurückzuweisen, das in wahrer Freundschaft gemacht wird, wobei ich selbst keinen Gewinn erziele. Und vielleicht gebt Ihr ihm die günstige Gelegenheit, sein ungeschlachtes Benehmen wiedergutzumachen.«
»Ich werde es versuchen, weil Ihr mein Freund seid.«
Der King verließ Peter Marlowe und den Koreaner. Die Zeit verging. Sie warteten. Peter Marlowe hörte sich die Geschichte an, wie Torusumi in den Kriegsdienst gepreßt worden war und daß er keinen Gefallen am Krieg fand.
Dann kletterte der King aus dem Fenster zu ihnen herunter.
»Der Mann ist ein Schwein, eine Hure ohne Ehre. Er spuckte mich an und erklärte, er würde die Nachricht verbreiten, daß ich ein schlechter Geschäftsmann wäre, und er würde mich

eher ins Gefängnis bringen, bevor er weniger als vierundzwanzig annähme ...«
Torusumi tobte und drohte. Der King saß ruhig da und dachte, verflucht und zugenäht, jetzt habe ich ins falsche Loch gefaßt. Diesmal habe ich ihn zu hoch getrieben, und Peter Marlowe dachte, verflucht, es ist zum Kotzen, warum mußte ich mich bloß auf diese Geschichte einlassen.
»Zweiundzwanzig«, spuckte Torusumi.
Der King zuckte hilflos die Achseln. Geschlagen.
»Sagen Sie ihm, einverstanden«, knurrte er zu Peter Marlowe gewandt. »Er ist zu hart für mich. Sagen Sie ihm, ich müsse auf meine verfluchte Provision verzichten, um die Differenz auszugleichen. Der Bastard will keinen Pfennig weniger annehmen. Aber, verdammt, wo steckt denn mein Gewinn bei diesem Geschäft?«
»Ihr seid ein Mann aus Eisen«, übersetzte Peter Marlowe für den King. »Ich will dem elenden Eigentümer, dem Oberst, berichten, daß er den von ihm verlangten Preis bekommen kann, aber um das zu ermöglichen, muß ich auf meine Provision verzichten, um die Differenz zwischen dem von Euch gebotenen Preis und dem Preis auszugleichen, den der elende Kerl unbedingt fordert. Doch wo bleibt dann mein Gewinn bei diesem Geschäft? Geschäftemachen ist ehrbar, aber selbst unter Freunden sollte es auf beiden Seiten Gewinn geben.«
»Weil Ihr mein Freund seid, will ich noch hundert dazulegen. Dann ist Euer Gesicht gerettet, und das nächste Mal braucht Ihr nicht mehr Geschäfte von einem solch habgierigen, elenden Kunden anzunehmen.«
»Ich danke Euch. Ihr seid klüger als ich.«
Der King überreichte die Uhr in dem kleinen Etui und zählte das Geld von dem riesigen Packen neuer, falscher Banknoten. Zweitausendzweihundert lagen auf einem sauberen Stapel. Dann reichte Torusumi die zusätzlichen hundert hinüber. Lächelnd. Er hatte den King überlistet, dessen Ruf als glänzender Geschäftsmann unter den Wachen allgemein bekannt war. Die Omega konnte er leicht für fünftausend Dollar verkaufen.

Nun, mindestens aber für drei-fünf. Kein schlechter Gewinn für einen Wachdienst.
Torusumi ließ die angerissene Packung Kooa und eine zweite, noch volle Packung zum Ausgleich für das schlechte Geschäft zurück, das der King gemacht hatte. Schließlich, dachte er, liegt noch ein langer Krieg vor uns, und Geschäftemachen ist immer gut. Und wenn der Krieg nur kurz dauert – nun, der King würde so oder so ein nützlicher Verbündeter sein.
»Sie haben es sehr gut gemacht, Peter.«
»Ich dachte immer, er würde jeden Augenblick platzen.«
»Ich auch. Warten Sie, ich komme gleich zurück.«
Prouty stand noch immer im Schatten, als der King ihn entdeckte. Er gab ihm neunhundert Dollar – das war der Betrag, mit dem der zutiefst unglückliche Major sich widerwillig einverstanden erklärt hatte – und kassierte seine Provision von neunzig Dollar.
»Die Geschäfte werden jeden Tag schlechter«, klagte der King.
Ja, das werden sie, du Schweinehund, dachte Prouty bei sich. Trotzdem, acht-zehn ist gar nicht so schlecht für eine falsche Omega. Insgeheim kicherte er, daß er den King hereingelegt hatte.
»Ich bin schrecklich enttäuscht, Korporal. Es war das letzte, was mir gehörte.« Wollen mal sehen, dachte er glücklich. Einige Wochen werden wir wohl brauchen, dann haben wir wieder eine frisiert. Timsen, der Aussie, kann den Verkauf der nächsten übernehmen.
Plötzlich sah Prouty Grey herankommen. Er zog sich zurück in das Gewirr der Baracken, verschmolz mit den Schatten und verschwand in der Sicherheit. Der King schnellte durch ein Fenster in die amerikanische Baracke hinein, beteiligte sich an dem Pokerspiel und zischte Peter Marlowe zu: »Nehmen Sie um Himmels willen die Karten in die Hand.« Die beiden Männer, deren Plätze sie eingenommen hatten, verfolgten als Kiebitze ruhig das Spiel und beobachteten den King, wie er den Stapel Banknoten verteilte, bis nur noch ein kleines Häufchen vor jedem lag, und dann stand Grey plötzlich in der Tür.

Niemand schenkte ihm Beachtung, bis der King freundlich aufsah. »Guten Abend, Sir.«
»'n Abend.« Der Schweiß lief Grey über das Gesicht. »Das ist viel Geld.« Heilige Mutter Gottes, ich habe in meinem ganzen Leben noch nicht soviel Geld gesehen. Nicht soviel auf einem Haufen. Und was könnte ich nur mit einem Teil davon schon alles anfangen.
»Wir lieben das Glücksspiel, Sir.«
Grey wandte sich in die Nacht zurück. Gottverdammter Samson, der Teufel hole ihn!
Die Männer spielten einige Runden Karten, bis das Signal »Alles klar« ertönte. Dann fegte der King das Geld zusammen und gab jedem eine Zehndollarnote, und alle bedankten sich im Chor. Er gab Dino für jeden, der Schmiere gestanden hatte, zehn Dollar, nickte Peter zu, und gemeinsam kehrten sie in sein Barackenende zurück.
»Wir haben eine Tasse Kaffee verdient.« Der King war ein wenig müde. Es kostete Anstrengung, immer obenauf zu sein, und es war ermüdend. Er warf sich auf sein Bett, und Peter Marlowe braute den Kaffee.
»Ich habe das Gefühl, daß ich Ihnen nicht viel Glück gebracht habe«, meinte Peter Marlowe ruhig.
»Wie?«
»Der Verkauf hat nicht besonders gut geklappt, nicht wahr?«
Der King wieherte. »Genau nach Plan. Hier«, erwiderte er, blätterte einen Hunderter und eine Zehndollarnote hin und reichte sie Peter Marlowe. »Zwei Piepen kriege ich von Ihnen zurück.«
»Zwei Piepen?« Er sah das Geld an. »Wofür ist das?«
»Es ist Ihre Provision.«
»Für was?«
»Verdammt, Sie glauben doch nicht, ich würde Sie umsonst arbeiten lassen, oder? Für was halten Sie mich?«
»Ich habe doch schon gesagt, daß ich es gern getan habe. Nur weil ich gedolmetscht habe, habe ich noch lange keinen Anspruch auf etwas.«

»Sie sind verrückt. Einhundertacht Piepen – zehn Prozent. Es ist kein Almosen. Es gehört Ihnen. Sie haben es verdient.«
»Sie sind der Verrückte. Verdammt, wie kann ich bei einem Geschäft von zweitausendzweihundert Dollar einhundertacht Dollar verdienen? Das war doch der Gesamtpreis, und Gewinn hat es nicht gegeben. Ich nehme das Geld nicht an, das er Ihnen gegeben hat.«
»Brauchen Sie es nicht? Sie oder Mac oder Larkin?«
»Natürlich brauche ich es. Aber es ist nicht fair. Und ich kapiere nicht, wieso gerade einhundertacht Dollar.«
»Peter, ich weiß nicht, wie Sie es bis jetzt geschafft haben, auf dieser Welt am Leben zu bleiben. Hören Sie mal zu, ich will es Ihnen leicht verständlich machen. Ich habe bei dem Geschäft zehnhundertachtzig Piepen verdient. Zehn Prozent macht einhundertacht. Einhundertzehn weniger zwei sind einhundertacht. Ich habe Ihnen einhundertzehn gegeben. Sie schulden mir also zwei Piepen.«
»Verflucht, wie haben Sie soviel verdienen können, wenn ...«
»Ich will es Ihnen erklären. Regel Nummer Eins beim Geschäft: Man kauft billig ein und verkauft so teuer wie möglich. Nehmen wir zum Beispiel heute abend.« Der King erklärte glücklich, wie er Prouty überlistet hatte. Als er geendet hatte, schwieg Peter Marlowe lange. Dann sagte er: »Mir scheint – nun, mir scheint das unehrlich.«
»Daran ist nichts Unehrliches, Peter. Jedes Geschäft beruht auf dem Grundsatz, daß man teurer verkauft als man einkauft – sonst setzt man zu.«
»Ja. Aber ist Ihre – Ihre Gewinnspanne nicht ein wenig hoch?«
»Verdammt, nein. Wir wußten alle, daß es nur eine Fälschung war. Außer Torusumi. Es macht Ihnen doch nichts aus, wenn wir ihn übers Ohr hauen? Er wird sie sowieso leicht mit Gewinn wieder einem Chinesen andrehen.«
»Das glaube ich nicht.«
»Schön. Nehmen Sie Prouty. Er hat eine Fälschung verkauft. Vielleicht hatte er die Uhr gestohlen. Verdammt, ich weiß es

nicht. Aber er hat einen schlechten Preis dafür bekommen, weil er kein guter Händler war. Hätte er den Schneid gehabt, die Uhr zurückzunehmen und wegzugehen, dann hätte ich ihn zurückgehalten und wäre mit dem Preis höher gegangen. Er hätte mich ausspielen können. Gegen einen anderen. Er schert sich einen Dreck um mich, wenn ich der Uhr wegen in Teufels Küche gerate. Ein Teil meines Geschäftes besteht darin, daß ich meine Kunden immer decke – Prouty ist also völlig sicher, und er weiß es auch –, während ich in die Patsche geraten kann.«

»Was werden Sie tun, wenn Torusumi die Fälschung entdeckt und zurückkommt?«

»Er wird zurückkommen«, grinste der King plötzlich, und es war eine Freude, die Wärme seines Grinsens zu sehen, »aber nicht, um zu schreien. Verdammt, wenn er das täte, würde er das Gesicht verlieren. Er würde nie wagen einzugestehen, daß ich ihn bei einem Geschäft übers Ohr gehauen habe. Seine Kameraden würden ihn zu Tode verspotten, wenn ich die Geschichte verbreiten würde. Er wird zurückkommen, jawohl, aber nur, um zu versuchen, mich das nächste Mal hereinzulegen.«

Er zündete eine Zigarette an und gab auch Peter Marlowe eine.

»Deshalb«, fuhr er vergnügt fort, »hat Prouty neunhundert weniger meine zehn Prozent Provision gekriegt. Wenig, aber nicht unfair, und vergessen Sie nicht, daß Sie und ich alle Risiken auf uns genommen haben. Und jetzt zu unseren Kosten. Hundert Piepen mußte ich zahlen, um die Uhr poliert und gereinigt und ein neues Glas dafür zu bekommen. Zwanzig für Max, der von dem in Aussicht stehenden Geschäft Wind bekommen hatte, zehn je Nase für die vier Wachen und weitere sechzig für die Jungs, die uns mit ihrem Spiel ein Alibi verschafft. Das sind insgesamt elf-zwanzig. Elf-zwanzig von zweiundzwanzig macht glatte eintausendundachtzig Piepen. Zehn Prozent davon sind einhundertacht. Einfach.«

Peter Marlowe schüttelte den Kopf. So viele Zahlen und soviel Geld und soviel Erregung. Im einen Augenblick redeten sie mit

einem Koreaner, und im nächsten wurden ihm hundertzehn – hundertacht – Dollar einfach so hingeblättert. Heiliger Bimbam, dachte er frohlockend. Das sind mehr als zwanzig Kokosnüsse oder eine Menge Eier. Mac! Jetzt können wir ihm etwas zu essen geben. Eier, Eier sind das richtige!
Plötzlich hörte er seinen Vater reden, hörte ihn so deutlich, als stünde er neben ihm. Und er konnte ihn sehen, aufrecht und untersetzt, in seiner Uniform der Königlichen Kriegsmarine.
»Hör zu, mein Junge, es gibt so etwas wie Ehre. Wenn du mit jemand verkehrst, sag ihm die Wahrheit, und dann muß er notwendigerweise dir die Wahrheit sagen, sonst besitzt er keine Ehre. Schütze deinen Nächsten so, wie du erwartest, von ihm geschützt zu werden. Und wenn jemand ohne Ehre ist, dann verkehre nicht mit ihm, denn er wird dich verderben. Denke daran, es gibt ehrenwerte Menschen und schmutzige Menschen. Es gibt ehrliches Geld und schmutziges Geld.«
»Aber es ist kein schmutziges Geld«, hörte er sich antworten. »So wie der King es eben erklärt hat, ist es nicht schmutzig. Man hat ihn für einen Dummkopf gehalten. Er war klüger als die anderen.«
»Stimmt. Aber es ist unehrlich, das Eigentum eines andern zu verkaufen und ihm einen Preis zu nennen, der um soviel niedriger als der wirkliche Preis ist.«
»Ja, aber ...«
»Es gibt kein Aber, mein Junge. Es ist richtig, es gibt bestimmte Stufen der Ehre – aber man kann nur einen Ehrenkodex haben. Tu, was du willst. Du mußt wählen. Manche Dinge muß jeder Mensch für sich allein entscheiden. Gelegentlich muß man sich an seine Umwelt anpassen. Aber achte um Gottes willen auf dich und dein Gewissen – niemand anders wird es tun – und wisse, daß eine falsche Entscheidung zur rechten Zeit dich weit sicherer vernichten kann als jede Kugel!«
Peter Marlowe wog das Geld in der Hand und brütete darüber, was er damit anfangen konnte, was er, Mac und Larkin damit anfangen konnten. Er erwog das Für und Wider, und die Waage neigte sich schwer nach einer Seite. Das Geld gehörte von

Rechts wegen Prouty und dessen Einheit. Vielleicht war es das letzte, was ihnen gehörte. Vielleicht würden Prouty und dessen Einheit, von denen er keinen kannte, des gestohlenen Geldes wegen sogar sterben. Alles seiner Habgier wegen. Dagegen stand Mac. Er war jetzt in Not. Und Larkin ebenso. Und ich. Auch ich, mich nicht zu vergessen. Er erinnerte sich an die Worte des King: »Es ist nicht nötig, ein Almosen anzunehmen«, und er hatte Almosen angenommen. Viele Almosen.

»Was soll ich tun, lieber Gott, was soll ich tun?« Aber Gott antwortete nicht.

»Danke. Danke für das Geld«, sagte Peter Marlowe. Er steckte es weg. Und alles an ihm fühlte deutlich das Brennen.

»Nichts zu danken. Sie haben es sich verdient. Es gehört Ihnen. Sie haben dafür gearbeitet. Ich habe Ihnen nichts geschenkt.«

Der King frohlockte, und seine Freude erstickte Peter Marlowes Ekel vor sich selbst. »Kommen Sie schon«, sagte er. »Wir müssen unser erstes gemeinsames Geschäft feiern. Mit meinem Hirn und Ihrem Malaiisch werden wir noch ein wahres Schlaraffenleben führen!« Und der King briet einige Eier.

Während sie aßen, erzählte der King Peter Marlowe, wie er die Jungs weggeschickt hatte, um Sondervorräte an Lebensmitteln einzukaufen, als er gehört hatte, daß Yoshima das Rundfunkgerät entdeckt hatte.

»Man muß im Leben auf sein Glück bauen, Peter. Ganz bestimmt. Ich dachte mir, daß die Japsen uns das Leben eine Weile zur Hölle machen würden. Aber nur denen, die nicht darauf vorbereitet waren und nicht vorgesorgt hatten. Sehen Sie sich Tex an. Das arme Schwein hatte keinen Zaster, um sich ein lausiges Ei zu kaufen. Schauen Sie sich selbst und Larkin an. Wenn ich nicht gewesen wäre, würde Mac, der arme Teufel, sich noch immer herumquälen. Natürlich freue ich mich, wenn ich helfen kann. Meinen Freunden helfe ich gern. Man muß seinen Freunden helfen, sonst hat alles keinen Sinn.«

»Wahrscheinlich«, erwiderte Peter Marlowe. Schrecklich, wie konnte er das sagen. Er war vom King verletzt worden und begriff nicht, daß das amerikanische Hirn in manchen Dingen

einfach ist, so einfach wie das englische Hirn. Ein Amerikaner ist stolz auf seine Fähigkeit, Geld scheffeln zu können, und das mit Recht. Ein Engländer, wie Peter Marlowe, ist stolz, für die Flagge zu sterben. Mit Recht.
Er sah den King zum Fenster hinausblicken und die Augen zusammenkneifen. Er folgte dem Blick und sah einen Mann den Weg heraufkommen. Als der Mann in den Lichtstrahl trat, erkannte Peter Marlowe ihn. Oberst Samson.
Als Samson den King bemerkte, winkte er freundschaftlich. »'n Abend, Korporal«, grüßte er und setzte seinen Spaziergang an der Baracke vorbei fort.
Der King blätterte Peter Marlowe neunzig Dollar hin.
»Tun Sie mir einen Gefallen, Peter. Legen Sie noch zehn dazu und geben Sie es dem Kerl.«
»Samson? Oberst Samson?«
»Natürlich. Sie werden ihn oben in der Nähe der Gefängnisecke treffen.«
»Ich soll ihm das Geld geben? Einfach so? Aber was soll ich ihm denn sagen?«
»Sagen Sie ihm, es sei von mir.«
Mein Gott, dachte Peter Marlowe entsetzt, steht Samson auf der Gehaltsliste? Das kann doch nicht sein! Ich kann es nicht. Du bist mein Freund, aber ich kann nicht zu einem Oberst hingehen und sagen, hier sind hundert Piepen vom King. Ich kann es nicht!
Der King durchschaute seinen Freund. O Peter, dachte er. Du bist ein verdammtes Kind. Dann setzte er in Gedanken hinzu: Der Teufel soll dich holen! Aber er verwarf den letzten Gedanken und verfluchte sich selbst. Peter war der einzige Kerl im Lager, den er sich je zum Freund gewünscht hatte, der einzige, den er brauchte. Deshalb beschloß er, ihn mit den nackten Tatsachen des Lebens vertraut zu machen. Es wird hart sein, Peter, lieber Junge, und es wird dir vielleicht sehr weh tun, aber ich werde es dir beibringen, auch wenn ich dich zerbrechen muß. Du wirst überleben, und du wirst mein Partner sein.
»Peter«, sagte er. »Es wird vorkommen, daß Sie mir einfach

vertrauen müssen. Ich werde Sie nie hinters Licht führen. Solange Sie mein Freund sind, müssen Sie mir vertrauen. Wenn Sie nicht mein Freund sein wollen, gut. Aber ich hätte Sie gerne zum Freund.«

Peter Marlowe erkannte, daß er jetzt wieder einen Augenblick voll tiefer Wahrheit erlebte. Nimm vertrauensvoll das Geld – oder laß es bleiben, hau ab.

Das Leben eines Mannes steht immer an einem Scheidepunkt. Und nicht nur sein eigenes Leben, wenn er wirklich ein Mann ist. Immer betrifft es auch andere.

Er wußte, daß er auf dem einen Weg Macs und Larkins Leben zusammen mit seinem eigenen aufs Spiel setzte, und ohne den King waren sie so wehrlos wie jeder andere im Lager; ohne den King gab es kein Dorf, denn er wußte, daß er es nie allein wagen würde – nicht einmal des Radios wegen. Auf dem anderen Weg würde er ein Erbe gefährden oder eine Vergangenheit zerstören. Samson war eine Macht beim Heer, ein Mann von Rang, Stand und Wohlhabenheit, und Peter Marlowe war von Geburt an zum Offizier bestimmt – wie schon sein Vater vor ihm und sein Sohn nach ihm –, und eine Beschuldigung konnte nie vergessen werden: wenn Samson käuflich war, dann würde alles, an das zu glauben er gelehrt worden war, keinen Wert mehr besitzen.

Peter Marlowe beobachtete sich selbst, als er das Geld nahm und in die Nacht hinausging und den Weg hinaufstieg und Oberst Samson traf und den Mann wispern hörte: »Oh, hallo, Sie sind doch Marlowe, nicht wahr?«

Er sah sich selbst das Geld überreichen. »Der King hat mich gebeten, es Ihnen zu geben.«

Er sah die feuchten Augen gierig aufleuchten, als Samson das Geld zählte und es dann in seine fadenscheinige Hose stopfte.

»Sagen Sie ihm, ich lasse ihm danken«, hörte er Samson wispern, »und sagen Sie ihm, ich hätte Grey eine Stunde lang aufgehalten. Länger konnte ich ihn nicht festhalten. Es war doch lange genug, nicht wahr?«

»Es war genug, gerade genug.« Dann hörte er sich selbst sagen: »Halten Sie ihn das nächste Mal länger fest, oder geben Sie wenigstens Nachricht, Sie Rindvieh!«

»Ich habe ihn so lange festgehalten, wie ich nur konnte. Sagen Sie dem King, es tue mir leid. Es tut mir aufrichtig leid, und es wird nicht wieder vorkommen. Ich verspreche es. Hören Sie, Marlowe. Sie wissen, wie es manchmal ist. Es wird ein wenig schwierig.«

»Ich werde ihm sagen, daß es Ihnen leid tut.«

»Ja, ja, ich danke Ihnen, ich danke Ihnen, Marlowe. Ich beneide Sie, Marlowe. Daß Sie mit dem King so gut stehen. Sie haben Schwein.«

Peter Marlowe kehrte zur amerikanischen Baracke zurück. Der King dankte ihm, und er bedankte sich noch einmal beim King und trat in die Nacht hinaus.

Er entdeckte einen kleinen Vorsprung, von dem aus er über den Stacheldrahtzaun hinwegblicken konnte, und er wünschte sich, er säße in seiner Spitfire und schösse ganz allein in den Himmel hinauf, hinauf, hinauf, immer weiter hinauf in den Himmel, wo alles rein und klar ist, wo es keine verdammten Menschen gibt – wie ich einer bin –, wo das Leben einfach ist und wo man ohne Scham mit Gott reden und bei Gott sein kann.

## 13

Peter Marlowe lag auf seinem Bett und döste vor sich hin. Rings um ihn wachten Männer auf, standen auf, gingen weg, um sich zu erleichtern, machten sich für Arbeitskommandos fertig und kamen und gingen aus der Baracke. Mike pflegte bereits seinen Schnurrbart, der von einer Spitze bis zur andern dreiunddreißig Zentimeter maß: er hatte geschworen, ihn nicht eher abzunehmen, als bis er freigelassen würde. Barstairs stand bereits auf dem Kopf und machte Yogaübungen. Phil Mint bohrte in der Nase, und das Bridgespiel hatte schon begonnen. Raylins führte schon seine Gesangsübungen aus. Myner spielte schon Tonleitern auf seiner hölzernen Klaviatur, Kaplan Grover versuchte schon, alle aufzuheitern, und Thomas fluchte schon über das verspätete Frühstück.

Über Peter Marlowe vertrieb Ewart, der im oberen Bett lag, ächzend den letzten Schlaf und hängte die Beine über den Bettrand. »'mahlu auf die Nacht!«

»Sie haben wie ein Wilder um sich geschlagen.« Peter Marlowe hatte schon viele Male diese Bemerkung gemacht, denn Ewart schlief immer unruhig.

»Entschuldigung.«

Ewart sagte immer Entschuldigung. Er sprang schwerfällig herunter. Er hatte keinen Platz in Changi. Sein Platz war acht Kilometer entfernt im Zivillager, wo seine Frau und seine Familie waren – wo sie vielleicht waren. Nie hatte man irgendeine Verbindung zwischen den beiden Lagern erlaubt.

»Räuchern wir nach dem Duschen das Bett aus«, schlug er gähnend vor. Er war klein und dunkel und eigenwillig.

»Gute Idee.«

»Man würde nie auf den Gedanken kommen, daß wir es erst vor drei Tagen getan haben. Wie haben Sie geschlafen?«

»Wie immer.« Aber Peter Marlowe wußte, daß nichts, aber auch gar nichts mehr war wie immer, nachdem er das Geld angenommen und die Geschichte mit Samson erlebt hatte.

Die ungeduldig nach dem Frühstück anstehende Männerschlange formierte sich bereits, als sie das eiserne Bettgestell aus der Baracke schleppten. Sie hoben das obere Bett ab und zogen die Eisenpfähle heraus, die in Schlitzen im unteren Bett steckten. Dann holten sie Kokosnußschalen und Zweige von ihrem Abschnitt unterhalb der Baracke und machten unter den vier Beinen kleine Feuer an.

Während die Beine erhitzt wurden, hielten sie brennende Palmwedel unter die Längsstreben und unter die Latten. Bald war die Erde unter dem Bett schwarz von Wanzen.

»Um Himmels willen, ihr beiden«, schrie Phil sie an. »Müßt

ihr das vor dem Frühstück machen?« Er war ein mürrischer Mann mit Hühnerbrust und flammendrotem Haar.
Sie beachteten ihn nicht. Phil schrie sie immer an, und sie räucherten ihr Bett immer vor dem Frühstück aus.
»Mein Gott, Ewart«, sagte Peter Marlowe. »Man könnte meinen, die Mistviecher müßten das Bett hochheben und damit losmarschieren können.«
»Die verfluchten Biester haben mich vergangene Nacht beinahe aus dem Bett geworfen. Stinkzeug.« In einem plötzlichen Wutanfall schlug Ewart auf die Myriaden von Wanzen ein.
»Ruhig, Ewart.«
»Ich kann nichts dagegen machen. Wenn ich die Biester nur schon sehe, kribbelt es mir auf der Haut.«
Als sie das Bett ausgeräuchert hatten, ließen sie es zum Abkühlen stehen und reinigten ihre Matratzen. Dazu brauchten sie eine halbe Stunde. Dann kamen die Moskitonetze an die Reihe. Dazu brauchten sie noch eine halbe Stunde.
Bis dahin waren die Betten so weit abgekühlt, daß man sie anfassen konnte. Sie bauten das zweistöckige Bett wieder zusammen, trugen es in die Baracke zurück und stellten es in die vier Büchsen – die sorgfältig gereinigt und mit Wasser gefüllt worden waren – und sorgten dafür, daß die Büchsenränder nicht die Eisenbeine berührten.
»Was ist heute, Ewart?« fragte Peter Marlowe gedankenabwesend, als sie auf das Frühstück warteten.
»Sonntag.«
Peter Marlowe schauderte, als ihm jener andere Sonntag einfiel.
Das war damals gewesen, nachdem der japanische Spähtrupp ihn aufgegriffen hatte. Er war an jenem Sonntag im Lazarett in Bandung gewesen. An jenem Sonntag hatten die Japaner allen kriegsgefangenen Patienten befohlen, ihre Habseligkeiten zu packen und zu marschieren, weil sie in ein anderes Lazarett verlegt werden sollten.
Zu Hunderten hatten sie sich im Hof aufgestellt. Nur rangältere Offiziere gingen nicht mit. Sie wurden nach Formosa ge-

schickt, wie Gerüchte wissen wollten. Der General blieb ebenfalls, er, der der rangälteste Offizier war, er, der offen im Lager herumging und sich mit dem Heiligen Geist unterhielt. Der General war ein sauberer Mann mit eckigen Schultern, und seine Uniform war naß vom Speichel der Sieger.

Peter Marlowe erinnerte sich, wie er unter hitzeflimmerndem Himmel seine Matratze durch die Straßen von Bandung geschleppt hatte, durch die Straßen, die von schreiend schweigenden Leuten in bunter Kleidung gesäumt waren. Dann hatte er die Matratze weggeworfen. Sie war ihm zu schwer geworden. Dann war er gestürzt, hatte sich aber wieder aufgerappelt. Dann hatten die Gefängnistore sich geöffnet, und die Gefängnistore hatten sich geschlossen. Es war Platz genug, daß man sich im Hof hätte auf die Erde legen können. Aber er und einige andere wurden allein in winzige Zellen gesperrt. An den Wänden waren Ketten, und im Boden war ein kleines Loch, das den Abtritt darstellte – und um das Loch herum war der Kot vieler Jahre festgebacken. Stinkendes Stroh bedeckte wie eine Matte die Erde.

In der Nachbarzelle war ein Wahnsinniger, ein Javaner, der Amok gelaufen war und drei Frauen und zwei Kinder getötet hatte, ehe die Holländer ihn überwältigt hatten. Jetzt waren es nicht mehr die Holländer, die hier die Gefängniswärter waren. Sie waren ebenfalls eingesperrt. Die ganzen Tage und die ganzen Nächte rasselte der Wahnsinnige mit seinen Ketten und schrie gellend.

In Peter Marlowes Zellentür war ein winziges Loch. Er lag auf dem Stroh, starrte mit leeren Augen auf seine Füße, wartete auf das Essen und lauschte dem Fluchen und Sterben der Gefangenen, denn es herrschte die Pest. Er wartete eine Ewigkeit.

Dann war es plötzlich ruhig, und es gab frisches Wasser, und er stand mit der Welt nicht mehr nur durch ein winziges Loch in Verbindung, sondern über ihm wölbte sich der Himmel, und er spürte den mit kühlem Wasser getränkten Schwamm, der den Schmutz wegwusch. Er öffnete die Augen und sah über sich ein freundliches Gesicht, andersherum, und daneben war

noch ein zweites Gesicht, und beide waren von Frieden erfüllt, und er glaubte wirklich, er wäre tot.
Aber es waren Mac und Larkin. Sie hatten ihn kurz vor dem Verlassen des Gefängnisses auf dem Weg nach einem anderen Lager entdeckt. Zunächst hatten sie gedacht, er wäre ein Javaner wie der Wahnsinnige nebenan, der immer noch heulte und mit den Ketten rasselte, denn auch er hatte nur Malaiisch geschrien und wie der Javaner ausgesehen . . .
»Kommen Sie, Peter«, drängte Ewart noch einmal. »Das Fressen wartet!«
»Oh, danke.« Peter Marlowe nahm seine Eßgeschirre.
»Fühlen Sie sich nicht wohl?«
»Doch.« Nach einem Augenblick sagte er: »Es ist schön, am Leben zu sein, nicht wahr?«

Der Vormittag war schon halb vorbei, als plötzlich die Neuigkeit wie ein Lauffeuer durch Changi ging. Der japanische Kommandant wollte das Lager wieder auf normale Reisrationen setzen, um einen großen japanischen Sieg auf See zu feiern. Der Kommandant hatte erklärt, eine Einsatzflotte der Vereinigten Staaten wäre völlig vernichtet und dadurch der tastende Vorstoß nach den Philippinen aufgehalten worden, und im Augenblick würden sogar japanische Streitkräfte für die Invasion auf Hawaii neu zusammengestellt.
»Verfluchter Quatsch! Damit wollen die Japsen nur eine Schlappe vertuschen.«
»Das glaube ich nicht. Man hat noch nie unsere Rationen erhöht, um eine Niederlage zu feiern.«
»Hört euch den Kerl an! Rationen erhöht! Wir bekommen nur das zurück, was man uns eben erst weggenommen hat. Nein, mein Lieber. Glauben Sie mir ruhig. Die verfluchten Japsen kriegen ihre Hiebe. Sie können es mir ruhig glauben!«
»Verdammt, wissen Sie etwas, was wir nicht wissen? Sie haben ein Rundfunkgerät, nehme ich an?«
»Wenn ich eines hätte, würde ich es Ihnen ganz bestimmt nicht auf die Nase binden.«

»Was ist übrigens mit Daven?«
»Mit wem?«
»Na, mit dem Kerl, der das Rundfunkgerät hatte.«
»Ach ja, ich erinnere mich. Aber ich habe ihn nicht gekannt. Wie hat er denn ausgesehen?«
»Er war ein ganz gewöhnlicher Bursche, wie ich gehört habe. Schade, daß er geschnappt worden ist.«
»Ich möchte zu gerne das Schwein in die Pfoten kriegen, das ihn verpfiffen hat. Möchte wetten, daß es ein Kerl von der Luftwaffe war. Oder ein Australier. Die Schweinehunde würden ihre Seele für einen halben Pfennig verkaufen!«
»Ich bin Australier, Sie verfluchter Bastard von einem Pommy.«
»Oh, beruhigen Sie sich. Es war ja nur Spaß.«
»Sie haben vielleicht eine komische Vorstellung von Spaß, Sie Idiot!«
»Na, nicht gleich so hitzig, ihr beiden. Dafür ist es zu heiß. Wer borgt mir eine Giftnudel?«
»Hier, ziehen Sie mal.«
»Heiliger Bimbam, das schmeckt scharf.«
»Es sind Papayablätter. Selbst fermentiert. Das Zeug schmeckt ganz gut, wenn man sich daran gewöhnt hat.«
»Schauen Sie mal da hinüber!«
»Wohin?«
»Dort geht er die Straße hinauf. Marlowe!«
»Das ist er? Ei, verdammt! Ich habe gehört, er hat sich mit dem King eingelassen.«
»Eben deshalb mache ich Sie ja auf ihn aufmerksam, Sie Trottel. Das ganze Lager weiß davon. Pennen Sie immer?«
»Das können Sie ihm doch nicht krummnehmen. Ich würde es genauso machen, wenn ich auch nur die geringste Chance dazu hätte. Man hat mir erzählt, der King hat so viel Geld und Goldringe und Lebensmittel, daß er eine ganze Armee verpflegen kann.«
»Ich habe gehört, er ist schwul. Und Marlowe ist seine neue Biene.«

»Stimmt.«
»Verdammt, es stimmt nicht. Der King ist nicht schwul, er ist nur ein verfluchter Gauner.«
»Ich glaube auch nicht, daß er andersrum ist. Aber gerissen ist er bestimmt, das muß ihm der Neid lassen. Ein dreckiger Halunke.«
»Ob schwul oder nicht. Ich wäre jedenfalls froh, wenn ich an Marlowes Stelle wäre. Haben Sie schon gehört, daß er ein ganzes Bündel Dollar hat? Ich habe gehört, daß er und Larkin einige Eier und ein ganzes Huhn eingekauft haben.«
»Sie sind verrückt. Niemand hat soviel Geld – außer dem King. Außerdem haben sie selbst Hühner. Wahrscheinlich ist eins krepiert. Weiter nichts! Das ist nur wieder eine Ihrer verfluchten Latrinenparolen.«
»Was Marlowe wohl in der Kanne haben mag?«
»Essen. Was sonst? Man braucht überhaupt nichts zu wissen, um zu wissen, daß es Essen ist.«
Peter Marlowe ging auf das Lazarett zu.
In seinem Eßgeschirr steckten die Brust und das Bein und der Schenkel eines Huhns. Peter Marlowe und Larkin hatten es Oberst Foster abgekauft, für sechzig Dollar, für etwas Tabak und für das Versprechen auf ein befruchtetes Ei von dem Gelege, das Rajah, der Sohn ›Sonnenuntergangs‹, bald befruchten würde. Sie hatten mit Macs Zustimmung beschlossen, Nonya noch einmal eine Chance zu geben und sie nicht zu schlachten, wie sie es eigentlich verdient hatte, weil keines ihrer Eier ausgebrütet worden war. Vielleicht lag es gar nicht an Nonya, hatte Mac gesagt, vielleicht lag es an dem verdammten Hahn, der einmal Oberst Foster gehört hatte und der keinen Schuß Pulver wert war – und vielleicht waren all sein wildes Geflatter und Hacken und Bespringen der Hennen nichts als Angabe.
Peter Marlowe saß bei Mac, während dieser das Huhn verzehrte.
»Mein Gott, Junge, ich kann mich fast nicht mehr erinnern, wann ich mich das letzte Mal so satt und voll gefühlt habe.«
»Prima. Sie sehen großartig aus, Mac.«

Peter Marlowe erzählte Mac, woher das Geld für das Huhn gekommen war, und Mac sagte: »Sie haben recht gehabt, daß Sie das Geld genommen haben. Höchstwahrscheinlich hat Prouty, dieser Gauner, das Ding gestohlen oder es selbst gemacht. Es war nicht recht von ihm, daß er versucht hat, Ramschware zu verkaufen. Denken Sie daran, Junge, *caveat emptor.*«
»Wie kommt es dann«, fragte Peter Marlowe, »wie kommt es dann, daß ich mich so verdammt schuldig fühle? Sie und Larkin sagen doch, es sei richtig gewesen. Allerdings glaube ich, daß Larkin sich seiner Sache nicht ganz so sicher ist wie Sie...«
»Es sind Geschäfte, Junge. Larkin ist Buchhalter. Er ist kein richtiger Geschäftsmann. Ich kenne mich in der Welt aus.«
»Sie sind doch nur ein armseliger Kautschukpflanzer. Verdammt, was wissen Sie über Geschäfte? Sie haben jahrelang auf einer Plantage gehockt!«
»Das werde ich Ihnen gleich zeigen«, plusterte Mac sich auf, »vor allem muß man als Pflanzer Geschäftsmann sein. Schließlich muß man täglich mit Tamilen oder Chinesen verhandeln – und das ist eine besondere Sorte von Geschäftsleuten. Glauben Sie mir, mein Junge, die sind mit allen Wassern gewaschen und kennen jeden Trick, den es je gegeben hat.«
So redeten sie miteinander, und Peter Marlowe freute sich, daß Mac wieder auf seine Sticheleien reagierte. Fast ohne es zu merken, wechselten sie ins Malaiische hinüber.
Dann fragte Peter Marlowe ganz beiläufig: »Kennt Ihr das Ding, das aus drei Dingen besteht?«
Aus Vorsicht redete er vom Radio in Parabeln.
Mac sah sich um und vergewisserte sich, daß sie nicht belauscht wurden. »Wahrlich. Was ist damit?«
»Kennt Ihr jetzt ganz sicher seine besondere Krankheit?«
»Ich bin nicht sicher – aber fast sicher. Warum erkundigt Ihr Euch danach?«
»Weil der Wind ein Wispern mit sich brachte, das von einer Medizin zur Heilung von Krankheiten verschiedener Arten erzählte.«
Macs Gesicht leuchtete auf. »Wah-lah«, sagte er. »Ihr habt

einen alten Mann glücklich gemacht. In zwei Tagen werde ich aus diesem Ort heraus sein. Dann werdet Ihr mich zu diesem Wisperer bringen.«

»Nein. Das ist nicht möglich. Das muß ich im geheimen tun. Und zwar schnell.«

»Ich möchte nicht, daß Ihr Euch in Gefahr begebt«, sagte Mac nachdenklich.

»Der Wind brachte Hoffnung mit. Im Koran steht geschrieben, ohne Hoffnung ist der Mensch nur ein Tier.«

»Es wäre vielleicht besser abzuwarten, als den Tod zu suchen.«

»Ich würde warten, aber ich suche nach Wissen, das ich noch heute erfahren muß.«

»Warum?« fragte Mac abrupt auf Englisch. »Warum noch heute, Peter?«

Peter Marlowe verfluchte sich, daß er nun doch in die Falle getappt war, die zu vermeiden er sich soviel Mühe gegeben hatte. Er wußte, daß Mac vor Sorge glatt überschnappen würde, wenn er ihm von dem Dorf erzählte. Nicht, daß Mac ihn daran hätte hindern können, aber er wußte, daß er nicht gehen würde, wenn Mac und Larkin ihn baten, nicht zu gehen. Verdammt, was mache ich jetzt?

Dann fiel ihm der Rat des King ein. »Es spielt keine Rolle, ob heute oder morgen. Mich interessiert es eben«, erwiderte er und spielte seinen Trumpf aus. Er stand auf. Es war ein uralter Trick. »Dann also bis morgen, Mac. Vielleicht kommen Larkin und ich heute abend vorbei.«

»Setzen Sie sich, Junge, wenn Sie nicht gerade was zu tun haben.«

»Ich habe nichts zu tun.«

Mac schaltete mürrisch auf Malaiisch um. »Sagt Ihr auch die Wahrheit? Hat das ›heute‹ wirklich nichts bedeutet? Der Geist meines Vaters hat mir zugeflüstert, daß die Jugend sich leicht in Gefahren begibt, die selbst der Teufel meiden würde.«

»Es steht geschrieben, daß Mangel an Jahren nicht unbedingt Mangel an Weisheit bedeuten muß.«

Mac sah Peter Marlowe forschend und abschätzend an. Führt

er etwas im Schilde? Hat es etwas mit dem King zu tun? Nun, dachte er müde, Peter steckt sowieso schon bis über den Kopf in der mit dem Radio verbundenen Gefahr, den ganzen Weg von Java hierher hat er ein Drittel davon getragen.
»Ich wittere Gefahr für Euch«, sagte er schließlich.
»Ein Bär kann gefahrlos den Hornissen den Honig wegnehmen. Eine Spinne kann unbesorgt unter Felsen nach Nahrung suchen, denn sie weiß, wo und wie sie suchen muß.« Peter Marlowe machte ein ausdrucksloses Gesicht. »Fürchtet nicht für mich, Alter. Ich suche nur unter Felsen.«
Mac nickte befriedigt. »Kennt Ihr meinen Behälter?«
»Gewiß.«
»Ich glaube, er wurde krank, als ein Regentropfen sich durch ein Loch in seinem Himmel zwängte, ein Ding berührte und es wie einen gestürzten Baum im Dschungel zerfraß. Das Ding ist klein wie eine winzige Schlange, schmal wie ein Erdwurm und kurz wie eine Küchenschabe.« Er stöhnte und streckte sich. »Mein Rücken bringt mich noch um«, sagte er auf Englisch. »Würden Sie bitte mein Kissen aufschütteln, Junge?«
Als Peter Marlowe sich hinunterbeugte, richtete Mac sich auf und flüsterte ihm ins Ohr: »Ein Kopplungskondensator, dreihundert Mikrofarad.«
»Ist es jetzt besser?« fragte Peter Marlowe, als Mac sich zurücklegte.
»Prima, Junge, viel besser. Machen Sie jetzt, daß Sie verschwinden. Ihr unsinniges Gefasel hat mich völlig fertiggemacht.«
»Sie wissen selbst, daß es Sie amüsiert, Sie alter Sack.«
»Reden Sie nicht soviel von alt, puki 'mahlu!«
»Senderis!« antwortete Peter Marlowe und trat in die Sonne hinaus. Ein Kopplungskondensator, dreihundert Mikrofarad. Verdammt, was ist bloß ein Mikrofarad?
Er stand auf der windzugewandten Seite der Garage und schnupperte in die süßliche, benzinträchtige und von Öl und Fett schwere Luft. Er hockte sich am Wegrand auf ein Grasbündel, um den Geruch zu genießen. Mein Gott, dachte er, der Benzingeruch ruft Erinnerungen wach. Flugzeuge und Gosport

und Farnborough und acht andere Flugplätze und Spitfires und Hurricanes.
Aber ich werde jetzt nicht an sie denken, ich werde an das Rundfunkgerät denken.
Er veränderte seine Haltung und nahm den Lotossitz ein, den rechten Fuß auf dem linken Schenkel, den linken Fuß auf dem rechten Schenkel, die Hände im Schoß mit sich berührenden Knöcheln und sich berührenden Daumen und einwärts auf den Nabel zeigenden Fingern. Schon oft hatte er so gesessen. Es half ihm beim Nachdenken, denn wenn erst der anfängliche Schmerz abgeklungen war, entstand eine Ruhe, die den ganzen Körper durchdrang und den Geist befreite, so daß er sich in lichte Höhen schwingen konnte.
Er saß ruhig da, und die Männer gingen vorbei und beachteten ihn kaum. Es war nichts Besonderes, daß man jemanden im Sarong zur Schlacke ausgeglüht in der sengenden Nachmittagssonne sitzen sah. Es war gar nichts Außergewöhnliches.
Jetzt weiß ich, was beschafft werden muß. Irgendwie. Im Dorf muß es einfach ein Rundfunkgerät geben. Dörfer sind wie die Elstern – sie sammeln alle möglichen Dinge; und er lachte, als er an sein Dorf auf Java dachte.
Er hatte es entdeckt, als er sich verirrt hatte und erschöpft und mehr tot als lebendig weitab von den Bändern der Straßen, die Java kreuz und quer durchziehen, im Dschungel herumgestolpert war. Er war viele Kilometer weit gelaufen, das war am 11. März gewesen. Die Inselstreitkräfte hatten am 8. März kapituliert, das war 1942 gewesen. Drei Tage lang war er im Dschungel herumgeirrt, war von Insekten gebissen, von Fliegen gestochen, von Dornen gerissen, von Blutegeln angezapft und vom Regen durchnäßt worden. Er hatte niemanden gesehen und niemanden gehört, seit er den Flugplatz in Richtung Norden verlassen hatte, den Jägereinsatzhafen in Bandung. Er hatte sein Geschwader verlassen oder vielmehr das, was davon übriggeblieben war, und hatte seine Hurricane zurückgelassen. Aber bevor er sich davongemacht hatte, war er noch einmal zu seinem toten Flugzeug hingegangen – es war von Bomben ver-

bogen und von Leuchtspurmunition zerfetzt – und hatte es angezündet. Man konnte seinem Freund mindestens die Feuerbestattung gewähren.

Als er das Dorf erreicht hatte, war eben die Sonne untergegangen. Die ihn umringenden Javaner waren feindselig. Sie rührten ihn zwar nicht an, aber der Ausdruck des Zorns auf ihren Gesichtern war deutlich genug. Sie starrten ihn schweigend an, und keiner machte Anstalten, ihm beizustehen.

»Kann ich etwas zu essen und etwas Wasser haben?«

Keine Antwort.

Dann hatte er den Brunnen entdeckt und war, von zornigen Augen verfolgt, hinübergegangen und hatte in langen Schlukken daraus getrunken. Dann hatte er sich hingesetzt und angefangen zu warten.

Das Dorf war klein und lag versteckt. Es schien ziemlich reich. Die um einen freien Platz erbauten Häuser standen auf Pfählen und waren aus Bambus und Atap gefertigt. Und unter den Häusern wimmelte es von vielen Schweinen und Hühnern. Neben einem größeren Haus lag eine Einfriedung, und darin standen fünf Wasserbüffel. Das bedeutete, daß das Dorf wohlhabend war.

Schließlich wurde er zum Haus des Häuptlings geführt. Die schweigenden Eingeborenen folgten ihm die Treppe hinauf, betraten aber nicht das Haus. Sie setzten sich auf die Veranda und lauschten und warteten.

Der Häuptling war alt, nußbraun, verwirrt und feindselig. Und das Haus bestand wie all ihre Häuser aus einem einzigen großen Raum, der durch Atapzwischenwände in kleine Räume abgeteilt war.

In der Mitte des zum Essen, Reden und Meditieren bestimmten Raumes stand eine komplette Klosettschüssel aus Steingut mit Sitz und Deckel. Es waren keine Wasseranschlüsse vorhanden, und die Klosettschüssel stand an einem Ehrenplatz auf einem handgewebten Teppich. Vor der Klosettschüssel hockte der Häuptling auf einer anderen Matte. Seine Augen blickten durchbohrend.

»Was wünscht Ihr, Tuan?« Und das »Tuan« hatte wie eine Anklage geklungen.
»Ich wollte nur um etwas Essen und Wasser bitten, Sir, und – vielleicht dürfte ich kurze Zeit hierbleiben, bis ich mich wieder etwas erholt habe.«
»Ihr nennt mich Sir, und noch vor drei Tagen haben Sie und die übrigen Weißen uns Wogs geschimpft und uns angespuckt?«
»Ich habe Euch nie Wogs geschimpft. Ich wurde hierhergeschickt, um zu versuchen, Euer Land vor den Japanern zu schützen.«
»Die Japaner haben uns von den verfluchten Holländern befreit! Und sie werden den ganzen Fernen Osten von den weißen Imperialisten befreien!«
»Vielleicht. Aber ich glaube, Sie werden noch den Tag bedauern, an dem sie gekommen sind!«
»Verschwinden Sie aus meinem Dorf. Gehen Sie fort mit den anderen Imperialisten. Gehen Sie, bevor ich selbst die Japaner herbeirufe.«
»Es steht geschrieben: ›Kommt ein Fremder zu dir und bittet dich um Gastfreundschaft, dann gewähre sie ihm, auf daß du Gnade finden mögest vor Allahs Angesicht.‹«
Der Häuptling hatte ihn bestürzt angesehen. Nußbraune Haut, kurze Bajujacke, bunter Sarong und schmuckes Kopftuch in der schnell sich verdichtenden Dunkelheit.
»Was wissen Sie vom Koran und den Worten des Propheten?«
»Dessen Name gelobt sei«, antwortete Peter Marlowe. »Der Koran ist schon seit vielen Jahren von vielen Männern ins Englische übersetzt worden.« Er kämpfte um sein Leben. Er wußte, daß er hier vielleicht ein Boot bekommen und damit nach Australien segeln konnte, wenn er jetzt hierbleiben durfte. Er hatte zwar nicht die geringste Ahnung, wie mit einem Segelboot umzugehen war, aber das Risiko lohnte sich. Gefangenschaft war gleichbedeutend mit Tod.
»Sind Sie ein Rechtgläubiger?« fragte der erstaunte Häuptling.
Peter Marlowe zögerte. Er hätte leicht vortäuschen können,

ein Mohammedaner zu sein. Ein Teil seiner Ausbildung hatte aus dem Studium des Koran bestanden. Die Offiziere der Streitkräfte Seiner Majestät mußten in vielen Ländern dienen. Offiziere aus Familien, in denen das Offizierspatent sich vom Vater auf den Sohn vererbt, werden in vielen Dingen unterrichtet, die über die Schulbildung hinausgehen und sogar davon abweichen.

Er wußte, daß er sicher sein würde, wenn er jetzt ja sagte, denn Java war hauptsächlich die Domäne Mohammeds.

»Nein. Ich bin kein Rechtgläubiger.« Er war müde und am Ende seiner Kräfte. »Ich wüßte es jedenfalls nicht. Ich wurde gelehrt, an Gott zu glauben. Mein Vater sagte immer zu uns, zu meinen Schwestern und mir, Gott hat viele Namen. Selbst die Christen sagen, es gibt eine heilige Dreieinigkeit – es gibt also Teile von Gott.

Ich glaube nicht, daß es darauf ankommt, wie man Gott nennt. Gott wird es nichts ausmachen, ob man ihn Jesus oder Allah oder Buddha oder Jehova oder einfach nur DU nennt – denn wenn er Gott ist, dann weiß er auch, daß wir alle nur vergänglich und endlich sind und von nichts viel wissen.

Ich glaube, daß Mohammed ein von Gott geschickter Mann war, ein Prophet Gottes. Ich glaube, daß Jesus von Gott geschickt worden und der ›Untadeligste der Propheten‹ war, wie Mohammed ihn im Koran nennt. Ob Mohammed der letzte Prophet ist, wie er es behauptet hat, weiß ich nicht. Ich glaube nicht, daß wir Menschenkinder überhaupt über etwas Gewißheit haben können, das mit Gott zusammenhängt.

Aber ich glaube nicht, daß Gott ein alter Mann mit langem weißem Bart ist, der hoch oben im Himmel auf einem goldenen Thron sitzt. Ich glaube nicht, wie Mohammed es versprochen hat, daß die Gläubigen in ein Paradies kommen werden, wo sie auf seidenen Kissen liegen und Wein trinken und viele schöne Jungfrauen um sich haben werden, die sie bedienen, oder daß das Paradies ein Garten mit grünem Laub und klaren Bächen und Bäumen voller Früchte sein wird. Ich glaube nicht, daß den Engeln Flügeln aus dem Rücken herauswachsen.«

Die Nacht senkte sich auf das Dorf herab. Ein kleines Kind weinte und wurde wieder in den Schlaf gewiegt.

»Eines Tages werde ich bestimmt wissen, mit welchem Namen ich Gott anrufen muß. Es wird an dem Tage sein, an dem ich sterbe.« Das Schweigen verdichtete sich. »Ich glaube, es wäre niederschmetternd, wenn man entdeckte, daß es keinen Gott gibt.«

Der Häuptling winkte Peter Marlowe zu, sich zu setzen.

»Ihr dürft bleiben. Aber unter gewissen Bedingungen. Ihr schwört, unseren Gesetzen zu gehorchen und einer der unsrigen zu sein. Ihr arbeitet auf den Reisfeldern und im Dorf und verrichtet alle Arbeiten eines Mannes. Nicht mehr und nicht weniger als jeder andere Mann. Ihr werdet unsere Sprache erlernen und nur unsere Sprache sprechen, Ihr werdet unsere Kleidung tragen und Eure Haut färben. Eure Größe und die Farbe Eurer Augen werden es hinausschreien, daß Ihr ein Weißer seid, aber vielleicht können Farbe, Kleidung und Sprache Euch eine Zeitlang schützen, vielleicht können wir sagen, Ihr seid halb Javaner, halb Weißer. Ihr werdet hier ohne Genehmigung keine Frau berühren. Und Ihr werdet mir ohne zu fragen gehorchen.«

»Einverstanden.«

»Noch etwas. Es ist gefährlich, einen Feind vor den Japanern zu verbergen. Ihr müßt also wissen, daß ich mich für mein Dorf entscheiden werde, falls einmal eine Zeit kommt, wo ich zwischen Euch und dem Dorf wählen muß.«

»Ich verstehe. Ich danke Ihnen, Sir.«

»Schwört bei Eurem Gott . . .« Die Andeutung eines Lächelns flog über das Runzelgesicht des Alten. »Schwört bei Gott, daß Ihr gehorchen und Euch diesen Bedingungen unterwerfen werdet.«

»Ich schwöre bei Gott, daß ich damit einverstanden bin und gehorchen werde und nichts zu Ihrem Schaden tun werde, solange ich hier bin.«

»Ihr schadet uns allein schon durch Eure bloße Gegenwart, mein Sohn«, erwiderte der Alte.

Nachdem Peter Marlowe zu essen und zu trinken bekommen hatte, sagte der Häuptling: »Jetzt werdet Ihr kein Wort Englisch mehr reden. Nur noch Malaiisch. Von diesem Augenblick an. Es ist der einzige Weg für Euch, es schnell zu lernen.«
»Jawohl. Aber darf ich vorher noch etwas fragen?«
»Ja.«
»Was hat die Klosettschüssel zu bedeuten? Ich meine, es sind doch keine Rohre angeschlossen.«
»Sie hat keine Bedeutung, außer daß es mir gefällt, die Gesichter meiner Gäste zu beobachten und sie denken zu hören: ›Wie lächerlich, sich eine solche Verzierung ins Haus zu stellen.‹«
Und der Alte wurde von gewaltigem Gelächter geschüttelt, und die Tränen liefen ihm über die Wangen, und sein ganzer Haushalt geriet in Aufruhr, und seine Frauen kamen hereingestürzt, um ihm beizustehen und ihm den Rücken und den Bauch zu reiben, und auch sie brachen in kreischendes Gelächter aus, und Peter Marlowe lachte mit.

Peter Marlowe lächelte wieder, als er sich jetzt daran erinnerte. Das war ein Mann gewesen! Tuan Abu. Aber heute werde ich nicht mehr an mein Dorf zurückdenken, oder an meine Freunde aus dem Dorf, oder an N'ai, die Tochter des Dorfes, die man mir gegeben und mir erklärt hatte, sie dürfe ich berühren. Heute werde ich nur noch an das Rundfunkgerät denken und wie ich es anstellen soll, um an den Kondensator zu kommen, und ich werde meine Sinne schärfen für das Dorf heute nacht.
Er löste sich aus dem Lotossitz und wartete dann geduldig, bis das Blut in seinen Adern wieder zu fließen begann. Rings um ihn hing der süßliche Benzingeruch, der von einer Brise herangetragen wurde. Diese Brise brachte auch Stimmen mit sich, die sich zu einer Hymne erhoben hatten. Sie kamen aus dem Freilichttheater, das heute eine anglikanische Kirche war. Vergangene Woche war es eine katholische Kirche gewesen, die Woche davor der Andachtsraum der Sieben-Tage-Adventisten

und die Woche davor die Kirche irgendeiner anderen Konfession. Man war tolerant in Changi.
Viele Pfarrkinder drängten sich auf den rohen Sitzen. Einige waren wegen ihres Glaubens dort, einige wegen ihres Unglaubens. Einige waren dort, um irgend etwas zu tun, einige waren dort, weil es nichts anderes zu tun gab. Heute hielt Kaplan Drinkwater den Gottesdienst.
Kaplan Drinkwaters Stimme klang voll und rund. Tiefe Überzeugung quoll aus ihm, und die Worte der Bibel wurden plötzlich lebendig, gaben einem Hoffnung und ließen vergessen, daß Changi Wirklichkeit war und daß man nichts im Magen hatte.
Elender Heuchler, dachte Peter Marlowe und verachtete Drinkwater zutiefst, als er wieder einmal daran dachte . . .
»He, Peter«, hatte Dave Daven an jenem Tage geflüstert, »schauen Sie doch einmal dort hinüber.«
Peter Marlowe sah Drinkwater mit einem schwächlichen Korporal der Royal Air Force namens Blodger reden. Drinkwaters Bett stand an einem bevorzugten Platz in der Nähe der Tür der Baracke 16.
»Das muß sein neuer Putzer sein«, sagte Daven. Selbst im Lager wurde die uralte Tradition aufrechterhalten.
»Was ist mit dem anderen geschehen?«
»Mit Lyles? Mein Bursche hat mir erzählt, daß er oben im Lazarett liegt. Saal 6.«
Peter Marlowe stand auf. »Drinkwater kann mit den Leuten vom Heer tun, was er will, aber von meinen Leuten kriegt er keinen.«
Er ging an den vier Betten vorbei. »Blodger!«
»Was wünschen Sie, Marlowe?« fragte Drinkwater.
Peter Marlowe beachtete ihn nicht. »Was tun Sie hier, Blodger?«
»Ich habe nur mal den Kaplan besucht, Sir«, antwortete er und trat näher, »ich kann Sie nicht richtig sehen.«
»Leutnant Marlowe.«
»Ah, Sie sind es. Guten Tag, Sir. Ich bin der neue Offiziersbursche des Kaplans, Sir.«

»Sie verschwinden von hier, und bevor Sie einen Posten als Offiziersbursche annehmen, kommen Sie erst zu mir und fragen mich!«
»Aber, Sir . . .«
»Für wen halten Sie sich eigentlich, Marlowe?« fauchte Drinkwater. »Sie haben keine Befehlsgewalt über ihn.«
»Er wird nicht Ihr Bursche sein.«
»Warum?«
»Weil ich es sage. Sie können abtreten, Blodger.«
»Aber, Sir, ich sorge gut für den Kaplan. Ganz bestimmt. Ich werde schwer arbeiten . . .«
»Wo haben Sie die Zigarette her?«
»Hören Sie mal, Marlowe . . .«, begann Drinkwater.
Peter Marlowe drehte sich blitzschnell zu ihm um. »Halten Sie den Mund!«
Alle in der Baracke hielten mit dem inne, womit sie gerade beschäftigt waren, und begannen aufzuhorchen.
»Wo haben Sie die Zigarette her, Blodger?«
»Der Kaplan hat sie mir gegeben«, wimmerte Blodger und wich von der Schärfe in Peter Marlowes Stimme in Furcht versetzt zurück. »Ich habe ihm mein Ei dafür gegeben. Er hat mir versprochen, mir im Tausch gegen mein tägliches Ei Tabak zu geben. Ich möchte den Tabak, und er kann die Eier haben.«
»Daran ist doch nichts Schlimmes«, tobte Drinkwater. »Es ist doch nichts Schlimmes, wenn ich dem Jungen etwas Tabak gebe. Er hat mich darum gebeten. Im Tausch gegen ein Ei.«
»Sind Sie in letzter Zeit mal oben im Krankensaal 6 gewesen?« fragte Peter Marlowe. »Haben Sie mitgeholfen, daß Lyles dort aufgenommen wurde? Ihr letzter Bursche? Er hat jetzt keine Augen mehr.«
»Das ist nicht meine Schuld. Ich habe ihm nichts getan.«
»Wie viele von seinen Eiern haben Sie gegessen?«
»Keines. Ich habe keines gegessen.«
Peter Marlowe packte eine Bibel und stieß sie Drinkwater in die Hände. »Schwören Sie es, dann will ich Ihnen glauben. Schwören Sie es, oder ich werde Sie bei Gott dazu bringen!«

»Ich schwöre es!« jammerte Drinkwater.
»Sie verlogenes Schwein!« schrie Daven. »Ich habe Sie Lyles' Eier nehmen sehen. Wir alle haben es gesehen.«
Peter Marlowe packte Drinkwaters Eßgeschirr und entdeckte das Ei darin. Dann schmetterte er es Drinkwater ins Gesicht und zwängte ihm die Eierschalen in den Mund. Drinkwater wurde ohnmächtig.
Peter Marlowe schüttete ihm eine Schüssel Wasser ins Gesicht, und er kam wieder zu sich.
»Seien Sie gesegnet, Marlowe«, hatte er geflüstert. »Seien Sie gesegnet, daß Sie mir den Irrtum meiner Wege aufgezeigt haben.« Er hatte sich neben das Bett gekniet. »O Gott, vergib mir unwürdigem Sünder. Vergib mir meine Sünden . . .«

Jetzt war ein strahlender Sonntag, und Peter Marlowe hörte Drinkwater zu, der eben seine Predigt beendete. Blodger war schon lange vorher in Saal 6 gekommen, aber daß Drinkwater daran schuld hatte, konnte Peter Marlowe nie beweisen. Drinkwater bekam noch immer von irgendwoher viele Eier.
Peter Marlowes Magen knurrte und sagte ihm, daß es Zeit zum Mittagessen sei.
Als er zu seiner Baracke zurückkam, warteten die Männer bereits ungeduldig mit Eßgeschirren in den Händen. Heute würde es die Sonderration nicht geben. Und den Gerüchten zufolge auch morgen nicht. Ewart hatte bereits in der Küchenbaracke nachgesehen. Dort gab es nur das übliche. Und auch das war in Ordnung, aber, verdammt, warum beeilen die Idioten sich nicht?
Grey saß auf dem Fußende seines Bettes.
»Oho, Marlowe«, rief er, »Sie essen heute immer noch bei uns? Was für eine angenehme Überraschung.«
»Ja, Grey, ich esse noch immer hier! Warum laufen Sie nicht einfach los und spielen Räuber und Gendarm? Legen Sie sich doch lieber mit jemandem an, der sich nicht wehren kann!«
»Nichts zu machen. Ich habe was Besseres auf dem Kieker.«
»Viel Glück dabei.« Peter Marlowe machte seine Eßgeschirre

bereit. Von der anderen Seite des Weges blinzelte ihm Brough zu, der bei einer Bridgepartie kiebitzte. »Die Polypen«, flüsterte er, »sind doch alle gleich.«

»Da haben Sie recht.«

Brough trat zu Peter Marlowe. »Ich habe gehört, Sie haben einen neuen Freund.«

»Stimmt.« Peter Marlowe war auf der Hut.

»Wir sind ein freies Land. Aber manchmal muß man sich eben hervorwagen und Stellung beziehen.«

»Wahrhaftig?«

»Ja, wirklich. Schnelle Pferde gehen manchmal durch.«

»Das gilt für jedes Land.«

»Vielleicht«, grinste Brough, »vielleicht würden Sie irgendwann gern mal eine Tasse Kaffee trinken und einen kleinen Schwatz machen.«

»Recht gerne. Wie wäre es mit morgen? Nach dem Fressen ...« Unwillkürlich benutzte er den Ausdruck des King. Aber er verbesserte sich nicht. Er lächelte, und Brough lächelte zurück.

»He, es gibt Essen«, rief Ewart laut.

»Gott sei's getrommelt und gepfiffen«, ächzte Phil. »Wie wäre es mit einem Geschäft, Peter? Ihr Reis gegen meine Gemüsesuppe?«

»Sie machen sich vielleicht Hoffnungen!«

»Man kann's ja schließlich mal versuchen.«

Peter Marlowe ging hinaus und schloß sich an die zum Essenfassen anstehende Schlange an. Raylins gab den Reis aus. Gut, dachte er, da braucht man sich heute keine Sorgen zu machen.

Raylins war ein kahlköpfiger Mann mittleren Alters. Er war ein kleiner Abteilungsleiter bei der Bank von Singapur und wie Ewart beim Malaiischen Regiment gewesen. In Friedenszeiten war es großartig, einer solchen Einheit anzugehören. Es gab viele Gesellschaften, Kricket, Polo. Man mußte schon beim Regiment sein, wenn man jemand sein wollte. Raylins kümmerte sich auch um die Verpflegung, und Festmahle waren seine besondere Spezialität. Als man ihm ein Gewehr in die Hand

drückte und ihm erklärte, er wäre ab sofort im Kriegseinsatz und hätte den Befehl, seinen Zug über den Damm zu führen und gegen die Japaner zu kämpfen, hatte er den Oberst nur angesehen und gelacht. Sein Arbeitsbereich waren Konten. Aber es hatte ihm nichts geholfen, und er hatte zwanzig Mann nehmen müssen, die ebensowenig ausgebildet waren wie er selbst, und war mit ihnen die Straße hinaufmarschiert. Er war marschiert, und dann waren seine zwanzig Leute plötzlich nur noch drei. Dreizehn waren bei dem Überfall auf der Stelle getötet worden. Vier waren nur verwundet. Sie lagen schreiend mitten auf der Straße. Einem hatte es die Hand weggerissen, und er starrte einfältig auf den Stumpf, fing mit der anderen Hand sein Blut auf und versuchte, es wieder in den Arm zurückzuschütten. Ein anderer lachte und lachte, während er seine Eingeweide in das klaffende Loch zurückstopfte.
Raylins hatte blöde geglotzt, als der japanische Panzer mit feuerspeienden Geschützen und Maschinengewehren die Straße heruntergerasselt kam. Dann war der Panzer vorbei, und die vier waren nur noch Flecken auf dem Asphalt. Er hatte zu seinen ihm noch verbliebenen drei Männern hingesehen – Ewart war einer davon. Sie hatten seine Blicke erwidert. Dann waren sie von Entsetzen gepackt davongelaufen, in den Dschungel hinein. Dann hatten sie sich verirrt. Dann war er allein, allein in einer entsetzlichen Nacht voller Blutegel und Geräusche, und das einzige, was ihn vor dem Wahnsinn rettete, war ein malaiisches Kind, das den Stammelnden gefunden und ihn zu einem Dorf geführt hatte. Er hatte sich in das Gebäude geschlichen, in dem die Überreste einer Armee versammelt waren. Am nächsten Tag erschossen die Japaner zwei von jeweils zehn Mann. Er wurde zusammen mit einigen wenigen in dem Haus festgehalten. Später wurden sie in einen Lastwagen gepfercht und in ein Lager abgeschoben, und dort war er unter seinen eigenen Leuten. Aber er konnte nie seinen Freund Charles vergessen, den Mann mit den heraushängenden Eingeweiden.
Raylins verbrachte die meiste Zeit in einem Dämmerzustand.

Er konnte einfach nicht begreifen, wieso er sich nicht in seiner Bank befand und seine Zahlen addierte, saubere und klare Zahlen, und warum er in einem Lager steckte, wo er sich in einem Punkte glänzend hervortat: Er konnte eine unbekannte Menge Reis in genau die richtige Anzahl von Portionen aufteilen. Beinahe bis aufs Korn.

»Ah, Peter«, sagte Raylins, als er ihm seinen Teil gab. »Sie haben doch Charles gekannt, nicht wahr?«

»O ja, ein netter Kerl.« Peter Marlowe kannte ihn nicht. Keiner von ihnen kannte ihn.

»Glauben Sie, daß er sie wieder hineingebracht hat?« fragte Raylins.

»Aber ja. Bestimmt.« Peter Marlowe nahm sein Eßgeschirr, und Raylins wandte sich bereits an den nächsten Mann in der Schlange.

»Ah, Kaplan Grover, es ist warm heute, nicht wahr? Sie haben doch Charles gekannt, nicht wahr?«

»Ja«, antwortete der Kaplan, und seine Augen waren auf seine Portion Reis gerichtet. »Ich bin sicher, daß es ihm gelungen ist, Raylins.«

»Gut, gut. Es freut mich, das zu hören. Es ist doch sonderbar, wenn man seine Eingeweide statt im Innern plötzlich außen entdeckt, einfach so.«

Raylins Geist wanderte zu seiner kühlen, kühlen Bank und zu seiner Frau, die er heute abend, wenn er die Bank verließ, in ihrem netten kleinen Bungalow neben der Rennbahn sehen würde. Wie war das doch gleich, dachte er, ach ja, heute gibt es Lamm zum Abendessen. Lamm! Und dazu ein kühles Bier. Dann werde ich mit Penelope spielen, und meine Frau wird sich freuen, wenn sie sich auf die Veranda setzen und nähen kann.

»Ah«, sagte er voll Glück, als er Ewart erkannte. »Möchten Sie nicht heute abend zu uns zum Essen kommen, Ewart, alter Junge? Vielleicht möchten Sie gerne Ihre Frau mitbringen.«

Ewart murmelte etwas mit zusammengebissenen Zähnen. Er nahm seinen Reis und seine Gemüsesuppe und wandte sich ab.

»Ruhig, Ewart«, warnte Peter Marlowe ihn.
»Seien Sie doch selbst ruhig! Wie wollen Sie wissen, was das für ein Gefühl ist? Ich schwöre bei Gott, daß ich ihn eines Tages doch noch umbringen werde.«
»Keine Aufregung . . .«
»Aufregung? Sie sind tot. Seine Frau und sein Kind sind tot. Ich habe sie tot gesehen. Aber meine Frau und meine beiden Kinder? Wo sind sie, na? Wo? Irgendwo, und auch tot. Sie müssen es nach dieser langen Zeit sein. Tot!«
»Sie sind im Zivillager . . .«
»Großer Gott, woher wollen Sie das wissen? Sie wissen es nicht, ich weiß es nicht, und es liegt doch nur acht Kilometer entfernt. Sie sind tot! Oh, mein Gott«, und Ewart setzte sich und weinte und verschüttete seinen Reis und seine Gemüsesuppe auf den Boden. Peter Marlowe sammelte den Reis und die Blätter, die auf der Gemüsesuppe schwammen, mit dem Löffel wieder auf und schüttete sie in Ewarts Eßgeschirr zurück.
»Nächste Woche werden Sie einen Brief schreiben dürfen. Oder vielleicht läßt man Sie sie besuchen. Der Lagerkommandant verlangt immer eine Liste der Frauen und Kinder. Machen Sie sich keine Sorgen. Sie sind in Sicherheit.« Peter Marlowe ließ ihn sitzen und seinen Reis in sich hineinschlabbern, nahm seinen eigenen Reis und ging zum Bungalow hinab.
»Hallo, Kamerad«, begrüßte ihn Larkin. »Sind Sie oben gewesen und haben Mac besucht?«
»Ja. Er sieht gut aus. Er hat sogar angefangen, sich seines Alters wegen aufzuregen.«
»Es wird schön sein, den alten Mac wieder hier zu haben.« Larkin griff unter seine Matratze und holte ein anderes Eßgeschirr darunter hervor. »Ich habe eine Überraschung!« Er öffnete das Eßgeschirr und ließ eine fünf Quadratzentimeter große bräunliche und butterartige Substanz sehen.
»Bei allem, was heilig ist! Blachang! Verdammt, wo haben Sie es her?«
»Geklaut, natürlich.«

»Sie sind ein Genie, Oberst. Sonderbar, ich habe gar nichts gerochen.« Peter Marlowe bückte sich und nahm ein winziges Stück Blachang. »Das wird uns einige Wochen reichen.«

Blachang ist eine leicht herzustellende Eingeborenendelikatesse. Wenn die Zeit dafür gekommen ist, geht man an den Strand und fängt mit dem Netz Myriaden winziger Meerestiere, die in der Brandung schweben. Man legt sie in eine mit Seetang ausgeschlagene Grube, bedeckt sie mit einer Schicht Seetang und läßt dann das Ganze zwei Monate lang unberührt liegen.

Wenn man dann die Grube öffnet, sind die Tiere zu einem stinkenden Brei zerfallen, dessen Geruch einem fast den Atem verschlägt und den Geruchssinn auf eine Woche betäubt. Mit angehaltenem Atem löffelt man den Brei heraus und kocht ihn. Aber man muß dabei unter dem Wind bleiben, sonst erstickt man. Wenn der Brei abgekühlt ist, formt man ihn in kleine Blöcke, die man dann für ein Vermögen verkaufen kann. Vor dem Krieg mußte man für einen Würfel zehn Cent bezahlen. Jetzt mußte man schon für ein kleines Scheibchen vielleicht zehn Dollar zahlen. Und warum ist es eine Delikatesse? Nun, weil es reines Protein ist. Und schon ein winziges Stückchen würzt eine ganze Schale Reis und macht ihn schmackhaft. Natürlich kann man davon leicht die Ruhr bekommen. Aber wenn es das richtige Alter gehabt hat, richtig gekocht worden war und die Fliegen es nicht berührt hatten, war es großartig.

Aber danach fragte man nie. Man sagte nur: »Oberst, Sie sind ein Genie«, und mischte es unter seinen Reis und genoß es.

»Wie wär's, wenn Sie etwas zu Mac hinaufbrächten?«

»Gute Idee. Aber er wird bestimmt meckern, es sei nicht genug gekocht worden.«

»Der alte Mac würde selbst dann noch meckern, wenn es zur Vollkommenheit gekocht worden wäre ...« Larkin brach ab. »He, Johnny«, rief er dem großen Mann zu, der mit einem mageren Köter an der Leine vorbeiging. »Möchten Sie etwas Blachang, Kamerad?«

»Das fragen Sie?«

Sie gaben ihm eine Portion auf einem Bananenblatt und unterhielten sich mit ihm über das Wetter und erkundigten sich, wie es dem Hund ginge. John Hawkins liebte seinen Hund abgöttisch. Er teilte sein Essen mit ihm – es war erstaunlich, was ein Hund alles fraß –, und er durfte auf seinem Bett schlafen. Rover war ein guter Freund. Man konnte sich zivilisiert fühlen.

»Haben Sie Lust, heute abend Bridge zu spielen? Ich werde einen vierten Mann mitbringen«, sagte Hawkins.

»Heute abend kann ich nicht«, erwiderte Peter Marlowe und erschlug Fliegen.

»Ich kann Gordon von nebenan holen«, schlug Larkin vor.

»Großartig. Nach dem Abendessen?«

»Prima. Dann also bis nachher!«

»Danke für das Blachang«, sagte Hawkins, als er mit dem glücklich an seiner Seite kläffenden Rover davonging.

»Verdammt, wie schafft er es nur, für sich selbst und den Köter genug zu essen beizubringen, ich kann es mir einfach nicht vorstellen«, sagte Larkin. »Und wie er es fertigbringt, daß die Töle nicht längst in irgendein Kochgeschirr gewandert ist.«

Peter Marlowe rührte seinen Reis um und mengte sorgfältig das Blachang darunter. Er hätte zu gerne das Geheimnis seines Ausflugs heute nacht mit Larkin geteilt. Aber er wußte auch, daß es zu gefährlich war.

## 14

Aus dem Lager herauszukommen war lächerlich einfach. Nur ein kurzer Sprung zu einem im Schatten liegenden Teil des aus sechs Drähten bestehenden Zauns, dann spielend leicht darunter weg und ein schneller Lauf in den Dschungel hinein. Als sie anhielten, um zu verschnaufen, wünschte Peter Marlowe, er wäre wieder in Sicherheit bei Mac oder Larkin oder sogar bei Grey und unterhielte sich mit ihnen.

Die ganze Zeit über sagte er sich, ich habe mir doch ge-

wünscht, draußen zu sein, und jetzt, da ich draußen bin, fürchte ich mich zu Tode.
Es war gespenstisch, wenn man von draußen hineinblickte. Die amerikanische Baracke lag hundert Meter entfernt. Männer gingen auf und ab. Hawkins führte seinen Hund spazieren. Ein koreanischer Posten schlenderte durchs Lager. In einigen Baracken war das Licht schon erloschen, und der Abendappell war längst vorüber. Aber das Lager war belebt von den Schlaflosen. Es war immer so.
»Kommen Sie, Peter«, flüsterte der King und ging voran, tiefer in den Dschungel hinein.
Alles war gut geplant gewesen. Bis jetzt. Als er die Baracke erreicht hatte, war der King schon bereit gewesen. »Man muß Werkzeuge haben, wenn man eine Arbeit ordentlich machen will«, hatte er gesagt und auf ein Paar gut eingefettete Japsenstiefel mit Kreppsohlen und weichem, geräuschlosem Leder und auf die »Ausrüstung«, die aus schwarzen Chinesenhosen und einer kurzen Bluse bestand, gezeigt.
Nur Dino war in ihren Ausflug eingeweiht. Er hatte die beiden »Ausrüstungen« zu Bündeln verschnürt und sie heimlich am Ausgangspunkt versteckt. Dann war er zurückgekehrt, und als die Luft rein war, hatten Peter Marlowe und der King ganz unauffällig die Baracke verlassen und erklärt, sie wollten mit Larkin und noch einem anderen Aussie Bridge spielen. Sie hatten eine nervenzerrüttende halbe Stunde warten müssen, bis der Weg frei gewesen war, so daß sie in den Wassergraben am Stacheldraht hinauslaufen, in ihre Ausrüstung schlüpfen und sich Gesicht und Hände mit Schlamm beschmieren konnten. Noch eine Viertelstunde, bis sie unbeobachtet zum Zaun hatten laufen können. Als sie den Zaun hinter sich gebracht hatten und in ihrem Versteck am Dschungelrand lagen, hatte Dino ihre weggeworfenen Kleider eingesammelt.
Dschungel bei Nacht. Gespenstisch. Aber Peter Marlowe fühlte sich zu Hause. Es war genau wie auf Java, genau wie in der Umgebung seines eigenen Dorfes, so daß seine Nervosität ein wenig nachließ.

Der King ging mit unfehlbarer Sicherheit voran. Er hatte den Weg früher schon fünfmal zurückgelegt. Er ging, und jeder Sinn war hellwach. Irgendwo stand ein Posten, an dem sie vorbei mußten. Dieser Posten hatte keinen genau festgelegten Weg abzugehen, sondern konnte sich frei bewegen. Aber der King wußte, daß der Posten sich meist irgendwo eine Lichtung suchte und sich schlafen legte.

Nach langer Zeit, in der sie von Angst gequält wurden, nach einer Zeit, in der jedes verfaulte Stück Holz oder Blatt ihr Vorübergehen hinauszuschreien schien und in der jeder lebende Zweig sie zurückhalten zu wollen schien, erreichten sie den Pfad. Sie waren an dem Posten vorbei. Der Pfad führte zum Meer. Und dann zum Dorf.

Sie überquerten den Pfad und begannen einen Kreis zu schlagen. Über dem dichten Laubdach hing ein Halbmond am wolkenlosen Himmel. Es herrschte gerade das richtige Licht, das ihnen Sicherheit bot. Freiheit. Kein Stacheldraht ringsum und keine Menschen. Endlich für sich allein sein. Für Peter Marlowe war es ein plötzlicher Alptraum.

»Was ist los, Peter?« flüsterte der King, der fühlte, daß etwas nicht stimmte.

»Nichts ... Es ist nur – ach, es ist ein richtiger Schock, plötzlich draußen zu sein.«

»Sie werden sich daran gewöhnen.« Der King warf einen Blick auf seine Armbanduhr. »Wir müssen noch etwa zwei Kilometer gehen. Wir sind etwas zu früh dran, deshalb warten wir besser eine Weile.«

Er entdeckte ein Versteck aus ineinanderverflochtenen Ranken und gestürzten Bäumen und schlüpfte darunter. »Hier können wir es uns bequem machen.«

Sie warteten und lauschten in den Dschungel hinein. Grillen, Frösche, plötzliches Gezwitscher. Jähe Stille. Das Rascheln eines unbekannten Tieres.

»Ich könnte was zu rauchen brauchen.«

»Ich auch.«

»Aber hier geht es nicht.« Des King Geist war hellwach. Die

eine Hälfte lauschte in den Dschungel. Die andere arbeitete rasend und ging noch einmal alle Perspektiven des künftigen Geschäftes durch. Ja, sagte er sich, es ist ein guter Plan.
Er warf einen Blick auf die Uhr. Der Minutenzeiger kroch schleppend weiter. Aber dadurch hatte er mehr Zeit zum Planen. Je länger man vor einem Geschäft alles plante, desto besser. Dadurch vermied man Schnitzer und erzielte einen höheren Gewinn. Gott sei für den Gewinn gedankt! Der Kerl, der das Geschäftemachen erdacht hatte, war das wahre Genie gewesen. Man muß für wenig einkaufen und für mehr verkaufen. Man muß sein Hirn anstrengen. Muß ein Risiko eingehen, und das Geld strömt herein. Und mit Geld ist alles möglich. Vor allem gibt es Macht.
Wenn ich rauskomme, dachte der King, werde ich Millionär. Ich werde so viel Geld machen, daß Fort Knox sich daneben wie ein Sparschweinchen ausnimmt. Ich werde eine Organisation aufbauen. Die Organisation wird mit ehrlichen, aber harten Burschen besetzt. Hirne kann man immer kaufen, und wenn man erst den Preis eines Burschen kennt, kann man ihn ganz nach Belieben brauchen oder mißbrauchen. Das ist es, was die Welt in Bewegung hält. Es gibt die Elite und die anderen. Ich bin Elite. Ich werde es bleiben.
Nie mehr werde ich herumgestoßen oder von Stadt zu Stadt geschoben werden. Das ist vorbei. Damals war ich noch ein Kind. An Vater gebunden – an einen Mann gebunden, der die Leute bediente oder Benzin zapfte oder Telefonbücher auslieferte oder Lumpen und Abfall wegfuhr oder um Almosen winselte, um sich eine Flasche Schnaps kaufen zu können. Und dann die Schweinerei wegräumen. Nie wieder. Jetzt werden andere meine Schweinerei wegräumen.
Nur die Moneten brauche ich. »Alle Menschen sind gleich geschaffen . . . es gibt unveräußerliche Rechte.«
Gott sei Dank, daß es Amerika gibt, sagte der King sich zum abertausendsten Male. Gott sei Dank, daß ich als Amerikaner geboren wurde.
»Es ist Gottes eigenes Land«, sagte er halb zu sich selbst.

»Was?«
»Die Staaten.«
»Warum?«
»Die Staaten sind der einzige Platz auf der Welt, wo man alles kaufen kann, wo man eine Chance hat, es zu etwas zu bringen. Das ist wichtig, wenn man nicht in Reichtum hineingeboren wurde, Peter, und das ist nur bei verflucht wenigen der Fall. Aber wenn man nicht hineingeboren wurde – und man möchte arbeiten –, nun, dann gibt es so verflucht viele günstige Gelegenheiten, daß einem die Haare zu Berge stehen. Und wenn ein Mann nicht arbeitet und sich selbst hilft, verdammt, dann taugt er auch nichts und ist kein Amerikaner und ...«
»Horchen Sie!« warnte Peter Marlowe und war plötzlich alarmiert.
Aus der Ferne kam das leise Tappen näherkommender Schritte.
»Es ist ein Mann«, flüsterte Peter Marlowe und glitt tiefer in den Schutz der Ranken hinein. »Ein Eingeborener!«
»Verdammt, woher wissen Sie das?«
»Er trägt Holzsandalen. Ich würde sagen, er ist alt. Er schlurft.«
Wenige Augenblicke später tauchte der Eingeborene aus dem Schatten auf und ging unbekümmert den Pfad entlang. Es war ein alter Mann, und auf den Schultern trug er ein totes Wildschwein. Sie sahen ihn vorbeigehen und kurz darauf verschwinden.
»Er hat uns bemerkt«, erklärte Peter Marlowe besorgt.
»Verflucht, das hat er nicht.«
»Doch, ich bin ganz sicher, daß er uns bemerkt hat. Vielleicht dachte er, es wäre ein Japsenposten, aber ich habe seine Füße beobachtet. So kann man immer feststellen, ob man entdeckt worden ist. Er hat einen Takt im Schritt ausgelassen.«
»Vielleicht war es ein Erdspalt im Pfad oder ein Stock.«
Peter Marlowe schüttelte den Kopf.
Freund oder Feind? überlegte der King fieberhaft. Wenn er aus dem Dorf ist, dann sind wir sicher. Das ganze Dorf weiß, wann

der King kommt, denn alle bekamen von Cheng San, seinem Verbindungsmann, ihren Anteil. Ich habe ihn nicht erkannt, aber das hat weiter nichts zu sagen, denn eine ganze Reihe Eingeborene war auf Nachtfischfang, wenn ich früher dort war. Was tun?

»Wir warten noch etwas und werden es bald sehen. Wenn er ein Feind ist, wird er zum Dorf gehen und dann dem Dorfältesten berichten. Der Dorfälteste wird uns ein Zeichen geben, daß wir uns sofort aus dem Staub machen sollen.«

»Glauben Sie, daß man ihnen trauen kann?«

»Ich kann es, Peter.« Er setzte sich wieder in Bewegung. »Bleiben Sie zwanzig Schritte hinter mir.«

Sie fanden das Dorf leicht. Beinahe zu leicht, dachte Peter Marlowe argwöhnisch bei sich. Von ihrem Standpunkt auf einer Anhöhe aus konnten sie es überblicken. Einige Malaien hockten auf einer Veranda und rauchten. Hier und da grunzte ein Schwein. Das Dorf war von Kokospalmen umgeben, und dahinter leuchtete die phosphoreszierende Brandung. Einige Boote mit leicht geblähten Segeln, die Fischnetze ruhig über Bord hängend, nirgends eine Andeutung von Gefahr.

»Scheint alles in Ordnung«, flüsterte Peter Marlowe.

Der King stieß ihn plötzlich an. Auf der Veranda der Dorfältestenhütte standen der Dorfälteste und der Mann, den sie gesehen hatten. Die beiden Malaien waren ins Gespräch vertieft, dann erklang ein fernes Lachen in die Stille hinein, und der Mann kam die Leiter herunter.

Sie hörten ihn laut rufen. Im nächsten Augenblick kam eine Frau herangelaufen. Sie nahm das Schwein von seinen Schultern, trug es zum Feuer und steckte es an einen Spieß. Im nächsten Augenblick tauchten weitere Malaien auf, scherzten, lachten und drängten sich um das Feuer.

»Dort ist er!« rief der King laut. Den Strand herauf kam ein großer Chinese. Hinter ihm zurrte ein Eingeborener die Segel des kleinen Fischerbootes fest. Er trat zum Dorfältesten, und die beiden tauschten ihre sanften Begrüßungen aus, hockten sich dann hin und warteten.

»Gut«, grinste der King, »jetzt geht es los.«
Er stand auf, hielt sich im Schatten und schlug vorsichtig einen Bogen. Auf der Rückseite der Dorfältestenhütte führte eine Leiter steil zu der Veranda hoch über dem Boden hinauf. Der King kletterte hinauf, und Peter Marlowe folgte dicht dahinter. Beinahe im gleichen Augenblick hörten sie, wie die Leiter schurrend hochgezogen wurde.
»Tabe«, lächelte der King, als Cheng San und Sutra, der Dorfälteste, eintraten.
»Es ist angenehm, Euch zu sehen, Tuan«, sagte der Dorfälteste und suchte nach englischen Worten. »Ihr makan – essen?« Sein Lächeln entblößte die von Betelnuß gefleckten Zähne.
»Trima kassih – danke.« Der King hielt Cheng San die Hand hin. »Wie ist es Ihnen gegangen, Cheng San?«
»Ich die ganze Zeit gut. Wissen Sie, ich . . .« Cheng San suchte nach dem richtigen Ausdruck, und dann fiel er ihm ein. »Hier vielleicht auch gute Zeit.«
Der King zeigte auf Peter Marlowe. »Ichi-bon-Freund. Peter, sagen Sie doch etwas zu ihnen. Sie wissen schon, Begrüßungsformeln und solchen Zinnober. Machen Sie sich an die Arbeit, alter Freund.« Er reichte eine Packung Kooa herum.
»Mein Freund und ich danken Euch für Euer Willkommen«, begann Peter Marlowe. »Wir wissen die Freundlichkeit zu schätzen, daß Ihr Euch erkundigt habt, ob wir mit Euch essen wollen, denn wir wissen wohl, daß in diesen Zeiten Mangel herrscht. Gewiß würde nur eine Schlange im Dschungel sich weigern, Euer freundliches Angebot anzunehmen.«
Sowohl auf dem Gesicht Cheng Sans als auch auf dem des Dorfältesten leuchtete ein breites Lächeln auf.
»Wah-lah«, rief Cheng San. »Es wird schön sein, wenn ich durch Euch meinem Freund Rajah alle Worte sagen kann, die in meinem nichtswürdigen Munde sind. Schon viele Male habe ich etwas sagen wollen, für das weder ich noch mein guter Freund Sutra hier die Worte finden konnten. Sagen Sie dem Rajah, er sei ein weiser und kluger Mann, daß er einen solch vortrefflichen Dolmetscher gefunden hat.«

»Er sagt, ich sei ein gutes Sprachrohr«, erklärte Peter Marlowe glücklich und war jetzt ruhig und sicher. »Und er freut sich, daß er Ihnen jetzt ordentlich einen reinwürgen kann.«

»Um Himmels willen, bleiben Sie bei Ihrer gepflegten Limeysprache. Wenn Sie von reinwürgen sprechen, wirken Sie wie ein Ganove.«

»Oh, und ich habe mir solche Mühe gegeben und Max studiert«, erwiderte Peter Marlowe niedergeschlagen.

»Lassen Sie's lieber bleiben.«

»Er hat Sie auch Rajah genannt! Das ist von jetzt an Ihr Spitzname.«

»Hören Sie mit dem Quatsch auf, Peter!«

»Danke gleichfalls, Genosse!«

»Kommen Sie, wir haben nicht viel Zeit. Erzählen Sie Cheng San, was ich Ihnen jetzt sage. Über das Geschäft. Ich werde...«

»Sie können noch nicht über das Geschäft reden, mein Lieber«, unterbrach Peter Marlowe ihn schockiert. »Sie würden alles verpatzen. Zuerst werden wir etwas Kaffee trinken und etwas essen müssen, und dann können wir anfangen.«

»Sagen Sie es ihnen sofort.«

»Wenn ich das tue, werden sie zutiefst beleidigt sein. Ganz bestimmt.«

Der King dachte einen Augenblick nach. Nun, sagte er sich, wenn man sich Hirne kauft, ist es ein schlechtes Geschäft, wenn man sie nicht auch benutzt – außer wenn man ein Gefühl hat. Das ist es, womit der Geschäftsmann steht oder fällt – wenn er einem Gefühl folgt, gegen die Meinung des Hirns. Aber in diesem Falle hatte er kein Gefühl, und deshalb nickte er nur. »Gut, machen Sie es, wie Sie wollen.«

Er zog an seiner Zigarette und hörte zu, wie Peter Marlowe mit ihnen redete. Dabei sah er Cheng San schräg und forschend an. Seine Kleider waren besser als das letzte Mal. Er trug einen neuen Ring, der wie ein Saphir aussah, vielleicht fünf Karat. Sein sauberes, glattes und bartloses Gesicht war honigfarben und das Haar gut gepflegt. Ja, Cheng San selbst ging es ganz gut. Aber dort der alte Sutra, ihm geht es nicht so gut. Sein Sarong ist alt und am Saum ausgefranst. Kein Edelsteinschmuck. Das letzte Mal hatte er noch einen Goldring getragen. Jetzt trug er ihn nicht mehr. Und die Kerbe am Finger war fast nicht mehr zu sehen. Das bedeutete, daß er ihn nicht etwa eben erst ausgezogen hatte, um heute abend den armen Mann zu spielen.

Der King hörte das leise Geplapper der Frauen weiter hinten im anderen Teil der Hütte und draußen die Stille des nächtlichen Dorfes. Durch das glaslose Fenster kam der Duft gerösteten Schweinefleisches. Das bedeutete, daß das Dorf Cheng San wirklich brauchte – er bildete die Verbindung zum Schwarzmarkt, wo die Fische abzusetzen waren, die das Dorf direkt an die Japsen verkaufen sollte –, und das Dorf machte ihm das Schwein zum Geschenk. Oder vielleicht veranstaltete der Alte, der gerade ein Wildschwein gefangen hatte, eine Feier für seine Freunde. Aber die Menge rund um das Feuer wartet gierig, ebenso gierig wie wir selbst. Bestimmt sind sie auch hungrig. Das bedeutet, daß es in Singapur schlecht aussehen muß. Das Dorf hätte sonst mit Vorräten an Essen und Trinken und allem gut versorgt sein müssen. Cheng San konnte demnach keine allzu guten Geschäfte beim Verkauf ihrer geschmuggelten Fische machen. Vielleicht hatten die Japsen ein Auge auf ihn geworfen. Vielleicht macht er es nicht mehr lange!

Deshalb braucht er das Dorf vielleicht mehr als das Dorf ihn braucht. Und deshalb legt er ihnen jetzt vielleicht eine Schau hin – Kleider und Edelsteine. Vielleicht hat Sutra allmählich die Schnauze voll von den schlechten Geschäften und ist entschlossen, ihn fallenzulassen und sich mit einem anderen Schwarzmarkthändler zusammenzutun.

»He, Peter«, sagte der King. »Fragen Sie doch mal Cheng San, wie die Chose mit Fisch in Singapur läuft.« Peter Marlowe übersetzte die Frage.

»Er erklärt, das Geschäft gehe gut. Lebensmittel seien so knapp, daß er auf der Insel die besten Preise erzielen könne. Aber er sagt, die Japsen setzen ihm immer heftiger zu. Es wird

jeden Tag schwieriger, Geschäfte zu machen. Und es wird immer teurer, die Marktgesetze zu brechen.«
Aha, jetzt habe ich dich. Der King frohlockte. Cheng San ist also nicht *nur* meines Geschäftes wegen gekommen! Es geht um Fische und um das Dorf. Wie kann ich das gleich zu meinem Vorteil ausschlachten? Möchte wetten, Cheng San hat Schwierigkeiten mit der Ablieferung der Ware. Vielleicht haben die Japsen einige Boote abgefangen und sind handgreiflich geworden. Der alte Sutra ist kein Idiot. Kein Geld, kein Geschäft, und Cheng San weiß das genau. Nix machen Handel, nix machen Geschäft, und der alte Sutra wird an einen anderen verkaufen. Jawohl, so war's. Der King wußte also, daß er dem andern beim Handel hart zusetzen konnte, und in Gedanken erhöhte er gleich den Preis, den er verlangen wollte.
Dann kam das Essen. Gebratene Süßkartoffeln, gebackene Auberginen, Kokosmilch, dicke Scheiben gerösteten Schweinefleischs, von dem das Öl schwer tropfte, Papayas. Der King bemerkte, daß es weder Millionärskohl noch Lammbraten, noch Rindslendenbraten und auch kein Zuckerkonfekt gab, das die Malaien so sehr liebten. Also stand es tatsächlich sehr schlecht.
Das Essen wurde von der Hauptfrau des Dorfältesten, einem verrunzelten alten Weib, serviert. Sie wurde von Sulina, einer seiner Töchter, unterstützt. Schön, weich, voll Rundungen, mit honigfarbener Haut. Süß duftend. Frischer Sarong ihm zu Ehren.
»Tabe, Sam«, zwinkerte der King Sulina zu.
Das Mädchen sprudelte vor Lachen über und versuchte scheu, seine Verlegenheit zu verbergen.
»Sam?« fuhr Peter Marlowe hoch.
»Natürlich«, antwortete der King trocken. »Sie erinnert mich an meinen Bruder.«
»Bruder?« Peter Marlowe starrte ihn verwundert an.
»Spaß. Ich habe keinen Bruder.«
»Oh!« Peter Marlowe dachte einen Augenblick nach und fragte dann: »Warum Sam?«

»Der alte Sack wollte mich nicht vorstellen«, erklärte der King, ohne das Mädchen anzusehen, »deshalb habe ich ihr einfach den Namen gegeben. Ich glaube, er paßt auf sie.«
Sutra wußte, daß ihre Unterhaltung etwas mit seiner Tochter zu tun hatte. Er wußte, daß er einen Fehler gemacht hatte, als er sie hier hereingelassen hatte. Vielleicht hätte er es zu einer anderen Zeit gerne gesehen, wenn einer der Tuan-Tuan auf sie aufmerksam geworden wäre und sie mit sich in seinen Bungalow genommen hätte, um sie auf ein oder zwei Jahre zu seiner Geliebten zu machen. Dann wäre sie, wohlvertraut mit der Art der Männer und mit einer schönen Mitgift in Händen, ins Dorf zurückgekehrt, und es wäre ihm leichtgefallen, für sie den richtigen Ehemann zu finden. So wäre es jedenfalls in der Vergangenheit gewesen. Jetzt aber führte so ein Techtelmechtel nur zu gelegentlichen Ausflügen in die Büsche, und das wollte Sutra für seine Tochter nicht, obwohl es an der Zeit war, daß sie zur Frau wurde.
Er beugte sich vor und bot Peter Marlowe ein ausgewähltes Stück Schweinefleisch an. »Vielleicht würde das Euren Appetit reizen?«
»Ich danke Euch.«
»Ihr könnt gehen, Sulina.«
Peter Marlowe hörte die Entschiedenheit in der Stimme des Alten und bemerkte den Schatten der Bestürzung, der über das Gesicht des Mädchens flog. Aber sie verneigte sich tief und zog sich zurück.
Die alte Frau blieb, um die Männer zu bedienen.
Sulina, dachte Peter Marlowe und spürte einen längst vergessenen Drang. Sie ist nicht so hübsch wie N'ai, die ohne Fehl und Tadel war, aber sie ist im gleichen Alter und ist hübsch. Vielleicht vierzehn und reif. Mein Gott, und wie reif.
»Ist das Essen nicht nach Eurem Geschmack?« erkundigte sich Cheng San, der über Peter Marlowes offensichtliche Verzauberung durch das Mädchen belustigt war. Vielleicht konnte er das zu seinem Vorteil benutzen.
»Im Gegenteil. Es ist vielleicht zu gut, denn bei dem, was wir

bekommen, ist mein Gaumen nicht mehr an feines Essen gewöhnt.« Peter Marlowe erinnerte sich, daß der Javaner um des guten Geschmacks willen nur in Gleichnissen über Frauen spricht. Er wandte sich an Sutra. »Es war einmal ein weiser Guru, der sagte, es gäbe vielerlei Arten der Nahrung. Solche für den Magen, solche für das Auge und solche für den Geist. Heute abend habe ich Nahrung für den Magen bekommen. Und Eure und Tuan Cheng Sans Reden sind Nahrung für den Geist gewesen. Ich bin gesättigt. Aber dennoch ist mir – ist uns auch – Nahrung für das Auge geboten worden. Wie kann ich Euch für Eure Gastfreundschaft danken?«
Sutra runzelte die Stirn. Gut ausgedrückt. Deshalb verneigte er sich dankend für das Kompliment und sagte schlicht: »Das war ein weises Wort. Vielleicht wird das Auge gelegentlich wieder hungrig sein. Wir müssen die Weisheit der Alten ein andermal diskutieren.«
»Weshalb sehen Sie plötzlich so blasiert aus, Peter?«
»Ich sehe nicht blasiert aus, sondern ich freue mich nur über mich selbst. Ich habe ihm gerade erzählt, wir hielten sein Mädchen für hübsch.«
»Ja, sie ist eine Puppe! Wie wäre es, wenn Sie sie bäten, sich zu uns zu setzen und mit uns Kaffee zu trinken?«
»Um Himmels willen.« Peter versuchte, seiner Stimme keine Erregung anmerken zu lassen. »Man platzt doch nicht einfach so heraus und trifft eine Verabredung. Man muß sich Zeit lassen und es schön aufbauen.«
»Verdammt, das ist nicht die amerikanische Art. Man trifft ein Weibsbild, man findet sie gut, und sie findet einen gut, und dann geht man ran.«
»Sie haben kein Zartgefühl.«
»Vielleicht. Aber ich habe viele Weibsbilder.«
Sie lachten, und Cheng San wollte wissen, was für ein Witz es gewesen wäre, und Peter Marlowe erzählte ihm, der King hätte gesagt: ›Wir sollten hier im Dorf einen Laden einrichten und uns nicht die Mühe machen, zum Lager zurückzugehen.‹
Nach dem Kaffee eröffnete Cheng San die Verhandlungen.

»Ich hätte es für gefährlich gehalten, nachts das Lager zu verlassen. Es ist jedenfalls gefährlicher, als wenn ich hierher ins Dorf komme.«

Die erste Runde haben wir gewonnen, dachte Peter Marlowe. Jetzt war nach orientalischer Sitte Cheng San im Nachteil, denn er hatte das Gesicht verloren, indem er als erster vom Geschäft sprach. Er wandte sich an den King. »Jetzt können Sie anfangen, Rajah. Wir haben bis jetzt einen Punkt gewonnen.«

»Tatsächlich?«

»Ja. Was soll ich ihm sagen?«

»Sagen Sie ihm, ich habe ein großes Geschäft anzubieten. Einen Diamanten. Vier Karat. In Platin gefaßt. Makellos, bläulich-weiß. Ich möchte fünfunddreißigtausend Dollar dafür. Fünftausend britische Malaya-Straits-Dollar, den Rest in Japsenfalschgeld.«

Peter Marlowe riß weit die Augen auf. Er sah den King an, so daß seine Überraschung dem Chinesen verborgen blieb. Aber Sutra bemerkte sie. Da er nichts mit dem Geschäft zu tun hatte, sondern lediglich einen gewissen Prozentsatz als Mittelsmann kassierte, lehnte er sich zurück, um das Geplänkel zu genießen. Es war nicht nötig, sich um Cheng San Sorgen zu machen – Sutra wußte aus bitterer Erfahrung, daß der Chinese so gut wie nur irgendwer für sich selbst sorgen konnte.

Peter Marlowe übersetzte. Die gewaltigen Ausmaße des Geschäfts würden jeden Schnitzer völlig untergehen lassen. Und er wollte den Chinesen erschüttern.

Cheng San strahlte sichtlich und hatte sich nicht in der Hand. Er bat, den Diamanten sehen zu dürfen.

»Sagen Sie ihm, ich habe ihn nicht bei mir. Sagen Sie ihm, ich werde in zehn Tagen liefern. Sagen Sie ihm, ich müsse das Geld drei Tage früher haben, bevor ich liefere, weil der Eigentümer ihn nicht herausrücken will, bevor er das Geld hat.«

Cheng San wußte, daß der King ein ehrbarer Händler war. Wenn er sagte, er hätte den Ring und würde ihn übergeben, dann würde er es auch tun. Er hatte es immer getan. Aber einen solchen Geldbetrag zu beschaffen und ihn ins Lager zu schmuggeln, wo er den King nicht im Auge behalten konnte – nun, das war ein gewaltiges Risiko.

»Wann kann ich den Ring sehen?« fragte er.

»Sagen Sie ihm, wenn er will, kann er in sieben Tagen ins Lager kommen.«

Ich muß also das Geld übergeben, bevor ich den Diamanten auch nur sehe, dachte Cheng San. Unmöglich, und der Tuan Rajah weiß es. Sehr schlechtes Geschäft. Wenn er wirklich vier Karat hat, kann ich dafür fünfzig – hunderttausend Dollar bekommen. Schließlich kenne ich den Chinesen, dem die Maschine gehört, die das Geld druckt. Aber die fünftausend Malaya-Straits-Dollar – das ist etwas ganz anderes. Die würde er auf dem Schwarzen Markt kaufen müssen. Und zu welchem Kurs? Sechs zu eins wäre teuer, zwanzig zu eins billig.

»Sagen Sie meinem Freund, dem Rajah«, sagte er, »das seien seltsame Geschäftsbedingungen. Deshalb müsse ich länger nachdenken, als es bei einem Geschäftsmann nötig sein sollte.«

Er schlenderte zum Fenster hinüber und blickte hinaus.

Cheng San war des Kriegs müde und all der heimlichen Machenschaften müde, die ein Geschäftsmann ertragen mußte, wenn er Gewinn erzielen wollte. Er dachte an die Nacht und an die Sterne und an die Einfältigkeit der Menschen, die kämpften und für Dinge starben, die keinen bleibenden Wert haben würden. Gleichzeitig erkannte er, daß die Stärkeren überleben und die Schwachen umkommen. Er dachte an seine Frau und seine Kinder, an die drei Söhne und die einzige Tochter und an all die Dinge, die er ihnen gerne gekauft hätte, um ihnen das Leben angenehm zu machen. Er dachte auch an die zweite Frau, die er sich gerne gekauft hätte. Auf irgendeine Weise mußte er dieses Geschäft machen. Und es lohnte das Risiko, dem King zu trauen.

Der Preis ist angemessen, überlegte er. Aber wie sollte er dafür sorgen, daß ihm das Geld auch sicher war? Einen Verbindungsmann suchen, dem er vertrauen konnte. Es würde einer der Posten sein müssen. Der Posten konnte sich den Ring ansehen. Er konnte das Geld übergeben, falls der Ring echt war

und das Gewicht stimmte. Dann konnte der Tuan Rajah abliefern, hier im Dorf. Es war nicht nötig, dem Posten zu vertrauen, ihn den Ring entgegennehmen und ihm übergeben zu lassen. Wie hätte man einem Posten trauen können?
Vielleicht könnte man eine kleine Geschichte erfinden – etwa, das Geld wäre ein Darlehen von Chinesen in Singapur an das Lager –, nein, das taugte nichts, denn der Posten würde ja den Ring sehen müssen. Deshalb würde der Posten also ganz eingeweiht werden müssen. Und natürlich würde er dafür eine erhebliche Belohnung erwarten.
Cheng San drehte sich wieder zum King um. Er bemerkte, wie der King schwitzte. Aha, dachte er, du willst wohl unbedingt verkaufen! Aber vielleicht weißt du, daß ich unbedingt kaufen will. Du und ich sind die einzigen, die ein solches Geschäft abwickeln können. Niemand hat einen solch ehrlichen Namen für Geschäfte wie du – und niemand außer mir unter allen Chinesen, die mit dem Lager Handel treiben, ist in der Lage, soviel Geld zu beschaffen.
»Also, Tuan Marlowe. Ich habe einen Plan, der vielleicht meinem Freund, dem Rajah, und auch mir selbst zusagen würde. Zuerst einigen wir uns auf den Preis. Der verlangte Preis ist zu hoch, aber im Augenblick unwichtig. Als zweites einigen wir uns auf einen Mittelsmann, einen Posten, dem wir beide vertrauen können. In zehn Tagen werde ich dem Posten die Hälfte des Geldes geben. Der Posten kann den Ring untersuchen. Wenn er wirklich das ist, was der Eigentümer behauptet, kann er das Geld meinem Freund, dem Rajah, übergeben. Der Rajah wird mir den Ring hier abliefern. Ich werde einen Fachmann mitbringen und den Stein wiegen lassen. Dann werde ich die andere Hälfte des Geldes zahlen und den Stein mitnehmen.«
Der King hörte angespannt zu, als Peter Marlowe übersetzte.
»Sagen Sie ihm, ich bin einverstanden. Aber ich muß den vollen Preis haben. Der Kerl gibt den Ring nicht aus der Hand, ohne den Zaster in Händen zu halten.«
»Dann sagen Sie meinem Freund, dem Rajah, ich werde dem

Posten drei Viertel des vereinbarten Preises mitgeben, um ihm bei seinen Verhandlungen mit dem Eigentümer zu helfen.«

Cheng San glaubte, daß mit fünfundsiebzig Prozent bestimmt der Geldbetrag abgedeckt wäre, den der Eigentümer bekommen würde. Der King versuchte bestimmt nur seinen Gewinn hochzutreiben, denn gewiß war er doch ein so guter Geschäftsmann, daß er fünfundzwanzig Prozent Gewinn erzielte.

Der King hatte mit drei Vierteln gerechnet. Das gab ihm ausreichend Spielraum zum Manövrieren. Vielleicht konnte er noch einiges von dem vom Eigentümer verlangten Preis von neunzehn-fünf herunterhandeln. Jetzt aber ran. »Sagen Sie ihm, einverstanden. Wen schlägt er als Mittelsmann vor?«

»Torusumi.«

Der King schüttelte den Kopf. Er dachte einen Augenblick nach und sagte dann direkt zu Cheng San: »Wie wäre es mit Immuri?«

»Sagen Sie meinem Freund, daß ich einen anderen vorziehen würde. Vielleicht Kimina?«

Der King pfiff durch die Zähne. Sogar ein Korporal! Er hatte noch nie mit ihm Geschäfte gemacht. Zu gefährlich. Es muß jemand sein, den ich kenne. »Shagata-san?«

Cheng San nickte zustimmend. Das war der Mann, den er sich wünschte, aber er hatte ihn nicht selbst vorschlagen wollen. Er wollte sehen, wen der King haben wollte – eine letzte Überprüfung der Ehrlichkeit des King. Ja, Shagata war wirklich gut. Nicht zu klug, aber doch klug genug. Er hatte schon mit ihm gehandelt. Gut.

»Jetzt zum Preis«, sagte Cheng San. »Ich stelle zur Diskussion: Je Karat viertausend gefälschte Dollar. Insgesamt sechzehntausend. Viertausend in Malaya-Straits-Dollar zu einem Kurs von fünfzehn zu eins.«

Der King schüttelte entschieden den Kopf und sagte dann zu Peter Marlowe: »Sagen Sie ihm, ich will nicht viel Federlesens machen und feilschen. Der Preis ist dreißigtausend, fünf in Straits-Dollar bei einem Kurs von acht zu eins, alles in kleinen Noten. Das ist mein endgültiger Preis.«

»Sie werden ein wenig mehr handeln müssen«, meinte Peter Marlowe. »Wie wäre es zunächst mit dreiunddreißig und dann ...«
Der King schüttelte den Kopf. »Nein. Und wenn Sie übersetzen, dann benutzen Sie ein Wort wie ›Stuß‹!«
Widerwillig wandte Peter Marlowe sich wieder an Cheng San. »Mein Freund läßt Euch folgendes wissen. Er hat genug von dem Stuß und will nicht mehr Artigkeiten sagen und feilschen. Sein endgültiger Preis ist dreißigtausend – fünftausend in Straits-Dollar zu einem Kurs von acht zu eins, alles in kleinen Banknoten.«
Zu seiner Verwunderung antwortete Cheng San sofort: »Einverstanden!« Auch er wollte keinen Stuß mehr machen und sich mit Handeln abgeben. Der Preis war angemessen, und er hatte gefühlt, daß der King diamanthart war. Bei allen Geschäften kommt ein gewisser Zeitpunkt, wo man sich für ja oder nein entscheiden muß. Der Rajah war ein guter Händler.
Sie gaben sich die Hand. Sutra lächelte und zauberte eine Flasche Saké hervor. Sie tranken sich so lange auf ihre Gesundheit zu, bis die Flasche leer war. Dann legten sie die Einzelheiten fest.
In zehn Tagen würde Shagata zur Zeit der Nachtwachenablösung zur amerikanischen Baracke kommen. Er würde das Geld bei sich haben und sich den Ring ansehen, ehe er das Geld aushändigte. Drei Tage später würden der King und Peter Marlowe sich mit Cheng San im Dorf treffen. Wenn Shagata aus irgendeinem Grund die Verabredung nicht einhalten konnte, würde er am nächsten oder am darauffolgenden Tag kommen. Ähnlich sollte es gehalten werden, wenn der King die Verabredung im Dorf nicht einhalten konnte; dann sollten sie am nächsten Tag kommen.
Nachdem sie die üblichen Komplimente gemacht und entgegengenommen hatten, erklärte Cheng San, er müsse mit der Flut auslaufen. Er verneigte sich höflich, und Sutra ging mit ihm hinaus und begleitete ihn zum Strand. Am Boot begannen sie ihren höflichen Streit um das Fischgeschäft.

Der King triumphierte. »Großartig, Peter. Wir haben es geschafft!«
»Sie sind großartig! Als Sie erklärten, ich solle es ihm einfach so hinknallen, Menschenskind, da dachte ich, jetzt säßen wir gründlich daneben. So was tut man hier einfach nicht.«
»Ich hatte ein Gefühl.« Das war alles, was der King dazu sagte. Dann fügte er, auf einem Stück Fleisch kauend, hinzu: »Sie sind mit zehn Prozent beteiligt – vom Gewinn natürlich. Aber Sie werden dafür arbeiten müssen, Sie verfluchter Hundesohn!«
»Wie ein Pferd! Mein Gott! Wenn ich an das viele Geld denke. Dreißigtausend Dollar, das ist vielleicht ein Stapel von dreißig Zentimetern.«
»Höher«, erwiderte der King, der von der Erregung angesteckt wurde.
»Mein Gott, haben Sie Nerven. Wie um alles in der Welt sind Sie bloß auf diesen Preis gekommen? Er hat sich einverstanden erklärt, bums, einfach so. Eben reden wir noch, und dann macht es bums, und Sie sind reich.«
»Ich habe noch viel Ärger und Sorgen vor mir, bis es tatsächlich ein Geschäft ist. Es kann noch vieles schiefgehen. Solange das Bargeld noch nicht abgeliefert ist und auf der Bank liegt, ist es noch kein Geschäft.«
»Oh, daran habe ich nicht gedacht.«
»Geschäftsgrundsatz. Man kann keine Reden auf die Bank legen. Nur Piepen!«
»Ich kann es noch immer nicht fassen. Wir sind außerhalb des Lagers. Wir haben mehr Essen in uns als jemals seit vielen Wochen. Und die Aussichten sind großartig. Sie sind ein verfluchtes Genie.«
»Abwarten und Tee trinken, Peter.«
Der King stand auf. »Sie warten hier. Ich werde in etwa einer Stunde zurück sein. Muß mich noch um ein anderes kleines Geschäft kümmern. Wenn wir in etwa zwei Stunden von hier wegkommen, kann uns nichts passieren. Dann erreichen wir eben kurz vor Tagesanbruch das Lager. Das ist die beste Zeit.

Dann sind die Posten am schläfrigsten. Bis später«, und er verschwand die Leiter hinab.

Wider Willen fühlte Peter Marlowe sich einsam und empfand ein wenig Furcht.

Großer Gott, was hat er vor? Wohin geht er? Was ist, wenn er zu spät kommt? Was geschieht, wenn er nicht zurückkehrt? Was ist, wenn ein Japs ins Dorf kommt? Was ist, wenn ich ganz allein mir überlassen bin? Soll ich ihn suchen gehen? Wenn wir es nicht schaffen, bis zum Morgengrauen zurück zu sein, großer Gott, dann werden wir als fehlend gemeldet und müssen fliehen. Wohin? Vielleicht wird Cheng San uns helfen? Zu gefährlich! Wo wohnt er? Könnten wir es bis zu den Docks schaffen und ein Boot klauen? Vielleicht könnten wir uns mit den Guerillas in Verbindung setzen, die doch irgendwo kämpfen sollen?

Reiß dich zusammen, Marlowe, verdammte Memme! Benimmst dich wie ein Dreijähriger!

Er drängte seine Ängste zurück, setzte sich und wartete ab. Dann fiel ihm plötzlich wieder der Kopplungskondensator ein – dreihundert Mikrofarad.

»Tabe, Tuan«, lächelte Kasseh, als der King ihre Hütte betrat.

»Tabe, Kasseh!«

»Mögt Ihr essen, ja?«

Er schüttelte den Kopf und drückte sie an sich, und seine Hände glitten über ihren Körper. Sie stellte sich auf die Zehenspitzen und legte ihm die Arme um den Hals, und ihr Haar war ein Fächer aus schwarzem Gold, der bis zu ihren Hüften hinabreichte.

»Lange Zeit«, sagte sie, von seiner Berührung erwärmt.

»Lange Zeit«, erwiderte er. »Du mich vermissen?«

»Ah-ah«, lachte sie, seinen Akzent nachäffend.

»Ist er schon gekommen?«

Sie schüttelte den Kopf. »Ich diese Sache nicht mögen, Tuan. Viel Gefahr.«

»Alles ist gefährlich.«
Sie hörten Schritte, und kurz darauf fiel ein Schatten auf die Tür. Sie öffnete sich, und ein kleiner, dunkler Chinese kam herein. Er trug einen Sarong und hatte indische Chappals an den Füßen. Er lächelte, und abgebrochene, verfaulte Zähne wurden sichtbar. Auf dem Rücken hatte er eine Scheide festgeschnallt, in der ein Kriegsparang steckte. Der King bemerkte, daß die Scheide gut geölt war. Leicht konnte man den Parang herausreißen und damit den Kopf eines Mannes abschlagen – einfach so. Im Gürtel des Mannes steckte ein Revolver.
Der King hatte Kasseh gebeten, sich mit den Guerillas in Verbindung zu setzen, die drüben in Johore ihr Wesen trieben, und dieser Mann war das Ergebnis. Die meisten waren bekehrte Banditen, die jetzt unter dem Banner der Kommunisten, von denen sie Waffen erhielten, gegen die Japaner kämpften.
»Tabe. Sprechen Sie Englisch?« fragte der King und zwang sich zu einem Lächeln. Ihm gefiel das Aussehen des Chinesen nicht.
»Warum wollten Sie mit uns sprechen?«
»Ich dachte, wir könnten vielleicht ein Geschäft miteinander machen.«
Der Chinese schielte lüstern zu Kasseh hinüber. Sie fuhr zurück.
»Verschwinde, Kasseh«, befahl der King.
Geräuschlos entfernte sie sich und ging durch den Perlenvorhang auf die Rückseite des Hauses. Der Chinese sah hinter ihr her. »Sie haben Glück«, sagte er zum King. »Zuviel Glück. Ich wette, daß die Frau zwei, drei Männern in einer Nacht schöne Stunden macht. Nicht wahr?«
»Wollen Sie über ein Geschäft reden? Ja oder nein.«
»Passen Sie auf, weißer Mann. Vielleicht erzähle ich den Japsen, daß Sie hier sind. Vielleicht erzähle ich ihnen, daß weiße Gefangene im Dorf in Sicherheit sind. Dann werden sie das Dorf kaputtmachen.«
»Auf diese Art werden Sie selbst schnell ein toter Mann sein.«
Der Chinese knurrte und hockte sich dann auf den Boden. Er

rückte leicht und drohend den Parang zur Seite. »Vielleicht nehme ich jetzt die Frau.«
Verflucht, dachte der King. Vielleicht habe ich einen Fehler gemacht.
»Ich habe euch Burschen einen Vorschlag zu machen. Wenn der Krieg plötzlich zu Ende ist – oder wenn es den Japsen einfällt, uns Kriegsgefangene zu Hackfleisch zu machen, dann möchte ich, daß Sie mit Ihren Leuten zu unserem Schutz in der Nähe sind. Ich werde Ihnen zweitausend amerikanische Dollar bezahlen, sobald ich in Sicherheit bin.«
»Woher sollen wir wissen, ob die Japsen Gefangene umbringen?«
»Sie werden es wissen. Sie wissen das meiste, was hier vor sich geht.«
»Wie sollen wir wissen, daß Sie auch bezahlen?«
»Die amerikanische Regierung wird bezahlen. Jeder weiß, daß eine Belohnung ausgesetzt ist.«
»Zweitausend! 'mahlu! Wir können jeden Tag zweitausend bekommen. Wir brauchen nur die Bank auszuräumen. Sehr einfach.«
Der King setzte alles auf eine Karte. »Ich bin von unserem Kommandierenden Offizier ermächtigt, Ihnen zweitausend je Kopf für jeden Amerikaner zu garantieren, der gerettet wird, sobald der Feuerzauber losgeht.«
»Ich verstehe nicht.«
»Sobald die Japsen anfangen, uns umzulegen – uns zu töten. Wenn die Alliierten hier landen, werden die Japsen gemein werden. Oder wenn die Alliierten in Japan landen, dann werden die Japsen hier Repressalien ergreifen. Wenn sie es tun, werden Sie es wissen, und ich möchte, daß Sie uns helfen wegzukommen.«
»Wie viele Männer?«
»Dreißig.«
»Zu viele.«
»Für wie viele können Sie garantieren?«
»Zehn. Aber der Preis wird fünftausend je Mann sein.«

»Zuviel.«
Der Chinese zuckte die Achseln.
»Also gut. Abgemacht. Kennen Sie das Lager?«
Der Chinese grinste verzerrt, zeigte die Zähne und nickte.
»Unsere Baracke liegt nach Osten hin. Sie ist klein. Falls wir einen Ausbruch machen müssen, werden wir dort den Zaun durchbrechen. Wenn Sie im Dschungel sind, können Sie unsere Flucht decken. Wie werden wir wissen, ob Sie an Ort und Stelle sind?«
Wieder zuckte der Chinese die Achseln. »Wenn wir nicht dort sind, sterben Sie sowieso.«
»Könnten Sie uns ein Signal geben?«
»Nix Signal.«
Das ist verrückt, sagte der King bei sich. Wir werden nicht wissen, wann wir einen Ausbruch machen müssen, und wenn es plötzlich sein muß, wird es keine Möglichkeit geben, den Guerillas rechtzeitig Nachricht zu geben. Vielleicht werden sie dort sein, vielleicht auch nicht. Aber wenn sie glauben, es gebe fünf Tausender für jeden von uns, den sie herausholen, dann werden sie vielleicht von jetzt an gut aufpassen.
»Werden Sie das Lager im Auge behalten?«
»Vielleicht sagt unser Führer ja, vielleicht auch nein.«
»Wer ist Ihr Führer?«
Der Chinese zuckte die Achseln und stocherte in den Zähnen.
»Dann ist es also ein Geschäft?«
»Vielleicht.« Die Augen blickten feindselig. »Sind Sie fertig?«
»Ja.« Der King streckte die Hand aus. »Danke.«
Der Chinese sah auf die Hand hinab, lachte dann höhnisch auf und ging zur Tür. »Denken Sie daran. Nur zehn. Rest krrr!« Er ging weg.
Nun, der Versuch lohnt sich, versicherte der King sich selbst. Die Hunde könnten das Geld bestimmt brauchen. Und Onkel Sam würde bezahlen. Verdammt, warum auch nicht? Verflucht, wozu zahlen wir Steuern?
»Tuan«, sagte Kasseh ernst von der Tür her, »ich mag diese Geschichte nicht.«

»Man muß ein Risiko eingehen. Wenn es plötzlich eine Schlächterei gibt, können wir vielleicht entkommen.« Er blinzelte ihr zu. »Der Versuch lohnt sich. Wir wären sowieso tot. Verdammt, was können wir also verlieren. Vielleicht haben wir so eine Rückzugslinie.«

»Warum macht Ihr das Geschäft nicht für Euch allein? Warum geht Ihr nicht jetzt mit ihm weg und flieht aus dem Lager?«

»Immer ruhig Blut. Erstens ist es im Lager sicherer als bei den Guerillas. Es hat keinen Sinn, ihnen zu trauen, außer im Notfall. Zweitens wäre ihnen ein einzelner nicht der Mühe wert. Das ist es ja, warum ich ihn gebeten habe, dreißig zu retten. Aber er konnte nur für zehn garantieren.«

»Wie wollt Ihr die zehn auswählen?«

»Jeder wird für sich selbst sorgen müssen. Hauptsache, ich bin in Sicherheit.«

»Vielleicht ist Euer Kommandierender Offizier dagegen, daß es nur zehn sind.«

»Er wird dafür sein, wenn er einer von den Glücklichen ist.«

»Glaubt Ihr, daß die Japaner Gefangene umbringen werden?«

»Vielleicht. Aber wir denken nicht mehr daran, nicht wahr?«

Sie lächelte. »Vergessen. Ihr seid heiß. Wollt Ihr eine Dusche nehmen, ja?«

»Ja.«

Im Duschraum der Hütte schöpfte der King Wasser aus dem Betonbrunnen und goß es über sich. Das Wasser war kalt, und es ließ ihn prusten und sein Fleisch prickeln.

»Kasseh!«

Mit einem Tuch in der Hand kam sie durch den Vorhang. Sie blieb stehen und starrte ihn an. Ja, ihr Tuan war ein schöner Mann. Stark und schön, und die Farbe seiner Haut war angenehm. Wah-lah, dachte sie, wie bin ich glücklich, einen solchen Mann zu haben. Aber er ist so groß, und ich bin so klein. Er überragt mich um zwei Köpfe. Dennoch wußte sie, daß sie ihm gefiel. Es ist leicht, einem Mann zu gefallen, wenn man Frau ist. Und wenn man sich nicht schämt, Frau zu sein.

»Worüber lächelst du?« fragte er, als er ihr Lächeln bemerkte.

»Ach, Tuan, ich denke gerade, wie groß Ihr seid und wie klein ich bin, und dennoch, wenn wir uns hinlegen, ist der Unterschied gar nicht mehr so groß, nicht wahr?«
Er lachte, klatschte ihr zärtlich auf den Hintern und nahm das Handtuch. »Wie wäre es mit etwas zu trinken?«
»Es ist bereit, Tuan.«
»Was ist sonst noch bereit?«
Sie lächelte mit dem Mund und mit den Augen. Ihre Zähne blitzten blütenweiß, und ihre Augen leuchteten tiefbraun, und ihre Haut war glatt und duftete süßlich. »Wer weiß, Tuan.«
Dann verließ sie den Raum.
Donnerwetter, sie ist ein Teufelsweib, dachte der King, sah hinter ihr her und trocknete sich heftig ab. Ich bin ein Glückspilz. Kasseh war ihm von Sutra vermittelt worden, als der King das erste Mal ins Dorf gekommen war. Die Einzelheiten waren säuberlich festgelegt worden. Wenn der Krieg vorüber war, sollte er an Kasseh zwanzig amerikanische Dollar für jedes Mal zahlen, das er bei ihr blieb. Er hatte einige Dollar vom ursprünglich verlangten Preis heruntergehandelt – Geschäft war schließlich Geschäft –, aber für zwanzig Dollar war sie eine großartige Erwerbung.
»Woher weißt du, daß ich bezahlen werde?« hatte er sie gefragt.
»Ich weiß es nicht. Aber wenn Ihr es nicht tut, tut Ihr es eben nicht, und dann habe ich nur Freude gewonnen. Wenn Ihr mich bezahlt, dann habe ich Geld und Freude gewonnen.« Dabei hatte sie gelächelt.
Er schlüpfte in die Sandalen, die sie für ihn stehengelassen hatte, und ging durch den Perlenvorhang. Sie erwartete ihn.

Peter Marlowe beobachtete noch immer Sutra und Cheng San unten am Strand. Cheng San verneigte sich und stieg in das Boot, und Sutra half, das Boot in das fluoreszierende Meer hineinzuschieben. Dann kehrte Sutra zur Hütte zurück.
»Tabe-lah«, sagte Peter Marlowe.
»Möchtet Ihr noch etwas essen?«

»Nein, ich danke Euch, Tuan Sutra.«
Verdammt, dachte Peter Marlowe, was für eine Veränderung, plötzlich kann ich Essen abschlagen. Aber er hatte sich bis obenhin vollgegessen, und es wäre unhöflich gewesen, noch mehr zu essen. Ganz offensichtlich war das Dorf arm, und die Speisen würden bestimmt nicht verkommen.
»Ich habe gehört«, tastete er sich vor, »daß die Nachrichten über den Krieg gut sind.«
»Das habe ich auch gehört, aber es war nichts, das man wiederholen könnte. Nur vage Gerüchte.«
»Schade, daß es nicht mehr wie früher ist. Da konnte man noch sein Radio einschalten und die Nachrichten hören oder die Zeitung lesen.«
»Ihr habt wahr gesprochen. Es ist schade.«
Sutra ließ sich nicht anmerken, ob er die Anspielung verstanden hatte. Er hockte sich auf seine Matte, drehte sich eine trichterförmige Zigarette, nahm sie in die geballte Faust und machte einen tiefen Lungenzug.
»Wir hören schlechte Nachrichten aus dem Lager«, sagte er schließlich.
»So schlimm ist es nicht, Tuan Sutra. Irgendwie schlagen wir uns durch. Aber es ist schrecklich, wenn man nicht weiß, was draußen in der Welt geschieht.«
»Ich habe gehört, daß ein Radio im Lager war und daß die Männer, denen das Radio gehörte, ertappt wurden. Sie sollen jetzt im Gefängnis an der Utramstraße sein.«
»Habt Ihr Nachricht von ihnen? Einer war ein Freund von mir.«
»Nein. Wir haben nur gehört, daß sie dorthingebracht wurden.«
»Ich möchte zu gerne wissen, wie es ihnen geht.«
»Ihr kennt den Ort und wißt, welcher Art die Männer sind, die dorthingebracht werden, daher wißt Ihr auch bereits, was dort geschieht.«
»Stimmt. Aber man hofft doch immer wieder, einige könnten Glück haben.«

»Wir sind in Allahs Händen, sagt der Prophet.«

»Dessen Name gepriesen sei.«

Sutra sah ihn erneut an. Dann paffte er ruhig seine Zigarette und fragte: »Wo habt Ihr Malaiisch gelernt?«

Peter Marlowe erzählte ihm von seinem Leben im Dorf. Wie er in den Reisfeldern gearbeitet und als Javaner gelebt hatte, was beinahe das gleiche ist, wie wenn er als Malaie gelebt hätte. Die Sitten sind die gleichen, und die Sprache ist die gleiche, außer den alltäglichen Wörtern westlichen Ursprungs – Rundfunk in Malaya, Radio auf Java, Kraftwagen in Malaya, Auto auf Java. Aber alles andere ist gleich. Liebe, Haß, Krankheit und die Wörter zwischen Männern oder zwischen Mann und Frau sind die gleichen. Alle wichtigen Dinge waren gleich.

»Wie hieß Eure Frau im Dorf, mein Sohn?« wollte Sutra wissen. Es wäre unhöflich gewesen, wenn er schon früher gefragt hätte, aber nachdem sie sich über Geistesdinge und die Welt und Philosophie und Allah und gewisse Worte des Propheten, dessen Name gelobt sei, unterhalten hatten, durfte er sich jetzt danach erkundigen, ohne verletzend zu wirken.

»Sie hieß N'ai Jahan.«

Der Alte seufzte zufrieden und versetzte sich in Gedanken in seine Jugend zurück. »Und sie hat Euch viel und lange geliebt.«

»Ja.« Peter Marlowe sah sie deutlich vor sich.

Eines Nachts war sie zu seiner Hütte gekommen, als er sich eben schlafen legen wollte. Ihr Sarong war rot und golden gewesen, und winzige Sandalen lugten unter dem Saum hervor. Um den Hals trug sie einen schmalen Blütenkranz, und der Blütenduft hatte die Hütte und sein ganzes Wesen erfüllt.

Sie hatte ihre Bettrolle neben sich auf den Boden gelegt und sich tief vor ihm verneigt.

»Ich heiße N'ai Jahan«, hatte sie gesagt. »Tuan Abu, mein Vater, hat mich auserwählt, Euer Leben zu teilen, denn es ist nicht gut für einen Mann, allein zu sein. Und Ihr seid jetzt drei Monde allein gewesen.«

N'ai war vielleicht vierzehn gewesen, aber in den Sonnen- und

Regenländern ist ein Mädchen mit vierzehn bereits eine Frau mit den Wünschen einer Frau und sollte verheiratet werden oder mindestens mit dem Manne der Wahl ihres Vaters zusammenleben.

Ihre dunkle Haut hatte einen milchigen Schimmer, und ihre Augen waren Juwelen aus Topas, und ihre Hände waren Blütenblätter der Feuerorchidee, und ihre Füße waren schlank, und ihr kindlich fraulicher Körper war seidig und barg in sich die Glückseligkeit eines Kolibris. Sie war ein Kind der Sonne und ein Kind des Regens. Ihre Nase war schmal und schön, und die Nasenflügel waren zierlich.

N'ai war ganz Seide, flüssige Seide. Fest, wo sie fest sein sollte. Weich, wo sie weich sein sollte. Stark, wo sie stark sein sollte. Und schwach, wo sie schwach sein sollte. Ihr Haar war rabenschwarz. Lang. Wie ein Kopfnetz aus Altweibersommerfäden.

Peter Marlowe hatte sie angelächelt. Er hatte versucht, seine Verlegenheit zu verbergen und wie sie zu sein, frei und glücklich und ohne Scham. Sie hatte ihren Sarong abgelegt und hatte stolz vor ihm gestanden und gesagt: »Ich bitte Gott, er möge mich würdig sein lassen, Euch glücklich zu machen und sanft schlafen zu lassen. Und ich bitte Euch, mich all die Dinge zu lehren, die Eure Frau wissen sollte, um Euch ›nahe bei Gott‹ sein zu lassen.«

›Nahe bei Gott‹, wie wunderschön, dachte Peter Marlowe; wie wunderschön, die Liebe als ein ›Nahe-bei-Gott-Sein‹ zu umschreiben.

Er sah zu Sutra auf. »Ja. Wir haben uns viel und lange geliebt. Ich danke Allah in Ewigkeit, daß ich gelebt und geliebt habe. Wie herrlich sind Allahs Wege.«

Eine Wolke drang vor und raufte mit dem Mond um den Besitz der Nacht.

»Es ist schön, ein Mann zu sein«, sagte Peter Marlowe.

»Quälen Eure Entbehrungen Euch heute nacht?«

»Nein. Heute nacht nicht.« Peter Marlowe sah den alten Malaien forschend an, empfand des Angebots wegen Zuneigung für ihn und war durch seine Freundlichkeit besänftigt.

»Hört, Tuan Sutra. Ich will Euch meine Gedanken lesen lassen, denn ich glaube, daß wir mit der Zeit Freunde werden könnten. Wenn Zeit wäre, könntet Ihr Euch Zeit lassen, meine Freundschaft und mein ›Ich‹ zu prüfen. Aber der Krieg ist ein Mörder der Zeit. Deshalb möchte ich zu Euch als einer Eurer Freunde sprechen, der ich noch nicht bin.«
Der Alte erwiderte nichts. Er zog an seiner Zigarette und wartete darauf, daß Peter Marlowe weiterredete.
»Ich brauche ein kleines Teil eines Rundfunkgeräts. Gibt es im Dorf ein Rundfunkgerät, ein altes? Wenn es nicht mehr funktioniert, könnte ich vielleicht solch ein kleines Teil herausnehmen.«
»Rundfunkgeräte sind von den Japanern verboten.«
»Ihr habt recht, aber manchmal gibt es Verstecke, wo man verbergen kann, was verboten ist.«
Sutra dachte nach. In seiner Hütte lag ein Rundfunkgerät. Vielleicht hatte Allah ihm Tuan Marlowe geschickt, um es zu entfernen. Er glaubte, daß er ihm vertrauen konnte, weil Tuan Abu ihm vertraut hatte. Aber wenn Tuan Marlowe mit dem Rundfunkgerät außerhalb des Lagers erwischt wurde, würde unweigerlich das Dorf mit hineingezogen werden.
Das Rundfunkgerät im Dorf zu lassen, war ebenfalls gefährlich. Natürlich konnte man es tief im Dschungel vergraben, aber das war unterblieben. Es hätte getan werden sollen, war aber nicht getan worden, und die Versuchung zu hören war immer sehr groß. Die Versuchung der Frauen, die »Schwing-Musik« zu hören, war zu groß. Die Versuchung, etwas zu wissen, wo andere nichts wissen, war zu groß. Wahrlich, es steht geschrieben: Eitelkeit, alles ist Eitelkeit.
Man läßt die Dinge des weißen Mannes besser beim weißen Mann.
Er stand auf, gab Peter Marlowe ein Zeichen, ihm zu folgen, und ging durch die Perlenvorhänge in die dunklere Tiefe der Hütte. An der Tür zu Sulinas Schlafzimmer blieb er stehen. Sie lag auf dem Bett, ihr Sarong lag lose auf ihr, und ihre Augen waren feucht.

»Sulina«, sagte Sutra, »geht auf die Veranda und paßt auf.«
»Ja, Vater.« Sulina glitt vom Bett, band den Sarong wieder fest und zog ihre kleine Bajujacke zurecht. Sie zog vielleicht ein wenig zu stramm, dachte Sutra, so daß die Verheißung ihrer Brüste sich deutlich abzeichnete. Ja, es ist wahrhaftig an der Zeit, daß das Mädchen verheiratet wird. Aber mit wem? Es gibt keine passenden Männer.
Er trat beiseite, als das Mädchen sich mit niedergeschlagenen und scheuen Augen vorbeidrückte. Aber das Schwingen ihrer Hüften hatte nichts Scheues, und auch Peter Marlowe bemerkte das. Ich sollte sie mit dem Stock schlagen, dachte Sutra. Aber er wußte, daß er nicht zornig sein durfte. Sie war eben ein Mädchen an der Schwelle zur Fraulichkeit. Und in Versuchung zu führen gehört zum Wesen einer Frau – begehrt zu werden ist das Bedürfnis einer Frau.
Vielleicht sollte ich Euch dem Engländer schenken. Vielleicht würde das Euer Verlangen mindern. Er sieht mir ganz so aus, als wäre er der Mann dazu. Sutra seufzte. Ach, wenn man doch wieder so jung sein könnte.
Er zog das kleine Radio unter dem Bett hervor.
»Ich will Euch vertrauen. Dieses Rundfunkgerät ist in Ordnung. Es funktioniert gut. Ihr könnt es mitnehmen.«
Peter Marlowe ließ es vor Aufregung beinahe fallen. »Aber was ist mit Euch? Bestimmt ist es unbezahlbar.«
»Es hat keinen Preis. Nehmt es mit Euch.«
Peter Marlowe drehte den Rundfunkempfänger um. Es war ein Super. In tadellosem Zustand. Die Rückwand fehlte, und die Röhren glitzerten im Schein der Öllampe. Es gab viele Kondensatoren. Viele. Er hielt das Gerät näher ans Licht und untersuchte sorgfältig Zentimeter um Zentimeter dessen Eingeweide.
Der Schweiß begann ihm vom Gesicht zu tropfen. Dann entdeckte er ihn, dreihundert Mikrofarad.
Was mache ich jetzt, überlegte er. Nehme ich nur den Kondensator? Mac hatte gesagt, er wäre beinahe sicher, daß es am Kondensator läge. Am besten nehme ich gleich den ganzen

Kasten mit, und wenn dann der Kondensator nicht in unser Gerät paßt, haben wir immer noch ein anderes Gerät. Wir könnten es irgendwo verstecken. Ja. Es wird ganz gut sein, wenn wir ein Ersatzgerät haben.

»Ich danke Euch, Tuan Sutra. Es ist ein Geschenk, für das ich Euch nicht genug danken kann. Ich und alle in Changi.«

»Ich bitte Euch, beschützt uns hier. Wenn ein Posten Euch sieht, dann vergrabt es im Dschungel. Mein Dorf liegt in Euren Händen.«

»Fürchtet nichts. Ich werde es mit meinem Leben beschützen.«

»Ich glaube Euch. Aber vielleicht ist mein Tun doch töricht!«

»Es gibt Zeiten, Tuan Sutra, in denen ich wahrhaftig glaube, daß die Menschen überhaupt nur Toren sind.«

»Ihr seid weiser als Euren Jahren entspricht.«

Sutra gab ihm ein Stück Stoff, um das Gerät darin einzuwickeln, und dann kehrten sie in den Hauptraum zurück. Sulina saß auf der Veranda im Schatten. Als sie eintraten, erhob sie sich.

»Darf ich Euch etwas zu essen oder zu trinken holen, Vater?«

Wah-lah, dachte Sutra verdrießlich. Sie fragt mich, aber sie meint ihn. »Nein, geht zu Bett.«

Sulina warf herrisch den Kopf in den Nacken, gehorchte aber.

»Meine Tochter verdient Schläge, glaube ich.«

»Es wäre schade, etwas so Zierliches zu verunstalten«, erwiderte Peter Marlowe. »Tuan Abu hat immer gesagt: ›Schlage eine Frau mindestens einmal die Woche, und du wirst Frieden in deinem Hause haben. Schlage sie aber nicht zu hart, wenn du sie nicht erzürnen willst, denn sonst wird sie sicher zurückschlagen und dir große Schmerzen bereiten!‹«

»Ich kenne das Sprichwort, es ist gewiß wahr. Frauen sind mit dem Verstand nicht zu begreifen.«

Sie redeten über vieles, hockten auf der Veranda und sahen auf das Meer hinaus. Die Brandung war sehr schwach, und Peter Marlowe bat um die Erlaubnis, schwimmen zu dürfen.

»Es gibt keine Strömungen«, erklärte ihm der alte Malaie, »aber manchmal kommen Haie.«

»Ich werde achtgeben.«
»Schwimmt nur im Schatten, in der Nähe der Boote. Es ist schon vorgekommen, daß Japaner den Strand entlanggingen. Fünf Kilometer die Küste abwärts sind eine Küstenbatterie und Maschinengewehrnester. Haltet die Augen offen!«
»Ich werde mich in acht nehmen.«
Peter Marlowe hielt sich in den Schatten, als er auf die Boote zuging. Der Mond wanderte langsam himmelabwärts auf den Horizont zu. Es bleibt mir nicht mehr allzuviel Zeit, dachte er.
Bei den Booten arbeiteten einige Männer und Frauen, machten Netze klar und flickten sie, schwatzten und lachten laut miteinander. Sie beachteten Peter Marlowe nicht, als er sich auskleidete und in das Meer hineinging.
Das Wasser war warm, aber wie in allen Meeren des Fernen Ostens gab es kalte Stellen, und er fand eine und versuchte, sich gegen die Dünung darin zu halten.
Das Gefühl der Freiheit war herrlich, und es war beinahe so, als wäre er wieder ein kleiner Junge, der mit seinem Vater um Mitternacht in der Südsee schwamm und den Vater neben sich rufen hörte: »Geh nicht zu weit hinaus, Peter! Denk an die Strömungen!«
Er tauchte und schwamm unter Wasser, und seine Haut trank die Meeressalze. Als er wieder an die Oberfläche auftauchte, spie er wie ein Wal Wasser, schwamm träge auf die seichten Stellen zu, legte sich dort auf den Rücken, ließ sich von der Brandung überspülen und genoß frohlockend seine Freiheit.
Als er in der Brandung strampelte, die um seine Lenden quirlte, kam ihm plötzlich zu Bewußtsein, daß er splitternackt war und daß nur zwanzig Schritte von ihm entfernt Männer und Frauen arbeiteten und lachten. Aber er empfand keine Verlegenheit.
Nacktheit war im Lager zur Gewohnheit geworden. Und die Monate, die er im Dorf auf Java verbracht hatte, hatten ihn gelehrt, daß man sich nicht zu schämen brauchte, ein menschliches Wesen mit Begierden und Bedürfnissen zu sein.
Die ihn umspielende lustvolle Wärme des Meeres und die von

dem Essen in ihm aufsteigende wohlige Wärme ließen plötzliche Hitze in seine Lenden schießen. Er warf sich schroff herum auf den Bauch, stieß sich ab ins Meer zurück.
Er stellte sich auf den sandigen Grund, als das Wasser ihm bis zum Hals hinauf reichte, und blickte zum Strand und zum Dorf zurück. Die Männer und Frauen waren noch immer eifrig mit dem Ausbessern ihrer Netze beschäftigt. Er konnte Sutra auf der Veranda seiner Hütte im Schatten sitzen und rauchen sehen. Dann erblickte er daneben im Schein der Öllampe hinter ihr Sulina, die im Fenster lag. Ihr Sarong war halb offen, und sie blickte auf das Meer hinaus.
Er wußte, daß sie zu ihm hinschaute, und er fragte sich beschämt, ob sie es gesehen hatte. Er beobachtete sie, und sie beobachtete ihn. Dann sah er, wie sie ihren Sarong auszog, ihn beiseite legte, ein sauberes weißes Tuch nahm und sich den Schweiß abtrocknete, der auf ihrem Körper glänzte.
Sie war ein Kind der Sonne und ein Kind des Regens. Ihr langes dunkles Haar verhüllte sie fast ganz, aber sie warf es zurück, bis es ihren Rücken umschmeichelte, und begann es zu flechten. Und die ganze Zeit beobachtete sie ihn lächelnd.
Dann war plötzlich jeder Pulsschlag der Dünung eine Liebkosung und jede Berührung eines Lufthauches eine Liebkosung, jede Tangsträhne eine kosende Hand – Finger von Kurtisanen, die sich mit dem Geschick jahrhundertelanger Erfahrung bewegten.
Ich werde dich nehmen, Sulina.
Ich werde dich nehmen, was es auch kosten mag.
Er versuchte, Sutra mit purer Willenskraft zu bewegen, die Veranda zu verlassen. Sulina beobachtete ihn und wartete. Ungeduldig wie er.
Ich werde sie nehmen, Sutra. Komm mir nicht in die Quere. Tu es nicht. Sonst werde ich bei Gott . . .
Er sah nicht den King aus den Schatten heraus näherkommen und bemerkte auch nicht, wie er vor Überraschung stehenblieb, als er ihn in dem seichten Wasser flach auf dem Bauch liegen sah.

»He, Peter. Peter!«

Peter Marlowe hörte die Stimme wie durch einen Nebel, drehte langsam den Kopf und sah den King winken.

»Peter, kommen Sie. Es ist Zeit, daß wir verschwinden.«

Als er den King sah, fielen ihm wieder das Lager und der Stacheldraht und das Radio und der Diamant und das Lager und der Krieg und das Lager und das Radio und der Posten ein, an dem sie vorbei mußten, und ob sie rechtzeitig zurückkommen würden und was es Neues geben würde, und wie Mac sich über die dreihundert Mikrofarad und das völlig intakte Ersatzradio freuen würde. Die Manneshitze verging. Aber der Schmerz blieb zurück.

Er stand auf und ging zu seinen Kleidern.

»Sie haben Nerven«, sagte der King.

»Warum?«

»So herumzulaufen. Sehen Sie nicht, daß Sutras Tochter Sie anschaut?«

»Sie hat schon viele unbekleidete Männer gesehen, und daran ist nichts Unrechtes.« Ohne Hitze gibt es keine Nacktheit.

»Manchmal begreife ich Sie nicht. Wo ist Ihr Anstand geblieben?«

»Vor langer Zeit abhanden gekommen.« Er zog sich schnell an und trat zum King in den Schatten. Die Leisten schmerzten ihn heftig. »Ich bin froh, daß Sie gerade im richtigen Augenblick gekommen sind. Danke.«

»Warum?«

»Ach, nichts.«

»Hatten Sie gefürchtet, ich hätte Sie vergessen?«

Peter Marlowe schüttelte den Kopf. »Nein. Denken Sie nicht mehr daran. Aber trotzdem vielen Dank.«

Der King sah ihn forschend an und zuckte dann die Achseln. »Kommen Sie. Wir schaffen es jetzt leicht.« Er ging voran an Sutras Hütte vorbei und winkte. »Salamat.«

»Warten Sie, Rajah. Nur einen Augenblick!«

Peter Marlowe hastete die Leiter hinauf und trat in die Hütte. Das Radio war noch da. Er wickelte es fester in das Tuch ein, klemmte es unter den Arm und verneigte sich vor Sutra. »Ich danke Euch. Es ist in guten Händen.«

»Geht mit Gott.« Sutra zögerte und lächelte dann. »Hütet Eure Augen, mein Sohn. Wenn es keine Nahrung für sie gibt, könnt Ihr auch nicht essen.«

»Ich werde daran denken.« Peter Marlowe fühlte es plötzlich heiß in sich aufsteigen. Ob die Geschichten tatsächlich wahr sind, daß alte Leute manchmal Gedanken lesen können, fragte er sich. »Ich danke Euch. Friede sei mit Euch.«

»Friede sei mit Euch, bis zu unserer nächsten Begegnung.«

Peter Marlowe drehte sich um und ging davon. Sulina stand an ihrem Fenster, als er darunter vorbeiging. Ihr Sarong verhüllte sie jetzt. Ihre Blicke trafen sich und hielten sich fest, und ein Versprechen wurde gegeben und angenommen und mit einem Versprechen erwidert. Sie sah hinter ihnen her, als sie wie Schatten den Hang hinauf auf den Dschungel zugingen, und sie schickte ihre Wünsche für eine sichere Heimkehr hinter ihnen her, bis sie verschwunden waren.

Sutra seufzte und trat dann geräuschlos in Sulinas Zimmer. Sie stand verträumt am Fenster und hatte den Sarong um die Schultern geschlungen. Sutra hielt ein dünnes Bambusstöckchen in der Hand, und er schlug sie kurz und kräftig, aber doch wieder nicht zu kräftig, auf den nackten Hintern.

»Das ist dafür, daß Ihr den Engländer in Versuchung geführt habt, obwohl ich Euch nicht gesagt hatte, Ihr solltet ihn in Versuchung führen«, sagte er und versuchte, seiner Stimme einen zornigen Klang zu geben.

»Ja, Vater«, wimmerte sie, und jeder Schluchzer stach ihm wie ein Messer ins Herz. Aber als sie allein war, rollte sie sich behaglich auf ihrer Matratze zusammen, ließ die Tränen ein wenig kullern und genoß sie. Und die Hitze breitete sich in ihr aus, vom Brennen der Stockschläge noch angefacht.

Als sie etwa zwei Kilometer vom Lager entfernt waren, hielten der King und Peter Marlowe an, um zu verschnaufen. Erst jetzt bemerkte der King das kleine, in das Tuch eingeschlagene Paket. Er war vorangegangen und so mit dem Erfolg der nächt-

lichen Arbeit beschäftigt und so ausschließlich auf die in der Dunkelheit vielleicht lauernden Gefahren konzentriert gewesen, daß er es bis dahin nicht bemerkt hatte.
»Was haben Sie da? Sonderverpflegung?«
Er sah zu, wie Peter Marlowe mit einem Grinsen stolz das Tuch aufschlug. Donnerwetter!
Des King Herz setzte sechs Schläge aus.
»Sie gottverdammter Idiot! Sind Sie völlig übergeschnappt?«
»Was denn?« fragte Peter Marlowe verblüfft.
»Sind Sie verrückt? Wir können dadurch in die dickste Scheiße geraten. Sie haben kein Recht, unsern Kragen wegen eines gottverdammten Radios aufs Spiel zu setzen. Sie haben kein Recht, meine Verbindungen für Ihre eigenen gottverdammten Geschäfte zu benutzen.«
Peter Marlowe fühlte die Nacht dichter an sich heranrücken, während er ungläubig den King anstarrte. Dann sagte er: »Ich hatte nichts Böses im Sinn ...«
»Ach was, Sie gottverdammter Idiot«, tobte der King. »Radios sind Gift.«
»Aber es ist doch keines im Lager.«
»Schluß. Schaffen Sie das verdammte Ding sofort weg. Und ich will Ihnen noch was sagen. Wir sind miteinander fertig, Sie und ich. Sie haben kein Recht, mich in etwas hineinzuziehen, ohne mir etwas davon zu sagen. Eigentlich müßte ich Sie stundenlang in den Arsch treten.«
»Versuchen Sie es doch.« Jetzt war Peter Marlowe zornig und grob, so grob wie der King. »Sie scheinen zu vergessen, daß Krieg ist und daß es im Lager kein Rundfunkgerät gibt. Ein Grund, warum ich mitgekommen bin, war die Hoffnung, einen Kondensator auftreiben zu können. Aber jetzt habe ich gleich ein ganzes Rundfunkgerät – und es funktioniert.«
»Weg damit!«
»Nein!«
Die beiden Männer sahen einander hart und unbeugsam an. Für den Bruchteil einer Sekunde wollte der King Peter Marlowe in Stücke reißen.

Aber der King wußte, daß es keinen Sinn hat, sich vom Zorn hinreißen zu lassen, wenn man eine wichtige Entscheidung treffen muß, und jetzt hatte er auch den ersten, Übelkeit erregenden Schock überwunden und konnte kritisch die Lage analysieren.

Zunächst mußte er zugeben, daß es zwar ein riskantes Geschäft gewesen war, bei dem viel auf dem Spiel stand, daß es sich aber gelohnt hatte. Hätte Sutra Peter Marlowe das Radio nicht bereitwillig geben wollen, wäre er seiner Frage einfach ausgewichen und hätte erklärt: »Verdammt, es gibt hier nirgends ein Radio.« Es war also nichts Schlimmes passiert. Und außerdem war es ein Privatgeschäft zwischen Peter und Sutra gewesen, denn Cheng San war ja vorher schon weggegangen.

Zweitens würde ein Radio, von dem er wußte und das nicht in seiner Baracke stand, mehr als nützlich sein. Er konnte sich über die allgemeine Lage auf dem laufenden halten und würde genau wissen, wann er aus dem Lager ausbrechen mußte. Deshalb war eigentlich nichts Schlimmes geschehen – außer daß Peter seine Befugnisse überschritten hatte. Sieh mal einer an! Vertraut man jemand und läßt ihn für sich arbeiten, dann läßt man sein Hirn für sich arbeiten. Es hat keinen Sinn, mit jemandem zu arbeiten, der nur Befehle entgegennimmt und im übrigen auf seinem Hintern hocken bleibt. Und Peter war während der Verhandlungen doch wirklich großartig gewesen. Falls er tatsächlich einmal aus dem Lager türmen mußte, würde er Peter Marlowe bestimmt mitnehmen. Ich muß jemand haben, der das Kauderwelsch versteht. Ja, und Peter fürchtete sich auch nicht. Wenn er sich alles richtig überlegte, erkannte der King, war er verrückt gewesen, als er versucht hatte, ihn fertigzumachen, ehe ihm das Hirn gesagt hatte, wie er die neue Lage zu seinem Vorteil ausnutzen konnte. Ja, er hatte sich hinreißen lassen wie ein Zweijähriger.

»Peter.« Er bemerkte Peter Marlowes herausfordernd vorgerecktes Kinn. Ob ich es mit dem Hund aufnehmen könnte? Bestimmt. Ich wiege mindestens fünfzig – vielleicht sogar achtzig Pfund mehr als er.

»Ja?«
»Tut mir leid, daß mir vorhin der Kragen geplatzt ist. Die Sache mit dem Radio war ein guter Einfall.«
»Waas?«
»Ich habe gesagt, daß es mir leid tut. Es war eine phantastische Idee.«
»Ich begreife Sie nicht«, sagte Peter Marlowe hilflos. »Im einen Augenblick toben Sie wie ein Verrückter, und im nächsten erklären Sie, es sei eine gute Idee gewesen.«
Der King hatte den Kerl gern. Er hatte Schneid. »Hm, Radios jagen mir nun mal eine Gänsehaut über den Rücken. Es steckt keine Zukunft darin.« Dann lachte er leise. »Sie haben keinen Wiederverkaufswert.«
»Sie haben also nicht mehr die Schnauze voll von mir?«
»Verdammt, nein. Wir sind doch Kameraden.« Er knuffte ihn freundschaftlich. »Ich war nur wütend, daß Sie mir nichts davon gesagt hatten. Das war nicht gut.«
»Tut mir leid. Sie haben recht. Entschuldigung. Es war lächerlich und unfair. Du meine Güte, ich wollte Ihnen doch nicht irgendwelche Scherereien machen. Wirklich, es tut mir leid.«
»Hand darauf. Tut mir leid, daß es mit mir durchgegangen ist. Das nächste Mal sagen Sie mir aber Bescheid, bevor Sie etwas unternehmen.«
Peter Marlowe schüttelte seine Hand. »Mein Wort drauf.«
»Abgemacht.« Gott sei Dank gab es jetzt kein böses Blut mehr.
»Verdammt, und jetzt erzählen Sie, was Sie mit dem Kondensator gemeint haben.«
Peter Marlowe erzählte ihm von den drei Wasserflaschen.
»Mac braucht also nur den einen Kondensator, stimmt's?«
»Er hat gesagt, er glaubt es.«
»Wissen Sie, was ich glaube? Ich glaube, es wäre besser, wenn wir nur den Kondensator herausnehmen und das Radio wegwerfen würden. Wir können es hier vergraben. Hier wäre es sicher. Wenn dann Ihres nicht funktioniert, können wir immer noch zurückkommen und es holen. Mac könnte den Kondensator leicht wieder einsetzen. Dieses Radio im Lager zu ver-

stecken, wäre wirklich schwierig. Und es wäre eine verdammte Versuchung, das verfluchte Ding einfach einzuschalten, meinen Sie nicht?«

»Doch.« Peter Marlowe sah den King forschend an. »Werden Sie mit mir zurückkommen und es holen?«

»Natürlich.«

»Falls ich ... aus irgendeinem Grund ... nicht zurückkommen kann –, würden *Sie* es dann holen? Wenn Mac Sie darum bäte?«

Der King dachte einen Augenblick nach. »Klar.«

»Ihr Wort darauf?«

»Ja.« Der King lachte leise. »Sie scheinen viel auf dieses Gesabbel mit ›Ehrenwort‹ zu geben, was, Peter?«

»Wie soll man sonst einen Mann beurteilen?«

Peter Marlowe brauchte nur einen Augenblick, um die beiden Drähte abzureißen, die den Kondensator mit den Innereien des Radios verbanden. Nach einer weiteren Minute war das Radio fest in das schützende Tuch eingewickelt und etwas abseits vom Weg ein kleines Loch in die Dschungelerde gegraben. Sie legten einen flachen Stein auf den Boden, bedeckten dann das Radio mit einer dicken Blätterschicht, glätteten die Erde wieder und zogen einen Baumstamm über die Stelle. Wenn es einige Wochen in der feuchten Grube liegenblieb, würde es zu nichts mehr zu gebrauchen sein, aber zwei Wochen konnte es gut hier liegenbleiben, und man konnte dann zurückkommen und es abholen, falls bis dahin die Flaschen noch immer nicht funktionierten.

Peter Marlowe wischte sich den Schweiß ab, denn plötzlich hatte sich eine Hitzewelle auf sie herabgesenkt, und der Schweißgeruch machte die immer größer werdenden Insektenwogen, die sich in ganzen Wolken auf sie niederließen, wild und blutgierig. »Die verfluchten Biester!« Er sah zum Nachthimmel hinauf und versuchte ein wenig nervös die Zeit zu schätzen. »Meinen Sie nicht, es ist besser, wenn wir jetzt weitergehen?«

»Noch nicht. Es ist erst Viertel nach vier. Am besten ist es, wenn wir kurz vor Morgengrauen ankommen. Wir warten lieber noch zehn Minuten, dann sind wir gerade rechtzeitig an Ort und Stelle.« Er grinste. »Als ich das erste Mal durch den Zaun gegangen bin, habe ich auch einen Mordsbammel gehabt. Auf dem Rückweg mußte ich am Zaun warten. Eine halbe Stunde oder noch länger mußte ich warten, bevor die Luft rein war. Lieber Himmel, habe ich damals geschwitzt.« Er scheuchte mit den Händen die Insekten weg.

Sie saßen eine Weile still da und horchten auf die unablässige Bewegung des Dschungels. Leuchtkäferschwärme leuchteten in den kleinen Wasserrinnen neben dem Weg.

»Wie der Broadway bei Nacht«, meinte der King.

»Ich habe mal einen Film mit dem Titel *Times Square* gesehen. Es ging um einen Zeitungsknüller. Lassen Sie mich mal nachdenken. Ach ja, ich glaube, es war Cagney.«

»Daran kann ich mich nicht erinnern. Aber den Broadway müßten Sie wirklich mal sehen. Es ist wie am hellen Tag. Mitten in der Nacht. Riesige Neonleuchtreklamen und überall Lichter.«

»Sind Sie dort zu Hause? In New York?«

»Nein. Ich bin einige Male dort gewesen. Ich bin überall herumgekommen.«

»Wo sind Sie zu Hause?«

Der King zuckte die Achseln. »Mein Vater treibt sich in der Welt herum.«

»Was tut er?«

»Gute Frage. Mal dies, mal das. Meist ist er besoffen.«

»Oh! Das muß ziemlich hart sein.«

»Für ein Kind, ja.«

»Haben Sie Familie?«

»Meine Mutter ist tot. Gestorben, als ich drei war. Geschwister habe ich nicht. Mein Vater hat mich aufgezogen. Er ist Landstreicher, hat mich aber viel über das Leben gelehrt. Regel eins: Armut ist eine Krankheit. Regel zwei: Geld bedeutet alles. Regel drei: es spielt keine Rolle, wie man es bekommt, solange man es bekommt.«

»Wissen Sie, ich habe nie viel von Geld gehalten. Ich meine, beim Militär – man bekommt seinen festen Sold, und man kann sich damit einen gewissen Lebensstandard leisten, so daß Geld nicht viel bedeutet.«
»Wieviel verdient Ihr Vater?«
»Ich weiß nicht genau. Vielleicht sechshundert Pfund im Jahr.«
»Ach du meine Güte! Das sind ja nur zweitausendvierhundert Dollar. Ich verdiene ja als Korporal schon dreizehnhundert. Verdammt, mich würden keine zehn Pferde für ein so lumpiges Trinkgeld zum Arbeiten bringen.«
»Vielleicht ist es in den Staaten anders. Aber in England kann man ganz gut damit auskommen. Natürlich ist unser Wagen ziemlich alt, aber das spielt ja keine Rolle. Und am Ende seiner Dienstzeit bekommt man eine Pension.«
»Wieviel?«
»So ungefähr die Hälfte des Soldes.«
»Das wäre für mich gar nichts. Ich begreife nicht, wie jemand zum Militär gehen kann. Wahrscheinlich sind das Leute, die als Menschen Versager sind.« Der King bemerkte, daß Peter Marlowe leicht erstarrte. »Natürlich«, setzte er schnell hinzu, »gilt das nicht für England. Ich meinte die Staaten.«
»Beim Militär hat man es gut – als Mann. Man hat genug Geld – ein aufregendes Leben in allen Teilen der Welt. Auch im Gesellschaftsleben hat man es gut. Und dann, nun, ein Offizier hat immer sehr viel Prestige.« Peter Marlowe setzte schnell hinzu, und es klang beinahe wie eine Entschuldigung: »Sie wissen ja, Tradition und so weiter.«
»Werden Sie nach dem Krieg dabeibleiben?«
»Natürlich.«
»Mir scheint«, erwiderte der King und stocherte mit einem kleinen Rindenstückchen in den Zähnen herum, »es ist zu leicht. Man kann doch nichts erleben, und es kommt auch nichts dabei heraus, wenn man die Befehle von Leuten ausführt, die meistens faule Schweine sind. Mir kommt es jedenfalls so vor. Verdammt, und außerdem bekommt man ja nichts

bezahlt. Peter, Sie sollten sich mal die Staaten ansehen. Es gibt auf der ganzen Welt nichts, was man mit ihnen vergleichen könnte. Keine Stadt, nichts. Jeder ist auf sich selbst angewiesen, und jeder ist soviel wert wie der andere. Und man braucht sich nur etwas einfallen zu lassen und besser zu sein als der andere. Mann, da geht's rund.«

»Ich glaube nicht, daß ich da hineinpassen würde. Irgendwie weiß ich, daß ich nicht zum Geldverdienen geboren bin. Mir geht es besser, wenn ich das tue, wozu ich geboren bin.«

»Das ist doch Quatsch. Nur weil Ihr Alter beim Militär ist...«

»Das geht bis 1720 zurück. Vom Vater auf den Sohn vererbt. Das ist sehr viel Tradition, wenn man dagegen ankämpfen wollte.«

Der King knurrte. »Na ja, allerhand Zeit!« Dann setzte er hinzu: »Ich weiß nur etwas über meinen Vater und über dessen Vater. Davor nichts. Meine Leute sollen jedenfalls in den achtziger Jahren aus Europa herübergekommen sein.«

»Aus England?«

»Nein, zum Teufel. Ich glaube, aus Deutschland. Oder vielleicht aus Mitteleuropa. Verdammt, wen kümmert das schon? Ich bin Amerikaner, und nur darauf kommt es an.«

»Und die Marlowes sind beim Militär, und damit basta!«

»Verdammt, nein. Es liegt an Ihnen. Also, hören Sie doch. Zum Beispiel jetzt. Sie sind am Zaster beteiligt, weil Sie Ihr Hirn benutzen. Sie wären ein prima Geschäftsmann, wenn Sie nur wollten. Sie können wie ein Wog reden. Stimmt's? Ich brauche Ihr Hirn. Ich zahle für das Hirn – seien Sie jetzt nicht gleich wieder so gottverdammt hochmütig. Das ist amerikanischer Stil. Man zahlt für Hirn. Das hat nichts damit zu tun, daß wir Kameraden sind. Gar nichts. Wenn ich nicht zahlen würde, dann wäre ich ein Schweinehund.«

»Das ist falsch. Man braucht nicht gleich bezahlt zu werden, wenn man ein wenig hilft.«

»Sie müssen weiß Gott erst mal ein wenig erzogen werden. Ich würde Sie gern in die Staaten mitnehmen und Sie auf die Füße stellen. Mit Ihrem schrägen Limey-Akzent würden Sie die Weiber glatt erschlagen. Sie würden abräumen. Wir werden Sie in Damenunterwäsche einsteigen lassen.«

»Heiliger Bimbam.« Peter lächelte mit, aber in seinem Lächeln war Entsetzen. »Ich könnte ebensowenig versuchen, etwas zu verkaufen, wie ich fliegen kann.«

»Sie können doch fliegen.«

»Ich meinte ohne Flugzeug.«

»Natürlich. Ich habe ja auch nur Spaß gemacht.«

Der King warf einen Blick auf seine Armbanduhr. »Die Zeit vergeht langsam, wenn man wartet.«

»Manchmal denke ich, wir werden nie wieder aus diesem stinkenden Loch herauskommen.«

»Quatsch, Onkel Sam macht den Nips lange Beine. Es wird nicht mehr lange dauern. Selbst wenn es lange dauert, verdammt, was ist schon dabei? Wir haben es geschafft, Kamerad. Und allein darauf kommt es an.«

Der King blickte auf seine Armbanduhr. »Jetzt zwitschern wir lieber ab.«

»Waas?«

»Wir brechen jetzt am besten auf.«

»Ach so!« Peter Marlowe stand auf. »Karlemann, geh du voran, du hast die längsten Stiefel an«, sagte er glücklich.

»Wie?«

»Nur ein Sprichwort. Es bedeutet ›Zwitschern wir ab‹.«

Glücklich, daß sie jetzt wieder Freunde waren, drangen sie in den Dschungel ein. Die Straße zu überqueren war leicht. Nachdem sie jetzt das Gebiet hinter sich hatten, das von den Streifen abgegangen wurde, folgten sie einem kurzen Pfad und näherten sich dem Stacheldrahtzaun bis auf einen halben Kilometer. Der King ging ruhig und selbstsicher voran. Nur die Wolken von Leuchtkäfern und Moskitos machten das Vorwärtskommen beschwerlich.

»Verdammt. Die Biester sind gräßlich.«

»Ja. Wenn es nach mir ginge, würde ich sie alle rösten«, flüsterte Peter Marlowe zurück.

Dann sahen sie das auf sie gerichtete Bajonett und blieben wie angewurzelt stehen.
Der Japaner saß gegen einen Baum gelehnt, und seine Augen waren auf sie gerichtet. Ein furchterregendes Grinsen zog sein Gesicht in die Länge, und das Bajonett hielt er auf die Knie gestützt.
Beide hatten die gleichen Gedanken. Großer Gott! Utramstraße! Ich bin erledigt. Kaltmachen!
Der King reagierte als erster. Er sprang auf den Posten zu, riß ihm das Gewehr mit dem aufgepflanzten Bajonett aus den Händen, schlug eine Rolle zur Seite, schnellte dann auf, riß den Gewehrkolben hoch und wollte ihn dem Mann ins Gesicht schmettern. Peter Marlowe schoß mit ausgestreckten Händen auf die Kehle des Postens zu. Ein sechster Sinn warnte ihn, und seine bereits zu Klammern verkrampften Hände vermieden den Hals, und er prallte auf den Baum.
»Gehen Sie weg von ihm!« Peter Marlowe sprang auf, packte den King und riß ihn schnell weg.
Der Posten hatte sich nicht gerührt. Auf seinem Gesicht lag noch das gleiche boshafte Grinsen, und die weitaufgerissenen Augen starrten sie an.
»Verdammt, was denn?« schnaufte der King von Panik gepackt und das Gewehr noch immer hoch über den Kopf erhoben.
»Gehen Sie weg! Um Gottes willen, beeilen Sie sich!« Peter Marlowe riß ruckartig das Gewehr aus des King Händen und warf es neben den toten Japaner. Dann entdeckte der King die Schlange im Schoß des Mannes.
»Allmächtiger«, rief er heiser und trat vor, um sie näher anzusehen.
Peter Marlowe packte ihn wild. »Gehen Sie weg! Laufen Sie, um Gottes willen!« Er hastete davon, lief von den Bäumen weg und brach blindlings durch das Unterholz. Der King jagte hinter ihm her, und erst als sie eine Lichtung erreicht hatten, hielten sie an.
»Sind Sie verrückt geworden?« Der King ächzte, und das At-

men fiel ihm schwer. »Es war nur eine gottverdammte Schlange!«

»Es war eine Baumschlange«, keuchte Peter Marlowe. »Sie leben in den Bäumen. Ihr Biß bedeutet den augenblicklichen Tod, Mann. Sie klettern auf die Bäume, pressen den Körper platt und lassen sich dann wie eine Art Spirale zur Erde hinab auf ihre Opfer fallen. Eine lag zusammengerollt in seinem Schoß und eine zweite unter ihm. Bestimmt waren noch mehr in der Nähe, denn sie wohnen immer in Nestern.«

»Eigentlich müßten wir dem verdammten Mistzeug dankbar sein, Mensch«, fügte Peter Marlowe hinzu und bemühte sich, wieder zu Atem zu kommen. »Der Japs war noch warm. Er kann nicht länger als einige Minuten tot gewesen sein. Er hätte uns erwischt, wenn er nicht gebissen worden wäre, und wir sollten Gott dankbar sein für unseren Streit. Dadurch haben die Schlangen Zeit gewonnen. Einer Bruchlandung kann man nie näher sein! Und dem Tod nicht! Nie!«

»Nie wieder will ich einem gottverdammten Japsen mit auf mich gerichtetem verdammten Bajonett mitten in der verdammten Nacht begegnen. Kommen Sie. Wir verschwinden lieber von hier.«

Als sie in die Nähe des Stacheldrahtzaunes kamen, setzten sie sich und warteten. Noch konnten sie den Sprung zum Zaun nicht wagen. Es waren zu viele Leute in der Nähe. Immer spazierten Leute herum, die wie in Trance durchs Lager gingen, die Schlaflosen und die fast Eingeschlafenen.

Es tat gut, sich auszuruhen, und beide spürten ihre Knie zittern und waren dankbar, daß sie wieder am Leben waren.

Mein Gott, war das eine Nacht, dachte der King. Wenn Peter nicht gewesen wäre, könnte ich mir jetzt die Kartoffeln von unten ansehen. Ich wollte dem Japsen den Fuß in den Schoß stellen, während ich das Gewehr auf seinen Schädel herunterschmetterte. Mein Fuß war nur fünfzehn Zentimeter entfernt. Schlangen! Ich kann Schlangen nicht ausstehen. Verfluchte Biester! Und je mehr der King sich beruhigte, desto mehr wuchs seine Achtung für Peter Marlowe.

»Das ist das zweite Mal, daß Sie mir das Leben gerettet haben«, flüsterte er.
»Sie haben das Gewehr zuerst erreicht. Wäre der Japs nicht tot gewesen, hätten Sie ihn unschädlich gemacht. Ich war lahm.«
»Quatsch, ich war ja auch vornedran.« Der King verstummte und grinste dann. »Sie, Peter, wir sind ein prima Gespann. Mit Ihrem Aussehen und meinem Hirn kommen wir überall glänzend zurecht.«
Peter Marlowe brach in Lachen aus. Er versuchte es zu ersticken und wälzte sich auf dem Boden. Das erstickte Gelächter und die Tränen, die ihm über das Gesicht liefen, steckten den King an, und auch ihn begann das Gelächter zu schütteln. Schließlich keuchte Peter Marlowe: »Halten Sie um Himmels willen die Klappe.«
»Sie haben angefangen.«
»Ich nicht.«
»Natürlich sind Sie es gewesen, Sie haben gesagt, Sie haben gesagt ...« Aber der King konnte nicht fortfahren. Er wischte sich die Tränen ab. »Haben Sie den Japsen gesehen? Das Schwein saß wie ein Affe da ...«
»Sehen Sie dort!«
Ihr Gelächter verstummte.
Auf der anderen Seite des Stacheldrahtzaunes schlenderte Grey durchs Lager. Sie sahen ihn vor der amerikanischen Baracke stehenbleiben. Sie sahen ihn im Schatten warten und dann über den Zaun hinwegschauen, beinahe direkt zu ihnen hin.
»Glauben Sie, daß er es weiß?« flüsterte Peter Marlowe.
»Keine Ahnung. Aber sicher ist, daß wir es jetzt eine ganze Weile nicht wagen können wegzugehen. Wir werden warten.«
Sie warteten. Der Himmel begann heller zu werden. Grey stand im Schatten, sah zur amerikanischen Baracke hinüber und dann über das ganze Lager hinweg. Der King wußte, daß Grey von seinem Standpunkt aus sein Bett sehen konnte. Er wußte, Grey konnte sehen, daß er nicht darin lag. Aber die Decken waren zurückgeschlagen, und er konnte unter den an-

deren Schlaflosen sein, die im Lager herumspazierten. Es gab kein Verbot, sich außerhalb seines Bettes aufzuhalten. Aber beeil dich, verdammt, verschwinde, Grey!

»Wir werden bald gehen müssen«, meinte der King. »Das Licht ist gegen uns.«

»Wie wäre es mit einer anderen Stelle?«

»Er kann den ganzen Zaun überblicken. Bis zur Ecke hin.«

»Glauben Sie, daß irgendwo etwas durchgesickert ist – daß jemand uns verpfiffen hat?«

»Könnte sein. Vielleicht ist es auch nur Zufall.« Der King biß sich wütend auf die Lippen.

»Wie wäre es mit der Latrinengegend?«

»Zu gefährlich.«

Sie warteten. Dann sahen sie Grey noch einmal über den Zaun hinweg zu ihnen hinsehen und davongehen. Sie beobachteten ihn, bis er hinter der Gefängnismauer verschwunden war.

»Könnte ein Trick sein«, erklärte der King. »Wir wollen ihm ein paar Minuten Zeit lassen.«

Die Sekunden dehnten sich zu Stunden, der Himmel wurde immer heller, und die Schatten begannen sich aufzulösen. Jetzt war niemand in der Nähe des Zauns, niemand in Sicht.

»Jetzt oder nie, kommen Sie.«

Sie liefen auf den Zaun zu; in Sekundenschnelle waren sie unter dem Zaun durch und im Graben.

»Sie gehen zur Baracke, Rajah. Ich warte hier.«

Trotz seiner Größe war der King behende, und er legte die Strecke zu seiner Baracke schnell zurück. Peter Marlowe stieg aus dem Graben. Irgend etwas in ihm drängte ihn, sich auf den Grabenrand zu setzen und über den Zaun hinweg ins Freie zu sehen. Dann sah er aus dem Augenwinkel heraus Grey um die Ecke biegen und stehenbleiben. Er wußte, daß er sofort entdeckt worden war.

»Marlowe.«

»Ach, hallo, Grey. Können Sie auch nicht schlafen?« fragte er und streckte sich.

»Wie lange sitzen Sie schon hier?«

»Ein paar Minuten. Ich bin vom Gehen müde geworden und ruhe mich etwas aus.«

»Wo ist Ihr Kumpan?«

»Wer?«

»Der Amerikaner«, höhnte Grey.

»Keine Ahnung. Vermutlich pennt er.«

Grey sah auf die Kleidung in chinesischer Machart. Die weite, tunikaähnliche Jacke war an den Schultern aufgerissen und naß von Schweiß. Schlamm und Laubfetzen klebten auf Bauch und Knien. Ein Schlammstreifen im Gesicht.

»Wie sind Sie denn so schmutzig geworden? Und warum schwitzen Sie so? Was haben Sie vor?«

»Ich bin schmutzig, weil – ein wenig ehrlicher Schmutz ist nichts Schlimmes. Es ist nichts so herrlich«, sagte Peter Marlowe, während er aufstand und Knie und Sitzfläche seiner Hose abklopfte, »wie das Sauberkeitsgefühl, nachdem man sich den Schmutz abgewaschen hat. Und ich schwitze, weil Sie schwitzen. Sie kennen das doch, Tropen, Hitze und so!«

»Was haben Sie in den Taschen?«

»Nur weil Sie ein argwöhnisches Käfergehirn haben, heißt das noch lange nicht, daß jeder Schmuggelware mit sich herumschleppt. Es gibt kein Gesetz, das einem das Spazierengehen im Lager verbietet, wenn man nicht schlafen kann.«

»Stimmt«, erwiderte Grey, »aber es gibt ein Gesetz, das das Herumspazieren außerhalb des Lagers verbietet.«

Peter Marlowe sah ihn gelassen an, fühlte sich aber keineswegs gelassen und versuchte zu ergründen, was dieser verdammte Grey meinte. Wußte er es? »Man müßte ja ein Idiot sein, wenn man das versuchen würde.«

»Jawohl.« Grey blickte ihn lange und hart an. Dann wandte er sich schnell um und ging davon.

Peter Marlowe starrte hinter ihm her. Dann drehte er sich um, ging in die entgegengesetzte Richtung und sah nicht ein einziges Mal zur amerikanischen Baracke hinüber. Heute sollte Mac aus dem Lazarett entlassen werden. Peter Marlowe lächelte, als er an das Willkommensgeschenk dachte.

Von der Geborgenheit seines Bettes aus sah der King Peter Marlowe davongehen. Dann richtete er den Blick auf Grey, den Feind, der aufrecht und bösartig im heller werdenden Licht stand.
Dünn wie ein Skelett, zerfetzte Hosen, grobe Holzpantinen, ohne Hemd, seine Armbinde, seine fadenscheinige Panzermütze. Ein Sonnenstrahl ließ das Regimentsabzeichen auf der Mütze funkeln und verwandelte es aus einem Nichts in flüssiges Gold.
Wieviel weißt du, Grey, du verdammter Hund? fragte sich der King.

## 15

Es war kurz nach dem Morgengrauen.
Peter Marlowe lag halb eingeschlafen auf seinem Bett.
War es ein Traum? fragte er sich und war plötzlich hellwach. Dann berührten seine vorsichtig tastenden Finger den kleinen Stoffetzen, der den Kondensator enthielt, und er erkannte, daß es kein Traum gewesen war.
Ewart warf sich im oberen Bett herum und erwachte stöhnend. »'mahlu auf die Nacht«, sagte er, als er die Beine über den Bettrand hing.
Peter Marlowe erinnerte sich, daß seine Einheit an der Reihe war für das Latrinenkommando. Er ging aus der Baracke und rüttelte Larkin wach.
»He? Ach Sie, Peter«, sagte Larkin noch halb schlafend. »Was ist los?«
Es fiel Peter Marlowe schwer, nicht gleich mit der Neuigkeit vom Kondensator herauszuplatzen, aber er wollte warten, bis auch Mac dabei war, und deshalb antwortete er einfach: »Latrinenkommando, Alter.«
»Was, schon wieder? Verdammte Scheiße!« Larkin streckte

den schmerzenden Rücken, band sich den Sarong fest und schlüpfte in seine Holzpantinen.
Sie holten das Netz und den Zwanzigliterbehälter und gingen durch das Lager, das sich eben zu rühren begann. Sie erreichten die Latrinengegend und schenkten den dort Hockenden keine Beachtung, und die dort Hockenden schenkten ihnen keine Beachtung.
Larkin hob den Deckel von einem Loch, Peter Marlowe fuhr schnell mit dem Netz an den Wänden hoch. Als er das Netz aus dem Loch herauszog, war es voll Kakerlaken. Er schüttelte den Netzinhalt in den Behälter und schabte noch einmal. Wieder ein guter Fischzug.
Larkin legte den Deckel zurück, und sie gingen weiter zum nächsten Loch.
»Halten Sie das Ding still«, rief Peter Marlowe. »Sehen Sie, was Sie jetzt angerichtet haben! Mindestens hundert habe ich verloren.«
»Es gibt noch genug von dem Zeug«, erwiderte Larkin voll Ekel und faßte den Behälter fester an.
Der Geruch war fürchterlich, aber die Ausbeute reich. Bald war der Behälter bis an den Rand voll. Die kleinsten Kakerlaken waren ungefähr vier Zentimeter lang. Larkin befestigte den Deckel auf dem Behälter, und dann gingen sie zum Lazarett hinauf.
»Nicht gerade mein Fall für eine Diätkost«, meinte Marlowe.
»Haben Sie die Viecher wirklich gegessen, Peter? Damals auf Java?«
»Natürlich. Und Sie übrigens auch. In Changi.«
Larkin ließ beinahe den Behälter fallen. »Waas?«
»Sie glauben doch nicht, daß ich eine Eingeborenendelikatesse und Proteinquelle den Ärzten übergebe, ohne sie auch zu unserem Vorteil zu verwenden, oder?«
»Aber wir haben doch eine Abmachung getroffen!« schrie Larkin. »Wir drei waren uns einig, daß wir nicht irgendwelche Scheußlichkeiten kochen würden, ohne es vorher den anderen zu sagen.«

»Ich habe es Mac erzählt, und er war einverstanden.«
»Aber ich nicht, verdammt!«
»Ach was, Oberst, kommen Sie! Wir mußten die Viecher fangen und sie heimlich kochen und Ihnen auch noch zuhören, wie Sie unser Essen über den grünen Klee lobten. Wir sind genauso wählerisch und empfindlich wie Sie.«
»Verdammt, das nächste Mal will ich Bescheid wissen. Verdammt, das ist ein Befehl.«
»Jawohl, Sir.« Peter Marlowe kicherte.
Sie lieferten den Behälter an die Lazarettküche ab. An die winzige Sonderküche, die die Schwerstkranken versorgte.
Als sie den Bungalow wieder erreichten, wartete Mac bereits. Seine Haut war gelblichgrau, und die Augen waren blutunterlaufen, und die Hände bebten, aber er hatte das Fieber überwunden. Er konnte wieder lächeln.
»Es ist schön, Sie wieder bei uns zu haben, Kamerad«, begrüßte Larkin ihn und setzte sich.
»Ja.«
Peter Marlowe zog gedankenverloren das kleine Stück Stoff aus der Tasche. »Ach, da fällt mir übrigens ein«, sagte er mit betonter Nachlässigkeit. »Das könnte man vielleicht gelegentlich brauchen.«
Mac sah sich den Tuchfetzen ohne sonderliches Interesse an.
»Zum Donnerwetter!« rief Larkin.
»Verdammt, Peter«, stieß Mac hervor, und seine Finger zitterten, »wollen Sie vielleicht, daß ich einen Herzklaps kriege?«
Peter Marlowe hielt die Stimme so ausdruckslos wie seine Miene und freute sich königlich über Macs Erregung. »Was soll man sich wegen einer solchen Kleinigkeit aufregen.« Dann konnte er das Lächeln nicht mehr unterdrücken. Er strahlte.
»Sie mit Ihrer verdammten Pommymanier, alles zu untertreiben.« Larkin versuchte, sauer zu spielen, aber er strahlte auch.
»Wo haben Sie ihn her, Kamerad?«
Peter Marlowe zuckte die Achseln.
»Blödsinnige Frage. Entschuldigung, Peter«, setzte Larkin reumütig hinzu.

Peter Marlowe wußte, daß er nie wieder gefragt werden würde. Es war sehr viel besser, wenn die beiden nichts vom Dorf wußten.

Die Dämmerung brach herein.

Larkin hielt Wache. Peter Marlowe hielt Wache. Im Schutz seines Moskitonetzes baute Mac den Kondensator ein. Dann konnte er einfach nicht mehr länger warten, und mit einem Gebet auf den Lippen steckte er zittrig das Verbindungskabel in die Steckdose. Schwitzend horchte er in den Kopfhörer.

Eine qualvolle Ewigkeit wartete er. Es war erdrückend heiß unter dem Netz, und die Betonwand und der Betonfußboden speicherten die Hitze der untergehenden Sonne. Ein Moskito sirrte zornig. Mac fluchte, versuchte aber nicht, ihn zu entdekken und zu zerquetschen, und plötzlich klang ein Rauschen im Kopfhörer auf.

Seine Finger waren naß von Schweiß, der ihm an den Armen herunterlief, und rutschten vom Schraubenzieher ab. Er trocknete sie ab. Geschickt steckte er den Schraubenzieher in den Schlitz der Schraube, die den Abstimmkreis veränderte, und begann zu drehen. Vorsichtig, ganz, ganz vorsichtig. Rauschen. Nur Rauschen. Dann hörte er plötzlich Musik. Es war eine Glenn-Miller-Platte.

Die Musik brach ab, und die Stimme eines Ansagers erklang: »Hier ist Kalkutta. Wir setzen unsere Glenn-Miller-Sendung mit der Aufnahme ›Moonlight-Serenade‹ fort.«

Durch die Tür konnte Mac sehen, wie Larkin im Schatten hockte und hinter ihm Männer den Gang zwischen den Reihen der Betonbungalows entlangschlenderten. Er wollte hinauslaufen und schreien: Wollt ihr gleich die Nachrichten hören? Ich habe Kalkutta drin.

Mac horchte noch einen Augenblick, schaltete dann den Empfänger aus, schob die Wasserflaschen vorsichtig in ihre Schutzhüllen aus grünlichgrauem Filz zurück und ließ sie achtlos auf den Betten liegen. Um zehn würde Kalkutta Nachrichten senden. Um Zeit zu sparen, versteckte Mac das Verbindungskabel und den Kopfhörer unter der Matratze, statt sie wieder in der dritten Flasche zu verstauen. Er hatte so lange zusammengekauert unter dem Netz gehockt, daß er einen Krampf im Rükken hatte, und er stöhnte beim Aufstehen.

Larkin draußen sah sich nach ihm um. »Was ist los, Kamerad? Können Sie nicht schlafen?«

»Nein, mein Junge«, antwortete Mac und ging zu ihm hinaus, um sich neben ihn zu setzen.

»Sie sollten vorsichtiger sein am ersten Tag nach Ihrer Entlassung aus dem Lazarett.« Larkin brauchte nicht zu hören, daß er funktionierte. Macs Augen leuchteten vor Erregung. Larkin stieß ihn spielerisch in die Seite. »Es geht Ihnen gut, Sie alte Eule.«

»Wo steckt Peter?« fragte Mac, der wohl wußte, daß er unten an den Duschen wartete.

»Dort drüben. Der Kerl hockt da herum. Sehen Sie ihn sich an!«

»He, 'mahlu sana!« rief Mac laut.

Peter Marlowe wußte schon, daß Mac erfolgreich gewesen war, aber er stand auf, ging zu ihnen hinüber und sagte: »'mahlu senderis«, was soviel bedeutet wie »Mahlu dich selbst.« Auch ihm brauchte man nichts zu sagen.

»Wie wäre es mit einer Partie Bridge?« fragte Mac.

»Wer ist der Vierte?«

»He, Gavin«, rief Larkin laut. »Wollen Sie den Vierten machen?«

Major Gavon Ross zerrte die Beine vom Feldstuhl. Auf eine Krücke gestützt, schleppte er sich hinter dem Nachbarbungalow hervor. Er freute sich über die Aufforderung zu einem Spiel. Die Nächte waren immer schlimm. Die Lähmung war so sinnlos. Früher einmal ein Mann, und jetzt ein Nichts. Nutzlose Beine. Ein Leben lang an den Rollstuhl gefesselt.

Ein winziger Schrapnellsplitter hatte ihn in den Kopf getroffen, kurz bevor Singapur sich ergeben hatte. »Nicht schlimm, Sie brauchen sich keine Sorgen zu machen«, hatten die Ärzte erklärt. »Wir können das Ding herausholen, sobald wir Sie in einem ordentlichen Lazarett mit der entsprechenden Einrichtung unterbringen können. Das hat noch viel Zeit.« Aber es gab nie ein ordentliches Lazarett mit der entsprechenden Einrichtung, und die Zeit war abgelaufen.

»Mein Gott«, stöhnte er mit schmerzverzerrtem Gesicht, als er sich auf den Zementboden gleiten ließ. Mac holte ein Kissen und warf es ihm hinüber. »Fangen Sie, Bester!« Er brauchte einen Augenblick, bis er sich zurechtgesetzt hatte, und unterdessen holte Peter Marlowe die Karten, und Larkin richtete die Fläche zwischen ihnen. Gavin hob das linke Bein und bog es zur Seite und aus dem Weg, nachdem er die Drahtfeder ausgehängt hatte, die die Schuhspitze mit dem Band dicht unterhalb des Knies verband. Dann rückte er das ebenfalls gelähmte andere Bein zur Seite und lehnte sich mit dem Kissen im Rücken gegen die Wand zurück. »So ist es besser«, sagte er und fuhr sich mit schneller, fahriger Geste über den Kaiser-Wilhelm-Bart.

»Was machen die Kopfschmerzen?« erkundigte Larkin sich automatisch.

»Es geht so, alter Junge«, erwiderte Gavin ebenso automatisch. »Sind Sie mein Partner?«

»Nein, Sie können mit Peter spielen.«

»O Gott, der Kerl trumpft immer meine Asse weg.«

»Das war nur ein einziges Mal«, wehrte sich Peter Marlowe.

»Einmal an einem Abend«, lachte Mac und begann zu geben.

»'mahlu.«

»Zwei Pik«, eröffnete Larkin das Spiel unter heftigem Schwenken der Hände.

Das Bieten wurde wild und heftig fortgesetzt.

Nachts klopfte Larkin an die Tür eines der Bungalows.

»Ja?« rief Smedly-Taylor und spähte in die Nacht hinaus.

»Tut mir leid, daß ich Sie störe, Sir.«

»Ach, Sie sind es, Larkin. Ist was nicht in Ordnung?« Es war immer etwas nicht in Ordnung. Er überlegte, was die Aussies diesmal angestellt haben mochten, während er von Schmerzen gequält aus dem Bett kletterte.

»Nein, Sir.« Larkin vergewisserte sich, daß niemand in Hörweite war. Seine Worte kamen ruhig und bedächtig. »Die Russen stehen fünfundsechzig Kilometer vor Berlin, Manila ist befreit. Die Yankees sind auf Corregidor und Iwo Jima gelandet.«

»Sind Sie sicher, Mann?«

»Jawohl, Sir.«

»Wer ...« Smedly-Taylor brach ab. »Nein. Ich möchte nichts wissen. Setzen Sie sich, Oberst«, sagte er ruhig. »Sind Sie absolut sicher?«

»Jawohl, Sir.«

»Ich kann nur sagen, Oberst«, erklärte der ältere Mann tonlos und feierlich, »daß ich nichts tun kann, um jemand zu helfen, der erwischt wird mit ..., der erwischt wird.« Er wollte nicht einmal das Wort aussprechen. »Ich möchte nichts davon wissen.« Der Schatten eines Lächelns huschte über das steinerne Gesicht und ließ es weicher wirken. »Ich bitte Sie nur, behüten Sie es mit Ihrem Leben, und erzählen Sie es mir sofort, wenn Sie etwas hören.«

»Jawohl, Sir. Wir haben vor ...«

»Ich möchte nichts hören. Nur die Nachrichten.« Traurig legte Smedly-Taylor ihm die Hand auf die Schulter. »Entschuldigen Sie.«

»Es ist besser so, Sir.« Larkin war froh, daß der Oberst nichts weiter wissen wollte. Sie hatten beschlossen, daß jeder die Nachrichten nur zwei Personen erzählen sollte. Larkin würde sie Smedly-Taylor und Gavin Ross erzählen. Mac würde sie Major Tooley und Leutnant Bosley erzählen – beides gute Freunde; und Peter würde sie dem King und Pater Donovan, dem katholischen Kaplan, erzählen. Diese sollten die Nachrichten dann zwei anderen Personen, denen sie vertrauen konnten, weitererzählen, und so weiter. Ein guter Plan, dachte Larkin. Es war völlig richtig gewesen, daß Peter nicht freiwillig damit herausgerückt war, woher er den Kondensator hatte. Ein Mordskerl, dieser Peter.

Als Peter Marlowe spät in der Nacht von seinem Besuch beim

King zu seiner Baracke zurückkehrte, war Ewart noch hellwach. Er streckte den Kopf unter dem Netz hervor und flüsterte erregt: »Peter. Haben Sie schon die Neuigkeiten gehört?«
»Welche Neuigkeiten?«
»Die Russen stehen fünfundsechzig Kilometer vor Berlin. Die Yankees sind auf Iwo Jima und Corregidor gelandet.«
Peter Marlowe fühlte Entsetzen in sich aufsteigen. Großer Gott, so schnell?
»Verdammte Gerüchte, Ewart. Verdammter Blödsinn.«
»Nein, es ist kein Blödsinn, Peter. Ein neues Rundfunkgerät ist im Lager. Die Nachrichten stimmen. Es sind keine Gerüchte. Mann, ist das nicht toll? Mein Gott, fast hätte ich das Beste vergessen. Die Yankees haben Manila befreit. Jetzt wird es nicht mehr lange dauern, was?«
»Ich glaube es erst, wenn ich es sehe.«
Vielleicht hätten wir es nur Smedly-Taylor und sonst niemand erzählen sollen, dachte Peter Marlowe, als er sich hinlegte. Wenn Ewart es weiß, dann kann man nicht wissen, was geschieht.
Nervös horchte er in das Lager hinaus. Beinahe konnte man die wachsende Erregung Changis fühlen. Das Lager wußte, daß es wieder mit der Außenwelt verbunden war.

Yoshima, schleimig vor Furcht, stand vor dem tobenden General stramm.
»Sie beschränkter, unfähiger Laffe«, fauchte der General.
Yoshima machte sich auf den Schlag gefaßt, der kommen mußte, und er kam auch, mit flacher Hand, mitten ins Gesicht.
»Sie schaffen mir das Radio her, sonst werden Sie zum Gemeinen degradiert. Ihre Versetzung ist aufgehoben. Wegtreten!«
Yoshima salutierte stramm, und seine Verneigung war vollkommene Demut. Er verließ das Quartier des Generals und war dankbar, daß er so leicht davongekommen war. Der Teufel sollte diese verdammten Gefangenen holen!
In der Kaserne ließ er seinen Stab antreten und brüllte die

Männer an und schlug ihnen ins Gesicht, bis ihm die Hand weh tat. Die Unteroffiziere schlugen ihrerseits wieder die Gefreiten und diese die Gemeinen und die Gemeinen die Koreaner. Der Befehl war klar. »Schafft das Radio herbei, sonst . . .«
Fünf Tage lang geschah nichts. Dann fielen die Gefängniswächter über das Lager her und rissen es fast auseinander. Aber sie fanden nichts. Der Verräter im Lager wußte noch nichts über den Standort des Radios. Es geschah nichts, außer daß die versprochene Rückkehr zu normalen Rationen widerrufen wurde. Das Lager dämmerte wieder dahin und durchwartete die langen Tage, die von dem Mangel an Verpflegung noch länger wurden. Aber alle wußten, daß man wenigstens das Neueste erfahren würde. Keine Gerüchte, sondern echte Nachrichten. Und diese waren sehr gut. Der Krieg in Europa war beinahe zu Ende.

Aber dennoch lag es wie ein Bahrtuch über den Männern. Nur wenige hatten Lebensmittelvorräte. Und die guten Nachrichten hatten auch einen Haken. Wenn der Krieg in Europa zu Ende wäre, dann würden mehr Truppen in den Pazifikraum geschickt werden. Vielleicht würde man das japanische Mutterland angreifen. Und ein solcher Angriff würde die Gefängniswächter zu Berserkern machen. Repressalien! Sie alle wußten, daß es nur ein Ende für Changi gab.

Peter Marlowe ging auf die Hühnerställe zu, und die Wasserflasche baumelte an seiner Hüfte. Mac, Larkin und er waren übereingekommen, es wäre vielleicht am sichersten, wenn sie die Wasserflaschen soviel wie möglich bei sich trügen. Für den Fall, daß plötzlich eine Durchsuchung stattfinden sollte.

Er war in guter Stimmung. Das verdiente Geld war zwar längst dahin, aber der King hatte ihm als Vorschuß auf künftige Verdienste Lebensmittel und Tabak gegeben. Mein Gott, was für ein Mann, dachte er. Wenn er nicht wäre, würden Mac, Larkin und ich ebenso hungern wie alle anderen in Changi.

Es war heute kühler als sonst. Der Regen hatte gestern den Staub niedergeschlagen. Es war beinahe Mittagessenszeit. Als er sich den Hühnerställen näherte, beschleunigte er seinen

Schritt. Vielleicht gab es heute ein paar Eier. Dann blieb er verdutzt stehen.

In der Nähe des Hühnerauslaufs, der Peter Marlowes Einheit gehörte, hatte sich ein kleiner Menschenauflauf gebildet, eine wütende, gewalttätige Menge. Zu seiner Überraschung sah er, daß Grey dabei war. Vor Grey stand Oberst Foster, der bis auf sein schmutziges Lendentuch nackt war, wie ein Irrer auf und ab hüpfte und schrille und unzusammenhängende Beschimpfungen auf Johnny Hawkins ausstieß, der schützend seinen Hund an die Brust drückte.

»Hallo, Max«, sagte Peter Marlowe, als er direkt vor des King Hühnerstall stand. »Was ist denn hier los?«

»Hallo, Peter«, antwortete Max leichthin und schob den Rechen in seinen Händen hin und her. Er bemerkte Peter Marlowes unwillkürliches Zusammenzucken bei der Anrede »Peter«. Offiziere! Versucht man, einen Offizier wie einen gewöhnlichen Menschen zu behandeln und ihn mit dem Vornamen anzureden, wird er gleich wild. Der Teufel soll die Bande holen. »Ja. Peter.«

Er sagte es absichtlich nochmals, nur so, als Bestätigung. »Seit einer Stunde ist hier der Teufel los. Es scheint, daß Hawkins' Hund in den Auslauf des alten Knackers geraten ist und einer seiner Hennen die Kehle durchgebissen hat.«

»Nein!«

»Man wird ihm den Kopf abreißen, das steht fest.«

Foster schrie gellend: »Ich will eine neue Henne, und ich will Schadenersatz. Das Biest hat eines meiner Kinder getötet. Ich verlange Anklage wegen Mordes.«

»Aber, Oberst«, beschwichtigte Grey, der am Ende seiner Geduld angelangt war. »Es war doch eine Henne und nicht ein Kind. Sie können doch nicht Mordanklage ...«

»Meine Hühner sind meine Kinder, Sie Idiot! Huhn, Kind, was ist da schon für ein Unterschied? Hawkins ist ein Mörder!«

»Hören Sie mal, Oberst«, erwiderte Grey wütend. »Hawkins kann Ihnen keine andere Henne geben. Er hat erklärt, daß es ihm leid tut. Der Hund hat sich von der Leine losgerissen ...«

»Ich verlange eine Kriegsgerichtsverhandlung. Für Hawkins, den Mörder, und seinen Köter, den Mörder!« Vor Oberst Fosters Mund stand Schaum. »Das verdammte Biest hat meine Henne getötet und hat sie gefressen. Es hat sie gefressen, und von einem meiner Kinder sind nur noch Federn übriggeblieben.«

Wütend schoß er plötzlich auf Hawkins zu, die Hände ausgestreckt, die Finger wie krallenbewehrte Klauen gekrümmt, schlug auf den Hund in Hawkins Armen ein und schrie gellend: »Ich bringe Sie mitsamt Ihrem verfluchten Biest um.«

Hawkins wich Foster aus und stieß ihn weg. Der Oberst fiel zu Boden, und Rover winselte ängstlich.

»Ich habe gesagt, daß es mir leid tut«, brachte Hawkins erstickt hervor. »Wenn ich das Geld hätte, würde ich Ihnen gerne zwei oder auch zehn Hühner schenken, aber ich kann es nicht. Grey« – Hawkins wandte sich verzweifelt an ihn –, »tun Sie doch um Gottes willen was.«

»Verdammt, was kann ich tun?« Grey war müde und wütend und hatte die Ruhr. »Sie wissen selbst, daß ich nichts tun kann. Ich muß es melden. Aber Sie schaffen besser den Hund weg.«

»Was meinen Sie damit?«

»Heiliger Bimbam«, brüllte Grey ihn an. »Ich meine damit, daß Sie ihn wegschaffen. Ihn töten. Und wenn Sie es nicht selbst tun wollen, dann lassen Sie es jemand anders machen. Aber sorgen Sie um alles in der Welt dafür, daß er bei Einbruch der Nacht nicht mehr im Lager ist.«

»Es ist mein Hund. Sie können mir nicht befehlen . . .«

»Verdammt, und ob ich das kann!« Grey versuchte, seine Magenmuskeln in die Gewalt zu bekommen. Er hatte Hawkins gern. Schon immer hatte er ihn gern gehabt, aber das hatte jetzt nichts zu sagen. »Sie kennen die Regeln. Sie sind ermahnt worden, ihn an der Leine und von diesem Gelände fernzuhalten. Rover hat die Henne getötet und aufgefressen. Es gibt Zeugen, die ihn dabei beobachtet haben.«

Oberst Foster richtete sich vom Boden auf, seine Augen waren schwarz und kugelrund. »Ich werde ihn umbringen«, keuchte

er. »Der Hund gehört mir, und ich werde ihn umbringen. Auge um Auge.«
Grey stellte sich vor Foster, der sich zu einem neuen Angriff duckte. »Oberst Foster. Diese Angelegenheit wird gemeldet. Hauptmann Hawkins hat den Befehl, den Hund zu beseitigen ...«
Foster schien Grey nicht zu hören. »Ich will das Biest haben. Ich bringe es um. Genau so, wie es meine Henne umgebracht hat. Es gehört mir. Ich werde es umbringen.« Er begann vorwärts zu kriechen, und Speichel floß ihm aus den Mundwinkeln. »Genau so, wie es mein Kind umgebracht hat.«
Grey streckte die Hand aus. »Nein! Hawkins wird ihn töten.«
»Oberst Foster«, sagte Hawkins klagend, »ich flehe Sie an, bitte, bitte, nehmen Sie meine Entschuldigung an. Lassen Sie mich den Hund behalten, es wird nicht wieder geschehen.«
»Nein, es wird nicht wieder geschehen.« Oberst Foster lachte irr. »Er ist tot, und er gehört mir.« Er stürzte vorwärts, aber Hawkins wich zurück, und Grey packte den Oberst am Arm. »Hören Sie auf«, schrie Grey, »sonst nehme ich Sie fest! So benimmt sich kein höherer Offizier. Gehen Sie von Hawkins weg. Gehen Sie weg.«
Foster riß den Arm von Grey los. Seine Stimme war kaum mehr als ein Flüstern, als er sich direkt an Hawkins wandte. »Ich werde mit Ihnen abrechnen, Sie Mörder. Ich werde mit Ihnen abrechnen.« Er ging zu seinem Hühnerstall zurück und kroch hinein, in seine Behausung, an den Ort, wo er wohnte und schlief und aß, mit seinen Kindern, den Hennen.
Grey wandte sich wieder an Hawkins. »Tut mir leid, Hawkins, aber schaffen Sie ihn weg.«
»Grey«, flehte Hawkins, »bitte, nehmen Sie den Befehl zurück. Bitte, ich flehe Sie an. Ich werde alles tun, alles.«
»Ich kann nicht.« Grey hatte keine andere Wahl. »Sie wissen, daß ich es nicht kann, Hawkins, Menschenskind. Ich kann es nicht. Schaffen Sie ihn weg. Aber tun Sie es schnell.«
Dann drehte er sich auf dem Absatz um und ging davon.
Hawkins' Wangen waren naß von Tränen, der Hund lag in

seine Arme eingebettet. Dann entdeckte er Peter Marlowe.
»Peter, um Gottes willen, helfen Sie mir.«
»Ich kann nicht, Johnny. Es tut mir leid, aber weder ich noch irgend jemand anders kann etwas für Sie tun.«
Verstört blickte sich Hawkins nach den schweigenden Männern um. Er weinte jetzt ganz unverhohlen. Die Männer wandten sich ab, denn sie konnten nichts für ihn tun. Wenn ein Mensch eine Henne getötet hätte, dann wäre es beinahe das gleiche gewesen, vielleicht sogar genau das gleiche. Ein jammervoller Augenblick, dann lief Hawkins schluchzend davon, Rover noch immer auf den Armen.
»Armer Kerl«, sagte Peter Marlowe zu Max.
»Ja, aber Gott sei Dank war es keines von des King Hühnern. Au wei, dann wäre ich aber dran gewesen!« Max schloß den Hühnerstall ab, nickte Peter Marlowe zu und ging weg.
Max kümmerte sich gern um die Hühner. Nichts war so gut wie ab und zu ein Extraei. Und es ist gar kein Risiko, wenn man das Ei schnell aussaugt, die Schale zu Pulver zerreibt und es wieder unter das Hühnerfutter mischt. Dann bleiben keine Spuren zurück. Und die Schalen sind obendrein noch gut für die Hühner. Und außerdem, verdammt, was ist schon für den King ein Ei hier und da? Solange der King jeden Tag eines bekommt, gibt es keinen Ärger. Bestimmt nicht! Max war richtig glücklich. Eine ganze Woche hatte er sich schon um die Hühner gekümmert.

Etwas später an diesem Tag, nach dem Mittagessen, legte Peter Marlowe sich auf sein Bett und ruhte aus.
»Entschuldigen Sie, Sir.«
Peter Marlowe riß die Augen auf und sah Dino neben dem Bett stehen. »Ja?« Er sah sich in der Baracke um und spürte einen Stich der Verlegenheit.
»Eh, kann ich Sie sprechen, Sir?« Und das »Sir« klang impertinent wie stets. Warum können die Amerikaner nur das »Sir« nicht so aussprechen, daß es normal klingt, dachte Peter Marlowe. Er stand auf und ging hinter ihm her aus der Baracke.

Dino ging voran bis in die Mitte der kleinen freien Fläche zwischen den Baracken.
»Hören Sie, Peter«, sagte Dino drängend. »Sie sollen zum King kommen. Und Sie sollen Larkin und Mac mitbringen.«
»Was ist los?«
»Er hat nur gesagt, ich soll Sie holen. Sie sollen sich in einer halben Stunde im Gefängnis in Zelle 54 auf dem vierten Stock mit ihm treffen.«
Offiziere durften das Gefängnis nicht betreten. Japanischer Befehl. Durchgesetzt von der Lagerpolizei. Verdammt riskante Sache.
»Ist das alles?«
»Ja, mehr hat er nicht gesagt. Zelle 54, vierter Stock, in einer halben Stunde. Bis nachher, Peter.«
Was kann jetzt los sein, überlegte Peter Marlowe. Schnell ging er zu Larkin und Mac hinab und sagte es ihnen. »Was halten Sie davon, Mac?«
»Wissen Sie, mein Junge«, antwortete Mac bedächtig, »ich glaube nicht, daß der King uns alle drei so einfach ohne weitere Erklärung zu sich rufen würde, wenn es nicht wichtig wäre.«
»Und was meinen Sie dazu, daß wir ins Gefängnis gehen sollen?«
»Wenn wir dabei erwischt werden«, erwiderte Larkin, »dann müssen wir eine Ausrede bereit haben. Grey wird bestimmt davon erfahren und aus der Geschichte etwas machen wollen. Am besten gehen wir getrennt. Ich kann ja immer sagen, ich wollte einige Aussies besuchen, die im Gefängnis untergebracht sind. Und Sie, Mac?«
»Vom Malaiischen Regiment sind auch ein paar dort. Ich könnte einen davon besuchen. Wie ist es mit Ihnen, Peter?«
»Es sind ein paar Leute von der RAF drüben, die ich besuchen könnte.« Peter Marlowe zögerte. »Vielleicht sollte ich erst einmal nachsehen, um was es geht, und dann zurückkommen und es Ihnen erzählen.«
»Nein. Wenn Sie beim Hineingehen nicht gesehen werden, könnten Sie doch beim Herausgehen erwischt und angehalten

werden. Dann würde man Sie nie wieder hineinlassen. Einen direkten Befehl mißachten und ein zweites Mal hineingehen könnten Sie nicht. Nein, ich glaube, es ist am besten, wir gehen gleich mit. Aber getrennt.« Larkin lächelte. »Geheimnisvoll, was? Möchte wissen, was da los ist.«

»Hoffentlich ist es nichts Schlimmes.«

»Ach, mein Lieber«, sagte Mac. »Es ist immer schlimm, in solchen Zeiten leben zu müssen. Ich würde mich nicht sicher fühlen, wenn ich nicht hinginge – der King hat Freunde oben. Er könnte etwas wissen.«

»Wie ist es mit den Flaschen?«

Sie dachten einen Augenblick nach, dann brach Larkin das Schweigen. »Wir werden sie mitnehmen.«

»Ist das nicht gefährlich? Ich meine, wenn wir erst im Gefängnis drin sind und überraschend eine Durchsuchung gemacht wird, können wir sie nicht mehr verstecken.«

»Wenn wir erwischt werden sollen, werden wir eben erwischt.« Larkin war ernst und machte ein hartes Gesicht. »Entweder steht es so in den Sternen oder nicht.«

»He, Peter«, rief Ewart, als er Peter Marlowe die Baracke verlassen sah. »Sie haben Ihre Armbinde vergessen.«

»Oh, danke.« Peter Marlowe verfluchte sich, als er zu seinem Bett zurückging. »Einfach vergessen, das verdammte Ding.«

»Ich trage sie immer. Man kann nicht vorsichtig genug sein.«

»Sie haben recht. Und vielen Dank.«

Peter Marlowe mischte sich unter die Männer, die auf dem Weg an der Mauer entlangschlenderten. Er folgte dem Weg nach Norden, bog um die Ecke, und vor ihm lag das Tor. Rasch streifte er die Armbinde ab und kam sich plötzlich nackt vor und fühlte, daß die Männer, die vorbeigingen oder näherkamen, ihn ansahen und sich verwundert fragten, warum dieser Offizier keine Armbinde trug. Vor ihm, vielleicht zweihundert Schritte entfernt, lag das Ende der nach Westen führenden Straße. Die Sperre stand jetzt offen, weil einige Arbeitskommandos von ihrer Tagesarbeit zurückkehrten. Die meisten waren erschöpft, sie zerrten riesige Anhänger mit den Baumstümpfen hinter sich her, die mit unermeßlicher Mühe aus den Sümpfen ausgegraben worden und für die Lagerküchen bestimmt waren. Peter Marlowe fiel ein, daß er am übernächsten Tag zu einem solchen Arbeitseinsatz gehen würde. Die beinahe täglichen Arbeitseinsätze auf dem Flugplatz machten ihm nichts aus. Das war leichte Arbeit. Das Holzkommando aber war etwas anderes. Es war eine gefährliche Sache, die Stämme zu schleppen. Viele kamen mit Knochenbrüchen zurück, weil es an Werkzeug fehlte, das die Arbeit erleichtert hätte. Manche brachen sich Glieder oder verstauchten sich Gelenke. Alle mußten gehen, die Gesunden ein- oder zweimal in der Woche, die Offiziere ebenso wie die Gemeinen, denn die Küchen brauchten viel Feuerholz, und es war nur gerecht, wenn die Gesunden für die Kranken mitsorgten.

Neben dem Tor stand der Militärpolizist, und auf der gegenüberliegenden Seite des Tores lehnte der koreanische Posten an der Mauer, rauchte und beobachtete träge die vorbeigehenden Männer. Der Militärpolizist sah auf das Arbeitskommando, das durch das Tor schlurfte. Auf dem Wagen lag ein Mann. Ein oder zwei Leute kamen für gewöhnlich auf diese Weise zurück, aber sie mußten schon sehr müde oder sehr krank sein, um nach Changi heimgezogen zu werden.

Peter Marlowe huschte an den abgelenkten Wachen vorbei und mischte sich unter die Männer, die sich auf dem gewaltigen Betonquadrat drängten.

Er entdeckte den Eingang in einen der Zellenblöcke und suchte seinen Weg, die Metalltreppen hinauf und über Betten und Strohsäcke hinweg. Überall waren Männer. Auf den Treppen, in den Korridoren und in den offenen Zellen – vier oder fünf in einer Zelle, die für einen einzelnen bestimmt war. Er fühlte das wachsende Entsetzen vor dem Druck, der von oben, von unten, von überall ringsum kam. Der Gestank erregte Übelkeit. Gestank verfaulender Leiber. Gestank ungewaschener Menschenleiber. Gestank einer Generation eingesperrter Menschenleiber. Gestank von Mauern, Gefängnismauern. Peter

Marlowe fand Zelle 54. Die Tür war geschlossen, deshalb öffnete er sie und trat ein. Mac und Larkin waren schon da.

»Mein Gott, der Gestank in diesem Bau bringt mich um.«

»Mich auch, Mensch«, sagte Larkin. Er schwitzte. Mac schwitzte. Die Luft war stickig, und die Betonmauern waren feucht von ihrem Schwitzwasser und fleckig vom Schimmel des Schwitzwassers vieler Jahre.

Die Zelle war ungefähr zwei Meter breit und zweieinhalb Meter lang und drei Meter hoch. In der Mitte der Zelle stand an eine Wand zementiert ein Bett – ein massiver Betonklotz, einen Meter hoch und einen Meter breit und zwei Meter lang. Oben am Bett erhob sich ein Betonkopfkissen. In einer Zellenecke war eine Toilette – ein Loch im Boden, das mit dem Abflußrohr verbunden war. Der Abfluß funktionierte nicht mehr. Drei Meter über dem Boden war in einer Wand ein winziges vergittertes Fenster, aber den Himmel konnte man nicht sehen, weil die Wand sechzig Zentimeter dick war.

»Mac. Wir lassen ihm einige Minuten Zeit und verschwinden dann aus diesem verdammten Loch«, sagte Larkin.

»Einverstanden, mein Junge.«

»Machen wir wenigstens die Tür auf«, sagte Peter Marlowe, dem der Schweiß in Strömen herunterlief.

»Lassen Sie sie besser zu, Peter. Es ist sicherer«, erwiderte Larkin unbehaglich.

»Lieber tot als hier drin leben.«

»Ja. Gott sei Dank sind wir draußen.«

»He, Larkin.« Mac zeigte auf die Decken, die auf dem Betonbett lagen. »Ich verstehe nicht, wo die Männer sind, die in der Zelle wohnen. Sie können doch nicht alle bei einem Arbeitseinsatz sein.«

»Ich weiß es auch nicht.« Larkin wurde nervös. »Verschwinden wir von hier . . .«

Die Tür öffnete sich, und der King kam vor Freude strahlend herein. »Hallo, Leute!« Auf den Armen trug er einige Pakete, und er trat beiseite, als Tex, ebenfalls beladen, hereinkam. »Leg den Kram aufs Bett, Tex.«

Tex setzte die elektrische Kochplatte und die große Bratpfanne ab und stieß die Tür zu, und sie sahen ihm erstaunt zu.
»Geh und hol Wasser«, wandte der King sich an Tex.
»Jawohl.«
»Was ist los? Warum haben Sie uns rufen lassen?« fragte Larkin.
Der King lachte. »Wir werden uns was brutzeln.«
»Um Himmels willen! Wollen Sie damit sagen, daß Sie uns nur deshalb hierhergeholt haben? Verdammt, das hätten wir auch in unserer eigenen Unterkunft machen können!« Larkin war wütend. Der King sah ihn nur an und grinste. Er drehte ihm den Rücken zu und öffnete ein Paket. Tex kehrte mit dem Wasser zurück und stellte die Bratpfanne auf die Kochplatte.

»Rajah, hören Sie, was soll . . .« Peter Marlowe brach ab.
Der King leerte fast zwei Pfund Katchang-Idju-Bohnen in das Wasser. Dann fügte er Salz und zwei gehäufte Löffel Zucker hinzu. Anschließend drehte er sich wieder um und öffnete ein zweites, in Bananenblätter eingeschlagenes Paket und hielt es hoch.
»Heilige Mutter Gottes!«
Plötzlich erfüllte betäubtes Schweigen die Zelle.
Der King war begeistert von der Wirkung seiner Überraschung. »Ich habe es dir ja gesagt, Tex«, grinste er. »Du bist mir eine Piepe schuldig.«
Mac streckte die Hand aus und berührte das Fleisch. »'mahlu. Es ist echt.«
Larkin berührte das Fleisch. »Ich hatte vergessen, wie Fleisch aussieht«, erklärte er mit vor Andacht verschleierter Stimme. »Verdammt und nochmal verdammt, Sie sind ein Genie. Ein Genie.«
»Ich habe heute Geburtstag, und deshalb dachte ich, wir könnten eine kleine Feier veranstalten. Und das habe ich organisiert«, sagte der King und hielt eine Flasche hoch.
»Was ist das?«
»Saké!«

»Ich kann es nicht glauben«, stöhnte Mac. »Mann, und dies hier ist ja der ganze hintere Teil eines Schweines.« Er beugte sich vor und schnupperte daran. »Mein Gott, es ist echt, echt, echt, und frisch wie ein Frühlingsmorgen. Hurra!«
Alle lachten.
»Schließ lieber die Tür ab, Tex.« Der King wandte sich an Peter Marlowe. »Alles in Ordnung, Kumpel?«
Peter Marlowe starrte noch immer auf das Fleisch. »Verdammt, wo haben Sie das bloß her?«
»Lange Geschichte!« Der King holte ein Messer heraus, schnitt das Fleisch ein, brach dann geschickt die kleinen Hinterviertel in zwei Teile und legte sie in die Bratpfanne. Alle beobachteten fasziniert, wie er eine Prise Salz hinzugab, die Pfanne exakt mitten auf die Kochplatte rückte, sich dann auf das Betonbett fallen ließ und sich an den Beinen kratzte. »Nicht schlecht, was?«
Lange Zeit sagte niemand ein Wort.
Eine plötzliche Drehung des Türknaufs zerstörte den Zauber. Der King nickte Tex zu, der die Tür aufschloß, einen Spaltbreit öffnete und dann weit aufriß. Brough trat ein.
Er sah sich erstaunt um. Dann bemerkte er die Kochplatte. Er ging hinüber und lugte in den Topf. »Ei verdammt!«
Der King grinste. »Ich hab heute Geburtstag. Dachte, ich könnte Sie zum Abendessen einladen.«
»Angenommen.« Brough streckte Larkin die Hand hin. »Don Brough, Oberst.«
»Mein Vorname ist Grant! Kennen Sie Mac und Peter?«
»Natürlich.« Brough grinste sie an und wandte sich an Tex. »Hallo, Tex.«
»Freut mich, daß Sie da sind, Don.«
Der King wies auf das Bett. »Nehmen Sie Platz, Don. Dann müssen wir uns an die Arbeit machen!«
Peter Marlowe überlegte, wieso amerikanische Soldaten und Offiziere sich so einfach beim Vornamen nannten. Es klang weder ungehobelt noch gemacht, es schien beinahe korrekt – und er hatte auch bemerkt, daß alle Brough als ihrem Führer

immer gehorchten, obwohl sie ihn einfach Don nannten.
»Was soll der Quatsch, wieso Arbeit?« fragte Brough.
Der King brachte einige Streifen einer zerschnittenen Decke hervor. »Wir werden die Tür abdichten müssen.«
»Was?« staunte Larkin ungläubig.
»Klar«, versicherte der King. »Wenn der Kram anfängt zu schmoren, dann ist was los. Sobald den Kerls das erste Düftchen in die Nase steigt – um Himmels willen, malen Sie sich selbst aus, was dann passiert. Wir könnten glatt in Stücke gerissen werden. Diese Zelle war der einzige Ort, der mir einfiel, wo wir ungestört kochen können. Der größte Teil des Geruchs zieht zum Fenster hinaus. Wenn wir die Tür gut abdichten. Im Freien könnten wir es nicht kochen, soviel steht fest.«
»Larkin hatte recht«, erklärte Mac feierlich. »Sie sind ein Genie. Ich wäre nie darauf gekommen. Glauben Sie mir«, setzte er lachend hinzu, »Amerikaner gehören von jetzt an und in alle Zukunft zu meinen Freunden!«
»Danke, Mac. So, und jetzt machen wir uns aber ran.«
Die Gäste des King nahmen die Streifen der zerschnittenen Decke, stopften sie in die Spalten rings um die Tür und verhängten das vergitterte Guckloch. Als sie fertig waren, inspizierte der King ihre Arbeit. »Gut«, stellte er fest. »Und was ist jetzt mit dem Fenster?«
Sie sahen zu dem kleinen vergitterten Himmelsausschnitt hinauf, und Brough entschied: »Lassen wir es offen, bis das Zeug richtig zu schmoren anfängt. Dann hängen wir es zu und halten es so lange aus, wie wir können. Anschließend können wir es für eine Weile öffnen.« Er sah sich um. »Ich glaube, es wird nichts weiter schaden, wenn wir ab und zu den Duft hinausziehen lassen. Wie ein indianisches Rauchsignal.«
»Weht heute Wind?«
»Verdammt, keine Ahnung. Weiß es jemand?«
»He, Peter, helfen Sie mir mal rauf, mein Junge«, rief Mac.
Mac war der Kleinste, deshalb ließ Peter Marlowe ihn auf seinen Schultern stehen. Mac spähte zwischen den Stäben hindurch, feuchtete die Finger an und streckte sie hinaus.

»Beeilen Sie sich, Mac. Um Gottes willen – Sie sind kein Huhn!« rief Peter Marlowe laut.
»Muß die Windrichtung prüfen, Sie kleiner Kläffer!« Und wieder steckte er den Finger in den Mund und beleckte ihn, streckte ihn zum Gitterfenster hinaus und sah so konzentriert und so lächerlich aus, daß Peter Marlowe zu lachen begann, und Larkin stimmte in sein Lachen ein, und sie bückten sich, und Mac fiel zwei Meter tief und schürfte sich das Bein auf.
»Seht euch mein blutiges Bein an, verdammt«, knurrte Mac zwischen den Zähnen. Es war nur eine kleine Abschürfung, aber ein bißchen Blut war zu sehen. »Verdammt, fast hätte ich mir die Haut von dem ganzen verdammten Ding abgerissen.«
»Sehen Sie mal, Peter«, ächzte Larkin und hielt sich den Bauch. »Mac hat tatsächlich Blut. Ich hatte immer geglaubt, er hätte nur Kautschuksaft in den Adern!«
»Zum Teufel mit Ihnen, Sie verdammten Hunde, 'mahlu!« brüllte Mac jähzornig. Dann packte ihn ein Lachanfall, er sprang auf, riß Peter Marlowe herum und begann zu singen: »Ringel, Ringel, Rosen, Veilchen, Aprikosen . . .«
Und Peter Marlowe packte Broughs Arm, und Brough hing sich bei Tex ein, und von dem Liedchen ganz hysterisch gemacht, tanzte der Männerreigen um den Kochtopf und den King herum, der mit gekreuzten Beinen dahintersaß.
Mac zerriß den Reigen. »Heil dir, Cäsar. Wir, die wir gleich essen werden, grüßen dich.«
Wie aus einem Munde brüllten sie ihm den Gruß zu und stürzten dann in einen Haufen übereinander.
»Verdammt, gehen Sie von meinem Arm herunter, Peter!«
»Sie trampeln mit dem Fuß auf meinen Eiern herum, Sie Idiot«, fluchte Larkin mit Brough.
»Entschuldigung, Grant. Ach du meine Güte! So habe ich schon seit Jahren nicht mehr gelacht.«
»He, Rajah«, rief Peter Marlowe, »ich finde, wir sollten alle mal rühren, damit es Glück bringt.«
»Gern, wenn Sie Lust haben«, erwiderte der King. Es tat ihm richtig gut, die Jungens so glücklich zu sehen.

Feierlich stellten sie sich in einer Reihe auf, und Peter Marlowe rührte das Gebräu, das jetzt heiß zu werden begann. Mac nahm den Löffel und rührte und sprach einen lästerlichen Fluch. Larkin, der sich nicht überbieten lassen wollte, begann zu rühren und sagte dabei: »Heiß, heiß, heiß, glühe, Feuer, glühe . . .«

»Sie sind wohl völlig übergeschnappt?« fuhr Brough auf. »*Macbeth* zu zitieren, um Gottes willen.«

»Wieso?«

»Es bringt Unglück, *Macbeth* zu zitieren. Genau wie wenn man in einer Theatergarderobe pfeift.«

»Tatsächlich?«

»Das weiß doch jeder Dussel.«

»Au verdammt. Das habe ich nicht gewußt.« Larkin runzelte die Stirn.

»Sie haben es sowieso falsch zitiert«, erklärte Brough. »Es heißt ›Spart am Werk nicht Fleiß und Mühe, Feuer sprühe, Kessel glühe‹!«

»O nein, so heißt es nicht, Yankee. Ich kenne meinen Shakespeare. Ich wette mit Ihnen um den Reis von morgen.«

»Seien Sie vorsichtig, Oberst«, warnte Mac argwöhnisch, denn er kannte Larkins Hang zum Glücksspiel. »So leicht wettet man nicht.«

»Ich habe recht, Mac«, erklärte Larkin, aber irgend etwas an dem selbstgefälligen Ausdruck auf dem Gesicht des Amerikaners gefiel ihm nicht. »Wieso sind Sie überhaupt so sicher, daß Sie recht haben?«

»Gilt die Wette?« fragte Brough dagegen.

Larkin dachte einen Augenblick nach. Er liebte das Glücksspiel – aber die Reisportion des nächsten Tages war doch ein zu hoher Einsatz. »Nein. Ich lege meine Reisration jederzeit auf den Kartentisch, aber ich will verdammt sein, wenn ich sie auf Shakespeare setze.«

»Schade«, meinte Brough. »Ich hätte eine Sonderration brauchen können. Es ist Akt 4, Szene 1, Zeile 10.«

»Verdammt, wieso können Sie das so genau sagen?«

»Da ist weiter nichts dabei«, erklärte Brough. »Ich habe am USC als Hauptfach Kunst studiert und mich besonders für Journalistik und Bühnenschriftstellerei interessiert. Ich will Schriftsteller werden, wenn ich rauskomme.«

Mac beugte sich vor und lugte in den Topf hinein. »Ich beneide Sie, mein Junge. Schriftsteller kann der wichtigste Beruf auf der ganzen Welt sein. Wenn das Geschriebene etwas taugt.«

»Was reden Sie da für einen hanebüchenen Blödsinn, Mac«, sagte Peter Marlowe. »Es gibt Millionen Dinge, die wichtiger sind.«

»Das zeigt nur wieder mal, wie wenig Sie wissen.«

»Geschäftemachen ist sehr viel wichtiger«, warf der King ein. »Ohne Handel würde die Welt stehenbleiben – und ohne Geld und ohne eine stabile Wirtschaft gäbe es niemand, der Bücher kaufen könnte.«

»Zum Teufel mit Geschäften und Wirtschaft«, fluchte Brough. »Das sind nur materielle Dinge. Es ist genau so, wie Mac sagt.«

»Mac«, sagte Peter Marlowe. »Was macht es denn so wichtig?«

»Ach, mein Junge, zunächst mal ist es was, das ich schon immer gern getan hätte und nicht kann. Ich habe es oft versucht, aber nie etwas zu Ende gebracht. Das ist das schwierigste – etwas zu Ende zu bringen. Aber am wichtigsten ist, daß Schriftsteller die einzigen sind, die etwas für diesen Planeten tun können. Ein Geschäftsmann kann überhaupt nichts tun.«

»Was für ein Quatsch«, rief der King. »Rockefeller und Morgan und Ford und Du Pont sind wohl nichts, was? Und all die anderen? Durch ihre Menschenliebe wird verdammt viel an Forschung und Bibliotheken und Krankenhäusern und Kunst finanziert. Ohne ihren Zaster wären ...«

»Aber sie haben ihr Geld auf Kosten anderer gescheffelt«, unterbrach Brough ziemlich grob. »Sie konnten leicht ein paar von ihren Milliarden an die Leute zurückgeben, die sie für sie zusammengekratzt haben. Die Blutsauger ...«

»Vermutlich sind Sie Demokrat?« fiel der King ihm hitzig ins Wort.

»Worauf Sie sich verlassen können. Schauen Sie sich Roosevelt an. Was der für das Land tut. Er hat es wieder hochgebracht, als die gottverdammten Republikaner . . .«

»Das ist doch Quatsch, und Sie wissen es genau. Das hat überhaupt nichts mit den Republikanern zu tun. Es war ein Wirtschaftszyklus . . .«

»Gehen Sie mir doch weg mit Wirtschaftszyklus. Die Republikaner . . .«

»He, Leute«, schaltete Larkin sich freundlich ein, »keine Politik, solange wir nicht gegessen haben, was meinen Sie dazu?«

»Einverstanden«, knurrte Brough grimmig, »aber der Kerl glaubt noch an den Weihnachtsmann.«

»Mac, warum ist es so wichtig? Ich kapiere es immer noch nicht.«

»Ganz einfach, ein Schriftsteller kann auf ein Stückchen Papier eine Idee oder eine Ansicht kritzeln. Taugt er was, kann er ganze Völkerstämme wild machen, auch wenn er auf Toilettenpapier gekritzelt hat. Und er ist der einzige in unserer modernen Wirtschaft, der das kann – der die Welt verändern kann. Ein Geschäftsmann kann es nicht – ohne bedeutende Geldmittel. Ein Politiker kann es nicht – ohne bedeutende Position oder Macht. Ein Plantagenbesitzer kann es nicht, ganz bestimmt nicht. Und ein Buchhalter kann es auch nicht, stimmt's, Larkin?«

»Sicher.«

»Aber Sie reden von Propaganda«, sagte Brough. »Ich möchte keine Propaganda schreiben.«

»Haben Sie schon mal für Filme geschrieben, Don?« fragte der King.

»Ich habe bis jetzt noch nichts verkauft, und ein Schriftsteller ist man erst, wenn man etwas verkauft hat. Aber Filme sind verdammt wichtig. Sie wissen doch, daß Lenin gesagt hat, Filme wären das wichtigste Propagandamedium, das je erfunden worden ist?«

Er sah, daß der King den Mund aufmachen wollte. »Und ich bin noch lange kein Kommunist, Sie Lümmel, nur weil ich Demokrat bin.« Er wandte sich an Mac. »Nicht zu fassen, wenn man Lenin oder Stalin oder Trotzki liest, wird man gleich Kommunist geschimpft.«

»Aber Sie müssen doch zugeben, Don«, erwiderte der King, »daß viele Demokraten Rote sind.«

»Seit wann bedeutet es, daß man Kommunist ist, wenn man für die Russen ist? Vergessen Sie nicht, sie sind unsere Verbündeten!«

»Das bedaure ich – historisch gesehen«, warf Mac ein.

»Warum?«

»Wir werden hinterher viel Ärger haben. Insbesondere im Osten. Die Leute haben viel Ärger verursacht, sogar schon vor dem Krieg.«

»Fernsehen wird die große Masche der Zukunft sein«, sagte Peter Marlowe, der ein Dampffähnchen beobachtete, das dicht über dem Spiegel der quallenden Flüssigkeit im Topf tanzte. »Wissen Sie, ich habe eine Vorführung aus dem Alexandra Palace in London gesehen. Baird sendet einmal die Woche ein Programm.«

»Ich habe schon vom Fernsehen gehört«, ließ Brough sich vernehmen, »aber nie welches gesehen.«

Der King nickte. »Ich auch nicht, aber das könnte zu einem ganz großen Geschäft werden.«

»In den Staaten nicht, soviel ist gewiß«, knurrte Brough. »Denken Sie an die Entfernungen! Verdammt, das mag in einem dieser Kleinstaaten gehen, etwa in England, aber doch nicht in einem richtigen Land wie den Staaten.«

»Was wollen Sie damit sagen?« fragte Peter Marlowe und wurde ganz steif.

»Ich meine damit, daß dieser Krieg ewig weitergehen würde, wenn wir nicht wären. Schließlich sind es unser Geld und unsere Waffen und unsere Macht . . .«

»Hören Sie mal, Bester, wir haben es ganz gut allein geschafft – wir haben euch Armleuchtern die Zeit verschafft, euch vom

Arsch zu erheben. Es ist genauso euer Krieg wie unserer.« Peter Marlowe funkelte Brough an, der zurückfunkelte.

»Scheiße! Verdammt, warum schlachtet ihr Europäer euch nicht einfach gegenseitig ab, wie ihr es jahrhundertelang getan habt, und laßt uns in Ruhe? Das begreife ich nicht. Wir mußten euch früher schon heraushauen . . .«

Und im Nu stritten und fluchten alle, und keiner hörte zu, und jeder hatte eine sehr feste Ansicht, und jede Ansicht war richtig.

Der King schüttelte zornig die Faust zu Brough hin, der seinerseits wieder die Faust schüttelte, und Peter Marlowe schrie auf Mac ein, als plötzlich heftig an die Tür gepoltert wurde.

Augenblickliche Stille.

»Was soll der ganze verdammte Streit?« erkundigte sich eine Stimme.

»Bist du's, Griffiths?«

»Denkst du, es ist der verdammte Adolf Hitler höchstpersönlich? Wollt uns wohl alle ins Kittchen bringen, was?«

»Nein. Entschuldigung.«

»Verdammt, reißt die Schnauze nicht so weit auf!«

»Wer ist das?« wollte Mac wissen.

»Griffiths. Ihm gehört die Zelle.«

»Wie?«

»Klar, ich habe sie für fünf Stunden gemietet. Drei Piepen die Stunde. Man kriegt nichts umsonst.«

»Sie haben die Zelle gemietet?« wiederholte Larkin ungläubig.

»Genau. Dieser Griffiths ist ein gerissener Geschäftsmann«, erklärte der King. »Ringsum sind Tausende von Männern. Nirgends ist man ungestört und hat seine Ruhe. Dieser Limey geht nun hin und vermietet die Zelle an jeden, der allein sein möchte. Ich könnte mir eine bessere Zuflucht vorstellen, aber Griffiths macht ein recht gutes Geschäft.«

»Möchte wetten, daß es nicht seine Idee war«, sagte Brough.

»Hauptmann, ich kann nicht lügen.« Der King lächelte. »Ich muß beichten, daß es meine Idee war. Aber Griffiths verdient genug, daß er und seine Einheit gut leben können.«

»Wieviel verdienen Sie daran?«
»Nur zehn Prozent.«
»Wenn es nur zehn Prozent sind, dann ist es angemessen«, erklärte Brough.
»Es sind tatsächlich nur zehn Prozent«, antwortete der King. Der King hätte Brough nie angelogen, aber nicht etwa, weil es diesen etwas angegangen hätte, was er tat, verdammt, nein.
Brough beugte sich vor und rührte im Topf. »So, Leute, es kocht.«
Alle drängten sich um ihn. Ja, es kochte tatsächlich.
»Jetzt machen wir lieber das Fenster zu. Das Zeug wird jeden Augenblick anfangen zu riechen.«
Sie hingen eine Decke vor das vergitterte Fenster, und bald war die Zelle voller Duft.
Mac, Larkin und Tex hockten an der Wand und hielten die Augen auf den Kochtopf und seinen brodelnden Inhalt gerichtet. Peter Marlowe saß auf der anderen Bettseite, und da er dem Topf am nächsten war, rührte er von Zeit zu Zeit darin.
Das Wasser sprudelte immer mehr und ließ die zarten kleinen Bohnen wie Halbmonde an die Oberfläche schießen und dann wieder wie Kaskaden in die Tiefen der Flüssigkeit hinabsinken. Eine Dampfwolke schoß hervor und brachte den vollen und reichen Duft des Fleischklumpens mit sich. Der King beugte sich vor und warf eine Handvoll einheimischer Kräuter hinein: Gelbwurz, Kajang, Huan, Taka und Setzzwiebeln und Knoblauch, und das alles verstärkte noch den Duft.
Als das Gericht zehn Minuten lang im Topf geblubbert hatte, warf der King die grünen Papayas in den Topf.
»Verrückt«, sagte er. »Man könnte nach dem Krieg ein Vermögen verdienen, wenn man eine Möglichkeit zur Dehydrierung der Papaya fände. Das Zeug würde einen Büffel mürbe machen!«
»Die Malaien haben es schon immer verwendet«, antwortete Mac, aber es hörte ihm niemand richtig zu, nicht einmal er selbst hörte sich richtig zu, denn überall rings um sie hing der volle, würzige Duft des Dampfes.

Der Schweiß perlte ihnen über Brust und Kinn und Beine und Arme hinab. Aber sie nahmen kaum den Schweiß oder die Enge wahr. Sie wußten nur, daß es kein Traum war, daß Fleisch kochte – dort, vor ihren Augen, und daß sie bald, sehr bald schon essen würden.

»Wo haben Sie es her?« fragte Peter Marlowe, und es interessierte ihn eigentlich gar nicht. Er mußte einfach etwas sagen, um den fast erstickenden Zauber zu zerreißen.

»Es ist Hawkins' Hund«, antwortete der King, der nichts anderes mehr dachte als: mein Gott, riecht das gut, oder einfach: riecht das gut!

»Hawkins' Hund?«

»Meinen Sie Rover?«

»Sein Hund?«

»Ich dachte, es wäre ein Spanferkel!«

»Hawkins' Hund?«

»Allmächtiger!«

»Meinen Sie damit, daß das Rovers Hinterbeine sind?« fragte Peter Marlowe bestürzt.

»Jawohl«, antwortete der King. Jetzt war das Geheimnis heraus, und jetzt machte es ihm auch nichts mehr aus. »Ich wollte es Ihnen erst hinterher sagen, aber, verdammt, was ist schon dabei? Jetzt wissen Sie es.«

Sie blickten einander entsetzt an.

Dann sagte Marlowe: »Mutter Gottes. Hawkins' Hund!«

»So hören Sie doch«, sagte der King ganz sachlich. »Was ist schon dabei? Ich habe bestimmt noch nie einen Hund gesehen, der so reinlich war und nur ganz saubere Dinge gefressen hat. Er war viel reinlicher als ein Schwein. Oder auch als ein Huhn. Fleisch ist Fleisch. Ganz einfach!«

Mac knurrte verdrießlich: »Völlig richtig. Es ist absolut nichts Unrechtes, Hundefleisch zu essen. Die Chinesen essen es immer. Eine Delikatesse. Jawohl. Ganz bestimmt.«

»Jawohl«, sagte Brough, halb überzeugt, halb angeekelt. »Aber wir sind nun mal keine Chinesen, und das ist Hawkins' Hund!«

»Ich komme mir wie ein Kannibale vor«, sagte Peter Marlowe.
»Sehen Sie«, erwiderte der King, »es ist genau so, wie Mac gesagt hat. Es ist nichts Unrechtes, Hundefleisch zu essen, Riechen Sie doch mal, um Himmels willen!«
»Riechen Sie mal!« rief Larkin für sie alle. Es fiel schwer zu reden, wenn man beinahe an seinem Speichel erstickte. »Ich rieche nur noch das kochende Fleisch im Topf, und es ist der herrlichste Duft, den ich je gerochen habe, und ich schere mich den Teufel darum, ob es Rover ist oder nicht. Ich will essen.« Er rieb sich heftig den Bauch. »Ich weiß nicht, wie es mit euch Hunden ist, ich bin jedenfalls so hungrig, daß ich glatt Krämpfe kriege. Der Geruch stellt was mit meinem Stoffwechsel an, das einfach nicht normal ist.«
»Mir ist ganz übel. Und das hat nichts mit der Tatsache zu tun, daß es Hundefleisch ist«, erklärte Peter Marlowe. Dann setzte er fast klagend hinzu: »Ich möchte einfach nicht Rover essen.« Er sah zu Mac hinüber. »Wie sollen wir hinterher Hawkins je wieder in die Augen sehen?«
»Weiß ich auch nicht, mein Junge. Ich werde in eine andere Richtung sehen. Ja, ich glaube nicht, daß ich ihm in die Augen sehen könnte.« Macs Nasenflügel bebten, und er sah zum Kochtopf hinüber. »Das riecht so gut.«
»Natürlich«, sagte der King höflich, »wer nicht essen will, kann weggehen.«
Niemand rührte sich. Dann lehnten sich alle gedankenverloren zurück. Sogen den Duft ein. Herrlich.
»Es ist nicht schockierend, wenn man darüber nachdenkt«, sagte Larkin, mehr um sich selbst als um die anderen zu überzeugen. »Denkt doch mal nach, wie zärtlich wir mit unseren Hühnern umgehen. Dennoch haben wir nichts dagegen, sie zu essen – oder ihre Eier.«
»Stimmt, mein Junge. Und denken Sie auch noch an die Katze, die wir gefangen und gegessen haben? Wir haben uns nichts daraus gemacht, nicht wahr, Peter?«
»Nein, aber das war ja auch ein streunendes Tier. Das hier ist Rover!«

»Gewesen. Jetzt ist es nur noch Fleisch.«
»Sind Sie das gewesen, die die Katze erwischt haben?« fragte Brough, der unwillkürlich böse wurde. »Die vor sechs Monaten?«
»Nein. Das war auf Java.«
Brough sagte: »Ach so.« Dann warf er zufällig einen Blick zum King hinüber.
»Ich hätte es mir ja denken können«, explodierte er. »Sie, Sie verdammter Hund. Und wir haben vier Stunden lang das ganze Lager abgesucht.«
»Sie sollten nicht gleich hochgehen, Don. Wir haben sie erwischt. Es war immerhin ein amerikanischer Sieg.«
»Meine Aussies sind nicht mehr auf Draht«, brummte Larkin.
Der King hob den Löffel, und seine Hand zitterte, als er das Essen kostete. »Schmeckt prima.« Dann stieß er den Löffel in das Fleisch. Es war immer noch hart bis auf den Knochen. »Es wird noch eine Stunde dauern.«
Nach weiteren zehn Minuten probierte er erneut. »Vielleicht etwas mehr Salz. Was meinen Sie, Peter?«
Peter Marlowe kostete. Es schmeckte ja so gut, mein Gott, so gut. »Eine Prise, nur eine Prise.«
Alle kosteten abwechselnd. Eine Prise Salz, ein klein wenig mehr Huan, eine Messerspitze Zucker, noch ein Scheibchen Gelbwurz. Und sie setzten sich wieder hin, um halb erstickt in der vollendeten Marterzelle weiterzuwarten.
Von Zeit zu Zeit zogen sie die Decke vom Fenster weg und ließen den Duft hinaus und etwas frische Luft herein.
Und draußen schwebte eine leichte Brise über Changi, und drinnen im Gefängnis krochen Duftschleier durch die Tür auf den Gang hinaus und erfüllten die Luft.

»Großer Gott, Smithy, riechst du's?«
»'türlich riech ich's. Denkste vielleicht, ich hätte keine Nase? Woher kommt es?«
»Wart mal 'nen Augenblick! Muß vom Gefängnis kommen. Von irgendwo da oben.«

»Möchte wetten, daß die gelben Hunde direkt vor dem verdammten Zaun kochen.«
»Du hast recht. Die Schweine.«
»Ich glaube nicht, daß es die Japsen sind. Es scheint aus dem Gefängnis herauszukommen.«
»Mann, das ist doch Quatsch! Hört euch den Smithy an. Seht ihn an, wie er wittert, genau wie 'ne verdammte Töle.«
»Und ich sag euch, ich kann riechen, daß es aus dem Gefängnis kommt.«
»Das ist doch nur der Wind. Der Wind kommt aus der Richtung.«
»Der Wind hat noch nie so gerochen. Es ist gebratenes Fleisch, sag ich euch. Es ist Rindfleisch. Ich möchte um mein Leben wetten. Gebratenes Rindfleisch.«
»Eine neue Masche der Japsen, uns zu quälen. Verdammte Schweinehunde! Was für ein gemeiner Trick!«
»Vielleicht bilden wir es uns auch nur ein. Man sagt ja, man könne sich einen Geruch einbilden.«
»Verdammt, können wir alle uns das einbilden? Seht euch doch die Männer da an. Alle sind stehengeblieben.«
»Wer sagt das?«
»Was?«
»Du hast doch gesagt: ›Man sagt ja, man könne sich einen Geruch einbilden.‹ Wer ist ›man‹?«
»Mein Gott, Smithy. Das ist doch nur ein Sprichwort.«
»Aber wer ist ›man‹?«
»Verdammt, woher soll ich das wissen!«
»Dann hör auf mit dem Gewäsch von ›man‹ hat dies oder ›man‹ hat das gesagt. Das kann einen ja verrückt machen.«
Die Männer in der Zelle, die Auserwählten des King, sahen zu, wie er mit dem Schöpflöffel eine Portion in ein Eßgeschirr schöpfte und es Larkin reichte. Ihre Augen wichen von Larkins Teller und gingen zum Schöpflöffel zurück und dann zu Mac und zum Schöpflöffel zurück und dann zu Brough und zum Schöpflöffel zurück und dann zu Tex und zum Schöpflöffel zurück und dann zu Peter Marlowe und zum Schöpflöffel zurück

und dann zu der Portion des King. Und als alle versorgt waren, machten sie sich über das Essen her, und es blieb genug übrig für mindestens zwei weitere Portionen für jeden.
Es war eine Qual, so gut zu essen.
Die Katchang-Idju-Bohnen waren zerfallen und hatten sich beinahe aufgelöst in der dicken Suppe. Das Papaya hatte das Fleisch gar werden lassen und hatte bewirkt, daß es sich von den Knochen löste, und das Fleisch fiel in Stücke, die von den Kräutern und dem Papaya und den Bohnen dunkelbraun waren. Der Eintopf war dick wie ein echtes Eintopfgericht, wie ein sogenanntes Irish Stew, und die kleinen Punkte honiggelber Fettkügelchen standen an der Oberfläche in ihren Geschirren.
Der King sah von seiner blankgegessenen Schüssel auf. Er winkte Larkin zu.
Larkin reichte ihm einfach sein Eßgeschirr, und schweigend nahm jeder noch eine Portion entgegen. Auch diese verschwand. Und dann eine letzte Portion.
Schließlich stellte der King seine Schüssel weg. »Verdammt.«
»Ganz große Klasse!« sagte Larkin.
»Einfach phantastisch«, sagte Peter Marlowe. »Ich hatte vergessen, wie es ist, zu kauen. Die Kiefer tun mir weh.«
Mac löffelte sorgfältig die letzte Bohne aus dem Eßgeschirr und rülpste. Es war ein herrliches Rülpsen. »Ich sage euch, Leute, ich habe in meinem Leben schon einiges gegessen, angefangen vom Roastbeef bei Simpson in Piccadilly bis zur Reistafel im Hotel des Indes auf Java, und nichts, aber auch gar nichts ist annähernd so gut gewesen wie das hier. Nichts.«
»Ich gebe Ihnen recht«, sagte Larkin und setzte sich bequem zurecht. »Selbst im besten Lokal in Sydney – und die Steaks sind dort wirklich großartig – hat es mir nie so gut geschmeckt.«
Der King rülpste und reichte eine Packung Kooa herum. Dann öffnete er die Flasche Saké und nahm einen tiefen Schluck. Der Wein war rauh und stark, aber er nahm den übervollen Geschmack im Mund weg.

»Hier«, sagte er und reichte die Flasche Peter Marlowe.
Alle tranken, und alle rauchten.
»He, Tex, wie wäre es mit etwas Kaffee?« gähnte der King.
»Warten wir besser noch ein paar Minuten, bevor wir die Tür öffnen«, meinte Brough, und es war ihm gleichgültig, ob die Tür geöffnet wurde oder nicht, solange man ihn nur in Ruhe ließ und er sich ausruhen konnte. »O Gott, fühle ich mich wohl!«
»Ich bin so voll, daß ich jeden Augenblick platzen werde«, sagte Peter Marlowe. »Das war zweifellos die herrlichste ...«
»Herrgott, Peter. Wir haben es alle schon gesagt. Wir wissen es alle.«
»Ich mußte es einfach sagen.«
»Wie haben Sie es geschafft?« wandte Brough sich an den King und unterdrückte das Gähnen.
»Max hat mir erzählt, daß der Hund die Henne gefressen hat. Ich habe Dino zu Hawkins geschickt. Er hat ihm den Hund gegeben. Wir haben Kurt geholt, daß er ihn schlachtet. Mein Anteil waren die Hinterbacken.«
»Wieso hat Hawkins ihn Dino gegeben?« fragte Peter Marlowe.
»Er ist Tierarzt.«
»Ach so.«
»Quatsch, das ist er nicht«, brauste Brough auf. »Er ist Matrose bei der Handelsmarine.«
Der King zuckte die Achseln. »Wenn schon, heute war er Tierarzt. Hören Sie mit dem Meckern auf!«
»Man muß es Ihnen lassen, verdammt, Sie verstehen es.«
»Danke, Don.«
»Wie – wie hat Kurt ihn getötet?« fragte Brough.
»Ich habe ihn nicht danach gefragt.«
»Völlig richtig, mein Junge«, sagte Mac. »Und jetzt lassen wir das Thema fallen, ja?«
»Guter Gedanke.«
Peter Marlowe stand auf und streckte sich. »Was machen wir mit den Knochen?« fragte er.

»Wir schmuggeln sie hinaus, wenn wir weggehen.«
»Wie wäre es mit einem kleinen Pokerspielchen?« erkundigte Larkin sich.
»Gute Idee«, stimmte der King sofort zu. »Tex, du setzt den Kaffee auf. Peter, Sie räumen ein wenig auf. Grant, Sie richten die Tür her. Don, wie wäre es, wenn Sie die Teller aufstapelten?«
Brough stand schwerfällig auf. »Verdammt, und was tun Sie?«
»Ich?« Der King hob die Brauen. »Ich bleibe einfach sitzen.«
Brough sah ihn an. Alle sahen ihn an. Dann sagte Brough: »Ich habe gute Lust, Sie zum Offizier zu befördern – nur damit ich dann das Vergnügen habe, Sie zu degradieren.«
»Ich wette zwei gegen fünf«, erwiderte der King, »daß Ihnen das gar nichts nützen würde.«
Brough sah die übrigen an und blickte dann zum King zurück. »Sie haben wahrscheinlich recht. Ich würde wohl vor einem Kriegsgericht landen.« Er lachte. »Aber es gibt kein Gesetz, das mir verbietet, Ihnen Ihre Moneten abzuknöpfen.«
Er zog eine Fünfdollarnote heraus und nickte zu den Spielkarten in des King Händen hin.
»Die höhere Karte gewinnt!«
Der King zog die Karten fächerförmig auseinander. »Ziehen Sie eine.«
Brough zeigte schadenfroh die Königin vor. Der King sah auf das Kartenspiel und zog dann eine Karte heraus. Es war ein Bube.
Brough grinste. »Doppelt oder nichts.«
»Don«, warnte der King freundlich, »geben Sie es auf, solange Sie im Vorteil sind.« Er zog wieder eine Karte und drehte sie mit dem Bild nach oben. Ein As. »Ich könnte genauso leicht noch ein As ziehen – es sind meine Karten!«
»Verdammt, warum haben Sie mich dann nicht gleich geschlagen?« fragte Brough.
»Aber, Hauptmann, Sir.« Des King Belustigung war groß. »Es wäre unhöflich gewesen, Ihnen Ihr Geld abzunehmen. Schließlich sind Sie unser unerschrockener Führer.«

»Sie mit Ihrem blöden Quatsch!« Brough begann die Teller und Eßgeschirre aufzustapeln. »Wenn du sie nicht besiegen kannst, dann tritt in ihre Reihen.«

In der Nacht, während die meisten im Lager schliefen, lag Peter Marlowe unter seinem Moskitonetz wach, weil er nicht schlafen wollte. Er stand aus dem Bett auf und tastete sich durch das Gewirr von Moskitonetzen hindurch und ging hinaus. Brough war ebenfalls wach.

»Hallo, Peter«, rief Brough leise. »Kommen Sie, setzen Sie sich. Können Sie auch nicht schlafen?«

»Ich wollte einfach nicht. Ich fühle mich zu wohl.«

Über ihnen stand die samtene Nacht.

»Herrliche Nacht.«

»Ja.«

»Sind Sie verheiratet?«

»Nein«, erwiderte Peter Marlowe.

»Sie sind zu beneiden. Ich glaube, es wäre nicht so schlimm, wenn man nicht verheiratet wäre.« Brough schwieg einen Augenblick. »Ich werde fast verrückt vor lauter Grübeln, ob sie noch da ist oder wo sie ist. Was sie wohl tut? Was tut sie jetzt im Augenblick?«

»Nichts.« Peter Marlowe gab automatisch die Antwort, und N'ai stand lebhaft vor seinem inneren Auge. »Machen Sie sich keine Sorgen.« Es war, als hätte er gesagt: »Hören Sie auf zu atmen.«

»Nicht, daß ich ihr oder überhaupt einer Frau einen Vorwurf machen würde. Wir sind ja schon so lange Zeit weg, so lange Zeit. Es ist nicht ihre Schuld.« Brough drehte sich mit zittrigen Fingern eine Zigarette aus ein wenig getrocknetem Tee und einer Kooakippe. Als sie brannte, nahm er einen tiefen Lungenzug und reichte sie dann Peter Marlowe hinüber.

»Danke, Don.« Er rauchte und reichte sie zurück.

Schweigend und von Sehnsucht zerrissen rauchten sie die Zigarette zu Ende. Dann stand Brough auf. »Ich glaube, ich haue mich jetzt hin. Bis morgen, Peter.«

»Gute Nacht, Don.«
Peter Marlowe sah wieder in die Nacht hinaus und ließ seine sehnsüchtigen Gedanken erneut zu N'ai hin treiben. Und er wußte, daß er heute nacht, genauso wie Brough, nur eines tun konnte, sonst würde er nie einschlafen.

## 16

V-E-Tag, der Tag des Sieges in Europa, kam, und die Männer Changis waren in gehobener Stimmung. Aber es war nur ein anderes Heute und berührte sie eigentlich nicht. Das Essen war das gleiche, der Himmel der gleiche, die Hitze die gleiche, die Krankheiten die gleichen, die Fliegen die gleichen, das Dahindämmern das gleiche. Grey beobachtete und wartete noch immer. Sein Spion hatte ihn benachrichtigt, daß der Diamant bald den Besitzer wechseln würde. Sehr bald sogar. Peter Marlowe und der King erwarteten genauso sehnsüchtig den Tag. Nur noch vier Tage bis dahin.
G-Tag, der Geburtstag, kam, und Eva warf erneut zwölf Junge.
Der Deckname für den Geburtstag hatte dem King und seinen Kameraden einen Heidenspaß gemacht. Grey hatte durch seinen Spitzel vom G-Tag erfahren, und an dem Tag hatte er mit seinen Leuten die Baracke umstellt und jeden nach Uhren oder was immer am »Geschäfts«-Tag verkauft werden sollte durchsucht. Einfaltspinsel! Der King war nicht beunruhigt, als er auf diese Weise daran erinnert wurde, daß es in der Baracke einen Spitzel gab. Der dritte Wurf wurde geplant.
Jetzt standen siebzig Käfige unter der Baracke. Vierzehn waren schon besetzt. Bald würden zwölf weitere besetzt sein.
Die Männer hatten das Namenproblem auf die allereinfachste Weise gelöst. Männchen bekamen gerade Zahlen und Weibchen ungerade Zahlen als Bezeichnung.

»Hört zu«, sagte der King. »Wir müssen einfach noch mehr Käfige vorbereiten.«
Sie saßen in der Baracke und hielten eine Direktionssitzung ab. Die Nacht war kühl und angenehm. Wolken zogen am abnehmenden Mond vorbei. »Wir stecken in der Klemme«, erklärte Tex. »Es gibt einfach nirgends mehr in der Gegend noch ungenutzten Maschendraht. Wir können höchstens versuchen, die Aussies dazu zu bewegen, daß sie uns aushelfen.«
»Dann«, sagte Max langsam, »könnten wir die Hunde ebensogut gleich die ganze Chose übernehmen lassen.«
Der ganze Kampf und alle Anstrengungen der amerikanischen Baracke waren auf das lebende Gold konzentriert gewesen, das jäh unter ihnen barst. Eine Gruppe von vier Männern hatte den Splittergraben schon zu einem Netzwerk von Gängen ausgeweitet. Jetzt hatten sie zwar Raum genug für Käfige, aber keinen Draht, mit dem sie sie hätten bauen können. Draht war ganz dringend nötig. Schon wieder drohte ein G-Tag, und bald danach ein neuer G-Tag und dann wieder einer.
»Wenn Sie etwa ein Dutzend vertrauenswürdige Leute wüßten, könnten Sie ihnen ein Rattenpaar zur Aufzucht geben und sie ihre eigenen Farmen aufbauen lassen«, meinte Peter Marlowe nachdenklich. »Wir könnten uns auf das Heranziehen der Zuchtratten beschränken.«
»Ihr Vorschlag taugt nichts, Peter. Wir könnten die Sache nie geheimhalten.«
Der King drehte sich eine Zigarette, und dabei fiel ihm ein, daß die Geschäfte in letzter Zeit schlecht gewesen waren und daß er schon eine ganze Woche keine ›Aktive‹ mehr geraucht hatte.
»Es bleibt uns nur noch ein Ausweg«, sagte er nach einem Augenblick des Nachdenkens, »wir müssen Timsen in das Geschäft einsteigen lassen.«
»Der lausige Aussie ist ohnedies schon unser schlimmster Konkurrent«, rief Max.
»Wir haben keine andere Wahl«, entschied der King endgültig. »Wir müssen die Käfige bekommen – und er ist der einzige, der weiß, wie man das drehen kann, und er ist auch der

einzige, dem ich zutraue, daß er das Maul hält. Wenn die Farm sich planmäßig entwickelt, dann steckt genug für jeden drin.« Er sah zu Tex auf. »Geh und hol Timsen.«
Tex zuckte die Achseln und ging hinaus.
»Kommen Sie, Peter«, sagte der King, »wir sehen nach.«
Er kletterte durch die Falltür hinab. »Heiliger Bimbam«, staunte er, als er die Ausdehnung der Aushöhlungen sah. »Wenn wir noch ein wenig weiterbuddeln, stürzt die ganze verdammte Baracke ein, und dann sind wir geliefert!«
»Keine Sorge, Chef«, sagte Miller stolz. Er hatte das Kommando über die Erdarbeitergruppe. »Ich habe mir überlegt, wie wir dicht an den Betonpfeilern vorbei weitergraben können. Wir haben jetzt genügend Platz für eintausendfünfhundert Käfige; es fehlt nur der nötige Draht. O ja. Und den Platz könnten wir verdoppeln, wenn wir genügend Holz organisieren könnten, um die Tunnels abzustützen. Ganz einfache Sache.«
Der King ging den Hauptgraben entlang, um die Tiere zu inspizieren. Adam sah ihn kommen und warf sich wild gegen den Maschendraht, so, als wollte er den King in Stücke reißen.
»Freundliches Biest, was?«
Miller grinste. »Der Bastard kennt dich von irgendwoher.«
»Vielleicht sollten wir jetzt mit der Aufzucht aufhören«, meinte Peter Marlowe. »So lange, bis die Käfige fertig sind.«
»Timsen ist die Lösung«, erwiderte der King. »Wenn uns jemand Draht und Holz heranschaffen kann, dann ist es seine Diebesbande.«
Sie kletterten wieder in die Baracke hinauf und klopften sich den Schmutz ab. Nach einer Dusche fühlten sie sich wohler.
»Hallo, Kumpel.« Timsen kam durch die Baracke und setzte sich. »Ihr Yankees fürchtet wohl, es könnte euch bei einem Luftangriff die Eier oder sonstwas abreißen?« Er war groß und hart und hatte tiefliegende Augen.
»Wovon redest du?«
»Mann, ihr buddelt Splittergräben, daß man meinen könnte, die ganze verdammte Air Force wäre im Anflug auf Changi.«

»Schadet nichts, wenn man vorsichtig ist.« Der King überlegte noch einmal, ob man es riskieren sollte, Timsen einsteigen zu lassen. »Es dauert nicht mehr lange, bis sie auf Singapur loshauen. Und dann werden wir schön die Nase in den Dreck stecken.«

»Changi werden sie nicht angreifen. Sie wissen doch, daß wir hier stecken. Zumindest die Pommys wissen es. Wenn natürlich ihr verdammten Yankees da oben am Himmel rumbrummt, weiß man nie, wohin die Bomben fallen.«

Er wurde auf Inspektionstour geführt. Und sofort erkannte er die Ungeheuerlichkeit der Organisation. Und die Ungeheuerlichkeit des Planes.

»Mein Gott, Kumpel«, sagte Timsen atemlos, als sie wieder in der Baracke standen. »Der Neid muß es dir wirklich lassen. Mein Gott. Und wir hatten geglaubt, ihr hättet einfach die Hosen voll. Mein Gott, ihr müßt Platz für fünf- oder sechshundert haben ...«

»Eintausendfünfhundert«, unterbrach der King lässig, »und an diesem G-Tag werden es ...«

»G-Tag?«

»Geburts-Tag.«

Timsen lachte. »Das ist also der G-Tag. Wir haben uns wochenlang den Kopf zerbrochen, was das bedeutet. Nicht zu fassen.« Sein Gelächter dröhnte. »Ihr seid verdammte Genies.«

»Ich muß zugeben, daß es meine Idee war.« Der King versuchte, sich seinen Stolz nicht anmerken zu lassen, aber er schimmerte doch durch. Schließlich war es tatsächlich seine Idee. »Diesen G-Tag haben wir mindestens neunzig Junge zu erwarten. Am darauffolgenden etwa dreihundert.«

Timsens Augenbrauen berührten fast den Haaransatz.

»Ich will dir sagen, wozu wir bereit sind.« Der King machte eine Pause und überprüfte sein Angebot. »Du lieferst uns Draht und Holz für weitere tausend Käfige. Wir werden unseren Gesamtbestand auf tausend beschränken – nur die besten. Du bringst das Produkt auf den Markt, und wir teilen fünfzig-fünfzig. Bei einem solchen Geschäft steckt für alle genug drin.«

»Wann fangen wir mit dem Verkauf an?« wollte Timsen gleich wissen. Aber dennoch, trotz der ungeheuren Möglichkeiten kam er sich schäbig vor.
»In der Woche kriegst du zehn Hinterschlegel. Wir nehmen zuerst die Männchen und behalten die Weibchen. Wir denken nur an die Hinterschlegel. Mit der Zeit wird die Zahl erhöht.«
»Warum am Anfang nur zehn?«
»Wenn wir sofort mehr auf den Markt bringen, werden die Kerle Lunte riechen. Wir müssen es vorsichtig anpacken.«
Timsen dachte einen Augenblick nach. »Bist du sicher, daß das – em – Fleisch – auch gut sein wird?«
Jetzt war der King eine Lieferverpflichtung eingegangen, und jetzt fühlte er sich selbst irgendwie unbehaglich. Aber hol's der Teufel, Fleisch ist Fleisch, und Geschäft ist Geschäft. »Wir bieten nur Fleisch an. *Rusa tikus*.«
Timsen schüttelte den Kopf und stülpte die Lippen auf. »Mir gefällt der Gedanke nicht, es an meine Aussies zu verkaufen«, erklärte er, von Übelkeit gequält. »Ehrenwort. Es scheint mir nicht richtig. Ehrenwort, wirklich nicht. Ganz bestimmt nicht. Nicht, daß ich – es scheint mir einfach nicht richtig. Jedenfalls für meine Kameraden nicht.«
Peter Marlowe nickte, und es würgte ihn. »Und für unsere Leute ebensowenig.«
Die drei sahen einander an. Ja, dachte der King, es scheint nicht richtig, aber *wir* müssen überleben. Und ... Plötzlich durchzuckte ihn ein Gedanke.
Er wurde weiß und preßte hervor: »Holt – die – anderen. Mir ist eben ein Gedanke gekommen.«
Die Amerikaner waren schnell zusammengetrommelt. Gespannt beobachteten sie den King.
Er war inzwischen ruhiger geworden, hatte aber noch kein Wort gesagt. Er rauchte nur seine Zigarette und bemerkte sie scheinbar überhaupt nicht. Peter Marlowe und Timsen sahen einander beunruhigt an.
Der King stand auf, und die Spannung verstärkte sich. Er drückte seinen Zigarettenstummel aus. »Leute«, begann er,

und seine Stimme klang dünn und seltsam matt. »In vier Tagen ist G-Tag. Wir werden ...«, er sah zu dem auf die Atapwand geschriebenen Zuchtplan hinüber, »ja, damit erhöht sich unser Bestand auf etwas mehr als hundert. Ich habe mit unserem Freund und Verbündeten Timsen ein Geschäft abgeschlossen. Er wird Draht und Holz für tausend Käfige liefern, so daß bis zur Entwöhnung der Jungen das Unterbringungsproblem gelöst sein wird. Er wird mit seinen Leuten das Produkt auf den Markt bringen. Wir werden uns nur darauf konzentrieren, die besten Tiere aufzuziehen.« Er brach ab und sah jeden fest an. »Leute, heute in einer Woche beginnt die Farm mit der Belieferung des Marktes.«

Jetzt war der schreckliche Tag festgelegt worden, und jetzt wurden ihre Gesichter schlaff.

»Meinst du wirklich, wir sollen es tun?« fragte Max besorgt.

»Wart noch einen Augenblick, Max, ja?«

»Ich verstehe nichts vom Vertrieb«, erklärte Byron Jones III und spielte mit seiner Augenklappe. »Der Gedanke macht mich ...«

»Wart doch um Himmels willen ab!« unterbrach der King ihn ungeduldig. »Leute.« Alle beugten sich beinahe überwältigt vor, und der King flüsterte so leise, daß es kaum noch verständlich war. »Wir werden nur an Offiziere verkaufen! An hohe Tiere! Vom Major an aufwärts!«

»Ach du großer Gott«, keuchte Timsen.

»Heiliger Strohsack«, jauchzte Max begeistert.

»Waas?« staunte Peter Marlowe wie vom Donner gerührt.

Der King kam sich wie ein Gott vor. »Jawohl, an Offiziere. Das sind die einzigen Hunde, die es sich leisten können, das Fleisch zu kaufen. Statt eines Massengeschäfts ziehen wir eben einen Luxushandel auf.«

»Und den Schweinehunden, die es sich leisten können, das Fleisch zu kaufen, wollen Sie es auch zu fressen geben!« rief Peter Marlowe.

»Verdammt, du bist einfach ein Teufelskerl«, sagte Timsen voll Hochachtung. »Ein Genie. Ich kenne drei Schweinehunde, bei denen ich den rechten Arm dafür geben würde, wenn ich sie Rattenfleisch fressen sehen und ihnen dann sagen könnte . . .«

»Ich kenne zwei«, unterbrach Peter Marlowe, »denen ich das Fleisch schenken würde, ganz zu schweigen vom Verkaufen. Aber den Halunken kann man es fast nicht geben – sie sind so knickrig, daß sie eine Ratte riechen würden!«

Max stand auf und brüllte über das Gelächter hinweg: »Hört mal her, Männer. Hört mal her. So hört doch einen Augenblick her.« Er wandte sich an den King. »Weißt du, ich habe, nun, ich habe . . .« Er war so bewegt, daß er nur mit Mühe reden konnte. »Ich habe – ich habe nicht immer auf deiner Seite gestanden. Das ist nichts Schlimmes. Wir sind ein freies Land. Aber das – das ist eine so riesige – eine so . . ., daß, eh . . .« Er streckte feierlich die Hand aus. »Ich möchte gerne dem Mann die Hand schütteln, der auf diesen Gedanken gekommen ist! Ich glaube, wir sollten alle dem wahren Genie die Hand schütteln. Im Namen aller Soldaten der Welt – ich bin stolz auf dich. Auf den King!«

Max und der King schüttelten sich die Hand.

Tex schaukelte jubelnd hin und her. »Sellars und Prouty und Grey – er steht auf der Liste . . .«

»Er hat kein Geld«, erklärte der King.

»Verdammt, wir werden ihm eben etwas schenken«, erwiderte Max.

»Das können wir nicht. Grey ist kein Idiot. Er würde sofort Lunte riechen«, widersprach Peter Marlowe.

»Wie ist es mit Thorsen, dem Schwein . . .«

»Nichts zu machen mit Yankee-Offizieren. Nun«, schränkte der King feinfühlig ein, »vielleicht an einen oder zwei.«

Die Hochrufe wurden schnell gedämpft.

»Wie steht es mit den Aussies?«

»Überlaß das mir, Kamerad«, meinte Timsen. »Ich habe bereits drei Dutzend Kunden im Kopf.«

»Und wie ist es mit den Limeys?» fragte Max.

»Wir können uns alle ein paar überlegen.« Der King fühlte

sich großartig und mächtig und ekstatisch. »Zum Glück sind die Hunde, die den Zaster haben oder die Möglichkeit, an Zaster heranzukommen, gleichzeitig auch diejenigen, denen man gerne das Rattenfleisch zu fressen geben und ihnen dann sagen möchte, was sie gegessen haben«, erklärte er.
Kurz vor dem Verlöschen der Lichter lief Max eilig durch die türlose Tür und flüsterte dem King zu: »Ein Posten ist hierher unterwegs.«
»Wer?«
»Shagata.«
»Gut«, antwortete der King und versuchte, die Stimme gleichmütig klingen zu lassen. »Sieh nach, ob unsere Wachen alle auf Posten sind.«
»Jawohl.« Max eilte davon.
Der King beugte sich dicht zu Peter Marlowe. »Vielleicht ist etwas schiefgegangen«, flüsterte er nervös. »Kommen Sie, machen wir uns lieber bereit.«
Er huschte zum Fenster hinaus und vergewisserte sich, daß die Segeltuchplane richtig hing. Dann setzten er und Peter Marlowe sich darunter und warteten.
Shagata steckte den Kopf unter das Segeltuch, und als er den King erkannte, glitt er lautlos unter den Vorhang und setzte sich. Er stellte sein Gewehr an die Wand und bot eine Packung Kooa an.
»Tabe«, grüßte er.
»Tabe«, erwiderte Peter Marlowe.
»Hallo«, sagte der King. Seine Hand zitterte, als er die Zigarette nahm.
»Habt Ihr heute abend etwas, das Ihr mir verkaufen wollt?« fragte Shagata zischend.
»Er erkundigt sich, ob Sie ihm heute abend etwas zu verkaufen haben.«
»Sagen Sie ihm nein!«
»Mein Freund ist zutiefst betrübt, daß er heute abend nichts hat, das einen Mann von Geschmack in Versuchung führen kann.«

»Hat Ihr Freund einen solchen Artikel in, sagen wir mal, in drei Tagen?«

Der King seufzte erleichtert, als Peter ihm das übersetzte. »Sagen Sie ihm ja. Und sagen Sie ihm, er sei klug, daß er sich vergewissert.«

»Mein Freund sagt, er werde wahrscheinlich an dem von Euch genannten Tage etwas haben, das einen Mann von Geschmack in Versuchung führen kann. Und mein Freund erklärt weiter, er habe das Gefühl, es sei ein gutes Vorzeichen für den befriedigenden Abschluß des geplanten Handels, wenn der Mann, mit dem er zu tun habe, so vorsichtig sei.«

»Das ist immer klug, wenn etwas mitten in kalter Nacht besprochen werden muß.« Shagata-san zog den Atem ein. »Falls ich nicht heute in drei Nächten komme, so wartet jede Nacht auf mich. Ein gemeinsamer Freund hat angedeutet, daß er seinen Teil vielleicht nicht mit absoluter Pünktlichkeit erfüllen können wird. Aber ich bin sicher, daß es heute in drei Nächten sein wird.«

Shagata stand auf und schenkte dem King die Zigarettenpakkung. Eine leichte Verbeugung, und die Dunkelheit verschlang ihn wieder.

Peter Marlowe erzählte dem King, was Shagata gesagt hatte, und der King grinste. »Großartig. Einfach großartig. Kommen Sie morgen früh vorbei. Dann können wir unsere Pläne durchsprechen.«

»Ich bin zum Arbeitskommando auf dem Flugplatz eingeteilt.«

»Soll ich Ihnen einen Ersatzmann beschaffen?«

Peter Marlowe lachte und schüttelte den Kopf.

»Es ist sowieso besser, wenn Sie gehen«, meinte der King. »Für den Fall, daß Cheng San Verbindung aufnehmen will.«

»Glauben Sie, daß etwas nicht in Ordnung ist?«

»Nein. Shagata war klug, daß er sich vergewissert hat. Ich hätte es auch getan. Alles läuft genau nach Plan. Noch eine Woche, und die ganze Sache ist geritzt.«

»Hoffentlich.« Peter Marlowe dachte an das Dorf und betete, das Geschäft möchte klappen. Er wollte unbedingt wieder

dorthin, und er wußte, daß ihm dann Sulina gehören mußte, sonst würde er den Verstand verlieren.
»Was ist los?« Der King hatte Peter Marlowes Schaudern mehr gefühlt als gesehen.
»Ich habe eben daran gedacht, daß ich jetzt gern Sulina im Arm halten würde«, erwiderte Peter Marlowe verlegen.
»So.« Der King überlegte, ob er der Kleinen wegen vielleicht das Ganze in Gefahr bringen würde.
Peter Marlowe fing den Blick auf und lächelte leise. »Sie brauchen sich keine Sorgen zu machen, alter Junge. Ich werde keinen Quatsch machen, falls Sie das gedacht haben.«
»Klar.« Der King lächelte. »Wir können uns auf vieles freuen – und morgen ist die Vorstellung. Haben Sie gehört, um was es dabei geht?«
»Ich weiß nur, daß das Stück *Dreieck* heißt und Sean der Star ist.« Peter Marlowes Stimme klang plötzlich flach.
»Wieso haben Sie Sean damals beinahe umgebracht?« Der King hatte noch nie eine plumpe Frage gestellt, denn er wußte, daß es bei einem Mann wie Peter Marlowe immer gefährlich war, direkte Fragen nach persönlichen Angelegenheiten zu stellen. Aber er hatte instinktiv gefühlt, daß jetzt die richtige Zeit dazu war.
»Es gibt nicht viel zu erzählen«, antwortete Peter Marlowe sofort und war froh, daß der King ihn gefragt hatte. »Sean und ich waren auf Java beim gleichen Geschwader. Am Tag, bevor der Krieg dort endete, kehrte Sean von einem Einsatz nicht zurück. Ich glaubte, es hätte ihn erwischt.
Vor etwa einem Jahr – einen Tag nachdem wir von Java aus hier ankamen – ging ich zu einer Lagervorstellung. Sie können sich vorstellen, welcher Schock es für mich war, als ich schließlich Sean auf der Bühne erkannte. Er spielte ein Mädchen, aber ich dachte mir nichts dabei. Schließlich muß ja irgend jemand die Frauenrollen übernehmen – und ich lehnte mich einfach zurück und genoß die Vorstellung. Ich konnte nicht darüber wegkommen, daß ich ihn lebendig und munter wiedergefunden hatte, und ich konnte nicht darüber wegkom-

men, was für ein aufsehenerregendes Mädchen er darstellte – die Art, wie er ging und wie er redete und sich setzte – seine Kleider und seine Perücke waren vollkommen. Ich war von seiner Leistung sehr beeindruckt – und dabei wußte ich genau, daß er noch nie etwas mit dem Theater zu tun gehabt hatte.
Nach der Vorstellung ging ich zu ihm hinter die Bühne. Es warteten noch einige andere, und nach einer Weile beschlich mich das unheimliche Gefühl, daß die Burschen alle wie die Typen aussahen, die man überall auf der Welt vor jeder Garderobentür findet – Sie wissen ja, die Laffen, die mit heraushängender Zunge auf ihre Freundinnen warten.
Schließlich ging die Garderobentür auf, und alle drängten hinein. Ich trottete als letzter hinterher und blieb in der Tür stehen. Erst jetzt ging mir urplötzlich auf, daß die Männer alle vom anderen Ufer waren! Sean saß auf einem Stuhl, und alle schienen drauf und dran, sich auf ihn zu stürzen, an ihm herumzufummeln, ihn ›Liebling‹ zu nennen, ihn zu umarmen und ihm zu sagen, wie ›wunderbar‹ er gewesen sei – ihn wie den hinreißenden Star der Vorstellung zu behandeln! Und Sean – Sean genoß es! Großer Gott, er genoß tatsächlich ihre Fummelei! Wie eine hitzige Hure.
Dann entdeckte er plötzlich mich, und natürlich war auch er schockiert.
Er sagte: ›Hallo, Peter‹, ich aber konnte überhaupt nichts sagen. Ich stand nur da und starrte einen dieser verdammten Hinterlader an, der die Hand auf Seans Knie liegen hatte. Sean trug eine Art weites Négligé und Seidenstrümpfe und Damenunterhöschen, und ich hatte das Gefühl, daß er sogar die Falten des Négligés absichtlich so drapiert hatte, daß man sein Bein oberhalb des Strumpfes sehen konnte – und es sah so aus, als hätte er Brüste unter dem Négligé. Dann erkannte ich plötzlich, daß er gar keine Perücke trug – daß das volle Haar sein eigenes und daß es so lang wie das einer Frau war.
Dann bat Sean alle, wegzugehen. ›Peter ist ein alter Freund, den ich für tot gehalten hatte‹, erklärte er.
Als sie weggegangen waren, fragte ich Sean: ›Menschenskind,

was ist denn mit dir passiert? Es hat dir ja tatsächlich Spaß gemacht, als das Pack an dir herumfummelte.‹
›Großer Gott, was ist mit uns allen passiert?‹ erwiderte Sean. Dann sagte er mit seinem strahlenden Lächeln: ›Ich bin so froh, daß du hier bist, Peter. Ich dachte, du wärst tot. Setz dich doch einen Augenblick, während ich mich abschminke. Wir haben uns viel zu erzählen. Bist du mit dem Arbeitskommando von Java hierhergekommen?‹
Ich nickte und war noch immer wie betäubt, und Sean drehte sich zum Spiegel um und begann sich mit Gesichtscreme das Make-up abzuwischen. ›Was ist mit dir passiert, Peter?‹ fragte er. ›Bist du abgeschossen worden?‹
Als er das Make-up abzuwischen begann, fühlte ich, wie meine Erstarrung sich allmählich löste – alles wirkte normaler. Ich sagte mir, daß ich töricht gewesen wäre und daß alles zur Vorstellung gehört hätte – Sie wissen ja, um alles möglichst echt wirken zu lassen –, und ich war überzeugt, er hätte nur so getan, als genieße er es. Deshalb entschuldigte ich mich und sagte: ›Tut mir leid, Sean – du mußt mich für einen kompletten Idioten halten! Mein Gott, es ist herrlich zu wissen, daß es dir gut geht. Ich dachte, auch dich hätte es erwischt.‹ Ich erzählte ihm, was mit mir geschehen war, und erkundigte mich dann nach seinem Schicksal.
Sean erzählte, daß er von vier Japsenjägern abgeknallt worden war und mit dem Fallschirm hatte abspringen müssen. Als er schließlich wieder den Flugplatz erreichte und meine Maschine entdeckte, war sie nur noch ein Schrotthaufen. Ich erzählte ihm, daß ich sie in Brand gesteckt hatte, bevor ich getürmt war, ich hätte verhindern wollen, daß die verdammten Japsen meine Maschine reparierten.
›Ach so‹, sagte er. ›Weißt du, ich nahm einfach an, du hättest bei der Landung Bruch gemacht und es hätte dich dabei erwischt. Ich blieb mit den anderen Kameraden im Hauptquartier in Bandung, und dann wurden wir alle in ein Lager gesteckt. Kurz darauf wurden wir nach Batavia verfrachtet und von dort aus hierher.‹

Sean betrachtete sich die ganze Zeit im Spiegel, und sein Gesicht war so glatt und zart wie das einer Frau. Plötzlich überkam mich das sonderbare Gefühl, daß er mich völlig vergessen hatte. Ich wußte nicht, was ich tun sollte. Dann kehrte er dem Spiegel den Rücken zu und sah mir direkt in die Augen, und er runzelte auf komische Weise die Stirn. Urplötzlich fühlte ich, wie unglücklich er war, und deshalb fragte ich ihn, ob ich weggehen sollte.

›Nein‹, antwortete er. ›Nein, Peter, ich möchte, daß du bleibst.‹

Und dann nahm er ein Damenhandtäschchen, das auf dem Frisiertisch lag, grub einen Lippenstift heraus und begann sich die Lippen zu schminken. Ich war wie vom Donner gerührt.

›Was machst du?‹ fragte ich.

›Lippenstift, Peter.‹

›Hör auf, Sean‹, erwiderte ich. ›Nichts gegen Spaß. Aber die Vorstellung ist seit einer halben Stunde zu Ende.‹

Aber er ließ sich nicht stören, und als die Lippen richtig geschminkt waren, puderte er sich die Nase und bürstete das Haar, und, bei Gott, er war das schönste Mädchen. Ich konnte es nicht glauben. Ich dachte noch immer, er triebe auf unheimliche Weise Scherz mit mir.

Er drückte hier ein Löckchen zurecht und da eines, und dann lehnte er sich auf seinem Stuhl zurück und betrachtete sich forschend im Spiegel, und er schien absolut mit dem zufrieden, was er darin erblickte. Dann sah er mich im Spiegel auf sich starren, und er lachte. ›Was ist los, Peter?‹ fragte er. ›Bist du noch nie in einer Garderobe gewesen?‹

›Doch‹, antwortete ich, ›doch, schon – bei einer Frau.‹

Lange Zeit sah er mich an. Dann zupfte er sein Négligé zurecht und schlug die Beine übereinander. ›Das ist die Garderobe einer Frau‹, sagte er.

›Jetzt mach aber einen Punkt, Sean‹, fuhr es mir heraus, denn allmählich wurde ich gereizt. ›Ich bin's, ich, Peter Marlowe. Wir sind in Changi, erinnerst du dich? Die Vorstellung ist vorbei, und jetzt ist alles wieder normal.‹

›Jawohl‹, bestätigte er völlig ruhig, ›alles ist normal.‹
Ich brauchte lange Zeit, bis ich etwas hervorbrachte. ›Hör zu‹, preßte ich schließlich heraus, ›ziehst du endlich diese Lappen aus und wäschst dir das Geschmier aus dem Gesicht?‹
›Ich mag die Kleider, Peter‹, antwortete er, ›und ich lege jetzt immer Make-up auf.‹ Er stand auf und öffnete einen Schrank, und er war tatsächlich voll von Sarongs und Kleidern und Unterhöschen und Büstenhaltern und so weiter. Er drehte sich zu mir um, und er war ganz ruhig. ›Das sind die einzigen Kleider, die ich jetzt trage‹, erklärte er. ›Ich *bin* eine Frau.‹
›Du hast den Verstand verloren‹, stöhnte ich.
Sean kam herüber und starrte mich an, und ich kriegte es einfach nicht aus dem Kopf, daß ich irgendwie ein Mädchen vor mir hatte – er sah wie eines aus, benahm sich wie eines, redete wie eines und duftete wie eines. ›Peter‹, sagte er, ›ich weiß, daß es dir schwerfällt, alles zu verstehen, aber ich habe mich verändert. Ich bin nicht mehr Mann, ich bin Frau.‹
›Du bist ebensowenig ein verdammtes Weib wie ich!‹ brüllte ich. Aber das schien ihn überhaupt nicht zu rühren. Er stand einfach da und lächelte mich wie eine Madonna an, und dann sagte er: ›Ich bin eine Frau, Peter.‹ Er berührte mich auf genau die gleiche Weise am Arm, wie es ein Mädchen getan hätte, und dann sagte er: ›Bitte, behandle mich als Frau.‹
Etwas in meinem Kopf schien zu zerspringen. Ich packte ihn am Arm, riß ihm das Négligé von den Schultern, zerrte ihm mit einem Ruck den ausgestopften Büstenhalter vom Körper und schob ihn vor den Spiegel hin.
›Und du bezeichnest dich als Frau?‹ brüllte ich. ›Schau dich doch an! Wo sind denn deine Brüste?‹
Aber Sean sah nicht auf. Er stand einfach vor dem Spiegel und hielt den Kopf gesenkt, und das Haar fiel ihm ins Gesicht. Das Négligé hing an ihm herunter, und er war nackt bis zu den Hüften. Ich packte ihn an den Haaren und riß seinen Kopf hoch. ›Sieh dich doch an, du perverses Schwein!‹ schrie ich gellend. ›Du bist bei Gott ein Mann und wirst es bleiben!‹
Er stand einfach da und sagte überhaupt nichts, und schließ-

lich bemerkte ich, daß er heulte. Dann stürzten Rodrick und Frank Parrish herein und stießen mich beiseite, und Parrish legte Sean wieder das Négligé um und nahm ihn in die Arme, und Sean weinte die ganze Zeit einfach vor sich hin.
Frank hielt ihn fest in den Armen und tröstete ihn: ›Es ist ja alles gut, Sean, es ist alles gut.‹ Dann sah er mich an, und ich erkannte, daß er mich am liebsten umgebracht hätte. ›Verschwinden Sie von hier, Sie verdammter Schweinehund‹, fuhr er mich an.
Ich weiß überhaupt nicht mehr, wie ich aus der Garderobe herausgekommen bin – als ich schließlich wieder zu mir kam, streifte ich im Lager herum, und allmählich begann ich zu begreifen, daß ich kein Recht gehabt hatte, nicht das geringste Recht, das zu tun, was ich getan hatte. Es war verrückt.«
Peter Marlowes Gesicht spiegelte nackte Qual. »Ich ging zum Theater zurück. Ich mußte versuchen, mich mit Sean zu versöhnen. Seine Tür war verriegelt, aber ich glaubte ihn drinnen zu hören. Ich klopfte und klopfte, aber er antwortete nicht, und er öffnete auch nicht, und daraufhin wurde ich von neuem zornig, und ich trat die Tür ein. Ich wollte mich ihm ins Gesicht entschuldigen. Nicht durch eine Tür.
Er lag auf dem Bett. Am linken Handgelenk klaffte ein großer Schnitt, und überall im Zimmer war Blut. Ich legte ihm einen Knebelverband an, und irgendwie schaffte ich den alten Dr. Kennedy und Rodrick und Frank herbei. Sean sah wie eine Leiche aus, und er gab nicht den geringsten Laut von sich, während Kennedy den Scherenschnitt vernähte. Als Kennedy fertig war, wandte Frank sich an mich: ›Sind Sie jetzt zufrieden, Sie verdammtes Schwein?‹
Ich stand nur da und haßte mich selbst.
›Gehen Sie raus und bleiben Sie draußen‹, sagte Rodrick.
Ich wollte eben weggehen, da hörte ich Sean nach mir rufen – es war ein schwaches, kaum hörbares Flüstern. Ich drehte mich um und bemerkte, daß er mich nicht zornig ansah, sondern vielmehr so, als empfände er Mitleid mit mir. ›Entschuldigung, Peter‹, flüsterte er. ›Es war nicht deine Schuld.‹

›Um Himmels willen, Sean‹, brachte ich schließlich heraus, ›ich wollte dir doch nichts Böses antun.‹
›Das weiß ich‹, beschwichtigte er mich. ›Bitte, sei mein Freund, Peter.‹
Dann sah er Parrish und Rodrick an und sagte: ›Ich wollte fortgehen, aber jetzt‹, und er lächelte sein wunderbares Lächeln, ›bin ich so glücklich, daß ich wieder zu Hause bin!‹«
Peter Marlowes Gesicht war leer. Schweiß lief ihm den Hals und die Brust entlang. Der King zündete eine Kooa an.
Peter Marlowe zuckte hilflos mit der Achsel, stand dann auf und ging davon, tief in seine Reue versunken.

## 17

»Los, beeilt euch«, rief Peter Marlowe den gähnenden Männern zu, die mißmutig in Reih und Glied vor der Baracke standen. Es war kurz nach Tagesanbruch, und das Frühstück war bereits eine Erinnerung, und seine Unzulänglichkeit trug nur dazu bei, die Reizbarkeit der Männer noch zu erhöhen. Und außerdem lag der lange, sonnenheiße Tag auf dem Flugplatz vor ihnen. Es sei denn, sie hätten Glück.
Es ging das Gerücht, daß heute eine Abteilung zu dem nach Westen hin gelegenen Flugplatzende gehen würde, wo die Kokospalmen standen. Es ging das Gerücht, daß drei Bäume gefällt werden sollten. Und das Innere eines Kokospalmenstammes ist nicht nur eßbar, sondern auch sehr nahrhaft und eine ganz besondere Delikatesse. Es wird ›Millionärskohl‹ genannt, weil die ganze Kokospalme sterben muß, damit man es gewinnen kann. Und außer dem Millionärskohl würde es Kokosnüsse geben. Mehr als genug für eine Abteilung von dreißig Mann. Deshalb waren Offiziere und Soldaten gleichermaßen gespannt.
Der diensthabende Barackenunteroffizier stellte sich vor Peter

Marlowe auf und grüßte. »Alle angetreten, Sir, zwanzig Mann einschließlich mir.«

»Wir sollten dreißig sein.«

»Aber wir haben bloß zwanzig. Der Rest ist krank oder beim Holzkommando. Ich kann's nicht ändern.«

»Schon gut. Abmarsch zum Tor.«

Der Unteroffizier gab den Leuten den Befehl zum Abmarsch, und sie trabten in lockerer Ordnung an der Gefängnismauer entlang, um zu den übrigen Gruppen des Flugplatzkommandos in der Nähe des Barrikadentores West zu stoßen. Peter Marlowe gab dem Unteroffizier ein Zeichen und ließ die Männer am günstigsten Platz sich sammeln – fast am Ende der Reihe, wo die größte Aussicht bestand, daß sie für das Kommando bei den Kokospalmen eingeteilt würden. Als die Männer bemerkten, daß ihr Offizier sie genau an die richtige Stelle manövriert hatte, begannen sie aufmerksam zu werden und sich selbst entsprechend zu formieren.

Alle hatten ihre Arbeitshemden in Brotbeutel gesteckt. Brotbeutel waren eine Institution, die vielerlei Gestalt annehmen konnte. Und manchmal waren es richtige Heeresbrotbeutel, manchmal kleine Handkoffer, manchmal aus Rattangras geflochtene Körbe, manchmal Reisebeutel, manchmal ein Tuch und ein Stock, manchmal ein Stück Stoff. Aber alle Männer trugen irgendein Behältnis für den kommenden Raubzug bei sich. Bei einem Arbeitseinsatz gab es immer Beute, und wenn es nicht Millionärskohl oder Kokosnüsse waren, konnten es Treibholz, Kokosnußschalen, Bananen, eßbare Wurzeln, Blätter irgendwelcher Art oder manchmal sogar Papaya sein.

Die meisten Männer trugen Pantinen aus Holz oder Reifengummi an den Füßen. Einige trugen Schuhe mit ausgeschnittenen Zehen. Und manche hatten Stiefel. Peter Marlowe trug Macs Stiefel. Sie waren zu eng, aber für einen Fünf-Kilometer-Marsch und Arbeitseinsatz waren sie besser als Pantinen.

Die Menschenschlange verließ das Westtor, ein Offizier an der Spitze jeder Gruppe. Ganz vorn marschierte ein Trupp Koreaner und am Schluß ein einziger koreanischer Wachsoldat.

Peter Marlowes Gruppe wartete fast am Schluß der Schlange auf eine Lücke, um in die Marschkolonne einzuschwenken. Er sah nach vorn zur Spitze des Zuges und freute sich über die Aussicht auf die Bäume. Er zupfte das Hemd unter den Rucksackriemen glatt, damit der Rucksack bequemer zu tragen war, und rückte die Wasserflasche zurecht – nicht *die* Flasche, denn die auf einen Arbeitseinsatz mitzunehmen, wäre gefährlich gewesen. Man konnte nie wissen, wann ein Posten oder sonst jemand einen Schluck Wasser haben wollte.

Schließlich war es Zeit, sich in Bewegung zu setzen, und Marlowe ging mit seinen Leuten zum Tor. Als sie am Wachhaus vorbeikamen, grüßten sie, und der gedrungene japanische Unteroffizier stand auf der Veranda und erwiderte steif ihren Gruß. Peter Marlowe meldete die Stärke seiner Gruppe dem zweiten Posten, der sie von der angegebenen Gesamtstärke abhakte.

Dann hatten sie das Lager hinter sich und marschierten auf der Rollbahn. Sie war zunächst leicht gekrümmt, hatte kleine Bodenwellen und Mulden und lief dann schnurgerade durch eine Kautschukpflanzung. Die Gummibäume waren ungepflegt und nicht angezapft. Das ist sonderbar, dachte Peter Marlowe, denn für Kautschuk wurden Prämien bezahlt, und er war lebenswichtiges Futter für den Krieg.

»Hallo, Duncan«, grüßte er, als Hauptmann Duncan und seine Gruppe aufholten. Er trat neben Duncan und fiel in gleichen Schritt mit ihm; dabei behielt er die eigene Gruppe im Auge, die vor ihm marschierte.

»Großartig, daß wir wieder Nachrichten bekommen, was?« sagte Duncan.

»Ja«, bestätigte Marlowe automatisch, »wenn es wahr ist.«

»Ich muß sagen, es klingt zu gut, um wahr zu sein.«

Peter Marlowe mochte Duncan gut leiden. Er war ein kleiner Schotte, rothaarig und von mittlerem Alter. Ihn schien nichts aus der Ruhe zu bringen. Immer hatte er ein Lächeln und ein freundliches Wort bereit. Peter Marlowe hatte das Gefühl, daß heute etwas an ihm anders war. Aber was war es nur?

Duncan bemerkte seine Neugierde und schnitt eine Grimasse, um ihm sein neues Gebiß zu zeigen.
»Ach so, das ist es«, sagte Peter Marlowe. »Ich hatte mir überlegt, was an Ihnen anders ist.«
»Wie sieht es aus?«
»Na, besser als gar keine Zähne.«
»Das ist ja deutlich genug. Ich hatte geglaubt, sie sähen sehr gut aus.«
»Ich kann mich nicht an Aluminiumzähne gewöhnen. Sie sehen so falsch aus.«
»Verdammt, ich habe die Hölle durchgemacht, bis meine heraus waren. Die Hölle!«
»Meine Zähne sind Gott sei Dank in Ordnung. Vergangenes Jahr habe ich mir einige plombieren lassen müssen. Scheußliche Sache. Wahrscheinlich war es klug von Ihnen, daß Sie sich gleich alle haben ziehen lassen. Wie viele hat man ...«
»Achtzehn«, unterbrach Duncan verdrießlich. »Da möchte man am liebsten Blut kotzen. Aber alle waren durch und durch faul. Der Arzt redete etwas vom Wasser und vom Mangel an kaubarem Essen und von Reisdiät und von Kalziummangel. Aber Gott sei Dank, mit den falschen fühle ich mich prima.« Er klapperte einige Male mit dem Gebiß und fuhr dann fort: »Auf der Dentistenstation sind ein paar Burschen, die diese Dinger mit viel Geschick machen. Und mit viel Phantasie. Ich muß allerdings zugeben, daß man zuerst einen kleinen Schock kriegt – daß man keine weißen Zähne hat. Aber was Bequemlichkeit anlangt, Junge, ich sag Ihnen, so wohl hab ich mich seit Jahren nicht mehr gefühlt, und dabei spielt es gar keine Rolle, ob sie weiß oder silbern sind. Immer habe ich mit meinen Zähnen Ärger gehabt. Ach Quatsch, zum Teufel mit Zähnen.«
Weit vorn wichen die Männer an den Straßenrand aus, als ein Bus auf sie zugeknattert kam. Er war alt und ächzte und ratterte und hatte fünfundzwanzig Sitzplätze. Jetzt aber drängten sich darin beinah sechzig Männer, Frauen und Kinder, und auf der Außenseite klammerten sich weitere zehn mit Fingern

und Zehen an. Auf dem Dach türmten sich Hühnerkäfige und Gepäckstücke und zusammengerollte Matten. Als der asthmatische Bus vorbeirumpelte, bestaunten die Eingeborenen neugierig die Männer, und die Männer sahen auf die Verschläge mit halbtoten Hühnern und hofften, der verdammte Bus würde zusammenbrechen oder in den Graben fahren, damit sie helfen könnten, ihn aus dem Graben zu ziehen, und ein Dutzend Hühner befreien könnten. Aber heute fuhr der Bus vorbei, und viele Flüche klangen ihm nach.

Peter Marlowe marschierte neben Duncan, der weiter über sein Gebiß schwatzte und es mit breitem Lächeln vorführte. Aber das Lächeln war durch und durch falsch.

Hinter ihnen brüllte ein koreanischer Posten, der träge dahinlatschte, einen Mann an, der aus der Reihe trat und an den Straßenrand ging, aber der Mann ließ einfach die Hosen herunter, erleichterte sich schnell und rief laut: »Sakit marah« – Ruhr –, und der Posten zuckte die Achseln, zog eine Zigarette heraus, zündete sie an und wartete, und schnell war der Mann wieder in der Reihe zurück.

»Peter«, sagte Duncan leise, »decken Sie mich.«

Peter Marlowe sah nach vorn. Etwa zwanzig Schritte von der Straße entfernt standen auf einem schmalen Weg neben dem Wassergraben Duncans Frau und Kind. Ming Duncan war eine Chinesin aus Singapur. Da sie Asiatin war, wurde sie nicht zusammen mit den Frauen und Kindern der übrigen Gefangenen ins Lager gesteckt, sondern lebte frei in einem Vorort der Stadt. Das Kind, ein Mädchen, war schön wie seine Mutter und groß für sein Alter, und es hatte ein Gesicht, das nie vom Schatten eines Kummers getrübt werden würde. Einmal in der Woche kamen sie »zufällig« vorbei, so daß Duncan sie sehen konnte.

Er erklärte immer, solange er sie sehen könnte, wäre Changi nicht schlimm.

Peter Marlowe trat zwischen den Posten und Duncan und schirmte ihn ab, so daß Duncan an der Seite seiner Leute immer weiter zurückbleiben konnte.

Mutter und Kind gaben kein Zeichen, als die Kolonne an ihnen vorbeimarschierte. Als Duncan vorbeiging, trafen sich ihre Blicke kurz, und dann sahen die beiden, wie er das kleine Stück Papier an den Straßenrand fallen ließ, aber sie gingen weiter, und dann war Duncan vorbei und in der Masse der Männer untergegangen. Aber er wußte, daß sie das Papier gesehen hatten, und er wußte, daß sie weitergehen würden, bis alle Männer und alle Posten vorbeimarschiert waren, und dann würden sie umkehren und das Papier suchen, und sie würden es lesen, und der Gedanke machte Duncan glücklich. *Ich liebe Euch und vermisse Euch, und Ihr beide seid mein Leben,* hatte er geschrieben. Die Nachricht war immer die gleiche, aber sie war immer neu, sowohl für ihn als auch für sie, denn die Worte wurden neu geschrieben, und die Worte waren es wert, gesagt zu werden, immer und immer und immer wieder. Auf ewig.

»Finden Sie nicht auch, daß sie gut aussieht?« fragte Duncan, als er wieder neben Peter Marlowe trat.

»Und ob! Sie sind ein Glückspilz. Und Mordeen wächst zu einer Schönheit heran.«

»Ja, sie ist wirklich schön. Im September wird sie sechs.«

Das Glück verebbte, und Duncan versank in Schweigen. »Wenn der Krieg doch endlich vorbei wäre«, seufzte er.

»Es wird jetzt nicht mehr lange dauern.«

»Wenn Sie mal heiraten, Peter, dann heiraten Sie eine Chinesin. Das sind die besten Frauen auf der Welt.« Duncan hatte das schon oft gesagt. »Ich weiß, es ist schwer, aus der Gesellschaft ausgestoßen zu werden, auch schwer für die Kinder – aber ich werde zufrieden sterben, wenn ich in ihren Armen sterben darf.« Er seufzte. »Aber Sie wollen ja nicht auf mich hören. Sie werden irgendein englisches Mädchen heiraten und werden glauben, daß Sie leben. Zeitvergeudung! Ich weiß es, ich habe beides versucht.«

»Abwarten und Tee trinken, was bleibt mir andres übrig, Duncan?« Peter Marlowe lachte. Dann beschleunigte er den Schritt. »Bis später.«

»Danke, Peter«, rief Duncan hinter ihm her.

Sie hatten jetzt fast den Flugplatz erreicht. Vor ihnen stand eine Gruppe von Posten, die darauf warteten, ihre Kommandos an den jeweiligen Arbeitsplatz zu bringen. Neben den Posten lagen Kreuzhacken und Spaten und Schaufeln. Viele Männer trotteten schon unter Bewachung über den Flugplatz.
Peter Marlowe sah nach Westen. Dort ging schon eine Gruppe auf die Bäume zu. Verdammte Scheiße!
Er ließ seine Leute anhalten, salutierte vor den Posten und entdeckte Torusumi unter ihnen.
Torusumi erkannte Peter Marlowe und lächelte. »Tabe!«
»Tabe«, erwiderte Peter Marlowe, und Torusumis offensichtliche Freundlichkeit machte ihn verlegen.
»Ich werde Euch und Eure Leute nehmen«, erklärte Torusumi und nickte zu den Arbeitsgeräten hin.
»Ich danke Euch«, antwortete Peter Marlowe und gab dem Unteroffizier ein Zeichen: »Wir sollen mit ihm gehen.«
»Der Kerl ist für den Ostrand eingeteilt«, brummte der Unteroffizier gereizt. »Verdammt, wir haben aber immer Pech.«
»Das weiß ich«, fauchte Peter Marlowe ebenso gereizt zurück, und als die Leute vortraten, um sich die Werkzeuge zu holen, sagte er zu Torusumi: »Hoffentlich führt Ihr uns heute ans Westende, dort ist es kühler.«
»Wir sollen nach Osten gehen. Ich weiß, daß es auf der Westseite kühler ist, und ich bekomme immer den Osten.«
Peter Marlowe beschloß, alles auf eine Karte zu setzen. »Vielleicht solltet Ihr bessere Behandlung verlangen.« Es war gefährlich, einem Koreaner oder Japaner einen Vorschlag zu machen. Torusumi sah ihn kalt an, drehte sich dann schroff um und ging auf Azumi, einen japanischen Korporal, zu, der mit grimmigem Gesicht am Straßenrand stand. Azumi war für seine Übellaunigkeit bekannt.
Voll Besorgnis beobachtete Peter Marlowe, wie Torusumi sich verneigte und schnell und kehlig auf Japanisch auf ihn einzureden begann. Und er fühlte Azumis starren Blick auf sich.
Der Unteroffizier neben Peter Marlowe beobachtete ebenfalls besorgt den Wortwechsel. »Was haben Sie gesagt, Sir?«

»Ich habe gesagt, es wäre ein guter Gedanke, wenn wir zur Abwechslung mal ans Westende gingen.«
Der Unteroffizier zuckte zusammen. Bekam der Offizier einen Schlag ins Gesicht, dann bekam der Unteroffizier automatisch ebenfalls einen. »Das ist aber gewagt.« Er brach plötzlich ab, als Azumi auf sie zukam, gefolgt von Torusumi, der sich ehrerbietig zwei Schritte hinter ihm hielt.
Azumi, ein kleiner Mann mit Säbelbeinen, blieb fünf Schritte vor Peter Marlowe stehen und starrte ihm ungefähr zehn Sekunden lang ins Gesicht. Peter Marlowe machte sich auf den Schlag gefaßt, der kommen mußte. Aber er kam nicht. Statt dessen lächelte Azumi plötzlich, zeigte seine Goldzähne, zog die Luft ein und nahm eine Packung Zigaretten heraus. Er bot Peter Marlowe eine an und sagte etwas auf Japanisch, das Peter Marlowe nicht verstand, aber er schnappte »Shoko-san« auf und war darüber noch mehr erstaunt, denn bis dahin war er nicht mit Shoko-san angeredet worden. »Shoko« bedeutet »Offizier« und »San« bedeutet »Herr«, und von einem kleinen Teufel wie Azumi mit »Herr Offizier« angeredet zu werden, war weiß Gott eine Auszeichnung.
»Arignato«, sagte Peter Marlowe und ließ sich Feuer geben. »Ich danke Ihnen« war abgesehen von »Rührt euch« und »Stillgestanden« und »Im Laufschritt, marsch« und »Grüßen« und »Komm her, du weißer Schweinehund« das einzige japanische Wort, das er kannte. Er befahl dem Unteroffizier, der offensichtlich verdutzt war, die Leute antreten zu lassen.
»Jawohl, Sir«, sagte der Unteroffizier und war froh, einen Vorwand zu haben, sich zu verdrücken. Dann fuhr Azumi Torusumi auf Japanisch an, und Torusumi kam ebenfalls heran und befahl: »Hotchatore«, was »Im Laufschritt, marsch!« bedeutet. Als sie halb über den Flugplatz und weit aus Azumis Hörweite waren, lächelte Torusumi Peter Marlowe an. »Wir werden heute zum Westende gehen. Und wir werden die Bäume fällen.«
»Tatsächlich wir? Das begreife ich nicht.«
»Ganz einfach. Ich habe Azumi-san erzählt, daß Ihr der Dol-

metscher des King seid und daß ich fände, er sollte das wissen, denn er bekommt zehn Prozent von unserem Gewinn. Deshalb«, zuckte Torusumi die Achseln, »müssen wir uns natürlich umeinander kümmern. Und vielleicht können wir während des Tages einige Geschäfte besprechen.«
Peter Marlowe befahl den Männern mit schwacher Stimme anzuhalten.
»Was ist los, Sir?« fragte der Unteroffizier.
»Nichts, Unteroffizier. Alle herhören! Macht keinen Lärm. Wir haben die Bäume bekommen.«
»Ei, verdammt, das ist 'ne Wucht.«
Hurrageschrei wurde laut. Aber es wurde schnell erstickt.
Als sie die drei Bäume erreichten, waren bereits Spence und sein Arbeitskommando mit ihrem Posten da. Torusumi ging zum Posten hin, und die beiden stritten sich heftig auf Koreanisch. Aber Spence und seine zornigen Leute mußten antreten und marschierten zusammen mit dem wütenden Posten ab.
»Verdammt noch mal, wieso haben Sie die Bäume gekriegt, Sie Bastard? Wir waren zuerst hier!« rief Spence laut.
»Jawohl«, bestätigte Peter Marlowe mitfühlend. Er wußte, was Spence empfand.
Torusumi winkte Peter Marlowe zu, setzte sich in den Schatten und stellte sein Gewehr an einen Baum. »Stellt eine Wache aus«, gähnte er. »Ich mache Euch verantwortlich, wenn ich von einem dieser erbärmlichen Japaner oder Koreaner schlafend erwischt werde.«
»Ihr könnt sanft in meiner Obhut schlafen«, erwiderte Peter Marlowe.
»Weckt mich zum Essen.«
»Es wird geschehen.«
Peter Marlowe stellte an günstigen Punkten Wachen aus und führte dann den wilden Angriff auf die Bäume an. Er wollte die Bäume gefällt und ausgehöhlt haben, ehe irgend jemand einen Befehl ändern konnte.
Bis zum Mittag waren die drei Bäume gefällt und der Millionärskohl aus den Bäumen heraus. Die Männer waren alle er-

schöpft und von Ameisen zerbissen, aber das spielte keine Rolle, denn die Beute war gewaltig. Es gab zwei Kokosnüsse je Mann, die jeder mit nach Hause nehmen konnte, und weitere fünfzehn blieben übrig. Peter Marlowe bestimmte, daß fünf für Torusumi aufgehoben und die restlichen zehn zum Mittagessen geteilt werden sollten. Er verteilte den Millionärskohl aus zwei Bäumen und erklärte, der restliche sollte für Torusumi und Azumi für den Fall aufgehoben werden, daß sie ihn haben wollten. Wenn sie ihn nicht wollten, würde auch er verteilt werden.

Peter Marlowe saß vor Anstrengung keuchend gegen einen Baum gelehnt, als plötzlich ein Warnpfiff ertönte und ihn hochriß; er lief schnell zu Torusumi hinüber und rüttelte ihn wach.

»Ein Posten, Torusumi-san, beeilt Euch.«

Torusumi rappelte sich schnell hoch und klopfte seine Uniform ab. »Gut. Geht zu den Bäumen zurück und macht Euch etwas zu tun«, sagte er leise.

Dann schlenderte Torusumi lässig auf die Lichtung hinaus. Als er den Posten erkannte, entspannte er sich, winkte ihm, zu ihm in den Schatten zu kommen, und beide stellten ihr Gewehr an den Baum, lehnten sich zurück und begannen zu rauchen. »Shoko-san«, rief Torusumi. »Macht es Euch bequem, es ist nur mein Freund.«

Peter Marlowe lächelte und rief dann laut: »He, Unteroffizier. Lassen Sie zwei der besten jungen Kokosnüsse aufschlagen, und bringen Sie sie den Posten.« Er konnte sie nicht selbst hinbringen, denn sonst hätte er an Gesicht verloren.

Der Unteroffizier wählte sorgfältig zwei Kokosnüsse und kappte die Spitzen. Die Schalen waren außen grünlichbraun, fünf Zentimeter dick und umschlossen mit dem Mark den tief darin eingebetteten Kern. Das weiße Fleisch, mit dem das Innere der Nuß ausgekleidet war, war gerade so weich, daß man es leicht mit dem Löffel essen konnte, wenn man Lust darauf hatte, und der Saft war kühl und wohlschmeckend.

»Smith«, rief er laut.

»Jawohl, Unteroffizier.«
»Bringen Sie die den verdammten Nips da drüben.«
»Warum ich? Verdammt, ich muß immer mehr tun als die...«
»Setzen Sie Ihren verdammten Arsch in Bewegung und gehen Sie hin.«
Smith, ein mickriger kleiner Cockney, stand murrend auf und tat, was ihm befohlen worden war.
Torusumi und der andere Posten tranken in tiefen Schlucken. Dann rief Torusumi laut zu Peter Marlowe hinüber: »Wir danken Euch.«
»Friede sei mit Euch«, erwiderte Peter Marlowe.
Torusumi zog eine zerknautschte Packung Kooa heraus und reichte sie Peter Marlowe.
»Ich danke Euch«, sagte Peter Marlowe.
»Friede sei mit Euch«, erwiderte Torusumi höflich.
Es waren sieben Zigaretten. Die Männer bestanden darauf, daß Peter Marlowe zwei nahm. Die übrigen fünf wurden verteilt, je eine für vier Mann, und man war sich einig, daß sie nach dem Mittagessen geraucht werden sollten.
Zum Mittagessen gab es Reis und Fischbrühe und dünnen Tee. Peter Marlowe nahm nur Reis und mischte einen Hauch Blachang darunter. Als Nachtisch genoß er seinen Anteil an den Kokosnüssen. Dann lehnte er sich müde gegen einen Baumstumpf und sah über den Flugplatz hinweg und wartete auf das Ende der Mittagsstunde.
Nach Süden hin lag ein Hügel, und um den Hügel schwärmten Tausende chinesischer Kulis. Alle trugen zwei Bambuskörbe an einer Bambusstange auf der Schulter, und sie trippelten den Hügel hinauf, füllten die beiden Körbe mit Erde, trippelten den Hügel hinab und leerten die beiden Körbe. Sie waren unausgesetzt in Bewegung, und fast konnte man den Hügel verschwinden sehen. Darüber stand die sengende Sonne.
Peter Marlowe war jetzt zwei Jahre lang vier- oder fünfmal in der Woche zum Flugplatz gekommen. Als er und Larkin das Gelände mit den Hügeln und Sümpfen und dem Sand zum ersten Mal gesehen hatten, hatten sie gelacht und gedacht, daß

man es nie in einen Flugplatz verwandeln könnte. Schließlich verfügten die Chinesen weder über Traktoren noch über Bulldozer.

Aber jetzt, zwei Jahre später, war bereits eine Start- und Landebahn in Betrieb, und die große Startbahn für die Bomber war beinahe fertig.

Peter Marlowe staunte über die Geduld der Arbeiterameisen und fragte sich, was ihre Hände alles schaffen könnten, wenn sie moderne Geräte zur Verfügung hätten.

Die Augen fielen ihm zu, und er schlief ein.

»Ewart! Wo steckt Marlowe?« fragte Grey schroff.

»Bei einem Arbeitskommando auf dem Flugplatz. Warum?«

»Sagen Sie ihm, er soll sich sofort bei mir melden, wenn er zurückkommt.«

»Wo werden Sie sein?«

»Himmeldonnerwetter, wie soll ich das wissen! Sagen Sie ihm, er soll mich suchen.« Als Grey die Baracke verließ, spürte er, wie es sich in seinen Gedärmen verkrampfte, und er hastete in Richtung auf die Latrinen davon. Bevor er halbwegs dorthingelangt war, erreichte der Krampf seinen Höhepunkt, und ein wenig von dem blutigen Schleim quoll aus ihm heraus und in das Graspolster, das er in der Hose trug. Ganz schwach lehnte er sich gegen eine Baracke, um Kraft zu sammeln.

Grey wußte, daß es Zeit war, das Polster wieder zu wechseln, schon zum vierten Mal heute, aber das war ihm gleichgültig. Das Polster war zumindest hygienisch, und es schützte seine Hose, die einzige, die er besaß. Und ohne das Polster konnte er sich nicht bewegen. Ekelhaft, fluchte er bei sich, genau wie eine Damenbinde. Was für ein verdammtes Geschmiere! Aber es erfüllte wenigstens seinen Zweck.

Er hätte sich heute krank melden sollen, aber er konnte es nicht, wo er doch eben Marlowe erwischt hatte. O nein, das war viel zu schön, um es sich entgehen zu lassen, und er wollte Marlowes Gesicht sehen, wenn er es ihm sagte. Das Wissen, ihn endlich gefaßt zu haben, lohnte den Schmerz. Der gemeine, nichtsnutzige Hund. Und durch Marlowe würde der King ein wenig ins Schwitzen geraten. In ein paar Tagen würde er sie beide haben. Denn er wußte von dem Diamanten, und er wußte auch, daß im Laufe der nächsten Woche die Verbindung aufgenommen werden sollte. Er wußte zwar noch nicht genau wann, aber das würde man ihm noch berichten. Du bist schlau, sagte er zu sich selbst, wirklich schlau, daß du dir eine so wirksame Organisation aufgebaut hast.

Er ging zu seiner Gefängnisbaracke und befahl dem Militärpolizisten, draußen zu warten. Er wechselte das Graspolster, schrubbte sich die Hände und hoffte, damit den Makel zu entfernen, den unsichtbaren Makel.

Da es ihm etwas besser ging, zwang sich Grey, die Verandatreppe hinabzusteigen, und ging auf die Verpflegungsbaracke zu. Heute sollte er seine wöchentliche Inspektion der Vorräte an Reis und Lebensmitteln durchführen. Die Vorräte stimmten immer, denn Oberstleutnant Jones war tüchtig und der Aufgabe hingegeben und wog die täglichen Reisportionen höchstpersönlich und in aller Öffentlichkeit ab. Deshalb bestand nie die Gelegenheit für irgendeine Gaunerei.

Grey bewunderte Oberstleutnant Jones und mochte seine Art, alles selbst zu tun – dann konnten keine Fehler unterlaufen. Er beneidete ihn auch, denn für einen Oberstleutnant war er noch sehr jung. Eben erst dreiunddreißig. Es macht einen krank, dachte er bei sich, er ist Oberstleutnant und du bist Leutnant – und der einzige Unterschied besteht darin, daß man zur richtigen Zeit den richtigen Posten hat. Aber trotzdem, es geht dir ganz gut, und du schaffst dir Freunde, die für dich eintreten werden, wenn der Krieg vorbei ist. Jones war allerdings Reserveoffizier, so daß er also nachher nicht im Dienst bleiben würde. Aber Jones war befreundet mit Samson und auch mit Smedly-Taylor, Greys Vorgesetztem, und er spielte Bridge mit dem Lagerkommandanten. »Verdammtes Schwein hat der Kerl. Ich kann ebensogut Bridge spielen wie du, aber ich werde nicht eingeladen, und dabei arbeite ich härter als jeder andere.«

Als Grey die Verpflegungsbaracke erreichte, war die Ausgabe der Reisrationen noch im Gange.
»Morgen, Grey«, grüßte Jones. »Ich komme gleich.« Er war ein großer Mann, hübsch, sehr gebildet, ruhig. Er hatte ein jungenhaftes Gesicht und den Spitznamen Pimpfenoberst.
Grey stand da und beobachtete, wie die von jeder Küche Abkommandierten – ein Unteroffizier und ein Soldat – an die Waage traten. Jede Küche stellte zum Abholen der zugeteilten Rationen zwei Mann ab – einen, um den anderen im Auge zu behalten. Die Liste, die von den Vertretern der Küche vorgelegt wurde, wurde geprüft, und der Reis wurde abgewogen. Dann wurde die Verteilungsliste abgezeichnet.
Als die letzte Küche ihre Ration erhalten hatte, nahm der Quartiermeister, Unteroffizier Blakely, den Sack mit dem restlichen Reis auf und trug ihn in die Baracke. Grey ging hinter Oberstleutnant Jones in die Baracke hinein und hörte abwesend zu, als Jones ihm müde die Zahlen vorlas. »Neuntausendvierhundertunddreiundachtzig Offiziere und Mannschaften. Zweitausenddreihundertundsiebzig und dreiviertel Pfund Reis sind heute ausgegeben worden. Ein halbes Pfund je Mann. Ungefähr zwölf Säcke.« Er nickte zu den leeren Jutesäcken hin. Grey sah zu, wie er sie zählte, und er wußte, daß es zwölf sein würden. Dann fuhr Jones fort: »In einem Sack fehlten zehn Pfund« – das war nicht ungewöhnlich –, »und der Rest wiegt neunzehneinviertel Pfund.«
Der Oberstleutnant ging zu dem fast leeren Sack hinüber, hob ihn hoch und stellte ihn auf die Waage, die Unteroffizier Blakely inzwischen in die Baracke hineingezogen hatte. Sorgfältig legte er die Gewichte auf die Platte, bis neunzehneinviertel Pfund darauf lagen. Der Sack hob sich und pendelte sich ins Gleichgewicht ein.
»Stimmt«, lächelte er zufrieden und sah Grey an.
Alles andere – eine Rinderhälfte, sechzehn Fässer Stockfisch, vierzig Pfund Gula Malacca, fünf Dutzend Eier, fünfzig Pfund Salz und Säckchen mit Pfefferkörnern und getrocknetem rotem Chili – stimmte ebenfalls genau.

Grey zeichnete die Lagerbestandsliste ab und fuhr zusammen, als ihn ein neuer Krampf durchzuckte.
»Ruhr?« fragte Jones besorgt.
»Nur ein kleiner Anfall, Sir.« Grey sah sich im Halbdunkel um und grüßte dann. »Danke, Sir. Bis nächste Woche.«
»Danke, Leutnant.«
Beim Hinausgehen wurde Grey wieder von einem Krampf überfallen, taumelte gegen die Waage und stieß sie um, so daß die Gewichte auf den Erdboden fielen.
»Entschuldigung«, fluchte Grey. »Verdammt blöde von mir.« Er hob die Waage auf und tastete auf dem Boden nach den Gewichten herum, aber Jones und Blakely lagen bereits auf den Knien und hoben sie auf.
»Machen Sie sich keine Mühe, Grey«, sagte Jones und fuhr dann Blakely an: »Ich habe Ihnen schon oft gesagt, Sie sollen die Waage in die Ecke stellen.«
Aber Grey hatte bereits ein Zweipfundgewicht aufgehoben. Er konnte nicht glauben, was er sah, und er trug das Gewicht zur Tür und untersuchte es bei Licht, um auch ganz sicher zu sein, daß ihm seine Augen keinen Streich spielten. Sie taten es nicht. Im Boden des Eisengewichtes war ein kleines Loch, das fest mit Lehm zugeschmiert worden war. Mit dem Fingernagel bohrte er den Lehm heraus, und sein Gesicht war kalkweiß.
»Was ist los, Grey?« fragte Jones.
»An diesem Gewicht ist herumgepfuscht worden.« Die Worte waren eine Anklage.
»Was? Unmöglich!« Jones ging zu Grey hin. »Lassen Sie sehen.« Eine Ewigkeit studierte er es, dann lächelte er.
»Es ist nicht daran gepfuscht worden. Das ist lediglich ein Korrekturloch. Das Gewicht hier war wahrscheinlich um einen Bruchteil schwerer, als es hätte sein sollen.« Er lachte schwach. »Mein Gott, einen Augenblick hatten Sie mir einen ordentlichen Schrecken eingejagt.«
Grey ging schnell zu den übrigen Gewichten hinüber und hob ein anderes hoch. Es hatte ebenfalls ein Loch. »Himmel! Sie sind alle gefälscht!«

»Das ist absurd«, widersprach Jones. »Sie haben nur Korrektur . . .«
»Ich kenne mich genug in Maßen und Gewichten aus«, unterbrach Grey, »um zu wissen, daß Löcher nicht zulässig sind. Es gibt keine Korrekturlöcher. Wenn das Gewicht nicht stimmt, wird es gar nicht erst ausgegeben.«
Er drehte sich schnell zu Blakely um, der in sich zusammengesunken an der Tür stand. »Was wissen Sie darüber?«
»Nichts, Sir«, versicherte Blakely entsetzt.
»Reden Sie schon!«
»Ich weiß nichts, Sir. Ganz bestimmt nicht . . .«
»Also gut, Blakely. Wissen Sie, was ich jetzt tue? Ich verlasse jetzt die Baracke, und jedem, der mir begegnet, erzähle ich von Ihnen. Jedem. Und dann zeige ich das Gewicht herum, und noch bevor ich es Oberst Smedly-Taylor melden kann, wird man Sie in Fetzen gerissen haben.«
Grey ging auf die Tür zu.
»Warten Sie, Sir«, brachte Blakely erstickt hervor. »Ich will es Ihnen erzählen. Ich bin es nicht gewesen, Sir, der Oberstleutnant ist es gewesen. Er hat es mir befohlen. Er hatte mich einmal erwischt, wie ich ein wenig Reis geklaut habe, und schwor, er würde mich anzeigen, wenn ich ihm nicht helfe . . .«
»Halten Sie das Maul, Sie Schwein«, fiel Jones ihm ins Wort. Dann wandte er sich mit ruhiger Stimme an Grey: »Der Idiot versucht, mich hineinzuziehen. Ich habe nichts gewußt von . . .«
»Hören Sie nicht auf ihn, Sir«, unterbrach Blakely ihn geschwätzig. »Er wiegt den Reis immer selbst. Immer. Und er hat den Schlüssel zum Safe, in dem er die Gewichte aufbewahrt. Sie wissen ja selbst, wie er alles macht. Und jeder, der mit Gewichten umgeht, sieht sie ab und zu auch von unten. Die Löcher können noch so gut getarnt sein, man muß sie bemerken. Und es geht schon so seit einem Jahr oder noch länger.«
»Halten Sie das Maul, Blakely!« schrie Jones heiser.
Schweigen.
Dann sagte Grey: »Oberstleutnant, seit wann werden die Gewichte benutzt?«

»Keine Ahnung.«
»Seit einem Jahr? Seit zwei Jahren?«
»Woher soll ich das wissen? Wenn die Gewichte tatsächlich gefälscht sind, dann hat das doch nichts mit mir zu tun!«
»Aber Sie besitzen den Schlüssel, und Sie schließen sie doch ein, oder nicht?«
»Schon, aber das bedeutet doch nicht ...«
»Haben Sie je die Gewichte von unten angesehen?«
»Nein, aber ...«
»Das ist doch reichlich sonderbar, finden Sie nicht?« unterbrach ihn Grey erbarmungslos.
»Nein, das ist es nicht, und ich lasse mich nicht ins Kreuzverhör nehmen von einem ...«
»Erzählen Sie besser die Wahrheit, in Ihrem eigenen Interesse.«
»Drohen Sie mir etwa, Leutnant? Ich lasse Sie vor ein Kriegsgericht stellen ...«
»Das dürfte kaum gehen, Oberstleutnant. Ich bin rechtmäßig hier, und die Gewichte sind gefälscht worden, oder nicht?«
»Jetzt hören Sie doch mal, Grey ...«
»Sind sie nicht gefälscht worden?« Grey hob das Gewicht hoch und hielt es Jones vor das blutleere Gesicht, das jetzt gar nichts Jungenhaftes mehr an sich hatte.
»Ich – nehme es – an«, antwortete Jones, »aber das bedeutet nicht ...«
»Es bedeutet, daß entweder Blakely oder Sie dafür verantwortlich sind. Vielleicht alle beide. Sie sind die einzigen, die hier Zugang haben. Die Gewichte sind zu leicht, und entweder einer von Ihnen oder beide haben die Sonderration genommen.«
»Ich bin es nicht gewesen, Sir«, wimmerte Blakely. »Ich habe nur ein Pfund alle zehn ...«
»Lügner!« schrie Jones.
»O nein, das bin ich nicht. Ich habe Ihnen tausendmal gesagt, daß man uns erwischen wird.« Er drehte sich zu Grey um und rang die Hände. »Bitte, Sir, bitte, verraten Sie nichts. Die Leute würden uns in Stücke reißen.«

»Sie Schweinehund, hoffentlich tun sie es.« Grey freute sich, daß er die falschen Gewichte entdeckt hatte. Und wie er sich freute.

Jones zog seine Zigarettendose heraus und begann sich eine Zigarette zu drehen. »Möchten Sie eine?« fragte er, und das Jungengesicht war plötzlich spitz und seltsam kränklich und lächelte zögernd.

»Nein, danke.« Grey hatte seit vier Tagen keine Zigarette mehr geraucht und brauchte eine.

»Wir können alles klarkriegen«, sagte Jones, und seine Jungenhaftigkeit und seine gute Erziehung kehrten zurück. »Vielleicht hat tatsächlich jemand die Gewichte gefälscht, aber die Menge ist unbedeutend. Ich kann leicht andere Gewichte beschaffen, richtige . . .«

»Sie geben also zu, daß sie gefälscht sind.«

»Ich sage doch nur, Grey . . .« Jones hielt inne. »Gehen Sie hinaus, Blakely. Warten Sie draußen.«

Sofort drehte Blakely sich zur Tür um.

»Bleiben Sie stehen, wo Sie sind, Blakely«, befahl Grey. Dann sah er wieder zu Jones hinüber, und sein Benehmen wurde wieder ehrerbietig. »Es besteht doch keinerlei Notwendigkeit, daß Blakely hinausgeht, nicht wahr, Sir?«

Jones sah ihn durch den Zigarettenqualm hindurch forschend an und antwortete dann: »Nein. Wände haben keine Ohren. Also gut. Sie bekommen ein Pfund Reis die Woche.«

»Ist das alles?«

»Sagen wir also zwei Pfund die Woche und ein halbes Pfund Stockfisch. Einmal die Woche.«

»Keinen Zucker? Oder Eier?«

»Beides geht ans Lazarett. Das wissen Sie doch.«

Jones wartete, und Grey wartete, und Blakely schluchzte im Hintergrund. Dann steckte Grey das Gewicht ein und wandte sich zum Gehen.

»Grey, nur einen Augenblick.« Jones nahm zwei Eier und bot sie ihm an. »Hier, Sie kriegen jede Woche eines, zusammen mit den übrigen Lebensmitteln. Und etwas Zucker.«

»Ich will Ihnen sagen, was ich tun werde, Oberstleutnant. Ich werde zu Oberst Smedly-Taylor hinabgehen und ihm erzählen, was Sie gesagt haben, und ich werde ihm die Gewichte zeigen – und falls es eine Bohrlochparty gibt, und ich bitte Gott darum, daß es eine gibt, werde ich dabeisein, und dann werde ich Sie hinabschieben, aber nicht zu schnell, weil ich Sie sterben sehen möchte. Ich möchte Sie schreien hören und Sie sterben sehen – sehr lange. Sie beide.«

Dann ging er aus der Baracke in die Sonne hinaus, und die Tageshitze traf ihn wie ein Schlag, und der schneidende Schmerz rumorte in seinem Innern. Aber er riß seine ganze Willenskraft zusammen und zwang sich, weiterzugehen, und begann, sich langsam den Berg hinabzuschleppen.

Jones und Blakely an der Tür der Verpflegungsbaracke sahen hinter ihm her. Und beide waren verzweifelt.

»Großer Gott, Sir. Was passiert jetzt?« wimmerte Blakely. »Man wird uns aufhängen.«

Jones riß ihn in die Baracke zurück, knallte die Tür zu und schlug ihm mit dem flachen Handrücken brutal ins Gesicht. »Halten Sie die Schnauze!«

Blakely saß stammelnd am Boden, und Tränen liefen ihm über das Gesicht, so daß Jones ihn hochriß und ihm erneut ins Gesicht schlug, daß es laut knallte.

»Nicht schlagen, Sie haben kein Recht, mich zu schlagen ...«

»Halten Sie das Maul und hören Sie zu.« Jones schüttelte ihn. »Hören Sie zu, Sie verdammter Idiot. Der Teufel soll Sie holen. Ich habe Ihnen schon tausendmal gesagt, Sie sollen an Greys Inspektionstag die richtigen Gewichte benutzen, Sie verdammter, unfähiger Idiot. Hören Sie mit dem Gewinsel auf und hören Sie mir zu. Erstens, Sie leugnen ab, daß überhaupt etwas gesagt wurde. Ich habe Grey kein Angebot gemacht. Kapiert?«

»Aber, Sir ...«

»Sie sollen es leugnen, verstanden?«

»Jawohl, Sir.«

»Gut. Wir werden beide leugnen, und wenn Sie dabei bleiben, werde ich uns aus der Scheiße heraushauen.«

»Können Sie das? Können Sie das wirklich, Sir?«
»Ich kann es, wenn Sie leugnen. Weiter. Sie wissen nichts von den Gewichten, und ich weiß auch nichts. Verstanden?«
»Aber wir sind doch die einzigen, die ...«
»Verstanden?«
»Jawohl, Sir.«
»Weiter. Hier ist nichts geschehen, außer daß Grey die falschen Gewichte entdeckt hat, und Sie und ich sind genauso erstaunt gewesen wie er. Verstanden?«
»Aber ...«
»Erzählen Sie mir jetzt, was geschehen ist. Sie verdammter Idiot, reden Sie!« brüllte Jones, der hoch über ihm aufragte.
»Wir – wir waren eben mit der Prüfung fertig, und da – da fiel Grey gegen die Waage, und die Gewichte fielen um, und – und dann entdeckten wir, daß die Gewichte gefälscht waren. Ist es so in Ordnung?«
»Was geschah weiter?«
»Moment, Sir.« Blakely dachte einen Augenblick nach, dann leuchtete sein Gesicht auf. »Grey fragte uns wegen der Gewichte aus, aber ich hatte nie bemerkt, daß sie gefälscht waren, und Sie waren ebenso überrascht. Dann ging Grey weg.«
Jones bot ihm etwas Tabak an. »Sie haben vergessen, was Grey gesagt hat. Erinnern Sie sich nicht? Er hat gesagt: ›Wenn Sie mir nebenbei etwas Reis, ein Pfund die Woche, und ein oder zwei Eier geben, dann werde ich die Sache nicht melden.‹ Und dann erklärte ich ihm, er solle zum Teufel gehen, und ich würde selbst melden, daß die Gewichte gefälscht worden sind, und ich würde auch ihn melden, und ich war vor Entsetzen über die falschen Gewichte ganz außer mir. Wie sind sie in die Verpflegungsbaracke gekommen? Wer ist das Schwein gewesen?«
Blakelys kleine Augen weiteten sich mehr und mehr vor Bewunderung. »Jawohl, Sir, ich erinnere mich deutlich. Er verlangte ein Pfund Reis und ein oder zwei Eier. Genau wie Sie gesagt haben.«
»Dann behalten Sie es auch, Sie Einfaltspinsel! Wenn Sie die

richtigen Gewichte benutzt und das Maul gehalten hätten, säßen wir jetzt nicht in der Patsche. Lassen Sie mich nicht noch mal im Stich, sonst schiebe ich Ihnen die Schuld in die Schuhe. Ihre Aussage steht dann gegen meine.«

»Ich werde nichts mehr verpatzen, Sir. Ich verspreche ...«

»Unsere Aussage wird sowieso gegen die Greys stehen. Machen Sie sich also keine Sorgen. Wenn Sie nicht den Kopf verlieren und alles wieder vergessen!«

»Ich werde es nicht vergessen, Sir. Bestimmt nicht!«

»Gut.« Jones verschloß den Safe und die Vordertür der Baracke und ging.

Jones ist ein gerissener Bursche, redete Blakely sich ein, er wird uns heraushauen. Jetzt war der Schock über ihre Entdeckung abgeklungen, und er fühlte sich sicherer. Jawohl, und Jones muß den eigenen Kopf retten, um deinen aus der Schlinge zu ziehen. Jawohl, Blakely, Alter, du bist selbst klug, jedenfalls klug genug, um dafür zu sorgen, daß du ihn in der Hand behältst, nur für den Fall, daß er dich hintergehen will.

Oberst Smedly-Taylor untersuchte eingehend und nachdenklich das Gewicht.

»Erstaunlich«, sagte er. »Ich kann es einfach nicht glauben.« Er blickte schroff auf. »Wollen Sie mir im Ernst erzählen, daß Oberstleutnant Jones Ihnen angeboten hat, Sie zu bestechen? Mit Lagerverpflegung?«

»Jawohl, Sir. Es war genau so, wie ich es Ihnen erzählt habe.«

Smedly-Taylor setzte sich auf sein Bett in dem kleinen Bungalow und wischte sich den Schweiß ab, denn es war heiß und drückend. »Ich glaube es nicht«, wiederholte er und schüttelte den Kopf.

»Die beiden waren die einzigen, die Zugang zu den Gewichten hatten ...«

»Das weiß ich. Ich will ja nicht Ihr Wort in Zweifel ziehen, Grey, es ist nur so, nun, so unglaublich.«

Smedly-Taylor schwieg lange Zeit, und Grey wartete geduldig.

»Grey.« Der Oberst untersuchte noch immer das Gewicht und

das winzige Loch darin, während er fortfuhr. »Ich werde mir überlegen, was in der Angelegenheit zu geschehen hat. Die ganze Sache ist voller Gefahren. Sie dürfen niemandem etwas sagen, niemandem, verstanden?«

»Jawohl, Sir.«

»Mein Gott, wenn es wirklich so ist, wie Sie sagen, die Männer würden glatt massakriert.« Wieder schüttelte Smedly-Taylor den Kopf. »Daß die beiden – daß Oberstleutnant Jones – die Lagerverpflegung. Und jedes Gewicht ist gefälscht?«

»Jawohl, Sir.«

»Was glauben Sie, um wieviel sie insgesamt zu leicht sind?«

»Keine Ahnung, vielleicht um ein Pfund auf vierhundert Pfund. Vermutlich haben die beiden jeden Tag drei oder vier Pfund Reis gutgemacht. Den Stockfisch oder die Eier gar nicht gerechnet. Vielleicht sind noch andere in die Geschichte verwickelt – es muß ja so sein. Sie können doch nicht Reis kochen, ohne daß es bemerkt wird. Wahrscheinlich ist auch eine Küche hineinverwickelt.«

»Mein Gott!« Smedly-Taylor stand auf und begann auf und ab zu gehen. »Danke, Grey, Sie haben großartige Arbeit geleistet. Ich werde dafür sorgen, daß es in Ihre Personalakte eingetragen wird.« Er streckte die Hand aus. »Ein Meisterstück, Grey.«

Grey drückte ihm fest die Hand. »Danke, Sir. Tut mir nur leid, daß ich es nicht schon früher entdeckt habe.«

»Nochmals, zu niemandem ein Wort darüber. Das ist ein Befehl!«

»Zu Befehl.«

Er salutierte, machte eine Kehrtwendung und ging weg, und seine Füße berührten kaum den Boden.

Kaum zu fassen, daß Smedly-Taylor gesagt hatte: »Ich werde dafür sorgen, daß es in Ihre Personalakte eingetragen wird!« Vielleicht werde ich sogar befördert, dachte Grey plötzlich voll Hoffnung. Im Lager hatte es schon einige Beförderungen gegeben, und er konnte weiß Gott den höheren Rang brauchen. Hauptmann Grey. Hörte sich ganz gut an. Hauptmann Grey!

Der Nachmittag schleppte sich langsam dahin. Für Peter Marlowe war es nicht einfach, die Leute auch ohne Arbeit auf den Beinen zu halten, deshalb teilte er Furagiergruppen ein und wechselte die Wachen, denn Torusumi schlief schon wieder. Die Hitze war erbarmungslos, die Luft ausgetrocknet, und jeder verfluchte die Sonne und betete um die Nacht.

Endlich wachte Torusumi auf, erleichterte sich im Unterholz, nahm sein Gewehr und begann auf und ab zu gehen, um den Schlaf zu vertreiben und munter zu werden. Er brüllte einige Männer an, die pennten, und schrie Peter Marlowe zu: »Ich bitte Euch, scheucht diese Söhne von Schweinen auf, jagt sie herum und laßt sie arbeiten oder doch zumindest so tun, als ob sie arbeiteten.«

Peter Marlowe ging zu ihm hin. »Es tut mir leid, daß Ihr ungehalten seid.« Dann wandte er sich an den Unteroffizier. »Verdammt noch mal, Sie wissen doch, daß Sie ihn hätten im Auge behalten sollen. Machen Sie den verdammten Idioten Beine, lassen Sie sie ein Loch graben oder die verdammten Bäume da drüben fällen oder Palmwedel schlagen, Sie verdammter Idiot.«

Der Unteroffizier zeigte sich reumütig, wie es sich gehörte, und in allerkürzester Zeit hatte er die Leute dazu gebracht, sich zu tummeln und so zu tun, als wären sie fleißig bei der Arbeit. Sie hatten es zur Meisterschaft darin gebracht.

Einige Kokosnußschalen wurden zusammengetragen, einige Palmwedel aufgestapelt und die ersten Sägeschnitte an einigen Bäumen gemacht. Wenn sie mit der gleichen Geschwindigkeit Tag für Tag weiterarbeiteten, dann würde bald die ganze Gegend sauber und eben sein.

Der Unteroffizier meldete sich müde bei Peter Marlowe zurück. »Alle sind beschäftigt, so gut es geht, Sir.«

»Gut. Wir haben nicht mehr lange.«

»Ich möchte Sie gern was fragen, Sir. Würden Sie – würden Sie etwas für mich tun?«

»Was?«

»Wissen Sie, es ist so. Ich weiß, daß Sie – eh ...« Verlegen

wischte er sich den Mund ab. Aber die Gelegenheit war zu günstig, als daß er sie sich entgehen lassen durfte.
»Sehen Sie sich das an.« Er zog einen Füllfederhalter heraus. »Würden Sie mal versuchen, ob der Nip ihn kaufen will?«
»Wollen Sie damit sagen, daß ich ihn für Sie verkaufen soll?« Peter Marlowe starrte ihn an.
»Jawohl, Sir. Es ist – eh – ich habe gedacht, Sie sind doch ein Freund des King, und da wissen Sie doch – vielleicht wissen Sie, wie man das anfängt.«
»Es ist gegen die Lagergesetze, etwas an Posten zu verkaufen, sowohl gegen unsere Gesetze als auch gegen ihre.«
»Ach Quatsch, Sir. Mir können Sie vertrauen. Schließlich sind Sie und der King . . .«
»Was ist mit mir und dem King?«
»Nichts, Sir«, antwortete der Unteroffizier vorsichtig. Was ist mit dem Hund los? Wen versucht er an der Nase herumzuführen? »Ich habe mir gedacht, Sie könnten mir vielleicht helfen. Und natürlich auch meiner Einheit.«
Peter Marlowe sah den Unteroffizier und den Füllfederhalter an und fragte sich, warum er so zornig geworden war. Schließlich hatte er tatsächlich für den King verkauft – oder doch zumindest für den King zu verkaufen versucht –, und es entsprach ja auch den Tatsachen, daß er ein Freund des King war. Und daran war nichts Unrechtes. Wenn der King nicht wäre, dann hätten sie nie den Abschnitt bekommen. Und höchstwahrscheinlich müßte er jetzt ein zerschlagenes Kinn oder mindestens ein von Ohrfeigen angeschwollenes Gesicht pflegen. Deshalb sollte er wirklich den Ruf des King noch weiter festigen. Er hat dir schließlich die Kokosnüsse beschafft.
»Was wollen Sie dafür?«
Der Unteroffizier grinste. »Nun ja, ein Parker ist es nicht, aber er hat eine Goldfeder«, und dabei schraubte er den Deckel ab und zeigte sie, »deshalb müßte sie schon was wert sein. Vielleicht könnten Sie mal hören, was er dafür geben will.«
»Er wird wissen wollen, was Sie dafür verlangen. Ich werde ihn fragen, aber Sie müssen schon einen Preis festsetzen.«

»Wenn Sie – fünfundsechzig Dollar dafür bekommen könnten, wäre ich froh.«
»Ist er soviel wert?«
»Ich denke schon.«
Die Feder hatte eine mit vierzehn Karat abgestempelte Goldspitze, und soweit Peter Marlowe das beurteilen konnte, war sie echt. Nicht wie die andere Feder.
»Woher haben Sie ihn?«
»Er gehört mir, Sir. Ich habe ihn für schlimme Zeiten aufgehoben. Und in letzter Zeit war es schlimm.«
Peter Marlowe nickte kurz. Er glaubte dem Mann. »Also gut, ich will sehen, was ich tun kann. Behalten Sie die Leute im Auge, und sorgen Sie dafür, daß eine Wache ausgestellt ist.«
»Keine Bange, Sir. Die Burschen werden kein Augenlid zucken lassen.«
Peter Marlowe entdeckte Torusumi gegen einen stämmigen Baum gelehnt, der dicht von Ranken umschlungen war. »Tabe«, grüßte er.
»Tabe.« Torusumi warf einen Blick auf seine Armbanduhr und gähnte. »Noch eine Stunde, dann können wir gehen. Es ist noch nicht soweit.« Er nahm die Mütze ab und wischte sich den Schweiß von Gesicht und Hals. »Diese stinkende Hitze und diese stinkende Insel.«
»Ja.« Peter Marlowe versuchte, die Worte gewichtig klingen zu lassen, so als redete der King und nicht er. »Einer der Männer besitzt einen Federhalter, den er verkaufen möchte. Mir ist eingefallen, daß Ihr als mein Freund ihn vielleicht kaufen wollt.«
»Astaghfaru'llah! Ist es ein Parka?«
»Nein.« Peter Marlowe zog den Füllfederhalter aus der Tasche, schraubte die Kappe ab und hielt die Federspitze so, daß sie das Sonnenlicht einfing. »Aber er hat eine Goldfeder.«
Torusumi untersuchte sie. Er war enttäuscht, daß es kein Parker war, aber das wäre auch zuviel verlangt gewesen. Jedenfalls auf dem Flugplatz. Den Verkauf eines Parker würde der King persönlich in die Hand nehmen.

»Das Ding ist nicht viel wert«, erklärte er.
»Natürlich. Wenn es für Euch nicht in Betracht kommt . . .« Peter Marlowe steckte den Füllfederhalter wieder in die Tasche.
»Ich kann es ja in Erwägung ziehen. Vielleicht können wir die Stunde damit verbringen, über einen solch wertlosen Gegenstand zu verhandeln.« Er zuckte die Achseln. »Das Ding könnte fünfundsiebzig Dollar wert sein.«
Peter Marlowe war verwundert, daß gleich das erste Angebot so hoch war. Der Unteroffizier kann keine Ahnung von seinem Wert haben. Mein Gott, wenn ich bloß wüßte, wieviel das Ding wirklich wert ist.
So saßen sie also und feilschten. Torusumi wurde zornig, und Peter Marlowe war hart, und sie einigten sich schließlich auf einhundertzwanzig Dollar und eine Packung Kooa.
Torusumi stand auf und gähnte wieder. »Es ist Zeit zu gehen.« Er lächelte. »Der King ist ein guter Lehrer. Wenn ich ihn das nächste Mal sehe, werde ich ihm erzählen, wie Ihr aus meiner Freundschaft Vorteil geschlagen und so hart mit mir gehandelt habt.« Er schüttelte in gespieltem Selbstmitleid den Kopf. »Ein solcher Preis für einen so elenden Füllfederhalter! Der King wird bestimmt über mich lachen. Erzählt ihm, ich bitte Euch, sagt ihm, ich werde heute in sieben Tagen auf Wache sein. Vielleicht hat er bis dahin eine Uhr für mich. Diesmal – eine gute!«
Peter Marlowe war zufrieden, daß er sein erstes wirkliches Geschäft sicher und offensichtlich zu einem anständigen Preis abgeschlossen hatte. Aber er war in Gewissensnot. Gab er dem Unteroffizier alles Geld, dann würde der King sich gewaltig aufregen. Dadurch würde das Preisgefüge erschüttert, das der King so sorgfältig aufgebaut hatte. Und Torusumi würde bestimmt den Füllfederhalter und dessen Preis dem King gegenüber erwähnen. Gab er dem Unteroffizier jedoch nur das, was er verlangt hatte, und behielt den Rest für sich, dann war das Betrug, oder vielleicht doch nicht? Ist es nur ein gutes »Geschäft«? Der Unteroffizier hatte doch wirklich nur fünfund-

sechzig verlangt, und das sollte er auch bekommen. Und Peter Marlowe schuldete dem King wahrhaftig eine ganze Menge Geld.
Er wünschte, er hätte sich nie in das blödsinnige Geschäft eingelassen. Jetzt saß er in der Falle, die er selbst gestellt hatte. Peter, das Schlimme bei dir ist, daß du dich selbst viel zu wichtig nimmst. Hättest du dem Unteroffizier mit Nein geantwortet, dann säßest du jetzt nicht in der Patsche. Was willst du jetzt tun? Was du auch tust, es ist immer das Falsche!
Er schlenderte langsam zurück und dachte nach. Der Unteroffizier hatte die Männer bereits antreten lassen und nahm Peter erwartungsvoll beiseite. »Alle sind bereit, Sir, und ich habe die Werkzeuge kontrolliert.« Er senkte die Stimme. »Hat er ihn gekauft?«
»Ja.« Dann traf Peter Marlowe die Entscheidung. Er schob die Hand in die Tasche und gab dem Unteroffizier das Banknotenbündel. »Hier. Fünfundsechzig Dollar.«
»Verdammt, Sir, Sie sind großartig!« Er nahm einen Fünfdollarschein und hielt ihn ihm hin. »Ich schulde Ihnen einen Dollar fünfzig.«
»Sie schulden mir gar nichts!«
»Zehn Prozent gehören Ihnen. Das ist ganz normal, und ich zahle sie gern. Ich werde Ihnen eineinhalb Dollar zahlen, sobald ich Kleingeld habe.«
Peter Marlowe schob die Banknote zurück. »Nein«, wehrte er ab und empfand plötzlich ein Schuldgefühl.
»Ich bestehe darauf«, erklärte der Unteroffizier und drückte ihm den Geldschein wieder in die Hand.
»Hören Sie, Unteroffizier . . .«
»Nehmen Sie wenigstens die fünf. Ich käme mir schrecklich vor, Sir, wenn Sie es nicht täten. Schrecklich. Ich kann Ihnen nicht genug danken.«
Auf dem ganzen Weg zum Flugplatz zurück war Peter Marlowe schweigsam. Er kam sich mit dem ungeheuren Banknotenbündel in der Tasche unsauber vor, aber gleichzeitig wußte er, daß er das Geld dem King schuldete, und er freute sich, es

zu besitzen, denn er würde dafür etwas Außergewöhnliches für die Einheit kaufen. Und der einzige Grund dafür, daß der Unteroffizier sich an ihn gewandt hatte, bestand in seiner Beziehung zum King, und der King, nicht der Unteroffizier, war sein Freund. Die ganze elende Geschichte ging ihm noch immer unablässig im Kopf herum, als er seine Baracke erreichte.

»Grey will Sie sprechen, Peter«, sagte Ewart.

»Warum?«

»Keine Ahnung. Aber er schien über etwas verärgert.«

Peter Marlowes müdes Hirn stellte sich auf die neue Gefahr ein. Es mußte etwas mit dem King zu tun haben. Grey bedeutete Ärger. Schnell nachdenken, Peter, nachdenken. Das Dorf? Die Uhr? Der Diamant? Ach ja, mein Gott, der Füllfederhalter? Aber nein, das ist doch Blödsinn. Er kann noch gar nichts davon wissen. Soll ich zum King gehen? Vielleicht weiß er, um was es geht. Gefährlich. Vielleicht hat Grey es nur deshalb zu Ewart gesagt, um mich zu zwingen, einen Fehler zu machen. Er muß gewußt haben, daß ich auf einem Arbeitseinsatz war.

Es hat keinen Sinn, wie ein Lamm zum Schlächter zu gehen, wenn man verschwitzt und schmutzig ist. Eine Dusche, dann schlendere ich zur Gefängnisbaracke hinauf. Ich lasse mir Zeit.

Er ging also zur Dusche. Johnny Hawkins stand unter einer Brause. »Hallo, Peter«, begrüßte Hawkins ihn.

Peter Marlowe wurde plötzlich von einem Schuldgefühl überfallen, das ihm das Blut ins Gesicht trieb. »Hallo, Johnny.« Hawkins sah krank aus. »Sagen Sie mal, Johnny, ich – es tut mir so leid ...«

»Ich möchte nicht darüber reden«, unterbrach Hawkins. »Ich wäre dankbar, wenn Sie es nie erwähnen würden.«

Weiß er, fragte Peter Marlowe sich erschrocken, daß ich einer derjenigen bin, die – gegessen haben? Selbst jetzt noch – war es erst gestern gewesen? – erregte der plötzlich auftauchende Gedanke Übelkeit: Kannibalismus. Er kann es nicht wissen, bestimmt nicht, denn sonst hätte er versucht, mich umzubringen. Ich weiß, daß ich es tun würde, wenn ich an seiner Stelle wäre. Würde ich es wirklich tun?

Mein Gott, wohin sind wir geraten. Alles, was falsch scheint, ist richtig und umgekehrt. Es ist einfach zuviel, um es zu begreifen. Viel zuviel. Blödsinnige, verkorkste Welt. Und die sechzig Dollar und die Packung Kooa, die ich verdient und gleichzeitig gestohlen – oder gemacht habe . . ., was ist damit? Soll ich sie zurückgeben? Das wäre völlig falsch.
»Marlowe!« Er drehte sich um und sah Grey mit bösem Gesicht neben der Dusche stehen.
»Es wurde Ihnen ausgerichtet, daß Sie sich bei mir melden sollen, wenn Sie zurückkommen!«
»Es wurde mir ausgerichtet, daß Sie mich sprechen wollen. Sofort nach der Dusche wollte ich zu Ihnen gehen . . .«
»Ich habe den Befehl hinterlassen, daß Sie sich sofort bei mir melden sollen.« Er lag ein dünnes Lächeln auf Greys Gesicht. »Aber das spielt jetzt keine Rolle. Sie stehen unter Barackenarrest.«
In den Duschabteilen herrschte tödliche Stille, und alle Offiziere sahen zu und lauschten.
»Aus welchem Grund?«
Grey genoß die Besorgnis, die er aufzucken sah. »Wegen Mißachtung von Befehlen.«
»Von welchen Befehlen?«
»Das wissen Sie ebensogut wie ich.« So ist's richtig! Schwitze nur! Dein schuldiges Gewissen wird dir ein wenig Unruhe bereiten – falls du überhaupt ein Gewissen besitzt, was ich bezweifle. »Sie sollen sich nach dem Abendessen bei Oberst Smedly-Taylor melden. Und Sie sollen wie ein Offizier gekleidet sein, nicht wie eine verdammte Hure!«
Peter Marlowe drehte die Brause zu, schlüpfte in seinen Sarong, schlang mit geschickter Drehung den Knoten und spürte deutlich die neugierig starrenden Blicke der anderen Offiziere. Sein Hirn war in wildem Aufruhr, er fragte sich, welcher Ärger ihn erwartete, aber er suchte seine Besorgnis zu verbergen. Warum sollte er Grey die Genugtuung verschaffen?
»Sie sind wirklich schlecht erzogen, Grey. Ein Langweiler«, sagte er.

»Ich habe heute viel über Erziehung gelernt, Sie verdammter Schurke«, versetzte Grey. »Ich bin froh, daß ich nicht zu Ihrer stinkenden Klasse gehöre, Sie verkommenes Schwein. Alles Winkeladvokaten, Betrüger, Diebe . . .«

»Zum letzten Mal, Grey. Halten Sie das Maul, sonst werde ich es Ihnen stopfen, bei Gott!«

Grey versuchte sich zu beherrschen. Er wollte sich auf der Stelle diesem Mann entgegenwerfen. Er konnte ihn besiegen, er wußte, daß er es konnte. Jederzeit. Ob er die Ruhr hatte oder nicht! »Wenn wir je lebend aus der Scheiße herauskommen, dann werde ich nach Ihnen suchen. Als allererstes. Als allerallererstes.«

»Wird mir ein Vergnügen sein. Wenn Sie mich aber bis dahin je wieder beleidigen, machen Sie mit der Peitsche Bekanntschaft.«

Peter Marlowe wandte sich an die anderen Offiziere. »Sie alle haben es gehört. Ich habe ihn gewarnt. Ich lasse mir von diesem Affen allerniedrigster Sorte keine Flüche und Beschimpfungen gefallen.« Er drehte sich schnell zu Grey um. »Kommen Sie mir jetzt nicht mehr nahe.«

»Wie kann ich das, wo Sie doch ein Gesetzesbrecher sind?«

»Gegen welches Gesetz habe ich verstoßen?«

»Melden Sie sich nach dem Abendessen bei Oberst Smedly-Taylor. Und denken Sie daran, Sie stehen unter Barackenarrest, bis Sie sich melden.«

Grey entfernte sich. Der größte Teil seiner freudigen Erregung war verpufft. Es war blödsinnig gewesen, Marlowe zu beschimpfen. Blödsinnig, denn es hatte keine Notwendigkeit dafür bestanden.

# 18

Als Peter Marlowe vor Oberst Smedly-Taylors Bungalow ankam, war Grey bereits da.
»Ich werde dem Oberst melden, daß Sie gekommen sind«, sagte Grey.
»Zu liebenswürdig von Ihnen.« Peter Marlowe fühlte sich unbehaglich. Voll Zorn hatte er sich ein Luftwaffenkäppi ausgeliehen. Voll Zorn trug er das zerfetzte, aber saubere Hemd. Sarongs sind doch soviel bequemer, sagte er bei sich, soviel vernünftiger. Und als er an Sarongs dachte, fiel ihm der nächste Tag ein. Am nächsten Tag sollte das Geld übergeben werden. Für den Diamanten. Morgen sollte Shagata das Geld bringen, und in drei Tagen dann wieder das Dorf. Vielleicht Sulina . . .
Du bist blöd, an sie zu denken. Behalte deine fünf Sinne beisammen, du wirst sie brauchen.
»So, Marlowe. Stillgestanden«, befahl Grey.
Peter Marlowe nahm stramme Haltung an und marschierte aufrecht und straff auf das Zimmer des Obersten zu. Als er an Grey vorbeikam, flüsterte er: »Sie krummer Hund!«, und fühlte sich danach ein wenig wohler, und dann stand er vor Oberst Smedly-Taylor. Er grüßte zackig und sah durch ihn hindurch.
Smedly-Taylor saß hinter einem groben Schreibtisch, die Mütze auf dem Kopf, das Ausgehstöckchen auf dem Tisch, sah Peter Marlowe kalt an und erwiderte den Gruß mit peinlicher Förmlichkeit. Er bildete sich etwas darauf ein, wie er die Lagerdisziplin aufrechterhielt. Sein ganzes Handeln war Heer. Genau nach der Heeresdienstvorschrift.
Er musterte den jungen Mann, der vor ihm stand – in strammer Haltung. Gut, dachte er bei sich, das wenigstens spricht zu seinen Gunsten. Einen Augenblick verharrte er noch in Schweigen, wie es seine Gewohnheit war. Immer zuerst den Angeklagten aus der Fassung bringen. Schließlich redete er.
»Nun, Leutnant Marlowe? Was haben Sie zu Ihrer Verteidigung zu sagen?«

»Nichts, Sir. Ich weiß nicht, wessen ich angeklagt bin.«
Oberst Smedly-Taylor warf Grey einen überraschten Blick zu und sah dann stirnrunzelnd zu Peter Marlowe zurück. »Vielleicht übertreten Sie so viele Gesetze, daß es Ihnen Schwierigkeiten bereitet, sich daran zu erinnern. Sie sind gestern ins Gefängnis gegangen. Das ist gegen die Lagerordnung. Sie haben keine Armbinde getragen. Das ist gegen die Lagerordnung.«
Peter Marlowe war erleichtert. Es ging also nur ums Gefängnis. Aber warte doch mal – was ist mit dem Essen?
»Reden Sie«, sagte der Oberst knapp, »waren Sie dort oder nicht?«
»Jawohl, Sir.«
»Sie wußten doch, daß Sie damit gegen zwei Vorschriften der Lagerordnung verstießen?«
»Jawohl, Sir.«
»Warum sind Sie ins Gefängnis gegangen?«
»Ich habe nur einige Leute besucht.«
»So?« Der Oberst wartete und fragte dann bissig: »Nur einige Leute besucht?«
Peter Marlowe antwortete nicht, sondern wartete einfach ab. Dann kam es.
»Der Amerikaner war ebenfalls im Gefängnis. Waren Sie bei ihm?«
»Zeitweise. Das verstößt gegen kein Gesetz, Sir. Aber ich habe – gegen die beiden Vorschriften verstoßen.«
»Welche Torheiten haben Sie beide ausgeheckt?«
»Keine, Sir.«
»Sie geben also zu, daß Sie beide von Zeit zu Zeit bei irgendwelchen Schurkereien gemeinschaftlich tätig sind?«
Peter Marlowe war wütend auf sich selbst, daß er nicht überlegte, bevor er antwortete, obwohl er doch wußte, daß er es hier mit einem Mann zu tun hatte, mit einem feinen Mann, der außerhalb seines eigenen Kreises stand. »Nein, Sir.« Er sah den Obersten voll an. Aber er sagte nichts. Das ist eine Regel: Wenn man vor einem Vorgesetzten steht, dann antwortet man nur mit »Nein, Sir« und »Jawohl, Sir« und sagt die Wahrheit.

Es ist eine unumstößliche Regel, daß Offiziere stets die Wahrheit sagen, und hier stand er, wider all sein überkommenes Erbe, wider alles, was er als richtig kannte, und erzählte Lügen und Halbwahrheiten. Das war grundfalsch. Aber war es das tatsächlich?

Oberst Smedly-Taylor begann jetzt das Spiel, das er schon so oft gespielt hatte. Für ihn war es leicht, mit einem Mann zu spielen und ihn dann abzuschlachten, wenn es ihm gefiel. »Sehen Sie, Marlowe«, sagte er und machte ganz auf väterlich, »mir ist gemeldet worden, daß Sie Umgang mit unerwünschten Elementen haben. Es wäre klug, wenn Sie Ihre Stellung als Offizier und Gentleman berücksichtigen würden. Nehmen wir doch mal den Umgang – mit dem Amerikaner. Er ist Schwarzhändler. Bis jetzt ist er noch nicht gefaßt worden, aber wir wissen es, und deshalb müssen auch Sie es wissen. Ich würde Ihnen raten, diese Verbindung zu beenden. Natürlich kann ich es Ihnen nicht befehlen, aber raten kann ich es Ihnen.«

Peter Marlowe sagte nichts und blutete innerlich. Der Oberst hatte ja mit seinen Worten völlig recht, und dennoch, der King war doch sein Freund, und sein Freund verpflegte ihn und half nicht nur ihm, sondern auch seiner Einheit, und außerdem war er ein feiner Kerl. Ja, fein war er.

Peter Marlowe wollte rufen: »Sie irren sich, es ist mir völlig egal. Ich mag ihn, er ist ein guter Mensch, wir haben viel Spaß miteinander gehabt und viel gelacht«, und gleichzeitig wollte er die Geschäfte eingestehen, wollte das Dorf eingestehen, wollte den Diamanten eingestehen und wollte das heutige Geschäft eingestehen. Aber Peter Marlowe sah vor seinem geistigen Auge den King hinter Gittern, seiner Größe beraubt. Deshalb wappnete er sich, um sich an einer Beichte zu hindern.

Smedly-Taylor fiel es leicht, den Aufruhr in dem jungen Mann vor sich wahrzunehmen. Wie leicht hätte er sagen können: »Warten Sie draußen, Grey«, und dann: »Hören Sie mal, mein Junge. Ich verstehe durchaus Ihre Lage. Mein Gott, schließlich habe ich fast so lange, wie ich überhaupt zurückdenken kann, ein Regiment bemuttern müssen. Ich kenne das Problem

– Sie wollen Ihren Freund nicht verraten. Das ist lobenswert. Aber Sie sind Berufsoffizier, aus Tradition – denken Sie an Ihre Familie und an die Generationen von Offizieren, die dem Land gedient haben. Denken Sie an sich selbst. Ihre Ehre steht auf dem Spiel. Sie müssen die Wahrheit sagen, so lautet das Gesetz.« Und dann hätte er mit einem kleinen, durch Generationen vererbten Seufzer fortfahren können: »Vergessen wir den Unsinn mit dem Verstoß gegen die Lagerordnung und mit dem Gefängnis. Ich habe es selbst schon getan. Mehrmals. Aber wenn Sie sich mir anvertrauen wollen ...« Und er würde die Worte mit gerade der richtigen Menge Nachdruck in der Luft hängen lassen, und die Geheimnisse des King würden herauskommen, und der King würde im Lagergefängnis sitzen – aber welchen Zweck hätte das?

Im Augenblick hatte der Oberst größere Sorgen – die Gewichte. Das konnte zu einer Katastrophe von unermeßlichem Ausmaß werden.

Oberst Smedly-Taylor wußte, daß er von diesem ihm ganz ausgelieferten Jungen stets jede gewünschte Auskunft erhalten konnte – er kannte seine Pappenheimer ja so gut. Er wußte, daß er ein kluger Kommandeur war – bei Gott, das mußte er nach so langer Zeit ja auch sein –, und die oberste Regel lautete, sich stets die Achtung seiner Offiziere zu bewahren, sie so lange nachsichtig zu behandeln, bis sie wirklich ernstlich aus der Reihe tanzten, dann einen davon als Lehre für andere erbarmungslos verschlingen. Aber man mußte den richtigen Zeitpunkt wählen und den richtigen Offizier.

»Also gut, Marlowe«, erklärte er fest. »Ich bestrafe Sie mit einer Geldstrafe von einer Monatslöhnung. Ich will den Vorfall nicht in Ihre Personalakte eintragen, und wir reden nicht mehr darüber. Aber verstoßen Sie nicht noch einmal gegen irgendwelche Vorschriften.«

»Danke, Sir.« Peter Marlowe grüßte und trat weg und war heilfroh, dem Verhör entronnen zu sein. Er war nahe daran gewesen, alles auszuplaudern. Der Oberst war ein netter und freundlicher Mann und allgemein für seine Fairneß bekannt.

»Quält Sie das Gewissen?« fragte Grey vor dem Bungalow, als er den Schweiß bemerkte.
Peter Marlowe antwortete nicht. Er war noch immer aufgeregt und ungeheuer erleichtert, daß er davongekommen war.
Der Oberst rief laut: »Grey! Kann ich Sie einen Augenblick sprechen?«
»Jawohl, Sir.« Grey sah Peter Marlowe ein letztes Mal an. Eine Monatslöhnung! Nicht gerade sehr viel, wenn man berücksichtigte, daß der Oberst ihn in der Zange gehabt hatte. Grey war überrascht und ärgerte sich nicht schlecht, daß Marlowe so leicht davongekommen war. Andererseits kannte er aber Smedly-Taylor von anderen Fällen her, und er wußte, daß der Oberst zäh wie eine Bulldogge war und daß er mit Männern wie mit Fischen spielte. Er mußte einen Plan haben, daß er Marlowe so leicht hatte davonkommen lassen.
Grey ging um Peter Marlowe herum und trat wieder ein.
»Eh . . ., schließen Sie die Tür, Grey.«
»Jawohl, Sir.«
Als sie allein waren, sagte Oberst Smedly-Taylor: »Ich habe mit Oberstleutnant Jones und Unteroffizier Blakely gesprochen.«
»Ja, Sir?« Jetzt kommen wir endlich voran!
»Ich habe beide ab heute ihrer Pflichten entbunden«, erklärte der Oberst und spielte mit dem Gewicht.
Greys Lächeln war breit. »Jawohl, Sir.« Wann würde wohl das Kriegsgericht stattfinden, wie würde es ablaufen, würde es unter Ausschluß der Öffentlichkeit tagen, und würden die beiden degradiert? Bald würden alle im Lager wissen, daß er, Grey, sie bei ihrem Betrug erwischt hatte; er, Grey, war der Schutzengel des Lagers, mein Gott, es würde herrlich sein.
»Und wir werden die Angelegenheit vergessen.«
Greys Lächeln verschwand. »Wie bitte?«
»Jawohl. Ich habe beschlossen, die Angelegenheit zu vergessen. Und Sie werden das gleiche tun. Ich wiederhole noch einmal meinen Befehl. Sie werden es keinem Menschen gegenüber erwähnen, und Sie werden es vergessen.«

Grey war so verdattert, daß er auf das Bett sank und den Oberst fassungslos anstarrte. »Aber das können wir doch nicht tun, Sir!« brach es aus ihm heraus. »Wir haben die beiden auf frischer Tat ertappt. Wie sie Lagerverpflegung stahlen. Das ist Ihr Essen und mein Essen. Und sie haben versucht, mich zu bestechen. Mich zu bestechen!« Seine Stimme überschlug sich. »Himmeldonnerwetter, ich habe sie erwischt, sie sind Diebe, sie verdienen es, gehängt und gevierteilt zu werden.«

»Stimmt.« Oberst Smedly-Taylor nickte ernst. »Aber ich denke, daß es unter den gegebenen Umständen das klügste ist.«

Grey sprang auf. »Das können Sie nicht tun! Sie können sie doch nicht ungestraft laufen lassen! Sie können doch nicht...«

»Erzählen Sie mir nicht, was ich kann oder nicht kann.«

»Entschuldigung«, sagte Grey und kämpfte um seine Selbstbeherrschung. »Aber, Sir, die Leute sind Diebe. Ich habe sie erwischt. Sie haben das Gewicht . . .«

»Ich habe beschlossen, die Angelegenheit auf sich beruhen zu lassen.« Seine Stimme klang ruhig. »Die Sache ist erledigt.«

Grey gingen die Nerven durch. »Bei Gott, sie ist nicht erledigt. Dafür werde ich sorgen. Die Hunde haben gefressen, während wir Kohldampf geschoben haben! Sie haben es verdient, durch den Wolf gedreht zu werden! Und ich bestehe darauf . . .«

Smedly-Taylors Stimme übertönte das hysterische Kreischen. »Halten Sie's Maul, Grey! Sie können auf gar nichts bestehen. Die Angelegenheit ist abgeschlossen.«

Smedly-Taylor seufzte tief, nahm ein Stück Papier vom Schreibtisch und sagte: »Das ist Ihr offizieller Bericht. Heute habe ich etwas hinzugefügt. Ich will es Ihnen vorlesen. ›Leutnant Grey hat als Sicherheitsoffizier der Lagerpolizei ausgezeichnete Arbeit geleistet, so daß ich ihn nachdrücklich empfehlen möchte. Seine Pflichtauffassung und seine Leistungen sind ohne jeden Zweifel hervorragend. Ich möchte empfehlen, ihm den Rang eines Hauptmanns zu verleihen.‹« Er sah vom Papier auf. »Ich schlage vor, wir schicken das heute an den Lagerkommandanten mit der Empfehlung ab, Ihre Beförderung vom heutigen Tage an wirksam werden zu lassen.« Er lächelte.

»Sie wissen natürlich, daß er die Berechtigung besitzt, Sie zu befördern. Meine Glückwünsche, Hauptmann Grey. Sie haben es verdient.« Er streckte Grey die Hand hin.
Aber Grey nahm sie nicht. Er schaute sie nur an, sah dann auf das Papier und begriff. »Sie verkommenes Schwein! Sie wollen mich kaufen. Sie sind genauso schlecht – vielleicht haben Sie auch von dem Reis gegessen. Verdammt, Sie Schwein, Sie schmutziges, verkommenes Stück Scheiße . . .«
»Halten Sie das Maul, Sie verdammter kleiner Korinthenkakker! Stillgestanden! Stillgestanden, habe ich gesagt!«
»Sie stecken mit den Hunden unter einer Decke, und ich werde dafür sorgen, daß keiner von Ihnen ungeschoren davonkommt.« Grey brüllte, riß das Gewicht vom Tisch und trat zurück. »Ihnen kann ich bis jetzt noch nichts beweisen, aber hier habe ich den Beweis gegen die beiden anderen. Das Gewicht . . .«
»Was ist mit dem Gewicht, Grey?«
Grey brauchte eine Ewigkeit, bis er auf das Gewicht sah. Der Boden war glatt und unbeschädigt.
»Ich habe gefragt: Was ist mit dem Gewicht?«
Einfältiger Tropf, dachte Smedly-Taylor verächtlich, während er beobachtete, wie Grey das Loch suchte. Was für ein Narr! Ich könnte ihn zum Frühstück vernaschen, ohne es zu merken.
»Es ist nicht das, was ich Ihnen gegeben habe«, preßte Grey erstickt hervor. »Es ist nicht dasselbe. Es ist nicht dasselbe.«
»Sie irren sich. Es ist dasselbe.« Der Oberst war ganz ruhig.
Mit gütiger und besorgter Stimme fuhr er fort: »Wissen Sie, Grey, Sie sind noch ein junger Mann. Wenn ich richtig unterrichtet bin, wollen Sie nach dem Krieg bei der Armee bleiben. Das ist gut. Wir können intelligente, hart arbeitende Offiziere brauchen. Berufsoffiziere haben ein wunderbares Leben. Bestimmt. Und Oberst Samson hat mir erzählt, wie sehr er Sie schätzt. Wie Sie wissen, sind wir befreundet. Ich bin sicher, daß ich ihn veranlassen könnte, meine Empfehlung zu unterstützen, Ihnen das Berufsoffizierspatent zu erteilen. Sie sind einfach überarbeitet, und das ist begreiflich. Es sind schreck-

liche Zeiten. Ich glaube aber, es ist klug, wenn wir die Angelegenheit fallenlassen. Es wäre höchst unklug, das Lager in einen Skandal zu verwickeln. Wirklich höchst unklug. Ich bin sicher, daß Sie die Weisheit dieser Entscheidung einsehen werden.«

Er wartete und verachtete Grey. Genau im richtigen Augenblick – er war schließlich Fachmann – sagte er: »Soll ich die Empfehlung für Beförderung zum Hauptmann an den Lagerkommandanten abschicken?«

Grey drehte sich langsam zu dem Papier um und betrachtete es voll Entsetzen. Er wußte, daß der Oberst geben oder die Hand verschließen konnte, und da er geben oder die Hand verschließen konnte, war es ihm auch möglich, zu vernichten. Grey wußte, daß er geschlagen war. Geschlagen. Er versuchte zu reden, aber sein Elend war so groß, daß er nicht sprechen konnte. Er nickte und hörte Smedly-Taylor sagen: »Gut, Sie können als sicher annehmen, daß Ihre Beförderung zum Hauptmann bestätigt wird. Ich bin sicher, daß meine und Oberst Samsons Empfehlung nach dem Krieg bei der Entscheidung über Ihre Beförderung zum Berufsoffizier sehr gewichtig sein wird«, und er merkte, wie er das Zimmer verließ, wie ein Schlafwandler zur Gefängnisbaracke hinaufging und den Militärpolizisten entließ, und es war ihm gleichgültig, daß der andere ihn anstarrte, als wäre er plötzlich übergeschnappt. Dann stand er allein im Innern der Gefängnisbaracke. Er verschloß die Tür und setzte sich auf den Rand der Pritsche in der Zelle, und sein ganzes Elend brach auf einmal aus ihm hervor, und er weinte.

Gebrochen.

Zerschmettert.

Tränen liefen ihm über Gesicht und Hände. Seine Gedanken rasten, von Entsetzen gepeitscht, zuckten vor dem Abgrund zum Unbekannten zurück, stürzten dann in die Ewigkeit ...

Als Grey wieder zu sich kam, lag er auf einer Tragbahre, die von zwei Militärpolizisten getragen wurde. Dr. Kennedy stampfte vor ihm her. Grey wußte, daß er starb, aber es war

ihm gleichgültig. Dann sah er den King am Wegrand stehen und auf sich herunterblicken.
Grey bemerkte die sauberen, polierten Schuhe, die Bügelfalten in der Hose, die aktive Kooa, das wohlgenährte Gesicht. Und er erinnerte sich, daß er noch eine Aufgabe zu erledigen hatte. Er konnte noch nicht sterben. Noch nicht. Er konnte es nicht, solange der King frisch gebügelt und poliert und wohlgenährt daherkam. Er konnte es nicht, solange der Diamant noch auf dem Spiel stand. Bei Gott, er konnte es nicht!

»Am besten hören wir jetzt auf zu spielen«, meinte Oberst Smedly-Taylor eben. »Wir dürfen nicht die Vorstellung verpassen.«
»Sie können es wohl nicht erwarten, wieder mal ein Auge voll von Sean zu nehmen«, neckte Jones, der seine Karten zurechtsteckte. »Zwei Karo.« Selbstgefällig eröffnete er das Spiel.
»Sie stehen mit dem Teufel im Bund«, knurrte Sellars scharf. »Zwei Pik!«
»Passe.«
»Man muß nicht immer mit dem Teufel im Bund stehen, Kamerad«, entgegnete Smedly-Taylor mit dünnem Lächeln. Seine Granitaugen waren auf Jones gerichtet. »Sie waren heute ziemlich ungeschickt.«
»Das war ausgesprochenes Pech.«
»Für Pech gibt es keine Entschuldigung«, versetzte Smedly-Taylor und studierte seine Karten. »Sie hätten nachprüfen müssen. Sie haben sich als unfähig erwiesen, als Sie nicht nachgeprüft haben.«
»Ich habe doch schon gesagt, daß es mir leid tut. Glauben Sie vielleicht, ich hätte nicht selbst gemerkt, wie idiotisch das von mir war? Ich werde es nie wieder tun. Nie. Ich hatte noch nie erlebt, was es heißt, in Panik versetzt zu werden.«
»Zwei ohne Trumpf.« Smedly-Taylor lächelte Sellars an. »Damit hätten wir den Rubber, Kamerad.« Dann wandte er sich wieder an Jones. »Ich habe empfohlen, daß Samson Ihre Stelle übernimmt – Sie brauchen eine ›Erholung‹. Damit wird Grey

von der Witterung abgelenkt – ach ja, und Unteroffizier Donovan wird Samsons Verpflegungsunteroffizier sein.« Er lachte kurz auf. »Es ist schade, daß wir das System ändern müssen, aber das spielt keine Rolle. Wir müssen nur dafür sorgen, daß Grey an den Tagen beschäftigt ist, an denen die falschen Gewichte benutzt werden.« Er blickte zu Sellars hinüber. »Das wird Ihre Aufgabe sein.«

»Sehr gut.«

»Ach, ich habe übrigens Marlowe mit einer Monatslöhnung bestraft. Er ist doch in einer Ihrer Baracken, nicht wahr?«

»Jawohl«, bestätigte Sellars.

»Ich habe ihn weich angefaßt, er ist ein guter Mann, kommt aus guter Familie – ganz anders als der gemeine Schurke Grey. Verdammt, der Kerl hat vielleicht Nerven, bildet sich ein, ich würde mich für seine Übernahme als Berufsoffizier einsetzen. Das ist genau die Sorte, die wir beim Heer nicht brauchen. Um Himmels willen nicht! Wenn er das Berufsoffizierspatent bekommt, dann nur über meine Leiche.«

»Ich gebe Ihnen völlig recht«, sagte Sellars voll Abscheu. »Aber Marlowe hätten Sie ruhig drei Monatslöhne aufbrummen sollen. Er kann es sich leisten. Der verdammte Amerikaner hat das ganze Lager in der Hand.«

»Im Augenblick schon.« Smedly-Taylor knurrte, prüfte noch einmal seine Karten und versuchte, seinen Fehler zu vertuschen.

»Haben Sie etwas gegen ihn in Händen?« fragte Jones tastend. Dann setzte er hinzu: »Drei Karo.«

»Zum Teufel mit Ihnen!« knurrte Sellars. »Vier Pik.«

»Passe.«

»Sechs Pik«, rief Smedly-Taylor.

»Haben Sie wirklich nichts gegen den Amerikaner in Händen?« fragte Jones erneut.

Oberst Smedly-Taylor behielt sein ausdrucksloses Gesicht. Er wußte von dem Diamantring, und er hatte gehört, daß ein Geschäft abgeschlossen worden war und daß der Ring bald den Besitzer wechseln würde. Und wenn das Geld erst im Lager war, nun, ein Plan war bereits ausgeheckt – ein guter Plan, ein sicherer Plan, ein privater Plan –, wie er in den Besitz des Geldes kommen würde. Deshalb brummte er nur, lächelte sein dünnes Lächeln und sagte leichthin: »Wenn ich etwas hätte, würde ich es bestimmt nicht Ihnen erzählen. Ihnen kann man nicht trauen.«

Als Smedly-Taylor lächelte, lächelten alle erleichtert.

Peter Marlowe und Larkin tauchten in den Strom von Männern ein, der zum Freilichttheater hinfloß.

Die Bühnenbeleuchtung war schon eingeschaltet, und der Mond schien. Das Theater faßte zweitausend Leute. Die Sitze, die fächerförmig von der Bühne wegliefen, bestanden aus Brettern, die auf den Stümpfen von Kokospalmen lagen. Jede Aufführung wurde an fünf Abenden gegeben, so daß jeder im Lager sie mindestens einmal sehen konnte. Die Sitze wurden nach dem Los verteilt, und es wurden immer hohe Preise dafür bezahlt.

Die meisten Reihen waren bereits gedrängt voll, außer den vordersten Reihen, wo die Offiziere saßen. Die Offiziere saßen immer vor den Gemeinen und kamen später. Nur die Amerikaner folgten diesem Brauch nicht.

»He, Sie beide«, rief der King laut. »Wollen Sie sich zu uns setzen?«

Er saß auf dem beliebten Platz am Mittelgang.

»Na, ich möchte schon gerne, aber Sie wissen ja ...«, druckste Peter Marlowe unbehaglich.

»Ja. Schon gut, bis später also.«

Peter Marlowe warf einen Blick auf Larkin und erkannte, daß auch er es nicht für richtig hielt, daß man sich nicht zu seinen Freunden setzte, wenn man es eigentlich wollte – aber gleichzeitig war es eben auch nicht richtig, dort zu sitzen.

»Eh ..., wollen Sie sich hierhersetzen, Oberst?« fragte er und reichte damit den Schwarzen Peter weiter und haßte sich selbst dafür, daß er den Schwarzen Peter weiterreichte.

»Warum nicht?« fragte Larkin dagegen.

Sie setzten sich in größter Verlegenheit, empfanden deutlich ihr Versagen und die erstaunt auf sie gerichteten Blicke.
»He, Oberst!« Brough beugte sich vor, und ein Lächeln verzog sein Gesicht in tausend winzige Fältchen. »Man wird Ihnen den Schädel abreißen. Schlecht für die Disziplin und so weiter.«
»Wenn ich mich hierhersetzen will, setze ich mich hierher.« Aber Larkin wünschte, er hätte nicht so bereitwillig zugestimmt.
»Wie geht's, Peter?« erkundigte sich der King.
»Danke, gut.« Peter Marlowe versuchte sein Unbehagen zu überwinden. Er hatte das Gefühl, als sähen alle zu ihm her. Bis jetzt hatte er dem King noch nichts vom Verkauf des Füllfederhalters erzählt und auch nichts davon, daß er von Smedly-Taylor getadelt worden war, und von dem Streit, in den er beinahe mit Grey geraten wäre . . .
»'n Abend, Marlowe.«
Er blickte auf und fuhr erschrocken zusammen, als er Smedly-Taylor vorbeigehen sah. Mit kalt und hart blickenden Augen.
»'n Abend, Sir«, antwortete er matt. Ach du lieber Gott, dachte er. Jetzt ist es passiert.
Plötzlich steigerte sich die Erregung, als der Lagerkommandant den Gang hinabging und sich in die allererste Reihe setzte. Die Lichter wurden abgeblendet. Der Vorhang teilte sich. Auf der Bühne saß die fünfköpfige Lagerkapelle, und in der Mitte der Bühne stand Phil, der Kapellmeister. – Applaus.
»Guten Abend«, begann Phil. »Heute abend stellen wir ein neues Stück von Frank Parrish mit dem Titel *Dreieck* vor, das im London der Vorkriegszeit spielt. Als Stars treten Frank Parrish, Brod Rodrick und der einzige und einmalige Sean Jennison auf . . .«
Tumultartige Hochrufe. Lautes Beifallsgebrüll. Pfiffe. Schreie. »Wo ist Sean?« und »Welcher Krieg?« und »Mann, ein Heimatschuß« und »Fangt schon an« und »Wir wollen Sean!«
Phil gab ein Zeichen mit dem Taktstock, und die Ouvertüre begann.

Jetzt, als die Vorstellung begonnen hatte, ließ Peter Marlowes Spannung ein wenig nach.

Dann geschah es.

Dino stand plötzlich neben dem King und flüsterte ihm drängend etwas ins Ohr. »Wo?« hörte Peter Marlowe den King sagen. Dann: »In Ordnung, Dino. Verschwinde zur Baracke zurück.«

Der King beugte sich herüber. »Wir müssen gehen, Peter.« Sein Gesicht war angespannt, die Stimme kaum mehr als ein Hauch. »Ein gewisser Bursche möchte mich sprechen.«

Oh, mein Gott! Shagata! Was jetzt? »Wir können doch nicht einfach aufstehen und weggehen«, sagte Peter Marlowe unbehaglich.

»Verdammt, natürlich können wir das. Wir haben beide einen Ruhranfall. Kommen Sie schon.« Der King ging bereits den Gang hinauf. Peter Marlowe spürte deutlich die erstaunten Blicke im Rücken, als er dem King nacheilte.

Sie trafen Shagata im Schatten hinter der Bühne. Auch er war nervös. »Ich bitte Euch um Vergebung für mein schlechtes Benehmen, daß ich so plötzlich nach Euch geschickt habe, aber es ist etwas Schlimmes passiert. Eine Dschunke unseres gemeinsamen Freundes wurde abgefangen, und im Augenblick wird er wegen Schmuggel von der elenden Polizei verhört.« Shagata fühlte sich ohne sein Gewehr verloren und wußte genau, daß man ihn für drei Wochen in den fensterlosen Kasten werfen würde, wenn er außerhalb der Dienstzeit im Lager erwischt wurde. »Mir ist der Gedanke gekommen, daß unser Freund uns mit hineinziehen könnte, wenn er brutal verhört wird.«

»Scheiße«, ächzte der King.

Mit unsicheren Fingern nahm er die angebotene Kooa, und zu dritt gingen sie tiefer in den Schatten hinein.

»Da Ihr ein Mann von Erfahrung seid – dachte ich«, redete Shagata hastig weiter, »Ihr könntet vielleicht einen Plan haben, wie wir uns herauswinden können.«

»Der hat Hoffnungen«, sagte der King.

Seine Gedanken rasten vorwärts und rückwärts, und sie gaben

ihm immer wieder die gleiche Antwort. Abwarten und vor Angst bibbern.

»Peter. Fragen Sie ihn mal, ob Cheng San auf der Dschunke war, als sie angehalten wurde.«

»Er sagt nein.«

Der King seufzte. »Dann kann Cheng San sich vielleicht herauswinden.« Er dachte wieder nach und sagte dann: »Verdammt, das einzige, was wir tun können, ist abwarten. Sagen Sie ihm, er soll nicht den Kopf verlieren. Er soll irgendwie Cheng San überwachen und herausfinden, ob er quatscht. Er muß uns sofort Nachricht geben, wenn die gottverdammte Chose platzt.«

Peter Marlowe übersetzte.

Shagata zog die Luft durch die Zähne ein. »Ich bin tief beeindruckt, daß Ihr beide so ruhig seid, während ich vor Furcht bebe, denn wenn ich ertappt werde, kann ich von Glück reden, wenn man mich zuerst erschießt. Ich will tun, wie Ihr sagt. Wenn Ihr erwischt werdet, dann versucht bitte, mich nicht hineinzuziehen. Ich werde versuchen, das gleiche zu tun.« Sein Kopf zuckte herum, als ein leiser Warnpfiff ertönte. »Ich muß Euch verlassen. Wenn alles gut geht, halten wir uns an den Plan.« Eilig stieß er Peter Marlowe die Packung Kooa in die Hand. »Ich weiß nichts von Euch und Euren Göttern, aber ich werde bestimmt mit den meinen reden, lange und eindringlich, in unserem gemeinsamen Interesse.«

Dann war er verschwunden.

»Und was geschieht, wenn Cheng San die Katze aus dem Sack läßt?« fragte Peter Marlowe, der einen schmerzhaften Druck im Magen spürte. »Was können wir unternehmen?«

»Ausreißen.« Der King zündete sich zitternd eine neue Zigarette an und lehnte sich dann gegen die Seitenwand des Theaters und drückte sich in die Schatten. »Lieber das als die Utramstraße.«

Hinter ihnen endete die Ouvertüre unter lautem Applaus, Hochrufen und Gelächter, aber sie hörten weder den Applaus noch die Hochrufe noch das Gelächter.

Rodrick stand hinter den Kulissen, sah finster auf die Bühnenarbeiter, die die Bühne für das Schauspiel herrichteten, und jagte und hetzte sie.

»Major!« Mike lief eilig zu ihm hin. »Sean hat wieder mal 'nen Anfall. Er heult sich die verdammten Augen aus dem Kopf!«

»Ach du lieber Gott! Was ist denn passiert? Er war doch noch vor einer Minute in Form«, sagte Rodrick wütend.

»Ich weiß es nicht genau«, erklärte Mike dumpf.

Rodrick fluchte und hastete davon. Besorgt klopfte er an die Garderobentür. »Sean, ich bin es. Kann ich hineinkommen?«

Durch die Tür erklang gedämpftes Schluchzen. »Nein. Geh weg. Ich trete nicht auf. Ich kann es einfach nicht.«

»Sean. Es ist doch alles in Ordnung. Du bist nur übermüdet. Das ist alles. Sieh mal ...«

»Geh weg und laß mich allein«, schrie Sean hysterisch durch die Tür. »Ich gehe nicht auf die Bühne!«

Rodrick versuchte die Tür zu öffnen, aber sie war verschlossen. Schnell lief er auf die Bühne zurück. »Frank!«

»Was willst du?« Frank hockte schweißbedeckt und gereizt hoch oben auf einer Leiter und reparierte eine Lampe, die nicht brennen wollte.

»Komm runter! Ich muß mit dir reden ...«

»Um Himmels willen, siehst du denn nicht, daß ich beschäftigt bin? Tu es selbst, was es auch sein mag«, fauchte er. »Muß ich denn alles machen? Ich muß mich noch umziehen und bin noch nicht geschminkt!« Er sah wieder zum Bühnensteg hinauf. »Versuchen Sie mal die andere Schalterreihe, Duncan. Machen Sie schon, Mann. Beeilen Sie sich.«

Rodrick hörte den immer mehr anschwellenden Chor ungeduldiger Pfiffe vor dem Vorhang. Was mache ich jetzt, fragte er sich verzweifelt. Er wandte sich wieder der Garderobe zu. Da sah er Peter Marlowe und den King am Seitenausgang stehen. Er lief die Treppe hinab. »Marlowe. Sie müssen mir helfen!«

»Was ist los?«

»Es geht um Sean. Er hat wieder mal einen Anfall schlechter

Laune«, begann Rodrick atemlos. »Weigert sich aufzutreten. Würden Sie mit ihm reden? Bitte. Ich kann nichts mit ihm anfangen. Bitte, reden Sie mit ihm. Tun Sie es?«

»Aber ...«

»Sie brauchen nicht mal eine Sekunde dazu«, unterbrach Rodrick. »Sie sind meine letzte Hoffnung. Bitte. Ich mache mir wegen Sean schon seit Wochen Sorgen. Seine Rolle wäre schon für eine Frau schwer zu spielen, und erst recht ...« Er brach ab und sagte dann schwach: »Bitte, Marlowe. Ich habe Angst um ihn. Sie würden uns alle einen großen Dienst erweisen.«

Peter Marlowe zögerte. »Also gut.«

»Ich kann Ihnen gar nicht genug danken, alter Junge.« Rodrick fuhr sich über die Stirn und ging durch den Höllenspektakel voran zur Rückseite des Theaters, Peter Marlowe folgte widerwillig im Schlepp. Der King ging geistesabwesend hinterher, seine Gedanken waren immer noch damit beschäftigt, wie und wann und wo er den Ausbruch wagen sollte.

Sie standen in dem kleinen Gang. Voll Unbehagen klopfte Peter Marlowe an. »Ich bin es, Peter. Kann ich reinkommen, Sean?«

Sean hörte ihn durch den Nebel von Entsetzen; zusammengesunken lag er mit dem Kopf auf den Armen auf dem Frisiertisch. Er stand auf und riegelte die Tür auf; die Tränen zogen Bahnen in sein Make-up. Peter Marlowe trat zögernd in den Ankleideraum. Sean schloß die Tür.

»Ach, Peter. Ich kann einfach nicht mehr. Mich hat es umgehauen. Ich bin fertig«, sagte Sean hilflos. »Ich kann nicht mehr so tun als ob, ich kann es nicht mehr. Ich bin verloren, verloren. Lieber Gott, hilf mir doch!« Er vergrub das Gesicht in den Händen. »Was soll ich nur tun? Ich kann es nicht mehr ertragen. Ich bin nichts. Nichts!«

»Schon gut, Sean, Menschenskind«, sagte Peter Marlowe von tiefem Mitleid ergriffen. »Du brauchst dir doch keine Sorgen zu machen. Du bist sehr wichtig. Die wichtigste Person im ganzen Lager, wenn die Wahrheit bekannt würde.«

»Ich möchte, ich wäre tot.«

»Das ist zu einfach.«

Sean drehte sich um und sah ihn an. »Sieh mich an. Um Himmels willen, sieh mich an! Was bin ich? Sag mir, um Gottes willen, was bin ich?«

Ob er wollte oder nicht, Peter Marlowe sah nur ein Mädchen vor sich, ein Mädchen in ergreifender Qual. Und das Mädchen trug einen weißen Rock und Schuhe mit hohen Absätzen, und die langen Beine steckten in Seidenstrümpfen, und unter der Bluse sah man die Schwellung von Brüsten.

»Du bist eine Frau, Sean«, sagte er hilflos. »Gott mag wissen wie – oder warum –, aber du bist es tatsächlich.«

Und dann wich das Entsetzen von Sean und der Haß auf sich selbst und die Qual. »Danke, Peter«, sagte Sean. »Ich danke dir von ganzem Herzen.«

Ein zaghaftes Klopfen an der Tür ertönte. »In zwei Minuten beginnt die Vorstellung«, rief Frank besorgt durch die Tür. »Kann ich reinkommen?«

»Einen Augenblick.« Sean ging zum Frisiertisch, wischte sich die Tränenspuren ab, besserte das Make-up aus und starrte auf sein Spiegelbild.

»Komm rein, Frank.«

Der Anblick Seans verschlug Frank wie immer den Atem. »Du siehst großartig aus«, sagte er. »Geht's?«

»Ja. Ich glaube, ich habe mich ein bißchen dumm benommen. Entschuldigung.«

»Du bist einfach überarbeitet«, erwiderte Frank und verbarg seine Besorgnis. Er warf einen Blick zu Peter Marlowe hinüber. »Hallo. Freut mich, Sie zu sehen.«

»Hallo.«

»Frank, mach dich jetzt lieber fertig«, sagte Sean. »Mir geht es jetzt wieder gut.«

Frank fühlte sich ganz von dem Lächeln des Mädchens durchdrungen und verfiel automatisch in die Schablone, die er und Rodrick vor drei Jahren geschaffen und seither immer wieder bitter bereut hatten. »Du wirst wunderbar sein, Betty«, sagte er und schloß Sean in die Arme. »Ich bin stolz auf dich.«

Aber jetzt waren die beiden plötzlich anders als all die zahllosen Male vorher, sie waren plötzlich Mann und Frau, und Sean lehnte sich entspannt gegen Frank und bedurfte seiner mit jeder Faser seines Wesens. Und Frank wußte es.
»Wir – wir treten in einer Minute auf«, sagte er mit unsicherer Stimme und war über die Plötzlichkeit des in ihm aufsteigenden Verlangens erschüttert. »Ich – ich muß mich fertigmachen.« Er ging weg.
»Ich – eh . . ., gehe jetzt wohl am besten auf meinen Platz zurück«, sagte Peter Marlowe tief beunruhigt. Er hatte den zwischen den beiden überspringenden Funken mehr gefühlt als gesehen.
»Ja.« Aber Sean bemerkte Peter Marlowe kaum.
Eine letzte Prüfung des Make-up, und dann wartete Sean hinter den Kulissen auf sein Stichwort, von der üblichen, mit Entsetzen gemischten Ekstase gepackt. Dann trat Sean hinaus und *wurde*. Die Hochrufe und die Bewunderung und die Begierde überströmten *sie* – Augen folgten, als *sie* sich setzte und *ihre* Beine übereinanderschlug, als *sie* ging und redete – Augen griffen nach *ihr*, berührten *sie*, berauschten sich an *ihr*. *Sie* und die Augen wurden eins.

»Major«, sagte Peter Marlowe, als er, der King und Rodrick hinter den Kulissen standen und zusahen, »was soll die Geschichte mit Betty?«
»Ach, das ist nur ein Teil der ganzen Scheiße«, antwortete Rodrick düster. »Das ist der Name von Seans Rolle für diese Woche. Wir – Frank und ich – haben Sean immer mit dem Namen der Rolle angeredet, die er gerade spielte.«
»Warum?« fragte der King.
»Um ihm zu helfen, in die Rolle hineinzuwachsen.«
Rodrick sah wieder auf die Bühne hinaus und wartete auf sein Stichwort. »Es hat als Spiel angefangen«, sagte er bitter, »und jetzt ist es ein abscheulicher Scherz. Wir schufen diese – diese Frau. Gott helfe uns. Wir sind verantwortlich dafür.«
»Warum?« fragte Peter Marlowe langsam.

»Nun, Sie erinnern sich doch, wie schwer es auf Java war.« Rodrick sah den King an. »Weil ich vor dem Krieg Schauspieler war, wurde mir die Aufgabe übertragen, das Lagertheater aufzubauen.« Er ließ den Blick zur Bühne schweifen, zu Frank und Sean. Etwas Seltsames um diese beiden heute abend, dachte er. Kritisch beobachtete er ihren Auftritt und erkannte, daß beide inspiriert waren. »Frank war außer mir der einzige Berufsschauspieler im Lager, und wir begannen zu arbeiten und Aufführungen vorzubereiten. Als es soweit war, mußte natürlich jemand die weiblichen Rollen spielen. Es meldete sich niemand freiwillig, und deshalb wurden von oben zwei oder drei bestimmt. Einer davon war Sean. Er wehrte sich erbittert dagegen, aber Sie wissen ja selbst, wie hartnäckig höhere Offiziere sind. ›Jemand muß schließlich ein Mädchen spielen, zum Donnerwetter‹, so redeten sie auf ihn ein. ›Sie sind jung genug, um wie ein Mädchen zu wirken. Sie rasieren sich höchstens einmal die Woche, und es geht ja nur darum, für eine Stunde Frauenkleider anzuziehen. Denken Sie daran, wie wichtig das für die Stimmung sein wird.‹ Und wenn Sean auch tobte und fluchte und bettelte, es half ihm nichts.

Sean bat mich, ihn nicht anzunehmen. Nun, es kommt nichts dabei heraus, wenn man mit jemandem arbeitet, der nicht will, und deshalb versuchte ich zu erreichen, daß man ihn wieder aus der Schauspielgruppe entließ. ›Bedenken Sie‹, sagte ich bei der Lagerleitung, ›Schauspielen, das ist eine große seelische Belastung . . .‹

›Papperlapapp‹, fertigte man mich ab. ›Welcher Schaden kann daraus entstehen?‹

›Die Tatsache, daß er eine Frau spielt, könnte ihn innerlich verbiegen. Wenn er auch nur im geringsten veranlagt ist . . .‹

›Lauter dummes Zeug‹, wehrte man ab. ›Ihr verdammten Theaterfritzen seid sowieso im Kopf verdreht. Aber Unteroffizier Jennison? Unmöglich. Nicht dran zu tippen. Verdammt guter Jägerpilot! Hören Sie, Major, die Sache ist erledigt. Sie erhalten hiermit den Befehl, ihn in Ihre Gruppe aufzunehmen, und er erhält den Befehl, zu spielen!‹

Frank und ich versuchten also, Sean zu besänftigen, aber er schwor, er würde die schlechteste Schauspielerin auf der ganzen Welt sein und bestimmt dafür sorgen, daß er nach dem ersten entsetzlichen Auftritt rausgeworfen würde. Wir erklärten ihm, daß uns das vollkommen egal wäre. Sein erster Auftritt war schrecklich. Aber danach schien er es nicht mehr so sehr zu hassen. Zu seiner eigenen Überraschung begann er sogar Gefallen daran zu finden. So fingen wir also richtig zu arbeiten an. Es war gut, daß man etwas zu tun hatte – das lenkte die Gedanken ab von der beschissenen Verpflegung und dem beschissenen Lager. Wir brachten ihm bei, wie eine Frau redet und geht und sitzt, wie sie raucht und trinkt und sich kleidet und sogar, wie sie denkt. Um ihn bei Laune zu halten, begannen wir dann die Spiegelfechterei. Wenn wir im Theater waren, standen wir bei seinem Eintritt immer auf, rückten ihm einen Stuhl zurecht, nun ja, Sie wissen ja, wir behandelten ihn eben wie eine richtige Frau. Zuerst war der Versuch aufregend, die Illusion aufrechtzuerhalten und dafür zu sorgen, daß Sean nie beim An- oder Auskleiden gesehen wurde, dafür zu sorgen, daß seine Kostüme ihn zwar immer verhüllten, aber doch genug ahnen ließen. Wir bekamen sogar eine Sondergenehmigung, daß er einen Raum für sich allein haben durfte. Mit eigener Dusche.

Dann brauchte er plötzlich keine Unterstützung mehr. Er war auf der Bühne eine so vollkommene Frau, wie man es überhaupt nur sein kann.

Aber ganz allmählich begann die Frau ihn auch außerhalb des Theaters zu beherrschen, nur merkten wir es nicht. Inzwischen hatte sich Sean das Haar ziemlich lang wachsen lassen – die Perücken, über die wir verfügten, taugten nämlich nicht allzuviel. Dann begann er, ständig Frauenkleider zu tragen. Und eines Nachts versuchte jemand, ihn zu vergewaltigen.

Danach hätte Sean fast den Verstand verloren. Er versuchte, die Frau in sich zu unterdrücken, aber es gelang ihm nicht. Dann versuchte er, Selbstmord zu begehen. Natürlich wurde es vertuscht. Aber das half ihm nichts. Es machte alles nur noch

schlimmer, und Sean verfluchte uns, daß wir ihm das Leben gerettet hatten.
Einige Monate später gab es einen neuen Vergewaltigungsversuch. Daraufhin begrub Sean sein männliches Ich völlig. ›Ich kämpfe nicht mehr dagegen an‹, erklärte er. ›Ihr habt gewollt, daß ich eine Frau werde, jetzt glauben alle, daß ich eine bin. Also gut. Ich werde eine sein. In mir fühle ich, daß ich eine bin. Deshalb ist es nicht mehr nötig, nur so zu tun. Ich *bin* eine Frau, und man wird mich als solche behandeln.‹
Frank und ich versuchten, ihn zur Vernunft zu bringen und ihm den Kopf zurechtzusetzen, aber wir kamen gar nicht an ihn heran. Deshalb sagten wir uns, es wäre nur vorübergehend, und eines Tages würde Sean wieder ganz normal sein. Sean wirkte tatsächlich großartig auf die Moral der Gefangenen, und wir wußten, daß wir nie jemanden bekommen könnten, der auch nur ein Zehntel so gut wie Sean die Frauenrollen spielen würde. Deshalb zuckten wir die Achseln und setzten das Spiel fort.
Armer Sean. Er ist ein wunderbarer Mensch. Wäre er nicht gewesen, hätten Frank und ich längst den Geist aufgegeben.«
Tosender Beifall klang auf, als Sean von der anderen Seite her wieder auf die Bühne trat. »Sie haben keine Ahnung, was Applaus mit einem anrichten kann«, sagte Rodrick halb zu sich selbst, »Applaus und Verehrung. Das kann man nicht begreifen, wenn man es nicht selbst erlebt hat. Da draußen auf der Bühne. Man kann es nicht begreifen. Es ist phantastisch aufregend, eine erschreckende, furchterregende, wunderschöne Droge. Und sie wird Sean immer wieder eingegeben. Immer wieder. Das und die Begierde – Ihre, meine, unser aller männliche Begierde.«
Rodrick wischte sich den Schweiß von Gesicht und Händen. »Wir tragen die Verantwortung dafür, Gott vergebe uns.«
Sein Stichwort kam, und er ging auf die Bühne hinaus.
»Sollen wir auf unsere Plätze zurückkehren?« fragte Peter Marlowe den King.
»Nein. Wir sehen lieber von hier aus zu. Ich bin noch nie hinter

einer Bühne gewesen. Das ist etwas, das ich immer schon mal wollte.« Ob Cheng San sich wohl jetzt die Eingeweide aus dem Wanst kotzt, überlegte der King.

Aber der King wußte, daß es keinen Sinn hatte, sich Sorgen zu machen. Sie waren in die Sache verstrickt, und er war bereit – wie es auch kommen mochte. Er sah wieder auf die Bühne hinaus. Seine Augen beobachteten Rodrick und Frank und Sean. Unerbittlich verfolgten seine Augen Sean. Jede Bewegung, jede Geste.

Alle beobachteten Sean. Berauscht.

Und Sean und Frank und die Augen wurden eins, und die auf der Bühne glühende Leidenschaft stieg empor und stieg in Spieler und Zuschauer zugleich und entblößte sie gewaltsam.

Als nach dem letzten Akt der Vorhang fiel, herrschte völlige Stille. Die Zuschauer saßen da wie von einem Zauber bestrickt.

»Mein Gott«, sagte Rodrick ehrfürchtig. »Das ist das größte Kompliment, das man uns hätte machen können. Und ihr habt es verdient, ihr beiden. Ihr wart inspiriert. Wahrhaftig inspiriert.«

Der Vorhang begann sich zu heben, und als er ganz oben war, zerriß das ehrfürchtige Schweigen, und Hochrufe erklangen, und die Spieler wurden zehnmal vor den Vorhang gerufen, und neue Hochrufe erklangen, und dann stand Sean allein auf der Bühne und trank die lebenspendende Bewunderung in sich hinein.

Als die Ovationen noch immer nicht enden wollten, traten Rodrick und Frank ein letztes Mal auf die Bühne hinaus, um den Triumph zu teilen, zwei Schöpfer und ein Geschöpf, das wunderschöne Mädchen, das zugleich ihr Stolz und ihre Nemesis war.

Die Zuhörer verließen ruhig den Zuschauerraum. Jeder dachte an Zuhause, dachte an *sie*, jeder war gefangen in seinem eigenen dumpfen Schmerz. Was tat sie jetzt, jetzt im Augenblick?

Larkin war am meisten getroffen. Mein Gott, warum hatte man das Mädchen ausgerechnet Betty nennen müssen? War-

um? Und meine Betty – ist sie – würde sie – ist sie jetzt, liegt sie jetzt in den Armen eines anderen?
Und Mac. Ihn überfiel die Furcht um Mem. Ist das Schiff versenkt worden? Lebt sie noch? Ist mein Sohn am Leben? Und Mem – ob sie wohl – ist sie jetzt...? Es ist so lange her, mein Gott, wie lange?
Und Peter Marlowe. Was ist mit N'ai, der Unvergleichlichen? Meine Liebe, meine Liebe.
Und sie alle.
Sogar der King. Er fragte sich, bei wem sie sein mochte – die Vision von Lieblichkeit, die er gesehen hatte, als er noch ein junger Bursche gewesen und sich auf den Landstraßen herumgetrieben hatte –, das Mädchen, das mit parfümduftendem Taschentuch vor der Nase gesagt hatte, weißer Abschaum rieche schlechter als Nigger.
Der King lachte höhnisch auf. Verdammt, das war ein tolles Weibsstück gewesen, sagte er zu sich selbst, während seine Gedanken sich bereits wichtigeren Dingen zuwandten.
Die Lichter im Theater waren erloschen. Es war leer, bis auf die beiden in dem weltabgeschiedenen Ankleideraum.

## 19

Der King und Peter Marlowe warteten mit wachsender Besorgnis. Shagata hätte längst da sein müssen.
»Was für eine stinkende Nacht«, schnaufte der King gereizt. »Ich schwitze wie ein Schwein.«
Sie saßen in des King Ecke, und Peter Marlowe sah zu, wie der King Solitär spielte. Es lag Spannung in der schwülen Luft, die sich vom mondlosen Himmel auf das Lager senkte. Selbst das fortwährende Kratzen unter der Baracke klang gedämpft.
»Ich wünschte, er würde endlich kommen, falls er überhaupt kommt«, sagte Peter Marlowe.

»Verdammt, und ich wünschte, wir wüßten endlich, was mit Cheng San passiert ist. Der Hund hätte uns doch wenigstens Nachricht zukommen lassen können.« Der King sah zum tausendsten Mal zum Fenster hinaus auf den Stacheldrahtzaun. Er suchte nach einem Zeichen der Guerillas, das dort sein sollte – das dort sein mußte. Aber es war keine Bewegung zu sehen, kein Zeichen. Der Dschungel ließ wie das Lager den Kopf hängen und stand still da.

Peter Marlowe zuckte zusammen, als er die Finger der linken Hand bewegte und den schmerzenden Arm in eine bequemere Stellung brachte.

Der King sah sich um. »Wie geht's?«

»Es schmerzt wie die Hölle, mein Lieber.«

»Sie sollten ihn mal nachsehen lassen.«

»Ich habe mich für morgen krank gemeldet.«

»Verdammtes Pech.«

»Unfälle passieren eben. Dagegen kann man nun mal nichts machen.«

Es war vor zwei Tagen gewesen. Beim Holzkommando. Einen Augenblick hatte Peter Marlowe sich im Sumpf gegen das Gewicht des Baumstumpfs mit den wie Fangarmen wirkenden Wurzeln gestemmt und ihn zusammen mit zwanzig anderen schwitzenden Händepaaren auf den Wagen hinaufgewälzt, und im nächsten Augenblick waren die Hände ausgeglitten, und sein Arm war zwischen Baumstumpf und Wagen eingeklemmt worden. Er hatte gespürt, wie die eisenharten Widerhaken des Holzes sich tief in seine Armmuskeln hineinbohrten, und das Gewicht des Baumstumpfes hatte beinahe seine Knochen zermalmt, und er hatte von schrecklichen Schmerzen gequält aufgeschrien.

Die anderen hatten Minuten gebraucht, bis sie den Baumstumpf angehoben, den betäubten Arm befreit und Marlowe auf die Erde gelegt hatten, wo sein Blut in den Sumpf tropfte – und Fliegen und Käfer und Insekten umschwärmten ihn, von dem süßlichen Blutgeruch erregt. Die Wunde war fünfzehn Zentimeter lang und fünf Zentimeter breit.

Die Kameraden hatten die meisten Wurzeldolche aus der Wunde herausgezogen, Wasser darübergeschüttet und sie gereinigt, so gut sie nur konnten. Man hatte ihm einen Knebelverband angelegt, dann den Baumstumpf auf den Wagen gehievt und ihn mühsam heim nach Changi gezogen. Er selbst war, schwach vor Übelkeit, neben dem Wagen hergegangen.

Dr. Kennedy hatte sich die Wunde angesehen und sie mit Jod besprüht, während Steven die unverletzte Hand gehalten hatte, und vor Schmerz war er ganz steif gewesen. Anschließend hatte der Arzt einen Teil der Wunde mit etwas Zinksalbe und den Rest mit Fett bestrichen, um zu verhindern, daß das gerinnende Blut mit dem Verband verklebte. Dann hatte er den Arm verbunden.

»Sie haben verdammtes Schwein gehabt, Marlowe«, hatte er gesagt. »Kein Knochen gebrochen, und die Muskeln sind unverletzt. Eigentlich nur eine Fleischwunde. Kommen Sie in ein paar Tagen wieder vorbei, dann sehen wir es uns noch mal an.«

Der King blickte ruckartig von den Karten auf, als Max in die Baracke gelaufen kam.

»Es gibt Stunk«, sagte Max, und seine Stimme war leise und klang angespannt. »Grey hat eben das Krankenhaus verlassen und ist hierher unterwegs.«

»Behalt ihn im Auge, Max. Schick lieber Dino.«

»Jawohl.« Max lief hinaus.

»Was meinen Sie, Peter?«

»Wenn Grey das Krankenhaus verlassen hat, dann muß er wissen, daß etwas im Busch ist.«

»Er weiß es tatsächlich.«

»Was?«

»Klar. Er hat einen Spitzel in der Baracke.«

»Mein Gott. Sind Sie sicher?«

»Ja. Und ich weiß auch wen.«

Der King schob eine schwarze Vier auf eine rote Fünf und die rote Fünf auf eine schwarze Sechs und legte wieder ein As frei.

»Wer denn?«

»Das sage ich Ihnen nicht, Peter.« Der King setzte ein steinernes Lächeln auf. »Es ist besser, wenn Sie es nicht wissen. Aber Grey hat tatsächlich einen Mann hier.«
»Was wollen Sie dagegen unternehmen?«
»Nichts. Noch nicht. Später werde ich ihn vielleicht den Ratten zum Fraß vorwerfen.« Dann lächelte der King und wechselte das Thema. »Die Farm war doch eine tolle Idee, oder?«
Peter Marlowe überlegte, was er tun würde, wenn er wüßte, wer der Kerl war. Er wußte, daß auch Yoshima irgendwo im Lager einen Spitzel hatte, der Schuft, der den alten Daven verraten hatte, der Schuft, der noch nicht gefaßt worden war, der noch immer unbekannt war – der Schuft, der jetzt nach dem Radio in der Flasche suchte. Er dachte, daß es klug vom King war, sein Wissen für sich zu behalten, denn auf diese Weise könnte keine Panne passieren, und er ärgerte sich keineswegs, daß der King ihm nicht verriet, wer der Kerl war. Dennoch überlegte er sich alle Möglichkeiten.
»Glauben Sie wirklich«, fragte er, »daß das – Fleisch auch gut sein wird?«
»Verdammt, ich weiß es nicht«, antwortete der King. »Die ganze Idee ist zum Kotzen, wenn man darüber nachdenkt. Aber – und das ist ein großes Aber – Geschäft ist Geschäft. Und mit dem Dreh, den wir eingebaut haben, ist es eine geniale Idee!«
Peter Marlowe lächelte und vergaß den Schmerz im Arm. »Vergessen Sie nicht, ich bekomme den ersten Schlegel.«
»Jemand, den ich kenne?«
»Nein.«
Der King lachte. »Sie werden doch nicht einem Freund etwas vorenthalten wollen?«
»Ich werde es Ihnen erzählen, sobald abgeliefert worden ist.«
»Wenn man es bis ins letzte durchdenkt, dann ist Fleisch Fleisch und Essen Essen. Denken Sie doch nur mal an den Hund.«
»Ich habe Hawkins gestern oder vorgestern gesehen.«
»Und?«

»Nichts. Ich wollte ja nichts sagen, und er wollte nicht darüber reden.«
»Der Kerl ist auf Draht. Vorbei ist vorbei.«
Dann warf der King die Karten auf den Tisch und sagte unsicher: »Ich wünschte, Shagata würde endlich kommen.«
Tex spähte zum Fenster herein. »He!«
»Ja.«
»Timsen sagt, der Eigentümer hätte es mit der Angst zu tun gekriegt. Er will wissen, wie lange du noch warten willst?«
»Ich werde zu ihm gehen.« Der King schlüpfte zum Fenster hinaus und flüsterte: »Sie passen auf den Laden auf, Peter. Ich gehe nicht weit weg.«
»Jawohl«, bestätigte Peter Marlowe. Er hob die Karten auf und begann sie zu mischen, und es schüttelte ihn, als der Schmerz anschwoll und abklang und wieder anschwoll.
Der King hielt sich im Schatten und fühlte, daß viele Augen auf ihm ruhten. Einige Augen gehörten seinen Wachen, und die anderen waren fremd und feindselig. Als er Timsen entdeckte, war der Aussie in Schweiß gebadet.
»He, Kamerad. Ich kann ihn nicht in alle Ewigkeit hier festhalten.«
»Wer ist es?«
»Wenn der Verbindungsmann kommt, werde ich ihn vorstellen. So haben wir es abgemacht. Er ist nicht weit weg.«
»Behalt ihn lieber im Auge. Du willst doch nicht, daß er umgelegt wird, oder?«
»Kümmere du dich um dein Teil, ich kümmere mich um meines. Er ist gut bewacht.« Timsen zog an seiner Kooa und reichte sie dann dem King, der einen Zug nahm.
»Danke.«
Der King nickte zu der nach Osten gelegenen Gefängnismauer hin. »Weißt du von denen?«
»'türlich.« Der Aussie lachte. »Ich will dir noch was sagen. Grey ist eben jetzt auf dem Weg hierher. Die ganze Gegend wimmelt von Aufpassern und Ganoven. Ich weiß von einer Aussie-Bande und habe gehört, daß es eine andere gibt, die

Wind von dem Geschäft gekriegt hat. Aber meine Kameraden haben das Gebiet abgeriegelt. Sobald wir das Geld kriegen, bekommst du den Diamanten.«

»Wir wollen dem Posten noch zehn Minuten Zeit lassen. Wenn er bis dahin nicht kommt, legen wir einen neuen Zeitpunkt fest. Der gleiche Plan, andere Einzelheiten.«

»Richtig, Kamerad. Ich komme morgen nach dem Essen.«

»Hoffen wir, daß es doch noch heute abend klappt.«

Aber es klappte nicht mehr an dem Abend. Sie warteten noch, aber Shagata kam nicht, so daß der King das ganze Unternehmen abblies.

Am nächsten Tag trat Peter Marlowe zu den Männern, die vor dem Lazarett warteten. Das Mittagessen war vorbei, und die Sonne quälte die Luft und die Erde und die Geschöpfe der Erde. Selbst die Fliegen wurden schläfrig. Er entdeckte ein kleines Fleckchen Schatten, hockte sich schwerfällig in den Staub und begann zu warten. Das Pochen in seinem Arm war schlimmer geworden.

Die Dunkelheit war schon angebrochen, als er an die Reihe kam.

Dr. Kennedy nickte Peter Marlowe knapp zu und bedeutete ihm, sich zu setzen. »Wie geht es Ihnen heute?« fragte er abwesend.

»Danke, es geht so.«

Dr. Kennedy beugte sich vor und berührte den Verband. Peter Marlowe schrie auf.

»Verdammt, was soll das?« knurrte Dr. Kennedy wütend. »Menschenskind, ich habe Sie doch kaum angefaßt!«

»Ich weiß nicht. Bei der geringsten Berührung schmerzt es höllisch.«

Dr. Kennedy steckte Peter Marlowe ein Thermometer in den Mund und fühlte den Puls. Anomal, Puls neunzig. Schlecht. Temperatur normal, und das war ebenfalls schlecht. Er hob den Arm und schnupperte am Verband. Er strömte einen deutlich wahrnehmbaren Mäusegeruch aus. Schlimm.

»Gut«, sagte er. »Ich werde den Verband abnehmen. Hier.« Er drückte Peter Marlowe ein kleines Stück Reifengummi in die Hand, das er mit einer Pinzette aus der Sterilisierflüssigkeit herausgeholt hatte. »Beißen Sie fest darauf. Es geht nicht anders, ich muß Ihnen weh tun.«

Er wartete, bis Peter Marlowe das Gummistück zwischen die Zähne geschoben hatte, dann begann er so sanft wie nur möglich den Verband abzuwickeln. Aber er war mit der Wunde verklebt und zu einem Teil von ihr geworden, so daß nichts anderes übrigblieb, als den Verband loszureißen, und Dr. Kennedy war nicht so geschickt, wie er es hätte sein sollen und wie er es einmal gewesen war.

Peter Marlowe hatte schon viele Schmerzen durchgemacht. Und wenn man etwas kennt, wenn man es ganz genau kennt, dann kennt man auch seine Grenzen und sein Ausmaß. Mit etwas Übung – und mit Mut – kann man sich in den Schmerz hineingleiten lassen, und dann ist der Schmerz nicht schlimm, nur ein vom Willen beherrschbares An- und Abschwellen. Manchmal ist er sogar gut.

Aber dieser Schmerz ging über alle Qualen hinaus. »O Gott«, wimmerte Peter Marlowe mit dem Beißstück aus Gummi im Mund, und die Tränen strömten, und sein Atem kam stoßweise.

»Jetzt ist es vorbei«, tröstete Dr. Kennedy, der wohl wußte, daß es nicht so war. Aber er konnte einfach nichts anderes mehr tun, nichts. Hier nicht. Der Patient hätte natürlich eine Morphiumspritze bekommen sollen, das weiß schließlich jedes Kind, aber eine Spritze konnte man sich jetzt nicht leisten. »Lassen Sie uns jetzt mal sehen.«

Sorgfältig untersuchte er die offene Wunde. Sie war aufgedunsen und geschwollen und zeigte gelblich getönte Schattierungen mit violetten Flecken. Mit einer Schleimschicht bedeckt.

»Hmm«, machte er nachdenklich, lehnte sich zurück, spielte mit den Fingern, legte sie wie zu einem Kirchturm gegeneinander und sah von der Wunde weg zu dem Kirchturm hin. »Tja«, begann er schließlich, »drei Möglichkeiten stehen zur Wahl.«

Er stand auf und begann mit eingefallenen Schultern auf und ab zu gehen, und dann sagte er monoton, so, als halte er eine Vorlesung: »Die Wunde hat jetzt andere Merkmale angenommen. Clostridial-Myositis. Oder mit einfacheren Worten gesagt, die Wunde ist brandig. Gasbrand. Ich kann die Wunde freilegen und das infizierte Gewebe herausschneiden, aber ich glaube nicht, daß das etwas nützt, denn der Infektionsherd sitzt zu tief. Deshalb müßte ich einen Teil der Unterarmmuskeln herausnehmen, und damit würde Ihnen die Hand sowieso nichts mehr nützen. Die beste Lösung ist Amputieren ...«

»Was?«

»Ganz bestimmt.« Dr. Kennedy redete nicht zu einem Patienten, er gab nur eine Vorlesung im sterilen Klassenzimmer seines Hirns. »Ich schlage eine Amputation am Ellbogen vor. Sofort. Dann können wir das Ellbogengelenk vielleicht noch retten ...«

Aus Peter Marlowe brach es verzweifelt hervor: »Es ist doch nur eine Fleischwunde. Das ist doch nichts Schlimmes. Es ist doch nur eine Fleischwunde!«

Die Furcht in seiner Stimme brachte Dr. Kennedy in die Wirklichkeit zurück, und er sah einen Augenblick in das kalkweiße Gesicht. »Es ist eine Fleischwunde, aber sie ist sehr tief. Und Sie haben Toxämie. Sehen Sie, mein Junge, das wäre ganz einfach, wenn ich ein Serum hätte, das ich Ihnen geben könnte, aber ich habe keines. Wenn ich Sulfonamide hätte, könnte ich die Wunde damit bestreuen, aber ich habe keine. Das einzige, was ich tun kann, ist amputieren ...«

»Sie müssen den Verstand verloren haben!« schrie Peter Marlowe ihn an. »Sie faseln von einer Amputation, wo ich doch nur eine Fleischwunde habe.«

Die Hand des Arztes schoß schnell wie eine Schlange vor, und Peter Marlowe schrie gellend, als die Finger seinen Arm weit oberhalb der Wunde umklammerten.

»Da sehen Sie! Das ist nicht nur eine Fleischwunde. Sie haben Toxämie, und die wird sich Ihren Arm hinauf und in Ihrem ganzen Körper ausbreiten. Wenn Sie am Leben bleiben wollen,

werden wir ihn abschneiden müssen. Das rettet Ihnen zumindest das Leben.«
»Sie schneiden meinen Arm nicht ab!«
»Wie Sie wollen. Entweder das oder ...« Der Arzt brach ab und setzte sich müde. »Vermutlich ist das Ihr gutes Recht, wenn Sie sterben wollen. Ich kann Ihnen nicht einmal einen Vorwurf machen. Aber mein Gott, Mensch, begreifen Sie denn nicht, was ich Ihnen zu erklären versuche? Sie werden sterben, wenn wir nicht amputieren.«
»Sie werden mich nicht anrühren!« Peter Marlowe spannte die Lippen, daß die Zähne entblößt wurden, und er wußte, daß er den Arzt töten würde, wenn er ihn noch einmal anfaßte. »Sie haben den Verstand verloren!« schrie er. »Es ist eine Fleischwunde.«
»Na gut. Dann glauben Sie mir eben nicht.«
Kennedy rief einen anderen Arzt herbei, und der bestätigte die Diagnose, und Peter Marlowe erkannte, daß der Alptraum kein Traum war. Es war tatsächlich ein Gangrän. Oh, mein Gott! Die Furcht spülte seine Kraft weg. Er hörte entsetzt zu. Sie erklärten, daß ein Gangrän von Bazillen verursacht wird, die sich tief drinnen in seinem Arm vermehrten und eben jetzt den Tod ausbrüteten. Sein Arm war ein krebsartiges Gebilde. Er mußte abgeschnitten werden. Bis zum Ellbogen abgeschnitten. Er mußte bald abgeschnitten werden, sonst würde der ganze Arm abgenommen werden müssen. Aber er brauchte sich keine Sorgen zu machen. Es würde nicht schmerzen. Man hätte jetzt viel Äther – ganz anders als früher.
Und dann stand Peter Marlowe draußen vor dem Lazarett und hatte den Arm noch an sich – und die Bazillen brüteten –, und der Arm war mit einem sauberen Verband umwickelt, und er tastete sich schleppend den Hügel hinab, denn er hatte zu ihnen, den Ärzten, gesagt, er müßte es sich überlegen ... Was überlegen? Was gab es da zu überlegen? Plötzlich stand er vor der amerikanischen Baracke, und er sah, daß der King allein in der Baracke saß und alles für Shagatas Kommen vorbereitet hatte – falls er an dem Abend kam.

»Großer Gott, was fehlt Ihnen, Peter?« Der King hörte zu, und seine Bestürzung wuchs, je weiter Peter Marlowe mit seiner herausgesprudelten Geschichte kam.
»Zum Teufel!« Er starrte den Arm an, der auf dem Tisch lag.
»Ich schwöre bei Gott, lieber sterbe ich, als daß ich als Krüppel lebe. Ich schwöre es bei Gott!« Peter Marlowe sah ergreifend und unverhüllt zum King auf, und aus seinen Augen sprang ein Schrei: Hilf mir, so hilf mir doch, um Gottes willen, hilf!
Und der King dachte: Heiliger Bimbam, was würde ich tun, wenn ich Peter Marlowe wäre und wenn das mein Arm wäre, und was passiert mit dem Diamanten – ich muß Peter dabei haben, daß er mir hilft, ich muß ...
»He«, flüsterte Max drängend von der Tür her. »Shagata ist unterwegs.«
»Gut, Max. Wo steckt Grey?«
»Er liegt unten an der Mauer in Deckung. Timsen weiß Bescheid. Seine Aussies decken ihn.«
»Gut, verschwinde jetzt und halt dich bereit. Sag den anderen Bescheid.«
»Jawohl.« Max eilte davon.
»Kommen Sie, Peter. Wir müssen uns fertigmachen«, sagte der King.
Aber Peter Marlowe war in einem Schockzustand. Zu nichts zu gebrauchen.
»Peter!« Der King schüttelte ihn grob. »Stehen Sie auf und reißen Sie sich zusammen!« knirschte er. »Kommen Sie. Sie müssen helfen. Stehen Sie auf!« Er riß Peter Marlowe hoch.
»Himmel, was ...«
»Shagata kommt. Wir müssen das Geschäft abschließen.«
»Zum Teufel mit Ihrem Geschäft!« schrie Peter Marlowe schrill und dem Wahnsinn nahe. »Zum Teufel mit dem Diamanten! Man wird mir den Arm abschneiden.«
»Nein, das wird man nicht!«
»Verdammt, Sie haben recht, das wird man nicht tun. Lieber sterbe ich ...«

Der King schlug ihm mit dem Handrücken hart ins Gesicht, und schlug noch einmal zu.

Das Toben hörte abrupt auf, und Peter Marlowe schüttelte den Kopf. »Verdammt, was ...«

»Shagata kommt. Wir müssen uns fertigmachen.«

»Er kommt?« fragte Peter Marlowe verständnislos, und das Gesicht brannte ihm von den Schlägen.

»Ja.« Der King bemerkte, daß Peter Marlowes Augen wieder vorsichtig blickten, und er erkannte, daß der Engländer wieder zu sich gekommen war. »Mann«, sagte er vor Erleichterung ganz schwach. »Peter, Sie haben ja wie am Spieß gebrüllt.«

»Wirklich? Oh, das tut mir leid, das war blöd von mir.«

»Fühlen Sie sich jetzt wohl? Sie müssen Ihre fünf Sinne beisammenhalten.«

»Mir geht es jetzt gut.«

Peter Marlowe schlüpfte hinter dem King her zum Fenster hinaus. Und er freute sich über den stechenden Schmerz, der seinen Arm hinaufschoß, als die Füße auf den Boden trafen. Du hast dich von der Panik packen lassen, du Idiot, sagte er sich. Du, Marlowe, bist wie ein Kind in Panik geraten. Idiot. Du mußt also deinen Arm verlieren. Du kannst von Glück reden, daß es kein Bein ist, dann wärst du wirklich ein Krüppel. Was ist schon ein Arm? Nichts. Du kannst einen künstlichen kriegen. Bestimmt. Mit einem Haken. Was soll schon ein falscher Arm. Nichts. Wäre eine ganz gute Sache. Bestimmt.

»Tabe«, grüßte Shagata sie, als er sich unter die Klappe aus Segeltuch duckte, die den Raum unter dem Vordach schützte.

»Tabe«, antworteten der King und Peter Marlowe.

Shagata war sehr nervös. Je mehr er über dieses Geschäft nachgedacht hatte, desto weniger gefiel es ihm. Zuviel Geld, zuviel Risiko. Und er hob wie ein witternder Hund schnuppernd die Nase in die Luft. »Ich rieche Gefahr«, erklärte er.

»Er sagt: ›Ich kann Gefahr riechen.‹«

»Sagen Sie ihm, er soll sich keine Sorgen machen, Peter. Ich kenne die Gefahr und habe Vorkehrungen dagegen getroffen. Aber was ist mit Cheng San?«

»Ich sage Euch«, wisperte Shagata eilig, »die Götter lächeln auf Euch und mich und unseren Freund herab. Er ist ein Fuchs, der Kerl, denn die elende Polizei hat ihn aus ihrer Falle herausgelassen.« Der Schweiß lief ihm über das Gesicht und tränkte seine Uniform. »Ich habe das Geld.«
Dem King drehte sich der Magen um. »Sagen Sie ihm, er soll mit dem Gewäsch aufhören und endlich zur Sache kommen. Ich komme gleich mit der Ware zurück.«
Der King entdeckte Timsen im Schatten.
»Bereit?«
»Bereit.« Timsen pfiff einen Vogelruf ins Dunkel hinein. Beinahe sofort wurde er beantwortet. »Mach schnell, Kamerad. Ich kann nicht garantieren, daß ich dich lange schützen kann.«
»Alles klar.« Der King wartete, und aus der Dunkelheit trat ein hagerer Aussie-Korporal.
»Hallo, Kamerad. Ich heiße Townsend. Bill Townsend.«
»Kommen Sie.« Der King lief zurück, während Timsen Wache hielt und seine Aussies ausschwärmten, um den Fluchtweg freizuhalten.
Unten an der Gefängnisecke wartete Grey ungeduldig. Dino hatte ihm eben ins Ohr geflüstert, daß Shagata gekommen wäre, aber Grey wußte, daß die Vorbereitungen eine Weile dauern würden. Noch ein wenig abwarten, dann konnte er zupakken.
Smedly-Taylors Stoßtrupp stand ebenfalls bereit und wartete darauf, daß die Übergabe stattfände. Sobald Grey sich in Bewegung setzte, wollten sie ebenfalls vorpreschen.
Der King stand mit dem nervösen Townsend neben sich unter der Segeltuchklappe. »Zeigen Sie ihm den Diamanten!«
Townsend öffnete sein zerfetztes Hemd, zog eine Kordel heraus, und am Ende der Kordel baumelte der Diamantring. Townsend zitterte, als er ihn Shagata zeigte, der seine Taschenlampe auf den Stein richtete. Shagata untersuchte sorgfältig den Diamanten, eine kleine Eislichtkugel am Ende einer Schnur. Dann nahm er ihn und kratzte damit über das Lampenglas. Es knirschte, und ein Riß blieb zurück. Shagata nick-

te, er schwitzte. »Sehr gut.« Er wandte sich an Peter Marlowe. »Es ist wahrhaftig ein Diamant«, bestätigte er, zog eine Schublehre aus der Tasche und prüfte sorgfältig die Abmessungen des Steins nach. Wieder nickte er. »Bestimmt hat er vier Karat.«

Der King riß den Kopf hoch. »Alles klar, Peter, Sie warten draußen mit Townsend.«

Peter Marlowe stand auf und winkte Townsend zu sich heran, und gemeinsam gingen sie vor den Segeltuchvorhang und warteten im Dunkeln. Und um sich fühlten sie Augen. Hunderte von Augen.

»Verdammter Mist«, fuhr Townsend fort. »Hätte ich bloß nie den Stein bekommen. Die dauernde Anspannung bringt mich um, glauben Sie mir.« Seine zittrigen Finger spielten mit der Schnur und dem Juwel und vergewisserten sich zum millionsten Mal, daß es noch an seinem Hals hing. »Gott sei Dank ist es die letzte Nacht.«

Der King beobachtete mit wachsender Erregung, wie Shagata seine Patronentasche öffnete und einen acht Zentimeter hohen Banknotenstapel auf dem Tisch aufbaute und wie er das Hemd aufknöpfte und ein fünf Zentimeter dickes Banknotenbündel herausholte und wie er aus den Seitentaschen weitere Bündel zog, bis schließlich zwei Banknotenstapel auf dem Tisch lagen, von denen jeder fünfzehn Zentimeter hoch war. Schnell begann der King die Geldscheine zu zählen, und Shagata machte eine hastige und nervöse Verbeugung und ging weg. Er schob sich seitlich am Segeltuchvorhang vorbei, und als er wieder auf dem Weg stand, fühlte er sich sicherer. Er rückte sein Gewehr zurecht und begann seine Streife durch das Lager, und fast hätte er Grey umgerannt, der schnell herangelaufen kam.

Grey fluchte und hastete vorbei, ohne auf Shagatas Sturzbach von Schimpfwörtern zu achten. Diesmal lief Shagata nicht hinter dem Schweinehund von stinkendem Kriegsgefangenen her, wie er es eigentlich hätte tun sollen, um etwas mehr Höflichkeit in ihn hineinzuprügeln; vielmehr war er heilfroh, weg zu sein, und wollte möglichst schnell auf seinen Posten zurück.

»Achtung«, flüsterte Max drängend vor dem Segeltuchvorhang.
Der King fegte die Banknoten zusammen, jagte aus dem Vorbau hinaus und flüsterte Townsend im Laufen zu: »Verduften Sie. Sagen Sie Timsen Bescheid, daß ich jetzt das Geld habe und wir heute nacht auszahlen können, sobald die Aufregung sich gelegt hat.«
Townsend verschwand.
»Kommen Sie, Peter.«
Der King lief voran und verschwand eben unter der Baracke, als Grey um die Ecke bog.
»Bleiben Sie stehen, wo Sie sind, alle beide!« schrie Grey.
»Jawohl, Sir«, rief Max großartig aus den Schatten, trat mit Tex an der Seite auf den Weg hinaus und deckte so den Rückzug des King und Peter Marlowes.
»Nicht Sie beide.« Grey versuchte, sich vorbeizudrängen.
»Aber Sie wollten doch, daß wir stehenbleiben ...« begann Max leichthin und trat Grey wieder in den Weg.
Grey drängte sich rasend vor Wut an ihnen vorbei und schoß unter die Baracke hinab.
Der King und Peter Marlowe waren schon in den Splittergraben gesprungen und befanden sich auf der anderen Seite. Eine andere Gruppe lief Grey in den Weg, als er hinter ihnen herrannte.
Grey entdeckte sie erst wieder, als sie schon an der Gefängnismauer entlangjagten, pfiff schrill auf seiner Trillerpfeife und alarmierte damit die Militärpolizisten, die in der Gegend verstreut aufgestellt waren. Die Militärpolizisten traten aus ihrer Deckung heraus und bewachten das ganze Gebiet von Gefängnismauer zu Gefängnismauer und von der Gefängnismauer zum Stacheldrahtzaun.
»Hier entlang«, keuchte der King, als er durch das Fenster in Timsens Baracke sprang. Keiner in der Baracke schenkte ihnen die geringste Beachtung, aber viele bemerkten die Ausbeulung im Hemd des King.
Sie jagten durch die Baracke und zur Tür hinaus. Wieder eine

andere Gruppe von Aussies tauchte auf und deckte ihren Rückzug, als Grey eben keuchend das Fenster erreichte und noch einen flüchtigen Blick auf sie erhaschte. Er fegte um die Baracke herum. Die Aussies hatten den Ausgang versperrt.

Grey rief schroff: »In welche Richtung sind sie gelaufen? Redet schon! In welche Richtung?«

Ein Chor antwortete ihm: »Wer?« »Wer, Sir?«

Grey bahnte sich einen Weg durch sie und raste wieder ins Freie.

»Alle Mann auf Posten, Sir«, meldete ein Militärpolizist, der zu ihm herangelaufen kam.

»Gut. Sie können nicht weit kommen. Und sie werden es nicht wagen, das Geld wegzuwerfen. Wir kesseln sie ein. Sagen Sie es den anderen.«

Der King und Peter Marlowe liefen weiter zur Nordseite des Gefängnisses und blieben stehen.

»Himmeldonnerwetter!« fluchte der King.

Wo ein Schutztrupp von Aussies hätte stehen sollen, um ihren Verfolgern den Weg abzuschneiden, waren jetzt nur Militärpolizisten zu sehen. Gleich fünf auf einmal.

»Was jetzt?« fragte Peter Marlowe.

»Wir müssen umkehren. Los!«

Während er rannte, überlegte der King angestrengt: Verdammt, was ist schiefgegangen? Dann entdeckte er es plötzlich. Vier Leute versperrten ihnen den Weg. Sie hatten Taschentücher vors Gesicht gebunden und hielten schwere Stöcke in den Händen.

»Rücken Sie besser das Geld raus, Kamerad, wenn Sie mit heiler Haut davonkommen wollen.«

Der King machte eine Finte und griff dann an, und Peter Marlowe blieb dicht an seiner Seite. Der King rannte einen Mann um und trat einem anderen in die Leisten. Marlowe fing einen Schlag ab; er unterdrückte einen Schrei, als er von seinem Arm abglitt, und riß dem anderen den Stock aus der Hand.

Der letzte Bursche nahm Reißaus und wurde von der Dunkelheit verschlungen.

»Um Gottes willen«, keuchte der King. »Machen wir, daß wir hier wegkommen.«
Wieder jagten sie davon. Sie fühlten deutlich, wie ihnen Blicke folgten, und erwarteten jeden Augenblick einen neuen Angriff. Der King blieb schurrend stehen.
»Achtung! Grey!«
Sie kehrten wieder um, hielten bei einer Baracke an und duckten sich darunter. Einen Augenblick blieben sie still liegen, und ihre Brust hob und senkte sich. Füße trappelten vorbei, und sie hörten Fetzen wütenden Geflüsters ...
»Dort sind sie hingelaufen. Wir müssen sie vor der verdammten Polente erwischen.«
»Das ganze verfluchte Lager ist hinter uns her«, schnaufte der King leise.
»Lassen wir das Geld hier«, schlug Peter Marlowe ermattet vor. »Wir können es ja vergraben.«
»Zu riskant. Man würde es im Handumdrehen finden. Gottverdammt, alles lief wie am Schnürchen. Nur der Schweinehund Timsen hat uns im Stich gelassen.« Der King wischte sich den Schmutz und Schweiß vom Gesicht. »Fertig?«
»Wohin?«
Der King antwortete nicht. Er kroch nur schweigend unter der Baracke hervor und lief im Schatten davon, und Peter Marlowe folgte ihm dicht auf den Fersen. Er lief sicheren Fußes über den Weg und sprang in den tiefen Wassergraben am Stacheldrahtzaun. Schnell wand er sich in dem Graben abwärts, bis sie sich fast der amerikanischen Baracke gegenüber befanden, blieb stehen und lehnte sich gegen die Grabenwand, und sein Atem flatterte. Rings um sie herrschte flüsternder Aufruhr, und über ihnen herrschte flüsternder Aufruhr.
»Was ist los?«
»Der King ist zusammen mit Marlowe ausgebüchst – sie haben Tausende von Dollars bei sich.«
»Verdammt, was haben sie? Schnell! Vielleicht erwischen wir sie.«
»Los!«

»Wir kriegen das Geld.«

Und Grey erhielt Berichte und Smedly-Taylor auch und Timsen auch, und die Berichte waren verwirrend, und Timsen fluchte und zischte seine Leute an, sie sollten die beiden herbeischaffen, bevor Grey oder Smedly-Taylors Leute sie fänden.

»Schafft das Geld ran!«

Smedly-Taylors Leute warteten und beobachteten Timsens Aussies, und auch sie waren verwirrt. In welche Richtung sind sie gelaufen? Wo soll man suchen?

Und Grey wartete. Er wußte, daß beide Fluchtwege abgesperrt waren, sowohl nach Norden wie nach Süden. Es war alles nur eine Frage der Zeit. Und jetzt schloß sich der Ring der Suchenden immer enger. Grey wußte, daß sie in seiner Falle saßen, und wenn er sie erwischte, würden sie das Geld bei sich haben. Sie würden es nicht wagen, sich davon zu trennen, jetzt nicht. Es war zuviel Geld. Aber Grey wußte nichts von Smedly-Taylors Leuten und von Timsens Aussies.

»Sehen Sie dort!« sagte Peter Marlowe, während er vorsichtig den Kopf hob und in die Dunkelheit ringsum spähte.

Der King spähte mit zusammengekniffenen Augen. Dann entdeckte er fünfzig Schritte entfernt die Militärpolizisten. Er schnellte herum. Es gab viele andere Geister, die herumhuschten, lauerten und suchten. »Jetzt sind wir dran«, knirschte er erregt.

Dann spähte der King über den Stacheldrahtzaun hinweg. Der Dschungel lag dunkel da, und vor dem Waldrand stampfte ein Posten am Stacheldrahtzaun entlang. Also gut, sagte er bei sich. Der letzte Plan. Rauskommen oder verrecken.

»Hier«, sagte er beschwörend, zog das ganze Geld heraus und stopfte es Peter Marlowe in die Taschen. »Ich decke Sie. Gehen Sie durch den Stacheldrahtzaun. Es ist unsere einzige Chance.«

»Großer Gott, das schaffe ich nie. Der Posten sieht mich doch ...«

»Laufen Sie schon, es ist unsere einzige Chance!«

»Ich schaffe es nie. Nie.«

»Vergraben Sie es, wenn Sie durchkommen, und kehren Sie auf

dem gleichen Weg zurück. Ich werde Sie decken. Gottverdammt, Sie müssen gehen.«
»Um Gottes willen, er wird mich erschießen. Er ist keine fünfzig Schritte entfernt«, erwiderte Peter Marlowe. »Wir werden uns ergeben müssen!«
Er sah sich um und suchte verzweifelt nach einem anderen Fluchtweg, und durch die plötzliche achtlose Bewegung schlug er mit dem Arm, den er ganz vergessen gehabt hatte, gegen die Wand des Abflußgrabens, und von entsetzlichen Schmerzen gequält stöhnte er.
»Retten Sie das Geld, Peter«, sagte der King verzweifelt, »und ich rette Ihren Arm.«
»Sie retten was?«
»Sie haben es doch gehört! Hauen Sie ab!«
»Aber wie wollen Sie ...«
»Hauen Sie ab«, unterbrach der King ihn barsch. »Nur wenn Sie den Zaster retten.«
Peter Marlowe starrte einen Augenblick in die Augen des King, glitt dann aus dem Graben, lief auf den Stacheldrahtzaun zu, schob sich darunter durch und erwartete jeden Augenblick eine Kugel in den Kopf zu bekommen. Im gleichen Augenblick, in dem er auf den Zaun zusprang, schnellte der King aus dem Graben und schoß auf den Weg zu. Er stolperte absichtlich und schlug mit einem lauten Wutschrei in den Staub. Der Posten drehte ruckartig den Kopf, sah durch den Zaun und lachte laut, und als er sich wieder umdrehte, sah er nur noch einen Schatten, der irgend etwas hätte sein können, aber bestimmt kein Mensch.
Peter Marlowe drückte sich eng an den Boden, kroch wie ein Dschungelwesen in das feuchte Grün hinein, hielt den Atem an und verharrte. Der Posten kam näher und immer näher, und dann war sein Fuß nur noch drei Zentimeter von Peter Marlowes Hand entfernt, und schließlich trug der andere Fuß ihn einen Schritt weiter, und als der Posten fünf Schritte entfernt war, glitt Peter Marlowe weiter in das Gestrüpp hinein, hinein in die Dunkelheit, fünf, zehn, zwanzig, dreißig Schritte,

und als er vierzig Schritte weit und damit in sicherer Entfernung war, schien sein Herz wieder zu schlagen, und er mußte stehenbleiben, stehenbleiben, um Atem zu holen, stehenbleiben, um dem Herz eine Verschnaufpause zu geben, stehenbleiben, um den Schmerz im Arm zu überwinden, im Arm, der ihm gehören würde. Wenn der King das sagte, dann gehörte er ihm schon. Also legte er sich auf die Erde und betete um Atem und betete um Leben und betete um Kraft und betete um Schutz für den King.
Der King atmete auf, nachdem Peter Marlowe es geschafft hatte und im Dschungel untergetaucht war. Er stand auf und begann sich abzuklopfen, und plötzlich stand Grey mit einem Militärpolizisten neben ihm.
»Bleiben Sie stehen, wo Sie sind.«
»Wer, ich?« Der King tat so, als spähte er in die Dunkelheit hinein und erkennte erst jetzt Grey. »Ach, Sie sind's. Guten Abend, Hauptmann Grey.« Er stieß den Arm des Militärpolizisten weg, der ihn festhielt. »Nehmen Sie die Hände weg!«
»Sie stehen unter Arrest«, erklärte Grey, der schwitzte und von der Verfolgungsjagd mit Schmutz bedeckt war.
»Warum, Hauptmann?«
»Durchsuchen Sie ihn, Unteroffizier.«
Der King ließ sich ruhig durchsuchen. Jetzt trug er das Geld nicht mehr bei sich.
»Er hat nichts bei sich, Sir«, meldete der Militärpolizist.
»Durchsuchen Sie den Graben.« Dann zum King gewendet: »Wo steckt Marlowe?«
»Wer?« fragte der King sanft.
»Marlowe!« schrie Grey. Das Schwein hatte kein Geld bei sich, und Marlowe war weg.
»Wahrscheinlich macht er einen Spaziergang, Sir.« Der King war höflich, und sein Hirn war nur auf Grey und auf die augenblickliche Gefahr konzentriert, denn er fühlte deutlich, daß die Gefahr noch nicht ganz vorbei war und daß an der Gefängnismauer eine Gruppe böser Geister lauerte, die ihn noch einen Augenblick beobachteten, ehe sie verschwanden.

»Wo haben Sie das Geld gelassen?« fragte Grey eben.
»Welches Geld?«
»Das Geld vom Verkauf des Diamanten.«
»Welcher Diamant, Sir?«
Grey wußte, daß er für den Augenblick geschlagen war. Er war geschlagen, außer wenn es ihm gelang, Marlowe mit dem Geld zu schnappen.
Na gut, du Hund, dachte Grey außer sich vor Wut, na schön, diesmal laß ich dich laufen, aber ich werde dich beobachten, und du wirst mich schon zu Marlowe führen.
»Das ist für den Augenblick alles«, sagte Grey. »Diesmal haben Sie uns geschlagen. Aber es gibt ein anderes Mal.«
Der King ging vor sich hinkichernd zu seiner Baracke zurück. Du bildest dir ein, ich werde dich zu Peter führen, was, Grey? Aber du bist so gottverdammt schlau wie du naiv bist.
In der Baracke traf er Max und Tex. Auch sie schwitzten.
»Was ist passiert?« wollte Max wissen.
»Nichts, Max, geh und such Timsen. Sag ihm, er soll unter dem Fenster warten. Ich werde dort mit ihm reden. Sag ihm, er soll nicht in die Baracke kommen. Grey beobachtet uns noch immer.«
»Jawohl.«
Der King stellte Kaffeewasser auf. Sein Hirn arbeitete jetzt angestrengt. Wie sollte er den Tausch bewerkstelligen? Wo sollte er ihn durchführen? Was sollte er mit Timsen anstellen? Wie sollte er Grey von Peter ablenken?
»Du wolltest mit mir reden, Kamerad.«
Der King drehte sich nicht zum Fenster um. Er sah einfach in die Baracke hinein. Die Amerikaner begriffen den Auftrag und ließen ihn allein. Er sah hinter Dino her und erwiderte Dinos verzerrtes Lächeln.
»Timsen?« sagte er und beschäftigte sich mit dem Kaffee.
»Jawohl, Kamerad.«
»Am liebsten würde ich dir die gottverdammte Kehle durchschneiden.«
»Es war nicht meine Schuld. Etwas ist schiefgegangen . . .«

»Ja, du wolltest das Geld und den Diamanten haben.«

»Man darf es doch wohl versuchen, Kamerad.« Timsen kicherte. »Es wird nicht wieder vorkommen.«

»Verdammt, darauf kannst du dich verlassen.« Der King hatte Timsen gern. Der war auf Draht. Und man konnte es bei einem so hohen Einsatz tatsächlich versuchen, und er brauchte Timsen. »Wir wollen das Geschäft bei Tag abwickeln. Dann geht nichts schief. Ich sage dir noch, wann.«

»Einverstanden, Kamerad. Wo steckt der Pommy?«

»Welcher Pommy?«

Timsen lachte. »Bis morgen also!«

Der King trank seinen Kaffee und rief Max zu, die Festung zu bewachen. Dann sprang er vorsichtig aus dem Fenster, lief in die Schatten hinein und schlich sich an der Gefängnismauer entlang. Er war vorsichtig, um nicht bemerkt zu werden, aber doch nicht zu vorsichtig, und er lachte leise vor sich hin, als er fühlte, daß Grey ihm folgte. Er täuschte sehr geschickt Vorsicht vor, schlich sich zwischen den Baracken hindurch und lief hierhin und dorthin. Grey folgte erbarmungslos seinen Schritten, und der King führte ihn zum Gefängnistor hinauf und durch das Tor hindurch und in die Zellenblöcke hinein. Schließlich ging der King auf die Zelle im vierten Stock zu und tat, als verstärke er noch seine Vorsicht, als er in die Zelle hineinging und die Tür halb offenstehen ließ. Etwa alle Viertelstunde öffnete er die Tür und spähte besorgt umher, und das trieb er so lange, bis Tex kam.

»Alles klar«, meldete Tex.

»Prima.«

Peter war zurück und in Sicherheit, und es war nicht mehr nötig, das Spiel weiterzuspielen, deshalb kehrte er zu seiner Baracke zurück und blinzelte Peter Marlowe zu. »Wo haben Sie gesteckt?«

»Ich wollte mich doch mal erkundigen, wie es Ihnen geht.«

»Möchten Sie eine Tasse Kaffee?«

»Danke.«

Grey stand in der Tür. Er sagte nichts, blickte sie nur an. Peter

Marlowe trug nur seinen Sarong. In einem Sarong sind keine Taschen. Die Armbinde war an seiner Schulter befestigt.
Peter Marlowe hob die Tasse an die Lippen und trank den Kaffee, und seine Augen waren fest auf Grey gerichtet, und dann verschwand Grey in die Nacht hinaus.
Peter Marlowe stand erschöpft auf. »Ich glaube, ich haue mich jetzt aufs Ohr.«
»Ich bin stolz auf Sie, Peter.«
»Sie haben es doch ernst gemeint, was Sie gesagt haben, oder?«
»Selbstverständlich.«
»Danke.«
In dieser Nacht machte King ein neues Problem Sorgen. Verdammt, wie sollte er wahrmachen, was er versprochen hatte?

## 20

Larkin ging tief beunruhigt den Weg zur Aussie-Baracke hinauf. Er war besorgt wegen Peter Marlowe – der Arm schien ihm über ein erträgliches Maß hinaus Beschwerden zu machen und ihn viel zu sehr zu schmerzen, als daß man es einfach als Fleischwunde hätte abtun können. Er machte sich auch Sorgen um den alten Mac. Letzte Nacht hatte Mac im Schlaf laut geredet und geschrien. Und er machte sich Sorgen um Betty. In den vergangenen Nächten hatte er selbst schlecht geträumt, wildes und wirres Zeug, Betty und er, und andere Männer bei ihr im Bett, die ihn beobachteten, während sie ihn anlächelte.
Larkin betrat die Baracke und ging auf Townsend zu, der im Bett lag.
Townsends Augen waren verschwollen und geschlossen, das Gesicht war zerkratzt, und Arme und Brust waren aufgeschürft und zerkratzt. Als er den Mund zu einer Antwort öffnete, sah Larkin eine blutige Lücke, wo Zähne hätten sein sollen.

»Wer hat es getan, Townsend?«
»Keine Ahnung«, wimmerte Townsend. »Ich wurde von hinten überfallen.«
»Warum?«
Tränen quollen hervor und rieselten über Risse und Kratzer.
»Ich hatte – ich hatte einen – nichts – nichts. Ich weiß – nichts.«
»Wir sind allein, Townsend. Wer hat es getan?«
»Ich weiß nicht.« Ein schluchzendes Stöhnen kam über Townsends Lippen. »Oh, großer Gott, sie haben mich geschlagen und geschlagen.«
»Warum wurden Sie hinterrücks überfallen?«
»Ich – ich ...« Townsend wollte hinausschreien: »Der Diamant. Ich habe den Diamanten gehabt«, und er wollte den Oberst um Hilfe bitten, damit die Hunde gefaßt wurden, die ihm den Diamanten geraubt hatten, aber er durfte nichts über den Diamanten sagen, denn sonst würde der Oberst wissen wollen, wo er ihn hergehabt hatte, und dann würde er antworten müssen, daß er ihn von Gurble hatte, und dann würde es Fragen wegen Gurble geben, wo der ihn herbekommen hatte – Gurble? Der Selbstmörder? Dann würde man vielleicht erklären, es wäre kein Selbstmord, sondern Mord gewesen. Aber es war kein Mord. Zumindest glaubte er, Townsend, das nicht. Aber wer weiß, vielleicht hat doch jemand Gurble wegen des Diamanten umgelegt. Aber in der Nacht damals hatte Gurble nicht in seinem Bett gelegen, und ich hatte den Umriß des Diamantrings unter seiner Matratze gespürt und ihn herausgeholt und bin damit in die Nacht hinaus verschwunden, und wer hätte schon etwas beweisen können – und zufällig beging Gurble in der gleichen Nacht Selbstmord, so daß es nicht weiter schlimm war. Außer daß vielleicht ich es war, der Gurble ermordet hat, daß ich ihn dadurch ermordet habe, daß ich ihm den Stein gestohlen habe, vielleicht ist der Diamantring der letzte Strohhalm für Gurble gewesen, nachdem er wegen Diebstahls von Lebensmitteln aus der Einheit ausgestoßen worden war, und dann ist ihm auch noch der Diamant gestohlen wor-

den. Vielleicht hat das den armen Hund um den Verstand gebracht, so daß er in das Loch gesprungen ist! Aber es war unvernünftig, Verpflegung zu stehlen, wenn man einen Diamanten besaß, den man verkaufen konnte. Heller Blödsinn. Einfach völliger Blödsinn. Außer daß ich vielleicht die Ursache für Gurbles Tod gewesen bin, und ich verfluche mich selbst immer und immer wieder, daß ich damals den Diamanten gestohlen habe. Seit ich zum Dieb geworden bin, habe ich keine Ruhe mehr gehabt. Keine Ruhe, keine Ruhe. Und jetzt, jetzt bin ich richtig froh, daß das Ding nicht mehr bei mir ist, daß es mir gestohlen wurde.

»Ich weiß es nicht«, schluchzte Townsend.

Larkin erkannte, daß es keinen Sinn hatte, weiter in ihn zu dringen, und überließ Townsend seinen Schmerzen.

»Oh, Entschuldigung, Pater«, sagte Larkin, der Pater Donovan fast die Barackentreppe hinabgestoßen hätte.

»Hallo, alter Freund.« Pater Donovan sah gespenstisch aus und war vollkommen ausgemergelt. Die Augen lagen tief in den Höhlen und blickten seltsam friedlich. »Wie geht es Ihnen? Und Mac? Und dem jungen Peter?«

»Danke, gut.« Larkin nickte zu Townsend hin. »Wissen Sie etwas darüber?«

Donovan sah Townsend an und antwortete leise: »Ich sehe einen Menschen in Pein.«

»Entschuldigung, ich hätte nicht fragen sollen.« Larkin dachte einen Augenblick nach und lächelte dann. »Wie wäre es mit einer Partie Bridge? Heute abend vielleicht? Nach dem Abendessen?«

»Ja. Danke schön. Sehr gern.«

»Gut. Nach dem Abendessen.«

Pater Donovan sah hinter Larkin her und trat dann an Townsends Bett. Townsend war nicht Katholik. Aber Pater Donovan war für alle da, denn er wußte, daß alle Menschen Kinder Gottes sind.

Aber sind sie das wirklich, alle Menschen, überlegte er. Konnten Kinder Gottes solche Dinge tun?

Gegen Mittag kamen gleichzeitig der Wind und der Regen. Bald waren alle und alles eingeweicht. Dann hörte der Regen auf, und der Wind blies weiter. Ganze Stücke wurden aus den Atapdächern gerissen, wirbelten über das Lager hinweg und fegten zusammen mit losen Palmwedeln und Lumpen und Kulihüten davon. Dann hörte auch der Wind auf, und das Lager war wieder normal mit Sonne und Hitze und Fliegen. In den Wassergräben schoß eine halbe Stunde lang das Wasser dahin, begann dann in die Erde zu versickern und stehenzubleiben. Noch mehr Fliegen sammelten sich.
Peter Marlowe schlenderte lustlos den Hügel hinauf. Die Füße waren ebenso von Schlamm bedeckt wie die Beine, denn er hatte sich mitten in den Sturm gestellt, in der Hoffnung, Wind und Regen würden die brennenden Schmerzen von ihm nehmen. Aber beide hatten ihn überhaupt nicht berührt.
Er stand vor des King Fenster und spähte hinein.
»Wie fühlen Sie sich, Peter, Kamerad?« fragte der King, während er von seinem Bett aufstand und nach einer Packung Kooa suchte.
»Scheußlich.« Peter Marlowe setzte sich auf die Bank unter dem Vordach, und vor Schmerzen wurde ihm übel. »Mein Arm bringt mich noch um.« Sein Lachen klang brüchig. »Nur ein Witz!«
Der King sprang aus dem Fenster und zwang sich zu einem Lächeln. »Denken Sie nicht mehr daran.«
»Verdammt, wie soll ich es vergessen können?« Sofort bedauerte Peter Marlowe den Ausbruch. »Entschuldigung, ich bin nervös. Ich weiß die Hälfte der Zeit nicht, was ich rede.«
»Nehmen Sie eine Zigarette.« Der King zündete sie ihm an. Tja, sagte der King zu sich selbst. Da sitzt du schön in der Klemme. Der Limey lernt schnell, sehr schnell. Zumindest glaube ich das. Wir wollen doch mal sehen. »Morgen bringen wir das Geschäft endgültig zum Abschluß. Sie können heute nacht das Geld holen. Ich werde Sie decken.«
Aber Peter Marlowe hörte ihn nicht. Sein Arm brannte ein Wort in sein Hirn. Amputieren! Und er hörte die Säge knir-

schen und spürte, wie sie sich in seinen Arm fraß. Wie sie Knochenstaub herausriß, den Staub *seiner* Knochen. Ein Schauder schüttelte ihn. »Was ist – damit?« murmelte er und schaute von seinem Arm auf. »Können Sie wirklich etwas tun?«
Der King nickte und sagte zu sich selbst: Na, siehst du. Du hast recht gehabt. Nur Peter weiß, wo das Geld ist, aber Peter wird das Geld erst holen, wenn du für den Arm gesorgt hast. Ohne Heilung kein Zaster. Ohne Zaster kein Geschäft. Ohne Geschäft kein Gewinn. Deshalb seufzte er und sagte zu sich: Ja, du bist schon ein gewitzter Bursche, daß du deine Pappenheimer so gut kennst. Aber wenn du es richtig anpackst, so wie du es gestern abend getan hast, dann war es kein schlechtes Geschäft. Wenn Peter nicht das Risiko auf sich genommen hätte, säßen wir jetzt beide ohne Geld im Gefängnis. Und Peter hatte ihnen Glück gebracht. Das Geschäft war besser als jedes andere zuvor. Und davon abgesehen war Peter ein feiner Kerl. Ein netter Junge. Und außerdem, verdammt, wer möchte schon einen Arm verlieren. Peter hat ein Recht, mich unter Druck zu setzen. Ich bin froh, daß er gelernt hat.
»Überlassen Sie das Onkel Sam.«
»Wem?«
»Onkel Sam.« Der King starrte ihn fassungslos an. »Das amerikanische Sinnbild. Kennen Sie das nicht?« sagte er verzweifelt, »so wie John Bull.«
»Ach so, Entschuldigung. Ich bin – heute nur – ich bin nur . . .« Eine Woge der Übelkeit brandete über Peter Marlowe hinweg.
»Sie zischen jetzt ab, legen sich wieder ins Bett und entspannen sich. Ich werde mich um alles kümmern.«
Peter Marlowe stand unsicher auf. Er wollte lächeln und dem King danken und ihm die Hand schütteln und ihn segnen, aber er erinnerte sich wieder an das Wort und spürte nur noch die Säge, und deshalb nickte er nur leicht und ging aus der Baracke.
Um Himmels willen, sagte der King bitter zu sich. Er denkt, ich würde ihn im Stich lassen, nichts für ihn tun, wenn er mir

nicht die Daumenschrauben ansetzen würde. Um Himmels willen, Peter, ich würde helfen. Ganz bestimmt. Auch wenn du mich nicht am Wickel hättest. Verdammt. Du bist mein Freund.

»He, Max.«

»Ja.«

»Schaff Timsen her, aber ein bißchen fix!«

»Jawohl«, antwortete Max und ging weg.

Der King schloß die schwarze Kiste auf und nahm drei Eier heraus. »Tex. Möchtest du dir ein Ei backen? Zusammen mit diesen beiden?«

»Verdammt, nein«, sagte Tex, grinste und nahm die Eier. »He, ich habe mir Eva angesehen. Bei Gott, sie ist heute fetter.«

»Unmöglich. Sie ist doch erst gestern gedeckt worden.«

Tex führte einen kleinen Tanz auf. »In zwanzig Tagen sind wir alle wieder Papa.« Er nahm das Öl und machte sich auf den Weg zum Küchengelände.

Der King legte sich wieder auf sein Bett zurück, kratzte nachdenklich an einem Moskitostich und beobachtete die Jagd und die Liebesspiele der Eidechsen in den Dachsparren. Er schloß die Augen und begann zufrieden zu dösen. Es war erst zwölf Uhr, und er hatte bereits die harte Arbeit eines ganzen Tages geleistet. Verdammt, um sechs Uhr in der Frühe war noch alles ein wilder Wirrwarr gewesen.

Er gluckste vor sich hin, als er daran zurückdachte. Jawohl, Sir, es macht sich bezahlt, wenn man einen guten Ruf hat, und es macht sich bezahlt, wenn man annonciert.

Es war kurz vor Morgengrauen geschehen. Er hatte sanft geschlummert. Da hatte ihn eine vorsichtig gedämpfte Stimme aus seinen Träumen gerissen. Er war sofort aufgewacht, hatte zum Fenster hinausgesehen und in dem schattigen Kondensstreifen des Morgengrauens ein kleines, wieselhaftes Männchen stehen gesehen, das er noch nie gesehen hatte.

»Ja?«

»Ich habe etwas, das du kaufen möchtest.« Die Stimme des Mannes war ausdruckslos und heiser gewesen.

»Wer bist du?«
Statt einer Antwort hatte das Männchen die schmutzige Faust mit den abgebrochenen, schmutzigen Fingernägeln geöffnet. Der Diamantring hatte auf seiner Handfläche gelegen. »Der Preis ist zehntausend. Für einen entschlossenen Käufer«, hatte er höhnisch hinzugesetzt. Dann hatten die Finger sich schnell wieder geschlossen, als der King vorgetreten war, um den Ring von der Hand zu nehmen, und die Faust war zurückgezogen worden. »Heute abend.« Das Männchen hatte zahnlos gelächelt. »Es ist schon der richtige, keine Bange.«
»Bist du der Eigentümer?«
»Ich halte ihn in der Hand, oder nicht?«
»Das Geschäft gilt. Um wieviel Uhr?«
»Warte auf mich. Ich werde zu dir kommen, sobald keine Spitzel in der Nähe sind.«
Und das Männchen war ebenso plötzlich verschwunden, wie es aufgetaucht war.
Der King legte sich behaglich und frohlockend zurück. Armer Timsen, dachte er bei sich, der arme Hund hat Kartoffeln auf den Augen! Ich krieg den Ring für den halben Preis.
»Morgen, Kamerad«, grüßte Timsen. »Du hast mich rufen lassen?«
Der King öffnete die Augen und verdeckte mit der Hand ein Gähnen, während Timsen die Baracke heraufkam.
»Hallo.« Der King schwang die Beine über die Bettkante und streckte sich ausgiebig. »Bin heute müde. Zuviel Aufregung. Magst du ein Ei? Ich lass' mir eben zwei backen.«
»Und ob ich ein Ei mag.«
»Mach dir's bequem.« Der King konnte es sich leisten, gastfreundlich zu sein. »Und jetzt wollen wir über das Geschäft reden. Heute nachmittag schließen wir das Geschäft ab.«
»Nein.« Timsen schüttelte den Kopf. »Heute nicht. Morgen.«
Dem King fiel es schwer, nicht zu strahlen.
»Bis dahin ist die Aufregung vorbei«, erklärte Timsen. »Ich habe gehört, daß Grey wieder aus dem Lazarett heraus ist. Er wird die Baracke hier auf dem Kieker haben.« Timsen schien

ernstlich besorgt. »Wir müssen aufpassen. Du und ich. Ich will nicht, daß etwas schiefgeht. Ich muß auch auf dich aufpassen. Vergiß nicht, daß wir Kameraden sind.«
»Verdammt, nicht morgen«, knurrte der King und spielte den Enttäuschten. »Machen wir es heute nachmittag.«
Und er hörte zu und brüllte innerlich vor Lachen und hörte zu, als Timsen erklärte, wie wichtig es wäre, vorsichtig zu sein: der Eigentümer habe es mit der Angst zu tun gekriegt, ja, er wäre sogar in der vergangenen Nacht zusammengeschlagen worden, und nur ihm und seinen Leuten wäre es zu verdanken, daß der arme Kerl gerettet worden sei. Daran erkannte der King ganz sicher, daß Timsen in der Klemme saß, daß ihm der Diamant durch die schleimigen Pfoten gerutscht war, daß er Zeit zu gewinnen versuchte. Na, ich möchte wetten, dachte der King frohlockend, daß die Aussies wie die Irren nach dem Langfinger suchen. Ich möchte nicht in seiner Haut stecken – wenn sie ihn finden. Deshalb ließ er sich überreden. Nur für den Fall, daß Timsen den Burschen finden sollte und das ursprüngliche Geschäft gültig war.
»Na, gut«, brummte der King mürrisch. »Deine Ansichten haben wahrscheinlich was für sich. Machen wir das Geschäft also morgen.« Er zündete sich eine neue Zigarette an und nahm einen Zug, reichte sie weiter, spielte das Spiel noch immer weiter und sagte katzenfreundlich: »In den heißen Nächten schlafen nur wenige meiner Leute. Mindestens vier sind immer auf, die ganze Nacht.«
Timsen verstand die Drohung. Aber er hatte andere Dinge im Kopf. Verdammt, wer hat Townsend hinterrücks überfallen? Er betete, daß seine Leute den Schweinehund schnell finden möchten. Er wußte, daß er die hinterhältigen Ganoven finden mußte, bevor sie mit dem Diamanten zum King gingen, denn sonst war er aus dem Geschäft heraus. »Ich weiß, wie das ist. Mit meinen Leuten ist es genau das gleiche – Gott sei Dank sind sie nahe bei meinem armen alten Townsend.« Einfältiger Knabe! Verdammt, wie konnte ein Kerl bloß so schlapp sein und sich überfallen lassen, ohne laut zu schreien, bevor es zu

spät war. »Man kann heutzutage gar nicht vorsichtig genug sein.«
Tex brachte die Eier herein, und die drei Männer aßen sie zusammen mit Reis vom Mittagessen und spülten alles mit starkem Kaffee hinab. Bis zu dem Augenblick, als Tex das Geschirr hinaustrug, hatte der King die Unterhaltung genau dahin gebracht, wo er sie haben wollte.
»Ich kenne einen Kerl, der einige Medikamente braucht.«
Timsen schüttelte den Kopf. »Keine Hoffnung für den armen Hund. Nichts zu machen! Absolut nichts.« Aha, dachte er. Medikamente! Für wen die wohl sein mögen? Bestimmt nicht für den King. Er sieht kerngesund aus. Auch nicht zum Weiterverkauf; der King macht nie Geschäfte mit Medikamenten, was auch ganz in Ordnung ist, denn dadurch habe ich den ganzen Markt in der Hand. Es muß aber für jemand sein, der dem King sehr nahesteht. Sonst würde er sich doch nicht einmischen. Medikamentenhandel ist nicht sein Fall. Der alte McCoy! Ja, natürlich. Ich habe doch gehört, daß ihm in letzter Zeit oft was fehlt. Vielleicht der Oberst. Hat auch nicht allzugut ausgesehen! »Ich habe von einem Limey gehört, der etwas Chinin hat. Aber er verlangte ein ganzes Vermögen dafür.«
»Ich möchte etwas Antitoxin. Und Sulfonamidpuder.«
Timsen stieß einen Pfiff aus. »Absolut nichts zu machen!« erklärte er. Antitoxin und Sulfonamide. Gangrän! Der Pommy. Großer Gott, Gangrän! Es mußte der Pommy sein. Timsen hatte nicht allein durch List und Schläue den Medikamentenmarkt an sich gerissen. Er wußte genug über Medikamente aus der Zivilzeit, als er noch als Hilfsdrogist gearbeitet hatte; das wußte aber kein Schwein, denn sonst hätten die Hunde ihn sofort in den Sanitätsdienst gesteckt, und das hätte bedeutet, daß er beim Kämpfen und Töten nicht mit dabeisein könnte, und kein Aussie, der etwas auf sich hält, läßt sein Land im Stich und verzichtet auf einen wunderschönen Heimatschuß, indem er den Krieg nur als stinkender Sanitäter mitmacht.
»Gar nichts zu machen«, versicherte er noch einmal und schüttelte den Kopf.

»Hör zu«, sagte der King. »Ich will mit dir offen reden.« Timsen war der einzige auf der ganzen Welt, der es beschaffen konnte, deshalb mußte er seine Unterstützung bekommen. »Es ist für Peter.«
»Das ist hart«, sagte Timsen, aber innerlich empfand er Mitleid. Armer Kerl. Gangrän. Feiner Bursche, viel Schneid. Er spürte noch immer den Schlag, den der Pommy ihm in der vergangenen Nacht verpaßt hatte. Als sie zu viert über den King und den Pommy hergefallen waren.
Timsen hatte sich eingehend über Peter Marlowe unterrichtet, als der King sich mit ihm eingelassen hatte. Man kann nie zu vorsichtig sein, und genaue Kenntnisse sind immer wichtig. Und Timsen wußte von den vier deutschen Flugzeugen und von den drei Japsen, und er wußte von dem Dorf und wie der Pommy versucht hatte, von Java zu fliehen, ganz anders als die große Meute, die gehorsam herumhockte und alles hinnahm. Und dennoch, wenn man darüber nachdachte, dann war der Versuch doch ziemlich einfältig gewesen. Eine so große Entfernung. Ja. Viel zu weit. Ja, der Pommy war ein Prachtkerl.
Timsen überlegte, ob er es wagen konnte, jemanden in die Unterkunft des japanischen Arztes zu schicken, um die Medikamente zu organisieren. Es war riskant, aber die Unterkunft und der Weg dahin waren genau überprüft worden. Armer Marlowe, er mußte krank vor Sorgen sein. Natürlich werde ich die Medikamente beschaffen, und ich werde es umsonst machen oder doch nur für meine Auslagen.
Timsen haßte es, Medikamente zu verkaufen, aber jemand mußte es schließlich tun, also war es besser, wenn er dieser jemand war statt eines anderen, denn er selbst hielt die Preise immer niedrig, so vernünftig wie möglich, und er tat das, obwohl er genau wußte, daß er ein Vermögen hätte verdienen können, wenn er an die Japaner verkauft hätte, aber das tat er nie, sondern verkaufte nur an das Lager und wirklich nur mit einem geringen Gewinn, wenn man die damit verbundenen Gefahren bedachte.
»Es macht einen krank«, sagte Timsen, »wenn man an all die

Arzneimittelvorräte vom Roten Kreuz in der Bruchbude an der Kedahstraße denkt.«
»Mann, das ist doch ein Gerücht.«
»O nein, bestimmt nicht. Ich habe es selbst gesehen, Bester. Bei einem Arbeitseinsatz. Bis obenhin vollgestopft mit Rotkreuzzeug: Plasma, Chinin, Sulfonamide – alles, vom Boden bis zur Decke, und auch noch in den Kisten. Der Schuppen muß gut hundert Schritte lang und dreißig Schritte breit sein. Und das ganze Zeug kriegen die verdammten Nips. Sie lassen das Zeug herein. Es kommt über Tschungking herein, hat man mir erzählt. Das Rote Kreuz übergibt es an die Siamesen – die übergeben es an die Nips –, alles für die Kriegsgefangenen in Changi bestimmt. Mein Gott, ich habe selbst die Adressen gesehen, aber die Nips verwenden alles einfach für ihre eigenen Affen.«
»Weiß sonst noch jemand davon?«
»Ich habe es dem Oberst erzählt, und er hat es dem Lagerkommandanten erzählt, und der hat es wieder dem Nip-Bastard erzählt – wie heißt er doch gleich wieder, ja, Yoshima –, und der Lagerkommandant, na ja, er hat die Medikamente verlangt. Aber die Nips haben ihn glatt ausgelacht und erklärt, das sei ein Gerücht, und damit war die Sache erledigt. Nie wieder ist ein Arbeitskommando dorthingeschickt worden. Lausige Affen. Das ist einfach nicht fair, wo wir die Medikamente doch so dringend brauchen. Sie könnten uns wenigstens etwas davon geben. Ein Freund von mir ist vor sechs Monaten gestorben, weil ihm ein bißchen Insulin gefehlt hat – und ich habe mit eigenen Augen ganze Kisten davon gesehen. Kisten.«
Timsen drehte sich eine Zigarette, hustete und spuckte und war so aufgebracht, daß er gegen die Wand trat.
Er wußte, daß es keinen Sinn hatte, wenn er sich darüber aufregte. Und es gab keine Möglichkeit, an den Schuppen heranzukommen. Aber er konnte Antitoxin und Sulfonamide für den Pommy bekommen. O ja, mein Wort darauf – und er würde ihm beides umsonst geben.
Aber Timsen war viel zu klug, um sich vom King durchschau-

en zu lassen. Es wäre einfach kindisch, wenn er den King wissen ließe, daß er eine weiche Stelle hatte, denn mit tödlicher Sicherheit würde der King das irgendwann später einmal als Hebel benutzen. Ja, und er mußte den King unbedingt für das Geschäft mit dem Diamanten haben. Scheiße! Den verdammten Räuber hatte ich ganz vergessen.
Also nannte Timsen einen ungewöhnlich hohen Preis und ließ sich herunterhandeln. Aber er setzte den endgültigen Preis hoch an, denn er wußte, daß der King es sich leisten konnte, und außerdem wäre der King argwöhnisch geworden, wenn er ihm erklärt hätte, er könnte das Zeug billig kriegen.
»Also gut«, erklärte der King düster. »Das Geschäft gilt.« Innerlich war er keineswegs düster. Jedenfalls nicht allzu düster. Er hatte erwartet, daß Timsen ihn ausnehmen würde, aber wenn der Preis auch höher war als der, den er eigentlich hatte bezahlen wollen, so war er doch angemessen.
»Drei Tage wird es dauern«, meinte Timsen, der sehr wohl wußte, daß es in drei Tagen zu spät sein würde.
»Ich muß das Zeug noch heute nacht haben.«
»Dann kostet es noch fünfhundert dazu.«
»Ich bin dein Freund!« erklärte der King, der diesmal echten Schmerz empfand. »Wir sind Kameraden, und du verlangst nochmals fünf Hunderter von mir.«
»Also gut, Kamerad.« Timsen gab sich traurig, wie ein Hund. »Aber du weißt ja selbst, wie es ist. Drei Tage sind das beste, was ich tun kann.«
»Gottverdammt. Also gut.«
»Und der Pfleger kostet noch mal extra fünfhundert.«
»Bist du wahnsinnig? Verdammt, wozu der Pfleger?«
Timsen genoß es, wie der King sich wand. »Na«, sagte er nachgiebig, »was willst du denn mit dem Zeug anfangen, wenn du es hast? Wie willst du den Patienten behandeln?«
»Verdammt, woher soll ich das wissen?«
»Dafür sind die fünfhundert. Ich nehme an, du willst das Zeug dem Pommy geben, und der wird es prompt zum Lazarett hinaufbringen und zum nächstbesten Knochensäger sagen: ›Hier

habe ich Antitoxin und Sulfonamide, richte meinen verdammten Arm her‹, und dann wird der Arzt zu ihm sagen: ›Verdammt, wir haben kein Antitoxin, wie kommen Sie dann daran‹, und wenn der Pommy es ihm nicht sagen will, dann werden die Hunde es ihm abnehmen und irgendeinem stinkigen Limey-Oberst geben, der vielleicht eben als leichter Fall von Hämorrhoiden im Lazarett liegt.«

Geschickt zog er dem King die Zigarettenpackung aus der Tasche und bediente sich. »Und außerdem«, sagte er, aber diesmal völlig ernst, »mußt du einen Ort finden, wo du ihn geheim behandeln kannst. Wo er sich hinlegen kann. Die Antitoxine setzen manchen Leuten hart zu. Und außerdem gehört es zum Geschäft, daß ich keine Verantwortung übernehme, falls die Behandlung schiefgeht.«

»Wenn du doch Antitoxin und Sulfonamide hast, was kann da noch schiefgehen?«

»Manche Leute vertragen es nicht. Übelkeit. Ganz beschissen. Und es kann sein, daß es nicht wirkt. Hängt davon ab, wieviel von dem Gift bereits in seinem Körper steckt.« Timsen stand auf. »Irgendwann heute abend. Ach ja, und die Geräte kosten nochmal fünfhundert.«

Der King explodierte. »Was für Geräte, zum Donnerwetter?«

»Spritzen und Verbandszeug und Seife. Mein Gott!« Timsen wurde beinahe unwillig. »Hast wohl geglaubt, Antitoxin sei eine Pille, die man ihm in den Arsch steckt?«

Der King starrte verdrießlich hinter Timsen her und hätte sich am liebsten selbst in den Hintern getreten. Hast dich wohl für besonders klug gehalten, als du im Tausch gegen eine Zigarette erfahren hast, was ein Gangrän ist, verdammt, und dann vergißt du Hohlkopf zu fragen, was man mit dem Zeug macht, wenn man es erst hat.

Der Teufel soll's holen. Es geht um die Moneten. Und Peter kriegt seinen Arm zurück. Und das mit dem Preis geht auch in Ordnung.

Dann fiel dem King wieder der kleine Straßenräuber ein, und er strahlte. Ja, er war ganz zufrieden mit seinem Tagewerk.

## 21

An jenem Abend verschenkte Peter Marlowe sein Essen. Er schenkte es nicht Mac oder Larkin, wie er das eigentlich hätte tun sollen, sondern gab es Ewart. Er wußte, daß man ihn gezwungen hätte, mit der Sprache herauszurücken, wenn er es jemandem von seiner Einheit gegeben hätte. Und es hatte keinen Sinn, es ihnen zu erzählen.

Am Nachmittag war er krank vor Schmerz und Sorge zu Dr. Kennedy gegangen. Wieder hatte die Qual ihn fast verrückt gemacht, als der Verband abgerissen wurde. Dann hatte der Doktor einfach gesagt: »Das Gift ist oberhalb des Ellbogens. Ich kann unterhalb amputieren, aber das ist Zeitverschwendung. Am besten machen wir die Operation gleich auf einmal. Sie werden einen netten Stumpf haben – mindestens zwölf Zentimeter von der Schulter aus. Das reicht aus, um einen künstlichen Arm anschnallen zu können. Völlig ausreichend.« Kennedy hatte die Finger ruhig zu einem Tempel zusammengelegt. »Verschwenden Sie nicht noch mehr Zeit, Marlowe«, und dabei hatte er trocken aufgelacht und gescherzt: »Domani è troppo tardi«, und als Peter Marlowe ihn verständnislos angesehen hatte: »Morgen kann es zu spät sein.«

Peter Marlowe war zu seinem Bett zurückgetaumelt und hatte dagelegen in einem Pfuhl von Furcht. Dann war das Abendessen gekommen, und er hatte es weggegeben.

»Haben Sie Fieber?« fragte Ewart glücklich mit dem zusätzlichen Essen im Bauch.

»Nein.«

»Kann ich Ihnen etwas besorgen?«

»Lassen Sie mich um Himmels willen in Ruhe!« Peter Marlowe drehte Ewart den Rücken zu. Nach einer Weile stand er auf, verließ die Baracke und bedauerte, daß er eingewilligt hatte, mit Mac, Larkin und Pater Donovan ein oder zwei Stunden Bridge zu spielen. Du bist ein Idiot, sagte er bitter zu sich. Du hättest im Bett bleiben sollen, bis es Zeit ist, durch den Draht zu schlüpfen und das Geld zu holen.

Aber er wußte, daß er nicht Stunde um Stunde einfach hätte auf seinem Bett liegen können, bis er ohne Gefahr weggehen konnte. Es war schon besser, wenn man etwas zu tun hatte.

»Hallo, Kamerad!« Auf Larkins Gesicht zeigten sich beim Lächeln tausend kleine Fältchen.

Peter Marlowe erwiderte das Lächeln nicht. Er setzte sich einfach grimmig in die Tür. Mac sah zu Larkin hinüber, der kaum merklich die Achseln zuckte.

»Peter«, sagte Mac und zwang sich zu guter Laune, »die Nachrichten werden von Tag zu Tag besser, nicht? Dauert nicht mehr lange, dann sind wir raus.«

»Bestimmt!« bestätigte Larkin.

»Sie leben ja in einem Narrenparadies. Wir werden nie aus Changi herauskommen.« Peter Marlowe wollte nicht grob sein, aber er konnte sich einfach nicht zurückhalten. Er wußte, daß Mac und Larkin verletzt waren, tat aber nichts, um das zu mildern. Er war besessen von dem Gedanken an den zwölf Zentimeter langen Stumpf. Kälte zerfraß sein Rückgrat und bohrte sich in die Hoden. Verdammt, wie konnte der King wirklich helfen? Wie? Sei doch realistisch. Wenn es des King Arm wäre – was könnte ich tun, auch wenn ich sein allerbester Freund wäre? Nichts. Ich glaube nicht, daß er mir irgendwie helfen kann – rechtzeitig. Nein. Am besten siehst du der Sache ins Auge, Peter. Entweder amputieren oder sterben. Ganz einfach. Und wenn man es richtig ansieht, dann kannst du gar nicht sterben. Noch nicht. Wenn man erst einmal geboren ist, dann ist man gezwungen weiterzuleben. Unter allen Umständen.

Mensch, sagte Peter Marlowe zu sich selbst, sei lieber realistisch. Es gibt nichts, was der King tun kann, nichts. Und du hättest ihn nicht so in Verlegenheit bringen dürfen. Es ist deine Sache, nicht seine. Hol einfach das Geld, gib es ihm, geh zum Lazarett hinauf, leg dich auf den Tisch und laß dir den Arm abschneiden.

So saßen sie also zu dritt – er, Mac und Larkin – in der übelriechenden Nacht. Schweigend. Als Pater Donovan sich zu ihnen setzte, zwangen sie ihn, etwas Reis und Blachang zu essen. Sie ließen es ihn auf der Stelle essen, denn hätten sie es nicht getan, dann hätte er es weggegeben, so wie er den größten Teil seiner Rationen weggab.

»Sie sind sehr nett zu mir«, sagte Donovan. Er zwinkerte, als er hinzusetzte: »Wenn Sie drei jetzt noch Ihre Irrwege erkennen und auf die richtige Seite des Zaunes herüberkommen würden, dann hätten Sie mir den Abend vollkommen gemacht.«

Mac und Larkin lachten mit ihm. Peter Marlowe lachte nicht.

»Was ist los?« fragte Larkin, und Schärfe klang aus seiner Stimme. »Sie benehmen sich schon den ganzen Abend wie ein wilder Hund mit dem Wolf am Arsch.«

»Es ist doch nicht schlimm, wenn man mal ein wenig anders ist als sonst«, sagte Donovan schnell, um das ärgerliche Schweigen zu überbrücken. »Die Nachrichten sind wirklich sehr gut, nicht wahr?«

Nur Peter Marlowe war von der Atmosphäre der Freundschaft ausgeschlossen, die den kleinen Raum erfüllte. Er wußte, daß seine Gegenwart niederdrückend wirkte, aber er konnte nichts daran ändern. Nichts.

Das Spiel begann, und Pater Donovan eröffnete es mit zwei Pik.

»Passe«, brummte Mac.

»Drei Karo«, meldete Peter Marlowe, und er hatte es kaum gesagt, da wünschte er schon, er hätte es nicht gesagt, denn einfältigerweise hatte er sein Blatt überreizt und hatte Karo gemeldet, während er eigentlich Herz hätte sagen sollen.

»Passe«, knurrte Larkin gereizt. Es tat ihm jetzt leid, daß er das Spiel vorgeschlagen hatte. Es machte keinen Spaß.

»Drei Pik«, bot Pater Donovan.

»Passe.«

»Passe«, erklärte auch Peter Marlowe, und alle sahen ihn überrascht an.

Pater Donovan lächelte. »Sie sollten mehr Glauben . . .«

»Ich bin des Glaubens müde.« Die Worte kamen plötzlich und grob und sehr zornig.

»Entschuldigung, Peter. Ich wollte nur ...«
»Jetzt hören Sie aber, Peter«, unterbrach Larkin scharf. »Nur weil Sie schlechter Laune sind ...«
»Ich kann meine eigenen Ansichten haben, und ich finde, es war ein schlechter Witz«, brauste Peter Marlowe auf. Dann drehte er sich schnell zu Donovan um. »Nur weil Sie sich selbst zum Märtyrer machen, indem Sie Ihr Essen verschenken und in den Mannschaftsbaracken schlafen, gibt Ihnen das wohl das Recht, *die* Autorität zu sein. Glaube ist nichts als ein Haufen Nichts. Was bringt er Ihnen ein? Nichts! Glaube ist für kleine Kinder – und genauso ist es mit Gott. Verdammt, was kann ER schon tun? Wirklich tun? He? *He*?«
Mac und Larkin starrten Peter Marlowe an und erkannten ihn nicht wieder.
»Er kann heilen«, sagte Pater Donovan, der von dem Gangrän wußte. Er wußte viele Dinge, die er gar nicht wissen wollte.
Peter Marlowe warf klatschend die Karten auf den Tisch. »Scheiße«, brüllte er wie ein Wahnsinniger. »Das ist Scheiße, und Sie wissen es genau. Und noch etwas, weil wir eben bei dem Thema sind. Gott! Damit Sie es wissen, ich glaube, Gott ist ein Irrer, ein Sadist, ein böser Irrer, ein Blutsauger ...«
»Haben Sie völlig den Verstand verloren, Peter?« explodierte Larkin.
»Nein, das habe ich keineswegs. Sehen Sie doch Gott an«, tobte Peter Marlowe, und sein Gesicht war verzerrt. »Gott ist nichts als böse – wenn ER wirklich Gott ist. Sehen Sie sich doch all das Blutvergießen an, das im Namen Gottes vollbracht worden ist.« Er schob das Gesicht näher zu dem Donovans hin. »Die Inquisition. Erinnern Sie sich? All die Tausende, die verbrannt und zu Tode gemartert wurden, in Seinem Namen? Von den katholischen Sadisten? Und wir wollen noch nicht einmal von den Azteken und Inkas und den Millionen der armen verfluchten Indianer reden. Und auch nicht von den Protestanten, die die Katholiken verbrannten und umbrachten; und von den Katholiken, den Juden und den Mohammedanern, und den Juden, noch mehr Juden – und den Mormonen

und den Quäkern und der ganzen stinkigen Bande. Töten, martern, verbrennen! Hauptsache, es geschieht im Namen Gottes, dann haben sie recht. Was für eine Heuchelei! Kommen Sie mir nicht mit Glauben! Das ist nichts.«

»Und dennoch glauben Sie an den King«, erwiderte Pater Donovan ruhig.

»Vermutlich wollen Sie gleich sagen, er sei ein Werkzeug Gottes?«

»Vielleicht ist er das. Ich weiß es nicht.«

»Das muß ich ihm erzählen.« Peter Marlowe lachte hysterisch. »Er wird sich totlachen.«

»Hören Sie mal, Marlowe!« Larkin stand zornbebend auf. »Entschuldigen Sie sich, oder machen Sie, daß Sie rauskommen!«

»Keine Sorge, Oberst«, gab Peter Marlowe scharf zurück, »ich gehe schon.« Er stand auf und starrte sie an, haßte sie, haßte sich selbst. »Hören Sie, Pfaffe. Sie sind ein Witz. Ihr Frack ist ein Witz. Sie sind alle ein unheiliger Witz, Sie und Gott. Sie dienen nicht Gott, denn Gott ist der Teufel. Sie sind der Diener des Teufels.« Dann fegte er einige Karten auf dem Tisch zusammen, nahm sie, warf sie Pater Donovan ins Gesicht und stürmte in die Dunkelheit hinaus.

»Was ist um Gottes willen in Peter gefahren?« fragte Mac und brach das entsetzte Schweigen.

»Um Gottes willen!« antwortete Pater Donovan mitfühlend. »Peter hat Gangrän. Er muß sich den Arm amputieren lassen, sonst stirbt er. Man konnte die violetten Streifen oberhalb des Ellbogens deutlich sehen.«

»Was?« Larkin starrte Mac wie versteinert an. Dann standen beide gleichzeitig auf und wollten hinauslaufen. Aber Pater Donovan rief sie zurück.

»Warten Sie, Sie können nichts für ihn tun.«

»Verdammt, es muß etwas geben.« Larkin stand in der Tür. »Der arme Kerl – und ich dachte – der arme Kerl . . .«

»Man kann nichts anderes tun als warten. Außer glauben und beten. Vielleicht wird der King helfen, vielleicht kann er helfen.« Dann setzte Pater Donovan müde hinzu: »Der King ist der einzige, der helfen kann.«

Peter Marlowe taumelte in die amerikanische Baracke. »Ich hole jetzt das Geld«, murmelte er dem King zu.
»Sind Sie verrückt? Es sind zu viele Leute in der Gegend.«
»Zum Teufel mit den Leuten«, knirschte Peter Marlowe zornig. »Wollen Sie das Geld oder nicht?«
»Setzen Sie sich. Setzen Sie sich!« Der King zwang Peter Marlowe, sich zu setzen, gab ihm eine Zigarette, zwang ihn, Kaffee zu trinken, und dachte, mein Gott, was muß ich für ein wenig Gewinn alles tun. Geduldig sagte er zu Peter Marlowe, er möge seine fünf Sinne beisammenhalten, es werde schon alles gutgehen, denn für die Behandlung sei bereits gesorgt, und nach einer Stunde war Peter Marlowe ruhiger und redete wenigstens zusammenhängend. Aber der King wußte, daß er nicht bis zu ihm durchdrang. Er sah, daß er von Zeit zu Zeit nickte, wußte aber im Innern, daß Peter Marlowe von ihm gar nicht zu erreichen war, und wenn er nicht von ihm, dem King, zu erreichen war, dann konnte ihn überhaupt niemand erreichen.
»Ist es jetzt Zeit?« fragte Peter Marlowe vor Schmerz fast geblendet und wußte genau, daß er überhaupt nicht mehr gehen konnte, wenn er nicht auf der Stelle ging.
Der King wußte, daß es noch zu früh war, wenn man sich nicht in Gefahr begeben wollte, aber er wußte auch, daß er ihn nicht länger in der Baracke halten konnte. Deshalb schickte er Wachen in alle Richtungen. Das ganze Gebiet war abgesichert. Max beobachtete Grey, der auf seinem Bett lag. Byron Jones III beobachtete Timsen, und Timsen stand im Norden in der Nähe des Tors und wartete auf die Medikamente, und Timsens Leute, die eine weitere Gefahrenquelle darstellten, durchkämmten noch immer verzweifelt die Gegend nach dem Diamantenräuber.
Der King und Tex sahen hinter Peter Marlowe her, als er wie ein wandelnder Leichnam aus der Baracke taumelte und über den Weg zum Wassergraben hinaufging. Schwankend stand er

einen Augenblick am Rand, machte dann einen Schritt hinüber und begann auf den Zaun zuzutaumeln.
»Mein Gott«, sagte Tex. »Ich kann nicht mehr zusehen!«
»Ich auch nicht«, erklärte der King.
Peter Marlowe versuchte den Blick durch die verzehrenden Schmerzen und das Delirium hindurch auf den Zaun zu richten. Er betete um eine Kugel. Er konnte die Schmerzen nicht mehr aushalten. Aber es kam keine Kugel, deshalb ging er grimmig und aufrecht weiter und fiel dann gegen den Zaun. Er packte einen Draht, um sich einen Augenblick daran festzuhalten. Dann bückte er sich, um unter den Drähten durchzukriechen, und stieß ein leises Stöhnen aus, als er in die Fangarme der Hölle stürzte.
Der King und Tex liefen zum Zaun, hoben ihn auf und zerrten ihn vom Zaun weg.
»Was ist mit ihm los?« fragte jemand aus der Dunkelheit.
»Wahrscheinlich hat er den Lagerkoller«, antwortete der King. »Komm, Tex, schaffen wir ihn in die Baracke.«
Sie trugen ihn in die Baracke und legten ihn auf das Bett des King. Dann lief Tex weg, um die Wachen einzuziehen, und die Baracke kehrte zum Normalzustand zurück. Nur eine Wache draußen.
Peter Marlowe lag stöhnend und im Delirium murmelnd auf dem Bett. Nach einer Weile erwachte er aus der Ohnmacht.
»O Gott«, keuchte er und versuchte vom Bett aufzustehen, aber der Körper ließ ihn im Stich.
»Hier«, sagte der King besorgt und gab ihm vier Aspirintabletten. »Ruhig Blut, Sie werden wieder völlig gesund werden.« Seine Hand zitterte, als er ihm half, etwas Wasser zu trinken. Verdammter Hund, dachte er erbittert, wenn Timsen das Zeug heute nacht nicht beibringt, dann schafft Peter es nicht. Und wenn er es nicht schafft, verdammt, wie soll ich dann an den Zaster rankommen? Verdammter Hund!
Als Timsen endlich kam, war der King ein Wrack.
»Hallo, Kamerad.« Auch Timsen war nervös. Er hatte für seinen besten Mann oben am Haupttor Schmiere stehen müssen,

während der andere unter dem Zaun durchgekrochen und in die Unterkunft des japanischen Arztes eingedrungen war, die nur fünfzig Schritte entfernt stand, nicht allzuweit weg von Yoshimas Haus und so nahe am Wachhaus, daß es Nerven kostete. Aber der Aussie hatte sich hinein- und auch wieder herausgeschlichen, und obwohl Timsen wußte, daß es auf der ganzen Welt keinen so geschickten Dieb gibt wie einen Australier, keinen einzigen Dieb auf der ganzen Welt, war er doch ins Schwitzen geraten, während er auf die Rückkehr des anderen gewartet hatte.

»Wo verarzten wir ihn?« fragte er.

»Hier.«

»Na gut. Stell lieber ein paar Wachen aus.«

»Wo ist der Pfleger?«

»Ich bin der erste«, antwortete Timsen gereizt. »Steven kann jetzt nicht herunterkommen. Er löst mich ab.«

»Verdammt, weißt du auch genau, was du tust?«

»Worauf du dich verlassen kannst«, antwortete Timsen. »'türlich weiß ich es. Hast du kochendes Wasser?«

»Nein.«

»Mann, dann mach welches! Wißt ihr Yankees denn überhaupt nichts?«

»Reg dich nicht auf!«

Der King nickte Tex zu, und Tex stellte das Wasser auf. Timsen öffnete die Tasche mit dem chirurgischen Besteck und breitete ein kleines Tuch aus.

»Du kriegst die Motten«, staunte Tex. »So was Sauberes hab ich noch nie gesehen. Mann, das ist ja fast blau, so weiß ist es.«

Timsen spuckte aus, wusch sich mit einem frischen Stück Seife sorgfältig die Hände und begann die Spritze und die Pinzette auszukochen. Dann beugte er sich über Peter Marlowe und schlug ihm leicht ins Gesicht. »He, Kamerad!«

»Ja«, antwortete Peter Marlowe schwach.

»Ich werde gleich die Wunde reinigen, klar?«

Peter Marlowe mußte sich konzentrieren. »Was?«

»Ich werde Ihnen gleich das Antitoxin geben . . .«

»Ich muß zum Lazarett hinauf«, sagte Peter wie betrunken. »Es ist jetzt Zeit – schneiden Sie ihn ab – ich sage Ihnen . . .« Er fiel wieder in die Ohnmacht zurück.

»Schadet nichts«, meinte Timsen.

Als die Spritze sterilisiert war, gab Timsen eine Morphiuminjektion. »Hilf mal«, befahl er schroff dem King. »Wisch mir den verdammten Schweiß aus den Augen.« Gehorsam holte der King ein Handtuch.

Timsen wartete, bis die Spritze wirkte, riß dann den alten Verband ab und legte die Wunde frei. »Herrgott!« Die ganze Wundfläche war aufgedunsen und violett und grün. »Ich glaube, es ist zu spät.«

»Mein Gott«, stöhnte der King. »Kein Wunder, daß das arme Schwein verrückt war.«

Mit den Zähnen knirschend schnitt Timsen vorsichtig das Schlimmste des zerfallenden, verfaulten Fleisches heraus, fuhr mit der Sonde tief hinein und wusch die Wunde so sauber, wie er konnte. Dann streute er Sulfonamidpuder darüber und verband sie wieder. Als er fertig war, richtete er sich auf und seufzte. »Verdammt, mein Rücken!« Er blickte auf den blütenweißen Verband und drehte sich dann zum King um. »Hast du ein Stück von einem alten Hemd?«

Der King zerrte ein Hemd von der Wand und gab es ihm. Timsen riß einen Ärmel heraus, zerriß ihn zu einer groben Binde und wickelte sie um den Verband.

»Verdammt, was soll das?« fragte der King trübe.

»Tarnung«, erklärte Timsen. »Du bildest dir wohl ein, er kann mit einem wunderschönen sauberen Verband am Arm im Lager herumspazieren, ohne daß er von neugierigen Ärzten und Militärpolizisten angehalten wird, die ihn ausfragen, wo er ihn her hat, was?«

»Ach so, kapiert.«

»Mann, du bist mir 'ne Nulpe!«

Der King ließ es nicht zum Krach kommen. Ihm war noch immer speiübel bei der Erinnerung an Peter Marlowes Arm, an dessen Geruch, an das Blut und an den verklebten und schmierigen Verband, der auf dem Boden lag. »He, Tex, schaff das stinkende Ding weg!«

»Wer? Ich? Warum?«

Tex hob widerwillig den Verband auf und ging hinaus. Er bohrte ein Loch in die weiche Erde, vergrub ihn darin und erbrach sich. Als er zurückkam, sagte er: »Gott sei Dank, daß ich das nicht jeden Tag tun muß.«

Timsen zog mit zittrigen Fingern die Spritze voll und beugte sich über Peter Marlowes Arm. »Du mußt aufpassen. Paß um Himmels willen auf«, knurrte er, als er bemerkte, daß der King sich abwandte. »Wenn Steven nicht kommt, wirst vielleicht du es machen müssen. Die Spritze muß intravenös gegeben werden, kapiert? Du suchst die Vene. Dann stößt du ganz leicht die Nadel hinein und ziehst ganz vorsichtig ein klein wenig den Kolben heraus, bis du etwas Blut in der Spritze siehst. Hast du kapiert? Dann bist du sicher, daß die Nadel in der Vene steckt. Sobald du dessen sicher bist, spritzt du einfach das Antitoxin hinein. Aber nicht schnell. Nimm dir für den Kubikzentimeter etwa drei Minuten Zeit.«

Der King sah von Übelkeit geschüttelt zu, bis die Nadel herausgerissen wurde und Timsen einen kleinen Wattebausch auf den Einstich preßte.

»Gottverdammt«, schnaufte der King. »Das bring ich nie hin.«

»Wenn du ihn sterben lassen willst, gut.« Timsen schwitzte und wurde ebenfalls von Übelkeit gequält. »Und mein Alter wollte immer, daß ich Arzt würde!« Er stieß den King beiseite, hielt den Kopf aus dem Fenster und erbrach sich heftig. »Gib mir um Gottes willen etwas Kaffee.«

Peter Marlowe regte sich und wachte halb auf.

»Sie werden wieder ganz gesund, Kamerad. Verstehen Sie mich?« Timsen beugte sich sanft über ihn.

Peter Marlowe nickte kurzsichtig und hob den Arm. Einen Augenblick starrte er ungläubig darauf, dann murmelte er: »Was ist passiert? Er ist – noch dran – er ist noch dran!«

»Natürlich ist er dran«, sagte der King stolz. »Wir haben Sie eben verarztet. Antitoxin, jede Menge. Ich und Timsen!«

Aber Peter Marlowe sah ihn nur an, und sein Mund bewegte sich, aber es kamen keine Worte heraus. Erst nach einer ganzen Weile brachte er dann schließlich flüsternd hervor: »Er ist noch immer – dran.« Er benutzte die rechte Hand, um den Arm zu betasten, der eigentlich nicht mehr hätte da sein sollen, es aber noch war. Und als er sicher war, daß er nicht träumte, legte er sich in eine Schweißlache zurück, schloß die Augen und begann zu weinen. Einige Minuten später war er eingeschlafen.

»Armer Kerl«, sagte Timsen. »Er muß geglaubt haben, er liegt auf dem Operationstisch.«

»Wie lange wird er bewußtlos sein?«

»Etwa zwei Stunden noch. Hör zu«, sagte Timsen, »er muß alle sechs Stunden eine Spritze bekommen, bis das Gift aus ihm heraus ist. Das, sagen wir, ungefähr achtundvierzig Stunden lang. Und jeden Tag einen neuen Verband. Und noch mehr Sulfonamid. Aber du mußt daran denken. Er *muß* weiterhin die Spritzen bekommen. Und sei nicht überrascht, wenn er dir die ganze Baracke verkotzt. Es muß eine Reaktion geben. Eine schlimme. Ich habe die erste Dosis besonders groß genommen.«

»Glaubst du, daß er wieder gesund wird?«

»Darauf antworte ich dir in zehn Tagen.« Timsen packte sein Besteck in die Tasche und machte aus dem Handtuch, der Seife, der Spritze, dem Antitoxin und dem Sulfonamidpuder ein sauberes kleines Paket. »Und jetzt wollen wir abrechnen, klar?«

Der King zog eine Packung heraus, die Shagata ihm geschenkt hatte. »Was zu rauchen?«

»Ja.«

Als die Zigaretten brannten, sagte der King mit nüchterner Stimme: »Wir können abrechnen, wenn wir das Diamantengeschäft abschließen.«

»Nichts zu machen, Kamerad. Ich habe geliefert, ich werde bezahlt. Das hat nichts miteinander zu tun«, erwiderte Timsen scharf.

»Es schadet doch nichts, einen oder zwei Tage zu warten.«
»Du hast genug Geld und außerdem etwas von dem Gewinn . . .« Er brach plötzlich ab, als ihm die Wahrheit aufging. »Oho«, machte er mit breitem Lächeln und wies mit dem Daumen auf Peter Marlowe. »Kein Geld, bis dein Freund geht und es holt, stimmt's?«
Der King streifte seine Armbanduhr ab. »Willst du die als Pfand behalten?«
»O nein, Freundchen, ich vertraue dir.« Er sah auf Peter Marlowe. »Mir scheint, es hängt eine ganze Menge von dir ab, mein Sohn.«
Als er sich wieder dem King zuwandte, lagen lustige Lachfältchen um seine Augen. »Dann hab ich ja auch noch Zeit, nicht wahr?«
»Wie?« machte der King unschuldig.
»Rück schon raus damit, Kamerad. Du weißt, daß der Ring geraubt worden ist. Du bist der einzige im Lager, der ihn verscheuern kann. Glaubst du, ich hätte dich in das Geschäft einsteigen lassen, wenn ich es allein hätte drehen können?« Timsens Lächeln war engelhaft. »Damit gewinne ich also Zeit, den Räuber zu finden, stimmt's? Wenn er zuerst zu dir kommt, hast du nicht das Geld, ihn zu bezahlen, stimmt's? Ohne Geld wird er ihn nicht rausrücken, stimmt's? Kein Geld, kein Geschäft.« Timsen wartete und fuhr dann freundlich fort: »'türlich könntest du mir einen Tip geben, wenn der Bastard ihn dir anbietet, nicht wahr? Schließlich ist es mein Eigentum, stimmt's?«
»Genau«, bestätigte der King bereitwillig.
»Aber du wirst es ja nicht tun«, seufzte Timsen. »Was für ein verdammtes Diebsgesindel.«
Er beugte sich über Peter Marlowe und prüfte dessen Puls. »Hm«, machte er nachdenklich, »der Puls ist hochgegangen.«
»Danke für deine Hilfe, Tim.«
»Schon gut, Kamerad. Ich bin schließlich auch an dem Burschen interessiert, stimmt's? Und ich werde wie ein verdammter Geier auf ihn aufpassen. Stimmt's?«

Er lachte wieder und ging hinaus.
Der King war erschöpft. Nachdem er sich etwas Kaffee gekocht hatte, fühlte er sich besser, legte sich in den Sessel zurück und glitt in den Schlaf.
Er fuhr aus dem Schlaf hoch und sah zum Bett hinüber. Peter Marlowe starrte ihn an.
»Hallo«, sagte Peter Marlowe schwach.
»Wie fühlen Sie sich?« Der King streckte sich und stand auf.
»Wie die Hölle. Ich werde mich jeden Augenblick erbrechen müssen. Wissen Sie, ich kann nichts – gar nichts sagen . . .«
Der King zündete die letzte Kooa an und steckte sie Marlowe zwischen die Lippen. »Sie haben sie verdient, Kamerad.«
Während Peter Marlowe dalag und Kraft sammelte, erzählte der King ihm von der Behandlung und was noch getan werden mußte.
»Der einzige Ort, den ich mir denken kann«, sagte Peter Marlowe, »ist die Behausung des Obersten. Mac kann mich wekken und mir von der Baracke dorthinunterhelfen. Die meiste Zeit kann ich in meinem eigenen Bett liegen.«
Der King hielt mit spitzen Fingern eines seiner Eßgeschirre, als Peter Marlowe sich erbrach.
»Halten Sie es besser bereit. Entschuldigung. Mein Gott«, stieß Peter Marlowe entsetzt hervor, als er sich erinnerte. »Das Geld! Hab ich es geholt?«
»Nein. Sie sind auf dieser Seite des Stacheldrahtzaunes ohnmächtig geworden.«
»O Gott, ich glaube nicht, daß ich es heute nacht schaffe.«
»Keine Bange, Peter. Sobald Sie sich besser fühlen. Hat keinen Sinn, ein Risiko einzugehen.«
»Wird das dem Geschäft nicht schaden?«
»Nein. Machen Sie sich darüber keine Sorgen.«
Peter Marlowe erbrach sich noch einmal, und als er sich wieder erholt hatte, sah er schrecklich aus. »Komisch«, murmelte er und unterdrückte den Brechreiz. »Ich habe einen gespenstischen Traum gehabt. Ich habe geträumt, daß ich mit Mac, dem Oberst und dem alten Pater Donovan einen fürchterlichen

Streit gehabt habe! Mein Gott, was bin ich froh, daß es ein Traum war.« Er stemmte sich mit ungeheurer Anstrengung auf dem gesunden Arm hoch, schwankte und ließ sich zurückfallen. »Helfen Sie mir bitte hoch.«
»Lassen Sie sich Zeit. Die Lichter sind eben erst ausgegangen.«
»Kamerad!«
Der King sprang zum Fenster und starrte in die Dunkelheit hinaus. Er sah die undeutlichen Umrisse des kleinen Wieselmännchens, das dicht an der Wand kauerte.
»Beeil dich«, flüsterte der Mann. »Ich hab den Stein dabei.«
»Du wirst warten müssen«, erwiderte der King. »Ich kann dir das Geld erst in zwei Tagen geben.«
»Aber, du elender Bastard . . .«
»Hör zu, du Schweinehund«, unterbrach ihn der King. »Wenn du zwei Tage warten willst, in Ordnung! Wenn nicht, dann hol dich der Teufel!«
»Also gut, in zwei Tagen.« Der Mann fluchte gräßlich und verschwand.
Der King hörte ihn eilig davontrippeln, und einen Augenblick später hörte er das hastige Getrappel anderer Füße, die ihn verfolgten. Dann Stille, die nur vom Zirpen der Grillen unterbrochen wurde.
»Was hat das alles bedeutet?« fragte Peter Marlowe.
»Nichts«, antwortete der King, der sich fragte, ob der Mann entkommen war. Aber er wußte, daß er den Diamanten bekommen würde, was auch geschehen mochte. Solange er das Geld besaß.

## 22

Zwei Tage lang kämpfte Peter Marlowe mit dem Tod. Aber er hatte den Willen zu leben. Und er lebte.
»Peter!« Mac rüttelte ihn sanft wach.

»Ja, Mac?«

»Es ist Zeit.«

Mac half Peter Marlowe aus dem Bett, und gemeinsam stiegen sie vorsichtig die Treppe hinab, wobei die Jugend sich auf das Alter stützte, und gingen dann in der Dunkelheit zum Bungalow.

Steven war schon da und erwartete sie. Peter Marlowe legte sich auf Larkins Bett und unterzog sich wieder der Injektion. Er mußte die Zähne fest zusammenbeißen, um nicht laut zu schreien; Steven war sanft, aber die Nadel war stumpf.

»Danke«, sagte Steven. »Jetzt wollen wir mal die Temperatur messen.« Er steckte Peter Marlowe das Thermometer in den Mund, wickelte dann die Binden auf und sah sich die Wunde an. Die Schwellung war zurückgegangen, die grüne und violette Färbung war verschwunden, und harter, sauberer Schorf bedeckte die Wunde. Steven streute Sulfonamidpuder auf die Wunde.

»Sehr gut.« Steven freute sich über den Erfolg der Behandlung. Über den heutigen Tag freute er sich indessen nicht. Dieser schmutzige Unteroffizier Flaherty, dachte er, ekelhafter Mann. Er weiß, daß ich es nicht gern tue, aber jedesmal wählt er mich dazu aus. »Scheiße«, sagte er laut.

»Was?« Mac, Larkin und Peter Marlowe waren besorgt.

»Ist was nicht in Ordnung?« fragte Peter Marlowe.

»Aber ja, mein Lieber. Ich habe von etwas anderem geredet. Jetzt sehen wir uns mal die Temperatur an.« Steven zog das Thermometer heraus und lächelte Peter Marlowe an, als er die Temperatur ablas. »Normal. Oder doch wenigstens nur einen Strich darüber, aber das spielt keine Rolle. Sie haben Schwein, ganz großes Schwein.« Er hielt das leere Antitoxinfläschchen hoch. »Ich habe Ihnen eben die letzte Spritze gegeben.«

Steven fühlte seinen Puls. »Sehr gut.« Er sah zu Mac auf. »Haben Sie ein Handtuch?«

Mac reichte es ihm, und Steven schüttete kaltes Wasser darauf und legte eine Kompresse auf Peter Marlowes Kopf. »Ich habe da was gefunden«, sagte er und gab ihm zwei Aspirintabletten.

»Die werden Ihnen ein wenig helfen, mein Lieber. Ruhen Sie sich jetzt eine Weile aus.« Er drehte sich zu Mac um, stand auf, seufzte und strich den Sarong um seine Hüften glatt. »Ich kann jetzt nichts mehr helfen. Er ist sehr schwach. Sie werden ihm etwas Hühnerbrühe geben müssen. Und alle Eier, die Sie herbeischaffen können. Und achten Sie gut auf ihn.« Er drehte sich wieder um und sah auf Peter Marlowes abgemagerte Gestalt. »Er muß in den beiden letzten Tagen fünfzehn Pfund verloren haben, und das ist bei seinem Gewicht gefährlich, armer Junge. Er kann nicht mehr als hundertzehn Pfund wiegen, und das ist für seine Größe nicht allzuviel.«
»Hm, wir möchten Ihnen gern danken, Steven«, sagte Larkin brummig. »Wir alle, eh, schätzen Ihre Arbeit sehr. Wirklich.«
»Ich freue mich immer, wenn ich helfen kann«, strahlte Steven und drückte ein Löckchen zurecht, das ihm in die Stirn fiel.
Mac schaute zu Larkin hinüber. »Wenn wir etwas für Sie tun können, Steven, dann sagen Sie es ungeniert.«
»Das ist sehr nett von Ihnen. Sie sind beide so – nett«, sagte er geziert, strahlte den Oberst bewundernd an und erhöhte dadurch ihre Verlegenheit, während er gleichzeitig mit dem Sankt-Christophorus-Medaillon spielte, das er um den Hals trug. »Wenn Sie nur morgen an meiner Stelle beim Bohrlochkommando mitmachen könnten, dann würde ich alles für Sie tun, einfach alles. Ich kann die stinkigen Maden nicht ausstehen. Abscheulich«, sprudelte er heraus. »Würden Sie das tun?«
»Einverstanden, Steven«, antwortete Larkin mit saurer Miene.
»Dann also bis morgen früh«, grunzte Mac und trat ein wenig zurück, um Stevens versuchter Zärtlichkeit auszuweichen. Larkin war nicht schnell genug, und Steven legte dem Oberst die Hand auf die Taille und tätschelte sie zärtlich. »Nacht, ihr Lieben, ach, was seid ihr beide so nett zu Steven.«
Als er gegangen war, starrte Larkin Mac an. »Wenn Sie ein Wort sagen, reiße ich Ihnen die Ohren ab.«
Mac kicherte. »Sie, Alter, dasselbe rate ich Ihnen. Aber Sie haben wirklich den Eindruck gemacht, als hätten Sie es gern ge-

habt.« Er bückte sich zu Peter Marlowe hinab, der zugesehen hatte. »He, Peter?«
»Ich glaube, Sie sind beide dran für eine Nummer«, sagte Peter Marlowe und lächelte leise. »Er wird gut dafür bezahlt, aber Sie beide gehen hin, bieten ihm Ihre Dienste an und führen ihn in Versuchung. Aber was er an euch beiden alten Fürzen gefressen hat, das kapiere ich wirklich nicht.«
Mac grinste Larkin an. »Aha, dem lieben kleinen Bürschchen geht es etwas besser. Na, da kann er ja zur Abwechslung sein Gewicht mal selbst herumschleppen. Und sich nicht, wie sagt der King doch gleich – ach ja –, und sich nicht ›drücken‹.«
»Sind es eigentlich zwei oder drei Tage seit der ersten Injektion?« fragte Peter Marlowe.
»Zwei.«
Zwei Tage? Kommt mir eher wie zwei Jahre vor, dachte Peter Marlowe. Aber morgen werde ich stark genug sein, um das Geld zu holen.
Am gleichen Abend, kurz nach dem letzten Appell, kam Pater Donovan, um mit ihnen Bridge zu spielen. Als Peter Marlowe ihnen von dem Streit erzählte, den er mit ihnen in seinen Alpträumen gehabt hatte, lachten alle.
»Ja, mein Junge«, meinte Mac, »das Hirn kann einem komische Streiche spielen, wenn einen das Fieber gepackt hat.«
»Ja«, sagte Pater Donovan. Dann lächelte er Peter an. »Ich bin froh, daß Ihr Arm geheilt ist, Peter.«
Peter Marlowe lächelte zurück. »Es gibt nicht viel, das im Lager vorgeht und von dem Sie nichts wissen, nicht wahr?«
»Es gibt nicht viel, das im Lager vorgeht und von dem ER nichts weiß.« Donovan war sehr sicher und ganz friedfertig. »Wir stehen in guten Händen.« Dann lachte er vor sich hin und setzte hinzu: »Selbst Sie drei!«
»Na, das ist schon was«, meinte Mac, »obwohl ich glaube, daß der Oberst nicht zu retten ist!«
Nach dem Spiel und nachdem Donovan weggegangen war, nickte Mac Larkin zu. »Sie halten jetzt die Augen offen. Wir hören Nachrichten, und dann geht's ab in die Klappe.«

Larkin beobachtete die Straße, und Peter Marlowe saß auf der Veranda und versuchte, die Augen offenzuhalten. Zwei Tage. Nadeln in den Arm, und jetzt war er geheilt und hatte seinen Arm wieder. Seltsame Tage, und jetzt war alles in Ordnung.
Die Nachrichten waren außerordentlich gut, und alle gingen zu ihren Betten. Ihr Schlaf war traumlos und zufrieden.

Im Morgengrauen ging Mac zum Hühnerauslauf und fand drei Eier. Er brachte sie zurück, buk ein Omelett, füllte es mit etwas Reis, den er vom Vortag aufgehoben hatte, und würzte ihn mit einem Scheibchen Knoblauch.
Dann trug er es zu Peter Marlowes Baracke hinauf, weckte ihn und sah zu, wie er alles aß.
Plötzlich kam Spence in die Baracke gestürmt. »He, Leute!« schrie er. »Es ist Post gekommen!«
Mac drehte sich der Magen um. O Gott, laß einen Brief für mich dabei sein!
Aber es war kein Brief für Mac dabei.
Insgesamt waren es dreiundvierzig Briefe für die zehntausend. Die Japaner hatten zweimal innerhalb von drei Jahren Post an das Lager verteilt. Einige Briefe. Und dreimal war den Männern erlaubt worden, eine Postkarte mit fünfundzwanzig Wörtern zu schreiben. Aber ob die Karten je weitergegeben worden waren, wußten sie nicht.
Larkin war unter denen, die einen Brief bekamen. Der erste, den er überhaupt bekam.
Der Brief trug das Datum vom 21. April 1945. Vier Monate alt. Das Alter der übrigen Briefe schwankte zwischen drei Wochen und mehr als zwei Jahren.
Larkin las und las den Brief immer wieder. Dann las er ihn Mac, Peter Marlowe und dem King vor, die auf der Veranda des Bungalows saßen.
*Liebling! Dieser Brief trägt die Nr. 205*, begann er. *Mir geht es gut, und Jenny geht es gut, und Mutter wohnt bei uns, und wir wohnen noch da, wo wir immer gewohnt haben. Wir haben keine Nachricht von Dir seit Deinem Brief vom 1. Februar*

*42, der in Singapur aufgegeben wurde, aber wir wissen trotzdem, daß es Dir gutgeht und daß Du glücklich bist, und wir beten um Deine sichere Heimkehr.*
*Ich habe jeden Brief gleich angefangen, wenn Du das Obige also schon einmal gelesen hast, dann verzeih mir. Aber es ist schwierig, wenn man nicht weiß, ob dieser Brief Dich erreichen wird, ob überhaupt einer Dich erreicht hat. Ich liebe Dich. Ich brauche Dich. Und Du fehlst mir mehr, als ich manchmal ertragen kann.*
*Heute bin ich traurig. Ich weiß nicht warum, aber ich bin es. Ich möchte nicht niedergedrückt sein, denn ich wollte Dir viele schöne Dinge erzählen.*
*Vielleicht bin ich wegen Frau Gurble traurig. Sie hat gestern eine Postkarte bekommen und ich nicht. Vermutlich bin ich nur selbstsüchtig. Aber so bin ich nun mal. Jedenfalls, vergiß ja nicht, Vic Gurble zu erzählen, daß seine Frau Sarah eine Postkarte mit dem Datum vom 6. Januar 1943 bekommen hat. Es geht ihr gut, und sein Sohn gedeiht prächtig. Sarah ist so glücklich, daß sie wieder Verbindung hat. Ach ja, und den Regimentsfrauen geht es gut. Timsens Mutter ist einfach großartig. Und vergiß nicht, Tom Masters von mir zu grüßen. Ich habe gestern abend seine Frau gesehen. Auch ihr geht es gut, und sie verdient viel Geld für ihn. Sie ist in einer neuen Firma. Ach ja, und ich habe Elizabeth Fort gesehen und Mary Vickers . . .*
Larkin blickte von dem Brief auf. »Sie erwähnt vielleicht ein Dutzend Ehefrauen, aber die Männer sind tot. Alle. Der einzige, der noch lebt, ist Timsen.«
»Lesen Sie weiter, Bester«, sagte Mac schnell, der mit schmerzhafter Deutlichkeit die Qual gesehen hatte, die in Larkins Augen geschrieben stand.
*Heute ist es heiß,* fuhr Larkin fort, *und ich sitze auf der Veranda, und Jeannie spielt im Garten, und ich glaube, daß ich dieses Wochenende zur Hütte in den Blue Mountains hinaufgehen werde.*
*Ich würde Dir gerne schreiben, was in der Welt geschieht, aber das ist nicht erlaubt.*

*O Gott, wie schreibt man in eine Leere hinein? Wie soll ich das wissen? Um der Liebe Christi willen, wo bist Du, mein Liebster? Ich schreibe nicht mehr weiter. Ich beende den Brief einfach hier und schicke ihn nicht weg ... Ach, mein Liebster, ich bete für Dich – bete Du für mich. Bitte, bete für mich, bete für mich ...*

Nach einer Pause sagte Larkin: »Es ist keine Unterschrift darunter, und es ist – die Adresse ist in der Handschrift meiner Mutter geschrieben. Was halten Sie davon?«

»Sie wissen ja, wie das so mit den Frauen ist«, antwortete Mac. »Wahrscheinlich hat sie den Brief einfach in eine Schublade gelegt, und dann hat Ihre Mutter ihn gefunden und ihn mit Luftpost weggeschickt, ohne ihn vorher zu lesen und ohne sie zu fragen. Sie wissen ja, wie Mütter sind. Höchstwahrscheinlich hat Betty ihn ganz vergessen und am nächsten Tag einen neuen Brief geschrieben, als sie sich wieder besser fühlte.«

»Was hat sie mit ›Bete für mich‹ gemeint?« fragte Larkin. »Sie weiß doch, daß ich das tue, jeden Tag. Was ist bloß los? Um Himmels willen, ist sie krank, oder ist sonst etwas?«

»Sie brauchen sich keine Sorgen zu machen, Oberst«, tröstete Peter Marlowe.

»Verdammt, was wissen Sie schon über solche Dinge?« brauste Larkin plötzlich auf. »Himmeldonnerwetter, wie soll ich mir keine Sorgen machen!«

»Mann, Sie wissen doch wenigstens, daß es ihr gutgeht, und Ihrer Tochter geht es auch gut«, schrie Mac zurück und war vor Sehnsucht außer sich. »Sie sollten Ihrem Glück dankbar sein! Wir haben keinen Brief bekommen! Keiner von uns! Sie haben Glück gehabt!« Und wütend stampfte er hinaus.

»Tut mir leid, Mac.« Larkin rannte hinter ihm her und zog ihn zurück. »Tut mir leid, es ist ..., nun ja, wenn man nach solch langer Zeit ...«

»Ja, Mensch, schon gut, Sie haben ja weiter nichts gesagt. Ich bin es gewesen. Ich müßte mich entschuldigen. Ich bin vor Eifersucht ganz krank gewesen. Ich glaube, ich hasse diese Briefe.«

»Das können Sie noch mal sagen«, brummte der King. »Das kann einen verrückt machen. Die Leute, die sie bekommen, werden verrückt, und die Leute, die sie nicht bekommen, werden ebenfalls verrückt. Nichts als Ärger.«

Es war Abenddämmerung. Kurz nach dem Essenfassen. Die ganze amerikanische Baracke war versammelt.
Kurt spuckte auf den Boden und stellte das Tablett ab.
»Hier sind neun. Einen habe ich behalten. Meine zehn Prozent.« Er spuckte wieder und ging weg.
Alle sahen auf das Tablett.
»Ich glaube, ich muß wieder kotzen«, sagte Peter Marlowe.
»Kann Ihnen keinen Vorwurf machen«, pflichtete der King bei.
»Das könnte ich nicht sagen.« Max räusperte sich. »Sie sehen genau wie Kaninchenschlegel aus. Klein, gewiß, aber doch wie Kaninchenschlegel.«
»Willst du einen versuchen?« fragte der King.
»Verdammt, nein. Ich habe ja nur gesagt, daß sie so aussehen. Man wird doch noch seine Ansichten haben dürfen, oder nicht?«
»Heiliges Kanonenrohr«, sagte Timsen. »Hätte nie gedacht, daß wir wirklich welche verkaufen würden.«
»Wenn ich nicht wüßte ...« Tex brach ab. »Ich bin so hungrig. Und soviel Fleisch habe ich nicht mehr gesehen, seit wir den Hund ...«
»Welchen Hund?« fragte Max argwöhnisch.
»Ach, verdammt, das war, eh, vor ein paar Jahren«, antwortete Tex. »Damals, eh, 1943.«
»Oh.«
»Gottverdammt«, fluchte der King, der von dem Tablett immer noch ganz fasziniert war. »Es sieht wie richtiges Fleisch aus.« Er beugte sich vor und schnupperte an dem Fleisch, brachte aber die Nase nicht zu nahe. »Es riecht wie richtiges Fleisch ...«
»Aber ist es keins«, unterbrach Byron Jones III beißend. »Es ist Rattenfleisch.«

Der King zog den Kopf zurück. »Verdammt, wozu sagst du das, du blöder Hund!« fauchte er in das Gelächter hinein.
»Mann, es ist doch Rattenfleisch, um Himmels willen. Wie du dich benimmmst, könnte man ja richtig Heißhunger kriegen!«
Peter Marlowe hob vorsichtig einen Schlegel hoch und legte ihn auf ein Bananenblatt. »Den hier muß ich haben«, sagte er und kehrte zu seiner Baracke zurück. Er ging zu seinem Bett und flüsterte Ewart zu: »Vielleicht gibt es heute abend etwas Gutes zu essen.«
»Was?«
»Schon gut. Etwas Besonderes.« Peter Marlowe wußte, daß Drinkwater sie belauschte. Heimlich legte er das Bananenblatt auf sein Wandbrett und sagte zu Ewart: »Ich bin gleich wieder zurück.« Eine halbe Stunde später kam er zurück, und da war das Bananenblatt verschwunden und Drinkwater ebenfalls.
»Sind Sie inzwischen draußen gewesen?« fragte Peter Marlowe Ewart.
»Nur einen Augenblick. Drinkwater hat mich gebeten, etwas Wasser für ihn zu holen. Er hat gesagt, es sei ihm so schlecht.«
Und dann bekam Peter Marlowe hysterische Lachkrämpfe, und alle in der Baracke dachten, er hätte den Verstand verloren. Erst als Mike ihn schüttelte, konnte er zu lachen aufhören.
»Entschuldigung, ich habe über etwas ganz Privates lachen müssen.«
Als Drinkwater zurückkehrte, gab Peter Marlowe vor, vom Verlust von etwas Eßbarem tödlich getroffen zu sein, und Drinkwater gab sich ebenfalls besorgt, leckte sich die Lippen und erklärte: »Was für eine Gemeinheit!«, und Peter Marlowes hysterischer Lachanfall begann von vorn.
Schließlich tastete sich Peter Marlowe zu seinem Bett und legte sich erschöpft hin. Und schnell verstärkte diese Erschöpfung noch die Erschöpfung der beiden letzten Tage. Er schlief ein, und in seinen Träumen aß Drinkwater Berge kleiner Schenkel, und er, Peter Marlowe, stand dabei und sah die ganze Zeit zu, und Drinkwater sagte immer wieder: »Was ist denn los? Sie sind köstlich, wirklich köstlich.«

Ewart rüttelte ihn wach. »Draußen steht ein Amerikaner, Peter. Er möchte mit Ihnen reden.«
Peter Marlowe fühlte sich noch immer schwach, und Übelkeit quälte ihn, aber er stand auf. »Wo ist Drinkwater?«
»Er ist weggegangen, nachdem Sie den Lachanfall hatten.«
»Aha.« Peter Marlowe lachte von neuem. »Ich hatte schon gefürchtet, es könnte ein Traum gewesen sein.«
»Was?« Ewart sah ihn forschend an.
»Nichts.«
»Ich weiß nicht, was in Sie gefahren ist, Peter. Sie haben sich in letzter Zeit ziemlich komisch benommen.«
Tex erwartete Peter Marlowe im Schutz der Baracke. »Peter«, wisperte er. »Der King schickt mich. Es ist allerhöchste Zeit, daß Sie kommen.«
»Oh, verdammt! Entschuldigung, ich habe verschlafen.«
»Ja, das hat er sich gedacht. ›Am besten bringen Sie es so schnell wie möglich hinter sich‹, hat er mir für Sie aufgetragen.« Tex runzelte die Stirn. »Sind Sie wieder gesund?«
»Ja. Noch ein wenig schwach. Es wird schon gehen.«
Tex nickte und eilte dann davon. Peter Marlowe rieb sich das Gesicht, ging dann die Treppe hinab zur Asphaltstraße und stellte sich unter die Dusche, und sein Körper trank Kraft aus der Kühle. Dann füllte er seine Feldflasche und ging schwerfällig zu den Latrinen. Er wählte ein Loch am Fuße des Abhangs möglichst nahe am Stacheldrahtzaun.
Es stand nur eine schmale Mondsichel am Himmel. Er wartete, bis die Latrinengegend einen Augenblick leer war, glitt dann über die freie Fläche, schlüpfte unter dem Stacheldrahtzaun hindurch und in den Dschungel hinein. Er ging geduckt, als er im Dschungel dem Stacheldrahtzaun folgte und einen Bogen um den Posten schlug, von dem er wußte, daß er auf dem Pfad zwischen Dschungelrand und Stacheldrahtzaun auf und ab gehen mußte. Er brauchte eine Stunde, bis er die Stelle fand, wo er das Geld versteckt hatte. Er setzte sich auf den Dschungelboden, nahm die zentimeterdicken Banknotenbündel, band sie sich um die Oberschenkel und schlang den Sarong doppelt um

die Taille. Der Sarong reichte jetzt nicht mehr bis auf den Boden, sondern war nur noch knielang und aufgebauscht und half dadurch mit, die außergewöhnliche Dicke seiner Schenkel zu verbergen.
Er mußte noch eine ganze Stunde bei der Latrinengegend warten, bevor er unter dem Stacheldrahtzaun hindurchschlüpfen konnte. In der Dunkelheit hockte er sich über das Bohrloch, um Atem zu schöpfen und abzuwarten, bis sein Herz ruhiger schlug. Schließlich hob er seine Feldflasche auf und verließ die Latrinengegend.
»Hallo, Kamerad«, sagte Timsen und trat mit einem Grinsen aus den Schatten heraus. »Herrliche Nacht, nicht wahr?«
»Ja«, antwortete Peter Marlowe.
»Eine phantastische Nacht für einen Spaziergang. Stimmt's?«
»Wie meinen Sie das?«
»Haben Sie was dagegen, wenn ich mit Ihnen gehe?«
»Nein. Kommen Sie, Tim. Ich bin froh, wenn Sie bei mir sind. Dann gibt es keine verdammten Buschklepper. Stimmt's?«
»Stimmt genau, Kamerad. Sie sind in Ordnung.«
»Sie sind selbst nicht schlecht, Sie krummer Hund.« Peter Marlowe schlug ihm auf den Rücken. »Ich habe Ihnen noch gar nicht gedankt.«
»Schon gut, Kamerad«, kicherte Timsen, »fast hätten Sie mich an der Nase herumgeführt. Ich hatte schon gedacht, Sie wollten nur abprotzen gehen.«
Der King war grimmig, als er Timsen bemerkte, war gleichzeitig aber auch wieder nicht zu grimmig, denn das Geld war wieder in seinem Besitz. Er zählte es und legte es in die schwarze Kiste.
»Jetzt brauchen wir nur noch das Glitzersteinchen.«
»Jawohl, Kamerad.« Timsen räusperte sich. »Wenn wir den Räuber erwischen, bevor er hierherkommt oder nachdem er hierhergekommen ist, dann kriege ich den Preis, den wir vereinbart haben, stimmt's? Wenn du den Ring von ihm kaufst und wir ihn nicht erwischen – dann bist du der Sieger, stimmt's? Ist das nicht fair?«

»Doch«, bestätigte der King. »Abgemacht.«
»Gut! Gnade ihm Gott, wenn wir ihn erwischen.« Timsen nickte Peter Marlowe zu und ging hinaus.
»Peter, legen Sie sich aufs Bett«, sagte der King und setzte sich auf die schwarze Kiste. »Sie sehen völlig ausgepumpt aus.«
»Ich hatte schon gedacht, ich müßte wieder umkehren.«
»Bleiben Sie hier. Könnte sein, daß ich jemand brauche, dem ich vertrauen kann.« Der King schwitzte, und die Hitze des Geldes in der schwarzen Kiste schien durch das Holz hindurchzubrennen.
Peter Marlowe legte sich also auf das Bett, und das Herz schmerzte ihn noch immer von der Anstrengung. Er schlief, aber sein Geist war hellwach.
»Kamerad!«
Der King sprang zum Fenster. »Jetzt?«
»Beeil dich.« Das Männchen hatte schreckliche Angst, und im Weiß seiner flink hin und her huschenden Augen fing sich das Licht. »Mach schon, beeil dich.«
Der King stieß den Schlüssel ins Schloß, warf den Deckel zurück, holte das Bündel von zehntausend heraus, die er bereits abgezählt hatte, und lief zum Fenster zurück. »Hier. Zehn große Lappen. Ich hab sie abgezählt. Wo ist der Diamant?«
»Erst wenn ich das Geld kriege.«
»Sobald ich den Diamanten habe«, erwiderte der King und hielt die Geldscheine noch immer fest.
Das Männchen starrte feindselig zu ihm auf und öffnete dann die Faust. Der King starrte auf den Diamantring, prüfte ihn und machte keine Bewegung, ihn zu nehmen. Ich muß mich vergewissern, sagte er drängend bei sich. Ja, er ist es. Ich glaube, er ist es.
»Mach schon, Kamerad«, knirschte das Männchen. »Nimm ihn!«
Der King ließ die Banknoten erst los, als er den Ring fest in der Hand hielt, und das Männchen schoß davon. Der King hielt den Atem an, bückte sich neben das Licht und untersuchte sorgfältig den Ring.

»Wir haben es geschafft, Peter, Menschenskind«, flüsterte er frohlockend. »Wir haben es geschafft. Wir haben den Diamanten, und wir haben das Geld.«
Die Spannung der letzten Tage machte sich plötzlich bemerkbar, und der King öffnete ein Säckchen mit Kaffeebohnen und tat, als wollte er den Diamanten tief darin vergraben. Statt dessen verbarg er den Ring geschickt in der Hand. Selbst Peter Marlowe, der ihm am nächsten stand, wurde getäuscht. Kaum hatte er die Kiste geschlossen, wurde er von einem Hustenanfall geschüttelt. Niemand bemerkte, wie er den Ring zum Mund führte. Er tastete nach der Tasse mit dem abgekühlten Kaffee und trank sie leer. Und dabei verschluckte er den Stein. Jetzt war der Diamant sicher. Sehr sicher.
Er setzte sich auf einen Stuhl und wartete auf das Abklingen der Spannung. O ja, jubelte er bei sich. Du hast es geschafft.
Ein Warnpfiff zerriß die Stille.
Max schlüpfte durch die Tür. »Polypen«, sagte er und beteiligte sich schnell an dem Pokerspiel.
»Gottverdammt!« Der King zwang seine Beine zur Bewegung und riß die Geldstapel an sich. Er warf Peter Marlowe drei Zentimeter zu, stopfte drei Zentimeter in die eigenen Taschen, jagte die Baracke hinab zum Pokertisch und gab jedem einen Stapel, den die Spieler in die Taschen stopften. Dann verteilte er den Rest auf dem Tisch, griff sich einen Stuhl und beteiligte sich am Spiel. »Mach schon, um Himmels willen, und gib«, drängte der King.
»Schon gut. Schon gut«, machte Max. »Fünf Karten.« Er schob eine Hundertdollarnote in die Tischmitte. »Hundert Einsatz.«
»Zweihundert«, rief Tex strahlend.
»Ich halte mit!«
Alle hielten mit und frohlockten und waren glücklich, und Max gab die beiden ersten Karten und sich selbst ein As. »Ich setze vierhundert!«
»Deine vier und noch vier dazu«, grölte Tex, der einen Jungen aufgedeckt auf dem Tisch liegen hatte und sonst nichts.

»Ich halte mit«, erwiderte der King, und dann sah er auf, und Grey stand in der Tür. Zwischen Brough und Yoshima. Und hinter Yoshima standen Shagata und ein anderer Posten.

## 23

»Stellen Sie sich neben Ihre Betten!« befahl Brough mit starrem und verkniffenem Gesicht.

Der King schoß einen vernichtenden Blick zu Max hinüber, der an diesem Abend Wache gestanden hatte. Max hatte versagt. Er hatte »Polypen« gesagt und die Japaner gar nicht bemerkt. Wenn er »Japsen« gesagt hätte, dann wäre ein anderer Plan benutzt worden.

Peter Marlowe versuchte aufzustehen. Das Stehen verstärkte seinen Brechreiz, deshalb taumelte er zu des King Tisch und lehnte sich dagegen.

Yoshima blickte zu dem Geld auf dem Tisch. Brough hatte es bereits bemerkt und war zusammengezuckt. Grey hatte es bemerkt, und sein Pulsschlag hatte sich beschleunigt.

»Wo ist das Geld her?« fragte Yoshima.

Es herrschte eine ungeheure Stille.

Dann schrie Yoshima: »Wo ist das Geld her?«

Der King starb innerlich. Er hatte Shagata gesehen und wußte, daß Shagata nervös war, und der King wußte, daß er um Haaresbreite von der Utramstraße entfernt war. »Es ist Spielgeld, Sir.«

Yoshima ging die ganze Baracke hinab, bis er vor dem King stand. »Nicht vom Schwarzmarkt?« fragte er.

»Nein, Sir«, antwortete er und zwang sich zu einem Lächeln.

Peter Marlowe spürte, wie ihm das Erbrechen in den Hals stieg. Er sackte schwer zusammen, stürzte fast und hatte die Augen nicht mehr in der Gewalt. »Kann – ich mich – bitte setzen?« fragte er.

Yoshima sah die Baracke hinab und bemerkte die Armbinde. »Was sucht ein englischer Offizier hier?« Er war überrascht, denn seine Informanten hatten ihm berichtet, daß nur sehr wenig Verbindung mit den Amerikanern bestünde.
»Ich – war eben – auf Besuch ...« Aber Peter Marlowe konnte nicht weiterreden. »Entschuldigung ...« Er schwankte zum Fenster und erbrach sich.
»Was ist mit ihm los?« wollte Yoshima wissen.
»Ich glaube – es ist Fieber, Sir.«
»Sie«, wandte Yoshima sich an Tex, »setzen Sie ihn auf den Stuhl da drüben.«
»Jawohl, Sir«, sagte Tex.
Yoshima sah wieder auf den King. »Wie kommt ohne Schwarzmarkt soviel Geld zusammen?« fragte er ölig.
Der King fühlte deutlich die auf ihn gerichteten Blicke und fühlte das erdrückende Schweigen und fühlte den Diamanten in seinem Innern und fühlte Shagata an der Tür. Er räusperte sich. »Einfach, wir haben – unsere Moneten für das Kartenspielen gespart!«
Yoshimas Hand flog hoch, landete klatschend in des King Gesicht und warf ihn rückwärts. »Lügner!«
Der Schlag schmerzte eigentlich nicht, schien aber gleichzeitig ein tödlicher Streich zu sein. Mein Gott, sagte der King zu sich, ich bin tot. Das Glück hat mich verlassen.
»Hauptmann Yoshima.« Brough begann durch die Baracke auf Yoshima zuzugehen. Er wußte, es hatte keinen Sinn, eine Einmischung zu versuchen – vielleicht machte er damit alles nur noch schlimmer –, aber er mußte es versuchen.
»Halten Sie den Mund!« fuhr Yoshima ihn an. »Der Mann lügt. Das wissen alle. Stinkiger Yankee!«
Yoshima kehrte Brough den Rücken zu und sah zum King auf. »Geben Sie Ihre Wasserflasche her.«
Wie im Traum holte der King seine Feldflasche vom Wandbrett und reichte sie Yoshima. Der Japaner schüttete das Wasser heraus, schüttelte die Flasche und spähte hinein. Dann warf er sie auf den Boden und ging zu Tex. »Ihre Wasserflasche!«

Peter Marlowes Magen revoltierte von neuem. Was ist mit den Wasserflaschen, schrie sein Hirn. Werden Mac und Larkin durchsucht? Und was geschieht, wenn Yoshima nach meiner fragt? Er würgte und taumelte zum Fenster.
Yoshima ging durch die ganze Baracke und untersuchte jede Feldflasche. Schließlich blieb er vor Peter Marlowe stehen.
»Ihre Wasserflasche.«
»Ich ...«, begann Peter Marlowe, und wieder überwältigte ihn die Übelkeit, er knickte in den Knien ein und konnte nicht mehr reden.
Yoshima wandte sich an Shagata und fuhr ihn wütend auf Japanisch an.
Shagata antwortete: »Hai.«
»Sie!« Yoshima zeigte auf Grey. »Gehen Sie mit dem Mann und dem Posten und holen Sie die Wasserflasche.«
»Jawohl.«
»Entschuldigung, Sir«, sagte der King schnell. »Seine Wasserflasche ist hier.«
Er griff unter sein Bett und zog eine Flasche heraus, seine Ersatzflasche, die er für ganz dringende Notfälle versteckt gehalten hatte.
Yoshima nahm sie. Sie war sehr schwer. Schwer genug, daß sie ein Rundfunkgerät oder Teil eines Rundfunkgerätes hätte enthalten können. Er zog den Korken heraus und hielt sie mit der Öffnung nach unten hoch. Ein Strom trockener Reiskörner rieselte heraus. Und rieselte so lange, bis sie leer und leicht war. Kein Rundfunkgerät darin.
Yoshima schleuderte die Flasche weg. »Wo ist das Radio?« schrie er.
»Es gibt keines ...«, begann Brough und betete zu Gott, Yoshima möchte ihn nicht fragen, warum der Engländer, der hier zu Besuch war, seine Wasserflasche unter ein Bett schob.
»Halten Sie den Mund.«
Yoshima und die Posten durchsuchten die Baracke und vergewisserten sich, daß es keine weiteren Wasserflaschen gab, und dann untersuchte Yoshima nochmals alle Wasserflaschen.

»Wo ist das Wasserflaschenradio?« schrie er. »Ich weiß, daß es hier ist. Ich weiß, daß einer von euch es hat! Wo ist es?«
»Hier ist kein Radio«, wiederholte Brough. »Wenn Sie wollen, können wir für Sie die ganze Baracke abreißen.«
Yoshima erkannte, daß seine Information irgendwo falsch war. Diesmal war ihm nicht das Versteck gemeldet worden, sondern nur, daß es sich in einer Wasserflasche oder in Wasserflaschen befände und daß sich an diesem Abend einer der Leute, dem es gehörte, in eben diesem Augenblick in der amerikanischen Baracke aufhielte. Seine Augen blickten jeden an. Wer? Oh, er konnte sie natürlich alle zum Wachhaus hinaufmarschieren lassen, aber das würde nichts nützen – ohne das Radio nicht. Der General liebte keine Pannen. Und ohne das Radio ...
Diesmal hatte er also versagt. Er wandte sich an Grey. »Sie unterrichten den Lagerkommandanten, daß sämtliche Wasserflaschen beschlagnahmt sind. Sie müssen noch heute abend im Wachhaus abgeliefert werden!«
»Jawohl, Sir«, antwortete Grey. Sein ganzes Gesicht schien nur aus Augen zu bestehen.
Yoshima erkannte, daß bis zum Zeitpunkt der Ablieferung der Wasserflaschen im Wachhaus diejenige oder diejenigen, die das Radio enthielten, vergraben oder versteckt sein würden, aber das schadete nichts – es würde die Suche leichter machen, denn das Versteck würde gewechselt werden müssen, und bei jedem Wechsel würden Augen zusehen. Wer hätte gedacht, daß man ein Radio in einer Wasserflasche unterbringen kann?
»Yankee-Schweine«, knurrte er. »Ihr glaubt wohl, ihr seid so klug. So stark. So groß. Haltet euch vor Augen: Dieser Krieg mag hundert Jahre dauern, wir werden euch besiegen. Selbst wenn ihr die Deutschen besiegt. Wir können allein weiterkämpfen. Ihr werdet uns nie besiegen, nie. Ihr werdet vielleicht viele von uns töten, aber wir werden noch viel mehr von euch töten. Ihr werdet uns nie erobern. Weil wir geduldig sind und uns nicht fürchten zu sterben. Auch wenn es zweihundert Jah-

re dauert – am Ende werden wir euch vernichten.« Dann stürmte er hinaus.
Brough drehte sich zum King um. »Von Ihnen sagt man, Sie wären auf Draht, und Sie lassen den Japsen-Bastard einfach in die Baracke marschieren, wo der ganze Zaster herumliegt. Sie haben es nötig, sich mal den Schädel untersuchen zu lassen.«
»Jawohl, Sir. Das habe ich wirklich verdammt nötig.«
»Und noch etwas. Wo ist der Diamant?«
»Welcher Diamant, Sir?«
Brough setzte sich. »Oberst Smedly-Taylor hat mich zu sich gerufen und mir erklärt, er sei von Hauptmann Grey informiert worden, daß Sie einen Diamantring haben, den Sie eigentlich gar nicht haben dürfen. Sie – und Leutnant Marlowe. Natürlich muß ich bei jeder Durchsuchung, die durchgeführt werden soll, dabeisein. Und ich habe nichts dagegen einzuwenden, daß Hauptmann Grey sucht, solange ich dabei bin. Wir wollten eben im Sturmschritt hierher, als Yoshima mit seinen Posten hereingestürzt kam und davon zu faseln begann, daß er diese Baracke hier durchsuchen wolle, einer besäße ein Radio in einer Wasserflasche – wie verrückt man doch werden kann! Grey und mir wurde befohlen, ihn zu begleiten.«
Jetzt, da die Durchsuchung überstanden war, dankte er Gott, daß es hier kein Radio in einer Wasserflasche gab, und er erkannte auch, daß Peter Marlowe und der King ein Teil des Radiounternehmens waren. Warum hätte sonst der King behauptet, daß eine amerikanische Feldflasche dem Engländer gehörte?
»Also gut«, sagte Brough zum King, »ziehen Sie die Kleider aus, Sie werden durchsucht. Und Ihr Bett und Ihre schwarze Kiste auch.« Er drehte sich um. »Ihr andern seid ruhig und spielt weiter.« Er sah wieder zum King hin. »Außer wenn Sie den Diamanten freiwillig herausrücken wollen.«
»Welchen Diamanten, Sir?«
Als der King sich auszukleiden begann, ging Brough zu Peter Marlowe hinüber. »Kann ich Ihnen irgendwie helfen, Peter?« fragte er.

»Nur Wasser.«
»Tex«, befahl Brough, »holen Sie Wasser.« Dann sagte er zu Peter Marlowe: »Sie sehen schrecklich aus. Was ist los?«
»Nur – Fieber – fühle mich elend.« Peter Marlowe ließ sich auf Tex' Bett zurücksinken und zwang sich zu einem matten Lächeln. »Der verdammte Japse hat mich zu Tode erschreckt.«
»Mich auch.«
Grey durchsuchte die Kleider des King und die schwarze Kiste und seine Regale und das Säckchen mit den Bohnen, und die Männer waren erstaunt, als die Durchsuchung nicht mit der Entdeckung des Diamanten endete.
»Marlowe!« Grey stellte sich vor ihn hin.
Peter Marlowes Augen waren blutunterlaufen, und er konnte kaum sehen. »Ja?«
»Ich möchte Sie durchsuchen.«
»Hören Sie, Grey!« sagte Brough. »Es ist Ihr gutes Recht, hier zu suchen, wenn ich dabei bin. Aber Sie haben kein Recht ...«
»Schon gut«, unterbrach Peter Marlowe. »Es macht mir nichts aus. Wenn ich dagegen bin – glaubt er – nur ... Helfen Sie mir.«
Peter Marlowe zog seinen Sarong aus und warf ihn zusammen mit den drei Zentimetern Geldscheinen auf ein Bett.
Grey untersuchte sorgfältig die Säume. Wütend warf er den Sarong wieder hin. »Wo haben Sie das Geld her?«
»Vom Glücksspiel«, antwortete Peter Marlowe und nahm seinen Sarong wieder an sich.
»Sie«, bellte Grey den King an. »Was ist damit?« Er hielt weitere drei Zentimeter Geldscheine hoch.
»Glücksspiel, Sir«, erklärte der King mit Unschuldsmiene, während er sich anzog, und Brough verbarg ein Lächeln.
»Wo ist der Diamant?«
»Welcher Diamant, Sir?«
Brough stand auf und ging zum Pokertisch hinab. »Scheint hier keinen Diamanten zu geben.«
»Wo ist dann das ganze Geld her?«
»Der Mann hat doch erklärt, daß es Spielgewinne sind. Es gibt

kein Gesetz, das das Spielen um Geld verbietet. Natürlich halte auch ich nichts vom Glücksspiel«, setzte er mit dünnem Lächeln und auf den King gerichteten Augen hinzu.

»Sie wissen, daß das nicht möglich ist?« fuhr Grey auf.

»Es ist nicht wahrscheinlich, falls Sie das meinen sollten«, unterbrach Brough. Grey tat ihm leid – mit den todeshellen Augen, dem zuckenden Mund und den zittrigen Händen –, er tat ihm leid. »Sie wollten hier suchen, und Sie haben gesucht, und es gibt keinen Diamanten.«

Er brach ab, als Peter Marlowe auf die Tür zuzutorkeln begann. Der King erwischte ihn eben noch, bevor er stürzte.

»Ich werde Ihnen helfen«, erklärte der King. »Am besten bringe ich ihn zu seiner Baracke.«

»Sie bleiben hier«, bestimmte Brough. »Grey, vielleicht könnten Sie ihm helfen.«

»Wenn's nach mir geht, kann er auf der Stelle tot umfallen.« Greys Augen gingen zum King. »Das gleiche gilt für Sie! Aber erst, wenn ich Sie erwischt habe. Und das werde ich.«

»Wenn es Ihnen gelingt, breche ich ihm das Kreuz.« Brough sah den King an. »Klar?«

»Jawohl, Sir.«

Brough blickte wieder Grey an. »Aber solange Sie ihn nicht erwischen – oder solange er sich meinen Befehlen nicht widersetzt –, kann nichts unternommen werden.«

»Dann befehlen Sie ihm, mit den Schwarzmarktgeschäften aufzuhören«, erwiderte Grey.

Brough beherrschte sich. »Was tut man nicht alles für ein friedliches Leben«, antwortete er und fühlte die Verachtung seiner Leute und lächelte insgeheim. Verdammte Hunde. »Sie«, sagte er zum King. »Ich befehle Ihnen, mit Schwarzmarktgeschäften aufzuhören. Wie ich Schwarzhandel verstehe, bedeutet das den Verkauf von Lebensmitteln und Waren, überhaupt von allem, an eigene Leute – mit Gewinn. Sie dürfen nichts mit Gewinn verkaufen.«

»Handel mit Schmuggelware, das sind Schwarzmarktgeschäfte.«

»Hauptmann Grey, Verkaufen mit Gewinn an den Feind oder sogar Stehlen beim Feind sind keine Schwarzmarktgeschäfte. Ein wenig Handel kann nicht schaden.«

»Aber das ist gegen die Befehle!«

»Japsenbefehle! Und ich erkenne keine Befehle des Feindes an. Und es sind unsere Feinde.« Brough wollte mit dem Unsinn endlich Schluß machen. »Keine Schwarzmarktgeschäfte. Das ist ein Befehl.«

»Ihr Amerikaner haltet zusammen – das muß ich euch lassen.«

»Hören Sie mir damit auf. Ich habe an Yoshima eben genug für einen Abend gehabt. Niemand treibt hier Schwarzhandel oder verstößt gegen irgendwelche Gesetze, die wirkliche Gesetze sind – soweit ich weiß. Und damit Schluß. Wenn ich jemanden erwische, wie er etwas stiehlt oder Lebensmittel oder Medikamente mit Gewinn verkauft, breche ich ihm eigenhändig das Genick. Ich bin der rangälteste amerikanische Offizier, und das hier sind meine Leute, und mehr habe ich zu der ganzen Sache nicht zu sagen, verstanden?«

Grey starrte Brough an und gelobte sich, auch ihn in Zukunft zu beobachten. Verkommene Soldaten, verkommene Offiziere. Er drehte sich um und stelzte aus der Baracke.

»Helfen Sie Peter wieder ins Bett, Tex«, sagte Brough.

»Jawohl, Don.«

Tex nahm ihn auf die Arme und grinste Brough an. »Wie ein Baby, Sir«, sagte er und ging hinaus.

Brough starrte auf das Geld, das auf dem Tisch lag. »Tja«, machte er und nickte, als redete er mit sich selbst, »Glücksspiel ist nicht gut. Verdammt, gar nicht gut.« Er sah zum King auf und sagte katzenfreundlich: »Ich halte nichts vom Glücksspiel, Sie etwa?«

Paß gut auf, sagte der King zu sich. Brough hat den hinterhältigen Offiziersblick. Warum bekommen die gottverdammten Offiziere nur diesen Blick, und warum merkst du es immer und kannst die Gefahr schon auf zwanzig Schritte Entfernung riechen?

»Hmm«, brummte der King, bot Brough eine Zigarette an und reichte ihm Feuer, »vermutlich kommt es darauf an, wie man es ansieht.«
»Danke. Es geht doch nichts über eine ›Aktive‹.« Wieder sah Brough dem King fest in die Augen. »Und wie sehen Sie es an, Korporal?«
»Gewinne ich, sieht es gut aus. Verliere ich, sieht es weniger gut aus«, und in Gedanken setzte er hinzu: Du verdammter Hund, was führst du im Schilde?
Brough knurrte und blickte auf den Geldstapel vor dem Platz, an dem der King gesessen hatte. Unter nachdenklichem Nicken blätterte er die Scheine durch und behielt sie in der Hand. Alle. Seine Augen gingen zu den großen Stapeln vor jedem Platz. »In dieser Runde scheint jeder zu gewinnen«, meinte er nachdenklich, ohne sich an jemand bestimmten zu wenden.
Der King erwiderte nichts.
»Es sieht so aus, als könnten Sie sich eine Spende leisten.«
»Wie?«
»Jawohl, ›Wie?‹, gottverdammt!« Brough hielt die Geldscheine hoch. »Etwa soviel. Für die gottverdammte Kasse. Für alle, Offiziere und Soldaten.«
Der King stöhnte. An die vierhundert Dollar. »Großer Gott, Don ...«
»Glücksspiel ist eine schlechte Angewohnheit. Wie das Fluchen, gottverdammich. Sie spielen Karten, Sie könnten das Geld also auch einfach verlieren, und was hätten Sie dann? Eine Spende würde Ihre Seele für bessere Dinge retten.«
Versuch zu handeln, du Idiot, sagte der King zu sich selbst. Einige dich mit ihm auf die Hälfte.
»Mein Gott, ich würde ja so gerne ...«
»Sehr gut.« Brough wandte sich an Max. »Sie ebenfalls, Max.«
»Aber, Sir ...« begann der King hastig.
»Sie haben bereits Ihr Teil sagen können.«
Max bemühte sich, den King nicht anzublicken, und Brough sagte: »Sie haben recht, Max. Sehen Sie ihn sich an. Ein guter

Mensch. Er hat eine Spende gegeben, verdammt, warum können Sie es dann nicht auch?«

Brough nahm drei Viertel der Banknoten von jedem Stapel weg und zählte schnell das Geld. Vor ihnen. Der King mußte untätig dasitzen und zusehen.

»Das macht sechs Wochen lang zehn Piepen je Mann und Woche«, erklärte Brough. »Am Donnerstag ist Zahltag. Ach ja. Max! Sammeln Sie alle Wasserflaschen ein und bringen Sie sie zum Wachhaus hinauf. Gleich jetzt!« Er stopfte das Geld in die Tasche und ging dann zur Tür. An der Tür kam ihm plötzlich ein Gedanke. Er zog die Banknoten noch einmal aus der Tasche und nahm eine einzige Fünfdollarnote weg. Die Augen auf den King gerichtet, warf er sie mitten auf den Tisch.

»Beerdigungsgeld.« Und sein Lächeln war engelhaft. »Nacht, Jungens.«

Im ganzen Lager war das Einsammeln der Wasserflaschen im Gange.

Mac und Larkin und Peter Marlowe saßen im Bungalow. Auf dem Bett lagen neben Peter Marlowe ihre Wasserflaschen.

»Wir könnten das Radio ausbauen und die Behälter in ein Bohrloch werfen«, schlug Mac vor. »Die verdammten Flaschen werden jetzt schwer zu verstecken sein.«

»Wir könnten sie so wie sie sind in ein Latrinenloch werfen«, sagte Larkin.

»Das meinen Sie doch nicht im Ernst?« fragte Marlowe.

»Nein, Kamerad. Aber ich habe es gesagt, und wir sollten jetzt gemeinsam entscheiden, was zu tun ist.«

Mac hielt eine der Flaschen hoch. »Vielleicht werden die anderen in ein oder zwei Tagen zurückgegeben. Wir können die Eingeweide der Flaschen nirgends besser verstecken, als sie jetzt versteckt sind.« Er blickte auf und sagte giftig: »Aber wer ist der Schweinehund, der es weiß?«

Sie starrten auf die Wasserflaschen.

»Ist es nicht Zeit, die Nachrichten zu hören?« fragte Peter Marlowe.

»Ja, mein Junge«, antwortete Mac und sah Larkin an.
»Einverstanden«, erklärte dieser.

Der King war noch wach, als Timsen zum Fenster hereinspähte. »Kamerad?«
»Ja?«
Timsen hielt ein Bündel Geldscheine hoch. »Wir haben die zehn, die du bezahlt hast.«
Der King seufzte, öffnete seine schwarze Kiste und zahlte Timsen, was er ihm schuldete.
»Danke, Kamerad.« Timsen kicherte. »Habe gehört, du hast mit Grey und Yoshima ein bißchen Schwierigkeiten gehabt.«
»Na und?«
»Nichts – nur schade, daß Grey den Stein nicht gefunden hat. Ich möchte nicht in deinen Schuhen stecken – und auch nicht in denen von Peter. Sehr gefährlich, stimmt's?«
»Der Teufel soll dich holen, Timsen.«
Timsen lachte. »Nur eine freundliche Warnung, stimmt's? Ach ja. Die erste Sendung Maschendraht liegt unter der Baracke, der Draht reicht für etwa hundert Käfige.« Er zählte einhundertzwanzig Dollar ab. »Ich habe die erste Sendung zu dreißig den Schlegel verkauft. Hier ist dein Anteil. Fünfzig – fünfzig.«
»Wer hat sie bekommen?«
Timsen zwinkerte ihm zu. »Nur Freunde von mir. Nacht, Kamerad.«
Der King ließ sich wieder auf sein Bett zurücksinken und sah nach, ob das Moskitonetz auch wieder stramm unter der Matratze steckte. Alle Sinne waren hellwach und hielten nach Gefahren Ausschau. Er wußte, daß er in den nächsten zwei Tagen nicht zum Dorf gehen konnte, und bis dahin würden viele Augen wachen und warten. In dieser Nacht schreckte er immer wieder aus dem Schlaf auf, und am nächsten Tag blieb er von Wachen umgeben in der Baracke.
Nach dem Mittagessen wurde plötzlich das Bungalowgebiet durchsucht. Dreimal kämmten die Posten die kleinen Räume durch, bevor die Suche abgeblasen wurde.

Bei Einbruch der Nacht schlich Mac zu den Latrinen und zog die drei Feldflaschen hoch, die an einer Schnur in einem der Bohrlöcher baumelten. Er säuberte sie, brachte sie zum Bungalow zurück und schloß sie an. Er, Larkin und Peter Marlowe hörten die Nachrichten und prägten sie sich ein. Später trug er die Flaschen nicht zu ihrem Versteck zurück, denn er wußte, daß er beobachtet worden war, so vorsichtig er auch gewesen sein mochte.
Alle drei entschieden, die Flaschen nicht mehr zu verstecken. Sie wußten – und das Wissen ließ sie nicht verzweifeln –, daß sie sehr bald erwischt werden würden.

## 24

Der King hastete durch den Dschungel. Je mehr er sich dem Lager näherte, desto vorsichtiger wurde er, bis er eine Stelle erreicht hatte, die der amerikanischen Baracke direkt gegenüberlag. Er legte sich auf den Boden, gähnte zufrieden und wartete, bis er über den Weg laufen, unter dem Stacheldrahtzaun durchschlüpfen und wieder in die Geborgenheit der Baracke huschen konnte. Das restliche Geld beulte seine Taschen aus.
Er war allein zum Dorf gegangen. Peter Marlowe war noch nicht wieder kräftig genug, um mit ihm zu gehen. Er hatte sich mit Cheng San getroffen und ihm den Diamanten übergeben. Dann war ein Fest gefeiert worden, und er war zu Kasseh gegangen, und sie hatte ihn willkommen geheißen.
Das Morgengrauen kündigte eben den neuen Tag an, als sich der King unter dem Stacheldrahtzaun durch und in die Baracke schlich. Erst als er sich ins Bett legte, entdeckte er, daß seine schwarze Kiste fehlte.
»Himmel, Hölle, ihr blöden Hunde!« schrie er durchdringend. »Kann man sich denn überhaupt nicht auf euch verlassen?«

»Himmel, Arsch und Wolkenbruch«, fluchte Max. »Vor ein paar Stunden war sie noch da. Ich bin nur aufgestanden und mal schnell zur Latrine gegangen.«

»Scheiße, und wo ist sie jetzt?«

Aber keiner der Männer hatte etwas gesehen oder gehört.

»Hol Samson und Brant«, fuhr der King Max an.

»Himmel«, erwiderte Max, »es ist noch zu früh ...«

»Ich habe gesagt, du sollst sie holen!«

Nach einer halben Stunde erschien Oberst Samson naßgeschwitzt vor Furcht. »Was ist denn los? Sie wissen doch, daß man mich hier nicht sehen darf.«

»Irgendein Schweinehund hat meine Kiste gestohlen. Sie sollen helfen herauszukriegen, wer es war.«

»Wie kann ich ...«

»Ist mir schnuppe«, unterbrach der King. »Hören Sie sich einfach unter den Offizieren um. Sie bekommen so lange keinen Zaster mehr, bis ich weiß, wer es getan hat.«

»Aber, Korporal, ich habe doch nichts damit zu tun.«

»Sobald ich es weiß, bekommen Sie wieder Ihre wöchentliche Zahlung. Verschwinden Sie jetzt.«

Ein paar Minuten später kam Major Brant und wurde auf die gleiche Weise abgefertigt. Sobald er gegangen war, richtete der King sich etwas zum Frühstück, während die übrigen Barakkenbewohner das Lager durchkämmten. Er hatte eben zu essen aufgehört, als Peter Marlowe die Baracke betrat. Der King erzählte ihm vom Diebstahl der schwarzen Kiste.

»Das ist verfluchtes Pech«, meinte Peter Marlowe.

Der King nickte und zwinkerte ihm dann zu. »Spielt keine Rolle. Ich habe von Cheng San den restlichen Zaster bekommen – wir haben also jede Menge. Ich habe nur gedacht, es ist an der Zeit, etwas den Daumen draufzuhalten. Die Burschen sind nachlässig geworden, und es geht hier ums Prinzip.« Er reichte ihm ein kleines Bündel Geldscheine. »Hier ist Ihr Anteil vom Diamanten.«

Peter Marlowe brauchte das Geld dringend. Aber er schüttelte den Kopf. »Behalten Sie es. Ich schulde Ihnen viel mehr, als ich

Ihnen je zahlen kann. Und außerdem haben Sie ja auch das Geld für die Medikamente vorgestreckt.«

»Also gut, Peter. Aber wir sind immer noch Partner.«

Peter Marlowe lächelte. »Gut.«

Die Falltür öffnete sich, und Kurt kletterte in den Raum hinauf.

»Siebzig, bis jetzt«, verkündete er.

»Hä?« machte der King.

»Heute ist G-Tag.«

»Gottverdammt«, fluchte der King. »Das hatte ich glatt vergessen.«

»Ganz gut, daß ich es nicht vergessen habe, was? In einigen Tagen werde ich wieder zehn schlachten. Es hat keinen Sinn, die Männchen zu füttern. Fünf oder sechs sind groß genug!«

Dem King wurde es fast übel, aber er erwiderte: »In Ordnung. Ich werde Timsen Bescheid sagen.«

Als Kurt gegangen war, sagte Peter Marlowe: »Ich glaube nicht, daß ich in den beiden nächsten Tagen vorbeikommen kann.«

»Was soll das?«

»Ich glaube, es ist besser. Wir können das Rundfunkgerät nicht mehr verstecken. Wir drei haben deshalb beschlossen, immer in der Nähe des Bungalows zu bleiben.«

»Sind Sie lebensmüde? Schaffen Sie das gottverdammte Ding weg, wenn Sie glauben, daß Sie entdeckt worden sind. Wenn Sie dann verhört werden – streiten Sie es ab.«

»Daran haben wir selbst schon gedacht, aber unser Gerät ist das einzige Radio, das übriggeblieben ist, deshalb wollen wir es in Betrieb halten, solange wir nur können. Mit ein wenig Glück werden wir schon nicht erwischt.«

»Kümmern Sie sich lieber zunächst mal um sich selbst, Kamerad.«

Peter Marlowe lächelte. »Ja, ich weiß. Deshalb komme ich eine Weile nicht hierher. Ich möchte Sie nicht in irgend etwas hineinziehen.«

»Was werden Sie tun, wenn Yoshima auf Sie zukommt?«

»Davonlaufen.«
»Um Himmels willen, wo wollen Sie hinlaufen?«
»Besser irgendwohin laufen als einfach herumsitzen.«
Dino, der gerade Wache hatte, steckte den Kopf zur Tür herein. »Entschuldigung, aber Timsen ist unterwegs hierher.«
»Gut«, sagte der King. »Ich werde ihn empfangen.« Er wandte sich wieder Peter Marlowe zu. »Es geht um Ihren Hals, Peter. Ich rate Ihnen, werfen Sie das Ding weg.«
»Wir würden es ja gern tun, aber wir können nicht.«
Der King wußte, daß er hier nichts ausrichten konnte.
»Hallo, Kamerad«, grüßte Timsen und trat ein, und sein Gesicht war vor Zorn angespannt. »Hab gehört, du hast scheußliches Pech gehabt, stimmt's?«
»Ich brauche neue Wächter, soviel steht fest.«
»Mensch, und mir geht es genauso«, erklärte Timsen wütend. »Die Banditen haben deine schwarze Kiste unter meine verdammte Baracke geworfen. Unter *meine* Baracke!«
»Was?«
»Ja. Sie liegt da. Unter meiner Baracke, leer und wie blank geleckt. Verdammte Hunde. Es ist die Wahrheit. Kein Aussie würde sie stehlen und unter meine Baracke werfen. Nein, Sir. Muß ein Pommy oder Yankee gewesen sein.«
»Wer zum Beispiel?«
»Keine Ahnung. Ich weiß nur, daß es keiner von meinen Leuten gewesen ist. Verdammt, das schwöre ich dir.«
»Ich will dir glauben. Aber du kannst es überall wissen lassen – ich zahle tausend Dollar für einen Hinweis, wer meine Kiste geklaut hat.«
Der King griff unter sein Kopfkissen und zog absichtlich den Stapel Banknoten hervor, den Cheng San ihm bei Abschluß des Kaufes gegeben hatte. Er zählte dreihundert Dollar ab und hielt sie Timsen hin, der mit weitaufgerissenen Augen auf den ungeheuren Stapel starrte.
»Ich brauche etwas Zucker, Kaffee und Öl – vielleicht eine oder zwei Kokosnüsse. Erledigst du das?«
Timsen nahm das Geld, er war unfähig, die Augen von dem

restlichen Stapel Geldscheine loszureißen. »Du hast den Kauf abgeschlossen, stimmt's? Heiliges Kanonenrohr. Ich hätte nie geglaubt, daß du es schaffen würdest. Aber du hast es geschafft, stimmt's?«

»Klar«, bestätigte der King lässig. »Ich habe genug, um es ein oder zwei Monate auszuhalten.«

»Verdammt, ein ganzes Jahr, Kamerad«, sagte Timsen überwältigt. Er drehte sich um und ging langsam auf die Tür zu, lachte dann plötzlich auf und sah zurück. »Eintausend, he? Ich glaube, damit kann man schon was machen, oder?«

»Ja«, antwortete der King. »Nur eine Frage der Zeit.«

In einer Stunde hatte sich die Nachricht von der Belohnung schon im ganzen Lager verbreitet. Augen begannen mit neuem Interesse zu beobachten, Ohren waren darauf abgestimmt, das vom Wind herangetragene Geflüster zu erlauschen. Gedächtnisse wurden durchsucht und immer wieder durchsucht. Es war nur eine Frage der Zeit, bis der Tausender abgefordert werden würde.

Als der King an diesem Abend durch das Lager ging, fühlte er wie nie zuvor den Haß und den Neid und die Härte der Augen. Es löste in ihm Wohlbehagen aus, ja geradezu ein Hochgefühl, denn er wußte, sie alle wußten, daß er einen gewaltigen Stapel Geldscheine besaß, während sie nichts besaßen, sie wußten, daß von ihnen allen nur er es wirklich geschafft hatte.

Samson besuchte ihn und Brant – und viele andere –, und obwohl ihm von ihrer Speichelleckerei ganz übel wurde, gefiel es ihm doch ungeheuer, daß sie es zum ersten Mal in aller Öffentlichkeit taten. Er ging an der Militärpolizeibaracke vorbei, und selbst Grey, der davorstand, erwiderte nur seinen zackigen Gruß und rief ihn nicht zur Durchsuchung in die Baracke. Der King lächelte vor sich hin, denn er wußte wohl, daß selbst Grey an den Stapel Geldscheine und die Belohnung dachte.

Nichts konnte dem King jetzt etwas anhaben. Der Geldstapel bedeutete Sicherheit und Leben und Macht. Und sie gehörten allein ihm.

## 25

Als Yoshima diesmal kam, geschah es heimlich, aber blitzschnell. Er kam nicht wie gewöhnlich die Straße entlang durch das Lager, sondern er kam mit vielen Posten vom Stacheldrahtzaun her, und als Peter Marlowe den ersten Posten entdeckte, war der Bungalow bereits umzingelt, und es gab keinen Fluchtweg mehr.

Mac hockte noch immer unter seinem Moskitonetz und lauschte aufmerksam in den Kopfhörer, als Yoshima in den Bungalow stürmte.

Peter Marlowe, Larkin und Mac wurden in eine Ecke getrieben. Dann hob Yoshima den Kopfhörer auf und horchte. Das Radio war noch immer angeschlossen, und er hörte den letzten Teil der Nachrichtensendung.

»Sehr intelligent«, sagte er und legte den Kopfhörer hin. »Ihre Namen, bitte.«

»Ich bin Oberst Larkin, das ist Major McCoy, und das ist Leutnant Marlowe.«

Yoshima lächelte. »Möchten Sie eine Zigarette?« fragte er.

Jeder nahm eine Zigarette und ließ sich von Yoshima Feuer geben, der sich ebenfalls eine anzündete. Alle rauchten schweigend. Dann redete Yoshima.

»Schalten Sie das Radio aus und kommen Sie mit.«

Macs Finger zitterten, als er sich bückte. Er sah sich nervös um, als urplötzlich ein zweiter japanischer Offizier aus der Nacht auftauchte. Der Offizier flüsterte eindringlich in Yoshimas Ohr. Einen Augenblick starrte Yoshima ihn sprachlos an, brüllte dann einem Posten, der in der Tür stand, etwas zu und eilte mit dem Offizier und den übrigen Posten davon.

»Was ist los?« fragte Larkin, und seine Augen blickten dabei auf den Posten, der sein Gewehr mit aufgepflanztem Bajonett auf sie gerichtet hielt.

Mac stand neben seinem Bett, direkt über dem Radio, die Knie zitterten ihm, und er atmete kaum. Als er schließlich wieder reden konnte, sagte er heiser: »Ich glaube, ich weiß es. Die

Nachrichten sind schuld daran. Ich hatte keine Zeit mehr, es euch zu erzählen. Wir haben – wir haben eine neue Bombenart. Eine Atombombe. Gestern morgen um neun Uhr fünfzehn wurde *eine* auf Hiroshima abgeworfen. Die ganze Stadt ist verschwunden. Die Zahl der Toten soll in die Hunderttausende gehen – Männer, Frauen und Kinder!«
»Großer Gott!«
Larkin setzte sich plötzlich, und der nervöse Posten riß das Gewehr hoch und hatte schon halb den Abzug durchgedrückt, als Mac auf Malaiisch schrie: »Warten Sie, er setzt sich doch nur.«
»Alle hinsetzen!« schrie der Posten auf Malaiisch zurück und verfluchte sie. Als sie gehorcht hatten, brüllte er: »Ihr seid Idioten. Bewegt euch vorsichtiger – ich bin dafür verantwortlich, daß ihr nicht flieht. Bleibt sitzen, wo ihr sitzt! Ich schieße, ohne lange zu fragen.«
Sie saßen also da und redeten nicht. Nach einiger Zeit schliefen sie ein, dösten unruhig im grellen Schein der Glühbirne und schlugen nach den Moskitos, bis das Morgengrauen die Moskitos vertrieb.
In der Dämmerung wurde der Posten abgelöst. Noch immer saßen die drei Freunde auf dem Boden. Vor dem Bungalow gingen nervöse Männer vorbei, aber sie blickten in die andere Richtung, bis sie weit weg von dem verdammten Bungalow waren.
Der Tag lag nackt unter dem sengenden Himmel. Er schleppte sich träge und lange hin, länger als je ein anderer Tag sich hingeschleppt hatte.
Am Nachmittag blickten die drei auf, als Grey sich dem Posten näherte und grüßte. In den Händen hielt er zwei Eßgeschirre.
»Kann ich ihnen das geben? Makan?« Er öffnete die Eßgeschirre und zeigte dem Posten das Essen.
Der Posten zuckte die Achseln und nickte.
Grey ging über die Veranda und stellte das Essen an der Tür ab, seine Augen waren rotgerändert und stechend.
»Tut mir leid, daß es kalt ist«, entschuldigte er sich.

»Sind wohl gekommen, um Ihren Triumph zu genießen, was, Grey?« sagte Peter Marlowe mit lustlosem Lächeln.
»Verdammt, es ist keine Genugtuung für mich, daß die Sie einbuchten werden. Ich wollte Sie dabei erwischen, wie Sie die Gesetze übertreten – und nicht zusehen, wie Sie gefangen werden, weil Sie zu unser aller Wohl Ihr Leben gewagt haben. Sie haben wirklich verdammtes Schwein, daß Sie jetzt mit einem Glorienschein abziehen werden.«
»Peter«, flüsterte Mac, »lenken Sie den Posten ab!«
Peter Marlowe stand auf und trat schnell in die Tür. Er grüßte den Posten und bat um Erlaubnis, zur Latrine gehen zu dürfen. Der Posten zeigte auf die Erde direkt vor dem Bungalow. Peter Marlowe hockte sich in den Schmutz, erleichterte sich, haßte es, es hier in aller Öffentlichkeit tun zu müssen, war aber gleichzeitig dankbar, daß man sie nicht zwang, es in dem kleinen Raum zu tun. Während der Posten Peter Marlowe beobachtete, flüsterte Mac die Neuigkeit Grey zu, der bleich wurde. Grey stand auf, nickte Peter Marlowe zu, der zurücknickte, und grüßte erneut zu dem Posten hin. Der Posten zeigte auf den von Fliegen bedeckten Kot und befahl Grey, einen Eimer zu holen und ihn wegzuräumen.
Grey überbrachte die Nachricht Smedly-Taylor, der sie flüsternd an die andern weitergab, und bald wußte es ganz Changi – lange bevor Grey einen Eimer gefunden, den Kot weggeräumt und ihnen einen anderen Eimer hingestellt hatte.
Die erste große Furcht griff im Lager um sich. Die Furcht vor Repressalien.

Bei Sonnenuntergang wurde der Posten wieder abgelöst, und der neue Posten war Shagata. Peter Marlowe versuchte mit ihm zu reden, aber Shagata scheuchte ihn mit dem Bajonett einfach in den kleinen Raum zurück. »Ich kann nicht mit Euch reden. Ihr seid mit einem Radio erwischt worden, das ist verboten. Ich werde sogar Euch erschießen, wenn einer von euch zu fliehen versucht. Ich wünsche nicht, Euch zu erschießen.« Und er ging zur Tür zurück.

»Verdammt«, fluchte Larkin. »Ich wünschte, sie würden uns einfach umlegen.«
Mac sah zu Shagata hin. »Sir«, sagte er und zeigte dabei auf sein Bett, »ich bitte Euch um eine Gunst. Darf ich bitte dort ruhen? Ich habe in der Nacht wenig geschlafen.«
»Natürlich. Ruht Euch aus, solange Ihr Zeit dazu habt, alter Mann.«
»Ich danke Euch. Friede sei mit Euch.«
»Und mit Euch.«
Mac ging zu seinem Bett und legte sich hin. Er legte den Kopf auf das Kissen. »Es ist noch angeschlossen«, verkündete er und konnte nur mit größter Mühe seiner Stimme einen ausdruckslosen Klang geben. »Im Augenblick sendet man Musik. Ich höre sie deutlich.«
Larkin sah den Kopfhörer neben Macs Kopf und lachte plötzlich. Dann lachten plötzlich alle. Shagata riß das Gewehr hoch und zielte auf sie. »Aufhören«, schrie er erschreckt.
»Wir bitten Euch um Verzeihung«, sagte Peter Marlowe. »Wir sind der Ewigkeit so nahe, daß wir auch kleine Dinge belustigend finden.«
»Ihr seid wahrhaftig dem Tode nahe – und ein Narr seid Ihr auch, daß Ihr Euch habt erwischen lassen, wie Ihr gegen das Gesetz verstoßen habt. Aber ich hoffe, daß ich den Mut zum Lachen haben werde, wenn einmal meine Zeit kommt.« Er warf eine Packung Zigaretten in den Raum. »Da«, sagte er. »Tut mir leid, daß Ihr ertappt worden seid.«
»Und mir erst«, versetzte Peter Marlowe.
Er verteilte die Zigaretten und sah zu Mac hinüber. »Was bringen sie?«
»Bach, mein Junge«, antwortete Mac, dem es sehr schwerfiel, nicht wieder in hysterisches Gelächter auszubrechen. Er rückte den Kopf näher zum Kopfhörer hin. »Seid ihr jetzt wohl ruhig? Ich möchte die Musik genießen.«
»Vielleicht können wir uns abwechseln«, schlug Larkin vor. »Obwohl jemand, der etwas an Bach finden kann, ein Schlappsack ist.«

Peter Marlowe rauchte seine Zigarette und sagte freundlich zu Shagata: »Ich danke Euch für die Zigaretten.«
Fliegen umschwärmten den Eimer mit dem grobgefügten Dekkel. Der Nachmittagsregen setzte früh ein und schlug den Gestank nieder, und dann brach wieder die Sonne hervor und begann die Feuchtigkeit von Changi aufzusaugen.
Der King ging die Bungalowreihe hinab und spürte deutlich die auf ihn gehefteten Augen. Vorsichtig blieb er vor dem verdammten Bungalow stehen. »Tabe, Shagata-san«, grüßte er. »Ichi-bon Tag, nicht wahr? Kann ich mit meinem ichi-bon Freund reden?«
Shagata starrte ihn verständnislos an.
»Er bittet um Eure Erlaubnis, mit mir zu reden«, übersetzte Peter Marlowe.
Shagata dachte einen Augenblick nach und nickte dann. »Ich denke an das Geld, das ich beim Verkauf verdient habe, und will Euch daher miteinander reden lassen.« Er wandte sich an Peter Marlowe. »Aber nur, wenn ihr alle mir euer Wort gebt, daß ihr keinen Fluchtversuch machen werdet.«
»Ihr habt unser Wort.«
»Beeilt euch. Ich werde aufpassen.« Shagata stellte sich so, daß er die Straße im Auge behalten konnte.
»Es geht das Gerücht um, daß Posten in das Wachhaus strömen«, begann der King nervös. »Ich will verdammt sein, wenn ich mich heute nacht schlafen lege. Das sind genau die richtigen Halunken, die so etwas bei Nacht machen.« Seine Lippen waren trocken und rissig, und er hatte den ganzen Tag den Stacheldrahtzaun beobachtet und auf ein Zeichen von den Guerillas gehofft, das die Entscheidung, den Ausbruch zu unternehmen, auslösen würde. Aber es war nichts zu sehen gewesen. »Hört zu.« Er senkte die Stimme und erzählte ihnen von dem Plan. »Wenn die Schlächterei beginnt, dann überfallt den Posten und brecht neben unserer Baracke aus. Ich werde versuchen, euch drei zu decken. Aber macht euch keine allzugroßen Hoffnungen.«
Dann stand er auf, nickte Shagata zu und ging weg. Sobald er

wieder in der amerikanischen Baracke war, berief er einen Kriegsrat ein. Er erzählte ihnen von seinem Plan, erzählte ihnen aber nicht, daß nur zehn gehen könnten. Sie diskutierten gemeinsam den Plan und beschlossen dann abzuwarten.
»Mehr können wir nicht tun«, erklärte Brough, wie ein Echo auf die Befürchtungen aller. »Wenn wir es jetzt versuchen, werden wir einfach zusammengeknallt.«
Nur die Schwerkranken schliefen in dieser Nacht. Oder jene – die unendlich wenigen –, die sich friedlich in die Hand Gottes – oder in die Hand des Schicksals geben konnten. Dave Daven schlief.
»Heute nachmittag hat man Dave Daven von der Utramstraße zurückgebracht«, hatte Grey geflüstert, als er ihnen das Abendessen brachte.
»Wie geht es ihm?« fragte Peter Marlowe.
»Er wiegt nur noch siebzig Pfund.«

Daven schlief in jener Nacht und am nächsten schrecklichen Tag und starb im Koma, als Mac gerade den Nachrichtensprecher sagen hörte: »Die zweite Atombombe hat Nagasaki zerstört. Präsident Truman hat Japan ein Ultimatum gestellt – bedingungslose Kapitulation oder völlige Vernichtung.«
Am nächsten Tag zogen die Arbeitskommandos aus und kehrten – fast war es nicht zu glauben – wieder zurück. Das Lager wurde weiterhin mit Verpflegung versorgt, und Samson wog in aller Öffentlichkeit die Rationen ab und brachte Extrarationen zu den Männern, die mit der Verpflegungsverwaltung betraut waren. Es waren noch Vorräte für zwei Tagesrationen in der Verpflegungsbaracke und in den Küchen vorhanden, und es gab gekochtes Essen, und die Fliegen schwärmten, und nichts hatte sich geändert.
Die Wanzen bissen, und die Moskitos stachen, und die Ratten säugten ihre Jungen. Einige Männer starben. Krankensaal 6 hatte drei Neuzugänge.
Noch ein Tag und eine Nacht und noch ein Tag. Dann hörte Mac die heiligen Worte: »Hier spricht Kalkutta. Der Sender

Tokio meldete soeben, daß die japanische Regierung bedingungslos kapituliert hat. Drei Jahre und zweihundertfünfzig Tage nach dem japanischen Angriff auf Pearl Harbor ist der Krieg beendet. Gott schütze den König.«

Bald wußte es ganz Changi. Und die Worte wurden zu einem Teil der Erde, des Himmels, der Mauern und der Zellen Changis.

Dennoch änderte sich mehr als zwei Tage und zwei Nächte lang nichts. Am dritten Tage ging der Lagerkommandant zusammen mit Awata, dem japanischen Unteroffizier, die Bungalowreihe entlang.

Peter Marlowe, Mac und Larkin sahen die beiden Männer näherkommen und starben tausendmal bei jedem ihrer Schritte. Sie wußten schlagartig, daß ihre Zeit gekommen war.

## 26

»Schade«, sagte Mac.

»Ja«, erwiderte Larkin.

Peter Marlowe starrte einfach wie versteinert Awata an.

Das Gesicht des Lagerkommandanten zeigte tiefe Runen der Übermüdung, aber dennoch waren seine Schultern eckig, und sein Schritt war fest. Er war wie immer tadellos gekleidet, und der linke Hemdärmel steckte ordentlich im Gürtel. An den Füßen trug er Holzsandalen, und auf dem Kopf saß das vom Schweiß vieler Tropenjahre graugrüne Käppi. Er ging die Treppe zur Veranda hinauf und blieb zögernd an der Tür stehen.

»Guten Morgen«, grüßte er heiser, als sie sich erhoben.

Awata schrie mit kehliger Stimme den Posten an. Der Posten verneigte sich und trat neben Awata. Ein weiterer knapper Befehl, und die beiden Männer warfen ihr Gewehr auf den Rükken und marschierten davon.

»Es ist vorbei«, sagte der Lagerkommandant heiser. »Nehmen Sie das Radio und folgen Sie mir.«
Benommen taten sie, was ihnen befohlen worden war, und gingen aus dem Raum hinaus in die Sonne. Und Sonne und Luft taten gut. Sie folgten dem Lagerkommandanten die Straße hinauf, von den erstarrten Augen Changis beobachtet.
Die sechs rangältesten Obersten warteten in der Unterkunft des Lagerkommandanten. Brough war ebenfalls da. Alle grüßten. »Rühren, bitte«, sagte der Lagerkommandant und erwiderte den Gruß. Dann wandte er sich an die drei. »Setzen Sie sich. Wir stehen tief in Ihrer Dankesschuld.«
Larkin sagte schließlich: »Ist es wirklich vorbei?«
»Ja. Ich habe soeben mit dem General gesprochen.« Der Lagerkommandant sah in die sprachlosen Gesichter rings um sich und sammelte seine Gedanken. »Ich glaube wenigstens, daß es vorüber ist«, setzte er hinzu. »Yoshima war beim General. Ich habe gesagt – ich habe gesagt: ›Der Krieg ist vorbei.‹ Der General starrte mich nur an, als Yoshima übersetzte. Ich wartete, aber er sagte nichts, und deshalb sagte ich nochmals: ›Der Krieg ist vorbei. Ich – ich – ich verlange Ihre Kapitulation.‹«
Der Lagerkommandant fuhr sich über den kahlen Schädel. »Ich wußte nichts anderes zu sagen. Lange Zeit blickte der General mich nur an. Yoshima sagte nichts, überhaupt nichts.
Dann sagte der General, und Yoshima übersetzte es: ›Ja. Der Krieg ist vorbei. Sie werden auf Ihren Posten im Lager zurückkehren. Ich habe meinen Wachen befohlen, dem Lager den Rücken zuzuwenden und Sie vor jedem zu schützen, der sich gewaltsam Eintritt ins Lager verschaffen will, um Ihnen zu schaden. Es sind jetzt *Ihre* Wachen – zu Ihrem Schutz –, bis ich weitere Befehle erhalte. Sie sind weiterhin für die Lagerdisziplin verantwortlich.‹
Ich wußte nicht, was ich sagen sollte, deshalb bat ich ihn, die Rationen zu verdoppeln und uns Medikamente zu geben, und er sagte: ›Morgen werden die Rationen verdoppelt. Sie werden einige Medikamente erhalten. Leider haben wir nicht viel. Aber Sie sind für die Disziplin verantwortlich. Meine Wachen

werden Sie vor denen schützen, die Sie umbringen wollen.‹ – ›Wer ist das?‹ wollte ich wissen. Der General zuckte die Achseln und antwortete: ›Ihre Feinde. Die Unterredung ist beendet.‹«

»Gottverdammt«, fluchte Brough. »Vielleicht wollen sie, daß wir hinausgehen – um einen Vorwand zu bekommen, uns abzuknallen.«

»Wir dürfen die Leute nicht rauslassen«, sagte Smedly-Taylor entsetzt, »sie würden randalieren. Aber wir müssen etwas unternehmen. Vielleicht sollten wir von ihnen verlangen, uns ihre Waffen zu übergeben ...«

Der Lagerkommandant hob die Hand. »Ich glaube, wir können nur abwarten. Ich bin – ich glaube, es wird jemand kommen. Und bis dahin ist es wohl am besten, wenn wir wie bisher weitermachen. Ach ja. Man hat uns erlaubt, einige Leute auf einen Badeausflug ans Meer zu schicken. Fünf Mann aus jeder Baracke. Abwechselnd. Ach du großer Gott«, sagte er, und es war ein Gebet, »hoffentlich verliert niemand den Kopf. Wir haben noch keine Garantie dafür, daß die Japsen hier der Kapitulation Folge leisten werden. Es könnte durchaus sein, daß sie weiterkämpfen. Wir können nur das Beste hoffen – und uns auf das Schlimmste gefaßt machen.«

Er machte eine Pause und sah Larkin an. »Ich denke, das Rundfunkgerät sollte hier bleiben.« Er nickte Smedly-Taylor zu. »Sie werden für dauernde Bewachung sorgen.«

»Jawohl, Sir.«

»Selbstverständlich«, wandte der Lagerkommandant sich an Larkin und Peter Marlowe und Mac, »bedienen Sie es auch weiterhin.«

»Wenn es Ihnen nichts ausmacht, Sir«, erwiderte Mac, »dann lassen Sie das jemand anders besorgen. Ich werde es reparieren, wenn etwas kaputtgeht, aber, hm, wahrscheinlich wollen Sie es vierundzwanzig Stunden am Tag in Betrieb halten. Das würden wir nicht schaffen, und irgendwie – hm, ich persönlich bin der Ansicht, man sollte alle die Sendungen hören lassen, nachdem das Gerät jetzt entdeckt worden ist.«

»Kümmern Sie sich darum, Oberst!« sagte der Lagerkommandant.
»Jawohl, Sir«, antwortete Smedly-Taylor.
»Und jetzt beraten wir am besten unser weiteres Vorgehen.«
Vor der Unterkunft des Lagerkommandanten begann sich eine Gruppe Neugieriger zu bilden – auch Max war darunter –, alle voller Ungeduld, zu erfahren, was gesagt wurde und was geschehen war und warum die japanischen Posten vom Radio abgezogen worden waren.
Als Max die Spannung nicht länger ertragen konnte, lief er zur amerikanischen Baracke zurück.
»He, Leute!« brachte er hervor.
»Kommen die Japsen?«
Der King war bereit, durchs Fenster zu springen und auf den Zaun zuzulaufen.
»Nein! Meine Fresse«, stieß Max ganz außer Atem hervor und war unfähig weiterzureden.
»Himmeldonnerwetter, was ist los?« fragte der King.
»Die Japsenposten vor Peters Raum und vor dem Radio sind eingezogen worden!« keuchte Max, als er wieder zu Atem gekommen war. »Dann hat der Lagerkommandant Peter, Larkin und den Schotten und das Radio mit zu sich in sein Quartier genommen. Und da ist jetzt ein großes Palaver im Gang. Alle Obersten sind dort – sogar Brough ist dort!«
»Bist du ganz sicher?« fragte der King.
»Ich sag dir, ich hab es mit meinen eigenen Augen gesehen, aber ich glaube es auch nicht.«
In der unbarmherzig wirkenden Stille zog der King eine Zigarette heraus, und dann sprach Tex aus, was er bereits erkannt hatte.
»Dann ist es vorbei. Dann ist es wirklich vorbei. Eine andere Möglichkeit gibt es nicht – wenn man die Wache vom Radio abgezogen hat!« Tex blickte in die Runde. »Ist es nicht so?«
Max sank schwerfällig auf sein Bett und wischte sich den Schweiß vom Gesicht. »Ich denke schon. Wenn man die Wache eingezogen hat, dann bedeutet das, daß man hier kapitu-

lieren wird – daß man nicht weiterkämpfen wird.« Er sah hilflos auf Tex. »Ist es nicht so?«
Aber Tex war ganz in seine eigene Bestürzung versunken. Nach einer ganzen Weile sagte er gleichmütig: »Es ist vorbei.«
Der King paffte gelassen seine Zigarette. »Ich glaube es erst, wenn ich es sehe.« Dann überwältigte ihn in dem gespenstischen Schweigen plötzlich die Angst.
Dino zerquetschte mechanisch Fliegen. Byron Jones III schob gedankenlos einen Läufer auf ein anderes Feld. Miller nahm ihn und ließ seine Königin ungedeckt stehen. Max starrte auf seine Füße. Tex kratzte sich.
»Ich komme mir nicht anders vor als sonst«, sagte Dino und stand auf. »Muß mal pinkeln«, und damit ging er hinaus.
»Ich weiß nicht, ob ich lachen oder heulen soll«, meinte Max. »Mir ist so, als würde ich jeden Augenblick überschnappen.«
»Es ist einfach sinnlos«, rief Tex laut, aber er redete mit sich selbst und wußte nicht, daß er laut gesprochen hatte. »Es hat einfach keinen Sinn.«
»He, Max«, sagte der King. »Mach doch mal Kaffee.«
Automatisch ging Max hinaus und füllte den Topf mit Wasser. Als er zurückkam, schaltete er die Kochplatte ein und setzte den Topf darauf. Er wandte sich wieder seinem Bett zu, hielt aber mitten in der Bewegung inne.
»Was ist los, Max?« fragte der King unbehaglich.
Max starrte ihn nur an, seine Lippen bewegten sich zuckend und lautlos.
»Verdammt, was glotzt du so?«
Plötzlich packte Max den Topf und schleuderte ihn durchs Fenster.
»Verdammt, hast du den Verstand verloren?« explodierte der King. »Du hast mich ganz naß gemacht!«
»Pech gehabt«, schrie Max, und seine Augen traten hervor.
»Ich müßte dich eigentlich zusammenschlagen. Bist du völlig übergeschnappt?«
»Der Krieg ist vorbei. Mach dir deinen gottverdammten Kaffee selber«, kreischte Max, und Schaum trat ihm vor den Mund.

Der King sprang hoch und stellte sich aufgereckt vor Max, und sein Gesicht war von Wut verzerrt. »Verschwinde, bevor ich dir in die Fresse trete!«

»Tu's doch, tu's doch, aber vergiß nicht, daß ich Feldwebel bin! Ich bring dich vor's Kriegsgericht!«

Max begann hysterisch zu lachen, dann ging das Gelächter plötzlich in Schluchzen über, das wie klirrendes Glas in die Stille fiel, und Max floh aus der Baracke und ließ entsetztes Schweigen hinter sich zurück.

»Verrückter Hund«, murmelte der King. »Stell bitte etwas Wasser auf, Tex«, und er setzte sich in seine Ecke.

Tex stand an der Tür und starrte hinter Max her. Langsam sah er sich um. »Ich habe zu tun«, erklärte er nach einer quälenden Spanne der Unentschlossenheit.

Dem King drehte sich der Magen um. Er drängte die aufsteigende Übelkeit zurück und setzte eine harte Miene auf.

»Ja«, sagte der King mit schrecklichem Lächeln. »Das sehe ich.« Er spürte geradezu den Abgrund der Stille. Er zog seine Brieftasche heraus und wählte eine Banknote. »Hier ist ein Zehner. Sieh zu, daß du nicht mehr beschäftigt bist, und hol Wasser.«

Aber Tex sagte nichts, schüttelte sich nur nervös und blickte weg.

»Ihr müßt auch jetzt noch essen – bis es wirklich vorbei ist«, erklärte der King verächtlich und sah sich dann in der Baracke um. »Wer möchte Kaffee?«

»Ich möchte gern Kaffee«, ließ Dino sich vernehmen, und es klang keineswegs bußfertig. Er holte den Topf, füllte ihn und setzte ihn zum Kochen auf.

Der King ließ den Zehndollarschein auf den Tisch fallen. Dino starrte darauf.

»Nein, danke«, sagte er heiser und schüttelte den Kopf, »nur den Kaffee.« Auf unsicheren Beinen ging er durch die Baracke. Unsicher wichen die Männer der schwelenden Verachtung des King aus. »Ich hoffe um euretwillen, ihr Hunde, daß der Krieg tatsächlich vorbei ist«, sagte der King.

Peter Marlowe verließ die Unterkunft des Lagerkommandanten und eilte zur amerikanischen Baracke. Mechanisch erwiderte er die Grüße der Männer, die er kannte, und spürte fortwährend die Augen – ungläubige Augen –, die ihn beobachteten. Ja, dachte er, ich kann es selbst nicht glauben. Bald zu Hause zu sein, bald wieder zu fliegen, bald meinen alten Herrn wiederzusehen, mit ihm zu trinken, mit ihm zu lachen. Und bei der ganzen Familie. Mein Gott, es wird seltsam sein. Ich lebe. Ich lebe. Ich habe es geschafft!

»Hallo, Leute!« Er strahlte, als er in die Baracke trat.

»Hallo, Peter«, rief Tex, sprang auf und schüttelte ihm warm die Hand. »Junge, waren wir froh, als wir das mit der Wache hörten, Menschenskind!«

»Das ist ein Meisterstück von Untertreibung«, erklärte Peter Marlowe lachend. Während sie sich um ihn drängten, sonnte er sich in der Wärme ihrer Begrüßung.

»Was war denn mit den hohen Tieren?« fragte Dino.

Peter Marlowe erzählte es ihnen, und die Angst bedrückte sie noch mehr. Abgesehen von Tex. »Verdammt, völlig unnötig, sich aufs Schlimmste gefaßt zu machen. Es ist vorbei!« erklärte er zuversichtlich.

»Es ist bestimmt vorbei«, knurrte Max rauh, als er in die Baracke trat.

»Hallo, Max, ich . . .« Peter Marlowe fuhr nicht fort. Er war entsetzt über den furchterregenden Blick in Max' Augen.

»Ist Ihnen nicht gut?« fragte er beunruhigt.

»'türlich ist mir gut!« fuhr Max auf. Er schob sich vorbei und ließ sich auf sein Bett fallen. »Verdammt, was starrt ihr mich alle so an? Kann man nicht ab und zu mal die Nerven verlieren, ohne daß ihr Idioten einen gleich alle anstarrt?«

»Beruhig dich schon«, erwiderte Tex.

»Gott sei Dank werd ich diesen verdammten Scheißhaufen bald hinter mir haben.« Max' Gesicht war graubraun, und sein Mund zuckte. »Und das gilt für euch Scheißkerle auch!«

»Halt die Schnauze, Max!«

»Der Teufel soll dich holen!« Max wischte sich den Speichel

vom Kinn. Er griff in die Tasche und zog ein Bündel Zehndollarscheine heraus, zerfetzte sie dann wild und verstreute sie wie Konfetti.

»Zum Donnerwetter, was ist in dich gefahren, Max?« fragte Tex.

»Nichts, du blöder Hund! Verdammt, die Geldscheine sind keinen Pfifferling wert.«

»Was?«

»Ich bin eben im Laden gewesen. Ja. Dachte, ich könnte mir ja mal 'ne Kokosnuß leisten, aber der verdammte Chinese wollte meinen Zaster nicht annehmen. Er wollte ihn nicht nehmen. Er behauptete, er hätte seine ganzen Vorräte an den verdammten Lagerkommandanten verkauft. Gegen einen Wisch: ›Die englische Regierung verspricht, soundso viel Straitsdollar zu zahlen!‹ Du kannst dir mit den gottverdammten Japsenpiepen den Arsch abwischen. Mehr sind sie nicht wert!«

»Au«, stöhnte Tex. »Das ist eine Masche. Wenn der Chinese unseren Zaster nicht nehmen will, dann haben wir es wirklich geschafft, was, Peter?«

»Wir haben es tatsächlich geschafft.« Peter Marlowe fühlte sich von ihrer Freundschaft erwärmt. Selbst Max' böse und starre Blicke konnten sein Glück nicht trüben. »Ich kann euch gar nicht sagen, Kinder, wie sehr ihr mir geholfen habt, mit eurem ganzen Unsinn.«

»Verdammt«, rief Dino. »Sie gehören doch zu uns.« Er stieß ihn schmerzhaft in die Rippen. »Sie sind für einen gottverdammten Limey gar nicht schlecht!«

»Sehen Sie zu, daß Sie nach den Staaten rüberkommen, wenn Sie hier raus sind. Wir könnten Sie vielleicht sogar Amerikaner werden lassen!« sagte Byron Jones III.

»Sie müssen Texas sehen, Peter, alter Knabe. Wenn Sie je in die Staaten kommen, müssen Sie unbedingt Texas sehen!«

»Da ist wenig Hoffnung«, sagte Peter Marlowe in die lauten Hochrufe hinein. »Aber sollte ich je rüberkommen, können Sie sich drauf verlassen.« Er sah zur Ecke des King hinüber. »Wo steckt unser furchtloser Führer?«

»Der ist tot!« Max wurde von gemeinem Gelächter geschüttelt.
»Was?« fragte Peter Marlowe erschrocken.
»Er lebt noch«, beruhigte Tex. »Aber er ist trotzdem tot.«
Peter Marlowe sah Tex forschend an. Dann bemerkte er den Ausdruck auf allen Gesichtern. Plötzlich war er sehr traurig. »Meint ihr nicht, daß das ein wenig schroff ist?«
»Gar nicht schroff.« Max spuckte aus. »Er ist tot. Wir haben uns für den Hund abgeschuftet, daß uns das Wasser im Arsch gekocht hat, und jetzt ist er tot.«
Peter Marlowe fuhr auf Max los und haßte ihn: »Aber als es euch schlechtgegangen ist, hat er euch zu essen und Geld und . . .«
»Wir haben dafür geschuftet!« kreischte Max, und seine Halsmuskeln traten vor. »Ich habe mir von dem Hund genug bieten lassen!« Sein Blick fiel auf die Rangabzeichen auf Peter Marlowes Arm. »Und von Ihnen auch, Sie Limey-Bastard. Wollen Sie mir etwa auch in den Arsch kriechen, wie Sie ihm in den Arsch gekrochen sind?«
»Halt die Schnauze, Max«, rief Tex warnend.
»Verreck doch, du alter Louis aus dem Einsternstaat!« Max spuckte nach Tex, und der Speichel bildete einen Streifen auf dem rohen Holzboden.
Tex schoß das Blut ins Gesicht. Er warf sich blitzschnell auf Max und schlug ihm krachend mit dem Handrücken ins Gesicht, daß sein Kopf gegen die Wand knallte. Max sackte zusammen und fiel vom Bett, aber er schnellte sofort wieder hoch, griff ein Messer vom Regal und sprang auf Peter Marlowe los. Tex konnte Max noch eben am Arm packen, und die Klinge streifte Peter Marlowe nur am Bauch. Dino packte Max an der Kehle und schleuderte ihn auf das Bett zurück.
»Bist du übergeschnappt?« schnaufte Dino.
Max starrte zu ihm hinauf, sein Gesicht zuckte, und seine Augen waren auf Peter Marlowe gerichtet. Plötzlich begann er zu kreischen, schnellte vom Bett, kämpfte irr mit wild um sich schlagenden Armen, gefletschten Zähnen und zu Krallen gebo-

genen Fingern. Peter Marlowe packte einen Arm, und gemeinsam warfen sie sich auf Max und zerrten ihn auf das Bett zurück. Drei Männer waren nötig, um ihn niederzuhalten, während er trat, kreischte, um sich schlug und biß.

»Den Kerl hat's!« brüllte Tex. »Gebt ihm eins auf die Birne!«

»Holt einen Strick!« schrie Peter Marlowe, während er sich an Max festklammerte und ihm außer Reichweite seiner knirschenden Zähne den Unterarm unters Kinn preßte.

Dino änderte seinen Griff, machte einen Arm frei, landete einen harten Schlag auf Max' Kinn und machte ihn damit bewußtlos. »Himmel«, sagte er zu Peter Marlowe, als sie aufstanden. »Fast hätte der Hund Sie umgebracht!«

»Los«, drängte Peter Marlowe, »steckt ihm etwas zwischen die Zähne, sonst beißt er sich noch seine verdammte Zunge ab.«

Dino entdeckte ein Stück Holz, und sie banden es Max zwischen die Zähne. Dann fesselten sie ihm die Hände.

Als Max unschädlich gemacht worden war, entspannte sich Peter Marlowe, und vor Erleichterung wurde ihm schwach. »Danke, Tex. Wenn Sie nicht das Messer abgefangen hätten, wäre ich geliefert gewesen.«

»Schon gut. Reflexbewegung. Was fangen wir mit ihm an?«

»Wir holen einen Arzt. Er hat nur einen Anfall gehabt, weiter nichts. Von Messer keine Rede.« Peter Marlowe rieb sich die Streifwunde am Bauch und sah, wie Max sich krampfartig aufbäumte. »Armer Teufel!«

»Gott sei Dank hast du ihn festhalten können, Tex«, sagte Dino. »Mir bricht jetzt noch der Schweiß aus, wenn ich daran denke.«

Peter Marlowe sah zu des King Ecke hinüber. Sie wirkte sehr einsam. Unbewußt bewegte er die Finger und den Arm und freute sich am Vollgefühl von dessen Kraft.

»Wie geht es ihm, Peter?« fragte Tex.

Peter brauchte lange Zeit, bis er die richtigen Worte fand. »Er lebt, Tex, er lebt – und ist nicht tot.« Dann wandte er sich um und ging aus der Baracke in die Sonne hinaus.

Als er den King endlich fand, war die Abenddämmerung schon

hereingebrochen. Der King saß in dem nach Norden gelegenen Gemüsegarten auf dem Stumpf einer Kokospalme und war halb von Ranken verborgen. Er starrte düster auf das Lager und gab kein Zeichen, daß er Peter Marlowe kommen hörte.

»Hallo, alter Knabe«, rief Peter Marlowe freudig, aber die Wiedersehensfreude in ihm erstarb, als er des King Augen sah.

»Was wünschen Sie, Sir?« fragte der King in beleidigendem Ton.

»Ich wollte mit Ihnen reden. Wollte Sie besuchen.« Oh, mein Gott, dachte er voll Mitleid, als er seinen Freund durchschaute.

»Na, jetzt haben Sie mich besucht. Und was jetzt?« Der King kehrte ihm den Rücken zu. »Verschwinden Sie!«

»Ich bin Ihr Freund, erinnern Sie sich?«

»Ich habe keine Freunde. Verschwinden Sie!«

Peter Marlowe hockte sich neben dem Kokosstumpf nieder und fischte nach den beiden »Aktiven« in seiner Tasche. »Rauchen Sie. Ich habe sie von Shagata bekommen!«

»Rauchen Sie sie selbst, Sir!«

Einen Augenblick wünschte Peter Marlowe, er hätte den King nicht gefunden. Aber er ging nicht weg. Sorgfältig zündete er die beiden Zigaretten an und hielt eine dem King hin. Der King machte keine Anstalten, sie zu nehmen.

»Bitte, nehmen Sie sie.«

Der King schlug ihm die Zigarette aus der Hand. »Zum Teufel mit Ihnen und Ihrer gottverdammten Zigarette. Wollen Sie hierbleiben? Na gut!« Er stand auf und wollte davongehen.

Peter Marlowe packte ihn am Arm. »Warten Sie. Heute ist der größte Tag in unserem Leben. Verderben Sie ihn nicht, nur weil Ihre Leute ein bißchen gedankenlos waren.«

»Nehmen Sie die Hand weg«, preßte der King zwischen zusammengebissenen Zähnen hervor, »sonst schlag ich sie weg!«

»Kümmern Sie sich nicht um die andern«, sagte Peter Marlowe, und die Worte begannen aus ihm herauszusprudeln. »Der Krieg ist vorbei, das ist das Wichtigste. Er ist vorbei, und wir haben überlebt. Denken Sie noch daran, was Sie mir immer wieder eingehämmert haben? Daß ich zuerst für mich sorgen

soll? Na, es geht Ihnen doch gut! Sie haben es überstanden! Was spielt es da für eine Rolle, was die andern sagen?«
»Verdammt, die andern sind mir völlig egal! Die haben nichts damit zu tun. Und Sie sind mir so egal wie nur was!« Der King riß seinen Arm los.
Peter Marlowe starrte den King hilflos an. »Ich bin Ihr Freund, verdammt. Lassen Sie mich Ihnen helfen.«
»Ich brauche Ihre Hilfe nicht!«
»Ich weiß. Aber ich möchte, daß wir Freunde bleiben. Sehen Sie«, fuhr er fort, »Sie werden bald zu Hause sein ...«
»Verdammt, das werde ich eben nicht«, unterbrach ihn der King, und das Blut rauschte ihm in den Ohren. »Ich habe kein Zuhause!«
Der Wind raschelte in den Blättern. Grillen zirpten eintönig. Moskitos umschwärmten sie. Die Barackenlichter begannen scharfe Schatten zu werfen, und der Mond schwamm auf einem samtenen Himmel.
»Machen Sie sich keine Sorgen, alter Junge«, sagte Peter Marlowe mitfühlend. »Es kommt schon alles in Ordnung.« Er zuckte nicht vor der Furcht zurück, die er in des King Augen sah.
»Wirklich?« fragte der King gequält.
»Ja.« Peter Marlowe zögerte. »Ihnen tut es leid, daß es vorbei ist, nicht wahr?«
»Lassen Sie mich in Ruhe. Gottverdammt, lassen Sie mich in Ruhe!« schrie der King, wandte sich ab und setzte sich auf den Kokosstumpf.
»Sie werden schon klarkommen«, sagte Peter Marlowe. »Und ich bin Ihr Freund. Vergessen Sie das nie.« Er streckte die linke Hand aus und berührte den King an der Schulter, und er spürte, wie die Schulter bei seiner Berührung wegzuckte.
»Nacht, alter Freund«, sagte er ruhig. »Bis morgen.« Und ganz elend ging er davon. Morgen, versprach er sich, morgen werde ich ihm helfen können.
Der King setzte sich auf dem Kokosstumpf zurecht, freute sich, allein zu sein, und fürchtete sich vor seiner Einsamkeit.

Oberst Smedly-Taylor und Jones und Sellars wischten ihre Teller aus.
»Großartig!« sagte Sellars und leckte sich den Saft von den Fingern.
Smedly-Taylor suckelte an dem Schlegel, obwohl der bereits völlig blankgenagt war. »Jones, alter Junge, mein Kompliment.« Er rülpste. »Großartig, diesen Tag auf diese Weise zu beenden. Köstlich! Genau wie Kaninchen! Ein wenig sehnig und etwas zäh, aber köstlich!«
»Habe schon viele Jahre nicht mehr so gut gegessen«, lachte Sellars laut. »Das Fleisch ist ein wenig fett, aber, bei Gott, einfach wunderbar.« Er warf einen Blick zu Jones hinüber. »Können Sie noch etwas beschaffen? Ein Schlegel für jeden ist nicht gerade viel!«
»Vielleicht.« Jones pickte behutsam das letzte Reiskorn auf. Sein Teller war trocken und leer, und er fühlte sich richtig voll. »Das war doch ein toller Glücksfall, nicht wahr?«
»Wo haben Sie sie her?«
»Blakely hat mir davon erzählt. Ein Aussie hat sie verkauft.« Jones rülpste. »Ich habe alles gekauft, was er hatte.« Er warf Smedly-Taylor einen Blick zu. »Zum Glück hatten Sie das Geld.«
Smedly-Taylor grunzte. »Ja.« Er öffnete seine Brieftasche und warf dreihundertsechzig Dollar auf den Tisch. »Das reicht für weitere sechs. Es ist nicht nötig, daß wir uns kasteien, was, meine Herren?«
Sellars sah auf die Geldscheine. »Wenn Sie soviel Geld versteckt hatten, warum haben Sie dann nicht schon vor Monaten ein wenig davon ausgegeben?«
»Ja, warum wohl?« Smedly-Taylor stand auf und reckte sich. »Weil ich es für heute gespart habe! Und damit Schluß«, setzte er hinzu. Seine Granitaugen bohrten sich in die von Sellars.
»Na, ist schon gut, Mann. Ich will ja nicht, daß Sie etwas erzählen. Ich begreife nur nicht, wie Sie es geschafft haben, das ist alles.«
Jones lächelte. »Muß eine innere Angelegenheit gewesen sein.

Ich habe gehört, der King hat beinahe einen Herzschlag bekommen!«

»Was hat der King mit meinem Geld zu tun?« fragte Smedly-Taylor.

»Nichts.« Jones begann das Geld zu zählen. Es waren tatsächlich dreihundertsechzig Dollar, genug für zwölf *Rusa-tiku*-Schlegel zu je dreißig Dollar, was sie wirklich kosteten, und nicht sechzig Dollar, wie Smedly-Taylor glaubte. Jones lächelte insgeheim, als er daran dachte, daß Smedly-Taylor es sich gut leisten konnte, das Doppelte zu bezahlen, nachdem er jetzt soviel Geld besaß. Er hätte zu gerne gewußt, wie Smedly-Taylor es geschafft hatte, den Diebstahl durchzuführen, wußte aber auch, daß Smedly-Taylor recht hatte, wenn er seine Geheimnisse streng hütete. So wie er das Geheimnis der drei weiteren *Rusa tikus* hütete. Derjenigen, die er und Blakely gebraten und an diesem Nachmittag heimlich gegessen hatten. Blakely hatte einen gegessen, er hatte die beiden anderen gegessen. Und die beiden, die zu dem einen kamen, den er eben verschlungen hatte, waren der Grund, weshalb er satt war. »Mein Gott«, sagte er und rieb sich den Bauch, »ich glaube nicht, daß ich jeden Tag soviel essen könnte!«

»Sie werden sich daran gewöhnen«, antwortete Sellars. »Ich habe noch Hunger. Seien Sie nett und versuchen Sie, ob Sie nicht noch ein paar beschaffen können.«

Smedly-Taylor sagte: »Wie wär's mit einem oder zwei Rubber?«

»Großartig«, rief Sellars. »Wen nehmen wir als Vierten?«

»Samson?«

Jones lachte. »Ich möchte wetten, daß er ziemlich wütend wäre, wenn er von dem Fleisch wüßte!«

»Was meinen Sie, wie lange unsere Leute brauchen, bis sie nach Singapur kommen?« fragte Sellars und versuchte, seine Besorgnis zu verbergen.

Smedly-Taylor sah Jones an. »Ein paar Tage. Höchstens eine Woche. Falls die Japsen tatsächlich kapitulieren.«

»Nachdem sie uns das Radio gelassen haben, sieht es so aus.«

»Ich hoffe. Mein Gott, ich hoffe es.« Sie sahen sich an, vergaßen das gute Essen und versanken in ihre Sorgen um die Zukunft.

»Kein Anlaß zur Sorge. Es wird – es wird alles gutgehen«, versicherte Smedly-Taylor äußerlich zuversichtlich. Aber innerlich war er von Panik erfaßt, dache an Maisie, an seine Söhne und an seine Tochter und fragte sich, ob sie noch lebten.

Kurz vor dem Morgengrauen dröhnte eine viermotorige Maschine über das Lager hin. Ob es eine alliierte oder eine japanische Maschine war, wußte niemand, aber beim ersten Motorengeräusch warteten die Männer von Panik ergriffen auf den gefürchteten Bombenregen. Als die Bomben nicht fielen und das Flugzeug dröhnend weiterflog, entstand neue Panik. Vielleicht haben sie uns vergessen – sie werden nie kommen.

Ewart tastete sich in die Baracke und rüttelte Peter Marlowe wach. »Peter, es geht das Gerücht, die Maschine hätte den Flugplatz umkreist – und ein Mann sei mit dem Fallschirm daraus abgesprungen!«

»Haben Sie es gesehen?«

»Nein.«

»Haben Sie mit jemandem geredet, der es gesehen hat?«

»Nein. Es ist nur ein Gerücht.« Ewart versuchte, seine Furcht nicht zu zeigen. »Ich habe schreckliche Angst, daß die Japsen überschnappen, sobald die Flotte im Hafen auftaucht.«

»Das werden sie schon nicht!«

»Ich bin zum Büro des Lagerkommandanten gegangen. Da ist eine ganze Gruppe von Leuten, die ständig die neuesten Nachrichten herausgeben. In den letzten Nachrichten wurde durchgegeben, daß« – einen Augenblick konnte Ewart nicht weiterreden, dann fuhr er fort –, »daß die Zahl der Toten in Hiroshima und Nagasaki über dreihunderttausend betragen hat. Die Menschen sollen dort noch immer wie die Fliegen sterben – die Teufelsbombe soll irgendwie die Luft verändern und immer weiter töten. Mein Gott, wenn das mit London geschehen würde und ich wäre Kommandant von einem Lager wie diesem hier – ich würde – ich würde alle umbringen. Ich würde es tun. Bei Gott, ich würde es tun.«

Peter Marlowe beruhigte ihn, verließ dann die Baracke und ging in dem immer heller werdenden Licht zum Tor. Innerlich fürchtete er sich noch immer. Er wußte, daß Ewart recht hatte. Eine solche Teufelsbombe war zuviel. Aber urplötzlich erkannte er eine große Wahrheit, und er segnete die Köpfe, die die Bomben erfunden hatten. Nur die Bomben hatten Changi davor bewahrt, in Vergessenheit zu geraten. O ja, sagte er zu sich, was auch wegen der Bomben geschehen mag, ich werde die beiden ersten segnen und die Männer, die sie hergestellt haben. Sie allein haben mir das Leben zurückgegeben, als wirklich schon keine Hoffnung mehr auf Leben bestand. Und wenn auch die beiden ersten Bomben eine Unzahl von Menschen verschlungen haben, so haben sie doch gerade durch ihre Ungeheuerlichkeit das Leben zahlloser anderer gerettet. Unser Leben. Und ihres. Bei Gott dem Allmächtigen, das ist die Wahrheit.

Unversehens war er beim Haupttor. Die Wachen standen wie gewöhnlich da. Den Rücken hatten sie dem Lager zugekehrt, aber sie hielten immer noch Gewehre in den Händen.

Peter Marlowe beobachtete sie neugierig. Er war sicher, daß diese Männer blind in den Tod gehen würden für die Verteidigung von Leuten, die noch vor einem Tag ihre verachteten Feinde waren.

Mein Gott, dachte Peter Marlowe, wie unbegreiflich manche Menschen doch sind.

Dann sah er plötzlich aus der sich lichtenden Morgendämmerung eine Erscheinung auftauchen. Einen fremden Mann, einen wirklichen Mann, einen Mann mit Höhe und Dicke, einen Mann, der wie ein Mann aussah. Einen weißen Mann. Er trug eine fremde grüne Uniform, und seine Fallschirmspringerstiefel waren poliert, und das Abzeichen an seiner Feldmütze blitzte wie Feuer, und er hatte einen Revolver am breiten Koppel, und auf dem Rücken trug er einen ordentlich gepackten Tornister.

Der Mann ging mitten auf der Straße, und seine Absätze klickten, bis er das Wachhaus erreicht hatte.

Der Mann – jetzt konnte Peter Marlowe erkennen, daß er die Rangabzeichen eines Hauptmanns trug –, der Hauptmann blieb stehen, starrte auf die Wachen und brüllte dann: »Grüßt, ihr verdammten Hunde.«

Als die Posten ihn dumm anstarrten, ging der Hauptmann zum nächsten Posten, riß ihm das Gewehr mit dem aufgepflanzten Bajonett aus den Händen, stieß es wild in den Boden und brüllte erneut: »Grüßt mich, ihr verdammten Hunde!«

Die Posten starrten ihn verwirrt an. Dann riß der Hauptmann seinen Revolver heraus, jagte vor den Füßen der Posten eine Kugel in den Boden und brüllte: »Grüßt, ihr verdammten Hunde.«

Awata, der japanische Unteroffizier, Awata, der Furchtsame, Schwitzende und Nervöse, trat vor und verneigte sich. Dann verneigten sich alle.

»So ist's schon besser, ihr verdammten Hunde«, erklärte der Hauptmann. Dann riß er allen Männern das Gewehr aus den Händen und warf sie auf den Boden. »Geht in das verdammte Wachhaus zurück.«

Awata verstand seine Handbewegung. Er befahl den Wachen anzutreten. Auf sein Kommando verneigten sie sich erneut.

Der Hauptmann stand da und sah sie an. Dann erwiderte er den Gruß.

»Grüßt, ihr verdammten Hunde«, brüllte der Hauptmann erneut.

Wieder verneigten sich die Wachen.

»Gut«, erklärte der Hauptmann. »Und wenn ich das nächste Mal befehle, ihr sollt grüßen, dann grüßt!«

Awata und all seine Männer verneigten sich, und der Hauptmann drehte sich um und ging auf die Barrikade zu.

Peter Marlowe fühlte die Augen des Hauptmanns auf sich und auf die Männer neben sich gerichtet. Und er zuckte voll Angst zusammen und wich zurück. Er sah in den Augen des Hauptmanns zuerst Abscheu, dann Mitleid.

Der Hauptmann schrie die Wachen an. »Macht das verdammte Tor auf, ihr verdammten Hunde.«
Awata verstand die Handbewegung, rannte mit drei Leuten hinaus und zog die Barrikade weg.
Dann ging der Hauptmann hindurch, und als sie sich anschickten, sie wieder zu schließen, schrie er: »Laßt das verdammte Ding in Ruhe.« Und sie ließen es in Ruhe und verneigten sich grüßend.
Peter Marlowe versuchte sich zu konzentrieren. Das stimmte doch nicht. Ganz und gar nicht. Das konnte doch nicht geschehen. Dann stand der Hauptmann plötzlich vor ihm.
»Hallo«, grüßte der Hauptmann. »Ich bin Hauptmann Forsyth. Wer hat hier das Kommando?« Die Worte kamen leise und klangen sehr freundlich. Aber Peter Marlowe sah nur den Hauptmann vor sich, wie er ihn von Kopf bis Fuß betrachtete.
Was ist los? Was ist an mir nicht in Ordnung? Peter Marlowe fragte es sich verzweifelt. Was ist los mit mir? Erschreckt wich er noch einen Schritt zurück.
»Sie brauchen sich nicht vor mir zu fürchten.« Des Hauptmanns Stimme klang tief und mitfühlend. »Der Krieg ist vorbei. Man hat mich geschickt, damit ich dafür sorge, daß Ihnen allen geholfen wird.«
Der Hauptmann trat einen Schritt vor. Peter Marlowe wich zurück, und der Hauptmann blieb stehen. Langsam zog der Hauptmann eine Packung Players heraus. Gute englische Players.
»Möchten Sie eine Zigarette?«
Der Hauptmann trat vor, und Peter Marlowe lief entsetzt davon.
»So warten Sie doch einen Augenblick!« rief der Hauptmann hinter ihm her. Dann näherte er sich einem anderen Mann, aber der Mann drehte sich um und floh ebenfalls. Und alle Männer flohen vor dem Hauptmann.
Die zweite große Furcht schlug über Changi zusammen.
Furcht vor sich selbst. Bin ich auch normal? Bin ich es noch nach so langer Zeit? Ich meine, bin ich richtig im Kopf? Es sind

dreieinhalb Jahre her. Und, mein Gott, weißt du auch noch, was van de Velde über Impotenz gesagt hat? Wird es klappen? Werde ich noch lieben können? Werde ich normal sein? Ich habe das Entsetzen in den Augen des Hauptmanns gesehen, als er mich angeschaut hat. Warum? Was war nicht in Ordnung? Meinst du, ich kann es wagen, ihn zu fragen, ich kann es wagen ..., bin ich normal?

Als der King das erste Mal von dem Offizier hörte, lag er düster brütend auf seinem Bett. Gewiß, er hatte noch immer den günstigsten Platz unter dem Fenster, aber jetzt hatte er den gleichen Raum wie alle andern – zwei Meter mal ein Meter achtzig.

Als er vom Garten zurückgekehrt war, hatte er sein Bett und seine Sessel verrückt vorgefunden, und andere Betten standen jetzt in dem Raum verteilt, der von Rechts wegen ihm gehörte. Er hatte nichts gesagt, und sie hatten nichts gesagt, aber er hatte sie angesehen, und sie waren alle seinem Blick ausgewichen.

Und es hatte auch niemand sein Abendessen geholt oder es aufgehoben. Es war einfach von andern gegessen worden.

»Mann«, hatte Tex abwesend gesagt, »ich glaube, wir haben dich ganz vergessen. Sei das nächste Mal lieber hier. Jeder ist für seinen Fraß selbst verantwortlich.«

Deshalb hatte er eines seiner Hühner gekocht. Er hatte es ausgenommen und gebraten und gegessen. Er hatte mindestens die Hälfte gegessen und die andere Hälfte für das Frühstück aufgehoben. Jetzt hatte er nur noch zwei Hühner. Die andern waren im Laufe der letzten Tage verzehrt worden – und er hatte sie mit den Männern geteilt, die die Arbeit gemacht hatten.

Gestern hatte er versucht, die Vorräte der Lagerkantine aufzukaufen, aber der Geldstapel, den der Diamant ihm gebracht hatte, war wertlos. In der Brieftasche hatte er noch elf amerikanische Dollar, und das war gute Währung. Aber er wußte – und es überlief ihn kalt –, daß er nicht ewig von elf Dollar und zwei Hühnern leben konnte.

Er hatte in der letzten Nacht wenig geschlafen. Aber im Morgengrauen hatte er sich selbst ins Gebet genommen und sich gesagt, daß sein Verhalten schwächlich und idiotisch und keineswegs eines Königs würdig wäre; es spielte dabei keine Rolle, daß die Männer durch ihn hindurchgesehen hatten, als er ziemlich früh durchs Lager gegangen war – Brant und Prouty und Samson und all die andern waren vorbeigegangen und hatten seinen Gruß nicht erwidert. Bei allen war es das gleiche gewesen. Bei Tinker Bell, Timsen, den Militärpolizisten, seinen Informanten und Angestellten, Männern, denen er geholfen hatte oder die er gekannt hatte oder für die er etwas verkauft hatte oder denen er Essen oder Zigaretten oder Geld gegeben hatte. Sie alle hatten ihn angesehen, als existiere er nicht. Wo ihn sonst Augen beobachtet hatten und Haß ihn umgeben hatte, wenn er durch das Lager gegangen war, war jetzt nichts. Keine Augen, kein Haß, kein Wiedererkennen.

Es war ein eisiges Gefühl gewesen, wie ein Gespenst durch das Lager zu gehen. Wie ein Geist nach Hause zu kommen. Wie ein Geist im Bett zu liegen.

Ein Nichts.

Jetzt hörte er zu, wie Tex der Baracke hastig die unglaubliche Geschichte von der Ankunft des Hauptmanns berichtete, und er fühlte deutlich, wie die neue Furcht an ihnen nagte.

»Was ist los?« fragte er. »Gottverdammt, was hat euch alle so die Sprache verschlagen? Da ist so ein Laffe von draußen gekommen, das ist alles.«

Niemand sagte etwas.

Der King stand auf, das Schweigen zerrte an ihm, und er haßte es. Er zog sein bestes Hemd und seine saubere Hose an und wischte den Staub von den glänzend polierten Schuhen. Er setzte seine Mütze in keckem Winkel auf und blieb einen Augenblick in der Tür stehen.

»Ich glaube, heute werde ich mir etwas ganz Besonderes kochen«, sagte er und sah niemanden an.

Als er sich umblickte, sah er deutlich den Hunger auf ihren Gesichtern und die kaum verhohlene Hoffnung in ihren Augen.

Das ließ wieder Wärme in ihm aufsteigen, und er fühlte sich wieder normal und sah sie wählerisch an.
»Wirst du heute beschäftigt sein, Dino?« fragte er schließlich.
»Eh, nein. Nein«, antwortete Dino.
»Mein Bett muß gemacht werden, und auch etwas schmutzige Wäsche ist da.«
»Heißt das . . ., soll ich mich darum kümmern?« fragte Dino unbehaglich.
»Willst du?«
Dino fluchte insgeheim, aber die Erinnerung an den Duft des Huhns am vergangenen Abend zerbrach seinen Willen. »Klar«, sagte er.
»Danke, Kamerad«, sagte der King höhnisch lächelnd und war über Dinos offensichtliche Gewissenskonflikte belustigt. Er drehte sich um und stieg die Treppe hinab.
»Welches Huhn willst du?« rief Dino hinter ihm her.
Der King blieb nicht stehen. »Das überlege ich mir noch«, antwortete er. »Mach nur das Bett und besorg die Wäsche.«
Dino lehnte sich gegen den Türrahmen und sah hinter dem King her, der in der prallen Sonne an der Gefängnismauer entlangging und um die Gefängnisecke bog. »Hund!«
»Geh und hol die Wäsche«, sagte Tex.
»Halt die Schnauze. Ich habe Hunger!«
»Er hat dich reingelegt und hat es fertiggebracht, daß du seine Arbeit ohne eines seiner gottverdammten Hühner erledigst.«
»Er wird heute eins essen«, erklärte Dino störrisch. »Und ich werde ihm beim Essen helfen. Er hat noch nie eins gegessen, ohne dem Helfer etwas zu geben.«
»Und wie war das gestern abend?«
»Verdammt, er mußte ja geizig sein, wo wir ihm doch seinen Platz weggenommen hatten.« Dino dachte an den englischen Hauptmann, an Zuhause und an seine Freundin und fragte sich, ob sie noch auf ihn wartete oder ob sie verheiratet war. Natürlich, sagte er trübsinnig zu sich, wird sie verheiratet sein, und niemand wird auf mich warten. Verdammt, wie soll ich bloß Arbeit kriegen?

»Das war früher«, sagte Byron Jones III eben. »Ich möchte wetten, der Hund kocht und frißt es vor unseren Augen.« Aber dabei dachte er an sein Elternhaus. Der Teufel soll mich holen, wenn ich auch nur noch einen Tag länger dort bleibe. Ich muß mir eine eigene Wohnung beschaffen. Ja. Aber verdammt, wo soll das Moos dafür herkommen?

»Und was ist, wenn er es tatsächlich tut?« fragte Tex. »Wir haben vielleicht noch zwei oder drei Tage vor uns.« Dann nach Hause, nach Texas, dachte er. Ob ich wieder meine Arbeit bekomme? Verdammt, wo soll ich wohnen? Wo soll ich Zaster hernehmen? Und wird es auch klappen, wenn ich ins Heu gehe?

»Was ist mit dem Limey-Offizier, Tex? Meinst du, wir sollen mit ihm reden?«

»Ja, ich glaube schon. Verdammt, aber erst heute abend spät oder morgen. Wir müssen uns erst an den Gedanken gewöhnen.« Tex unterdrückte ein Schaudern. »Als er mich angesehen hat, da war es mir gerade so, als – sehe er einen Aussätzigen an. Heiliger Bimbam, was hab ich bloß an mir? Ich sehe doch ganz normal aus, oder nicht?«

Alle sahen Tex forschend an und versuchten zu entdecken, was der Offizier gesehen hatte. Aber sie sahen nur Tex, den Tex, den sie seit dreieinhalb Jahren kannten.

»Ich finde, du siehst ganz normal aus«, erklärte Dino schließlich. »Wenn hier jemand eine Mißgeburt ist, dann ist er es. Mann, so bescheuert möchte ich sein, allein mit dem Fallschirm über Singapur abzuspringen. Mit all den lausigen Jappsen ringsum. Nichts zu machen, Sir! Er ist der Blindgänger.«

Der King ging an der Gefängnismauer entlang. Du bist doch ein blöder Hund, sagte er zu sich. Verdammt, was regst du dich bloß so auf? Auf der Welt ist alles in Ordnung. Natürlich. Und du bist nach wie vor der King. Du bist nach wie vor der einzige, der weiß, wie man zurechtkommt.

Er rückte die Mütze in einen noch etwas keckeren Winkel und kicherte, als ihm Dino einfiel. Haha, der krumme Hund würde fluchen und sich fragen, ob er das Huhn tatsächlich bekommen würde, und dabei würde er genau wissen, daß er hereingelegt und durch einen Trick zum Arbeiten gebracht worden war. Zum Teufel mit ihm, soll er ruhig Angst ausstehen, dachte der King fröhlich.

Zwischen zwei Baracken überquerte er den Weg. Rund um die Baracken standen Gruppen von Männern. Sie sahen alle schweigend und reglos nach Norden zum Tor hin. Er bog um eine andere Baracke und sah plötzlich den Offizier mit ihm zugekehrtem Rücken in einem Meer von Leere stehen und verwirrt um sich blicken. Er sah den Offizier auf einige Männer zugehen und lachte hämisch, als er sie zurückweichen sah.

Verrückt, dachte er zynisch. Glatt verrückt. Was ist hier zum Fürchten? Der Kerl ist doch nur Hauptmann. Hm, bestimmt braucht er ein wenig Hilfe. Verdammt, aber was ihm solche Furcht einjagt, das kapiere ich nicht!

Er beschleunigte den Schritt, aber seine Schritte machten kein Geräusch. »'n Morgen, Sir«, sagte er forsch und grüßte.

Hauptmann Forsyth fuhr erschrocken herum. »Oh! Hallo.« Er erwiderte den Gruß mit einem Seufzer der Erleichterung. »Gott sei Dank, wenigstens ein Normaler hier.« Dann wurde ihm klar, was er gesagt hatte. »Oh, Entschuldigung. Ich wollte nicht . . .«

»Schon gut«, unterbrach der King freundlich. »Dieser Scheißhaufen reicht aus, einen um den Verstand zu bringen. Mensch, was sind wir froh, Sie zu sehen. Willkommen in Changi!«

Forsyth lächelte. Er war viel kleiner als der King, aber wie ein Panzer gebaut. »Danke. Ich bin Hauptmann Forsyth. Ich bin geschickt worden, um mich um das Lager zu kümmern, bis die Flotte ankommt.«

»Wann ist das?«

»In sechs Tagen.«

»Schaffen sie es nicht früher?«

»Das braucht seine Zeit.« Forsyth nickte zu den Baracken hin. »Was ist hier los? Sie tun, als wäre ich ein Aussätziger.«

Der King zuckte die Achseln. »Wahrscheinlich haben sie einen

Schock. Sie trauen ihren Augen noch nicht. Sie wissen ja, wie manche Leute sind. Und es ist eine lange Zeit gewesen.«
»Ja, das stimmt«, sagte Forsyth langsam.
»Verrückt, daß sie sich vor Ihnen fürchten.« Der King zuckte wieder die Achseln. »Aber so ist nun mal das Leben.«
»Sie sind Amerikaner?«
»Klar. Wir sind fünfundzwanzig. Offiziere und Soldaten. Hauptmann Brough ist unser rangältester Offizier. Er wurde auf einem Einsatz über dem Himalaya abgeknallt. Vielleicht möchten Sie ihn kennenlernen?«
»Selbstverständlich.« Forsyth war todmüde. Vor vier Tagen hatte man ihm in Burma diesen Auftrag erteilt. Das Warten und der Flug und der Absprung und der Marsch zum Wachhaus und die Sorge, wen er vorfinden würde und was die Japaner tun würden und wie, zum Teufel, er seinen Auftrag ausführen sollte, all diese Dinge hatten ihm den Schlaf geraubt und Schrecken in seine Träume getragen. Na, alter Knabe, du hast um den Auftrag gebeten, und du hast ihn bekommen, und da bist du nun. Du hast wenigstens die erste Probe oben am Haupttor bestanden. Verdammter Idiot, beschimpfte er sich selbst, du warst so versteinert, daß du nur brüllen konntest: ›Grüßt, ihr verdammten Hunde.‹
Von da, wo er stand, konnte Forsyth Männerknäuel sehen, die ihn aus den Baracken und aus den Fenstern und Türen und aus den Schatten heraus anstarrten. Und alle schwiegen.
Er konnte die Straßengabelung und dahinter das Latrinengebiet sehen. Er sah die Baracken, die wie Geschwüre wirkten, und in seine Nasenflügel stieg der Gestank von Schweiß und Schimmel und Urin. Überall waren lebendige Leichname – Leichname in Lumpen, Leichname in Lendentüchern, Leichname in Sarongs, knochig und fleischlos.
»Fühlen Sie sich nicht wohl?« fragte der King besorgt. »Sie sehen etwas blaß aus.«
»Ich fühle mich wohl. Wer sind die armen Kerle?«
»Nur ein paar von den Leuten hier«, erklärte der King. »Offiziere.«

»Was?«
»Klar. Was ist an ihnen nicht in Ordnung?«
»Sie wollen mir weismachen, daß das dort drüben Offiziere sind?«
»Genau. All diese Baracken hier sind Offiziersbaracken. In den Bungalowreihen da drüben wohnen die hohen Tiere, Majore und Obersten. Es sind etwa tausend Aussies und Lim – Engländer«, verbesserte er sich schnell, »in den Baracken südlich vom Gefängnis. Im Gefängnis selbst sind etwa sieben- oder achttausend Engländer und Aussies untergebracht. Alles Soldaten.«
»Sind alle so?«
»Wie bitte?«
»Sehen alle so aus? Sind alle so gekleidet?«
»Natürlich.« Der King lachte. »Vermutlich sehen sie wie eine Bande von Landstreichern aus. Bis jetzt hat mir das noch nie etwas ausgemacht.« Dann bemerkte er, daß Forsyth ihn kritisch betrachtete.
»Was ist?« fragte er, und sein Lächeln verblaßte.
Hinter ihm und ringsum sahen Männer zu, unter denen auch Peter Marlowe war. Aber sie blieben alle außer Reichweite. Sie fragten sich alle verwundert, ob ihre Augen wirklich einen Mann sahen, der wie ein Mann aussah, einen Revolver an der Hüfte trug und mit dem King redete.
»Warum sehen Sie so anders aus als die andern?« fragte Forsyth.
»Wie bitte?«
»Warum sind Sie ordentlich gekleidet – und alle andern stekken in Lumpen?«
Des King Lächeln kehrte zurück. »Ich habe mich um meine Kleidung gekümmert. Wahrscheinlich haben sie es nicht getan.«
»Sie sehen ziemlich kräftig aus.«
»Nicht so kräftig, wie ich es gern sein möchte, aber ich glaube, ich bin ganz gut in Form. Soll ich Ihnen das Lager zeigen? Ich denke, Sie können vielleicht Hilfe brauchen. Ich könnte ein

paar Leute zusammentrommeln. Im Lager gibt es keine nennenswerten Lebensmittelvorräte. Aber oben an der Garage steht ein Lastwagen. Wir könnten nach Singapur hineinfahren und organisieren ...«

»Wie kommt es, daß Sie hier offenbar einmalig sind?« unterbrach Forsyth, und seine Worte klangen wie Schüsse.

»Wie?«

Forsyth zeigte auf das Lager. »Ich sehe vielleicht zwei- oder dreihundert Männer, aber Sie sind der einzige, der ordentlich gekleidet ist. Ich sehe keinen, der nicht dünn wie ein Bambusrohr ist, aber Sie«, dabei drehte er sich um und sah den King an, und seine Augen blickten hart, »Sie sind ›gut in Form‹.«

»Ich bin genau wie alle andern auch. Nur bin ich auf Draht gewesen. Und habe Glück gehabt.«

»So etwas wie Glück gibt es nicht in einem Höllenloch wie diesem hier!«

»Natürlich gibt es das«, erwiderte der King. »Und es ist nichts dabei, wenn man sich um seine Kleider kümmert, es ist nichts dabei, wenn man sich so gut wie nur möglich in Form hält. Man muß sich immer um sich kümmern. Das schadet doch nichts.«

»Das schadet wirklich nichts«, antwortete Forsyth, »solange es nicht auf Kosten anderer geht!« Dann bellte er: »Wo ist die Unterkunft des Lagerkommandanten?«

»Dort drüben.« Der King zeigte ihm die Richtung. »Die erste Bungalowreihe. Ich weiß nicht, was in Sie gefahren ist. Ich hatte gedacht, ich könnte Ihnen helfen. Ich hatte gedacht, Sie könnten jemanden brauchen, der Sie über alles unterrichtet.«

»*Ihre* Hilfe brauche ich nicht, Korporal. Wie heißen Sie?«

Dem King tat es leid, daß er sich die Zeit genommen und zu helfen versucht hatte. Hund, dachte er wütend, das kommt davon, wenn man helfen will. »King, Sir.«

»Sie können wegtreten, Korporal. Ich werde Sie nicht vergessen. Und ich werde bestimmt dafür sorgen, daß ich bei allernächster Gelegenheit mit Hauptmann Brough sprechen kann.«

»Verdammt, was soll das bedeuten?«

»Es bedeutet, daß ich Sie höchst verdächtig finde«, knurrte Forsyth. »Ich möchte wissen, warum Sie in Form sind und andere nicht. Um an einem Ort wie diesem hier in Form bleiben zu können, muß man Geld haben, und es gibt hier bestimmt sehr wenige Möglichkeiten, zu Geld zu kommen. Sehr wenige Möglichkeiten. Verräterdienste sind eine davon! Handel mit Medikamenten oder Lebensmitteln eine andere . . .«
»Verdammt, ich lasse mir solchen Stuß nicht . . .«
»Sie sind entlassen, Korporal! Aber vergessen Sie nicht, daß ich Sie mir näher unter die Lupe nehmen werde!«
Der King mußte sich gewaltig zusammennehmen, um dem Hauptmann nicht die geballte Faust ins Gesicht zu schlagen.
»Sie sind entlassen«, wiederholte Forsyth und setzte dann wütend hinzu: »Verschwinden Sie mir aus den Augen!«
Der King grüßte und ging davon, und das Blut bildete einen roten Nebel vor seinen Augen.
»Hallo«, grüßte Peter Marlowe und trat dem King in den Weg. »Mein Gott, Ihren Mumm möchte ich haben.«
Des King Augen blickten wieder klar, und er knurrte: »Hallo, Sir.« Er grüßte und wollte vorbeigehen.
»Mein Gott, Rajah, was ist los?«
»Nichts. Bin nur nicht – zum Reden aufgelegt.«
»Warum? Wenn ich etwas getan habe, was Sie verletzt oder wütend gemacht hat, dann sagen Sie es mir. Bitte.«
»Hat nichts mit Ihnen zu tun.« Der King zwang sich zu einem Lächeln, aber innerlich schrie er: Großer Gott, was hab ich Unrechtes getan? Ich habe den Hunden zu fressen gegeben und ihnen geholfen, und jetzt sehen sie mich an, als ob ich Luft wäre.
Er blickte sich nach Forsyth um und sah ihn eben zwischen zwei Baracken verschwinden. Und er, dachte er gequält, er glaubt, ich sei ein gottverdammter Verräter.
»Was hat er gesagt?« fragte Peter Marlowe.
»Nichts. Er – ich muß etwas – für ihn tun.«
»Ich bin Ihr Freund. Lassen Sie mich Ihnen helfen. Ist es nicht genug, daß ich hier bin?«

Aber der King wollte sich nur verbergen. Forsyth und alle anderen hatten ihm das Gesicht genommen. Er wußte, daß er verloren war. Und ohne Gesicht war er voller Furcht.
»Ein andermal«, murmelte er, grüßte und eilte davon. Lieber Gott, weinte er innerlich, gib mir bitte das Gesicht zurück.

Am nächsten Tag flog brummend eine Maschine über das Lager. Aus ihrem Bauch fielen Versorgungsbomben. Einige der Bomben fielen in das Lager. Die außerhalb des Lagers herunterkamen, wurden nicht geholt. Niemand verließ die Geborgenheit Changis. Es konnte immer noch eine Falle sein. Fliegen schwärmten, einige Männer starben.
Noch ein Tag. Dann begannen Flugzeuge um die Landebahn zu kreisen. Ein ausgewachsener Oberst schritt in das Lager. Ärzte und Sanitäter waren bei ihm. Sie brachten Medikamente mit. Andere Flugzeuge kreisten und landeten.
Plötzlich jagten Jeeps und riesige Männer mit Zigarren und vier Ärzte durch das Lager. Alle waren Amerikaner. Sie liefen durch das Lager, stachen die Amerikaner mit Nadeln und gaben ihnen gallonenweise frischen Orangensaft und Essen und Zigaretten und umarmten sie – ihre Jungens, ihre Helden. Sie halfen ihnen in die Jeeps und fuhren sie zum Tor von Changi, wo ein Lastwagen wartete.
Peter Marlowe sah verwundert zu. Sie sind keine Helden, dachte er verwirrt. Ebensowenig wie wir es sind. Wir haben verloren. Wir haben den Krieg verloren. Unseren Krieg. Oder etwa nicht? Wir sind keine Helden. Wir sind es nicht!
Durch den Nebel vor seinem Geist sah er den King. Seinen Freund. Er hatte tagelang darauf gewartet, mit ihm reden zu können, aber jedesmal, wenn er ihn gefunden hatte, hatte der King ihn abgewiesen. »Später«, hatte der King immer gesagt, »ich bin jetzt beschäftigt.« Als die neuen Amerikaner angekommen waren, hatte er immer noch keine Zeit gehabt.
Deshalb stand Peter Marlowe zusammen mit vielen Männern am Tor, beobachtete die Abfahrt der Amerikaner und wartete darauf, seinem Freund ein letztes Lebewohl sagen zu können,

wartete geduldig darauf, ihm für den Arm und für die vielen Stunden gemeinsamen Lebens zu danken.
Unter den Zuschauern war Grey.
Forsyth stand müde neben dem Lastwagen. Er übergab die Liste. »Sie behalten das Original, Sir«, sagte er zu dem rangältesten amerikanischen Offizier. »Ihre Leute sind nach Dienstgrad, Einheit und Nummer ihrer Erkennungsmarke aufgeführt.«
»Danke«, antwortete der Major, ein untersetzter Fallschirmjäger mit vorspringenden Backenknochen. Er unterschrieb die Papiere und reichte die fünf Durchschläge zurück. »Wann kommen Ihre Leute hier an?«
»In ein paar Tagen.«
Der Major sah sich um und schauderte. »Mir scheint, Sie könnten Hilfe brauchen.«
»Haben Sie vielleicht entbehrliche Medikamente?«
»Klar. Wir haben einen ganzen Vogel, der nur mit dem Zeug vollgestopft ist. Ich will Ihnen was sagen, sobald ich unsere Jungens auf den Weg gebracht habe, schicke ich Ihnen alles mit unseren Jeeps. Ich lasse Ihnen einen Arzt und zwei Sanitäter hier, bis Ihre Leute hier ankommen.«
»Danke.« Forsyth versuchte, sich die Müdigkeit aus den Augen zu reiben. »Wir könnten sie brauchen. Ich unterschreibe für die Medikamente. Das Oberkommando der Südostasienarmee wird meine Unterschrift anerkennen.«
»Wozu ein gottverdammtes Papier. Sie brauchen die Medikamente, und Sie bekommen sie. Dafür sind sie schließlich da.«
Er drehte sich um. »Los, Unteroffizier, lassen Sie die Leute auf den Lastwagen steigen.« Er ging zum Jeep hinüber und beobachtete, wie die Tragbahre ordentlich festgeschnallt wurde. »Was meinen Sie, Doktor?«
»Bis in die Staaten hält er es durch.« Der Arzt blickte von der bewußtlosen Gestalt auf, die ordentlich in die Zwangsjacke geschnallt vor ihm auf der Tragbahre lag. »Aber das ist auch alles. Sein Geist ist für immer hinüber.«
»Hunde«, sagte der Major müde und hakte Max auf der Liste

ab. »Irgendwie scheint mir das ungerecht.« Er senkte die Stimme. »Was ist mit den andern?«
»Es sieht nicht besonders gut aus. Allgemeine Mangelerscheinungen. Angst vor der Zukunft. Nur einer ist in halbwegs anständiger physischer Verfassung.«
»Gottverdammt, ich begreife nicht, wie auch nur einer es geschafft hat. Sind Sie im Gefängnis gewesen?«
»Natürlich. Hab mich nur mal schnell darin umgesehen. Das hat mir gereicht.«
Peter Marlowe sah finster zu. Er wußte, daß er nicht allein der Abfahrt seines Freundes wegen unglücklich war. Es war mehr als das. Er war traurig, weil die Amerikaner weggingen. Irgendwie hatte er das Gefühl, daß er dorthin, zu ihnen gehörte, und das war doch falsch, denn sie waren Ausländer. Dabei wußte er genau, daß er sich nie als Ausländer fühlte, wenn er bei ihnen war. War es Neid? fragte er sich. Oder Eifersucht? Nein, ich glaube nicht. Ich weiß nicht warum, aber ich habe das Gefühl, daß sie nach Hause gehen und ich im Stich gelassen werde.
Er trat ein wenig näher an den Lastwagen heran, als Befehle gerufen wurden und die Männer auf den Wagen zu klettern begannen. Brough, Tex, Dino, Byron Jones III und alle andern, die in ihren nagelneuen Uniformen prächtig und unwirklich aussahen. Sie redeten und schrien und lachten. Nicht aber der King. Er stand etwas abseits. Allein.
Peter Marlowe war froh, daß sein Freund wieder unter eigenen Leuten war, und er betete, der King möchte wieder mit sich selbst ins reine kommen, wenn er erst unterwegs war.
»Rauf mit euch, Leute.«
»Macht schon, klettert auf die gottverdammte Karre.«
»Nächste Station die Staaten!«
Grey hatte keine Ahnung, daß er neben Peter Marlowe stand. »Ich habe gehört«, sagte er und sah zum Lastwagen hinüber, »daß sie ein Flugzeug haben, das sie den ganzen Weg nach Amerika zurückfliegt. Eine Sondermaschine. Ist so was möglich? Nur eine Handvoll Leute und ein paar kleine Offiziere?«

Peter Marlowe hatte seinerseits Grey nicht bemerkt. Er betrachtete ihn forschend und verachtete ihn. »Was sind Sie für ein gottverdammter Snob, Grey, wenn man es richtig betrachtet.«
Greys Kopf flog herum. »Ach, Sie sind es.«
»Ja.« Peter Marlowe nickte zu dem Lastwagen hin. »Die Leute glauben, daß der eine soviel wert ist wie der andere. Deshalb bekommen sie eine Maschine ganz für sich allein. Es ist großartig, wenn man es sich überlegt.«
»Erzählen Sie mir bloß nicht, daß die oberen Klassen endlich erkannt haben . . .«
»Ach, halten Sie doch die Schnauze!« Peter Marlowe ging weg, die Galle kam ihm hoch.
Neben dem Lastwagen stand ein Unteroffizier, ein gewaltiger Mann mit vielen Streifen auf dem Ärmel und einer erkalteten Zigarre im Mund. »Los. Rauf auf den Lastwagen«, wiederholte er geduldig.
Der King stand als letzter unten auf der Erde.
»Himmeldonnerwetter, klettern Sie rauf!« knurrte der Unteroffizier. Der King rührte sich nicht. Dann warf der Unteroffizier ungeduldig die Zigarre weg, stieß den Zeigefinger vor und brüllte: »Sie, Korporal! Machen Sie, daß Sie Ihren gottverdammten Arsch auf den Lastwagen raufkriegen!«
Der King fuhr aus seiner Versunkenheit auf. »Jawohl, Unteroffizier. Entschuldigung, Unteroffizier!«
Fügsam kletterte er hinten auf den Lastwagen und stand dort, während alle anderen saßen und rings um ihn erregte Männer miteinander redeten, aber nicht mit ihm. Niemand schien ihn zu bemerken. Er hielt sich an der Seitenklappe des Lastwagens fest, als dieser aufheulte und den Staub Changis in die Luft schleuderte. Peter Marlowe stürzte wild vor und hob die Hand, um seinem Freund zu winken. Aber der King blickte nicht zurück. Er blickte nie zurück.
Plötzlich kam sich Peter Marlowe hier am Tor von Changi sehr einsam vor.
»Das Zuschauen hat sich gelohnt«, frohlockte Grey.

Peter Marlowe drehte sich zu ihm um. »Verschwinden Sie, bevor ich mich an Ihnen vergreife.«
»Es war herrlich, ihn so weggehen zu sehen. ›Sie, Korporal! Machen Sie, daß Sie Ihren gottverdammten Arsch auf den Lastwagen raufkriegen.‹« In Greys Augen stand ein gefährliches Glitzern. »Ganz wie der Abschaum, der er selber gewesen ist.«
Aber Peter Marlowe hatte nur den King in Erinnerung, wie er wirklich gewesen war. Nicht der King, der jämmerlich sagte: »Jawohl, Unteroffizier.« Das war nicht der King. Das war ein ganz anderer Mann gewesen, herausgerissen aus dem Leib Changis, der Mann, der Changi so lange ernährt hatte.
»Ganz wie der Dieb, der er gewesen ist«, sagte Grey langsam und betont.
Peter Marlowe ballte die gesunde Linke. »Ich habe es Ihnen schon einmal gesagt. Jetzt sage ich es zum letzten Mal.«
Dann schlug er Grey die Faust ins Gesicht, daß dieser rückwärts taumelte, aber er blieb auf den Beinen und warf sich auf Peter Marlowe. Die beiden Männer schlugen aufeinander ein, und plötzlich stand Forsyth neben ihnen.
»Aufhören«, befahl er. »Zum Teufel, warum schlagen Sie sich?«
»Wegen nichts«, antwortete Peter Marlowe.
»Nehmen Sie die Hand von mir weg«, knurrte Grey und riß den Arm aus Forsyths Griff. »Gehen Sie mir aus dem Weg.«
»Noch einmal Ärger mit einem von Ihnen beiden, und ich bestrafe Sie mit Stubenarrest.« Bestürzt stellte Forsyth fest, daß der eine Hauptmann und der andere Leutnant war. »Sie sollten sich schämen, sich wie gemeine Soldaten zu raufen! Gehen Sie weiter, alle beide, weg von hier. Der Krieg ist vorbei, zum Donnerwetter!«
»Tatsächlich?« Grey sah noch einmal Peter Marlowe an und ging dann weg.
»Was ist mit Ihnen beiden los?« fragte Forsyth.
Peter Marlowe starrte in die Ferne. Der Lastwagen war längst nicht mehr zu sehen. »Sie würden es doch nicht verstehen«, antwortete er und wandte sich ab.

Forsyth sah hinter ihm her, bis er verschwunden war. Das können Sie millionenmal sagen, dachte er erschöpft. Ich verstehe überhaupt nichts von irgendeinem von euch.
Er wandte sich wieder dem Tor von Changi zu. Dort standen wie immer Gruppen von Männern und starrten schweigend hinaus. Das Tor war wie immer bewacht. Aber die Posten waren Offiziere und keine Japaner oder Koreaner mehr. An dem Tag, an dem er angekommen war, hatte er ihnen befohlen, wegzugehen, und hatte eine Offizierswache eingerichtet, die das Lager schützen und die Leute darin festhalten sollte. Aber die Posten waren unnötig, denn niemand hatte versucht auszubrechen. Ich begreife es nicht, sagte Forsyth müde zu sich. Es ist kein Sinn darin. Nirgendwo ist hier ein Sinn.
Erst jetzt fiel ihm wieder ein, daß er den verdächtigen Amerikaner – den Korporal – nicht gemeldet hatte. Er hatte sich um so viel kümmern müssen, daß er den Mann völlig aus dem Sinn verloren hatte. Verdammter Idiot, jetzt ist es zu spät! Dann erinnerte er sich, daß der amerikanische Major zurückkommen würde. Gut, dachte er, ich werde es ihm erzählen. Er kann sich mit ihm befassen.

Zwei Tage später kamen weitere Amerikaner an. Und ein wirklicher amerikanischer General. Er wurde wie eine Bienenkönigin von Fotografen, Reportern und Ordonnanzen umschwärmt. Der General wurde in den Bungalow des Lagerkommandanten geführt. Peter Marlowe, Mac und Larkin wurden dorthin befohlen. Der General hob den Kopfhörer des Radios ans Ohr und tat, als horchte er.
»Bleiben Sie so stehen, General!«
»Nur noch eine, General!«
Peter Marlowe wurde nach vorn geschoben, und man wies ihn an, sich über das Radio zu beugen und so zu tun, als erklärte er es dem General.
»Nicht so . . ., Sie müssen uns das Gesicht zuwenden. Jawohl, lassen Sie uns jetzt noch die Knochen sehen, Sam, im Licht. So ist's schon besser.«

In dieser Nacht wurde Changi von der dritten, letzten und schlimmsten Furcht heimgesucht, der Furcht vor dem Morgen. Ganz Changi wußte jetzt, daß der Krieg vorbei war. Der Zukunft mußte man ins Auge sehen. Der Zukunft außerhalb von Changi. Die Zukunft war jetzt. Jetzt.

Und die Männer von Changi zogen sich in sich selbst zurück. Es gab keinen andern Ort, an den sie hätten flüchten können. Sie konnten sich nirgends verbergen. Nirgendwo anders als in sich selbst. Und in ihnen war Entsetzen.

Die alliierte Flotte kam in Singapur an. Immer mehr Außenseiter drängten sich in Changi ein.
Jetzt begannen auch die Fragen.
Name, Dienstgrad, Nummer der Erkennungsmarke, Einheit?
Wo haben Sie gekämpft?
Wer ist gestorben?
Wer wurde getötet?
Wie war es mit Grausamkeiten? Wie viele Male sind Sie geschlagen worden? Wen haben Sie gesehen, der mit dem Bajonett erstochen wurde?
Niemand? Unmöglich! Denken Sie nach, Mann. Benutzen Sie Ihren Kopf! Erinnern Sie sich. Wie viele sind gestorben? Auf dem Schiff? Drei, vier, fünf? Warum? Wer ist dabeigewesen?
Wer ist von Ihrer Einheit übriggeblieben? Zehn? Von einem Regiment? Gut, schon besser. Na, wie sind die übrigen gestorben? Jawohl, alle Einzelheiten!
Aha, Sie haben also gesehen, wie sie mit dem Bajonett erstochen worden sind?
Drei am Pagodapaß? Aha, bei der Eisenbahn. Ja. Das wissen wir schon. Was können Sie hinzufügen? Welche Verpflegung haben Sie bekommen? Narkosemittel? Verzeihung, selbstverständlich, hatte ich ganz vergessen. Cholera?
Jawohl, ich weiß alles über Lager 3. Was ist mit 14? Dem an der Grenze zwischen Burma und Siam? Da sind Tausende gestorben, nicht wahr?

Zusammen mit den Fragen brachten die Außenseiter auch Meinungen mit. Die Männer Changis hörten, wie einer sie dem andern heimlich zuflüsterte.
Haben Sie den Mann gesehen? Mein Gott, einfach unmöglich! Er läuft nackt herum! In aller Öffentlichkeit!
Und sehen Sie mal da hinüber! Da macht es einer in aller Öffentlichkeit! Und, großer Gott, er benutzt kein Papier! Er nimmt Wasser und die Hände! Mein Gott – alle tun es!
Sehen Sie sich dieses schmutzige Bett an! Mein Gott, hier wimmelt es ja von Wanzen! Auf welche Stufe die armen Schweine gesunken sind – schlimmer als Tiere!
Müßten eigentlich in einer Irrenanstalt sein! Gewiß, die Japsen haben sie so weit gebracht, aber es wäre trotzdem sicherer, wenn man sie einsperrte. Sie scheinen nicht zu wissen, was richtig und was falsch ist!
Sehen Sie doch mal, wie die da drüben das schmutzige Zeug aufschlabbern! Mein Gott, da gibt man ihnen Brot und Kartoffeln, und sie wollen Reis!
Muß wieder zum Schiff zurück. Kann's nicht abwarten, die Jungens hierherzubringen. Die Chance ist einmalig, so was kriegt man nie wieder zu sehen.
Mein Gott, die Schwestern da drüben wagen doch allerhand, hier so herumzulaufen.
Quatsch, die sind völlig sicher. Hab eine ganze Masse von den Mädchen heraufkommen sehen, um sich hier umzusehen. Donnerwetter, da drüben ist eine tolle Biene!
Widerlich, wie diese Gefangenen sie anglotzen.

Außer den Fragen und Meinungen brachten die Außenseiter auch Antworten mit.
Ach, Leutnant beim fliegenden Personal Marlowe? Jawohl, wir haben ein Kabel von der Admiralität erhalten. Kapitän Marlowe von der Königlichen Kriegsmarine ist, eh, ich fürchte, Ihr Vater ist tot. Gefallen im Kampf auf der Murmanskstrecke. Am 10. September 43. Tut mir leid. Der Nächste!
Hauptmann Spence? Jawohl. Wir haben viel Post für Sie. Sie

können sie im Wachhaus in Empfang nehmen. Ach ja. Ihre – Ihre Frau und Ihr Kind sind in London bei einem Luftangriff umgekommen. Im Januar dieses Jahres. Tut mir leid. Eine V 2. Scheußlich. Der Nächste!
Oberstleutnant Jones? Jawohl, Sir. Sie werden bei der ersten Gruppe sein, die morgen abgeht. Alle rangälteren Offiziere sind dabei. Bon voyage. Der Nächste!
Major McCoy? Ach ja, Sie haben sich nach Ihrer Frau und Ihrem Sohn erkundigt. Lassen Sie mal sehen, sie waren doch an Bord der *Empress of Shropshire,* nicht wahr? Das Schiff, das am 9. Februar 42 von Singapur ausgelaufen ist? Tut mir leid, wir haben keine Nachrichten, wir wissen lediglich, daß es irgendwo vor Borneo versenkt wurde. Es gibt Gerüchte, daß es einige Überlebende gegeben hat, aber ob es wirklich welche gegeben hat oder wo die jetzt sein mögen – das weiß niemand. Sie werden sich gedulden müssen! Wir haben erfahren, daß es überall Kriegsgefangenenlager gibt – auf Celebes – auf Borneo – Sie werden sich gedulden müssen! Der Nächste!
Ah, Oberst Smedly-Taylor? Tut mir leid, schlechte Nachrichten. Ihre Frau ist bei einem Luftangriff umgekommen. Vor zwei Jahren. Ihr jüngster Sohn, Staffelführer Major P. R. Smedly-Taylor, VC, wurde 44 über Deutschland abgeschossen. Ihr Sohn John ist in Berlin bei den Besatzungsstreitkräften. Hier ist seine Adresse. Rang? Oberstleutnant. Der Nächste!
Oberst Larkin? Oh, die Australier werden irgendwo anders abgefertigt. Der Nächste!
Hauptmann Grey? Ach, hm, etwas schwierige Sache. Wissen Sie, Sie wurden 42 als im Kampf gefallen gemeldet. Ich fürchte, Ihre Frau hat sich wieder verheiratet. Sie ist – eh . . ., na, hier ist ihre augenblickliche Adresse. Keine Ahnung, Sir. Sie werden sich an den Kronanwalt wenden müssen. Rechtsfragen liegen leider nicht in meiner Zuständigkeit. Der Nächste!
Hauptmann Ewart? O ja, vom malaiischen Regiment? Jawohl, freut mich, Ihnen berichten zu können, daß Ihre Frau und Ihre drei Kinder gesund und munter sind. Sie sind im Cha-Song-

Lager in Singapur. Jawohl, wir haben heute nachmittag eine Transportmöglichkeit für Sie. Wie bitte? Ja, keine Ahnung. Auf der Nachricht steht drei – nicht zwei Kinder. Vielleicht ist es ein Irrtum.

Immer mehr Männer gingen jetzt zum Schwimmen. Aber das Draußen war immer noch furchterregend, und die Männer, die hinausgingen, waren froh, wenn sie wieder drinnen sein konnten. Sean ging schwimmen. Er ging mit den Männern zum Strand hinab, und in der Hand trug er ein Bündel. Als die Gruppe den Strand erreichte, wandte Sean sich ab, und die Männer, die meisten, lachten und verhöhnten den Perversen, der seine Kleider nicht ausziehen wollte wie jeder andere.

»Hinterlader!«

»Schwuler!«

»Verkommener Spinatstecher!«

»Homo!«

Sean ging den Strand hinauf, weg von den Hohnrufen, bis er eine abgelegene Stelle fand. Er schlüpfte aus seinen kurzen Hosen und aus dem Hemd, zog den Abendsarong, den mit Watte ausgepolsterten Büstenhalter, den Hüftgürtel und die Strümpfe an, kämmte sich das Haar und legte Make-up auf. Sorgfältig, sehr sorgfältig. Und dann stand die Frau auf, selbstsicher und sehr glücklich. Sie zog ihre hochhackigen Schuhe an und ging in das Meer hinaus. Das Meer hieß sie willkommen und ließ sie leicht schlafen, und ganz allmählich verschlang es dann die Kleider und den Körper und die ganze Spanne ihres Lebens.

Ein Major stand in der Tür zu Peter Marlowes Baracke. Seine Uniform war von Metallstreifen überzogen, und er wirkte sehr jung. Er sah sich forschend in der Baracke um und starrte auf die anstößigen Gestalten, die auf ihren Betten herumlagen oder sich umkleideten oder rauchten oder sich für eine Dusche fertig machten. Seine Augen blieben auf Peter Marlowe haften.

»Verdammte Scheiße, was starren Sie mich an?« schrie Peter Marlowe schrill.

»Wie reden Sie mit mir! Ich bin Major und ...«
»Das kümmert mich einen Scheißdreck, und wenn Sie Christus sind! Verschwinden Sie! Raus!«
»Stillgestanden! Ich werde Sie vors Kriegsgericht bringen!« brüllte der Major mit hervortretenden Augen und von Schweiß triefend. »Sie sollten sich schämen, in einem Weiberrock dazustehen ...«
»Es ist ein Sarong ...«
»Es ist ein Rock! In einem Rock herumstehen, halbnackt! Ihr Kriegsgefangenen glaubt wohl, ihr könnt euch alles erlauben. Gott sei Dank könnt ihr das nicht. Und jetzt wird man euch Respekt beibringen vor ...«
Peter Marlowe riß sein Bajonett aus der Scheide, raste zur Tür und hielt dem Major die Klinge vor das Gesicht. »Verschwinden Sie auf der Stelle, sonst schneide ich Ihnen bei Gott die verdammte Kehle durch ...«
Der Major verduftete.
»Ruhig Blut, Peter«, murmelte Phil. »Sie bringen uns noch alle in Schwierigkeiten.«
»Warum starren sie uns an? Warum? Gottverdammt, warum?« schrie Peter Marlowe. Er bekam keine Antwort.
Ein Arzt betrat die Baracke, ein Arzt mit Rotkreuzbinde, und lächelte Peter Marlowe an. »Beachten Sie ihn überhaupt nicht«, sagte er und zeigte auf den Major, der draußen herumging.
»Zum Teufel, warum starrt ihr alle uns so an?«
»Rauchen Sie eine Zigarette und beruhigen Sie sich.«
Der Arzt schien wirklich nett und wirklich ruhig, aber er war ein Außenseiter – und deshalb durfte man ihm nicht trauen.
»Rauchen Sie eine Zigarette und beruhigen Sie sich! Das ist alles, was ihr Hunde sagen könnt«, erregte sich Peter Marlowe. »Ich habe gefragt, warum ihr alle uns so anstarrt?«
Der Arzt zündete sich selbst eine Zigarette an, setzte sich auf eines der Betten und wünschte dann, er hätte es nicht getan, denn er wußte, daß alle Betten von Ungeziefer verseucht waren. Aber er wollte helfen. »Ich will versuchen, es Ihnen zu er-

klären«, begann er ruhig. »Sie, Sie alle, haben das Unerträgliche ertragen und das Unerduldbare erduldet. Sie sind wandelnde Skelette. Ihre Gesichter sind nichts als Augen, und in den Augen steht ein Blick ...« Er hielt einen Augenblick inne und versuchte, die richtigen Worte zu finden, denn er wußte, daß sie Hilfe brauchten und Fürsorge und Freundlichkeit. »Ich weiß nicht recht, wie ich es beschreiben soll. Es ist Argwohn – nein, das ist nicht das richtige Wort, und es ist auch nicht Furcht. Aber Sie alle haben den gleichen Blick in den Augen. Und Sie sind alle lebendig, obwohl Sie den Naturgesetzen nach eigentlich tot sein müßten. Wir wissen nicht, warum Sie nicht tot sind oder warum Sie überlebt haben – ich meine jeden hier, warum? Wir von draußen starren Sie an, weil Sie uns faszinieren ...«

»Etwa so wie dumme Auguste in einer gottverdammten Schmierenvorstellung?«

»Jawohl«, bestätigte der Arzt ruhig. »So könnte man es ausdrücken, aber ...«

»Ich schwöre bei Gott, daß ich den nächsten Halunken umbringe, der mich anglotzt, als ob ich ein Affe wäre.«

»Hier«, sagte der Arzt und versuchte, ihn zu beschwichtigen. »Hier sind einige Pillen. Sie werden Sie beruhigen ...«

Peter Marlowe schlug dem Arzt die Pillen aus der Hand und schrie: »Ich will keine verdammten Pillen. Ich will nur, daß man mich in Ruhe läßt!« Und dann floh er aus der Baracke.

Die amerikanische Baracke war verlassen.

Peter Marlowe warf sich auf das Bett des King und weinte.

»Wiedersehn, Peter«, grüßte Larkin.

»Wiedersehn, Oberst.«

»Wiedersehn, Mac.«

»Viel Glück, mein Junge.«

»Wir bleiben in Verbindung.«

Larkin gab ihnen die Hand, und dann ging er zum Tor von Changi hinauf, wo Lastwagen bereitstanden, um die letzten Aussies zu den Schiffen zu bringen. Nach Hause.

»Wann können Sie weg, Peter?« fragte Mac, nachdem Larkin verschwunden war.
»Morgen. Wie steht es mit Ihnen?«
»Ich gehe jetzt weg, aber ich bleibe in Singapur. Es hat keinen Sinn, an Bord eines Schiffes zu gehen, bevor ich nicht weiß, in welche Richtung ich fahren soll.«
»Immer noch keine Nachrichten?«
»Nein. Sie könnten überall in Indien sein. Aber wenn sie und Angus tot wären, dann glaube ich, wüßte ich es. Im Innern.«
Mac hob den Rucksack und vergewisserte sich unwillkürlich, daß die versteckte Ölsardinenbüchse noch sicher an ihrem Platz lag. »Ich habe ein Gerücht gehört, daß sich einige Frauen in einem Lager in Singapur befinden, die auf der *Shropshire* gewesen sind. Vielleicht weiß eine von ihnen etwas oder kann mir einen Hinweis geben. Falls ich sie überhaupt finde.« Er sah alt und zerfurcht, aber sehr stark aus. Er streckte die Hand aus. »Salamat.«
»Salamat.«
»Puki 'mahlu!«
»Senderis«, antwortete Peter Marlowe und spürte seine Tränen, schämte sich ihrer aber nicht, so wenig wie Mac sich der seinen schämte.
»Sie können mir immer an die Adresse der Bank von Singapur schreiben, mein Junge.«
»Das werde ich tun. Viel Glück, Mac.«
»Salamat!«
Peter Marlowe stand auf der Straße, die das Lager teilte, und sah hinter Mac her, der den Hügel hinaufging. Auf der Hügelkuppe blieb Mac stehen, drehte sich um und winkte noch einmal. Peter Marlowe winkte zurück. Und dann war Mac in der Menge verschwunden.
Und jetzt war Peter Marlowe ganz allein.

Das letzte Morgengrauen in Changi. Ein letzter starb. Einige Offiziere aus Baracke 16 waren bereits weg. Die kränksten.

Peter Marlowe lag im Halbschlaf unter dem Moskitonetz auf seinem Bett. Rings um ihn wachten Männer auf, standen auf, gingen weg, um sich zu erleichtern. Carstairs stand auf dem Kopf und übte Yoga. Phil Mint bohrte schon mit einer Hand in der Nase und zerquetschte mit der anderen Fliegen. Das Bridgespiel hatte schon begonnen, Miner übte schon Tonleitern auf seiner hölzernen Klaviatur, und Thomas fluchte schon über die Verspätung des Frühstücks.

»Was meinen Sie, Peter?« fragte Mike.

Peter Marlowe schlug die Augen auf und sah ihn forschend an. »Na, Sie sehen anders aus, soviel kann ich sagen.«

Mike fuhr sich mit dem Handrücken über die glattrasierte Oberlippe. »Ich komme mir nackt vor.« Er betrachtete sich wieder im Spiegel. Dann zuckte er die Achseln. »Na, er ist weg, und damit basta.«

»He, das Essen ist fertig«, rief Spence laut.

»Was gibt's?«

»Porridge, Toast, Marmelade, Rühreier, Schinken, Tee.«

Einige beklagten sich über die kleinen Portionen, andere beklagten sich über deren Größe.

Peter Marlowe nahm nur Rühreier und Tee. Er rührte die Eier unter etwas Reis, den er vom Vortag aufgehoben hatte, und aß ihn mit großem Genuß.

Er sah auf, als Drinkwater geschäftig hereintänzelte. »Ach, Drinkwater.« Er winkte ihn zu sich. »Haben Sie einen Augenblick Zeit?«

»Aber selbstverständlich.« Drinkwater war über Peter Marlowes unverhoffte Friedfertigkeit überrascht, hielt aber die blaßblauen Augen gesenkt, denn er fürchtete, sein verzehrender Haß auf Peter Marlowe könnte herausleuchten. Durchhalten, Theo, redete er sich zu. Du hast monatelang durchgehalten. Laß dich jetzt nicht gehen. Nur noch wenige Stunden, dann kannst du ihn und all die anderen schrecklichen Männer vergessen. Lyles und Blodger hatten nicht das Recht, dich in Versuchung zu führen. Nicht das geringste Recht. Na, sie haben bekommen, was sie verdient haben.

»Erinnern Sie sich an den Kaninchenschlegel, den Sie gestohlen haben?«
Drinkwaters Augen schossen Blitze. »Was – was reden Sie denn daher?«
Auf der anderen Seite des Ganges hörte Phil mit dem Kratzen auf und sah hoch.
»Machen Sie keine Mätzchen, Drinkwater«, sagte Peter Marlowe. »Mir liegt jetzt nichts mehr daran. Zum Teufel, warum auch? Der Krieg ist vorbei, und wir haben ihn überstanden. Aber Sie erinnern sich doch an den Kaninchenschlegel?«
Drinkwater war zu klug, um sich so einfach fangen zu lassen. »Nein«, erwiderte er mürrisch, »nein, ich erinnere mich nicht.« Aber es fiel ihm sehr schwer, nicht zu sagen: Köstlich, köstlich!
»Es war kein Kaninchen, wollte ich Ihnen sagen.«
»Ach, tut mir leid, Marlowe. Ich bin es nicht gewesen und weiß bis zum heutigen Tag nicht, wer es genommen hat, was es auch gewesen sein mag.«
»Ich will Ihnen sagen, was es gewesen ist«, sagte Peter Marlowe und genoß diesen Augenblick in vollen Zügen. »Es ist Rattenfleisch gewesen. Rattenfleisch.«
Drinkwater lachte. »Sie sind sehr witzig«, sagte er sarkastisch.
»Es ist wirklich Rattenfleisch gewesen. Ganz bestimmt. Ich hatte eine Ratte gefangen. Sie war groß und haarig und überall von Räude bedeckt. Und ich glaube, sie hatte die Pest.«
Drinkwaters Doppelkinn wackelte. Seine Wangen zitterten.
Phil blinzelte Peter Marlowe zu und nickte höhnisch: »Das stimmt, Reverend. Sie war ganz von Räude bedeckt. Ich habe Peter Marlowe den Schlegel abhäuten sehen . . .«
Dann erbrach Drinkwater sich und besudelte seine ganze schicke Uniform, und er lief hinaus und erbrach sich noch einmal. Peter Marlowe begann zu lachen, und bald brüllte die ganze Baracke vor Gelächter.
»Mein Gott«, ächzte Phil schwach. »Mein Kompliment, Peter. Was für ein brillanter Gedanke. Vorzugeben, es wäre eine Ratte gewesen. Oh, mein Gott! Damit hat der Scheißkerl alles heimgezahlt bekommen!«

»Aber es ist wirklich eine Ratte gewesen«, versicherte Peter Marlowe. »Ich habe den Schlegel so hingelegt, daß er ihn stehlen konnte.«
»Aber ja, natürlich«, meinte Phil sarkastisch und griff mechanisch zur Fliegenklatsche. »Versuchen Sie doch nicht, eine solch herrliche Geschichte noch zu überbieten. Herrlich!«
Peter Marlowe wußte, sie würden ihm nicht glauben. Deshalb sagte er nichts mehr. Niemand würde ihm glauben, außer wenn er ihnen die Farm zeigte ... Mein Gott! Die Farm! Und der Magen drehte sich ihm um.
Er zog die neue Uniform an. Auf den Epauletten waren seine Rangabzeichen – Leutnant beim fliegenden Personal. Auf der linken Brusthälfte waren die Schwingen aufgenäht. Er sah sich nach seinem Besitz um – Bett, Moskitonetz, Matratze, Decke, Sarong, Lumpenhemd, zerlumpte kurze Hosen, zwei Paar Holzpantinen, Messer, Löffel und drei Aluminiumteller. Er fegte alles von seinem Bett herunter, trug es ins Freie hinaus und legte Feuer daran.
»He, Sie ... Oh, Entschuldigung, Sir«, sagte der Unteroffizier. »Feuer ist gefährlich.« Der Unteroffizier war ein Außenseiter, aber Peter Marlowe fürchtete sich nicht mehr vor Außenseitern. Jetzt nicht mehr.
»Verschwinden Sie«, fuhr Peter Marlowe ihn an.
»Aber, Sir ...«
»Ich habe gesagt, Sie sollen verschwinden, gottverdammt!«
»Jawohl, Sir.« Der Unteroffizier grüßte, und Peter Marlowe fühlte sich richtig wohl, daß er sich vor Außenseitern nicht mehr fürchtete. Er erwiderte den Gruß und wünschte dann, er hätte es nicht getan, denn er hatte seine Mütze nicht auf. Deshalb versuchte er seinen Fehler mit: »Oh, verdammt, wo ist meine Mütze?« zu verbergen und ging in die Baracke zurück, denn er fühlte seine Furcht vor Außenseitern zurückkehren. Aber er unterdrückte sie und schwor sich: Bei Gott, meinem Herrn, ich werde mich nie wieder fürchten. Nie.
Er fand seine Mütze und die versteckte Sardinenbüchse. Er steckte die Büchse in die Tasche, stieg die Barackentreppe hin-

ab und ging die Straße am Stacheldrahtzaun entlang hinauf. Das Lager war jetzt beinahe verlassen. Die letzten englischen Truppen gingen heute weg, mit demselben Konvoi wie er. Sie gingen fort. Lange, nachdem die Aussies weggegangen waren und eine Ewigkeit nach den Yankees. Aber damit hatte man ja rechnen müssen. Wir sind langsam, aber sehr genau.

Er blieb vor der amerikanischen Baracke stehen. Die Segeltuchklappe des Vordachs wellte sich kläglich im Wind der Vergangenheit. Dann betrat Peter Marlowe zum letzten Mal die Baracke. Die Baracke war nicht leer. Grey stand geschniegelt und in Uniform darin.

»Sind Sie gekommen, um sich ein letztes Mal den Ort Ihrer Triumphe anzusehen?« fragte er giftig.

»So könnte man es auch nennen.« Peter Marlowe drehte sich eine Zigarette und fegte die Tabakreste zusammen. »Und jetzt ist der Krieg vorbei. Jetzt sind wir gleichgestellt, Sie und ich.«

»Sie haben recht.« Greys Gesicht war langgestreckt, und die Augen wirkten schlangenähnlich. »Ich hasse Sie wie die Pest.«

»Erinnern Sie sich an Dino?«

»Was ist mit ihm?«

»Er war Ihr Spitzel, nicht wahr?«

»Es schadet vermutlich nichts, wenn ich es jetzt zugebe.«

»Der King wußte über Dino genau Bescheid.«

»Ich glaube Ihnen kein Wort.«

»Dino hat Ihnen auf Befehl Informationen gegeben. Auf des King Befehl.« Peter Marlowe lachte.

»Sie sind ein verdammter Lügner!«

»Warum sollte ich lügen?« Peter Marlowes Lachen brach plötzlich ab. »Die Zeit der Lügen ist vorüber. Gewesen. Aber Dino hat wirklich auf Befehl gehandelt. Erinnern Sie sich noch, wie Sie immer zu spät kamen? Immer!«

Oh, mein Gott, dachte Grey. Ja, ja, jetzt begreife ich alles.

Peter Marlowe zog an seiner Zigarette. »Der King hatte sich überlegt, daß Sie wohl versuchen würden, sich einen Spitzel zu verschaffen, falls Sie keine echten Informationen erhielten. Deshalb lieferte er Ihnen einen Spitzel.«

Grey fühlte sich plötzlich sehr müde. Sehr müde. Viele Dinge waren schwer zu begreifen. Viele Dinge, seltsame Dinge. Dann sah er Peter Marlowe und das aufreizende Lächeln, und sein ganzes aufgestautes Elend brach aus ihm heraus. Er jagte durch die Baracke, stieß das Bett des King um, verstreute seine Habseligkeiten und fauchte dann Peter Marlowe an. »Sehr klug. Aber ich habe gesehen, wie der King zurechtgestutzt wurde, und bei Ihnen werde ich es auch noch erleben. Und bei Ihrer ganzen stinkenden Klasse!«

»So?«

»Darauf können Sie Ihren verdammten Schädel wetten! Irgendwie werde ich Sie schon noch fertigmachen, und wenn ich den Rest meines Lebens dazu brauche. Am Ende werde ich Sie doch schlagen. Einmal geht Ihr Glück zu Ende.«

»Glück hat nichts damit zu tun.«

Grey zeigte mit dem Finger auf Peter Marlowes Gesicht. »Sie sind unter einem Glücksstern geboren. Mit Glück haben Sie Changi hinter sich gebracht. Sie haben sogar von Ihrer Seele das kostbare bißchen gerettet, das Sie überhaupt besessen haben!«

»Von was reden Sie eigentlich?« Peter Marlowe schob den Finger beiseite.

»Verkommenheit. Moralische Verkommenheit. Sie wurden eben noch rechtzeitig gerettet. Noch einige Monate unter dem üblen Einfluß des King, und Sie wären für immer verändert gewesen. Sie hatten schon begonnen, ein großer Lügner und Betrüger zu werden – wie er.«

»Er war nicht böse, und er hat auch niemanden betrogen. Er hat sich nur den Umständen angepaßt.«

»Die Welt wäre ein trauriger Ort, wenn jeder sich hinter dieser Ausrede verschanzen wollte. Es gibt nämlich ... Es gibt so etwas wie Moral.«

Peter Marlowe warf seine Zigarette auf den Boden und zertrat sie zu Staub. »Erzählen Sie mir bloß nicht, Sie wären lieber mit Ihrer gottverdammten Tugend tot als mit dem Bewußtsein lebendig, daß Sie ein paar Zugeständnisse machen mußten.«

»Ein paar?« Grey lachte heiser. »Sie haben alles verkauft. Ehre – Anstand – Stolz – alles für ein Almosen von dem dreckigsten Schwein in diesem Stinkloch!«
»Und wenn Sie es sich richtig überlegen, dann war das Gefühl für Ehre beim King stark ausgeprägt. Aber in einem haben Sie recht. Er hat mich verändert. Er hat mir gezeigt, daß ein Mensch unabhängig von seiner Herkunft oder Vergangenheit ein Mensch ist. Entgegen allem, was man mich gelehrt hat. Deshalb war es unrecht von mir, Sie wegen etwas zu verhöhnen, womit Sie überhaupt nichts zu tun hatten, und das tut mir leid. Aber ich entschuldige mich nicht dafür, daß ich Sie als den Mann verachte, der Sie sind.«
»Zumindest habe ich meine Seele nicht verkauft!« Greys Uniform war vom Schweiß gestreift, und er starrte Peter Marlowe böse an. Aber innerlich war er vom Haß auf sich selbst erstickt. Wie war das mit Smedly-Taylor, fragte er sich. Es ist richtig, auch ich habe mich verkauft. Ich habe es getan. Aber ich weiß wenigstens, daß das, was ich getan habe, falsch war. Ich weiß es. Und ich weiß auch, warum ich es getan habe. Ich hatte mich meiner Herkunft geschämt und wollte zur Klasse der Edelleute gehören. Zu Ihrer verdammten Klasse, Marlowe. Beim Militär. Aber jetzt könnte mir nichts so schnuppe sein. »Ihr verdammten Hunde habt die ganze Welt beim Wickel«, sagte er laut, »aber nicht mehr lange, bei Gott, nicht mehr lange. Wir, die Menschen, wie ich einer bin, wir werden noch quitt. Wir haben in diesem Krieg nicht gekämpft, damit man uns jetzt anspuckt. Wir werden noch quitt.«
»Viel Glück dabei!«
Grey versuchte, ruhig zu atmen. Er öffnete mit Anstrengung die geballten Fäuste und wischte sich den Schweiß aus den Augen. »Aber Sie, gegen Sie zu kämpfen, lohnt sich nicht. Sie sind tot!«
»Fest steht, daß wir beide recht lebendig sind.«
Grey drehte sich um und ging zur Tür. Auf der obersten Stufe drehte er sich nochmals um. »Eigentlich müßte ich Ihnen und dem King dankbar sein«, sagte er heftig. »Der Haß auf Sie bei-

de hat mich am Leben erhalten.« Dann ging er davon und blickte sich kein einziges Mal mehr um.
Peter Marlowe sah auf das Lager hinaus und dann in die Baracke zurück und auf den verstreuten Besitz des King. Er hob die Platte auf, auf der die Eier serviert worden waren, und bemerkte, daß sie bereits mit Staub bedeckt war. Geistesabwesend richtete er den Tisch auf und stellte in Gedanken verloren die Platte darauf. In Gedanken an Grey und an den King und an Samson und an Sean und an Max und an Tex und daran, wo Macs Frau jetzt wohl war und ob N'ai nur ein Traum gewesen war, und an den General und an die Außenseiter und an Zuhause und an Changi.
Wie mag es sein, dachte er hilflos. Ob es wohl falsch ist, sich anzupassen? Falsch, zu überleben? Was hätte ich getan, wenn ich an Greys Stelle gewesen wäre? Was hätte Grey getan, wenn er an meiner Stelle gewesen wäre? Was ist gut, und was ist böse?
Und Peter Marlowe erkannte schmerzhaft, daß der einzige, der es ihm vielleicht hätte sagen können, im eiskalten Meer auf der Fahrt nach Murmansk gefallen war.
Seine Augen blickten auf die Dinge aus der Vergangenheit. Auf den Tisch, auf dem sein Arm geruht hatte, auf das Bett, auf dem er sich wieder erholt hatte. Auf die Bank, die der King und er geteilt hatten, auf die Sessel, in denen sie gelacht hatten – alles schon alt und halb vermodert.
In der Ecke lag ein Bündel japanischer Dollar. Er hob sie auf und starrte sie an. Dann ließ er sie fallen, einen Schein nach dem anderen. Als die Geldscheine auf dem Boden lagen, ließen sich Fliegen darauf nieder, schwärmten auf und ließen sich wieder in Scharen darauf nieder.
Peter Marlowe stand in der Tür. »Lebt wohl«, sagte er mit Entschlossenheit in der Stimme zu allem, was seinem Freund gehört hatte. »Lebt wohl, und danke.«
Er verließ die Baracke und ging die Gefängnismauer entlang, bis er die Lastwagenkolonne erreichte, die geduldig am Tor von Changi wartete.

Forsyth stand neben dem letzten Lastwagen, und er war über alle Maßen froh, daß sein Auftrag ausgeführt war. Er war erschöpft, und seine Augen trugen die Spur von Changi. Er gab den Befehl zur Abfahrt der Kolonne.
Der erste Lastwagen rollte an und dann der zweite und der dritte, und alle Lastwagen verließen Changi, und nur einmal sah Peter Marlowe zurück.
Als er weit weg war.
Als Changi unter der Glocke eines tropischen Himmels wie eine bläulichweiße Perle in smaragdgrüner Austernschale wirkte – als Changi auf einer leichten Anhöhe stand, und ringsum war ein Gürtel von Grün, und in der Ferne wich das Grün dem blaugrünen Meer, und dann wich das Meer der Unendlichkeit des Horizonts. Und dann sah auch er nicht mehr zurück.

*In dieser Nacht war Changi von Menschen verlassen. Aber die Insekten blieben zurück.*
*Und die Ratten.*
*Sie waren noch immer da. Unter der Baracke. Viele waren gestorben, denn sie waren von denen, die sie gefangen hatten, vergessen worden. Aber die Stärksten waren immer noch am Leben.*
*Adam zerrte am Draht, um an das Futter außerhalb seines Käfigs heranzukommen, kämpfte gegen den Draht, wie er schon immer dagegen gekämpft hatte, solange er im Käfig saß. Und seine Geduld wurde belohnt. Eine Seite des Käfigs riß auf, und er fiel auf das Futter und verschlang es. Und dann ruhte er sich aus und zerrte mit neuer Kraft an einem anderen Käfig, und im Laufe der Zeit verschlang er das Fleisch darin.*
*Eva gesellte sich zu ihm, und er tat sich an ihr gütlich und sie sich an ihm, und dann gingen sie einträchtig auf Futterjagd. Später brach eine ganze Grabenseite ein, und viele Käfige sprangen auf, und die Lebenden ernährten sich von den Toten, und die Lebensschwachen wurden zum Futter für die Lebensstarken, bis die Überlebenden gleich stark waren. Und dann kämpften sie untereinander und gingen auf Futterjagd.*

*Und Adam herrschte, denn er war der König. Bis zu dem Tag, an dem sein Wille, König zu sein, ihn verließ. Dann starb er. Futter für einen Stärkeren. Und immer der Stärkste war König, nicht allein durch Stärke, sondern König kraft der Vereinigung von Schläue und Stärke und Glück. Unter den Ratten.*